D1931121

Der Alchimist von Krumau

ROMAN

Andreas Gößling

Der Alchimist von Krumau

Eichborn

1 2 3 05 04

© Eichborn AG, Frankfurt am Main, Juli 2004
Umschlaggestaltung: Collage von Christiane Hahn
unter Verwendung eines Ausschnitts eines Gemäldes von © akg-images
Layout: Tania Poppe
Gesamtherstellung: Fuldaer Verlagsanstalt, Fulda
ISBN 3-8218-0944-2

Verlagsverzeichnis schickt gern:
Eichborn Verlag, Kaiserstraße 66, 60329 Frankfurt
www.eichborn.de

Prolog

Das Mariandl hielt Don Julius bei der Hand und zog ihn immer tiefer in ein Gewirr krummer Gassen hinein. Er hätte sich nicht darauf einlassen sollen, dachte er. Das war ja der reinste Irrgarten hier, noch dazu in stockschwarzer Nacht. In seinem Rücken hörte er klappernde Schritte, wie von Holzpantinen, dann ein heiseres Getuschel. Er wollte stehen bleiben, sich umwenden, aber das Hürchen zog ihn unaufhörlich weiter.

»Bloß noch ein paar Schritte, Euer Gnaden«, wisperte sie, »seht Ihr dort vorn die Laterne? Da ist es schon.«

Aber Don Julius sah überhaupt nichts, nur Dunkelheit und Schatten und zuweilen die Sichel des Mondes, die hoch droben durch den schwarzen Himmel schnitt. Schwül war die Nacht, dabei hatte der Mai kaum erst begonnen.

Sie bogen um eine Hausecke, und da ragte zu ihrer Rechten eine riesenhafte Mauer auf. Das muss ja der Stadtwall sein, direkt hinterm Hradschin, wunderte sich Julius, aber ich versteh's nicht, hat sie mich im Kreis geführt? In seinem Kopf hockte eine Dumpfigkeit, als ob er halsaufwärts durch dicken Nebel liefe. Der Holler eben in der Schenke, vielleicht hat sie mir ein Zauberzeug hineingemischt, aber warum sollte das Mariandl so was tun? Und welcher Unselige würde sich erdreisten, Don Julius Caesar, dem Erstgeborenen Ihrer Kaiserlichen Majestät, an den Kragen zu gehen?

Er stolperte über einen Pflasterstein und wollte wieder stehen bleiben, da schob das Mariandl einen Arm unter Julius' Umhang, seine Mitte mit festem Griff umschlingend. Er spürte die Weichheit ihres Leibes und atmete ihren Duft nach heißem Schweiß und Schoß. Ah, gleich will ich in dir ersaufen, dachte Julius, umso besser, wenn ihr Sterngucker so nah bei der Burg haust. Fügsam ließ er sich weiterziehen. Als er nach vorn sah, funzelte dort tatsächlich eine Laterne, trübes Licht hinter gelbem Glas. Daneben eine Tür. Mit der Schulter drückte das Mariandl dagegen, und kuhwarmer Dunst schlug ihm ins Gesicht.

»Nur herbei, wer's auch sei.« Ein Krächzen im Dunkeln, eher Raben- als Menschenstimme, vom Sprecher selbst war keine Feder und kein Haar zu sehen.

Das Mariandl schleppte Julius tiefer in die Höhle. Ein Vorhang glitt zur Seite, blinzelnd blieb der Kaisersohn stehen. Ein kleiner Tisch, darauf eine Kerze, an einer Spiegelscherbe klebend, die das Licht empor zur Decke warf. Dahinter hockte ein graubärtiger Zwerg, auf einen Pergamentfetzen schielend, den er mit beiden Händen vor seinen Augen ausgespannt hielt.

»Exzellenz«, krächzte der Alte, »wie befohlen hab ich den Himmel ausgelesen.« Er ließ das Pergament sinken und buckelte im Sitzen zu Julius hinauf. »Verzeiht, wenn ich mich nicht erhebe, Euer Gnaden, mein Leib gleicht einem Weiler, der von den Muselmanen gebrandschatzt worden ist.«

Er hustete rasselnd, die Kerze flackerte, dass die Schatten der Besucher tanzten: Julius' hohe Gestalt im Umhang, an seine Seite gedrückt das viel kleinere Mariandl mit den struppig aufgesteckten Locken. Selbst die Adlerfeder auf seinem Hut, das auf die Schultern fließende Haar und das spitze Habsburger-Kinn zeichneten sich zitternd auf den Wänden ab.

Als der Alte auch noch Anstalten machte, die Leibsruine unter seinen Lumpen freizunesteln, hob Julius rasch eine Hand. »Das Horoskop, Kerl.« Ihn schauderte, nicht nur wegen dem Mariandl, das ihre Hüfte an seinem Schenkel rieb. »Les er's vor, aber hoppla, sonst lehr ich ihn hier drinnen Sterne sehn.«

»Sehr wohl, sehr wohl, Euer Liebden.« Knochendürre Hände rollten abermals den rissigen Fetzen aus. »Mit Genauigkeit kann ich voraussagen, was die Sterne für Euer Liebden vorsehen. Ein waches, emsiges, unruhiges Gemüt habt Ihr, herrliche Gnaden. Nach allerhand Neuerungen gierend, dem gemeinen menschlichen Wesen und seinen Händeln abgeneigt. Stattdessen nach unversuchten oder doch seltsamen Mitteln trachtend, und dabei um vieles mehr Euch insgeheim denkend, als Ihr äußerlich sehen und spüren lasst. Denn Saturnus im Aufgang macht müßige, melancholische, allzeit wache Gedanken. Saturn bringt Neigung zu Alchemie und Magie, zur Gemeinschaft mit den Geistern, zu Verachtung menschlicher Gebote und Sitten, sogar der Religionen. Saturn macht Euch alles verdächtig, was von Gott oder von den Menschen kommt, als ob es samt und sonders Betrug und Vorspiegelung wäre.«

Wahr gesprochen, dachte der Kaisersohn, aber warum ist mir bloß so dumpfig zumut? Die stickige Luft in diesem Stall machte es nur noch schlimmer, doch schon draußen in den Gassen war er ja wie ein Besoffener an der Hand der Hure gewankt.

»Weiter«, sagte er, wobei er an Mariandls Schulter Halt suchte, »und ohne auf Effekt zu schielen – ich befehl's.«

Der Alte glättete das Pergament so krachend, als ob er's zerreißen wollte. »Weil der Mond in Euerm Horoskop verworfen steht, Euer Gnaden«, fuhr er fort, »wird Euer Argwohn Euch zu Nachteil und Verachtung bei denen gereichen, mit welchen Ihr umgehen müsst. Für einen einsamen, leichtfertigen Unmenschen werden die Leute Euch halten. Und tatsächlich werdet Ihr diese Charakterzüge zeigen: Unbarmherzigkeit, ohne brüderliche Liebe zu Euren Nächsten; niemanden achtend, nur Euch selbst und Euren Wollüsten ergeben; hart zu Euren Untertanen, meistenteils in Euch versunken, oft ungestüm und streitbar; von unnützer Furcht geplagt, weil Saturn die Einbildungen verdirbt.«

Als das Mariandl leise aufseufzte, stockte der Sternseher wieder und spähte zu Julius empor, der seine Rechte in die weiche Schulter des Mädchens grub. Wie klein und schwächlich sie ist, dachte Julius, und dazu ihr grobes schwarzes Haar, das sich fast wie Draht anfühlt. Wie kommt's nur, dass ich mich von ihr bestricken ließ? Ihre Brüstchen sind platt wie der Sermon ihres Sternguckers, den sie mir so überschwänglich angepriesen hat: der beste Astrolog von Prag? Pah, ich spei drauf.

Kurz musste Julius die Augen schließen, so schwindlig war ihm mit einem Mal. »Ist das alles, Kerl?«, fuhr er den zwergischen Alten an. »Habt Ihr Euch nicht gebrüstet, mein Leben mit Genauigkeit vorauszusehen? Und leiert stattdessen nur Phrasen und Hohnworte, wie von Sargenfalt, mein Leibastrolog, sie täglich dutzendfach runterbetet.«

Der Seher kratzte sich mit krummen Fingern unterm Spinnwebbart. »Betrug und Vorspiegelung argwöhnt Ihr allerorten«, krächzte er, »wie's Euch in den Sternen geschrieben steht.« Noch einmal beugte er sich übers Pergament. »Der Komet, der letzte Woche über der Kaiserstadt stand, von der Gestalt des Ouroboros, des Drachens der Alchemie, Exzellenz – zusammen mit Eurem Saturnus bewirkt er günstigen Fortschritt Eurer geheimsten Pläne. Ein Erleuchteter wird Euch aufsuchen, sehr bald schon, noch ehe Ihr das dreiundzwanzigste Lebensjahr vollendet. In seinem Gefolge eine künstliche Figur, die er erschaffen hat kraft seiner alchymischen Magie. Aber nicht hier in Prag wird er auf Euch stoßen, Euer Liebden, in der Kaiserstadt lauern Euer Verdruss und große Gefahr.«

»Nicht in Prag?«, wiederholte Julius.

»Sehr wohl, sehr wohl, herrlichste Gnaden«, brabbelte der Sterngucker. »Gold in breiten Strömen und geschaffne Kreaturen sonder Zahl, alles für Euch, aber nicht hier …«

»Was schwadroniert er da für einen Unfug!«, fuhr ihm Julius in die Rede. »Schluss jetzt!« Sturzdüster war ihm mit einem Mal zumut. Nicht genug, dass seine Mutter Katharina da Strada und der unvermeidliche Maître d'Alembert ihn seit Jahr und Tag moldauabwärts verfrachten wollten, in die vollkommen verwaiste und verwahrloste Burg von Krumau. Jetzt kam auch noch dieser Sterngucker dahergeschlottert und bramarbasierte von Gunst und Erleuchtung, die seiner angeblich harrten, was ja gut und schön war – aber fernab von Prag?

Er tastete nach seinem Beutel und ließ zwei Kupfermünzen auf die Spiegelscherbe klirren. Hier ist mein Platz, hier in der Kaiserstadt, dachte Julius, bei Krone und Thron, nirgendwo sonst. Und er befahl dem Mariandl, ihn augenblicklich zurück zur Burg zu bringen.

Hufklappern hallte dumpf in ihm nach, als er irgendwann später auf sein Bett fiel und das Mariandl unter sich begrub. Doch im Grunde wusste er nicht, wie er überhaupt nach Haus gekommen war, auf der Kutschbank eher liegend als sitzend, ein Sausen im Schädel und das hitzige Hürchen in seinem Arm. Sie hatte den Pergamentfetzen für ihn mitgenommen, das erheiterte ihn über die Maßen, als er mit der Hand in ihr Dekolleté fuhr und das Horoskop zu fassen bekam. Vor ihnen grunzte der Kutscher auf seinem Bock und ließ die Peitsche schnalzen, und Julius wühlte sich immer tiefer in ihr Kleid hinein. Besoffen, durchfuhr's ihn wieder, während über ihnen Donner grollte. Aber wie denn – von dem einen Becher Hollerschnaps? Dann platschte schon Regen auf ihre Köpfe hernieder, und danach wusste er nichts mehr: nicht, wie sie in die Burg gekommen waren, nicht, wie das Mariandl ihn in die Infantengemächer geschleppt hatte, wo er seit seiner Kindheit eine Flucht von drei Zimmern bewohnte, neben dem Appartement seines Erziehers und Bewachers d'Alembert.

Auf dem Tisch vor seinem Bett, sogar ringsum auf dem Boden, überall standen brennende Kerzen. Wer hatte sie angezündet, wer dort verteilt? Er erinnerte sich an nichts, und im Grunde war's ihm auch gleich. In seinem Kopf sauste der Schwindel, umso wüster, je wütender er in das Hürchen hineinstieß. In dir ersaufen will ich!, dachte er wieder, und das Sausen in seinem Schädel wurde ärger und ärger, bis in ihm eine Feuersäule emporstieg und hinter seinen Augen zu einem Wirrwarr roter Schlieren zerbarst.

»Heda?« Keiner da. So fuhr er bald jede Nacht aus dem Schlaf, bedeckt mit kaltem Schweiß. Das Zimmer schwarz, auch vorm Fenster noch finstere Nacht. Sein Herz klopfte wild, dabei erinnerte er sich an keinen Fetzen eines Traums. Still lag er auf seinem Bett und horchte in die Dunkelheit.

»Mariandl?« Kein Laut, nicht mal ein wisperleises Atmen im Schlaf. Also hatte er alles bloß geträumt: wie das Mariandl ihn durch krumme Gassen schleppte, erst in die Hollerschenke, dann zum zwergenhaften Sternengucker, und wie sie nachher hier bei ihm im Himmelbett lag?

»Jemand da?« Keine Antwort, nichts. Julius tastete auf den Laken umher, und seine Finger glitschten durch klebrige Feuchtigkeit. Ei, wie denn das? Er wälzte sich aus dem Bett und stieß mit dem Fuß gegen ein klobiges Ding, das mit einem Klirren protestierte. Nackt tapste er durchs Dunkel, blindlings um sich tastend, bis er endlich die Tür an seinen Fingern fühlte. Er zog sie auf, und ein Schwall Lampenlicht schwappte aus dem Flur herein. Hinter seiner Stirn auf einmal wieder jenes Sausen. Er sah an sich herunter, und da war alles rot, auf seiner Brust, seinem Bauch, an seinen Händen und Armen, alles beschmiert mit einem widerlichen Gemenge aus geronnenem Rot und traumkaltem Schweiß.

Julius wandte sich zum Bett um. Es lag im Dunkeln, jenseits des Rechtecks aus trübem Licht. Er langte in den Flur hinaus, nahm eine Laterne vom Wandhalter und trat zurück in sein Gemach. Den Blick gesenkt, die Lampe erhoben, ging er auf sein Bett zu, so langsam wie im Traum. Aber es war kein Traum, es war ein rot beschmiertes Beil am Boden, das neben dem Bettfuß lag, als ob es seiner Hand im Schlaf entglitten wäre, und es waren Mariandls Augen, so groß, so starr über einem winterkalten Grinsen, dem alle Zähne ausgefallen waren.

Eins – Sublimatio

»Erhöht das Trockene durch Feuer im Tiegel,
um die gröbsten Unreinheiten der prima materia
zu entfernen.«

1

»Zum hundertsten Mal, Maître: Als ich zu mir komm, liegt sie neben mir in ihrem Blut, mehr weiß ich nicht.«

Mit knarrendem Achswerk holperte ihre Karosse durch Schlaglöcher, über Steinbrocken, Wurzelstrünke, dass Julius und d'Alembert wie Puppen hin und her geschaukelt wurden.

»Ich kenn dieses Mariandl ja gar nicht – eine Hur aus der Hollerschenke, warum sollt ich der ans Leben gehen?«

Maître d'Alembert lächelte ihn nur an, sein Gesicht wie immer eine weiße Maske mit wasserhellen Augen und gespitztem Tollkirschmund. Julius hatte ihn rufen lassen, und unverzüglich, den Schlaf noch in den Augenwinkeln, hatte d'Alembert begonnen, Vorkehrungen zu treffen und Befehle zu erteilen. Julius war ins Bad geschickt worden, und als er in seine Gemächer zurückkam, gesäubert und von seinem Kammerdiener Robert angekleidet, da waren vom Mariandl kein roter Spritzer und kein schwarzes Löckchen mehr zu sehen. Noch vor Sonnenaufgang hatten sie Prag verlassen, heimlich wie fliehende Diebe. Seither rumpelte ihre Kutsche moldauabwärts, die Fenster mit weißen Tüchern verhängt. Alles musste bei d'Alembert weiß sein, so weiß wie seine gepuderte Perücke, wie die Strumpfhosen, die sich um sehnige Fechterbeine spannten, wie die gelackte Weste oder das gedrechselte Stöcklein, mit dem er nun den Vorhang vorm Seitenfenster hob.

Ein greller Sonnenstrahl drang in die Kutschkabine, widerwillig schielte Julius hin. Ah, wie er die Sonne hasste, überhaupt diese fürchterliche Frühlingsheiterkeit! Seit Stunden schon holperten sie den Fluss entlang, auf schmalen Sträßchen, dem wie vor Wut sich windenden Wasserlauf folgend. Und in seinem Kopf immer noch diese Dumpfigkeit, darin die Stimmen Mariandls und des Sternenguckers hallten: »Nur ein paar Schritte noch – alles für Euch, herrliche Gnaden, aber nicht hier!« Am liebsten hätte er die Fäuste auf seine Ohren gedrückt, doch wenn er die Hände öffnete und schloss, war's ihm immer noch, als fühlte er klebrig-feuchtes Rot. Mariandl, dachte Julius, wie kann's nur sein, ich war's nicht, und ich begreif's nicht.

»Alles wird sich weisen, nur ruhig Blut, *Excellence*. Das Mädchen wird außerhalb der Burgmauern gefunden werden, keine Sorge, dennoch müssen wir sichergehen.« Mit samtener Stimme sprach d'Alembert nun auf ihn ein, als gelte es, einen Tobsüchtigen einzulullen. »Sollte trotzdem ein Verdacht auf Euch fallen, so ist es besser, wenn Ihr fernab von Prag weilt. Wer würde den Grafen von Krumau mit einer solchen Affäre in Verbindung bringen?«

»Aber mein Platz ist in Prag!«, schrie Julius auf. »Bringt mich zurück, ich fleh Euch an, d'Alembert!«

»Ihr dürft Euch glücklich schätzen, *Excellence*, dass Eure Frau Mutter und ich seit Jahr und Tag alles vorbereitet haben.« Nur der Schweiß auf d'Alemberts Stirn und Wangen verriet, dass er seinen eignen Worten nicht vorbehaltlos traute. Dicke Tropfen, die seine Schminke zersetzten und die Falten offenbarten, die dreiundvierzig Lebensjahre eingegraben hatten, davon bald zwei Jahrzehnte als Erzieher des Kaisersohns. »Krumau wird Euch gefallen, wartet nur ab.« D'Alembert zog sein Stöckchen zurück, und der Vorhang fiel herab.

Er glaubt mir kein Wort, dachte Julius, aber wie auch: Ich trau mir ja selbst nicht mehr übern Weg. Schon einmal war's so brandrot über ihn gekommen, auch sie ein Hurenweib, um deren prallen Hals sich plötzlich seine Hände schlossen. Aber warum auch hatte sie ihr Frätzchen breit gezogen: »Ah, Herr Bastard, Ihr macht's mir gut!« Wenn er eins ums Verrecken nicht vertrug, dann dieses Hohnwort: Bastard! Damals hatte der Maître ihn im allerletzten Moment von der Unseligen weggerissen, deren Augen schon wie weiße Kugeln aus der violetten Larve quollen. Aber da hatte er sich wenigstens erinnert, an ihren Hohn, ihr dreistes Lachen – und diesmal: nichts! Er hatte sich in ihr verströmt, dann nur noch Schwärze: als ob er wahrhaftig in ihrem Schoß ersoffen wär! Mariandl!

Von draußen drangen Rufe in die Kutschkabine, Julius fuhr aus seinen Grübeleien auf. Er schob den Vorhang zur Seite und spähte neuerlich hinaus. Knapp neben der Fahrspur ging es schroff hinunter, auf bewaldeter Böschung bis zum Bett der Moldau, wo eben in träger Fahrt ein Kahn vorübertrieb. Der dicke Mann auf dem Wasser zog grüßend die Mütze, starr sah Julius auf ihn hinab. Ah, Fischersmann sein, den Wanst auf den Bootsrand stützen und immerdar in die Wellen stieren wie dieser da! Oder Sautreiber, Bader, Schafhirt meinethalben, ein Leben ohne Ehrgeiz, Sehnsucht, Perspektive, im Hin und Her von Brunst und Tran vertan – alles lieber als verbannt nach Krumau, in die grauenvolle Grafengruft!

Das tote Hürchen kommt den beiden nur zu gelegen, dachte er mit einem Mal, und plötzlich wurde ihm kalt. Er kroch tiefer in seinen scharlachroten Umhang, ein Geschenk seiner Mutter Katharina, der kaiserlichen Mätresse. Seit Wochen lauern d'Alembert und die Mutter auf einen Vorwand, mich nach Krumau abzuschieben, dachte er – zu meinem Besten natürlich, was denn sonst! Wieder und wieder hatten sie auf ihn eingesäuselt: was für eine gewichtige Herrschaft dieses Krumau wär, was für eine Glanzleistung der beiden, dem Kaiser die Grafschaft abzuschmeicheln, und was für eine Gnade der väterlichen Majestät, mir die abgenagten Überreste der alten Rosenberger anzuvertrauen! Bis gestern hatte sich Julius geweigert, auch nur besuchsweise nach Krumau zu rumpeln, einen halben Kutschtag ab von Prag. Jetzt aber – jetzt hatten sie ihn dort, wo sie ihn anpflocken wollten: Julius Caesar Graf von Krumau, was für eine jämmerliche Farce! Wie können sie's wagen, mich in den Wald zu verbannen, dachte er und spürte ein Brennen in der Kehle – mich, Rudolfs erstgeborenen Sohn?

Am liebsten hätte er ausgespuckt, in d'Alemberts mehlweiß gepudertes Antlitz mit den blitzenden Augen, dem ständig wie zum Spott verzogenen Tollkirschmund. Und doch werd ich niemals meine verborgensten und offenbarsten Hoffnungen begraben: Julius Caesar von Habsburg, Kaiser des Heiligen Römischen Reichs, oder zumindest, bei allen hussitischen Henkershuren, König von Böhmen, wenigstens das!

2

Um die Mittagsstunde passierten sie das Budweiser Tor und rollten in die Unterstadt von Krumau; niemand nahm von dem weißen Zweispänner mit den verhängten Fenstern Notiz. Man schrieb den 3. Mai 1607 A.D., einen Samstag. In den Gassen drängten sich Händler, Schaulustige und Käufer zu Fuß oder auf Pferdekarren, die zum Markt in der Oberstadt strebten. So kamen sie nur im Schritttempo vorwärts, aber d'Alembert machte keine Anstalten, ihnen den Weg freizukehren.

»Unter den obwaltenden Umständen«, erklärte er, »seid Ihr gut beraten, *Excellence*, inkognito einzuziehen.«

»Umstände, Maître?«

»Nun, mir kommt es beinahe so vor, als wärt Ihr schon gestern hier eingetroffen.« D'Alembert setzte sein berühmtes undurchdringliches Lächeln auf. »Bei Anbruch der Dunkelheit, wenn ich es mir recht überlege.«

»Aber wie oft soll ich's noch beteuern«, fuhr Julius auf, »ich hab diesem Mariandl keinen Kratzer in den Balg gemacht, geschweige denn …«

Der Maître hob sein Stöckchen. »Nie mehr diesen Namen, Euer Liebden, ich bitte Euch. Eine Person namens Mariandl habt Ihr in Eurem ganzen Leben nicht gesehen.«

Gemächlich schaukelten sie in die Oberstadt hinauf, eingekeilt zwischen Karren, Tier- und Menschenleibern. Wenn die Leute da draußen wüssten, wer hier in der Kutsche hockt, dachte Julius, wer weiß, ob sie uns nicht mit Flüchen und Üblerem überschütten würden. Der Maître hielt ihn immer noch für einen tumben Jüngling, der sich durch seine Schliche arglos lenken ließ. Aber er hatte schon mehr als einmal munkeln hören, dass die Leute von Krumau dem Kaiser grollten, weil der seiner Mätresse die Grafschaft in den Schoß geworfen habe als Spielwerk für ihren Bastardsohn. Jahrhundertelang hatten die mächtigen Rosenberger hier in Krumau geherrscht, der größten böhmischen Burg hinter Prag. Bis der Letzte ihres Geschlechtes, Graf Wilhelm, Vizekönig und Kanzler von Böhmen, im Herbst 1602 dahingerafft worden und die hoch verschuldete Herrschaft mitsamt allen Dörfern, Meilern, Untertanen in die Hände Ihrer Majestät gefallen war, des wunderlichen Weisen von Prag.

Aber ich spei drauf. Mein Platz ist bei Euch, allerherrlichster Herr, nicht hier draußen im Wald.

Der Marktplatz war ein Gebrodel aus Lachen und Wiehern, Rufen und Muhen, aus Grölen und Blöken, vermischt mit Gerüchen nach Bier und Pferdepisse, Schweiß und Kirschsaft, Schweinswurst und Kot. Durch einen Spalt im Vorhang spähend, erkannte Julius eine schwarze Pestsäule, die sich mit versteinerter Geilheit gen Himmel reckte, umgeben von einem Wirrwarr aus Marktständen, wimmelnden Ferkeln und Kindern, Bürgern in steifer Würde und Bauern in bunter Tracht. Der Kutscher ließ die Peitsche knallen, und schrittweise blieb das Durcheinander der Marktstände hinter ihnen zurück. In der Mittagssonne gleißte die Moldau wie ein riesiger Spiegelwurm, der selbst ihre Kutschkabine mit hellem Weiß erfüllte.

Da wurde Julius noch düsterer zumute – ah, er hasste sie aus tiefstem Herzen, die heuchlerische Maienheiterkeit. Und hatte es kaum gedacht, da blieben sie stehen, mit einem Ruck, der ihn fast von der Kutschbank warf. Ein Rumpeln und Holpern, als ob sie durch einen Erdwulst gefahren wären, jemand stieß plötzlich einen Schrei aus, der gleich schon in einem Gurgeln erstickte, die heisere Stimme eines alten Mannes. Es klang, als ob er aufgekrächzt und fast im selben Moment sich in hellem Schwall erbrochen hätte – Mariandls Sternengucker!, dachte Julius in jähem Erschrecken, aber es kann ja nicht sein. Ohne auf d'Alemberts Stöckchen zu achten, stieß er die Tür auf und rief, mit der Linken im Freien fuchtelnd: »Halt! Ich befehl's.«

Dabei hielten sie ohnehin schon, und obwohl der Maître ihn zurückziehen wollte, beugte sich Julius mit dem Oberkörper aus der Tür heraus. Sie standen am Rand einer hölzernen Brücke, die offenbar ins Burgviertel hinüberführte. Sonnenstrahlen zitterten über der Moldau und ließen die Mauern und Dächer der ungeheuren Burgmasse über ihnen wie eine zweite Sonne erstrahlen.

Die Leute in der Gasse gafften zu ihm empor, ans Geländer gedrückt. »Don Julius«, hörte er, »der Bastardgraf«, aber das hatte er sich vielleicht nur eingebildet. Unmittelbar vor ihm stand, den Kopf im Nacken, ein fetter Mann in ausgeblichener Tracht. Neben ihm ein kleiner Knabe, die Augen weit aufgerissen, der Nasenrotz in der Sonne glitzernd, dann ein junges Weib, das ihm ungeniert in die Augen sah. Julius wollte sie eben genauer in den Blick fassen, da erklang ein Stöhnen. Unter dem Raunen der Leute zwängte er sich vollends aus der Kutsche und sprang auf die Straße hinaus.

Der Verletzte war tatsächlich ein alter Mann, wenngleich nicht annähernd so alt, wie Julius vermutet hatte, als der Schrei erklungen war. Von seinen grauen Haaren, dem spinnwebdünnen Bart abgesehen, hatte er keine Ähnlichkeit mit Mariandls Sternengucker, natürlich nicht. Er roch nach Fusel, als Julius sich über ihn beugte, und offenbar war er just auf die Gasse getorkelt, als ihre Kutsche vorüberfuhr. Eins der eisenbeschlagenen Räder musste zur Gänze über ihn hinweggegangen sein und hatte seinen Leib in Höhe des Gürtels nahezu zerteilt. Sein Blick war bereits gebrochen, seine Lippen theatralisch rot verfärbt.

Er ist tot, dachte Julius, dennoch richtete er sich auf und rief: »Holt einen Medikus, ich befehl's.«

»Den braucht er nicht mehr«, sagte eine helle Stimme hinter ihm.

Schon bevor er sich umgewandt hatte, wusste Julius, dass es die Stimme der jungen Frau sein musste, die ihn eben so offen angesehen hatte, ohne Scheu oder gar Unterwürfigkeit.

»Wer sagt das«, fragte er dennoch, »und mit welcher Autorität?« Er drehte sich um, und da stand sie vor ihm, so dicht, dass er beinahe zurückgefahren wäre. Dabei sah sie keineswegs zum Entsetzen aus, im Gegenteil: eine hochgewachsene Gestalt, mädchenhaft und hochbrüstig, schlank und doch kraftvoll, als ob sie's gewohnt wäre, unzimperlich zuzupacken. Eine rossbraune Mähne rahmte ihr offenes Gesicht, aus dem ihn grüne Augen aufmerksam ansahen, sogar mit einer Beimischung von Spott, wie ihm schien.

»Markéta Pichlerová, Tochter des Baders Sigmund Pichler«, sagte sie. »Und dieser dort braucht keinen Medikus mehr, Euer Exzellenz. Sein Name ist Melchior Kurusch. Gott im Himmel sei seiner Seele gnädig.«

»Amen«, antwortete er unwillkürlich und fasste mit seiner Rechten nach Markéta Pichlerovás schlanker brauner Hand, die wie anklagend auf den Leichnam wies.

Schon wieder ein Toter, dachte er, und da durchfuhr's ihn: Aber sie beide sollen nicht umsonst dahingegangen sein! Das Mariandl nicht, das mich zum Sternengucker brachte, und hier der Alte nicht, der mich an das Horoskop erinnert hat: Die Sterne wollen's so, drum musste ich hier heraus nach Krumau. Hier werd ich auf den Erleuchteten treffen, hier wird er Gold und künstliche Kreaturen erschaffen mit seiner alchymischen Magie. Und dann fahr ich im Triumph zurück nach Prag!

»Lasst mich los, ich bitt Euch«, sagte die Baderstochter, »Ihr zerquetscht mir ja die Hand.«

Da schrak er zusammen und ließ ihre Finger fahren; seine Unterlippe begann zu zucken, wie so oft, wenn ihn starke Erregung befiel. »Der Mann soll in allen Ehren bestattet werden«, rief er so laut, dass die Gaffer ihn im weiten Umkreis hörten. »Ich, Don Julius, will's so und komm für alles auf.«

»Das wird trotzdem nicht ganz leicht werden, Exzellenz«, gab die junge Frau zurück. Ihre grünen Augen blitzten, ungewiss, ob spöttisch oder im Zorn. »Melchior Kurusch war unser Totengräber.«

3

Im Morgendämmer des 5. Mai 1607 riss eine ältliche Männerstimme Markéta Pichlerová aus dem Schlaf. Zu verstehen war gar nichts, zumal fünf Schritte unterm Badehaus die Moldau vorübergurgelte. Vor Markétas innerem Auge bebte noch das Bildnis ihrer Mutter, die ihr wieder im Traum erschienen war, wie so häufig in den vier Jahren seit Mutter Blancas unbegreiflichem Tod.

Sie schlüpfte in ihre Holzpantinen und lief im Nachtgewand die knarrenden Stiegen hinab. Unten klapperte sie durch die Badestube und durchs morgengraue Durchhaus, wo sie leise fluchend das Guckfenster aufzog. Dahinter kamen zwei kugelrunde Glatzköpfe zum Vorschein, die nahezu halslos auf den Stehkrägen ihrer moldaublauen Uniformen aufzuliegen schienen.

»Was in aller Welt …« Die Verwünschung zerfiel Markéta auf der Zunge. Zwischen den beiden Bütteln, nachlässig bei den Achseln untergefasst, hing eine Lumpengestalt, tropfnass und schlaff wie ein Bündel Binsen.

Die Wächter sahen die Verwunderung der schlaftrunkenen Maid und beeilten sich zu erklären: In der ersten Morgendämmerung hätten sie den jungen Fremdling aufgefunden, am Flussufer unter der Burg. Reglos habe er auf der Böschung gelegen, pudelnass zwischen Uferkraut und Kieseln, die Augen geschlossen wie in tiefem Schlaf. Und sei auch nicht aus seiner Ohnmacht aufgewacht, als sie ihn geschüttelt hätten und mit Backpfeifen traktiert, dabei sei er offenbar am Leben. Denn das Herz des Fremden schlage, auch wenn niemand wisse, für welchen Gott und welche Majestät.

Markéta hörte kaum auf ihre einfältigen Reden, gebannt sah sie den Jüngling an, der etwa in ihrem Alter sein mochte, zwanzig oder ein wenig drunter. Ein Fremder, kein Zweifel, jedenfalls sah hier in Krumau niemand aus wie er: von so zarter Gestalt, das Gesicht fein geschnitten und blass zwischen Haaren wie Goldgefädel.

Derweil schwadronierten die Büttel noch immer, dass ihnen der Kinnspeck in den Stehkrägen bebte: Wenn der Teufel es wolle und das Bürschlein ihnen unter den Händen wegstürbe, stünden am Ende noch sie als Übeltäter da. Also hätten sie beschlossen, den Ohnmächtigen kurzerhand über die Brücke zu schleppen, da der Vater der löblichen Maid, Sigmund Pichler, ein Heiler von respektablem Ruf sei.

Der Ältere der beiden packte den Burschen beim Goldschopf und zog seinen Kopf empor. Da hoben sich die Lider des Fremden, und er sah Markéta an, aus zweierlei Augen.

»Bringt ihn herein. Aber Obacht!« Sie schob Riegel zurück, zog einen Torflügel auf und scheuchte die Büttel hindurch. Der Fremde hatte Augen in zwei verschiedenen Farben, das linke bernsteingelb, das rechte dunkelgrün wie Moos.

Was, wenn er ein Bote aus dem Jenseits ist, durchfuhr's Markéta, von Mutter Blanca ausgesandt? Im Traum versuchte die Mutter immer wieder, ihr eine Botschaft zuzuschreien, aber wie sie sich auch mühte, Markéta vernahm stets nur ein Rauschen und Raunen, als ob Blanca durch ein dickes Vlies aus Nebel spräche. Unsinn, dachte sie gleich darauf, wie sollte der Bursche denn aus ihrer Geisterwelt herüberkrauchen, in der allem Anschein nach nur Seelen in einem Meer aus Nebel trieben?

Die Wächter trugen den Fremdling in die Badestube und setzten ihn auf die Bank vorm Kachelofen, wo er wie ein Lumpensack hocken blieb, den Goldschopf auf die Brust gesenkt.

»Ich ruf den Bader, Ihr passt auf ihn auf.« Das Nachtgewand überm Busen raffend, eilte Markéta mit polternden Pantinen die Stiege wieder hinauf und zur Schlafkammer der Eltern, wo der Vater seit vier Jahren allein im viel zu breiten Ehebett schlief.

»Du hast geträumt, Kind«, knurrte Sigmund Pichler, indem er sich mit flacher Hand über den Trommelbauch rieb, »und wegen solcher Hirngespinste weckst du mich auf?«

Keine fünf Minuten hatte es gedauert, bis Markéta wieder in der Badestube war, den brummigen Bader im Schlepptau. Doch die Wächter hatten die Frist genutzt, um sich davonzumachen, und auch von dem elfenhaften Fremden war nichts mehr zu sehen.

»Geträumt hab ich auch – aber von Mutter Blanca.« Sie lief von Zuber zu Zuber, die gedrängt auf dem stumpf gescheuerten Kachelboden standen, dazwischen Pfützen und Schatten, aber nicht der matteste Schimmer Gold. »Du weißt schon, Vater – wieder der alte Traum, in dem sie mir was zurufen will, aber ich versteh kein Wort. – Ah, da ist der Bursche ja.« Sie deutete auf die Nische neben dem Ofen, aus der es golden hervorglänzte wie ein Bündel Sonnenstrahlen.

Der Bader, plötzlich hellwach, befahl dem Fremden, hinterm Ofen hervorzukommen. »Wie heißt du, Kerl?«

Zögernd kroch der Goldhaarige aus seinem Winkel heraus. Tropfen fielen aus seinen Haaren und rollten ihm übers Gesicht. »Ha-heiße … Flor.«

Eine Stimme, rau und schwankend wie ein Nebelhauch. Und ein Name wie für Uferkraut, dachte Markéta, der ein Schauer über den Rücken lief. Mitleid, Grauen, Anziehung – all das fühlte sie für den seltsamen Fremden und begriff sich selber kaum: Sie kannte ihn ja gar nicht, und mit seinen schmalen Schultern, den bunten Lumpen, dem wirren Haar, dem zweifarbigen Augenpaar sah er alles andere als anheimelnd aus. Ganz im Gegensatz zu dem hochgewachsenen jungen Herrn, der vor zwei Tagen ihre Hand gedrückt hatte, als ob er sie nie wieder loslassen wollte.

Wo er herkomme? Was er in Krumau verloren habe? Warum er so tropfnass sei? Durch ganze Salven von Fragen versuchte Sigmund Pichler den Fremden zum Sprechen zu bringen. Ob er sich erinnere, was ihm vor seiner Ohnmacht geschehen sei? »Du bist wohl mit einem Boot gekentert und in den Fluss gefallen?«

»Im Wa-wasser, ja ...«, stimmte Flor mit heiserem Flüstern zu, seine Augen zu Schlitzen verengt, einer bernsteingelb, einer grün wie dunkles Moos. Markéta konnte den Blick nicht von ihm wenden, und auch Flor schaute immer wieder verstohlen zu ihr her.

»Lass dich ansehen. Ob du dir auch nichts getan hast.« Der Bader machte einen Schritt nach vorn und packte ihn am Arm. »Keine Sorge, ich bin Heiler«, wollte er beschwichtigen, als Flor sich seinem Griff zu entwinden suchte. »So nimm doch Vernunft an«, keuchte der Vater, der in seinen Witwerjahren immer beleibter geworden war. »Wir müssen dich verwahren, bis der Rat von Krumau beschlossen hat, was mit dir geschehen soll!«

Flor stieß kleine Schreie aus, presste sich plötzlich eine Hand vor den Bauch und sackte zu Boden.

»Was hast du gemacht, Vater?«, rief Markéta aus, über sich selbst kaum weniger erschrocken als über den zarten Fremdling, der schon wieder reglos vor ihr lag. Gewöhnlich galt sie als die Besonnenheit in Person. Mehr als einen Tumult in der Schwitzstube, bei dem die nackten Streithähne schon mit Fäusten und Holzprügeln aufeinander losgehen wollten, hatte sie durch kaltblütiges Eingreifen erstickt. Heute aber wurde sie sich selbst mit jedem Augenblick fremder.

Sie kauerte sich neben Flor auf den Boden, dann jedoch wagte sie kaum, auch nur seine Schulter zu berühren. Vater Sigmund, im Schlafgewand wie sie selbst, hatte sich unterdessen zu Flors linker Seite auf ein Knie niedergelassen und streifte dem Fremden, wie verbissen der sich auch wehrte, das Lumpenhemd vom mageren Leib.

Anstelle einer Bauchverletzung, wie der Bader es befürchtet haben mochte, kam etwas Unerhörtes zum Vorschein. Wie von einem fremden Willen angezogen, näherte sich Markétas Hand dem glatten Leib. Es war keine Augentäuschung und konnte doch gewiss nicht sein: Der Bauch des knäbischen Elfen war so muldenlos heil, als wäre Flor nicht von dieser Welt.

Nicht von dieser Welt ... Das Echo ihres eigenen Gedankens hallte in ihrem Kopf und vermengte sich mit ihrem Traum. Und wenn er wahrhaftig ein Bote der Mutter ist, gesandt aus jener Nebelwelt? Angespannt sah Markéta zum Vater hinüber, dabei mit einem Auge weiter auf den Fremden hinunterspähend, der zwischen ihnen am Boden lag, mit allzu glattem Bauch. Als Baderstochter hatte sie schon viele entstellte Leiber gesehen, Verwachsungen, Gebreste aller Art. Aber das hier – es war ärger, allerdings auch betörender als alles, was sie je gesehen und angerührt hatte. Sie konnte gar nicht hinschauen, ohne dass der Boden unter ihr zu schwanken, die Luft über Flor zu flimmern schien. *Ein Bote*, hallte es wieder in ihr, *von der Mutter, nicht von dieser Welt.* Wahrhaftig stellten sich ihr die Nackenhaare auf, wenn sie daran dachte, wie sie mit ihren Fingern über seine schaurig glatte Haut gefahren war.

Unfug!, schalt sie sich gleich darauf. Don Julius hat dir wohl den Kopf verdreht, Mädchen, oder wo sonst kommen die krausen Gedanken her? In ihrem Bauch begann es zu kribbeln, sehr beunruhigend und höchst angenehm.

»Teufelsbrut«, hörte sie den Vater murmeln – »den Kerl hat der Satan geschickt!« Und er zog einen Dolch unter der Ofenbank hervor, um den Nabellosen in Schach zu halten. »Geh, Markéta, hol die Wächter zurück«, ordnete er an. »Sie sollen den Wechselbalg zusammenschnüren und in den Stadtkerker werfen. Mag der Rat von Krumau entscheiden, was mit der Bestie geschehen soll.«

»Be-bestie!«

In Markétas Kopf begannen die Gedanken zu wirbeln. »Und wenn er« – sie musste sich erst die Kehle freiräuspern – »wenn er dem neuen Grafen gehört?« Das Kribbeln in ihrem Bauch wurde stärker, und die Hitze kroch ihr ins Gesicht. »Sollten wir Flor nicht besser raufbringen zur Burg?«

Argwöhnisch sah der Vater sie an, sonderbar schuldbewusst, wie Markéta auf einmal dachte, aber auch das konnte ja nicht sein. »Ein kluger Gedanke, Kind«, murmelte er und wich ihrem Blick aus, »die großen Herren vergnügen sich mit sonderbarem Spielwerk, wie es heißt. Ja, du hast wohl Recht, Markéta: Don Julius wird sich dankbar zeigen, wenn er sein Besitztum von mir zurückerhält.«

Warum nur drückte der Vater sich auf einmal so gestelzt aus? Und wieso um alles in der Welt vermied er's immer noch, ihr ins Gesicht zu sehen? Das wirkte ja fast so, als ob er sich schämte, aber weshalb nur? Dabei müsste höchstens ich mich schämen, dachte Markéta, weil ich seit zwei Tagen immer nur *ihn* vor mir seh, den jungen Herrn Grafen, seine braunen Augen, den zuckenden Mund! Der Vater dagegen wollte ja nur das alte Versprechen erfüllen, wie er's der Mutter zu ihren Lebzeiten wohl hundertmal gelobt hatte und noch einmal an ihrem Grab: Alles würde er daransetzen, um Markéta eine ehrbare Stellung auf der Burg zu ertrotzen, so wie es ihnen schon einmal geglückt war, vor beinahe sechs Jahren. Doch kaum hatte sie damals den Blaukittel einer gräflichen Kuchelmagd übergestreift, da war Wilhelm von Rosenberg, der alte Graf, ins Paradies gefahren. Nun aber witterte der Vater wohl eine neue Chance, und sein schlechtes Gewissen musste von den Gerüchten herrühren, die überall in Krumau umherschwirrten. Aber wie konnte Don Julius ein grausamer Tyrann und unwürdiger Nachfolger des alten Wilhelm sein, wie so viele boshafte Zungen behaupteten? Schließlich hatte sie selbst miterlebt, wie sehr der Unfalltod des unseligen Totengräbers den jungen Grafen bekümmerte.

»Also auf«, entschied der Bader, »zieh dein Sonntagskleid an und wirf dem Burschen einen Umhang über, dann bringen wir ihn geschwind zur Burg hinauf.« Noch ehe Markéta auch nur nicken konnte, erklangen Schritte draußen im Durchhaus. »Die Büttel!«, flüsterte der Vater, riss mit unheimlicher Behändigkeit die Falltür zu seinen Füßen auf und stieß Flor in den Keller unter der Badestube.

Einen Atemzug später traten nicht etwa die Wächter, sondern der Russe Jurij Hezilow ein, zweifellos der zwielichtigste unter den vielen Fremden, dachte Markéta, die sich seit Wochen in Krumau herumtrieben und wie Kröten im Herbst zu vermehren schienen.

Gütiger Gott, betete sie im Stillen, bitte mach, dass Flor nicht zu *diesem* da gehört.

4

»Nun, Mäjster Bottich, will er mir heute nicht geheerig einhäjzen?« Jurij Hezilow, Moskowiter Puppenmacher zweifelhaften Geblütes, bediente sich eines absonderlich schnurrenden Idioms. *Meister* klang bei ihm wie *Mäjster*, statt *gehörig* sagte er *geheerrrich*, und ohnehin rollte er jedes unschuldige R so lange hin und her, als ob er's in seine spitze, überbewegliche Zunge einwickeln wollte. »Dabei wäjß er doch, wie sehr Hezilow und seine Puppen die Hellenhitz lieben?«

Pichler richtete sich auf, verneigte sich mit der gleichen Bewegung und drückte mit der Fußspitze die Falltür in ihren Rahmen zurück. Derweil zog Markéta einen Putzlumpen hinterm Ofen hervor, ging neben dem Vater in die Knie und begann den Kachelboden abzureiben, ohne einen Blick oder gar einen Gruß für Hezilow.

»Oder glaubt er womeeglich, der Anblick seiner hibschen Tochter tät geniegen, um Hezilow den Frost aus dem Läjb zu träjben?«

»Nur einen winzigen Moment noch, Hochwohlgeboren«, brummte der Vater und sputete sich, den frühen Gast zu seinem angestammten Zuber zu geleiten. »Allerhöchstens ein klitzekleines Augenblickchen, edler Herr.« Noch immer im Nachtgewand, begann er Bottiche heißen Wassers herbeizuschleppen, wobei ihm der Schweiß über Stirn und Wangen perlte und seinem Mund ein Strom beschwichtigender Silben entquoll.

Die Arme vor der schmalen Brust verschränkt, lehnte der Puppenmacher an der Wand neben dem Zuber, den Pichler mit siedendem Wasser füllte, und sah sich ein ums andere Mal in der Badestube um. Sein Gebaren wirkte auf Markéta so verdruckst wie herausfordernd, aber als sie sich mit dem Vater durch einen raschen Blick verständigen wollte, schüttelte der nur den Kopf und wandte sich ab.

Im Unterschied zu ihr schätzte Sigmund Pichler den kleinen Russen – oder zumindest die Silberstücke, die Hezilow so leicht aus dem Beutel rollten wie die hinterfotzigen Reden aus seinem weibisch geformten Mund.

Im Augenwinkel beobachtete Markéta, wie Hezilow seinen Gürtel mit dem lachhaft großen Schwert abschnallte und zu Boden gleiten ließ, ehe er sich aus seiner schmierigen Tracht zu nesteln begann. Mit dem engen schwarzen Wams nach spanischer Mode, den gleichfalls tintenschwarzen, knapp geschnittenen Hosen und dem unförmigen Umhang, der ihm bis weit über den Gürtel reichte, ähnelte das schmächtige Männchen wahrhaftig einer Fledermaus.

»Endlich in Krumau ... der neue Herr Graf«, hörte sie den Vater murmeln, worauf der Puppenmacher jedoch nur mit einigen Grunzlauten antwortete.

Überhaupt wusste man bei ihm selten, wie seine Bekundungen letzten Endes aufzufassen waren. »*Käjserlicher Puppenmacher, untertän'chster Diener*«, so pflegte er sich bei jeder Gelegenheit vorzustellen. Doch sein absonderlicher Akzent brachte es mit sich, dass man nie sicher sein konnte, ob er sich tatsächlich als »untertänigster Diener« oder im Gegenteil als »unverschämter Schlawiner« bezeichnet hatte, was der Wahrheit zweifellos näher käme.

Und wieso eigentlich »Puppenmacher«?, dachte Markéta. In ganz Krumau hatte nie irgendwer gesehen, wie er aus Stöcklein, Zwirn und Lumpen auch nur eine einzige Fadenpuppe schuf. Aber vielleicht war die Rede von den »Pippchen«, die er zu machen verstehe, auch viel hintersinniger gemeint. Ständig schien Hezilows Miene anzudeuten, dass er allein wisse, wie sich die Dinge in Wirklichkeit verhielten, während sich alle andern von Irrtümern und Vorspiegelungen täuschen ließen – ob hier drinnen im Badehaus, draußen in den Straßen von Krumau oder selbst im fernen Prag, wo er angeblich monatelang seine »kihnen Kinste« ausgeübt hatte, auf Befehl »Ihrer Käjserlichen Majestät«.

Anders als dem Vater war ihr der Russe sofort herzlich zuwider gewesen, als er vor acht Tagen, gleichfalls zu früher Morgenstunde, zum ersten Mal bei ihnen erschienen war. Seither hatte sich ihre Abneigung gegen den verzwergten Mann nur noch weiter verfestigt. Alles an ihm ekelte sie an: Hezilows unauslotbar hintersinnige Reden und das weibische Maul im schwarzen Bartgestrüpp, die höckrige Verwachsung in seinem Nacken und die schüttere Haarwolle, die seines Leibes Dürftigkeit wie mit schwarzem Draht überzog; selbst seine weißen, feingliedrigen, überbeweglichen Hände, die zuweilen mit geiler Tücke nach ihr schnappten, wenn sie seinem Zuber zu nahe kam. Seit einer Woche hatte Jurij Hezilow fast jede Vormittagsstunde in der Pichler'schen Badestube verbracht.

Heute aber schien Markéta sein Gebaren nicht nur dreist, sondern regelrecht feindselig. Wonach nur verrenkte er sich wieder und wieder den Hals? Obwohl er endlich in seinen Zuber gestiegen und bis zu den Schultern ins dampfende Wasser getaucht war, ließ er weiterhin seine Blicke in Nischen und Winkel, vom Kamin zur Schwitzstubentür und von der Stiege zurück zum schwitzenden Bader schweifen. Beinahe so, dachte sie, als ob der Russe etwas suchte, das der Vater oder sie vor ihm versteckt hätten und auf das allein er ein Anrecht besäße.

Etwas – oder *jemanden*? Hastig senkte sie den Blick und beeilte sich, den Fleck neben der Bodentür vollends trockenzureiben, bis von den Umrissen des liegenden Flor nichts mehr zu erkennen war. Unsinn, dachte sie dabei, was sollte der Puppenmacher denn gerade mit Flor zu tun haben? Seit Wochen trieben sich Dutzende zwielichtiger Fremder in der Stadt herum, aber zwischen den Gesellen vom Schlage Hezilows und dem elfenhaften Flor konnte es ja keine Gemeinsamkeit geben.

Einen Augenblick lang lauschte sie noch in die Tiefe, aus dem Gewölbe unter der Falltür drang kein Laut empor. Als kleines Mädchen hatte sie sich manchmal dort unten versteckt, zum Schrecken ihrer Mutter, der schon damals die geringfügigsten Vorfälle albenschwer aufs Gemüt gesunken waren. Wie lange das her war – ihre kindliche Neugier, der Schimmelgeruch unten im Keller, das vor Sorge verzerrte Lächeln der Mutter –, und wie nah es ihr gleichwohl auf einmal schien. Gewaltsam zwang sie ihre Gedanken von der lieben Mutter wieder fort, deren verzweifelte Miene, geweitete Augen, unablässig auf- und zuschnappende Lippen schon wieder aus Traumestiefe zu ihr emporsteigen wollten. Das Gewölbe unter der Badestube jedenfalls, das wusste Markéta seit ihrer Kindheit, war so niedrig, dass ein Erwachsener sich nur gebückt drin bewegen konnte, aber auch so geräumig, dass man sich dort unten für Stunden oder Tage verbergen konnte, ohne dass die Atemluft knapp wurde.

»Ob das Pippchen wohl so gietig wär, Mäjster Hezilow einen Kratzer zu reichen? Mäjn ich Rückenkratzer natürlich, denn Schenkelkratzer hat Hezilow selbst.«

Markéta hob den Kopf und sah direkt in Hezilows Frätzlein voller Bartgestrüpp und Warzen, das ihr, von Dampfschwaden umwabert, über dem Zuberrand entgegenfeixte. Sie sprang auf und wollte ihn eben mit einer patzigen Antwort in die Schranken weisen, da fing sie einen Blick ihres Vaters auf, der mit dem Kinn zur Stiege wies.

Hinter der massigen Gestalt des Baders trottete sie abermals das Dutzend abgetretener Stufen hinauf und folgte ihm in die Wohnstube. Wie trostlos es hier aussieht, dachte sie auf einmal, nicht schmutzig oder gar verwahrlost, denn sie selbst und Vater Sigmund achteten peinlich auf Ordnung und Sauberkeit. Aber früher hatte die Mutter an jedem Tag frische Blumen auf dem Boden ausgestreut und die Zimmer ihrer kleinen Wohnung einfach durch ihre Gegenwart mit Wärme und Liebe erfüllt. Seit der Vater jedoch an jenem schrecklichen Morgen erwacht war und seine schlaftrunkene Hand eine totenkalte Schulter ertastet hatte – seitdem war nichts mehr wie früher, auch wenn sie beide, Vater und Tochter, noch immer so weiterzuleben versuchten, als ob Blanca bei ihnen wäre.

»Lass den Puppenmacher in Ruh!«, zischte der Bader, indem er mit der Schulter die Tür schloss. »Wie oft soll ich's dir noch sagen: Der Russe bringt uns Münzen und Kundschaft ins Haus!«

Münzen und Kundschaft? Markéta holte Luft, um dem Vater gehörig herauszugeben, aber sein Gesicht sah auf einmal so angespannt aus, dass sie alle Empörung vergaß.

»Kleide dich an, Kind, mach rasch!« Sein gewaltiger Schnauzbart bebte, ebenso wie der Bauch unterm Nachtgewand, das von Schweiß und Badewasser gedunkelt war. »Du musst den Wächtern hinterher – schnell, bevor sie im Rathaus den Nabellosen melden!«

Markéta sah ihn an, die Brauen zusammengezogen, und wieder empfand sie, dass der Vater sich anders als gewöhnlich benahm. Warum war er nur so sehr drauf erpicht, den Fremdling zur Burg hinaufzubringen? Und wieso um alles in der Welt schaute er dabei wie ein ertappter Sünder drein? Fieberhaft dachte Markéta nach, während der Vater die Hände ineinander knetete. Endlich sagte sie, mit gedämpfter Stimme wegen des Puppenmachers, der unten im Zuber die Ohren spitzen mochte: »Ich werd ihnen schon klarmachen, dass wir den Fremden zur Burg raufbringen – und dass sie besser ihre Mäuler halten und sich nicht einmischen sollen. Wie stünden sie schließlich da, wenn herauskäme, dass sie sich einfach davongestohlen haben? Sie werden schon den Mund halten, wenn …«

»… sie nicht längst geschwätzt haben!«, fiel ihr der Bader beinahe schreiend ins Wort.

»Psst, Vater!« Markéta deutete zur Tür. Als sie den Schrecken in seinem Gesicht sah, trat sie so nah an ihn heran, dass sie mit der Schläfe seine Schulter berührte. »Sorg dich nicht«, wiederholte sie flüsternd, »ich bringe draußen alles in Ordnung – kümmer du dich hier drinnen um Hezilow.«

Und um Flor!, ergänzte sie in Gedanken, eilte in ihre Schlafkammer und streifte sich noch im Laufen das Nachtgewand über den Kopf. Gedämpft hörte sie, wie draußen die Tür aufgezogen und wieder geschlossen wurde, dann die schweren Schritte des Vaters auf der Stiege und gleich darauf Hezilows pfeifende Stimme, auf die der Bader mit dunklem Brummen antwortete.

5

Mitten auf der Brücke vorm Badehaus wurden ihre Schritte langsamer, sie selbst spürte es und wunderte sich darüber: als ob eine unsichtbare Kraft sie zurückhielte.

Sie stemmte sich gegen die magische Hemmung und lief weiter, ein wenig vorgebeugt, als kämpfte sie gegen starken Wind. *Flor*, dachte sie, und es war weniger ein Gedanke als ein inneres Bild, ein Gewirr zarter Nebelfarben. Und doch schien es ihr plötzlich, als säße der Fremde nicht im Gewölbe unter den Zubern, sondern wäre hier bei ihr, neben ihr schwebend, auf der Brücke im Vormittagslicht, zehn Schritte vor den beiden Wächtern, die ihr mit erwartungsvollem Grinsen entgegensahen.

Durch ihn, Flor, hat sich alles geändert, von einem Augenblick zum nächsten, mein Leben, die ganze Welt, dachte sie und musste lächeln über so viel mädchenhafte Schwärmerei. In ihrer Verwirrung war sie weitergegangen, fast ohne es zu bemerken. Als sie aufsah, standen vor ihr die beiden Wächter, deren Mienen unter ihrem Blick mit einem Mal gefroren.

Vergesst den Burschen, hatte sie sagen wollen, den ihr vorhin gebracht habt. Stattdessen stand sie nur dumm und stumm vor den Bütteln, die ihre Helme weit aus der Stirn geschoben und ihre Fäuste auf die Hüften gestemmt hatten, wo Messer und Knüppel unterm Schweinsledergurt staken.

Markéta schüttelte den Kopf, verwundert, wie wenn man aus Traumes Täuschung erwacht. Diese Wächter – sie kannte die beiden jungen Männer; Jan Mular hieß der Kleinere, Rundliche, Mikesch Slatava der fuchshaarige Schlacks. Vor vielen Jahren hatten sie gemeinsam die Bibelstunden bei Pater Hasek besucht, in der ehrwürdigen St.-Jost-Kirche auf der anderen Flussseite, just gegenüber ihrem Elternhaus. Aber wie war es nur möglich? Eben noch hatte sie genau an dieser Stelle, am südlichen Ende der Holzbrücke, die beiden ältlichen Wächter gesehen, die in der Frühe den Fremden zum Badehaus gebracht hatten – und nun standen, wie aus dem Boden gewachsen, diese Gefährten aus frühen Jahren vor ihr!

Ratlos sah sie von Jan zu Mikesch, die ihrerseits betretene Blicke wechselten.

»Gott und dem Kaiser zum Gruß, Markéta«, bemerkte endlich Mikesch, »lange Zeit waren wir fern der Heimat, Jan Mular, ich und etliche andere Burschen aus Krumau.« Anstelle einer Antwort nickte Markéta nur, während in ihr das nebelzarte Bildnis zerfiel.

»Bestimmt erinnerst du dich auch an Vladislav Kollek«, fuhr Mikesch mit eifriger Miene fort, »der hinter dem Rücken des Herrn Pater immer Fratzen geschnitten hat? Oder an Franz Brodner, den Sohn des Wirts ›Zum Goldenen Fass‹? Wir alle wurden letzten Herbst nach Prag gebracht, in eine Kaserne am Rand der Neustadt. Dort mussten wir exerzieren und schießen, bewachen und belagern lernen, alles für Don Julius, dessen erster Wachkompanie wir beide – Mular und ich – seit dem letzten Weihnachtsfest angehören.«

»Du redest zu viel, Slatava«, warf Jan Mular ein, in warnendem Ton und mit angespannter Miene, die zu seiner rundlichen Gestalt nicht recht passte. »Wenn du mich fragst, hat Markéta sowieso weder dich noch mich gesucht. Wahrscheinlich wollte sie zu den beiden Alten, die bis vorhin hier an der Brücke Wache standen. Hab ich nicht Recht, Baderstöchterlein?«

Mit der unvermittelten Frage kehrte auch das Grinsen der Burschen zurück und mit diesem ihre wehrknechtische Dreistigkeit. Jan Mular ließ seinen Blick über die Brüste der Baderstochter gleiten, die sich unter dem groben Sackleinenkleid allerdings nur undeutlich abzeichneten, und der lange Mikesch hob sogar eine Hand, wie um ihr vertraulich übers Haar zu streichen.

»Dazu braucht's wenig Scharfsinn«, gab Markéta zurück. »Natürlich hab ich nicht erwartet, grad euch hier zu sehen.« Das plumpe Gebaren der beiden machte es ihr leichter, ihre Fassung wiederzugewinnen. Wieso nur hatte sie auf einmal allerorten wunderbare Fügungen gesehen? Plötzlich verstand sie sich selbst nicht mehr. Wie oft hatte sie sich schon geärgert, wenn die Leute vorschnell von Zauberbann und Engelsfäden redeten, während sie doch nur von ihren eigenen Ängsten oder Hoffnungen gefoppt worden waren. So wie eben auch ich selbst, sagte sich Markéta. Aber so war es ihr schon an manchem Morgen ergangen, wenn ihr zuvor im Traum die Mutter erschienen war.

Nur noch mit einem Ohr hörte sie auf die prahlerischen Phrasen, mit denen Mular und Slatava sich vor ihr in die Brust warfen, währenddessen schaute sie an Mikeschs Schulter vorbei, die Seilergasse hinab. Normalerweise konnte man von hier aus bis zur Pestsäule sehen, die sich in der Mitte des Marktes, wenigstens zweihundert Schritte entfernt, wie eine riesige steinerne Nadel in den Himmel bohrte. Heute aber schien der ganze Platz von Kutschen übersät, die in unabsehbar langem Zug den Berg hinaufkrochen.

»Was ist mit den Wächtern von heute früh«, fragte sie in beiläufigem Ton und zwang sich, ihren Blick abermals auf Mikesch und Jan zu richten. »Warum sind sie abgelöst worden?«

»Warum, fragst du?« Mikeschs Wangen blähten sich vor Stolz. »Na, weil wir jetzt die Stadt übernommen haben – wir, die Salvaguardia des neuen Herrschers Don Julius!«

»So halt doch endlich dein Maul, Slatava«, versuchte ihn der andere abermals zu bremsen, aber sein Kamerad achtete nicht auf ihn.

»Ihr Leute hier in Krumau«, erklärte er eifrig, »glaubt wahrscheinlich immer noch, dass in eurer Stadt alles im alten Trott weitergeht. Aber mit Don Julius' Ankunft wird sich hier alles von Grund auf ändern! Bis gestern Mittag haben wir Gardisten ja auch noch von nichts gewusst, aber dann bekamen wir holterdiepolter den Befehl, auf Krumau zu marschieren.«

Markéta mochte Jan Mulars Blick, der immer dreister über ihre Brüste strich, und Mikeschs prahlerische Miene nicht länger ertragen. Aber eine letzte Antwort musste sie den beiden doch noch entlocken: »Also bleibt Don Julius für länger droben in der Burg?«

»Ob er hier bleibt?«, wiederholte diesmal Jan Mular, vor Begeisterung beinahe kreischend. »Da kommt ja sein ganzer Hofstaat aus Prag herbeigerollt – sieh nur hin, Badersmaid!«

Unter dem Vorwand, ihr die Richtung weisen zu wollen, packte er nach ihrem Arm, den er wie zufällig zwei Fingerbreit verfehlte. Markéta spürte die harte Hand, die sich in ihre linke Brust grub, und als hätte der Wachsoldat seinen Irrtum nicht bemerkt, griff er nur noch fester zu und wollte sie an sich heranziehen.

Derlei Rüderien abzuwehren hatte die Baderstochter schon als kleines Kind gelernt. Ihre Rechte fuhr empor, und der Soldat zuckte zurück, mit fiependem Schrei. Von seiner Wange, die er, die Augen weit aufgerissen, mit spitzen Fingern befühlte, troff aus vier Zickzackstriemen Blut.

Im gleichen Augenblick erschallte eine Fanfare, von Westen her, weit entfernt noch und doch gewaltig wie der Ruf eines riesigen Greifs.

»Das büßt du mir, Hürchen«, knurrte der Soldat, die Blutstropfen auf seinen Fingerspitzen inspizierend. Um dann noch hervorzustoßen, mit tückischer Hellsicht, wie sie von jähem Schmerz manchmal entfacht wird: »Was du von den alten Bütteln wolltest – ich find's heraus! War was Heimliches, hinterm Rücken der Herrschaft – das riech ich doch!«

Aber Jan Mulars Verwünschung drang kaum mehr an Markétas Ohr. Mit einem Mal flatterte ihr Herz wie eine aufgestörte Nachtigall, und während sie zurück ins Badehaus lief, schwirrte ihr unablässig nur ein Gedanke durch den Kopf: Don Julius bleibt in Krumau!

6

»Das Badehaus schließen wollt Ihr, Mäjster Bottich? Ist Euer Schädel leck wie altes Fass dort drieben? Habt Ihr ja vor winzigem Stindchen erst aufgesperrt!«

Dumpf drangen die Laute herab in Flors Verlies. Dielenhölzer knarrten unter schweren Schritten, immer wieder schwappte Wasser in Kübeln, untermalt vom Malmen des Flusses. Dazwischen erklangen die Stimmen der beiden Männer, die sich offenbar nicht einig wurden.

»Bitte untertänigst um Vergebung, Herr. Heut ist ein besonderer Tag für unsere Stadt.« Des Baders Bassstimme verriet Ungeduld und wachsenden Groll. Im Dunkel seines Kerkers sah Flor den bauchigen Glatzkopf mit dem gewaltigen Schnauzbart wieder vor sich, den das Mädchen vorhin Vater genannt hatte.

»Wieso besonderer Tag?«, ereiferte sich der zweite Mann, wobei er die Silben absonderlich zerdehnte. »Ist sich geweehnlicher Sonnabend im Mäj!«

»Nun zeigt doch ein Einsehen, Hochwohlgeboren! Euch wird ja nicht entgangen sein, dass Graf Julius endlich in Krumau eingezogen ist. Da will ich wie jeder andere brave Bürger hinauf zur Burg, um dem neuen Herrn meine Ergebenheit zu bezeigen.«

»Dem Käjserbastard, wäj, wäj! Könnt ich Euch manches Spottlied aus den Prager Gassen singen, Mäjster Bottich: Den Herren hackt Julius bloß den Kopf ab, den Wäjbern die Brüstchen dazu …«

»Hütet Eure Zunge, Hezilow!«

Hezilow! Beim Klang dieses Namens fuhr Flor zusammen. Ein Frösteln überlief ihn, er schob sich noch tiefer in seinen Winkel und drückte den Rücken gegen die klamme Kellerwand. Nicht nur der Name, auch die schnurrende Stimme kam ihm mit einem Mal bekannt vor – übel bekannt, auf ganz und gar unheimliche Weise vertraut. Er lauschte in sich hinein und spürte ein Grauen, wie jedes Mal, wenn er an sein Gedächtnis zu rühren wagte. Flüchtig sah er eine gewaltige Halle vor sich, erfüllt von Finsternis und Stille, und weit droben schwebend den riesigen *Vogel der Nacht* …

Flor biss die Zähne zusammen und starrte vor sich in die Dunkelheit. Hezilow, dachte er – wenn er sich nur besinnen, endlich besinnen könnte, wo er diesen Namen und diese Stimme schon einmal gehört hatte. Ja wenn überhaupt der Nebel in seinem Innern sich endlich lichten würde! Oder nein, noch nicht, lie-lieber noch nicht …

»Packt Euch jetzt aus freien Stücken, Hezilow – oder ich kipp Euch mitsamt dem Badewasser aus!« Die helle Stimme des Mädchens, das der Bader vorhin Markéta genannt hatte. Flor hatte sich sofort zu ihr hingezogen gefühlt, schon als er, eingeklemmt zwischen den beiden Bütteln, auf der Torschwelle vor ihr gestanden hatte.

»Ah, das hibsche Dächderläjn! Immer räjn in den Bottich, Jungfer Markéta. Ist mein Schenkelkratzer schon für sie beräjt!«

Ein Poltern und Rumpeln erschallte, gefolgt von Schwappen und Zetern.

»Das hätt' sie besser nicht getan!«, kreischte Hezilow. »Bin ich Jurij Hezilow, käjserlicher Puppenmacher, geachtet und gefürchtet von Britannien bis Prag!«

»Ein Missgeschick, Euer Wohlgeboren. Markéta ist versehentlich gegen Euren Bottich gestoßen, seht nur, wie erschrocken sie Euch anstarrt.«

»Entschuldigen soll sie sich«, keifte der Puppenmacher. »Und zum Zäjchen ihrer Reue einen Kuss – in allen Ehren, wie sich versteht!«

Abermals erzitterten die Bohlen über Flor, wie unter heftigem Stampfen. »Eher hack ich mir die Hand ab«, rief Markéta aus, »als Eure Warzenfratz' zu herzen. Und nun schert Euch raus!«

»Wer bist du? Woher kommst du, Flor?«

Kaum war Hezilow aus dem Tor und das Badehaus hinter ihm verrammelt, da hatte Markéta die Bodentür aufgezogen und Flor zurück ans Licht geholt. Seite an Seite saßen sie seither auf der Ofenbank, ängstlich beäugt vom Bader, der zwischen seinen Bottichen umherschlich.

»War … im Flu-fluss!« Stammelnd versuchte Flor zu erklären, was er selbst ja längst noch nicht begriff. Im Morgengrauen war er zu sich gekommen, draußen vor der Stadt im Uferkraut, sein Geist so nebelgrau, als ob er Tage und Nächte durchfiebert hätte. Und dabei tropfnass vom Lockenschopf bis zu den bunten Lumpenhosen, die ihm fremd, so fremd erschienen wie sein löchriges Hemd.

»Wa-weiß nicht … wer und wo.« Beschämt senkte Flor den Kopf. Er fühlte Markétas Blick auf seiner Seite und wagte nicht, sie seinerseits anzusehen. Wie unbeholfen die Wörter aus seinem Mund kollerten! War er nicht früher – gestern noch – ein leidlicher Redner gewesen, ein geachteter junger Herr? *Junger Herr?*, wiederholte er im Stillen und lauschte wieder in sich hinein. Wer um Himmels willen bin ich – war ich, eh' ich zum nabellosen Lumpenkerl verwunschen wurde?

Da sprang in seinem Innern spaltbreit ein Tor auf, und Flor blinzelte in eine lichte Welt hinein. Ein herrschaftliches Haus, die Mauern hell, der weite Saal vor Musik und Lachen erstrahlend. Und mitten drin, in leuchtend blauem Seidenwams – er, Flor … Dann verblasste das Bild, wurde durchscheinend wie ein Theatervorhang, und dahinter kam eine andere, ganz andere Welt zum Vorschein: eine leere, riesenhafte Halle, erfüllt von Moderluft, von Dunkelheit und Stille, und unter der Gewölbedecke schwebend, auf lederhäutigen Flügeln, der grässliche Riesenvogel …

»Denk nicht mehr dran, nicht jetzt. Alles wird gut, mein armer Flor.«

Wie sanft ihre Stimme auf einmal klang. Und wie nah bei ihm sie auf der Ofenbank saß. Und nun legte sie auch noch ihren Arm um seine Schultern und zog ihn an sich. Wie eine Schwester, dachte Flor. Hatte ich eine Schwester – dort, in jener hellen Welt? Aufs Neue spähte er in sich hinein. Doch ehe sich abermals ein inneres Tor öffnen konnte, erschallte der Bass des Baders, der ihnen von der Tür her zurief: »Los jetzt, wir müssen uns sputen, sonst kommen uns die Büttel doch noch zuvor – oder gar Hezilow!«, fügte er hinzu und sah erschrocken zu ihnen herüber.

»Pah, was soll das bucklige Scheusal schon ausrichten!«, gab Markéta zurück, sprang aber gleichwohl auf und zog Flor mit sich empor.

»Was der Puppenmacher ausrichten kann, weiß ich auch nicht«, sagte der Vater, »aber eins steht fest, Markéta: Du hast dir Hezilow zum Feind gemacht, und fortan wird er versuchen, dir und mir zu schaden.«

7

Den verhüllten Fremdling in ihrer Mitte, liefen Markéta und der Bader die Herrengasse empor, auf der sich die herrschaftlichen Kutschen drängten. Markétas Herz klopfte, ihre Wangen brannten. Wieso diese Aufregung, Mädchen, stellte sie sich zur Rede – doch nicht wegen dem schmalen Burschen an deiner Seite, der andauernd zu dir herüberschielt?

Noch im Durchhaus, als sie ihm den schlammfarbenen Kapuzenmantel überstreifte, hatte sie Flor ins Ohr geflüstert: »Keine Angst, ich pass auf dich auf.« Vom ersten Moment an hatte sie sich zu ihm hingezogen gefühlt, wie zu einem jüngeren Bruder, einem Traumgeschwister aus halb versunkener Kinderzeit. Aber wie sonderbar er aussah – mit seinen goldenen Locken, dem braun-grünen Augenpaar, dem nabellosen Leib! Nein, nicht wegen Flor flatterte ihr Herz wie eine Nachtigall.

Hin und wieder wurden sie mit einem Kopfnicken oder einem Zuruf gegrüßt, und der Bader verneigte sich eifrig nach links und rechts. Wie unterwürfig er sich verhielt, dachte Markéta, selbst gegenüber einfachen Leuten wie den beiden Küfergesellen dort drüben, vor denen er sich mit vernehmlichem Schnaufen verbeugte. Auch zu Haus in der Badestube troffen dem Vater die schmeichlerischen Reden unaufhörlich von den Lippen. Wer ihm auch nur ein Kupferstück in die Hand zählte, konnte gewiss sein, vom Bader Pichler für alle Zeit gepriesen zu werden. Ach, sei nicht ungerecht, schalt sie sich gleich darauf. Er hat sich verändert seit dem schrecklichen Morgen, als er neben der toten Mutter aufgewacht ist. Aber hatte es nicht schon Mutter Blanca verdrossen, wie der Bader die Eitelkeit jedes Tölpels tätschelte, der nur bereit war, seinen Beutel für ihn aufzutun? Ah, die Mutter hat das Badehaus verabscheut, dachte Markéta, auch wenn sie immer versucht hat, ihren Ekel vor all dem nackten Getümmel und den gebresthaften Leibern zu verbergen, die von morgens bis abends ihre Stube füllten.

Aber warum musste sie gerade jetzt wieder an Mutter Blanca denken? Nur ruhig Blut, Mädchen, *ihn* wirst du sowieso nicht wiedersehen, jedenfalls nicht heute – Don Julius, der ihr nicht mehr aus dem Sinn ging, seit er vor zwei Tagen ihre Hand in der seinen gehalten hatte. Törichte Maid!, tadelte sie sich, glaubst du denn wirklich, dass Don Julius persönlich den Bader von Krumau und seine Tochter empfangen wird – nur weil die ihm einen sonderbaren Burschen ohne Nabel übergeben wollen, für den Herr Julius doch weder Interesse noch Verwendung haben kann? Als ob der junge Graf nichts Gescheiteres zu schaffen hätte! Allenfalls würde man sie zu einem steifnackigen Burgvogt vorlassen, dem sie ihr Begehr vorstottern dürften, und ehe sie sich recht versähen, stünden sie schon wieder draußen vorm Tor.

»Rasch, links hinauf!«, flüsterte da der Bader, »wir kürzen durch die Töpfergasse ab!« Er packte Markéta und Flor bei den Armen und zog sie linkerhand eine schmale Treppe hinauf.

In ihrem Rücken erklangen nun trappelnde Schritte und Keuchen wie von beschleunigtem Atem. Flor wollte sich umwenden, aber Markéta umklammerte seinen Arm fester und murmelte: »Nicht!« Ihre Lippen an seinem rechten Ohr ließen ihn heftig erschauern. »Wawarum?«, wisperte er zurück, doch Markéta zog ihn schweigend weiter voran, so schwindelnd schnell, dass sie alle drei den Blick nicht von den tanzenden Stufen zu heben wagten.

Erst als sie oben angekommen waren, sah Flor auf und prallte förmlich zurück vor den hohen Mauern der Burg und dem schlanken, bunt bemalten Turm, der sich über ihren Köpfen erhob. »Mäjster Bottich!«, kreischte eine übel vertraute Stimme hinter ihnen. »So wart er doch auf Mäjster Hezilow!«

Der Bader fuhr herum, Markéta und den Fremdling mit sich reißend. Weit unter ihnen, fast noch am Fuß der Treppe, stand der Puppenmacher, und Markéta spürte, wie Flor bei seinem Anblick erstarrte. Hinter der zwergischen Gestalt drängte sich ein halbes Dutzend vierschrötiger Gesellen, gleichfalls in schwarzen Lumpen, die Bärte wirr, die Fratzen gedunsen und fahl.

»Bitte sehr um Nachsicht, Hochwohlgeboren«, rief Sigmund Pichler, »um Schlag zwölfe ist das Badehaus wieder offen!«

Eine Hand auf dem Geländer, sah Hezilow starr zu ihnen herauf. Im nächsten Moment aber hob er den Arm und deutete mit seinem schwarzen Stöckchen zu ihnen empor. »*Rölflein, hungrig' Wölflein!*«, kreischte er. »Was rennst du denn vor deinem Herrn davon?« Und er stieß ein helles, belferndes Lachen aus, raffte mit der Linken sein Gewand und schickte sich an, taumelnden Schritts die Stufen emporzusteigen.

»Wenn er nur widerlich wär, wär's arg genug«, sagte Markéta. »Aber ich fürchte, Vater, dein Püppchenmacher ist verrückter als ein tollwütiger Fuchs. Schnell, in die Burg!« Und sie zog Flor im Halbkreis herum und über den steilen Vorplatz auf das Burgtor zu, während hinter ihnen Hezilows atemloses Lachen und die Flüche seiner zerlumpten Kumpane erschallten.

Vor dem Tor stand ein Soldat der gräflichen Garde aufgepflanzt. Der Bader trat vor ihn, die Fäuste auf den Hüften und einige Augenblicke lang heftig schnaufend. »Melde mich Don Julius«, verlangte er dann in unerwartet forschem Ton. »Mein Name ist Sigmund Pichler, ich bin der Bader von Krumau.«

»Und wie lautet sein Begehr?«

Der Bader legte seine Hände auf die Schultern von Flor und Markéta. »Dem Herrn Grafen zurückzubringen, was ihm zugehört.«

8

Der tönerne Kerl taumelte durch den Wald, und der Stern wirbelte über seinem Kopf im Kreis. Es war der sonderbarste Stern, den Julius je gesehen hatte: ein schädeldickes Knäuel ineinander verfilzter Ochsenseile, mit einem halben Dutzend schenkellanger Enden, die in

Knoten so klobig wie Fäuste ausliefen, und aus jedem dieser Knoten glotzte ein schwarzes Auge hervor! Der tönerne Geselle hatte die Arme über seinen Kopf gelegt, der so grob geformt und jämmerlich nackt wie die ganze Gestalt war, nackt und rissig rot, denn er war ja von Kopf bis Fuß aus Lehm gebacken, und bloß die Ochsenseile bläuten ihm ein wenig Leben ein. Brummend wankte der kalte Kerl durch Tann und Tal, der Knotenstern wirbelte über seinem Schädel und peitschte unaufhörlich auf ihn ein, und immer im Niedersausen zogen sich die Augen in den Knoten zu blitzenden Schlitzen zusammen. Ein schwefelgelber Gewitterhimmel spannte sich über der Kreatur, die plötzlich in die Knie brach und die Augen himmelwärts verdrehte.

Da schreckte Julius aus dem Schlaf – der Lehmkerl sah ja aus wie ich, von der Stirn bis zum Kinn, durchfuhr's ihn im Erwachen, und doch hab ich ihn mit den Augen des Knotensterns gesehen! Das Herz klopfte ihm zum Zerspringen. Starr saß er auf seinem Bett und sah immer wieder den tönernen Gesellen vor sich, wie er über Wurzeln und Steinbrocken stolperte, ächzend und brummend, vom Knotenstern vorangepeitscht.

So langsam, wie vor dem Fenster der Morgen heraufzog, dämmerte Julius, wo er sich befand. Er war nicht in Prag, nicht in seinen Gemächern im Hradschin – sie hatten ihn nach Krumau abgeschoben wegen … Mariandl, o mein Gott.

Er stöhnte auf und vergrub sein Gesicht in den Händen. Rasch zog er sie wieder fort: dies klebrige Nass, es war nur Schweiß, natürlich nur Schweiß! Noch immer pochte ihm das Herz bis hinauf in die Kehle. Was hatte der Traum nur zu bedeuten, der wankende Lehmkerl, der peitschende Stern? Gleich nachher würde er seinen Astrolog von Sargenfalt fragen, der unterdessen auch aus Prag angelangt sein musste; seit gestern rumpelten von morgens bis abends Kutschen und Karren über die Burghöfe, beladen mit Künstlern und Schranzen, Verwaltern und Gesinde, mit Wäsche, Geschirren und was noch alles d'Alembert vorgesehen hatte, »für Eure würdevolle Installation in Krumau, *Excellence*«.

Ah, du wirst Augen machen, Meisterlein! Und Sargenfalt – er kann mir gestohlen bleiben, dachte Julius, was weiß der ewig hustende Astrolog schon von dem Geheimnis, das mir Mariandls Sternengucker aus dem All gelesen hat! »*Ein Erleuchteter wird Euch aufsuchen, in seinem Gefolge eine künstliche Figur – doch nicht in Prag* ...« Aber ja, jetzt fiel's ihm wie Schnuppen von den Sternen: Der Lehmkerl und der äugende Knotenstern – sie bedeuteten nichts anderes als die Kreatur und ihren magischen Magister aus dem Horoskop! Hatte Mariandls Seher nicht vorausgesagt, dass der Alchimist und sein Geschöpf in allernächster Zukunft auf ihn stoßen würden, weitab von Prag? Was sonst sollte der Traum ihm also annoncieren, wenn nicht die Ankunft der beiden, die gerade jetzt durchs Stadttor stolpern, sich die Gassen hinaufschleppen mochten zur Burg!

Julius schwang die Beine aus dem Grafenbett, dass die Messingglocke am blauen Samthimmel bimmelte. Den ganzen gestrigen Sonntag über war er in seinen Gemächern geblieben, vielmehr im Appartement des alten Wilhelm, wie der Maître ihn auch gelockt und umschmeichelt hatte; er hatte sich geweigert, den Audienzsaal oder das kaiserliche Appartement, den Maskensaal oder das Dutzend Salons anzusehen, die d'Alembert seit Anfang des Jahres her- und eingerichtet hatte, mit lachhaftem Eifer und Truhen voller Silber aus dem kaiserlichen Schatz.

Ihr werdet staunen, Maître, ihr alle werdet Augen machen! Er sprang auf, da fielen ihm die Augenknoten wieder ein, und er erschauerte. Riss sich das klamme Nachthemd über den Kopf und schrie zur gleichen Zeit nach seinem Kammerdiener: »Bertl, her mit dir! Bring er Gewand und Hosen, aber hoppsa! Und einen Hunger hab ich, Kerl!«

Der Diener stolperte ins Zimmer, die Augen traumverquollen, die blonden Haare schlafzerzaust. Julius schrie unablässig weiter, kommandierte und ordnete an. Ließ Haushofmeister von Breuner mitsamt seinen Lakaien aufmarschieren und befahl endlich auch Maître d'Alembert herbeizuschaffen, damit der ihn zum gräflichen Audienzsaal führe, wie es seiner Pflicht als Obersthofmeister entsprach.

9

Der Bote stand noch vor ihm in der Antekamera, die Mütze in der Hand. Charles d'Alembert überflog ein zweites Mal den Brief, verfasst in der zierlichen Schrift der Katharina da Strada. »Vollkommene Ruhe in Krumau, ich beschwöre Euch, *mon cher maître*«, so die mütterliche Mätresse zum Abschluss, »oder der kaiserliche Zorn wird uns alle verderben.«

D'Alembert faltete den Bogen zusammen und schob ihn in seine Weste. »Es ist gut«, sagte er zum Boten, »du kannst gehen.«

»Und Eure Antwort für Prag, gnädiger Herr?«

D'Alembert zeigte ein dünnes Lächeln. »Heute nicht.«

Heute nicht und hoffentlich niemals mehr, dachte er, während er den Kurier mit einer Handbewegung entließ. »Vollkommene Ruhe in Krumau«, das schrieb sich so leicht mit der Adlerfeder auf parfümierte Bütte, aber habt Ihr Euch jemals die Mühe gemacht, Madame, Euren fürchterlichen Sohn vor sich selbst zu behüten, für ein paar Tage oder Stunden nur? Ihm die Waffe aus der Hand gewunden, Dolch oder Degen, derweil Euer Bastard Euch anglotzt mit blutig geäderten Augen, Laute ausstoßend wie eine verzauberte Kreatur? Und dennoch, Madame, liebe ich ihn wie meinen Sohn.

In den letzten Monaten schien es besser zu werden, dachte er dann, in der Morgendämmerung seinen Salon durchmessend, der ganz in Weiß und Silbertönen eingerichtet war, ja, seit der Jahreswende hatte es den Anschein, als ob der Dämon endlich von ihm gewichen wäre. Aber dann vorgestern Nacht dieses Mariandl, das irgendetwas zu ihm gesagt haben musste, oder gelacht auf eine Weise, die jene Saite in ihm zerreißen ließ – worauf er das Beil hervorzog und auf sie einhieb, weiß der Himmel, wo er die Axt überhaupt hergenommen hatte!

Nur ruhig Blut bewahren, mahnte sich der Maître, indem er vor seinem Fenster stehen blieb, bereits vollständig angekleidet, das Gesicht weiß geschminkt, die Perücke gepudert, obwohl eben erst die Sonne über Krumau emporstieg. Ein guter Dompteur unterwirft jede Bestie seinem Willen, memorierte er seine Lebensmaxime. Und es gibt nur gute Bändiger, jedenfalls unter den Lebenden.

Abermals zog er den Brief der mütterlichen Mätresse hervor.

Den 5. Mai 1607 A.D.,
im Hradschin zu Prag

Mon cher maître, es ist tief in der Nacht, und doch muss ich diese Zeilen noch eilends aufs Papier werfen. Ein anonymer Denunziant hat Ihrer Majestät ein Hetzschreiben zugespielt: Er will beobachtet haben, wie unser junger Freund gestern in aller Frühe blutbespritzt aus seinen Gemächern gestürzt sei, aus denen gewisse Helfershelfer kurz darauf eine verschandelte Mädchenleiche davongetragen hätten. Tatsächlich wurde heut Mittag am bezeichneten Ort ein Korpus gefunden, im Gestrüpp weitab am Moldauufer. Dass unser junger Freund vor Morgengrauen die Stadt verlassen hat, verleiht der Tirade des Anonymus einen Anschein von Wahrheit, jedenfalls in den Augen Rudolfs, der sich seither Stunde um Stunde in heiligen Zornreden erging.

Am Kaiser nagen Zweifel, *mon cher maître*, ob er weise gehandelt habe, als er Euch damals unseren jungen Schützling anvertraute. Mehrmals fragten Ihre Majestät sich lauthals, ob sie nicht besser täten, ihn für alle Zeiten auf ein mährisches Landgut zu verbannen. Dort könne unser Freund allenfalls ein paar altersschwache Ochsen abschlachten, aber keine Menschenkinder, rief der Kaiser noch aus, ehe er erschöpft auf sein Ruhelager fiel.

Mein lieber d'Alembert, sicher könnt Ihr Euch denken, wie sehr mich diese Worte erschüttert haben. Ah, wie Recht Ihr hattet, mein Vertrauter, auf baldige Abreise nach Krumau zu drängen! Wie strahlend muss ihm nun die alte Rosenberger Herrschaft erscheinen. Ach, wäre er nur früher Eurem Ratschlag gefolgt!

Seid gewiss, dass ich alles tun werde, um den kaiserlichen Zorn wieder einzuschläfern, doch bis dahin darf Euer Schützling keinesfalls nach Prag zurückkehren. Vollkommene Ruhe in Krumau, ich beschwöre Euch, *mon cher maître,* oder der kaiserliche Zorn wird uns alle verderben!

Mit bestürzten, vertrauensvollen etc. etc.,
Katharina da Strada

Ein Pochen an der Tür, ein höfliches Hüsteln – auch ohne sich umzuwenden, wusste d'Alembert, dass Pavel eingetreten war, sein ältlicher Sekretär.

»Was gibt es, *mon ami*?« Langsam steckte er den Brief wieder in seine Westentasche und drehte sich mit dem Rücken zum Fenster.

»Verzeiht, Maître, Don Julius lässt Euch rufen.«

»Ausgezeichnet, ich wollte ohnehin zu ihm.« Aber wieso ist er um diese Zeit schon auf?, fragte sich d'Alembert. Er konnte sich überhaupt nicht erinnern, wann sich Julius jemals zu so früher Stunde erhoben hatte, ausgenommen nur das halbe Jahr im Kloster zu Gaming, wo er von schmallippigen Kartäusermönchen in Theologie unterrichtet worden war.

Es kann nichts Gutes bedeuten, dachte der Maître, indem er Pavel zunickte und hinaus auf den Gang trat. Wahrscheinlich steht Julius in Hut und Mantel auf dem Hof und verlangt seine sofortige Rückkehr nach Prag. Aber daraus wird nichts, Exzellenz. Vollkommene Ruhe in Krumau!

D'Alembert ließ sein Stöckchen durch die Luft wirbeln und eilte durch dämmrige Gänge hinüber zum gräflichen Appartement, wo er Don Julius in größter Erregung antraf, seine braunen Augen von jenem Glanz erfüllt, den er seit vielen Jahren fürchtete.

»Ah, da seid Ihr, Maître«, rief ihm Julius entgegen, »bringt mich eilends in den Thronsaal. Gleich werden ja die Leute aus der Stadt heraufkommen, Ratsherren, Ritter, Zunftvorsteher, um sich vor ihrem neuen Herrn zu verbeugen.«

»Vortreffliche Vorsätze, *Excellence*«, lobte d'Alembert, »aber um sieben Uhr in der Frühe …«

»Gehen wir, Maître, Ihr werdet schon sehen!«

D'Alembert fand sich am Ellbogen gefasst und aus dem Salon gezogen, auch das war nie zuvor geschehen. Seit Jahr und Tag war er derjenige, der den Kaiserbastard antrieb, immer darauf gefasst, dass sich Julius mit der Wildheit eines Raubtiers zu entwinden suchte.

Schon nach wenigen Schritten war der Maître in seine Rolle zurückgeglitten. Er winkte einen Lakaien herbei und ordnete an, im Großen Saal für zwei Dutzend Personen aufzudecken, das engere gräfliche Gefolge aus den Betten zu scheuchen sowie im Audienzsaal die Fenster aufzureißen. Schließlich war er mit jeder Laune seines Schützlings seit bald zwei Jahrzehnten vertraut – nun, mit fast jeder; aber wieso Julius plötzlich danach lechzte, im Morgengrauen auf dem bisher so verabscheuten Grafenthron Platz zu nehmen, würde sich zweifellos sehr bald zeigen.

Während der Diener davoneilte, führte er den Kaisersohn durch die Flucht prachtvoller Salons, die sie seit Jahresanfang allesamt mit neuen Tapeten und Lüstern ausgestattet hatten, das Kristall nicht von den allerersten Glasschleifmeistern, aber doch aus böhmischen Manufakturen von untadeligem Ruf. Von sich aus würde Julius den Unterschied ohnehin nicht bemerken, sagte sich der Maître, wenn nur niemand aus seinem Gefolge, der spitzzüngige Maler da Biondo oder der allzu redselige Medikus von Rosert, auf die Idee kam, sich vor Julius' Ohren nach dem Namen des Schleifmeisters zu erkundigen. Aber das galt mehr oder minder für alle Gegenstände, die er in Auftrag gegeben oder erhandelt hatte. Die erstklassigen Adressen, bei denen die Prager kaiserlichen Hofmeister einzukaufen pflegten, kamen für Burg Krumau schlichtweg nicht in Betracht, auch wenn er selbst und Katharina da Strada Ihrer Kaiserlichen Majestät eine stattliche Apanage abgelistet hatten: dreißigtausend Gulden aufs Jahr, dazu ein einmaliges Handgeld von zwanzigtausend Talern rheinischen Goldes. Ohnehin war der allergrößte Teil der riesenhaften Burg noch immer jämmerlich verwahrlost.

Kein Grund zu verzagen, munterte sich der Maître auf. Zumindest waren sie nun endlich in Krumau eingezogen, bald zwei Jahre, nachdem er und Katharina den Plan gefasst hatten, Rudolf die alte Rosenberger Herrschaft für seinen Bastardsohn abzuschmeicheln. Und kaum hatte er heute die Nachricht von der mütterlichen Mätresse erhalten, da schien Julius mit dem eben noch verhassten »Verbannungsort« auch schon auf wundersame Weise versöhnt. Doch diesem Stimmungsumschwung war keineswegs zu trauen.

»Seht dort, die Goldtapisserien, und da drüben, *Excellence*, eine Pariser Rarität ...« Während sie eilends voranschritten, deutete d'Alembert mit seinem Stöckchen immer wieder auf Gemälde, Wandbehänge, Möbelstücke, die er in den letzten Monaten erhandelt hatte, dazu murmelte er Erläuterungen und ließ Julius keinen Moment lang aus den Augen.

Denn der Maître glaubte an Einbildungs- und Willenskraft, nicht an wundersame Wendungen. Und dass den seelischen Aufschwüngen seines Schützlings ebenso jähe Abstürze zu folgen pflegten, wusste er aus mannigfaltiger Erfahrung. Aber warum auch immer Julius sich so plötzlich mit Krumau zu arrangieren schien – er würde ihn mit aller Kraft in seinen Plänen bestärken, damit der kaiserliche Zorn sie nicht beide elendiglich verdarb.

10

Der Große Saal war ein Mirakel der Grotesken- und Trompe-l'œil-Malerei. Hinter Säulen und Hecken tummelten sich Satyrn und Nymphen in blankem Ergötzen, bronzene Jünglinge umschlangen einander zu attischem Wettstreit, Musikanten mit Lauten und Harfen spielten auf einer Lichtung für sinnenfrohe Dämonen zum Tanz auf.

Und dies alles war Illusion und Täuschung, getupft und gepinselt mit Ölen und Farben, dachte d'Alembert, aber wie meisterlich gemalt, wie wahrhaft göttlich vorgetäuscht. Er war auf der Schwelle stehen geblieben, eine Hand in der Armbeuge seines um anderthalb Häupter höher gewachsenen Schützlings, dem nichts anderes übrig blieb als gleichfalls in der Tür zu verharren. »Ein Ort der Glückseligkeit«, sagte d'Alembert und bemühte sich, seiner Stimme Wärme zu verleihen, »*un paradis pour Vous, Excellence!*«

Er sah Julius von der Seite her an, und für einen Moment schien es ihm, als wäre auch der Kaisersohn von diesem Saal beeindruckt, in dem einige der besten Maler Europas gearbeitet hatten. Denn Wilhelm von Rosenberg war nicht nur ein hoch angesehener Alchimist, sondern auch ein Mäzen und Kunstfreund von weithin leuchtendem Glanz gewesen, berühmt überdies als großzügiger, ja als großartiger Zahler.

Doch Julius sah sich nur flüchtig nach all den Wundern um, dann entzog er dem Maître seinen Arm. Er machte einen Schritt in den Saal hinein und fuhr herum, dass sein Umhang wallte. »Vorspiegelungen, *mon cher maître*«, sagte er, »Trug und Täuschung, alles schön und gut! Haben wir nicht bis zum Überdruss drüber debattiert? Derlei Gleisnerei verändert diese Welt so wenig wie Traumgefasel, sie verzerrt sie nur und äfft sie auf närrische Weise nach. Die geheime Wissenschaft der Alchemie dagegen ...«

Seine Augen nahmen abermals jenen unguten Glanz an, und d'Alembert beeilte sich, seinem Schützling mit weicher Stimme ins Wort zu fallen: »Alles zu seiner Zeit, Euer Liebden, ich bitte Euch, lasst uns erst einmal Euren Einzug und den neuen Akt im Theater des Lebens feiern, der für Euch und für uns alle, Eure ergebenen Diener, an diesem Tag beginnt. – Musik!«, befahl er, und ehe Julius etwas einwenden konnte, traten in der Tiefe des Saals ein Dutzend verschlafener Musikanten hinter einem Vorhang hervor.

Die Lauten- und Harfenspieler waren ebenso jung und kunstvoll entkleidet wie ihre Vorbilder auf dem Wandgemälde, und als sie vor und zwischen den gemalten Musikanten Aufstellung nahmen, hätte tatsächlich niemand sagen können, welche dieser singenden Nymphen und musizierenden Satyrn nun aus Öl und Leinwand erschaffen waren und welche aus Fleisch und Blut.

Weiterhin behielt d'Alembert seinen Schützling scharf im Auge. Wie sehr hatte er seit Monaten darauf gedrängt, dass sie die Prager Burg hinter sich ließen, nun endlich waren sie am Ziel, wenn auch möglicherweise zu spät. Der Hradschin war nichts anderes als ein riesenhaftes Narrenhaus, sagte sich der Maître, das durch die kaiserlichen Verderbt- und Verschrobenheiten mehr und mehr verzaubert wurde. In hellen Mondnächten konnte es dort geschehen, dass Ihre Majestät höchstderoselbst im silbern gesäumten Nachtgewand durch

Flure und Kammern tappte, die Augen zu rot marmorierten Schneekugeln verdreht, während Schreie von hündischer Verzweiflung oder auch von wölfischer Begierde aus der kaiserlichen Kehle drangen. Immer offener wurde in den Prager Antekameras gemunkelt, dass der viel beschriene Habsburger Wahnsinn auch den Geist Rudolfs II. zu verdunkeln beginne, und Don Julius war sein ältester Nachkomme, der zumindest auf dieses Erbteil unabweisbare Ansprüche erhob. Während ihm alle glanzvollen Facetten der väterlichen Hinterlassenschaft auf alle Zeiten verwehrt waren, das Zepter des Kaiserreichs ohnehin und die böhmische Wenzelskrone ebenso; schon dass Rudolf seinem Bastardsohn die ausgezehrte Rosenberger Herrschaft zugeschlagen hatte, war mit heller Empörung aufgenommen worden, in der Krumauer Bürgerschaft und an den Höfen des halben Abendlandes.

Aber ich werde Julius aus jeder Bedrängnis retten, schwor sich d'Alembert wie nahezu täglich, dabei hinter dem jungen Burgherrn hereilend, der nun mit raschen Schritten auf die Musikanten zustrebte, alles werde ich tun, um ihn vor Schmerz und Schande zu bewahren. Und uns beide vor dem Sturz.

Hinter ihnen segelte jetzt auch die gräfliche Gefolgschaft in den ehemaligen Wappensaal der Rosenberger: der hoch aufragende Oberstkämmerer von Hasslach und der rundliche Oberststallmeister Skraliçek, fünf Kammerherren und dreimal so viele Edelknaben, Maler und Bildhauer, Schauspieler und sonstige junge Leute von allenfalls halbgewisser Herkunft, die sich als Künstler ausgaben, obwohl jeder wusste, dass sie hauptsächlich das Schmarotzertum und die Schamlosigkeit zur Kunst entwickelt hatten. Ein Glück nur, dachte d'Alembert, dass Johanna von Waldstein vorerst in Prag zurückgeblieben war, Julius' gottfromme Verlobte, deren Nähe den Kaisersohn noch ärger verdross als eitel Sonnenschein.

Er winkte von Hasslach zu sich. »Eine heikle Mission, *mon ami*«, sagte er mit gedämpfter Stimme, »Don Julius wünscht die Oberen von Krumau im Audienzsaal zu sehen – jetzt gleich.«

Der hagere Oberstkämmerer riss die Augen unter grauen Brauenbüscheln auf. »Davon rat ich schlankweg ab, Maître. Die Ratsherren werden sich weigern, das lässt sich leicht voraussehen. Ein Affront, wird's gleich wieder heißen – und warum auch just heut und in Herrgottsfrühe? Bald zwei Jahre sind vergangen, seit Ihre Majestät ihm die Grafschaft zugeschlagen hat. Nicht ein einziges Mal ist Don Julius seither hier in Krumau gewesen – und da sollen sie gerade jetzt herbeieilen und ihm die Hände küssen?«

»Ich weiß, ich weiß, *mon ami.*« D'Alembert sah mit einem dünnen Lächeln zu ihm auf. »Aber nun ist Don Julius eben hier, und die stolzen Bürger von Krumau werden wohl oder übel das Knie vor ihm neigen müssen.« Im Hintergrund bemerkte er einen Gardisten in blauer Uniform, der offenbar versuchte, ihre Aufmerksamkeit auf sich zu ziehen. »Also sendet jemanden zum Rat von Krumau oder begebt Euch am besten selbst zum Rathaus hinunter.« Er nickte von Hasslach zu und winkte zugleich den Soldaten herbei.

»Gardist Jan Mular!« Inmitten des ganzen Wirrwarrs aus Musikanten, schwatzenden Künstlern und umherschwirrenden Höflingen knallte er die Hacken zusammen.

»Was gibt es?« Zu seinem Ärger bemerkte d'Alembert vier blutige Zickzacklinien auf der Wange des dicklichen Gardisten. Vor einem halben Jahr hatte er vier Hundertschaften junger Männer aus der Grafschaft ausheben lassen, um sie in einer Kaserne am Stadtrand von Prag zu Wachsoldaten auszubilden, und noch am gestrigen Sonntag hatte er die gesamte gräfliche Salvaguardia nach Krumau abkommandiert. Aber dieser zerkratzte Bauerntölpel schien den sechsmonatigen Drill im Schweinekoben verschlafen zu haben.

»Melde gehorsamst, Herr Obersthofmeister – am untern Burgtor stehen Krumauer Bürger und begehren den Herrn Grafen zu sprechen.«

»*Ah bon*?«, machte d'Alembert, verblüfft über die Promptheit, mit der sich Julius' Voraussage zu bewahrheiten schien. »Und um wen handelt es sich?«

»Um einen gewissen Pichler, Bader von Krumau, Herr Obersthofmeister, sowie seine Tochter und ein ... Subjekt. Der Bader will was zurückgeben, das dem Herrn Grafen gehört, wie er angibt.«

D'Alembert wechselte einen Blick mit von Hasslach. »Lasst sie ein«, befahl er Mular, »sie müssen allerdings noch in der Kammer neben dem Thronsaal warten. Sag ihnen, die Audienz beginnt um Schlag neun.«

Eigentlich hatte er dem Soldaten noch einen Rüffel erteilen wollen: Wusste dieser Mular denn nicht, dass den gräflichen Gardisten Raufereien untersagt waren? Doch der Maître beließ es bei einer knappen Handbewegung, die den Gardisten aus dem Saal scheuchte, in diesem Moment nämlich spazierte das syrakusische Zwillingspaar Arm in Arm an ihm vorbei. Vor drei Wochen waren die beiden, Fabrio und Helena, mit einer fahrenden Theatertruppe nach Prag gekommen, und Don Julius hatte sich in die bronzehäutige Hübschheit der halbwüchsigen Geschwister vergafft und sie für ein paar Silbermünzen freigekauft. Seither hatte Fabrios Brombeerlächeln auch d'Alembert manche schlaflose Nacht bereitet – im Moment allerdings gab es Wichtigeres zu bedenken, rief er sich selbst zur Ordnung und wandte seinen Blick von dem jungen Syrakuser ab.

Unterdessen hatte Julius an der Tafel Platz genommen, umgeben von Nymphchen und Satyrn. D'Alembert machte Freiherr von Breuner ein Zeichen; sein ältlicher Haushofmeister stand am anderen Ende des Saals, neben der geschlossenen Doppeltür, hinter der zweifellos schon die Kuchelmägde mit Silbertabletts voll hastig zubereiteter Speisen warteten: kalter Kapaun und Schwanenpastete, dazu weißes Brot und Tokaier. Als von Breuner die Geste des Maître bemerkte, nestelte er den Silberschlegel aus seinem Gürtel und schlug auf den mondgesichtigen Gong, den d'Alemberts Gesandte für ein Spottgeld im Hafen von Amsterdam erstanden hatten.

11

Der Tokaier schwappte ihm unter der Schädeldecke, und die gläsernen Klänge des Klavichord gellten ihm noch in den Ohren. Von d'Alembert in den Audienzsaal geführt, blieb Julius vor dem Marmorsockel mit dem alten Rosenberger Thronsessel stehen. Auf einmal war er sich gar nicht mehr so sicher, ob er das Horoskop und seinen Traum richtig gedeutet hatte. Und wenn Mariandls Sternengucker doch bloß ein Scharlatan war?

»Die Leute aus der Stadt«, sagte er, »sind denn welche gekommen?« In die Hölle mit allen Betrügern, auch die väterliche Majestät hatte er mehr als einmal über hinterlistige Sternengaukler wettern hören. Doch auch der Kaiser machte seit langem keinen Schritt mehr, ohne zuvor seine Astrologen zu befragen.

»Alles, wie Ihr befohlen habt, *Excellence.*« Der Maître bedachte ihn mit dem starren, kalkweißen Lächeln, das Julius früher bis in seine Träume verfolgt hatte, Schreckensträume von Steinmasken, die sich unversehens verzerrten, und von Gesichtern, die sich als steinkalt erwiesen, wenn er mit dem Finger darüberfuhr. »Doch gestattet mir, Euch erst noch mit den gräflichen Insignien zu versehen.« Vom herbeieilenden Oberstkämmerer nahm er einen scharlachroten Prunkmantel entgegen, den er Julius mit einer schwungvollen Bewegung überwarf. »Nun seid so gütig und nehmt Platz.«

Fügsam erklomm Julius die drei Sockelstufen und ließ sich in den Sessel sinken. Soweit er zurückdenken konnte, hatte d'Alembert ihn immer gegängelt und dirigiert, gelockt und belogen, bedroht und umschmeichelt, und weder er noch seine Mutter Katharina hatten sich jemals drum geschert, ob er selbst in die Richtung gehen wollte, in die sie ihn so gebieterisch drängten. Schließlich war er nur ein Bastard des Kaisers, da musste er sich doch glücklich schätzen, dass die väterliche Majestät ihm ein paar Häppchen ihrer allerhöchsten Gunst zukommen ließ! Und wem verdankte er diese Gnadenbrocken – natürlich nur der mütterlichen Mätresse und dem unermüdlichen d'Alembert. Aber damit würde es bald vorbei sein, sagte sich Julius. Künftig würde *er* bestimmen, wo es entlangging – nicht auf hinterwäldlerische Grafenburgen, sondern im Triumph zurück nach Prag! Ich hab dem Mariandl das Licht nicht ausgeblasen, dachte er wieder. Jemand muss mir das tote Hürchen untergeschoben haben – aber wer nur und zu welchem hinterfotzigen Zweck?

Der Audienzsaal war ein Labyrinth aus Spiegelwänden, die sein dürftiges Gefolge zur häupterstarken Schar anschwellen ließen. Auch die Musikanten waren aus dem Großen Saal herübergekommen. Zwischen Satyrn und Nymphen stand der hünenhafte Medikus von Rosert, sein haarloser Kopf leuchtend wie ein Lampion. Auf gelben Schnabelschuhen glitt Gabriele da Biondo herbei, d'Alemberts venezianischer Lieblingsmaler, unter dem Arm seine Staffelei, die er zwei Schritte neben dem Thron aufstellte. Obwohl die Fenster immer noch geöffnet waren, hing ein leichter Modergeruch im Saal. Mit einem Mal wurde Julius bewusst, dass seine Finger vor Anspannung zitterten.

Aus von Breuners Händen nahm d'Alembert nun eine achteckige Krone aus getriebenem Silber entgegen, klomm zwischen den Syrakusern, die wie Sphingen auf dem Sockel hockten, die Stufen empor und setzte die Haube auf Julius' Schopf. Wie geschmacklos, dachte der Gekrönte. Tatsächlich hatte d'Alembert die Ottonenhaube nachbilden lassen, ein Krönungsinsignium des Heiligen Römischen Reichs. Doch als er um sich blickte und sich in Prunkmantel und Krone dutzendfach gespiegelt sah, war er gegen seinen Willen beeindruckt. Auch wenn's nur ein Vorschein ist, dachte er rasch, bloß eine Theaterprobe.

»Euer Herrlichkeit, Graf von Krumau«, sprach Maître d'Alembert, »als Euer ergebenster Diener flehe ich Euch an: Regiert weise und nachsichtig, seid Euren Untertanen ein milder und gerechter Herr.« Ehe Julius etwas erwidern konnte, wandte sich d'Alembert dem Oberststallmeister zu, nahm das mächtige Rosenberger Schwert, das Skraliçek ihm auf vorgestreckten Händen darbot, und legte es mit einer feierlichen Bewegung in Julius' Arm.

Just da wurde an die Tür gepoltert, deren Flügel im gleichen Augenblick aufflogen, und auf der Schwelle erschien eine Person, die Julius in diesem Moment am wenigstens erwartet hätte. Dabei hatte er seit vorgestern mehr als einmal an sie gedacht und sie just so vor sich gesehen, wie sie nun in der Tür stand: barfüßig, im hellen Leinenkleid, die rossbraune Haarmähne im Nacken gebändigt. Über zwei Dutzend wirkliche und zweihundert gespiegelte Glatz- und Perückenköpfe blickte sie zu ihm herüber, mit einem warmen Glanz in den Augen und glühenden Wangen, die auch ihm die Hitze unter Krone und Gürtel trieben. Hinter Markéta – denn so hieß sie, Markéta Pichlerová, jetzt fiel's ihm wieder ein – stand ein glatzköpfiger Mann in fortgeschrittenen Jahren, mit ausladendem Bauch und ebenso gewaltigem Schnauzbart. An ihrer Seite aber ein schmaler Jüngling, der aus einer gewaltigen Kapuze wie aus einer Fuchshöhle hervorlugte.

Julius spürte, dass seine Unterlippe zu zucken begann, wie beinahe immer bei starker Erregung, und wie vor zwei Tagen erst, dachte er, als ich ihre warmen, schlanken Finger in meiner Hand hielt. Markéta!

»Gnädiger Herr Graf«, sprach der dicke Mann, »mein Name ist Sigmund Pichler, ich bin der Bader von Krumau und gekommen, um dem Herrn sein Besitztum zurückzubringen.« Unter diesen Worten, die er mit dröhnender Bassstimme, wenngleich einigermaßen kurzatmig hervorstieß, schritt er langsam in den Saal, Markéta und den Jüngling vor sich herschiebend. »Dieser künstliche Knabe wurde mir von den Bütteln übergeben«, sprach er weiter, »und ich nehm doch an, dass er Euch entlaufen ist, durchlauchtigste Gnaden?«

Julius sprang von seinem Sessel auf, scheppernd fiel das Rosenberger Schwert zu Boden. »Künstlicher Knabe?«, wiederholte er, nun am ganzen Leib heftig zitternd. Vor seinem geistigen Auge sah er wieder den tönernen Kerl aus seinem Traum, unter den Knotenstern geduckt, während Mariandls Sternengucker in seinem Innern krächzte: »*Ein Erleuchteter wird zu Euch kommen, mit einer künstlichen Figur, aber nicht in Prag!*«

»Sehr wohl, Herr Graf«, brummte der Bader und brachte das Mädchen und den Burschen vor dem Grafenthron zum Stehen.

12

Markéta spürte die Anspannung in Flors Körper, der sich zitternd an ihre rechte Seite drückte. Aber sie war entschlossen, sich den Verstand nicht verwirren zu lassen, auch wenn die fremdartige Umgebung all ihre Sinne überreizte. Gerüche, die ihre Nasenflügel erbeben ließen – *indische Moschussüße*, dachte sie, sich an einen Liedvers erinnernd –, ein Tuscheln und Wispern in fremden Zungen – spanisch und französisch, wie sie annahm, jedenfalls verstand sie kaum eine Silbe –, dazu das Rascheln von Seide, die schreiend bunte Kleidung der Damen und Herren und, greller noch, die bronzene Nacktheit der beiden Schwarzgelockten, Knabe und Mädchen, die zu Füßen des Grafen hingekauert saßen.

Don Julius war auf seinen Sessel zurückgesunken, das riesenhafte Schwert lag unbeachtet neben ihm am Boden. Er sieht traurig aus, dachte Markéta, gefährlich, aber mehr noch trübselig wie ein gefangener Wolf. Freimütig erwiderte sie seinen Blick, wie vorgestern früh auf der Brücke. Aber warum nur schaute er *sie* unablässig an, während der Vater doch die ganze Zeit von Flor sprach?

»… wurde mir dieser Bursche heute früh von den städtischen Bütteln ausgehändigt, durchlauchtigster Herr«, rapportierte der Bader, »da sie ihn ohne Bewusstsein aufgefunden hatten und annahmen, dass er verletzt sei.« Seine heilkünstlerische Untersuchung, fuhr er fort, habe keine Wunde zutage gefördert, sondern – wie solle er sagen – das blanke Gegenteil. Seine Linke krampfte sich in Markétas Schulter, jählings beugte er sich nach vorn, packte Flors Umhang und riss ihn bis zum Hals des Überrumpelten empor.

Die Wirkung war ungeheuerlich. Alle fünf Dutzend Personen, die im Saal zusammengedrängt waren, begannen fast gleichzeitig durcheinander zu schreien. Dabei hatte kaum jemand »das blanke Gegenteil« wirklich gesehen.

»Ein Affenfell!«, rief einer und hätte schwerlich ärger danebenzielen können.

»Ein Hermaphrodit!«, trumpfte ein anderer auf, wurde jedoch gleich niedergeschrien von einem wohlgenährten Edlen, der mit rotem Kopf und donnernder Bassstimme ausrief: »Ja, habt ihr keine Schlitze im Schädel, ihr böhmischen Knödelbarone – der Bursche ist ein Kunstmensch aus Rädern und Metall!«

»Affen-fe-fell«, repetierte Flor in bekümmertem Tonfall, dabei heftig mit dem Bader rangelnd, »Rä-räder und Metall!« Da ging mit lautem Ratsch der Umhang samt Lumpenhemd zuschanden. Bis zum Gürtel entblößt stand Flor vor dem Grafenthron, am ganzen Leib zitternd und den Tränen nah.

»Aufhören, ich befehl's!« Don Julius sprang abermals von seinem Prunksessel auf, so heftig, dass ihm die Silberkrone fast vom Haupt fiel. Mit einer Hand drückte er sie auf seinen Schopf zurück, mit der andern deutete er in die Menge. »Raus, ihr alle, auf der Stelle, schert euch weg!« Seine Stimme überschlug, sein Gesicht verzerrte sich, alles Geschrei erstarb so jählings wie unter der Fliegenpatsche.

Erstaunt beobachtete Markéta, wie die edlen Herrschaften ihre gepuderten Köpfe einzogen und ohne ein Widerwort aus dem Saal liefen. Hinter ihnen schlugen die Türflügel in den Rahmen, kaum mehr als einen Herzschlag, nachdem Don Julius seinen Befehl hervorgestoßen hatte, war er mit dem Bader, Flor und Markéta allein.

Abgesehen von dem sehnigen Herrn in mehlfarbener Perücke und weiß gelackter Weste, der mit seinem Stöckchen wie mit einem Fechterdegen auf den nabellosen Knaben deutete: »Ich verstehe sehr gut, Euer Liebden, dass seine *spécialité* Euch faszinieren muss. *Mais croyez-moi, Excellence,* sie bedeutet sicher nicht, dass er von einer gläsernen Mutter geboren wurde.«

Mit offenem Mund sah Markéta von dem eleganten Sprecher zu Don Julius auf seinem Thronsockel und von diesem zu Flor, der eine Hand vor seinen Magen presste und mit trübsinniger Miene echote: »Gläserne Mu-mutter! *Croyez-moi!*«

13

Der Vater hielt ihre Schultern mit beiden Armen umschlungen. Stumm kämpfte Markéta gegen seinen Griff an und wusste doch, dass ihr Leben verwirkt wäre, wenn sie sich ernstlich einzumischen wagte. Flor lag rücklings am Boden, die Arme gespreizt wie auf dem Rad. Durch eine Tapetentür waren die schwarzgelockten Zwillinge herbeigesprungen, um sich mit Knien und Fäusten auf Flors Arme zu hocken, still und geschwind wie Katzen, einer links, eine rechts. Flor kämpfte noch immer, keuchend, mit hitzefleckigen Wangen, die Augen verdreht. Dabei konnte er kein Glied mehr regen, denn auf seinen Schenkeln saß Don Julius, wie ein Wolf über der Beute, dutzendweise vervielfacht in den Spiegeln ringsum.

»Wie erklärt Ihr das hier, *cher maître*«, hörte Markéta ihn atemlos ausrufen, »diesen kieselglatten Balg, der mit keinem Weiberwanst je verbandelt war?« Während er wie im Fieber redete, fuhren seine Hände wieder und wieder über den mageren Bauch des Burschen, der sich unter ihm bäumte und wand. »Wollt Ihr mir nicht verraten, d'Alembert, wie das Mirakel geschehen sein soll – wenn nicht im Pelikan, auf schwarzkünstlerische Manier?«

Dem zierlichen Herrn im gelackten Wams hatte es anscheinend die Sprache verschlagen. Sein weißes Stöckchen zielte auf die Kämpfenden am Boden, doch aus seinem strichdünnen Mund drang kein Wort hervor. Der junge Hüne im brandroten Mantel beugte sich tiefer über seine Beute, seine Hände stützten sich schwer auf Flors Brust.

»Ihr quetscht ihn ja zu Tode, edler Herr!« Markéta hatte sich nicht länger bezähmen können. Wenn der Vater sie schon hinderte, sich dazwischenzuwerfen, so hielt er ihr doch zumindest nicht den Mund zu. »Lasst ihn los, Euer Gnaden, ich fleh Euch an!«

Wahrhaftig richtete sich Don Julius wieder auf und wandte sich um zu ihr. Auch sein Gesicht war vom Kampf erhitzt, das lange braune Haar zerzaust, vergessen lag die Silberkrone droben auf dem Thron. »*Mein Besitztum* – das waren doch seine Worte, Bader?«

Seine Frage galt dem Vater, aber sein Blick haftete auf Markéta, deren Mund mit einem Mal staubtrocken wurde. Sie spürte, wie der Vater hinter ihr nickte, und hörte sein Räuspern dicht an ihrem Ohr. Doch ehe er etwas erwidern konnte, sprach Don Julius schon weiter: »Und meinte er mit diesen Worten nur die Ausgeburt der Retorte?« Er erhob sich und deutete nach hinten, auf den liegenden Flor. »Oder auch die dreiste Maid in seinem Arm?«

Hinter Markéta erstarrte der Vater. Vor Angst, dachte sie, und da erst stieg Furcht auch in ihr empor. Mit federnden Schritten kam Don Julius auf sie zu; als wären sie nur ein entzweiter Schatten ihres Herrschers, waren mit ihm auch die Zwillinge aufgesprungen und tappten nacktfüßig hinter ihm her.

Don Julius trat so nahe vor Markéta, dass sie den Geruch seines Körpers atmete, herb und schwer, dachte sie, ein wenig wie das Unterholz droben im Wald. In den Augenwinkeln sah sie, wie Flor sich zum Sitzen aufrichtete und mit bekümmerter Miene um sich sah. »Ausgeburt«, hörte sie ihn leise klagen, »Pe-pelikan!«

»Sie heißt Markéta, durchlauchtigste Exzellenz«, sagte derweil der

Vater mit gepresster Stimme, »und es war der sehnlichste Wunsch ihrer verstorbenen Mutter, sie so bald wie möglich wieder in gräflicher Obhut zu sehen.«

Seine Worte stürzten Markéta in einen Bottich voll widerstreitender Gefühle: Freude, da sie in Flors Nähe bleiben konnte, falls Don Julius der Bitte entsprach. Rührung über den Vater, der so mutig für Mutter Blancas letzten Willen focht. Dazu eine ziehende, keineswegs geheure Erwartung, befeuert vom Blick des jungen Regenten, der unverwandt auf ihr haftete, und von dem schweren, ein wenig modrigen Geruch seiner Haut.

Dann erst fiel ihr auf, was der Bader *nicht* erwähnt hatte: dass er selbst ihr Vater sei. Es hat ja nichts zu besagen, dachte sie rasch, während seine Arme sich von ihr lösten und Sigmund Pichler hinter ihr zur Tür hin zurücktrat.

»Diesem Wunsch kann mit Leichtigkeit entsprochen werden«, sagte Don Julius, und sein Blick bohrte sich noch tiefer in Markétas Augen. »Es soll der Maid an nichts fehlen, sie wird mir persönlich zu Diensten sein.« Er sah über die Schulter nach hinten. »So verhält es sich doch, Obersthofmeister d'Alembert?«

Der zierliche Herr mit der mehlfarbenen Perücke trat sichtbar widerstrebend näher. Mit seinem Stöckchen versuchte er vergeblich, die halbnackten Zwillinge zu verscheuchen, die nun als Engelspaar neben Don Julius posierten, mit holdem Lächeln und die Ellenflügel seitlich weggespreizt. »Alles wird genau so eingerichtet, wie Ihr es wünscht, *Excellence.*«

»Dann ruft die Wache herbei«, befahl Don Julius, ohne seinen Blick von Markéta zu wenden, »sie sollen den Nabellosen in den Turm werfen. Mich aber geleitet in meine Gemächer, Maître, die Reise hat mich ermüdet, und von all dem Trubel und Tokaier schmerzt mir das Haupt.«

Er streifte seinen Prunkmantel ab und ließ ihn zu Boden gleiten. Der Maître zuckte zusammen, doch er hatte sich gleich wieder in der Gewalt, bückte sich und hob den Umhang auf. Mit tänzelnden Schritten ging er zum Thronsockel, legte den Mantel darauf und zog unter dem Goldbrokat, der bis zu den Füßen des Sessels herabhing, eine Kupferglocke hervor.

Selbst als ihr scheppernder Klang den Spiegelsaal erfüllte, fuhr Flor nicht zusammen. Der Goldschöpfige hockte noch immer vor dem Sockel am Boden, den Kopf auf die bloße Brust gesenkt. Ein Bote aus der Welt jenseits des Nebels, dachte Markéta wieder, ich muss bei ihm bleiben, was auch geschieht.

Zwei Soldaten von der gräflichen Salvaguardia traten ein; erst als sie seinen funkelnden Blick auf sich fühlte, erkannte Markéta, dass der kleinere der beiden Jan Mular war, seine Wange von ihren Nägeln gestrählt.

»Diese da lasst säubern und parfümieren.« Don Julius griff Markéta ins Haar und zog sie zu sich heran, wie man ein ungebärdiges Pferd bei der Mähne packt. Für einen kurzen Moment stand sie so eng an ihn gepresst, dass sie seinen Herzschlag spürte, dann schob er sie mit einer nachlässigen Bewegung zu d'Alembert hinüber. »Steckt sie in ein venezianisches Gewand, dann schickt sie in mein Gemach.«

Zwei – Descensio

»Reinigt die Substanzen
durch stetiges Befeuern auf dem Athanor.«

14

Die brünette Bronja kannte sie seit ihrer Kindheit, ebenso die schüchterne Lisetta mit dem weizenblonden Haar. Dass die beiden gleichaltrigen Mädchen hier droben in der Burg schon eine Stellung gefunden hatten, freute Markéta, auch wenn es sie im Stillen erstaunte: Schließlich war der neue Graf gerade erst eingetroffen, und sie selbst und ihr Vater hatten zu den ersten Bittstellern gezählt.

Aber sei's drum, dachte sie, mit den beiden Gefährtinnen an ihrer Seite würde sie sich desto leichter eingewöhnen und sogleich zu hören bekommen, was von den Lakaien im Einzelnen erwartet wurde. Lächelnd ging sie auf Bronja zu, die sonderbar steif in der Tür stand. Eben wollte sie die rundliche junge Frau in die Arme schließen, da strich Bronja Slatava ihre blau bestickte Zofenschürze glatt und ging mit einem Knicks in die Knie.

»Was soll das?«, sagte die Baderstochter und musste gegen ihren Willen lachen. Ein Scherz, dachte sie, wenn auch zur Unzeit; in ihrem Rücken spürte sie noch den Blick des unerbittlichen Maître d'Alembert, der sie durch Gänge und Saalfluchten, treppab und wieder treppauf hierher geführt hatte, zur Eingangstür der Frauengemächer, wo Lisetta und Bronja schon auf sie warteten.

Auch Lisetta Kollek, mager und einen halben Kopf kleiner als Bronja, vollführte nun einen unbeholfenen Knicks, und Markéta wurde jählings bewusst, welchem Vorzug die beiden Mädchen wohl ihre Stellung verdankten: Ihre Brüder Mikesch und Vladislav dienten als Soldaten der gräflichen Salvaguardia. Mikesch Slatava hatte sie vorhin mit Jan Mular unten auf der Brücke gesehen.

»Diese Zofen werden für Eure Bequemlichkeit sorgen – *Madame*«, sagte hinter ihr der Obersthofmeister, vor der förmlichen Anrede gerade so lange zögernd, dass sie die Missbilligung spürte. »Ihr scheint die beiden schon zu kennen, umso besser, sie wurden instruiert, jeden Eurer Befehle auszuführen. *A votre service, Madame.*« Er deutete eine Verbeugung an und klemmte seinen Stock unter den Arm, dann wandte er sich um und ging mit raschen, tänzelnden Schritten davon.

Markéta wunderte sich über sein Gebaren, aber in ihrem Innern war sie noch immer mit der Szene im Spiegelsaal beschäftigt, mit Don Julius, Flor und dem Vater, die sie alle drei in Verwirrung gestürzt hatten, jeder auf seine Art. Zwischen den beiden Zofen, die abermals mit starren Mienen vor ihr knicksten, trat sie in die Frauengemächer, ein wahres Labyrinth ineinander verschachtelter Salons und Säle. Vom ersten Saal aus, der ganz und gar lachsfarben war – von den Seidentapeten über die Sessel bis zu den Brokatvorhängen – und offenkundig als Empfangsraum diente, zweigten Türen in alle Himmelsrichtungen ab. Hinter jeder offenen Tür erkannte sie weitere Zimmer in Violett und Rosa und hinter diesen neue Säle und Räume, weitere Türen, dahinter wieder kostbare Teppiche und Möbel, mit Gemälden und Gestellen bedeckte Wände, hohe Fenster, durch die in breitem Strahl die Sonne brach.

Von einer Art Schwindel erfasst, blieb Markéta mitten im Empfangszimmer stehen.

»Wenn Ihr die Güte hättet, uns zu folgen, Madame«, murmelte Lisetta.

»Aber wohin denn?«, rief die Baderstochter aus, die sich mehr und mehr fühlte wie im Traum. »Lasst doch den Unsinn, Mädchen, und sagt wie früher Markéta zu mir.«

»Das ist unmöglich«, erwiderte Bronja, »wir haben Anweisung, Euch als Herrin zu behandeln.«

Unbehaglich standen die beiden vor ihr, die Köpfe gesenkt, die Hände ineinander knetend.

»Das kann ja nur ein Missverständnis sein«, sagte Markéta, »was denn sonst? Gerade eben bin ich in den gräflichen Dienst eingetreten, nicht anders als ihr.«

Die beiden Zofen wechselten Blicke, und zu Markétas Verblüffung wurde die hellblonde Lisetta bis hinauf zum scharf gezogenen Scheitel rot.

»Ein wenig anders schon, Madame«, wagte Bronja endlich zu bemerken.

Hinter ihren Demutsmasken spürte Markéta plötzlich die Verachtung der beiden. Aber weshalb nur, überlegte sie und musste neuerlich an den Vater denken, wie er mit gepresster Stimme zu Don Julius sagte: »Es war der sehnlichste Wunsch ihrer verstorbenen Mutter, Markéta wieder in gräflicher Obhut zu sehen.«

Warum hatte er nicht erwähnt, dass sie auch *seine* Tochter war? Weil er voraussetzte, zu Recht oder nicht, dass der Regent die Verhältnisse von sich aus durchschauen würde? Ja, so wird's gewesen sein, sagte sich Markéta, die den beiden Zofen gefolgt war, ohne es recht zu bemerken, in einen zartrosa Nachbarraum hinüber und von dort in ein schmaleres Gelass. Ein großer Badezuber stand darin, zur Hälfte gefüllt mit dampfendem Wasser, von dem ein Aroma nach Wildrosen aufstieg.

Bronja trat hinter sie und löste ihr ohne weiteres die Haare, die in ihrem Nacken zu einem dicken Busch gebunden waren. Währenddessen knüpfte ihr Lisetta das Gewand auf, und ehe Markéta sich versah, stand sie splitternackt vor den beiden Zofen. Plötzlich befangen – dabei war sie unter Nackten aufgewachsen –, sputete sie sich, in den Zuber zu steigen, und tauchte bis zum Nabel ins angenehm warme Wasser ein.

»Ihr glaubt, dass ich gedungen wurde, um Don Julius zu Willen zu sein.« In den Gesichtern der beiden las sie, dass sie richtig geraten hatte. Sie horchte ihren Worten nach und wunderte sich, dass der Gedanke sie nicht ärger empörte. Unversehens schien das Antlitz des jungen Regenten wieder vor ihr zu schweben, der gierige, zugleich unstete Blick seiner braunen Augen, die geschwungene Linie seiner Lippen, die zuweilen leise zuckten, wie vor Ekel oder Schmerz. Wäre sie imstande, diese Lippen zu küssen? Für einen Moment schloss Markéta die Augen, rasch sah sie wieder auf. »Hab ich Recht, Lisetta? So antwortet doch! Bronja!«

Die beiden Mädchen wechselten erneut Blicke, blieben aber stumm. Lisetta begann ihr den Rücken abzureiben, und ehe Markéta noch etwas sagen konnte, tauchte Bronja eine Schale in den Zuber und goss ihrer neuen Herrin einen Schwall Wasser übers Haupt.

15

Wenn Julius irgendetwas noch ärger verabscheute als *schönes Wetter*, dann die *schönen Künste*, mit denen d'Alembert ihm seit Jahr und Tag in den Ohren lag. Erheiterung des Gemüts, Veredlung des Charakters, Verfeinerung der Seele und des Geistes – all diese und drei Schock weitere herzerwärmende Wirkungen pflegte der Maître seinen *Beaux Arts* nachzurühmen, offenbar ohne sich jemals einzugestehen, dass er, Don Julius, an keinem dieser Effekte auch nur das kargste Interesse besaß.

Dennoch saß der junge Regent mit ergebener Miene auf einem Sessel im Fürstensalon, die nachgebildete Ottonenkrone abermals auf seinem Haupt, um die Schultern den scharlachroten Prunkmantel, den er vorhin im Spiegelsaal so gleichgültig abgeworfen hatte. Denn vier Schritte vor ihm stand Giacomo da Biondo, d'Alemberts venezianischer Lieblingsmaler, unablässig hin und her schielend zwischen ihm und dem gerahmten Leinwandfetzen, der schief auf seiner Staffelei lehnte.

D'Alemberts Erfindungsreichtum war unerschöpflich, wenn es galt, Gründe, Ausreden, Vorwände zu ersinnen, warum er, Don Julius, möglichst keine Minute lang allein sein durfte. Der frettchenhafte Giacomo da Biondo mit der Vorliebe für zitronenfarbene Schnabelschuhe war bloß der vorläufig letzte in einer langen Kette von Betreuern, Überwachern, Begleitern, die in d'Alemberts Auftrag ein Auge auf Julius hatten, seit der auch nur einen Finger aus eignem Antrieb regen konnte. Und die Baderstochter Markéta war nur die vorläufig letzte in einer ebenso langen Kette von Personen, die der Kaiserbastard an sich zu ziehen suchte, um nicht ganz allein gegen die Truppen des Maître zu stehen oder um sich für seine immerwährende Ohnmacht zu rächen, zumindest durch Subversion.

Auch das syrakusische Zwillingspärchen, das zu seinen Füßen auf dem Teppich lag und einander mit Zungen und Zehen liebkoste, hatte er hauptsächlich deshalb in sein Gefolge aufgenommen: weil er sofort gespürt hatte, wie sehr die beiden den Maître irritierten, d'Alemberts bemerkenswerter Selbstbeherrschung zum Trotz. Fabrio sogar mehr noch als Lenka, wie Julius nun dachte, denn Mädchen oder Frauen, ob halbnackt wie das schwarz gelockte Hürchen oder von fünf Röcken umschlossen wie Johanna von Waldstein, ließen den alten Charles ganz und gar kalt.

Johanna – für einen Moment sah er das hagere Vogelprofil seiner ewigen Verlobten vor sich, die im Hradschin zurückgeblieben war, glücklicherweise. Johanna, die Frömmlerin, möge sie in Prag verdorren, dachte er. Während da Biondo hingebungsvoll an seinem Gemälde tüpfelte, sprangen Julius' Gedanken weiter, und auf einmal erblickte er sich selbst als Knaben von fünf oder sieben Jahren, wie er durch den Hradschin geschlichen war, auf der Fährte der väterlichen Majestät. Sein Platz war an der Seite des Kaisers, ja wo denn sonst? Schließlich war er der erstgeborene Sohn, und eines Tages würde *er* auf dem Thronsessel im Audienzsaal sitzen, umringt von murmelnden Ministern und buckelnden Lakaien. Und Julius sah sich selbst, wie er als kleiner Knabe durch Flure pirschte und sich in Erkernischen drückte, wie er seine Hand nach riesenhaften Klinken reckte und in Dämmersäle, Geisterkabinette spähte, immer auf der Hut vor dem Maître, der jeden Moment aus einer Tapetentür treten konnte, sein Stöckchen auf die Brust seines Schützlings richtend.

Ah, was für eine Lust, den unerbittlichen d'Alembert zu überlisten! Und wie flau er sich zugleich fühlte, wenn's ihm wieder mal gelungen war. Der Maître würde ihn für sein Vergehen bestrafen, mit ausgesuchten Bußen, wie nur d'Alembert sie ersinnen konnte, und doch trieb es Julius immer wieder, seinem Bewacher zu entschlüpfen, aus den Infantengemächern in die obere Burg zu fliehen, wo sich die väterliche Majestät bei Tag und Nacht in den eigenartigsten Tätigkeiten erging.

Die Prager Hofburg war eine ganze Stadt, ja eine Welt für sich, mit hundert Häusern, zehntausend Kammern und Sälen, die allesamt durch ein Labyrinth aus Gängen, Treppen, Geheimtüren verbunden schienen. Überall huschten Diener in bunter Livree herum, schlurften Beamte, die gepuderten Perückenköpfe im Gehen über Schriftstücke beugend. In endlosen Fluren saßen Edle in spanischer Tracht, aufgereiht wie Trauervögel, und warteten seit Stunden oder Tagen auf eine Audienz bei Ihren Durchlauchtigsten Gnaden. Lakaien lächelten Julius zu, Kammerherren runzelten graue Stirnen, Bittsteller buckelten in Richtung des vorüberschreitenden Knaben, der sich mühte, nach dem väterlichen Vorbild durch sie alle hindurchzusehen.

Einmal dringt Julius bis in einen Bereich der Burg vor, wo er nie zuvor gewesen ist – in ein Kabinett am Ende eines nachtdunklen, nach Schweiß und Galle riechenden Ganges. Leise dreht er den Schlüssel, der auffordernd aus dem Türschloss lugt. Wie ein Schmerz durchzuckt ihn die Ahnung, dass er in diesem Kabinett die *Antwort* finden wird, auf die Frage nämlich, die seit langem an ihm frisst. Irgendetwas stimmt nicht mit ihm und mit der Welt, die ihn umgibt. Irgendetwas ist falsch und lügenhaft. Er spürt es an tausend geisterhaften Einzelheiten: am Lächeln der Diener und an den Blicken der Kammerherren, an den erkältenden Zärtlichkeiten der mütterlichen Mätresse und dem Augenzucken, das die väterliche Majestät in seiner Gegenwart befällt. »Schsch, der Bastardsohn«, hat er einmal flüstern hören, als er ein kaiserliches Vorzimmer betrat, und wie er nachher den Maître fragt, wiegelt der auf eine Weise ab, dass Julius jahrelang nicht wagt, zu dieser Frage zurückzukehren. *Bastardsohn*, seither gaukelt das Rätselwort durch seinen Kopf und seine Träume. Was verbergen, was verschweigen sie nur allesamt vor ihm? Ein Lügengespinst, wahrhaftig wie Spinnweb: Man greift hinein und bekommt nur Fetzen zu fassen. Ich bin sein erstgeborener Sohn, und eines Tages werde *ich* das kaiserliche Zepter tragen, denkt Julius zum hundersten oder tausendsten Mal, hält den Atem an und schiebt die Tür zum Kabinett auf.

Der Anblick im Innern ist so unerwartet, so sehr aus seinen eignen Schreckensträumen geboren, dass er beinahe aufgeschrien hätte. Im nächsten Moment wird ihm klar, dass die zierliche Gestalt mit dem wächsernen Antlitz über blauer Seidenweste, die in der Kammer vor ihm steht, niemand als er selbst ist, vielmehr sein von Kerzen beschienenes Abbild in der Spiegelwand vis-à-vis. Zu seiner Rechten aber hockt ein kleiner Bursche am Boden, von Kopf bis Fuß braun befellt, die überlangen Gliedmaßen um den klobigen Rumpf gelegt. »Ah, mein Bastardbruder«, nuschelt der Kerl, springt Julius aus dem Spiegel entgegen und packt mit pelziger Pratze seine Rechte, um sie kraft- und endlos zu schütteln.

Diesmal kann Julius den Schrei nicht unterdrücken. Er reißt seine Finger aus der Tierpfote heraus, stößt den »Bastardbruder«, der ihm hinterherstürzen will, ins Kabinett zurück, zieht mit schlotternder Hand die Tür zu und dreht den Schlüssel, während der pelzige Schelm drinnen am Riegel zerrt. »Bruder«, hört er, »Bastard – Julius, wie du!«

Er presst sich die Fäuste auf die Ohren und rennt davon, durch den nachtfinstern Flur zurück, Treppen hinauf und hinab, durch Gänge, Dämmersäle, Geistergemächer. Er ist viel zu durcheinander, um auf seinen Weg zu achten oder auf die Diener und Kammerherren, die Blicke wechseln, während er an ihnen vorüberjagt. So hat der Maître diesmal leichtes Spiel, doch auch das ist Julius gleich, ja mehr noch, es scheint ihm nur allzu richtig, dass d'Alembert ihn grausamer als je zuvor bestraft.

Niemals erwähnt Julius vor irgendwem, wen er in jenem Kabinett gesehen hat, und niemals versucht er dorthin zurückzukehren. Noch während er an jenem Tag vor d'Alembert kniet – halbnackt, zitternd vor Kälte, einen schweren Lederfolianten auf dem Kopf balancierend –, sagt er, mehr zu sich selbst als zum Maître: »Und doch werd ich eines Tages das väterliche Zepter tragen, wartet nur.«

»Schweig, Knabe!«, befiehlt d'Alembert mit einer Miene, in der sich Strenge und Erschrecken aufs Wunderlichste mischen.

Nicht lange danach begann sich Julius zu fragen, ob er dem pelzigen Burschen vielleicht bloß im Traum begegnet war. Aber ob in Wahn oder Wirklichkeit, der befellte Kerl hatte jedenfalls wahr gesprochen: Am Morgen seines achten Geburtstags erklärte ihm d'Alembert, dass er niemals eines der väterlichen Reiche erringen könne, weder das Zepter des Kaisers noch die böhmische Wenzelskrone, da er »bloß in tierischen Begriffen Rudolfs Sohn« sei.

16

Die Gemächer des Regenten lagen jenseits des Spiegelsaals, im äußersten Westflügel der Burg. Diesmal waren es Bronja und Lisetta, die Markéta durch Flure und Zimmerfluchten führten, Treppen hinab und Stiegen wieder hinauf. Angestrengt versuchte sie, sich den winkelreichen Weg einzuprägen. Da hatte sie bald zwei Jahrzehnte im Schatten der Burg gelebt und doch nie geahnt, wie ausgedehnt der Herrschersitz auf dem Moldauhügel war. Vor bald sechs Jahren, als sie, fast ein Kind noch, kurzzeitig in den gräflichen Küchengewölben Dienst getan hatte, war sie niemals über den alleruntersten Burghof hinausgekommen, der sich unmittelbar hinter dem Zugtor über der Stadt erstreckte und damals eher einem Bauernhof ähnelte – erfüllt von den Gerüchen und Geräuschen des Viehs in den Ställen, von den Rufen und Flüchen der Meier und Müller, Bäcker und Schlächter, die im Schatten des alten Hungerturms werkten.

Das Herz zog sich ihr zusammen. Flor, dachte sie, wie mochte es dem Fremdling in seinem Turmverlies ergehen? Wie oft hatte sie damals, als niederste Hilfsmagd der gräflichen Kuchelpartei, zu den Fensterluken emporgespäht und sich schaudernd vorgestellt, in einer dieser Zellen gefangen zu sein. Wilhelm von Rosenberg hatte die Turmfassade prachtvoll bemalen lassen, doch die unteren Etagen, so hatte sie damals die Kuchelmägde munkeln gehört, dienten noch immer als Kerker, hinter dessen Mauern manch ein Unglücklicher lebendig begraben war.

Sie stieg eine Wendeltreppe empor, Stockwerk um Stockwerk hinter Bronja und Lisetta, die in Holzpantinen voranklapperten, und gelangte endlich in einen breiten Gang. Ausgeblichene Teppiche bedeckten den Boden, altersdunkle Ölgemälde jede Handbreit freier Wand. Wohlgeborene Herren blickten unwirsch auf die Baderstochter herab, die meisten von ihnen machten den Eindruck, als ob sie sich in ihren engen Gewändern, kinnhohen Stehkrägen, aufgetürmten Perücken unbehaglich fühlten.

Markéta selbst hatte das schwere, burgunderrote Kleid mit dem eckigen Dekolleté, das die Zofen im Ankleideraum bereitgelegt hatten, nicht einmal anprobiert, wie sehr Lisetta auch geschmollt und Bronja sie beschworen hatte. Stattdessen war sie die vier Dutzend Kleider durchgegangen, die sich in den Schränken neben dem Badegelass bauschten, und hatte sich rasch für ein hellbraunes, streng geschnittenes Exemplar entschieden, das an gewissen Stellen zwar ein wenig eng saß, jedoch die beiden entgegengesetzten Übertreibungen der restlichen Modelle vermied: Weder reichte sein Kragen bis zu den Ohren hinauf, noch entblößte sein Dekolleté den Busen bis knapp über dem Nabel. Anstelle der bequemen Pantinen, die sie zu Hause zu tragen pflegte, wenn sie nicht gleich barfüßig umherlief, hatte sie allerdings ein Paar türkisfarbener Chopinen wählen müssen, sieben Zoll hohe Stelzschuhe, die als Einzige ihren Füßen genügend Raum boten.

Unsicher schwankte sie auf den Chopinen voran, und bei jedem Schritt kniff das Kleid sie in der Taille. Von ihrem Kampf gegen Stehkrägen und Dekolletés ermattet, hatte sie unter halbherzigen Protesten geduldet, dass Bronja ihr die Haarspitzen bleichte und Lisetta ihr rosa Schminkpuder auf die Wangen tupfte. Und mit jedem Duftspritzer, jedem Pinselstrich hatte sie sich ängstlicher gefragt, ob sie nicht wahrhaftig zu jenem Zweck gedungen worden war, den sie vorhin in den Gesichtern der beiden Zofen entziffert hatte: als gräfliche Liebesdienerin oder allenfalls als seine Mätresse, falls es ihr gelänge, die Zuneigung des jungen Herrn zu erringen, über erste Glut und Brunst hinaus.

Die Hitze stieg Markéta in die Schläfen, vor Empörung und Scham, aus keinem anderen Grund, auch wenn sie nun aufs Neue jene ziehende, keineswegs geheure Erwartung in ihrem Innern spürte. Der Blick seiner braunen Augen, dachte sie wieder, das leise Zucken seiner Lippen, das darum zu flehen schien, durch einen Kuss gestillt zu werden, die Moschussüße seiner Haut …

Bronja und Lisetta blieben so unvermittelt stehen, dass Markéta beinahe gegen sie lief. Die blonde Zofe klopfte an eine Tür, beide lauschten, dann drückte Bronja die Klinke und sank, noch während die Tür aufging, zu einem Knicks zusammen.

»Euer Gnaden – Madame Markéta!«

17

»Hier bin ich, Exzellenz«, sagte die Baderstochter mit ihrer klaren, ein wenig spröde klingenden Stimme und trat ohne weiteres an der knicksenden Zofe vorbei ein.

Julius war aus seinen Grübeleien aufgeschreckt und sah ihr entgegen, wie sie mit störrischer Miene auf ihn zukam, Rücken und Hals hoch aufgerichtet, obwohl sie ihm geradewegs ins Antlitz sah, ihm, Don Julius Caesar, Graf von Krumau, ihrem durchlauchtigsten Herrn. Auch Giacomo da Biondo hatte sich halb zur Baderstochter umgewendet, mit verdrießlicher Miene, doch Markéta nickte ihm nur zu und ging langsam weiter ins Zimmer, dabei ihren Blick aufs Fenster heftend.

Na meinethalben, dachte Julius, vor sich selbst konnte er's ja eingestehen: Was ihm an dieser Bürgersmaid gefiel, war nicht nur ihre Verwendbarkeit in dem flauen Spiel, das er seit Jahr und Tag gegen seinen Maître spielte. Er brauchte sie nur anzusehen, da begann sich sein Gemüt wie durch einen Zauber aufzuheitern. So etwas war ihm noch nie geschehen, schon gar nicht bei einem einfachen Mädchen aus dem Volk oder bei einem der Hürchen in den Schänken, die sich unterm Hradschin duckten. Mariandl!, durchfuhr's ihn. Gewaltsam riss er seine Gedanken von ihr los.

»Das berühmte Moldau-Panorama der Rosenberger«, sagte er stattdessen, da Markéta immer noch zum Fenster schaute, »nur dem Pinselknecht zuliebe sind die Vorhänge aufgeblieben.« Mit dem ebenso berühmten Habsburger-Kinn deutete er auf da Biondo, ohne die Baderstochter aus dem Blick zu lassen. »Wenn du mich erst besser kennst, wirst du wissen, dass ich *schöne Aussichten* genauso hasse wie Sonnenschein, ob nun vom Himmel brennend oder in Öl gebannt.«

»Ich glaub, das ahnte ich schon, als ich Euch vorgestern das erste Mal zu sehen bekam«, antwortete sie mit einem kleinen Lächeln, das jedoch gleich darauf erstarb: Ihr Blick war von seinem Antlitz abwärts geglitten, an der schillernden Fläche des Prunkmantels hinunter bis zum Boden, wo die schamlosen Zwillinge ineinander verklammert lagen.

In seinem Gefolge, dachte Julius, wurden seit Wochen immer waghalsigere Wetten veranstaltet, wer die kleine Helena als Erstes schwängern würde, und die höchsten Einsätze galten ihrem Bruder Fabrio. Voller Verblüffung musterte er die Baderstochter, in deren Wangen wahrhaftig Röte aufstieg, wie in einem Kelch, den der Mundschenk mit Tokaier füllte. Sein Erstaunen wich der Rührung. Sie ist tatsächlich so unschuldig, wie ich's vermutet hatte.

Noch immer ohne seinen Blick von ihrem Gesicht zu lösen, das nun bis zur Stirn hinauf entflammt war, stieß er mit beiden Füßen blindlings nach den Syrakusern: »Lenka, Fabrio – ab mit euch, ihr belästigt Madame durch eure Lutscherei.«

Die Zwillinge rappelten sich auf und waren im Nu durch eine Tapetentür verschwunden. Auf Julius' Wink hin ließ auch da Biondo den Pinsel sinken, klemmte seine Staffelei unter den Arm und machte sich rückwärts buckelnd auf zitrusgelben Schnabelschuhen davon. Schon waren sie allein im Fürstensalon, dessen prachtvolle Einrichtung – scharlachrote Seidentapeten und schwere Sofas von der gleichen Farbe – die Baderstochter nun erst wahrzunehmen schien. Ihr Blick schweifte umher, doch die plötzliche Stille und ihre Zweisamkeit mochten ihr Unbehagen bereiten – ihre Wangen, eben noch von feuriger Röte, wurden mit einem Mal fahl.

»Ich hatte befohlen, dir das venezianische Kleid mit dem eckigen Dekolleté umzuschnüren«, sagte Julius. Er beugte sich vor und machte Anstalten, mit der Rechten nach ihrem Kleid zu haschen. Markéta wich zurück und geriet auf ihren Stelzschuhen ins Schwanken. »Nimm Platz, wo du willst«, fuhr er in gleichmütigem Ton fort, »oder bleib auf diesen albernen Schuhen stehen, wenn's dir lieber ist. Du machst sowieso, was du willst, das hab *ich* gleich gespürt, als du auf der Brücke vor mir standest. Und was mich betrifft: Momentan hab ich andres im Sinn als dein Kleid und was es vorläufig vor mir verbirgt.«

Er unterbrach sich und krauste die Stirn, seine Unterlippe zuckte. »Was wisst Ihr von dem Nabellosen, den Ihr mir heute gebracht habt – von diesem Flor? Lasst hören, Madame.«

»Mit Vergnügen, Exzellenz«, gab sie zurück, »wenn Ihr mir gelobt, dass ihm in Eurer Burg kein Leid geschieht.«

Julius wollte schon aufbrausen, was erlaubte sie sich, ihm, ihrem Herrn, Bedingungen zu stellen? Doch auf einmal kitzelte ihn ein Lachreiz in der Kehle. Er erhob sich von seinem Sessel und warf abermals den albernen Prunkmantel ab, nahm die Ottonenkrone von seinem Kopf und ließ sie zum Umhang auf den Sessel gleiten. Unter dem Scharlachtuch trug er schwarze Strumpfhosen nach spanischer Mode, dazu Stulpenstiefel und schwarze Weste, eng anliegend in der Manier der väterlichen Majestät. Nur zu dem hohen Stehkragen, dessen Krause andauernd an Hals und Ohren kratzte, hatte er sich nie verstehen können. »Ich gelob's, Madame«, sagte er und musste noch stärker grinsen, als er ihren argwöhnischen Blick sah. »Euer Nabelloser und Ihr selbst steht unter meiner persönlichen Obhut.«

18

»Den Kaiser zum Vater zu haben, das ist fast wie Gottes Sohn zu sein, verstehst du? Aber ein verstoßener Sohn, soweit es mich betrifft: eher Satan als Jesus Christus.«

Eigentlich hatte er doch sie zum Sprechen bringen wollen, wunderte sich Julius, für einen Moment innehaltend. Aber sie hatte nur die Schultern gehoben und einen halblauten Halbsatz gemurmelt, und seither redete er mit immer hitzigerer Inbrunst auf sie ein.

»Durch mein väterliches Erbteil bin ich von den Himmelsmächten zum Kaiser des Heiligen Römischen Reichs bestimmt, von der Mutterseite dagegen zum *Kunsthändler* wie Großvater Jacopo – begreifst du, was das heißt? Das matte Blut der seit Generationen Gemälde verhökernden da Stradas – in meinen Adern mit den heiligsten Habsburger Säften vermengt! Ahnst du nun, welcher Riss durch meine Seele geht, Markéta, wie der abscheuliche Bilderhändler in meinem Innern immer wieder meine edelsten Regungen verhöhnt? – Ah, wie könntest du's verstehen, Baderstochter!«, fiel er sich selbst ins Wort, als er ihre Miene sah, in der sich Mitleid mit Erschrecken mischte. »Oder gar, was es für mich bedeutet, hierher verbannt zu sein!«

»Verbannt, Exzellenz?«, wiederholte sie und sah ihn so bekümmert an, als ob der kaiserliche Stoß sie selbst getroffen hätte.

Wie brachte sie ihn nur dazu, ihr seine geheimsten Gefühle zu offenbaren? Das war ja gerade so, als ob sie ihn verzaubert hätte! Er machte eine wegwerfende Armbewegung. »Zurück zum Nabellosen. Du weißt nicht, woher er kam? Dann lass es dir vom Kaiserbastard sagen, kleine Maid.«

Er trat auf sie zu, und Markéta setzte wieder ihr störrisches Gesicht auf. »Ihr seid ihm schon mal begegnet, Exzellenz?«, fragte sie. »Aber warum wart Ihr dann so verwundert, als der Vater Euch zeigte, was es mit Flor auf sich hat?«

»Die Exzellenz steck dir einmal sonst wohin«, gab Julius zurück, »meinethalben in deinen Busen oder auch weiter südlich.« Er weidete sich an ihrem Schrecken, der die störrische Maske wieder brüchig werden ließ. »Nenn mich gefälligst Don Julius oder, besser noch, einfach *Julius.* Ich befehl's.«

Er bot ihr den Arm, und nach kurzem Zögern hängte sich Markéta bei ihm ein. Sie hat just die richtige Größe, dachte Julius, er verabscheute Frauen, die ihn körperlich überragten, was allerdings nur wenigen glückte, sogar mit Hilfe der modischen Stelzschuhe, doch ebenso wenig vertrug er's, neben einer Frau zu schreiten, die weit kleiner war als er. Beides schien ihm unwürdig, Sinnbilder seiner widrigen Lage: Die Riesin drohte ihn in Bastardtiefe niederzuhalten, die Zwergin verhöhnte sein Streben als Überhebung. Mit Markéta indessen, deren Scheitel ihm bis über die Schulter reichte, fühlte er sich gleich behaglich und vertraut.

»Gehen wir zum Turm«, sagte er, »da wird sich zeigen, ob dein Flor wirklich jener ist, der mir verheißen wurde.«

»Verheißen?«, wiederholte sie und machte große Augen, während Julius sie zur Tür hin mit sich zog.

»Na, durch den Kometen«, erklärte er, nun doch wieder befremdet über ihre Begriffsstutzigkeit. »Letzte Woche stand der Schweifstern über der Prager Burg, brandrot und von der Gestalt eines Drachen, und ein gewisser Astrolog hat ihm abgelesen, dass mich weitab von Prag eine künstliche Figur aufsuchen werde, erschaffen durch alchymische Magie. *Et voilà!*«

Von der Seite her lachte er ihr ins Gesicht, dabei die widerstrebende Markéta, die sich nur mühsam auf ihren Chopinen hielt, immer weiter mit sich ziehend, den Gang mit den altersdunklen Krumauer Ahnen entlang und die breite Haupttreppe hinab in den innersten Burghof, dessen Wände Wilhelm von Rosenberg vor vierzig Jahren mit illusionistischen Plastiken hatte bemalen lassen, mit Pilastern und Scheinnischen, Fenstern, Friesen und Reliefs.

»Der alte Rosenberg«, bemerkte Julius, »hätte besser getan, die mürben Mauern niederreißen zu lassen, statt sie mit Lüge und Täuschung zu bepinseln.« Er zog Markéta, die staunend um sich sah, immer weiter, den abschüssigen Platz hinunter und auf den Durchgang zum zweiten Burghof zu. »Wilhelm war ein unverbesserlicher Kunstnarr – einerseits«, fügte er hinzu, »andererseits ein weiser Mann und bedeutender Adept. Weißt du übrigens, dass ich schon als Junge ein paarmal hier in Krumau war?« Unvermittelt blieb er stehen. »Einmal war ich dabei, im Gefolge meines Vaters, als der alte Wilhelm droben in seinem Garten Goldtaler pflanzen ließ.« Er lachte laut auf, als er Markétas entgeistertes Gesicht sah, beugte sich plötzlich über sie und drückte ihr einen Kuss auf die Lippen. Dann zog er sie weiter mit sich, in den tieferen Burghof hinab, ohne sich um die Röte zu bekümmern, die ihr Antlitz in Flammen setzte.

Wie wundersam vertraut er sich mit ihr fühlte, vielleicht gar nicht viel anders, als die väterliche Majestät sich an der Seite der mütterlichen Mätresse empfand? Der zweite Burghof war weit belebter als die obere Burg, in der sie bloß ein paar Domestiken begegnet waren. Hier auf dem weiten Platz, der von den Strahlen der Abendsonne beschienen wurde, tummelten sich die Künstler und ihr lärmendes Gefolge, die syrakusischen Zwillinge wie immer mittendrin. Die einen musizierten mit Harfen und Flöten, andere brüteten mit wichtigen Mienen über ihren halbfertigen Bildern oder warfen mit fliegenden

Fingern Kohlerisse auf Papierbögen, die sich im leichten Wind bauschten. So häupterreich sein Gefolge auch sein mochte, dachte Julius, in dieser Riesenburg war es doch nur ein kümmerliches Häuflein, das sich in den labyrinthischen Gemäuern fast verlor. Aber das würde sich ändern, wie Mariandls Astrolog vorausgesehen hatte. Sehr bald schon.

Ohne die Zurufe, Demutsgesten seiner Schranzen und Schmarotzer zu beachten, schritt Julius weiter abwärts, hinein in den finsteren Gewölbegang, der in steilem Gefälle hinunter zum ersten Burghof führte. Als sie den grabeskalten Tunnel hinter sich ließen, ragte vor ihnen, auf der andern Seite des lang gestreckten Platzes, auf dem Pferde, Kutschen und Kaleschen in buntem Durcheinander standen, der Hungerturm empor, himmelhoch und von Wilhelms Meistern mit venezianischen Lügen bemalt.

»Die Alchemie ist die wahre Mutter aller Künste und Wissenschaften«, sagte Julius, während sie an dem salutierenden Wächterduo vorbei in den Hungerturm traten, »und bald schon wird sie auch die neue Mutter und Amme der Menschheit sein: durch *mich.*«

Einer der beiden Wächter, ein fuchsroter Schlacks in der Uniform der gräflichen Salvaguardia, sah ihnen mit entgeisterter Miene hinterher. Er mochte Markéta aus früheren Tagen kennen, wie Julius sich sagte, vielleicht hatte sich der Tölpel gar in die wohlgestalte Baderstochter vergafft? Von dieser Vorstellung angeregt, entzog er Markéta seinen Arm und legte ihn stattdessen um ihre Taille. Schlank und fest fühlte sie sich an unter dem schlichten, hellbraunen Kleid. Und starr wie eine Steinsäule, als sie seine Umschlingung spürte, aber er lachte ihr nur leise ins Ohr und schob sie die enge Wendeltreppe hinauf.

»Wenn's erst so weit ist«, sagte er, »habt ihr Weiber als Gebärerinnen ausgedient, was aber nicht heißen will, dass eure Brüstchen und Fötzchen nicht mehr gebraucht würden.« Er blieb unvermittelt stehen, zog sie an sich und drückte seine Lippen auf die ihren. Mit der Zunge zwängte er ihren Mund auf. Überraschend leicht gab sie nach, aber nur für einen Moment der Überrumpelung, dann stieß sie ihn mit beiden Händen von sich.

»Dankt Eurem Namen und Rang, *durchlauchtigster Herr«*, sagte sie so betont, wie ihr keuchender Atem es zuließ, »dankt dem Respekt, den ich vor Euch als dem Grafen von Krumau empfinde, oder meinetwegen auch nur meiner Angst, wie der arme Flor in diesen Kerkerturm geworfen zu werden. Einem andern hätt ich das Knie zwischen die Schenkel gestoßen, Euch ruf ich nur zu: Schande dem Mann, der einem Weib Gewalt antut!«

Ihre grünen Augen blitzten ihn an. So nah vor ihm schwebte noch immer ihr Antlitz, dass er an sich halten musste, um sie nicht abermals auf ihren kirschroten Mund zu küssen. »Gewalt?«, wiederholte er in ehrlichem Erstaunen. »Ich räum ja ein, dass ich mir schon manche Frucht gepflückt hab, ohne den Baum lang um Erlaubnis zu fragen. Aber da ging's ein wenig anders zu, Madame.« Aufmerksam sah er sie an. Wie töricht sie sich verhielt, dachte er, und wie seltsam, dass es bei ihr gar nicht lachhaft wirkte, eher wie ein Ausfluss natürlicher Würde.

Sein Blick glitt an ihr hinab, von den blitzenden Augen über den störrisch zusammengekniffenen Mund bis zu ihrem Busen, der unter dem hochgeschlossenen Kleid vor Aufregung bebte. Was ihn selbst anging, seine Ekstase war fürs Erste perdu. Er richtete seine Beinkleider, bot ihr aufs Neue den Arm und zog sie weiter die Treppe hinauf.

Auf der ersten Plattform zweigte ein Gang ab, schmal und düster. Weiter hinten waren Seufzer zu hören. »Der Komet«, sagte Julius, tief in Gedanken, »hatte nicht die Gestalt irgendeines Drachen. Es war Ouroboros, verstehst du: der Drache der geheimen Künste, der sich in den eignen Schwanz beißt.«

Markéta warf ihm von der Seite einen Blick zu, als wollte sie sagen: *Das solltet Ihr auch erwägen, Exzellenz*, aber Julius nahm es allenfalls am Rande wahr. Eilends zog er die Baderstochter in den Gang hinein, der nur von einigen Wandfackeln erleuchtet wurde und nach einem Dutzend Schritten vor einem rostigen Gitter endete.

Dahinter hockte der schmale Bursche am Boden, in bunter Lumpenhose, vom Gürtel aufwärts noch immer entblößt. Sein verworrenes Haar glitzerte selbst im Dunkeln. Mit dem nabellosen Rumpf und dem funkelnden Schopf schien der knäbische Elf beide Verheißungen der Alchemie zu verkörpern: die Erzeugung von Gold und die Erschaffung menschlichen Lebens. Beiden Geheimnissen ließ auch die väterliche Majestät von den besten Alchimisten des Abendlandes mit fiebriger Eile nachspüren, von Edward Kelley und Bavor Radowsky, John Dee oder Vaclav Lanvin. Denn die kaiserlichen Schatzkammern waren ebenso leer wie die Kasernen des von Seuchen und Glaubensschlachten verheerten Reiches, und nur durch das zwiefache Mirakel, nur wenn Goldklumpen und Wehrknechtsbälger zu Hunderten aus der alchimistischen Retorte quollen, konnte die väterliche Majestät hoffen, Thron und Kaiserwürde zu wahren.

»Ich werd das Wunder erzwingen«, sagte Julius, indem er dicht vor die Gittertür trat und zwei Stäbe mit den Händen umfasste, »das zwiefache Mirakel, so wie's mir verheißen worden ist und in Gestalt dieses künstlich Geschaffenen schon anhebt, sich zu erfüllen.« Und wer will mich dann noch hindern, nach Prag zurückzukehren, setzte er in Gedanken hinzu, ja wer könnte mir dann noch das väterliche Zepter streitig machen: mir, dem Retter des heiligen Habsburgerreichs?

Flor, der eben noch wie ohnmächtig im Stroh gehockt hatte, hob langsam den Kopf. »Kü-künstlich geschaffen!«, wiederholte er, und diesmal klang sein Echo nicht klagend, sondern eifrig, ja begeistert, als stimme er der Rede des Regenten aus tiefstem Herzen zu.

Er rappelte sich auf, ohne Julius aus den Augen zu lassen; für Markéta hatte er kaum einen Blick. Mit tapsenden Schritten trat er auch seinerseits ans Gitter, dicht vor Julius, und legte seine Hände um dieselben Gitterstäbe wie dieser, knapp unter den weit wuchtigeren Fäusten seines Herrn. »Kü-künstlich geschaffen«, sagte er erneut, und seine heisere Stimme hallte von den Turmwänden wider, »eignen Schwa-wanz beißt!«

Aufmerksam sah Julius den Burschen an, seine verschiedenfarbigen Augen – eines wölfisch gelb, dabei ins Braune spielend wie die meinen, dachte er, das andere grün wie die Augen Markétas. Er fasste durchs Gitter und packte Flor am Arm.

Der Nabellose wand sich und begann aufs Neue zu seufzen und zu klagen, doch Julius hielt ihn nur umso fester. »Wo hast du deinen Meister gelassen?«, fragte er mit einer Stimme, die vor tückischer Sanftheit vibrierte. »Denn du bist doch deinem Herrn entfleucht? –

Das weiß ich mit Gewissheit«, erklärte er Markéta, die starr und stumm zusah. »Mariandls Astrolog hat's mir gleichfalls prophezeit: Der künstlich Geschaffene wird mit seinem Schöpfer hier erscheinen. Da kann er uns gleich eine weitere Probe seiner Meisterschaft geben – in den Gewölben droben am dritten Burghof, wo Wilhelms Laboratorien nur auf ihre Wiedererweckung warten.«

Auch seine Linke schob Julius nun zwischen die Stäbe, umfasste Flors Nacken und zog ihn so nah zu sich heran, wie das rostige Gitter es zuließ. Dann beugte er sich zu dem um Haupteslänge Kleineren hinab, drückte seine Lippen auf Flors und schob ihm die Zunge in den Mund, wie er's vorhin bei Markéta erprobt hatte.

Als der Kaiserbastard sich wieder aufrichtete und seine Hände aus dem Käfig zog, taumelte Flor von der Gittertür zurück, mit kummervollem Schrei.

»Er schmeckt nach ... Melisse und Mondkraut«, verkündete Julius nach einigem Sinnen, »nach Gold und dem Samen Saturns.«

»Mu-mumia und Melisse«, murmelte es aus dem Halbdunkel des Kerkers, »Homunkel und ... He-hezilow!«

»Hezilow?«, rief die Baderstochter und trat zu Julius' Verblüffung nun ihrerseits dicht an die Gittertür heran. »Bist du wirklich mit *ihm* gekommen? Flor, hörst du mich – mit Hezilow?«

»He-hezilow!«, wiederholte der Goldschopfige und richtete seinen zwiefarbigen Blick auf Markéta. »Hö-hörst du mich?«

19

Stumm und starr sah Markéta zu, wie Julius abermals ans Gitter trat und den Nabellosen ins Verhör nahm. Sie kam sich vor wie im Traum.

»Dann ist also jener Hezilow dein Meister, der dich erschaffen hat durch seine alchymische Magie?«

»Mei-meister, ja!«

Wie unheimlich diese Worte in ihren Ohren klangen, und wie sehr sie gleichwohl hoffte, dass Julius weiter und weiter fragen möge, damit sie neben ihm stehen bleiben und ihn unverwandt ansehen könnte: seine schlanke, kraftvolle Hünengestalt, sein kühnes Profil mit dem spitzen Kinn und dem düsteren Zug um seine Lippen, die schon wieder vor Schmerz oder Erregung zuckten.

Er ist voller Bitterkeit und Finsternis, dachte sie. Oft genug hatte sie gesehen, wie selbst starke Männer erblassten, wenn nur der Name dieses Kaisersohns fiel: Don Julius Caesar d'Austria. Ihr aber flößte er nicht Furcht ein, sondern den höchst beunruhigenden Drang, das Zucken seines Mundes mit ihren Lippen zu stillen.

»Also noch einmal, du elende Kreatur: Wo ist der Magister – so red schon, wo hält er sich auf?«

»Kre-kreatur!«

Sie richtete ihren Blick auf Flor, der sich im hintersten Winkel seiner Zelle zusammengekauert hatte, den Goldschopf auf die Brust gesenkt. Julius stand noch immer dicht vorm Gitter, zwei Stangen so fest umfassend, dass die Knöchel kalkweiß aus dem Braun seiner Hände hervorstachen.

»Ich kenne Hezilow«, sagte sie leise. Julius wandte sich um zu ihr, auch Flor in seinem Winkel hob den Kopf und spähte zu ihr herüber. »Ein Puppenmacher aus Moskau – das behauptet er jedenfalls«, fuhr sie fort. »Seit einer Woche hockt er an jedem Vormittag bei uns im Zuber.«

»Ein Puppenmacher?«, wiederholte Julius. »Aber ja, das muss er sein – der Erleuchtete, der mir prophezeit worden ist, ein Alchimist, der aus Erde und Licht lebendige Puppen erschafft.« Er ließ die Gitterstäbe los, drehte sich vollends herum und war mit einem einzigen raubtierhaften Satz bei ihr. »Erzählt mir von diesem Hezilow, Madame – wo wohnt er, was wisst Ihr noch von ihm?«

»Wo er haust, weiß ich nicht«, sagte sie rasch. Tatsächlich wusste sie überhaupt nichts mehr, zumindest nicht in diesem Augenblick, so schwindlig machten sie Julius' Nähe und die ganz und gar fremde Welt, in die sie geraten war. Hezilow ein erleuchteter Magister? Und der Nabellose seine Kreatur, von dem verrückten kleinen Russen erschaffen aus Sonnenlicht und Dreck? Und jetzt legte Julius auch noch seine Hände um ihre Mitte und zog sie mit einer raschen Bewegung an sich heran. »Nach meiner Erfahrung, Exzellenz«, fuhr sie atemlos fort und versuchte ihn zum Gitter hin wegzuschieben, »taucht der Kerl immer dann auf, wenn man ihn am wenigsten gebrauchen kann.«

»Dann zwingen wir ihn so unfehlbar herbei.« Er zog sie noch enger an sich, und sein heißer Atem strich ihr übers Gesicht. »Denn im Moment, ich gesteh's, wünsch ich den Puppenmacher wahrhaftig zum Teufel.« Er presste sie an sich.

»Lasst mich los, Don Julius – oder ich schrei!«

Die Drohung schien ihn zu erheitern, jedenfalls ließ er ein leises Glucksen hören, während seine Hände sich wie Klammern um ihre Mitte schlossen. Markéta wurde angehoben und verlor buchstäblich den Boden unter den Füßen. Zugleich näherten sich Julius' Lippen energisch ihrem Mund. Für einen Moment wurde ihr so schwindlig, dass sie nur noch tanzende Schatten vor Augen hatte. Irgendwo hinter ihnen stieß der Nabellose kurze, hohe Schreie aus, die wie die Laute eines verstörten Vogels klangen. Wenn Flor wirklich von Hezilow erschaffen wurde, dachte sie benommen, muss er doch aus jener Nebelwelt kommen? Aber dann müsste er ja wahrhaftig wissen, worunter Mutter Blanca dort so sehr leidet und wie ich ihre Qualen lindern kann.

Sie selbst fühlte sich wie im Nebel. Endlich wurde ihr Blick wieder klarer, und da fand sie sich in Julius' Armen eher liegend als stehend, seine Lippen zwei Zoll vor ihrem Mund. Was bildet er sich ein?, dachte sie erschrocken. Ich bin doch nicht seine Hur!

»Euer eigner Vater hat Euch verbannt?«, stieß sie hervor, in dem verzweifelten Versuch, seine Leidenschaft abzukühlen. »Aber warum denn?« Kaum hatte sie es in gepresstem Ton gefragt, als seine Gestalt schlaff wie eine Lumpenpuppe wurde. Seine Hände sanken herab, und er wich zurück von ihr. »Eine Intrige«, murmelte er. »Ich soll ein … eine Maid gemeuchelt haben – das Mariandl. Aber es ist nicht wahr!«

Eben schien Julius zu weiteren Eröffnungen anzuheben, als von der Treppe her schnelle Schritte erklangen. Drei hastige Herzschläge später stand ein Soldat der gräflichen Salvaguardia vor ihnen.

»Melde gehorsamst, Euer Gnaden – am untern Burgtor wartet ein Subjekt, das Euch dringend zu sprechen begehrt.«

»Wie heißt der Mann?«, fragte Julius, dessen Schultern sich bei diesen Worten bereits wieder strafften.

»Er nennt sich Jurij Hezilow, Exzellenz, und gibt vor, ein kaiserlicher Puppenmacher zu sein.«

Julius warf Markéta einen strahlenden Blick zu. »Ausgezeichnet«, sagte er. »Geleite Madame zurück in die Frauengemächer – deine Herrin. Ich selbst werde den Magister am Tor empfangen.«

»Aber ich will nicht in die Frauengemächer«, protestierte Markéta, »Ihr könnt mich nicht einfach ...«

Julius' helles Lachen brachte sie zum Verstummen. »Warte nur, Badersmaid.« Er beugte sich zu ihr hinab und führte seine Lippen dicht vor ihr linkes Ohr. »Du wirst staunen, was ich alles kann!«

Immer noch lachend, richtete er sich wieder auf, zwinkerte ihr jungenhaft zu und lief schon die Treppe hinab, so rasch, dass seine Schritte den Turm mit polternden Echos füllten.

Dreister Aufschneider, dachte Markéta, doch das Herz klopfte ihr bis zum Hals. Im Grunde fand sie es lächerlich, wenn Männer sich so imposant betrugen wie die Hirsche im Wald. Bisher hatte sie erst ein einziges Mal die Küsse und Umarmungen eines Burschen geduldet, zwei Jahre war das her. Und damals war sie es gewesen, die den jungen Freier draußen am Moldauaufer überrumpelt hatte: Auf geht's, Brodner Franz, leg dich her zu mir und küss mich! Bei Don Julius aber verhielt es sich anders. Wenn er sich so herrisch betrug, spürte sie immer den Schmerz und die Bitterkeit, seine Scheu und Einsamkeit, die er hinter anmaßenden Gebärden verbarg.

»Bitte folgt mir, Madame, Ihr habt gehört, was der Herr Graf befohlen hat.«

Die seltsam vertraute Stimme riss Markéta aus ihren Grübeleien. Als sie aufblickte, stand vor ihr just der Bursche aus verliebten Jugendtagen, an den sie eben gedacht hatte: mit denselben semmelblonden Haaren und wasserhellen Augen wie vor zwei Jahren, nur dass seine Gestalt ungemein kräftig geworden und vom moldaublauen Drillich der gräflichen Gardistenuniform umschlossen war. »Franz?«, sagte sie. »Bist du's wirklich?« Sein Grinsen, halb erfreut und halb verlegen, bewies, dass er's tatsächlich war. »Der Brodner Franz?«, rief Markéta aus. »Mikesch hat mir ja schon erzählt, dass du auch zu

Don Julius' Garde gehörst. Aber wie du dich verändert hast, Kerl! Und redest mich hier an mit ›Befehl‹ und ›Madame‹, ohne ein Zeichen, dass du mich erkennst? Heda, Franz, hat dir jemand's Maul zugenäht?«

»Klar hab ich dich erkannt«, sagte der Gardist und wagte anscheinend nicht die Stimme zu heben. Auch blieb er starr vor ihr stehen wie eine Ritterrüstung, nur seine Augen huschten unruhig hin und her. »Aber mir als Soldat steht's ja nicht zu, mit dir zu reden – mit Euch, Madame«, fügte er hinzu und richtete auch die Augen wieder starr geradeaus.

»Ach, Franz«, sagte Markéta mit einem Seufzen, denn auf einmal war ihr alles wieder eingefallen: wie langweilig der Brodner Franz sein konnte, ergeben, gewissenhaft und von einschläfernder Einfallslosigkeit. »Na, dann bring mich halt in die Frauengemächer«, sagte sie, »Befehl ist Befehl, oder?«

Gardist Brodner schlug die Hacken zusammen. »So ist es, Madame!«

20

Maître d'Alembert lief auf den dritten Burghof hinaus und vergaß für Momente sein Unbehagen, versunken in den Anblick der wundervollen Wandgemälde, für die Wilhelm von Rosenberg den legendären Gabriele gewonnen hatte. Andere Fürsten des letzten Jahrhunderts, dachte er, ließen ihre Burgen niederreißen und antikische Säulenhallen mit Plastiken, Reliefs und Fresken nach neuem Geschmack errichten. Der große Wilhelm aber, Ritter vom Goldenen Vlies, ließ sich, weit kühner und genialischer, Kapitelle und Skulpturen auf die alten Mauern malen.

Don Julius, durchfuhr es ihn gleich darauf, er musste seinem Schützling ins Gewissen reden, unverzüglich. Katharina da Stradas Brief bedrückte ihn immer stärker, je länger er über ihn nachdachte: »Vollkommene Ruhe in Krumau, oder der kaiserliche Zorn wird uns alle verderben.« Er würde offen mit seinem Schützling reden, dachte er, so offen jedenfalls, wie es irgend ratsam schien. Don Julius einschüchtern, das hatte bisher immer noch gewirkt, selbst wenn alle anderen Mittel versagten. Er muss mir schwören, sagte sich der Maître, dass er sich an Recht und Gesetz halten wird, zumindest bis das Jahr sich neigt. Schaudernd sah er die Umrisse eines mährischen Bauerngehöfts vor sich, Julius und er selbst zwischen windschiefen Scheunen und schlammverkrusteten Ochsenkarren. *Das* ist Verbannung, *mon ami!* Aber so weit würde er es nicht kommen lassen, dafür hatte er nicht bald zwei Jahrzehnte lang an der Bändigung des Bastardsohns gearbeitet: um sich auf seine alten Tage mit mährischen Ochsen und Knechten herumzuschlagen!

Mit einem Seufzer wandte sich d'Alembert nach rechts, zum vierten Hof hinauf, hinter dem sich die gewaltige Mantelbrücke hoch über der Moldau ausspannte. Dahinter begann schon die Allee, die steil bergan zum Schlosspark führte. Julius' Kammerdiener Robert hatte ihm zugerufen, dass der Herr mit der Baderstochter hinauf in den Garten wollte, zum künstlich angelegten Teich, auf dem paarweise schwarze Schwäne schwammen, oder in den ausgedehnten Irrgarten, den gleichfalls der alte Wilhelm hatte anlegen lassen.

Während d'Alembert weitereilte, bewunderte er einmal mehr die vollkommene Komposition von Burg Krumau und verfluchte zugleich die Weitläufigkeit der Anlage, eine ebenso abgeschlossene Welt wie der Hradschin zu Prag. Um fünf Höfe gruppierte sich eine kleine Stadt, die selbst im Belagerungsfall für sich bestehen konnte, mit eigenem Theater, kaiserlichem Appartement, drei Dutzend Prunksälen, mit vierzig riesenhaften Gebäuden, deren größtes nicht weniger als neunundachtzig Zimmer umfasste, zumindest laut dem Inventar, das beim Verkauf der Burg an Rudolf II. angefertigt worden war. Dazu Kellergewölbe, die man mit vierspännigen Kutschen befahren konnte, Stallungen für fünfhundert Pferde, Werkstätten, Scheunen und Eishäuser rings um den ersten, am tiefsten gelegenen Hof; sogar eine Apotheke und ein Krankenhaus für die Dienstboten gab es dort, Schmiede und Meierei, Käserei und Brauerei, außerdem Pulver- und Waffenkammer. Doch das alles war seit Wilhelms Tod verwaist und verrottet. Und auch durch uns, sagte sich d'Alembert, durch Don Julius' fragwürdiges Gefolge aus Schranzen und Künstlern, wird Burg Krumau nicht mehr zu alter Blüte auferstehen. Wir spielen Theater, dachte er, plötzlich grausam ernüchtert, fieberbunte Narrenstücke aus dem Säckel der väterlichen Majestät.

Atemlos erreichte er den Schlosspark, gerade als die Sonne über den Dächern von Krumau unterging und die Moldau orangerot verfärbte; ein grandioses Spektakel, dachte d'Alembert und eilte weiter, sein weißes Stöckchen unter die schweißfeuchte Achsel geklemmt. Unheilverheißend, dass Julius gleich bei ihrer Ankunft wieder eine Maid an sich gezogen hatte – gestern Mariandl, heute Markéta. Zwar stand nicht zu befürchten, dass der Bastardsohn auch ihr Fleisch ungesäumt mit dem Beil zerbeißen würde, der Dämon musste fürs Erste gesättigt sein. Dennoch beunruhigte ihn auch die Anwesenheit der Baderstochter, je länger er über sie nachdachte, während er gegen den Gestirnslauf um den Schlossteich eilte und in Lauben, Nischen, hinter Hecken und Büsche spähte. Markéta Pichlerová, dachte er, sie erinnerte ihn an irgendjemanden, aber an wen nur? Sie irritierte ihn sogar mehr noch als die vermaledeiten Zwillinge, oder auf andere Weise, wie er sich gleich korrigierte – anders, unheimlicher, wenn auch nicht ärger als … Fabrio.

D'Alembert hatte sich vor langer Zeit angewöhnt, vor sich selbst immer ehrlich zu sein, wenn auch vor niemandem sonst. Julius liebte er, aufrichtig und aufopfernd, wie ein Vater seinen Sohn lieben sollte. Den bronzehäutigen, schamlos hübschen Fabrio mit den Brombeerlippen aber begehrte er mit wütender Brunst. Doch Charles d'Alembert hatte niemals in Betracht gezogen, sich die Erfüllung gleich welcher Begierden zu gestatten, der Wollust, Völlerei oder welchen Lasters auch immer – allesamt Bestien, die es nicht zu hätscheln und zu mästen, sondern zu bändigen, zu zerbrechen galt.

Der Maître erreichte das nördliche Ufer des Schlossteichs, umrundete einen gewaltigen Eichbaum, und dahinter stand Fabrio in da Biondos welken Armen. Beim Anblick des Obersthofmeisters fuhren sie auseinander, schwerlich aus Schamgefühl, eher erschreckt durch d'Alemberts Miene, in der sich Unruhe, Unbehagen mit unerbittlichem Entsagen mischte. Im Gras verstreut der Schurz des Syrakusers, die zitronengelben Schnabelschuhe; des Malers Rechte auf der Hüfte, die Linke an der Brust des Knaben, der dem Maître aus funkelnd schwarzen Augen ins Gesicht sah. Und am Boden, keine drei Schritte abseits, kauerte die Zwillingsmaid.

»Ich«, sagte Charles und musste sich erst die Kehle freiräuspern, »suche Don Julius.«

»Der Herr ist zum Hungerturm runter«, gab Fabrio bereitwillig Auskunft, »zusammen mit der Badershur.«

Wie versteinert stand Charles d'Alembert unter der Eiche, sein Blick an der rechten Hand des frettchenhaften Malers haftend. Endlich riss er sich los und eilte davon, neuerlich um den Teich herum, diesmal dem Uhrzeigersinn folgend. In die falsche Richtung gelaufen, dachte er und spürte ein Brennen in der Kehle. Aber ruhig Blut: Verlaufen ist noch lange nicht verirrt.

Er bog in die abschüssige Allee ein, in seinem Bauch rumorten die Bestien der Vorahnung und des nahenden Unheils. Schon von weitem sah er den Soldaten in der Uniform der Salvaguardia, der ihm in taumelndem Lauf entgegeneilte.

»Ein Besucher, am untern Tor«, rapportierte der Bursche, als er endlich vor ihm stand; stoßweise hob und senkte sich seine Brust unter dem blauen Rock. »Ein Russe, heißt es. Der Mann begehrte dringend Einlass.«

D'Alembert fixierte die Schrammen auf der rechten Backe des dicklichen Gardisten; diesmal würde er den Kerl zur Rede stellen. »Raufereien stehen unter Strafe, Mular«, sagte er, »mit wem bist du handgemein geworden?«

Jan Mular tastete mit spitzen Fingern nach den Striemen. »Mit der Badersmaid«, murmelte er, und seine Augen wurden zu Schlitzen.

D'Alembert zog es vor, das Thema zu wechseln. »Und wie nennt sich der Mann am Tor?«

»Der Fremde bezeichnet sich als Puppenmacher, Herr Obersthofmeister.« Mular schlug die Hacken zusammen. »Seinen Namen weiß ich nicht, aber der Herr Graf hat bereits befohlen, ihn einzulassen.«

Um Himmels willen, dachte der Maître, spürte wieder die Bestien in seinem Bauch und setzte eine gleichmütige Miene auf. »Es ist gut«, sagte er, schon zum zweiten Mal an diesem Morgen. »Lauf zurück und sorge dafür, dass der Besucher am unteren Burgtor aufgehalten wird, bis ich ihn begrüßt habe.«

»Das ist leider nicht möglich, Herr Obersthofmeister.«

»Und warum nicht?«, fragte d'Alembert.

»Weil der Herr Graf sich mit dem russischen Puppenmacher bereits in den Hungerturm begeben hat, Herr Obersthofmeister, den Gefangenen inspizieren, von dem es heißt, dass er ein Apparat aus Metall und Rädern wär.«

»Blödsinn, Bauerntölpel!«, rief d'Alembert. »Kein Wort mehr, sonst landest *du* im Turm!«

21

Ich muss lernen, dachte Markéta, so schnell wie möglich lernen, um meinetwillen und für *ihn*. O mein Gott, der arme kleine Flor. Zum hundertsten Mal überlegte sie hin und her, ob sie vorhin richtig gehandelt hatte, als sie sich ohne Widerwort hierher führen ließ, zurück ins Frauenzimmer. Wie ein Osterlamm!, schalt sich Markéta, aber dann wieder: Was hätt ich schon ausrichten können – gegen Don Julius' Befehl?

Unschlüssig sah sie zu den beiden Zofen empor, die mit verriegelten Mienen vor ihr standen, mitten im Empfangsraum. *Meine Zofen*, dachte sie, von Bronja zu Lisetta blickend, das muss doch ein verrückter Traum sein? War ich nicht gestern noch ein Mädchen wie sie – und jetzt? Sitz ich hier auf lachsfarbenen Seidenpolstern, und die beiden weigern sich, in meiner Gegenwart auch nur Platz zu nehmen. Und da draußen ist Hezilow und wickelt Don Julius mit schmeichlerischen Lügenreden ein! O mein Gott, der arme Flor, dachte sie wieder, womöglich ist Hezilow schon bei ihm im Turm!

Sie riss sich aus ihrer Erstarrung heraus, erhob sich und stelzte der Tür entgegen.

»Don Julius hat befohlen, dass Ihr hier im Frauenzimmer bleibt – *Madame.*« Mit katzenhafter Raschheit war Bronja schon bei der Tür, während Markéta noch mit den Chopinen kämpfte. Die Zofe lehnte sich mit dem Rücken gegen das Türblatt, und ihr üppiger Busen hob und senkte sich in raschem Takt.

»Bin ich denn seine Gefangene, über die er so einfach verfügen kann?« Markéta sah der Kindheitsgefährtin ins Gesicht; mehr noch als Bronja, erkannte sie plötzlich, galt die Frage ihr selbst. Und die Antwort lautete – musste unbedingt lauten: Nein, sonst bin ich verloren, und Flor mit mir. »Gib die Tür frei.«

Einen Moment lang sah Bronja sie nur reglos an, aus sich verengenden Augenschlitzen. Dann senkte sie den brünetten Schopf, strich ihre Schürze glatt und trat zur Seite.

Na also, dachte Markéta. In ihrem Rücken spürte sie die Gegenwart Lisettas, die sich sicherlich nicht von der Stelle gerührt hatte, starr vor Befangenheit und Furcht. Sie legte eine Hand auf den Riegel und zog die Tür auf.

Draußen stand noch immer Franz Brodner, der sie vorhin vom Hungerturm heraufgebracht hatte – geleitet oder abgeführt, je nachdem. Sie trat hinaus auf den dämmrigen Flur. »Bring mich nach unten, Franz, ich muss Don Julius sprechen.«

»Das … geht nicht, der Herr Graf hat befohlen …« Der Gardist straffte seine Schultern und sah alarmiert um sich.

»Dir mag er befehlen, mir nicht, Franz«, sagte Markéta und versuchte sich nicht anmerken zu lassen, wie wenig sie an ihre eigenen Worte glaubte. »Jedenfalls kann er mir nicht vorschreiben, wohin ich meine Schritte setzen darf«, fuhr sie fort. »Ich bin meine eigne Herrin – und deine ja auch«, fiel ihr ein, »das hat der Graf doch vorhin selbst zu euch gesagt: ›Eure Herrin‹. Also bring mich zu ihm – oder lass mich alleine gehen, *ich befehl's*«, fügte sie hinzu, hob den Kopf und sah dem Wirtssohn vom »Goldenen Fass« in die wasserblauen Augen. »Weißt du noch, Franz – wie wir zusammen an der Moldau im Ufergras lagen, nur du und ich? Damals hast du gehorcht, ohne zu zögern. Und wirst dich auch diesmal nicht verweigern, ich weiß es.«

Ohne den Blick von ihm zu wenden, allerdings auch ohne eine Antwort abzuwarten, ging sie seitwärts, mit schwankenden Schritten auf türkisfarbenen Stelzschuhen davon. Aus den Augenwinkeln sah sie die beiden Zofen, die sich aus dem Türrahmen beugten und hinter ihr herschauten, mit so starren Gesichtern wie Franz Brodner, der den Kopf nur ein wenig zur Seite gewendet hatte und, die Augäpfel stark verdreht, hinter ihr herschielte.

22

Schon vom Fuß der Turmtreppe her hörte er Julius' Stimme, dunkel und ein wenig heiser wie immer, wenn jene unheilvolle Glut die Seele des Kaiserbastards entflammte. »In der Tat wundert's mich überhaupt nicht, werter Magister, Euch mitsamt Eurer Kreatur hier in Krumau vorzufinden: Ein vortrefflicher Astrolog hat's mir just so aus dem Himmel gelesen.«

D'Alembert klemmte das Stöckchen fester unter seinen Arm und eilte die speckigen Stufen hinauf. Daher also Julius' unerwarteter Sinneswandel?, dachte er. Träumte sein Schützling wieder einmal seinen törichten Traum: die väterliche Majestät im alchimistischen Wettstreit zu besiegen und auf diesem Weg die böhmische Königswürde an sich zu reißen, wenn nicht gleich das ganze Kaiserreich? Nun gut, sagte sich Charles, unter den herrschenden Umständen würde er notfalls auch einen Alchimisten in den Burgmauern dulden, solange der magische Scharlatan ihm nur half, den Grafen in Krumau und bei linder Laune zu halten.

»Kre-reatur«, hörte er den Nabellosen klagen, »aus dem Hi-himmel!«

D'Alembert erreichte die Plattform und trat in den Flur zum Kerker Flors. Vor den klobigen Gitterstäben hoben sich zwei Gestalten ab, wie sie unähnlicher kaum aussehen konnten. Von Wandfackeln angeleuchtet, ähnelten sie lebensgroßen Schattenrissen, die Umrisse wie aus der Finsternis geritzt. Neben dem schlanken Hünen Julius, der mit einer Schulter am Käfig lehnte, stand ein mageres Männlein, ein Zwerg fast, wie d'Alembert sich sagte, in seltsam verdrehter Haltung, halb dem Gefangenen, halb Julius zugewandt. An seiner linken

Seite trug der Fremde ein gewaltiges Schwert, dessen Spitze fast den Boden touchierte. Als er sich ein wenig mehr zur Seite drehte, erkannte Charles, dass der kleine Mann überdies verwachsen war.

Augenblicklich empfand d'Alembert heftige Abneigung, wie stets, wenn er auf krasse Hässlichkeit stieß. Der Höcker buckelt sich zwischen den Schultern hervor, dachte er, wie ein zweites, unförmiges Kinn. Mit einem Lächeln trat er näher und sagte: »Hat der Sterngucker nicht auch vorausgesehen, *Excellence*, dass sich der vermeintliche Magister als nichtswürdiger Betrüger erweisen werde?«

»Bedaure sehr, *cher maître*, aber diesmal hattet Ihr wohl keine Gelegenheit, das Horoskop mit derlei Gezeter aufzubessern.«

Der Maître hatte die Antwort schon auf der Zunge, die seinen Schützling in die Schranken weisen würde. Da aber wandte sich der Fremde vollends um zu ihm, und d'Alembert sackte das Blut aus den Wangen. Seine Abneigung schlug in Unbehagen, ja in Grauen um, wie er es allenfalls aus schweren Träumen kannte, Nächten zumal, in denen Fabrio vor ihm floh.

»Maître d'Alembert, wenn ich nicht irre?« Die pfeifende Stimme bohrte sich in seine Schläfen. »Bin ich Jurij Hezilow – käjserlicher Puppenmacher, aus Moskau gebirtig, bekannt von St. Petersburg bis Basel, geachtet von Britannien bis Prag.« Der Russe deutete einen Kratzfuß an. »Untertän'chster Diener.«

Unwillkürlich erwiderte d'Alembert die Verbeugung. Erst in diesem Moment, da ihre Köpfe sich einander entgegenneigten, wurde ihm bewusst, dass der abscheuliche »Puppenmacher« allenfalls eine Handbreit kleiner gewachsen war als er selbst. Ja, wenn man es recht genau nahm, nicht einmal das, sagte sich der Maître, indem er dem feixenden Frätzlein sein eisernes Lächeln entgegenhielt.

»Sorgt Euch nicht, *cher maître*«, sagte Julius, und seine Unterlippe zuckte, »Magister Hezilow hat tatsächlich in der alchimistischen Akademie meines Vaters mitgewirkt. Ihr kennt doch Kelley; der ehrsüchtige Angelsachse mochte keinen Schwarzkünstler von Hezilows Rang neben sich dulden und lag Ihrer Majestät in den Ohren, bis mein Vater unsern Puppenmacher aus dem Hradschin komplimentierte, wenn auch in allen Ehren und mit einem Dokument versehen, das ihn als ruhmreichen Adepten preist.«

Er warf Hezilow einen auffordernden Blick zu – *grauenvoll vertrauensvoll*, dachte d'Alembert. Unbehaglich sah er zu, wie der Russe eine Papierrolle unter seinem Lumpenmantel hervorzog und umständlich entrollte. Er zwang sich, den Fetzen entgegenzunehmen, für einen Moment sah er nur die fettigen Flecken, Knicke und Risse, die den Text wie mit Warzen und Runzeln überzogen.

»... erklären Wir, Rudolf II., Kaiser von Gottes Gnaden, Unsere überströmende Dankbarkeit für den erleuchteten Moskowiter Magister Jurij Hezilow, Unsern treuen Untertanen, der Uns Anno Domini 1601 in der Akademia zu Prag eifrig beigestanden bei Unserm Trachten, in die tiefsten Geheimnisse der Natur einzudringen. *Studio philosophorum comparatur putrefactio chemica – ut per solutionem corpora solvuntur, ita per cognitionem resolvuntur philosophorum dubia.* Die Lehre des Magisters hat Uns die Augen aufgetan ...«

Keine üble Fälschung, dachte d'Alembert, indem er das Blatt sinken ließ. Im Augenblick schien es ihm nicht ratsam, den Russen offen der Betrügerei zu zeihen. Noch war er keineswegs sicher, ob er den Lumpenkerl schleunigst wieder verjagen oder für höhere Zwecke einspannen sollte. So ließ er willenlos zu, dass ihm der Puppenmacher das Papierfetzlein wieder aus der Hand nahm, es einrollte und erneut unter schwarzen Lumpen verstaute, derweil seine prallen Lippen schnappende Bewegungen im Bartgestrüpp vollführten.

»War Hezilow aber noch nicht in käjserlicher Gunst, als er *diesen da* erschuf«, sagte der Alchimist und deutete in den Käfig hinein. »Ist sich auch schon ein paar hibsche Jährchen her, lasst mich rechnen, Euer Liebden – das geschah in Basel, finfzehnnäjn'nachtzig A.D.«

Es dauerte eine geraume Weile, bis Charles d'Alembert die Bedeutung dieser wie beiläufig hingeworfenen Worte erfasste. Voll faszinierten Widerwillens starrte er auf das Stäblein in Hezilows Hand, dessen Spitze auf den im Kerkerstroh kauernden Flor deutete. Es sieht ganz und gar aus wie mein Stöckchen, dachte er, genauso lackiert und gedrechselt, von anderthalb Ellen Länge – nur dass seines schwarz ist und meines weiß! Gewaltsam riss er sich vom Anblick des Hölzleins los und zwang sich, Hezilows Sermon zu lauschen.

»Gut meeglich, dass Ihr davon geheert habt, Exzellenz, aber wett ich, Ihr gebt wenig auf solches Gewäsch. Hatten mich sintemalen die Ratsherren zu Basel als ihren Stadtarzt gedungen, ward Hezilow aber bald schon verleumdet und unter Geschräj aus der Stadt gejagt.« Mit der Spitze seines Stabes stieß er heftig in den Käfig hinein, auf Flor zu, der im Stroh hockte und mit weit aufgerissenen Augen auf Hezilow starrte. »Den Herren Scholaren gefiel's gar sehr«, fuhr der Puppenmacher fort, »dass ich an der Universität in deutscher Sprach' aus meiner *Kinstlichen Medicina* las, nur die Pfaffen lamentierten, dass sich die Gelehrtheit latäjnisch sprechen misst oder andernfalls des Teufels wär. Ist sich Hezilow aber stur wie ein Baseler Holzkopf« – mit der Faust pochte sich der Russe auf den Schädel – »und dahero beschlossen die Ratsherren, mich wieder aus der Stadt zu wäjsen. Von Basel ist sich Hezilow nach St. Gallen …«

»Verzeiht, wenn ich Euch ins Wort falle«, unterbrach ihn d'Alembert, dem Katharina da Strada regelmäßig die neuesten Nachrichten von Magiern und Quacksalbern sandte. »Da Euer Gedächtnis Euch im Stich zu lassen droht, Magister Hezilow, gebietet mir schiere Höflichkeit, Euch ein wenig zu Hilfe zu kommen.« Er holte sein Stöcklein unter dem Arm hervor und deutete auf den Puppenmacher, der seinerseits noch immer auf den Nabellosen wies. »Verhielt es sich nicht eher so, dass Ihr aus der Stadt Basel zu fliehen vorzogt, da der Rat beschlossen hatte, Euch in den Kerker zu werfen?« Er glaubte ein Zucken im verstrüppten Frätzlein wahrzunehmen. Unsicherheit, Angst gar? Es war an der Zeit zu zeigen, beschloss er, dass zumindest er das Spiel des Alchimisten durchschaute. »Und solltet Ihr nicht aus einem ganz anderen Grund verhaftet werden«, fuhr er fort, »als Eure Erinnerung Euch nun vorzuspiegeln scheint – weil Ihr nämlich den Henker von Basel bestochen hattet, damit der Euch die zum Strang Verdammten heimlich überließ?«

Zu seiner Verblüffung machte der Russe nicht einmal den Versuch, die abscheuliche Verstrickung zu leugnen. Vielmehr schien er regelrecht geschmeichelt, ähnlich einem Künstler, der unverhofft jemanden seine Bildwerke rühmen hört. Wieder schnappten die fiebrig roten Lippen ein paarmal auf und zu, die dunklen Knopfaugen flitzten zu Don Julius und zurück zu d'Alembert, der sich unterdessen vollends entsann: Zufolge der Stradová hatte Hezilow den Scharfrichter durch Handsalbung – drei Kupfermünzen für jeden noch atmenden Körper – bewogen, die Delinquenten lebendig vom Galgen zu schneiden, und die Unseligen dann in seinem Laboratorium sehr langwierig zu Tode gebracht.

»Verleumdung, Überträjbung«, sagte der Puppenmacher endlich, mit einer Hand abwinkend. »Lässt sich Kreatura aber nur erschaffen, wenn man paar hibsche Leffelchen lebendige Essentia hat.« Damit wandte er sich zu Flors Zelle um, d'Alembert und Don Julius ohne weiteres den Rücken kehrend.

Noch während sich der Maître von seiner Verblüffung zu erholen versuchte, vernahm er aufs Neue die pfeifende Stimme des Puppenmachers, der nun absonderliche Verse rezitierte:

»Das Ei der Natur man mich heißt,
bekannt den Weisen allermeist.
Quecksilber oder Mercurius fein
werd ich genannt im Allgemein'.
Ein' dunklen Greif, ein' alten Herrn,
bin allenthalben, nah und fern.«

Während Hezilow murmelte, ging mit Flor eine seltsame Veränderung vor. Der Bursche rappelte sich aus dem Stroh auf, ohne seinen Blick vom Puppenmacher zu wenden. Mit hölzernen Gebärden, einer Fadenpuppe ähnlicher als einem lebendigen Menschen, näherte er sich Hezilow, wobei er leise, mit wehmütigem Tonfall in den Singsang des Russen einstimmte:

»Ich flieg hinweg, es sei denn, dass
man mich anbind gar wohl mit Maß.
Ich hab viel Form, Farb und Gestalt,
führ in mir Manns und Weibs Gewalt.
Wer also bin ich, schweb unterm Dach –
kein andrer als Ourob, der alte Drach'.«

Nach diesem letzten Vers riss Flor die Augen auf und brach unvermittelt in Tränen aus. »Der alte Dra-drach'«, wiederholte er ein ums andere Mal unter Sturzbächen von Tränen, »unterm Da-dach, der alte Drach'.«

Da hob Hezilow sein Stöckchen und schlug links und rechts sachte gegen die Gitterstäbe. Die elfenhafte Kreatur verstummte. Wieder richtete sich Flors Blick auf den buckligen Magister, und in seinen Augen glänzten noch immer Tränen, eines bernsteingelb, eines dunkelgrün wie Moos.

»Rölflein, kleines Wölflein, bin ich ja bei dir, dein Papuschka«, murmelte Hezilow, indem er mit seinem Stöckchen verschlungene Bewegungen vor Flors Gesicht vollführte. »*Komm jetzt heraus zu Mäjster Hezilow.*«

Und der Nabellose machte eine schlangengleiche Bewegung, wallend wie Nebel zwischen den Stäben, und stand einen Herzschlag später vor dem Gitter, neben dem Puppenmacher, der ihm seinen Arm um den mageren Rumpf schlang.

»So ist's recht, Rolfenko. Nu' gehn wir beide hibsch mit der Exzellenz ins alchymische Labor.«

23

»Bringt ihn in die erste Etage – links der weiße Saal – und ab in den Käfig mit dem Kerl!«

Schon auf der Wendeltreppe nach unten hielt Markéta inne, doch weitere Rufe waren nicht zu hören. Hatte sie richtig verstanden? Ihr Herz klopfte, rasch lief sie weiter. Wieso hatten sie Flor vom Kerkerturm hier heraufgebracht? Und, seltsamer noch, weshalb gab es hier, im herrschaftlichen Teil der Burg, einen Käfig, in den man Gefangene sperren konnte?

Auf der Plattform vor der nächsttieferen Etage verharrte sie abermals. Ihr Blick glitt in die Fensternische, unwirklich tief lag das Städtchen unter ihr, von der Moldau umschlungen und fast ersaufend im Wolkengrau. Wehmut wehte sie an, so als ob sie nie mehr nach Hause zurückfinden könnte. Da vernahm sie ein vielfüßiges Trappeln vom linken Gang her, der von der Plattform abzweigte, eilende Schritte, dazu ein Wispern und metallisches Klirren.

Kurz entschlossen schlüpfte Markéta aus ihren Chopinen, nahm die Stelzen in die Hände und eilte nacktfüßig den Flüsterern nach. Wandlampen erfüllten den Gang mit blakenden Schatten. Sie hielt sich im Düstern, suchte Deckung in Mauernischen, hinter halb geöffneten Türen. Zwanzig, fünfundzwanzig Gestalten zählte sie, mehlfarbene Perücken, bunte, glänzende Gewänder ein Dutzend Schritte voraus. Inmitten der vorandrängenden Menge auf einmal das Funkeln goldener Locken, wie ein Sonnenfleck im Nebel, und ihr Herz machte einen Satz – vor Sorge, vor Glück, ihn wiederzusehen.

Solange ich hier bin, soll dir nichts Arges geschehen, kleiner Flor.

Der Gang endete vor einer breiten Tür. Ein Schlüsselbund klirrte, schon flog die Tür auf, und die Menge schob sich hindurch. Markéta huschte hinterdrein, just ehe die Flügel sich wieder schlossen.

Drinnen strahlten kristallene Lampen von Decke und Wänden, so gleißend, dass ihre Lider sich senkten. Als sie die Augen wieder öffnete, hatte sich die bunte Menge bis zum Ende des Saals vorangeschoben. Dort stand der Käfig, klobige Eisenstangen, selbst aus dieser Entfernung vor Rost und Scharten strotzend. Und dahinter die goldenen Locken Flors.

Erneut setzte sie sich in Bewegung, ihre Füße tappend auf kunstvoll komponierten Mosaiken, deren Kälte ihr in die Beine kroch.

Vor dem Käfig eine schmale Gestalt mit wirren schwarzen Haaren, den Rücken ihr zugekehrt, in schwarzem Lumpenmantel – Hezilow?

Erst in diesem Moment bemerkte sie Giacomo da Biondo. Der ältliche Maler hatte seine Staffelei linkerhand neben dem Käfig aufgebaut. Will er den armen Flor etwa malen, dachte Markéta, aber warum nur?

Ohne es recht zu bemerken, ließ sie die Chopinen fallen und schob sich durch die Menge auf den Käfig zu, ihre Blicke auf den Häftling gerichtet, der im Stroh hockte, halb abgewandt und den Kopf auf die Brust gesenkt.

»Werter Herr Puppenmacher, würdet Ihr uns nun gütigst demonstrieren, wie Ihr die güldne Kreatura erschuft?«

Auf diese Frage, hervorgenäselt von einem dürren Burschen mit

Schellenkappe und tomatenroten Seidenhosen, folgte vielstimmiges Gelächter, dröhnend und wiehernd. Mehr verblüfft als wütend sah Markéta um sich, in junge, glatte, und ältliche, grell geschminkte Gesichter, Männer und Frauen, alle so papageienbunt und seidenglänzend wie die Feuerschlucker und Balljongleure auf dem Jahrmarkt zu Krumau.

Wie durch einen Zauber hielten viele von ihnen plötzlich Zeichenbretter in den Händen, Kohlestifte, riesige Adlerfedern, wenn sie nicht gleich Leinwand, Pinsel und Farben mit sich führten wie da Biondo und drei, vier andere Maler, die ihre Staffeleien im Halbkreis um den Käfig aufgestellt hatten.

»Deinem Wunsch soll entsprochen werden, Narr«, rief der Schwarzgewandete, aber in unerwartet samtenem Ton. Die Gestalt wandte sich langsam um zur Menge, die erwartungsvoll aufstöhnte, und tatsächlich war es nicht der Puppenmacher, sondern jener syrakusische Zwillingsbursche, Fabrio oder wie Don Julius ihn genannt hatte: den schwarzen Lumpenumhang nachlässig übergeworfen, das schamlos hübsche Gesicht maskiert mit schwarzen Fäden oder Federn in Hezilows struppigem Stil.

Die Künstler beugten sich über ihre Zeichenblätter, während der Schellennarr auf ein Fensterbrett sprang und törichte Verse zum Besten gab.

»Ich erschuf die Kreatura«, rief Pseudo-Hezilow, »einfach genug – mit meinem Zauberstab!« Und er hob seine Arme zu einer priesterlichen Gebärde, sodass der angekündigte Stab unter dem aufgleitenden Umhang hervorsprang.

Neuerliches Gelächter belohnte die dreiste Schaustellung, einige klatschten in die Hände oder stampften mit den Füßen auf. Markéta aber, kaum zwei Schritte mehr vor dem Käfig, fühlte, wie ihr das Blut ins Gesicht schoss. Sie machte einen Satz, bekam den Syrakuser beim Ohr zu packen und zerrte ihn vom Käfig fort wie einen rotznasigen Gassenbuben oder wie einen der Streithähne, die in der elterlichen Badestube zuweilen handgemein wurden. Mit hellem Schrei, mehr Wut als Schmerz, taumelte Fabrio zur Seite, ein Büschel syrakusischer Haare blieb in Markétas Hand zurück. Sie ließ es achtlos zu Boden rieseln, ihre Aufmerksamkeit galt längst wieder dem Knaben mit dem goldenen Haarschopf, der sich der Menge vor seinem Käfig zugewandt hatte, im Stroh hinter den Gitterstäben kniend.

Seine Augen, die Markéta aufmerksam ansahen, waren nicht zwiefarben, sondern gleichförmig braun, seine Gesichtszüge plump, wie gedunsen, von elfischer Zartheit unendlich weit entfernt. Vom Gürtel aufwärts war er nackt wie Flor, seit dessen Hemd im Thronsaal zuschanden gegangen war, aber es war nicht Flor.

Markéta kannte den Burschen. Er stammte aus Krumau wie sie selbst, wie so viele Leute, die auf einmal hier oben in der Burg aus- und eingingen. Der Sohn des Moldauflößers, dachte sie, aber was nur hat er im Käfig verloren, anstelle von Flor?

»Nico?«, fragte sie und musste sich räuspern.

Der Bursche nickte und senkte zugleich schuldbewusst den Blick. In wachsender Wut sah Markéta, dass sein Bauchnabel mit einer hautfarbenen Paste ungeschickt zugeschmiert worden war.

»Nicodemus Kudaçek«, sagte sie so streng, wie sie es in diesem Moment vermochte. »Wirst du mir auf der Stelle erklären, was hier vorgeht?« Sie trat vor den Käfig und umfasste zwei Gitterstäbe. Daher fand Nicodemus keine Gelegenheit, ihr zu antworten, so wenig wie Fabrio, der sich wieder aufgerappelt hatte und sie mit Augen voll vulkanischer Glut fixierte. Denn in diesem Moment zerknickten die Gitterstäbe, die Markéta mit baderstöchterlicher Deftigkeit angepackt hatte, und der ganze Käfig sackte mit dem trockenen Rascheln und Knacken angemalten Pappmachés um.

24

»Das All ist Gäjst, ganzes Universum ist gäjstig – so lautet sich erstes Prinzip der Alchemie.« Würdevoll schritt Hezilow neben Don Julius einher, der ihn um anderthalb Häupter überragte. Dabei gab der Puppenmacher unablässig Sentenzen von unergründlichem Tiefsinn von sich. »Wie oben, so unten, wie unten, so oben – so lautet sich zwäjtes Prinzip der hermetischen Philosophie.«

Markéta kam sich mit einem Mal abgrundtief dumm vor. Neben dem zwielichtigen, doch anscheinend überaus gelehrten Magister war sie ja nichts als eine Dorfgans, die gegen die Weisheit des Löwen anzugackern wagte.

»Den roten Leewen zu gewinnen«, sagte Hezilow in diesem Moment tatsächlich, »auch bekannt als Stäjn der Wäjsen, ist sich reines Kinderspiel, Euer Liebden – wenn man nur die sieben hermetischen oder alchymischen Prinzipien beherzigt.«

Sogar ein kaiserliches Dokument hatte der lumpige Russe vorgewiesen, dachte Markéta, während sie Julius, Hezilow und dem Maître durch die Burghöfe folgte. Und dennoch hatte sie vom ersten Moment an gespürt, dass es mit Hezilow keine gute Bewandtnis hatte. So wie sie jetzt deutlich fühlte, dass in Julius noch immer Schmerz und Zorn brodelten, trotz aller Begeisterung, die ihn ergriffen hatte, sowie der kleine Russe in der Burg erschienen war. Verbannt, dachte sie wieder, aber wie kann es nur sein? Opfer einer Intrige, des Mordes an diesem Mariandl bezichtigt – und deshalb vom eignen Vater aus Prag verjagt? Aber war es denn nicht eine glanz- und ehrenvolle Aufgabe, als Graf von Krumau hier in der Burg zu herrschen? Anscheinend nicht, überlegte sie, wenn man der älteste Sohn des Kaisers war und Anspruch auf den väterlichen Thron erhob.

Don Julius' Stimme riss sie aus ihren Grübeleien. »Und Ihr rühmt Euch, Magister, diese Gesetze zu beherrschen – die heiligen Principia, durch die jede Transmutation gelingt?« Er fragte es mit schlecht verhohlenem Ungestüm, wie ein Kind, dachte sie, das der Erfüllung seines heißesten Wunsches entgegenfiebert.

»Gebt Hezilow nur die neetigsten Hilfsmittel zur Hand«, brüstete sich der Puppenmacher, »und Eure Schatzkammern werden sich fillen mit gildenen Klimpchen sonder Zahl.«

»Verwandlung von Plumbum in Gold – schön und gut«, erwiderte Julius, indem er mitten auf dem dritten Burghof stehen blieb und den kleinen Russen beim Arm packte. »Aber sagt, Magister« – er dämpfte die Stimme – »wie steht's mit der lebendigen Kreatura? Ist *jener da* wahrhaftig der gläsernen Mutter entkrochen in Euerm Baseler Labor?« Und er deutete mit spitzem Kinn auf den Nabellosen, der sich eng an Hezilows linker Seite hielt, einen halben Schritt zurück wie ein geprügeltes Hündchen.

»Zwäjfelt Ihr an Wort und magischer Macht von Hezilow, Exzellenz?«, brauste der Russe auf.

»Glä-gläserner Mutter! Jener da!«

»Nein, gewiss nicht«, versicherte Julius, »seht mir meine unbedachten Worte nach, die mir bloß von der Hoffnung eingeblasen wurden, dass das große Werk gelingen möge – hier auf Burg Krumau, zu meinem Ruhm und zur Rettung unsres Kaiserreichs.«

»Werden wir Pfauenschwanz schon zum Bliiehen bringen, Euer Liebden! An der neetigen Apparatur fehlt's ja gewiss nicht – nach allem, was man so munkeln heert?«

»Pah, Euch soll's an nichts gebrechen – außer an Zeit! Sputen wir uns!« Und Julius beschleunigte seine Schritte, den Puppenmacher mit sich ziehend.

Charles d'Alembert, der dem Humpelnden mit tänzerischer Eleganz folgte, sah spöttisch auf Hezilows Schwertscheide, die Funken sprühend über den Steinboden schleifte. Niemals, dachte an seiner Seite Markéta – nie hatte sie Julius weniger hochfahrend erlebt als gegenüber Hezilow. Wieder fühlte sie, wie dumm und ungehobelt sie selbst war, neben dem Magister wie auch neben dem jungen Grafen, die sicher beide mehr Wissenschaften studiert hatten, als sie auch nur dem Namen nach kannte, die Jurisprudentia, die Theologia und was es sonst noch an Unbegreiflichem geben mochte. Ich dagegen, sagte sie sich, kann nicht mal Pappe von Eisen unterscheiden, Theater von Wirklichkeit.

Nach ihrem überstürzten Rückzug aus dem weißen Saal, wo sich die Künstler unter Weh- und Zornesrufen um den zerknickten Karzer geschart hatten, war sie geraume Zeit durch Gemäuer und Höfe geirrt, ehe sie am unteren Ende des zweiten Burghofs auf Don Julius gestoßen war. An seiner Seite Hezilow, der in endlosem Strom Sentenzen produzierte, dabei sein schwarzes Stöcklein wirbelnd; in ihrem Gefolge Maître d'Alembert und Flor, der fröstelnd die Arme vor der bloßen Brust verschränkt hielt. Für Markéta hatte er kaum einen Blick, dagegen verfolgte Flor jede Bewegung des lumpigen Russen mit einem Ausdruck hündischer Ergebenheit und sprach wieder und wieder die Phrasen seines Meisters mit stockender Zunge nach.

Ohne ein Wort hatte Markéta sich ihnen angeschlossen, mit einem beiläufigen Kopfnicken von Don Julius willkommen geheißen und mit einer knappen Verbeugung von d'Alembert. Selbst Hezilow hatte nur einen Blick unter verstrüppten Augenbrauen auf sie abgeschossen und war gleich wieder zu seinen hermetischen Prinzipien zurückgekehrt.

»Alles fließt aus und ein, alles hat seine Gezäjten, Euer Liebden. Alle Dinge stäjgen und fallen, das Schwingen des Pendels zäjgt sich in allem – so lautet sich finftes Prinzip der Alchemie.«

»Pe-pendel in allem!«

Fast wäre es ihr lieber, dachte Markéta nun, wenn Julius oder der Maître versuchten, sich ihrer Begleitung zu entledigen, dann könnte sie sich zumindest wieder als Flors Beschützerin fühlen statt als nichts begreifende Gans. Aber niemand hinderte sie, den drei Männern und Flor zu folgen, die mit raschen Schritten den dritten Burghof durchmaßen und rechterhand vor einem riesigen Gewölbetor hielten. Also lief sie weiter auf nackten Füßen hinter ihnen her und blieb dann neben Flor stehen, dessen blasse Haut im Fackellicht fast durchsichtig schien.

Charles d'Alembert nestelte einen gewaltigen Schlüssel aus seinem Wams hervor und schob ihn mit sichtlichem Widerstreben ins Schloss. Unter lautem Knarren und Stöhnen schwang der rechte Flügel des Gewölbetors auf. Der Maître zog eine Fackel aus ihrem Wandhalter und leuchtete in die laboratorische Finsternis hinein, machte aber keine Anstalten, als Erster das Gewölbe zu betreten. Da nahm Hezilow ihm die Fackel aus der Hand und trat über die Schwelle. Im selben Augenblick sprangen aus einer Tür vis-à-vis die syrakusischen Zwillinge, nun gemeinsam in den schwarzen Lumpenmantel gewickelt, der Fabrio vorhin zur dreisten Scharade gedient hatte.

»Geschlecht ist in allem, alles hat sich männliche und wäjbliche Prinzipien; offenbart Geschlecht sich auf allen Ebenen«, hörte Markéta den Puppenmacher deklamieren, und für einen Moment der Verwirrung schien es ihr, als ob sich diese Phrase in geheimnisvoller Weise auf die Zwillinge bezog. »So lautet sich siebentes Gesetz der Alchemie.«

Gleichwohl warf sie dem syrakusischen Duo einen, wie sie hoffte, warnenden Blick zu, dann sputete sie sich, hinter Hezilow und Don Julius, Flor und d'Alembert in die grabesfinstere Unterwelt hinabzusteigen.

25

Geschäftig lief der Puppenmacher von einer Wandnische zur nächsten und entzündete mit seiner Leuchte armdicke Kerzen. Seine Schritte hallten von den Wänden wider, und mit jedem Licht, das er entflammte, schälte sich ein wenig mehr von dem gewaltigen Gewölbe aus der Dunkelheit. »*Spiritus alme*«, rief er dabei mit pfeifender Stimme, »*Illustrator hominum – Horridas nostrae mentis purga tenebras!*«

»Erhabener Geist – Erleuchter der Menschen.« Don Julius, der auf einmal neben Markéta stand, übersetzte die Formel, seine Stimme schien vor innerer Bewegung zu vibrieren. »Reinige die schaurigen Finsternisse unsres Geistes!«

Während er sprach, drehte sich Markéta um ihre eigene Achse, dabei abwechselnd in die Höhe und zu den fleckenweise erhellten Wänden sehend. Sie befanden sich in einem unterirdischen Saal von so gewaltigen Ausmaßen, dass er leicht das ganze Pichler'sche Badehaus fassen mochte. Überall standen Tische und Herde, Schemel und Regale, bedeckt mit Tiegeln und Töpfen, sonderbar geformten Gefäßen aus Glas oder Eisen, hastig bekritzelten Bögen und verfleckten Lederkladden. Modergeruch hing in der Luft. Irgendwo im Hintergrund tropfte Wasser hernieder, in quälend langsamem Takt. Fingerdick lag über allem rußdunkler Staub.

»Zu Wilhelms Zeiten«, sagte Don Julius zu ihr, »sind hier unten vierspännige Kutschen aus- und eingefahren, mit Fässern voll Schwefel, Truhen voller Gold und allem, was die Schwarzkünstler für ihr großes Werk brauchten.«

Tatsächlich waren sie vom Gewölbetor über eine abschüssige Straße bis hierher abgestiegen, ins Innerste des Laboratoriums, das sicher zwanzig Meter unter der Erde lag. Unterwegs hatte Markéta verschiedene Abzweigungen bemerkt, in Seitenwege, Nebengewölbe, die Maître d'Alembert und die Zwillinge auf eigne Hand erkunden mochten. Jedenfalls hatte sie das ungleiche Trio bald schon aus den Augen verloren. Aber die Schwarzkünstler *machten* doch Gold, wollte Markéta fragen, wozu also die Truhen? Da fiel ihr Blick auf ein riesiges Wandgemälde, das Hezilow mit emporgestreckter Fackel bestrahlte.

»Mercurius verschlingt Sol«, erklärte der Russe mit geheimnisvoller Miene, und Flor, der im Halbdunkel neben ihm stand, echote mit klappernden Zähnen: »Ku-kurius schlingt Sol!«

Das Bild zeigte einen furchterregenden Löwen mit schimmelgrüner Mähne, der ohne weiteres die Sonne zermalmte, Blut spritzte aus etlichen Wunden im ernst blickenden Himmelsgesicht. »*Ich bin der wahrlich grüne und güldene Löwe ohne Sorgen – in mir steckt alle Heimlichkeit der Philosophen verborgen!*«, stand auf dem buttergelben Spruchband, das sich über dem Löwen durch die Lüfte schlängelte.

»In die Tiefe jedes Körpers«, sagte der Puppenmacher, »wirkt sich Mercurius alläjn.« Blindlings griff er hinter sich und zog Flor ins Fackellicht. »Werft dem grienen Läj einen Keerper zum Fraß vor, Euer Liebden, und er wird ihn erleuchten und transformieren – von toter Materia in die lebendige Kreatur!«

»Grü-grüner Leu!«, echote Flor mit so bekümmerter Miene, als ob er gleich in Tränen ausbrechen würde. »Lebendige Kreatur!«

Nie zuvor in ihrem Leben, dachte Markéta, hatte sie einen Menschen mehr verabscheut als den kleinen Puppenmacher. Mochte er getrost in dieser modrigen Unterwelt verschimmeln, wenn er nur den armen Flor in Ruhe ließ! Aber sie wagte kaum, dem Russen einen zornigen oder Flor einen tröstenden Blick zuzuwerfen. Niemals vorher hatte sie sich auf weniger sicherem Grund gefühlt als gerade hier im Felsgewölbe unter der Burg. Und nie zuvor hatte sie eine solche innere Verwirrung empfunden – wie angepflockt zwischen Don Julius, dessen Nähe ihr Herz heftig schlagen ließ, und dem offenbar tief verstörten Flor. Was nur hatte Hezilow mit dem Nabellosen zu schaffen, und was mochte Don Julius mit seinem Gefangenen im

Sinn haben? Glücklicherweise hatte er Flor zumindest aus seinem Kerker entlassen. Aber das hieß offenbar nicht, dass der Nabellose ein freier Mann war. Vielmehr schien nicht nur Hezilow selbst, sondern auch Julius ihn als selbstverständliches Besitztum des Puppenmachers anzusehen.

Die Fackel in der Hand, trat Hezilow mit schleifendem Schwert zu einem großen Tisch unweit von Julius und Markéta. Er beugte sich über eine zerfledderte Lederschwarte. Als er darin blätterte, wallte süßlicher Aasgeruch auf. Markéta wich einen Schritt zurück und stieß mit dem Rücken gegen Don Julius, der blitzschnell seine Arme um sie legte.

»Hier!«, rief der Puppenmacher aus. »Beachten Sie dieses Bild, Hochwohlgeboren!«

Julius beugte sich über ihre Schulter, wobei er sich von hinten noch fester gegen sie presste. Der Kupferstich zeigte einen bauchigen Topf auf glühendem Ofen, von unten züngelten Flammen empor. Oben aus dem Gefäß schauten verschiedene Wesen hervor, eines sah für Markéta wie ein Schwein aus, ein anderes wie ein Wolf. Das Grässlichste jedoch war ein Drache mit gespreizten Flügeln und halb geöffnetem Rachen, der sich offenbar anschickte, dem Feuer zu entfliehen.

Flor, der einen flüchtigen Blick auf das Bild geworfen hatte, prallte förmlich zurück und brach nun tatsächlich in Tränen aus. »Der aalte Drach'!«

Stetig tropfte das Wasser in den Saal herab, und ebenso gleichförmig sprach der Puppenmacher auf Don Julius ein: »Leben, Euer Liebden, ist sich nichts als einbalsamierte Mumia, die den sterblichen Keerper vor Fäulnis bewahrt, mit Hilfe einer Salzleesung, deren Formula sich offenes Buch für Hezilow ist.«

»So könnt Ihr wahrhaftig Kreaturen formen«, fragte Don Julius, »aus Lehm und Dreck – wie ein zweiter Gott?«

»Keerper ist sich *malum ac putridum*, Euer Liebden, beese und faulig. Sein Bestreben ist es nur, zu verfaulen und sich wieder in Kot zu verwandeln. Philosophischer Kinstler kann der Mumia während der Fäulnis ihre Lebensessenz entziehen – den heiligen Aquaster, Euer Gnaden, aus dem Hezilow Euch flugs das *monstrum hermaph-*

roditum destillieret – das Retortensöhnchen, auch als Homunkel bekannt.«

»Mo-monstrum«, flüsterte Flor, »Homu-munkel!«

Don Julius' Hände lagen noch immer auf Markétas Hüften, braun und lauernd wie zwei kräftige kleine Tiere.

Drei – Destillatio

»Dämpfe steigen auf,
das Destillat läuft zurück im Pelikan.«

26

Über Krumau goss es aus allen Himmelsschleusen, dass man die Moldau bis in die Burg herauf gurgeln hörte, und Don Julius war in allerbester Stimmung. Eben hatte die Glocke unten im Städtchen achtmal geschlagen – oder vielleicht auch sieben- oder neunmal, was scherte es ihn? Wollüstig wälzte er sich in den Seidenpfühlen des gräflichen Paradebettes, das von einem dunkelblauen Samthimmel überspannt wurde und wenigstens drei auf drei Meter maß.

Ah, die väterliche Majestät wird Augen machen, dachte er, wenn erst nach Prag vermeldet wird, dass hier auf Krumau Dreck in Gold verwandelt worden ist – unter der Regentschaft Eures Sohnes, allerherrlichster Herr! Laut Hezilow war die Transformatio für einen Erleuchteten seines Grades »*ganz geringfiegiges Kunststick, Euer Gnaden*« – und wie käm ich dazu, an seinen Worten zu zweifeln, dachte Julius, Mariandls Astrolog hat mir ja alles aufs Haar genau so vorausgesagt. Die geschaffene Kreatur und den erleuchteten Magister, die gleich nach seiner Ankunft auf Burg Rosenberg erscheinen würden; Ströme funkelnden Goldes und geschaffener Bälger, die bald schon aus dem Gewölbe unter der Burg hervorquellen würden …

Julius reckte sich nach der Messingglocke, die an einem burgunderroten Strang vom Himmel hing, und läutete ungestüm. Einen Herzschlag drauf erschien sein persönlicher Kammerdiener, den er stets nur Robert nannte, nach dem Vertrauten seines kaiserlichen Vaters zu Prag.

»Ich hab einen Hunger wie ein Bär, Bertl!«, rief ihm Julius entgegen und rieb sich den Bauch unter seinem Nachthemd, das mit dem Rosenberg'schen Wappen in Rot und Silber bestickt war. »Apropos Bär – wir brauchen Braunbären für den Burggraben, ganz so, wie's früher bei Wilhelm war. Sag d'Alembert, er soll sich drum kümmern, ja?«

»Wie Ihr befehlt, Exzellenz.«

Ah, cher maître, ich werd dir zeigen, wer fortan das Stöckchen in der Hand hält. Mit heiterem Lächeln sah er zu, wie der junge Robert von Fenster zu Fenster ging und die schweren Samtvorhänge aufzog. Draußen rauschte noch immer der Regen, und der Himmel war von der Farbe alten Bleis. Plumbum! Hezilow hatte gestern gleich zehn Fässer voll bestellt, außerdem Schwefel und Kalk, allerlei Säuren und Salze sowie Himmelskraut, bei Vollmond zu pflücken, dazu zweihundert lebendige Zitterlinge, die abstoßendsten Pilzgewächse auf Erden. Der Gallert des Zitterlings, *tremella nestoc*, so der Puppenmacher, beschleunigte die Fäulnis, aus der das alchimistische Gold emporblühen würde.

Alles, alles, was er will, soll er bekommen, sagte sich Julius, Metalle und Pulver, Truhen voller Geld und Kutschen voller Gehilfen – wenn er nur geschwind seine magische Kraft beweist und mir im Triumph zurück nach Prag hilft! Er warf die Polster zurück und wälzte sich seitwärts aus dem Bett. Robert sprang gleich herbei, um ihm den Nachttopf mit dem gräflichen Wappen zu reichen, und Julius zog sich das Schlafhemd bis zum Nabel hoch und sah voller Behagen zu, wie der zitronengelbe Strahl in die Schüssel schäumte.

»Was wünschen Eure Exzellenz heut zu speisen?« Mit seinem runden Böhmengesicht, den semmelblonden, scharf gescheitelten Haaren und dem Knödelbäuchlein unter der blauen Uniform sah Robert wie eine verjüngte Kopie des väterlichen Kammerdieners aus, des einzigen Menschen wahrscheinlich, dem die einsame Majestät überhaupt noch über den Weg traute.

»Gebratenen Kapaun, was sonst«, gab Julius zurück, »mit Kastanien aus Chiavenna angestopft. Und dazu Burgunder und rote Trauben, und bring Marzipan – aber das gute, aus Siena, hörst du, nicht wieder so ein griesiges Imitat! Sag dem Maître, dass ich seine Schliche durchschaue – allesamt und immer schon! Oder nein, Robert, das sag ich ihm besser selbst.«

Wenn ich es wage. Auf einmal wurde ihm flau. Auch das geschlachtete Mariandl fiel ihm gleich wieder ein, ihr Blut an seinen Händen, die ruchlose Intrige, durch die er aus dem Hradschin gedrängt worden war. Aber wenn die väterliche Majestät erst erkennt, was ihr verstoßener Sohn alles vermag, sagte sich Julius, muss sie die Verbannung im Handumdrehen aufheben. Und wer auch immer mir das Mariandl untergeschoben hat, wird grässlich dafür büßen.

Er stülpte die Lippen vor und reichte Robert den Nachttopf. »Ah, noch eins: Erinnere Madame Markéta, dass ich mit ihr zu frühstücken wünsche, hier in meinem Schlafgemach! Und von Breuner soll uns auftischen, die Maid wird Augen machen!«

Während Julius in sein Bett zurückklomm, begann seine Stimmung bereits wieder zu steigen. Markéta! Wenn er nur an sie dachte, drängte es ihn schon zu lächeln, dabei hätte er gar nicht sagen können, was er an der Badersmaid so erheiternd fand. Wie sehr sie stets auf ihre Würde bedacht war, na, das war in der Tat recht komisch. Oder nein, an andern Weibern hätte er's lachhaft gefunden, wenn sie Brüstchen und Ehre vor ihm zu verwahren suchten, aber bei Madame Markéta Pichlerová …

Er warf sich rücklings in die gräflichen Kissen und musste auf einmal grinsen, als er sich in Erinnerung rief, wie sie ihn gestern angesehen hatte: die Augen funkelnd, die Wangen gerötet, aber so, als ob sie selbst sich ihrer Empörung keineswegs sicher wäre. Und trotzdem schüchterte sie ihn manchmal geradezu ein! Ei, wie denn das? Obwohl Euer Gebaren ganz und gar unzimperlich ist, Madame, flößt Ihr mir auf geheimnisvolle Weise den Wunsch ein, mich moralisch zu bessern. Ha! Ganz anders als Johanna von Waldstein, deren gesteifte Würde und totenäugige Kühle ihn stets nur reizten, die ewig Verlobte zu kränken, durch Nichtachtung oder offene Niedertracht, je nachdem.

Auch wenn die Pfaffen mich längst zu immerwährendem Schmachten in der Hölle verdonnert haben, bin doch auch ich zu höheren Regungen fähig, zumindest in Markétas Gegenwart. Das Sujet begann ihn zu verdrießen, er schob eine Hand unter sein Hemd und bohrte missmutig in seinem Nabel. Wie dieser Flor wohl die Nacht verbracht hatte? Eigentlich hatte er den Geschaffenen, Rolfie, Flor oder wie er letzten Endes heißen mochte, wieder in den Karzer sperren lassen wollen, aber Markéta hatte sich für ihn eingesetzt wie eine Löwin für ihr Junges: »Wenn in Eurer Brust ein menschliches Herz schlägt, Exzellenz, dann gebt Flor frei!« So, mit genau diesen Worten, mit blitzenden Augen und vor zornigem Eifer geröteten Wangen, hatte Markéta sich für den Nabellosen ins Zeug gelegt, gestern Mittag, als sie aus dem laboratorischen Gewölbe wieder emporgestiegen waren. »Er hat keinem was zuleide getan – im Gegenteil, seht ihn Euch doch an: Der arme Bursche muss Furchtbares erlebt haben! Und überlasst ihn um Himmels willen nicht Hezilow.«

Zu seiner eigenen Überraschung hatte Julius zugestimmt, mit wegwerfendem Lachen: »Ihr sollt Euren Willen haben, Madame, der Nabellose kann sich frei zwischen den Burgmauern bewegen – unter einer Bedingung!«

Ihre Augen hatten Funken gesprüht, und dazu war sie bis in die Stirn hinauf errötet. »Was für eine Bedingung – Exzellenz?«

»Dass Ihr morgen früh mit mir speist, Madame.«

»Wenn's weiter nichts ist!«

Wie arglos die Badersmaid eingewilligt hatte, dachte Julius nun, die Hände hinter dem Kopf verschränkend, während die Tür aufsprang und von Breuner an der Spitze eines halben Dutzends blau geschürzter Kuchelmägde ins gräfliche Schlafgemach stolzierte.

»Die angewiesenen Speisen, Euer Liebden.« In seinen Händen trug der hagere Haushofmeister ein gewaltiges Silbertablett mit krummen Eisenbeinen, darauf zwei Teller mit dem gräflichen Wappen, nebst Leinenservietten, Kristallkelchen und einer Schale dampfend heißen Wassers. Er trat vors Bett, verbeugte sich und setzte das Tischlein neben Julius auf die Matratze, wobei sich seine Wangen blähten, als ob er einen Hustenreiz verbisse. Dann wich er zur Seite und beaufsichtigte die Kuchelmaiden, die nacheinander gefüllten Kapaun und weißes Brot, Saucen und Burgunder, Trauben und Marzipan servierten.

»Ausgezeichnet«, sagte Julius, mit einer Hand nach der jüngsten Kuchelmagd haschend, »Madame Markéta möge eintreten!«

Von der Tür her erklang ein Hüsteln. »Halten zu Gnaden, noch einen Augenblick, Exzellenz.«

»Was soll das heißen, Robert?«

»Nun, der Maître sucht nach Madame …«

»Und der Nabellose?« Julius setzte sich so heftig in den Kissen auf, dass die Sauce aus der Schüssel schwappte.

»Anscheinend hat er im Frauenzimmer übernachtet, und nun ist er mit Madame Markéta …«

»Kein Wort mehr!« Julius knirschte mit den Zähnen. Seine Hände fuhren durch die Luft wie von der Leine seines Willens losgerissene Tiere, aber die Kuchelmägde hatten sich allesamt schon in Sicherheit gebracht. Nur von Breuner stand noch neben dem Bett, die Arme angewinkelt, als ob er noch immer ein Tablett vor sich hertrüge. »Raus mit euch!«, schrie Julius. »Schafft mir Markéta herbei – auf der Stelle! Und den Nabellosen werft in den Turm, bei Wasser und Brot, ich befehl's!«

»Und ich fleh Euch an, Don Julius – haltet Euer Versprechen, wie ich das meine halte, hier bin ich ja!« Mit diesen Worten erschien tatsächlich die Badersmaid in der Tür.

Augenblicklich begann Julius' Zorn zu verrauchen. »Tretet näher, Madame«, sagte er, »alles ist bereit für Euch. – Und ihr schert euch endlich zum Teufel!«, herrschte er von Breuner und Robert an, die noch immer wie Skulpturen neben seinem Bett verharrten.

Die beiden eilten davon und rannten dabei fast den Maître über den Haufen, der eben hatte eintreten wollen. Dann schlug die Tür zu, und Julius war endlich mit Markéta allein.

»Komm her«, sagte er und sah sie aufmerksam an. »Du hast mich warten lassen. Na komm schon, setz dich zu mir.«

Er klopfte zu seiner Rechten auf die Matratze, dass der Kapaun ins Schaukeln geriet, doch Markéta rührte sich nicht von der Stelle. Sie stand mitten im Schlafgemach und hatte einmal mehr ihre störrische Miene aufgesetzt. Außerdem trug sie wieder das hellbraune, hochgeschlossene Kleid, dabei hatte er strengstens befohlen, ihr diesmal das burgunderrote umzuschnüren, dessen Ausschnitt fast bis zum Nabel reichte. Apropos Nabel – »du hast diesen Flor im Weiberflügel nächtigen lassen?« Seine Unterlippe zuckte. »Wo hat der Nabellose die Nacht verbracht – etwa an Eurem Busen, Madame? – So tretet endlich näher und steht nicht herum wie ein neuspanisches Idol!«

»Er ... er muss in der Frühe hinausgeschlichen sein.« Sie sprach stockend wie jemand, der sorgsam seine Worte wählt. »Es stimmt, dass ich ihn mit zu ... mir genommen hab, Herr, aber er wollte vorn im Empfangsraum schlafen, und als ich heute früh ... aufgestanden bin, da war er fort. Aber Flor ist bestimmt nicht aus der Burg geflohen«, setzte sie rascher hinzu, als Julius die Stirn runzelte, »ich glaub, er erträgt's einfach nicht lange, hinter geschlossenen Türen zu sein.«

So ähnlich wie du, dachte er, nach ihren nackten Zehen spähend, die unter dem Kleidsaum hervorlugten. »Und da hast du ihn also gesucht?«

Sie senkte den Kopf, aber nur ein wenig. »So ist es, Exzellenz. Ich bin durch alle Höfe gelaufen und hab immer wieder seinen Namen gerufen, bis ich dann hörte, wie der Maître seinerseits nach mir geschrien hat. Da bin ich gleich zu Euch geeilt, um mein Versprechen einzuhalten ...«

»Nur aus diesem Grund?«, fragte er und musste schon wieder lächeln über die treuherzige Art, in der sie vor ihm Rechenschaft ablegte.

»Aus welchem Grund denn sonst?« Sie sah ihm noch immer mit einem Ausdruck wohlanständiger Empörung ins Gesicht. Doch zumindest kam sie nun näher und setzte sich sogar an den Rand seines Bettes, so allerdings, dass das Tablett voller Köstlichkeiten zwischen ihnen blieb.

»Zum Beispiel, um deinen Appetit zu stillen?«, fragte er und sah mit wachsender Heiterkeit, dass sie wieder errötete, ganz so, als hätte auch sie bei diesen Worten nicht nur an Kapaun mit Kastanien gedacht. Mit Daumen und Zeigefinger zwickte er einen Happen von dem knusprigen Braten ab und hielt ihn kurz unter Markétas Nase, dann schob er ihr den Bissen mitsamt seinem Finger in den Mund.

Für einen winzigen Moment fühlte Julius ihre Zunge, die über seine Fingerkuppe fuhr. Dann schnappten ihre Zähne zu, so kräftig und rasch, dass er sich sputete, seinen Finger in Sicherheit zu bringen. »Du würdest dich nicht scheuen, mir ein Glied abzubeißen, wie?«

Sie kaute nur hingebungsvoll, ohne ihn aus dem Blick zu lassen. Der Glanz ihrer Augen und ihre gelöste Miene verrieten, dass sie an diesem Spiel Gefallen fand – so wie auch Julius selbst, der nie zuvor so umschweifig mit einer Maid getändelt hatte.

Markéta brach sich einen weiteren Happen vom Kapaun, kaute wieder genüsslich und leckte sich endlich die vor Fett glänzenden Finger. »Seht Ihr mir nur beim Essen zu – oder nehmt Ihr auch selbst etwas?«

»Ich warte«, sagte er und schaute sie wieder aufmerksam an.

»Warten – worauf denn?«

Anstelle einer Antwort schob er seinen Zeigefinger in die Höhlung des Kapauns und fischte ein wenig von der Kastanienpaste heraus. Ohne den Blick von Markéta zu wenden, führte er seinen Finger wiederum vor ihre Nase und wedelte damit hin und her. »Darauf, dass du ihn abschleckst«, sagte er, »bevor du auch mich etwas kosten lässt – am besten diese saftige Beere.« Und er deutete auf die Rebe voll blutroter Trauben, die auf der feuchten Silberschale prangten, neben Markétas Hüfte, über der sich das schlammbraune Samtkleid spannte.

27

Der Marzipanstab war mit einer dicken Schokoladenschicht überzogen, und auf mysteriöse Weise hatte Don Julius sie dazu gebracht, den süßen Stab gemeinsam mit ihm auszusaugen. Auf dem gräflichen Lager kniend, die Köpfe einander zugeneigt, balancierten sie ihn zwischen ihren Mündern, während sie mit Lippen und Zungen, jeder von seiner Seite, den zarten Schmelz hervorsogen und -leckten. Julius selbst ist ja ein Zauberer, wozu braucht er da den scheußlichen Hezilow?, dachte Markéta, die sich ein wenig benommen fühlte, nicht nur des Burgunders wegen.

Draußen hatte es aufgehört zu regnen, vor den Fenstern sengte die Sonne die letzten Wolkenreste vom Himmel über den Moldau-Auen, doch Markéta nahm es bloß am Rande wahr. Ihr derzeitiger Himmel war aus blauem Samt, von dem an einem roten Strang ein Messingglöckchen hing, ihre Aue ein schwankendes Geviert voll schwellender Seidenpolster. Anstelle der Moldau zogen sich Rinnsale aus Burgunder und Bratensauce durch die Leinenhaine, und die über alledem scheinende Sonne war das Antlitz eines jungen Gottes mit zerzaustem Haar und haselbraunen Augen, die unverwandt ihren Blick festhielten, funkelnd vor Leidenschaft. Atemlos sogen sie beide am sämigen Marzipanschmelz, und Markéta stellte sich eben vor, was sie mit dem fertig ausgehöhlten Schokoladenrohr anfangen könnten, als mit einem Mal an die Tür gepocht wurde.

»Nicht jetzt, Bertl!«, rief Julius undeutlich, wobei der Marzipanstab zwischen ihren Mündern bedenklich zuckte.

»Der Maître!«, hörte Markéta den Kammerdiener antworten, »er besteht drauf, mit Euch zu sprechen, Exzellenz – wegen des Puppenmachers!«

»Hezilow!« Julius schrie den ihr verhassten Namen heraus, so schallend, dass Markéta zurückfuhr und der süße Stab ins rot verfleckte Laken zwischen ihren Knien fiel. »Worum geht's, *mon cher maître?*«, fragte Julius in verändertem Tonfall.

»Um die Männer Eures Magisters, *Excellence.*« Charles d'Alembert stand bereits auf der Schwelle, von verkniffener Eleganz wie stets.

»Jetzt nicht«, brummte Julius wieder, Lippen und Kinn mit Schokolade verschmiert; offenbar traut er sich kaum, auch nur die Stimme gegen seinen Maître zu erheben, dachte Markéta erstaunt.

D'Alembert wandte sich nun direkt an sie, die sich mit hastiger Hand den süßen Schmelz vom Mund wischte. »Lasst uns einen Augenblick allein – *s'il vous plaît, madame.*«

»Madame Markéta bleibt.« Mit trotziger Miene sah Julius zum Maître hinüber. »Ich hab keine Geheimnisse vor ihr – im Gegenteil.«

Wie sollte sie sich jetzt nur verhalten? Unsicher blickte Markéta von Don Julius zu d'Alembert, der im Türrahmen erstarrt schien. Julius macht sich lustig über mich, dachte sie, anders kann's ja nicht sein! Keine Geheimnisse – vor mir?

Auf einmal wurde ihr bewusst, dass sie noch immer in seinem Himmelbett kauerte, und das Blut schoss ihr ins Gesicht. Rasch schwang sie ihre Beine seitlich heraus; da erst dämmerte ihr, warum der Maître anscheinend so beunruhigt war. »Die Männer des Magisters?«, wiederholte sie, barfüßig auf den Teppich springend. »Wen meint Ihr damit, Monsieur d'Alembert?«

»Hezilows Gehilfen, ein halbes Dutzend.« Der Maître ließ Julius keinen Moment lang aus den Augen. »Sie sind heute früh eingetroffen und auf Befehl des Grafen eingelassen worden.«

Ein Schauer lief Markéta zwischen den Schulterblättern hinab. Vor ihrem geistigen Auge sah sie die wirrbärtigen Gesellen in dunklen Lumpen, die seit Wochen in der Stadt herumlungerten und den kleinen Puppenmacher wie Fliegen umschwärmten.

»Und seitdem schleichen sie überall in der Burg umher«, fuhr d'Alembert fort, »auf der Suche nach dem Nabellosen. Offenbar hat ihr Meister ihnen befohlen, den Knaben ins Alchimistengewölbe zu schaffen.«

Markéta wandte sich wieder Julius zu. »Aber Ihr habt mir versprochen, dass ihm kein Leid geschehen soll!« Das Herz zog sich ihr zusammen. Ob er Hezilows Kerlen schon in die Hände gefallen war? Hatte sie Flor deshalb vorhin vergeblich gesucht?

Julius gab ein verdrießliches Brummen von sich, doch ehe er antworten konnte, hob d'Alembert sein Stöckchen. Mit energischen Schritten trat er ins Zimmer und schloss hinter sich die Tür. »Der Nabellose ist im Moment das geringste unserer Probleme, *Excellence.*« Er warf Markéta einen abschätzenden Blick zu. »Ihr wisst, was sich vor drei Tagen in Prag ereignet hat, Madame – im Schlafgemach von Don Julius?«

»Woher soll sie's wissen, da ich's ja selbst nicht weiß!«, rief Julius dazwischen. »Niemand weiß es – außer den Mördern und Verschwörern, die mir …«

Wieder hob d'Alembert sein Stöckchen, und Julius verstummte. »Kein Wort mehr, *Excellence*, ich bitte Euch.«

Da stieg eine wilde Wut in Markéta auf, Mitgefühl mit Julius, doch mehr noch Zorn auf d'Alembert, der seinen Schützling dirigierte wie eine Marionette. »Warum kein Wort«, fuhr sie den Maître an, »Don Julius hat ja grad gesagt …« Vor Schreck biss sie sich auf die Unterlippe, doch dann bemerkte sie, dass Julius sie mit strahlender Miene ansah. »Gar nichts weiß ich«, fuhr sie leiser fort, nun direkt an Julius gewandt, »nur dass Ihr in Prag anscheinend irgendwem im Weg wart. Aber Euer Herr Vater, der Kaiser, wird doch den Verleumdern nicht glauben?« Neuerlich stieg ihr das Blut in die Wangen, während Julius' Lächeln immer breiter wurde.

Mit unbewegter Miene sah d'Alembert ihr ins Gesicht. »Verübelt mir das offene Wort nicht, Madame: Ich hege allergrößte Zweifel, dass Euer bisheriger Lebensweg Euch befähigt, die in Frage stehenden Ereignisse zu beurteilen.«

Der Maître war eine Handbreit kleiner als sie, und seinem Schützling reichte er eben bis zur Schulter. Und doch ging von diesem sehnigen kleinen Mann eine so kalte Kraft aus, dass Markéta sich zwingen musste, nicht den Kopf zu senken, wie sie's eben bei Julius gesehen hatte. »Dann sagt mir, wie Ihr sie beurteilt – ich bitt Euch, Monsieur«, fügte sie hinzu, ohne ihren Blick von d'Alembert abzuwenden.

In seinem Lächeln schimmerte etwas wie Respekt auf; aber das hatte sie sich wohl nur eingebildet. Der Maître klemmte sein Stöckchen unter den Arm und wandte sich an Julius. »*Vollkommene Ruhe in Krumau*«, sagte er, »ich bin sicher, Ihr wisst, *Excellence*, wer mir diese beschwörenden Worte gesandt hat. Auch im Namen dieser so selbstlos um Euch besorgten Dame flehe ich Euch an: Unterlasst alles, was den kaiserlichen Zorn noch weiter schüren könnte. Sorgt im Moment vor allem dafür, dass der russische Magister sich peinlichst an die Gesetze von Kaiser und Kirche hält.«

Julius hockte noch immer im Himmelbett, das fleckige Nachthemd bis über die Knie emporgerutscht. »Hezilow, *maître*?«, brummte er. »Was hat der denn mit der Prager Kabale zu tun?«

Der Maître ließ einen melodischen Seufzer erklingen. »Ihr versteht mich schon recht, *Excellence*: Der Magister mag drunten in den Alchimistengewölben werkeln, wie er will, solange ...« Er unterbrach sich und lauschte nach draußen, wo in diesem Moment ein keckernder Schrei ertönte. »Solange«, setzte er aufs Neue an, »durch Hezilows Experimente nur keine Menschenseele zu Schaden kommt. Hört Ihr, Euer Liebden: niemand!«

»Und hört *Ihr* das, Maître«, sagte Markéta hastig, ehe d'Alembert weitere Beschwörungen hinzufügen konnte, »diese Schreie – das ist Flor!«

»Der Nabellose?«

D'Alembert und Julius riefen es wie aus einem Mund, doch Markéta nickte ihnen nur zu, dabei mit gespannter Aufmerksamkeit zum Fenster hin lauschend.

»Ké-kéta, hilf!«, meinte sie zu verstehen. »Hi-hilf, Ké-kéta, hilf!«

»Er ruft nach mir«, sagte sie, »Hezilows Lumpenkerle sind wahrhaftig hinter ihm her.«

D'Alembert deutete eine Verbeugung in Richtung der gräflichen Bettstatt an. »Wenn Ihr gestattet, sprechen wir später weiter, *Excellence*. Sicher ist es in Eurem Sinn, wenn ich Madame begleite.«

Noch während er sprach, eilte Markéta zur Tür. Auf der Schwelle wandte sie sich noch einmal um zu Julius, der unter seinem Samthimmel saß und ihr mit verlorenem Lächeln hinterhersah.

Abermals erklang von den Fenstern her der keckernde Schrei. »Kékéta, hi-hilf!«

Erst als sie draußen durchs Vorzimmer hastete, vorbei an Robert, der ihr mit weit aufgerissenen Augen entgegenschaute, wurde ihr bewusst, dass sie sich von Don Julius nicht einmal verabschiedet hatte, geschweige denn sich für das delikate Frühstück bedankt. Ich hoff auf baldige Wiederholung, Exzellenz, dachte sie, wie schade, dass wir gestört wurden, ehe unsere Zungenspitzen sich in der Mitte des Marzipanstabs trafen. – Heda, Mädchen, was soll Hochwürden Hasek zu solchen Ferkeleien sagen?, stellte sie sich selbst zur Rede; währenddessen lief sie schon durch den Flur und die Treppe hinab, barfuß neben dem Maître, der in seinen weißen Schnabelschuhen dahinglitt wie in venezianischen Gondeln.

Seite an Seite traten Markéta und d'Alembert unten aus der Tür, in den Schein der Mittagssonne, der die antikischen Wandgemälde erstrahlen ließ.

»Der nabellose Knabe scheint oben im Park zu sein«, sagte er in beiläufigem Tonfall.

Nie zuvor in ihrem Leben war Markéta einem Menschen begegnet, der sich so vollkommen in der Gewalt hatte wie Maître Charles d'Alembert. Sie wandten sich nach rechts, ihre Schritte aufs Neue beschleunigend. Im Trab durchquerten sie den vierten Burghof, wo die Syrakuser und etliche weitere Jugend müßig wie Katzen in der Sonne lagen.

»Wenn sie ihm auch nur ein Härchen krümmen …!« Sie stieß es hervor und wusste dann nicht, wie sie ihren Satz beenden sollte, nicht nur des steilen Anstiegs zum Schlosspark wegen, der ihnen beiden die Atemluft nahm. In ihrer Vorstellung lag sie auf einmal rücklings neben Julius, der sich über sie beugte, um Kastanienpaste von ihrer Haut zu schlecken, und die Bauchdecke zog sich ihr zusammen vor lüsternem Behagen. Rasch und reuig dachte sie wieder an den armen Flor, der oben durch den Park hetzen mochte, von den Häschern des

Puppenmachers gejagt. »Wenn Hezilow auf der Burg bleibt«, sagte sie keuchend, »muss Flor fort von hier – und ich mit ihm.«

»Das wird keinesfalls gehen«, wandte d'Alembert ein, »Don Julius hat befohlen ...« Aber Markéta hörte nicht länger auf ihn. Eben erreichten sie die Ebene über der Burg, wo sich der Schlosspark befand, mit dem künstlich angelegten, streng rechteckig geformten Teich in der Mitte, den eine breite Eichenallee säumte.

Auf der kreisrunden Schwaneninsel inmitten des Gewässers hockte Flor, ein blitzendes Ding in der Hand. Aufgestört fauchten die schwarzen Schwäne, die sich im Dutzend am Rand der Insel versammelt hatten, das Gefieder gebläht und die Hälse gereckt. An jeder Ecke des Teichs stand ein Soldat der gräflichen Salvaguardia, alle vier reglos wie Statuen und offenbar nicht gewillt, zugunsten des Nabellosen einzugreifen. Im Wasser aber trieben nicht weniger als fünf plumpe Boote, die das Eiland in geringer Entfernung umkreisten, besetzt mit ebenso vielen Lumpenkerlen aus Hezilows Gefolge.

»Ich muss zu ihm«, rief Markéta aus, »sofort, Monsieur!«

Charles d'Alembert fasste sie am Arm, als ob er sie zurückhalten wollte. Dann jedoch führte er sie geradewegs auf den Wächter zu, der ihnen am nächsten postiert war. »Steigt ein, Madame«, sagte er, auf das am Ufer liegende Boot deutend, »der Soldat wird Euch zur Insel rudern. Die anderen drei Gardisten sorgen unterdessen dafür, dass Euch kein Leid geschieht, notfalls mit Hilfe ihrer Gewehre.«

Tröstlich gemeinte Worte, dachte Markéta, auch wenn sie weit eher beunruhigend klangen. Und doch fühlte sie sich gelassen und bereit, Flor zu Hilfe zu eilen, als sie ihr Kleid emporraffte und, von d'Alembert gestützt, in den altersschwachen Kahn stieg. Dann erst sah sie, mit jähem Erschrecken, die Wunde auf der Wange des Soldaten, der nach ihr ins Boot sprang, vier blutrote Striemen, die in der Mittagssonne leuchteten.

»Obacht, Badershur«, murmelte Jan Mular, fast ohne die Lippen zu bewegen, »dass bloß die Kerle da draußen dich nicht in ihre Pratzen kriegen.« Und er stemmte sich in die Riemen, dass das Wasser aufschäumte und ihr Boot in wilder Fahrt der Schwaneninsel entgegenflog.

28

Seit dem Morgendämmer war Flor ziellos hier droben durch den Schlosspark gestreunt, gepeinigt von innerer Unrast, die nur umso ärger wurde, je länger er umherlief. Auf einmal hatte er Schritte gehört, hinter sich in der feuchten Wiese rauschend, dazu Wispern und Räuspern aus groben Kehlen. Er hatte sich hinter einem Eichbaum verborgen, doch die Männer, ein halbes Dutzend oder mehr, hatten ihn längst bemerkt. Langsam kamen sie näher, wobei sie sich geschickt im Gelände verteilten, und Flor erkannte, dass sie gekommen waren, um ihn zu fangen.

So war es ihm schon einmal ergangen, ganz genau so! Die Erinnerung traf ihn wie ein Hieb. Für einen Moment sah er alles wieder vor sich: den weiten Park, lieblicher als dieser hier, das herrschaftliche Gutshaus, in der Morgensonne glänzend, viel heller, viel kleiner als die hiesige Burg. Und doch war sonst alles wie damals: Auch dort war er frühmorgens im Park herumgestrichen, hatte auf einmal gemerkt, dass er beobachtet, von schleichenden Schritten verfolgt wurde. Damals hatten sie es geschafft, ihn einzukreisen, immer enger zu umzingeln, bis er plötzlich ihre Hände im Nacken, an seinen Armen gespürt hatte. Diesmal aber rannte er davon, ehe die Falle sich schließen konnte. Und die Lumpenkerle hinter ihm her, unter heiseren Flüchen, über die Wiese, durch Unterholz und Büsche, bis zur Eichenallee am Schwanensee. Atemlos stand er am Ufer, sah nach links und rechts, und von überall kamen die Kerle auf ihn zu. Wie ihre Stiefel im Wegsand knirschten, wie ihre Schatten näher und näher herangaukelten, schaurig lang und spindelspitz in der Morgensonne. Schon roch er den Gestank ihrer Lumpen, schon streckte der Erste eine Pratze vor, um ihn beim Arm zu packen – da machte Flor einen Satz, stolperte und versank im Schwanenteich.

Als er auftauchte, sprangen die Gesellen eben in die Boote, die eins neben dem andern am Ufer vertäut lagen; schon stemmten sie sich in die Riemen und jagten hinter ihm her. Ihr Keuchen in der Morgenstille, die klatschenden Laute, wenn die Ruder ins Wasser platzten, dazu die Alarmrufe der Amseln in den Bäumen und der Schwäne vom Inselchen her, auf das Flor aus Leibeskräften zuschwamm.

Er war schon fast an der Insel, als ihn ein Ruderhieb hart an der Schulter traf. Da stieß er einen Schrei aus, vor echtem Schmerz und mit hellsichtiger List, ließ sich auf den Grund des Teichs sinken, tief hinab in die entengrüne Grütze, umwatete die kleine Insel und kroch auf der rückwärtigen Seite leise hinauf.

Augenblicke lang lag er dort im Schilf, keuchend und verzweifelt bemüht, sich nicht durch lautes Atmen, durch Husten gar zu verraten. Die Insel mochte fünf Schritte im Kreis messen, in der Mitte erhob sich der struppige kleine Hügel, der ein wenig Deckung bot. Nicht nur die Hatz durch Hezilows Gesellen hatte er schon einmal erlebt, durchfuhr es Flor, auch den Sturz ins Wasser, das verzweifelte Tauchen in trüben Fluten; doch da war er erst wieder zu sich gekommen, als die beiden Büttel ihn geschüttelt und ins Baderhaus geschleift hatten. Und vorher? Wie war er dorthin gelangt, in den Fluss, den Markéta und die Ihren Moldau nannten? Undeutlich sah er einen Steinkrug vor sich, den eine schwarz behaarte Hand ihm reichte – Hezilow? Und dann sich selbst, wie er den Krug an die Lippen setzt und den Trunk gierig in seine Kehle gießt, um seinen brennenden Durst zu stillen. Und darauf – Schwärze, gar nichts mehr, Finsternis wie im Grab. Bis er sich auf einmal unter Wasser fand, in reißenden Fluten, wie im ärgsten Alptraum um sein Leben kämpfend.

Jener Trunk, wurde er ihm eingeflößt, damit er alles, was vorher war, vergaß? Während Flor noch die Nebelwelt seiner Erinnerung durchforschte, begannen um ihn herum die Schwäne zu fauchen, ihr schwarzes Gefieder zu blähen, mit ihren Schnäbeln gegen den Eindringling zu klappern, der tropfnass und nackt bis zum Gürtel auf ihrem Stückchen Erde lag. Und sich seinerseits den Kopf zermarterte, auf welches Erdenstück er gehören mochte, wenn er nicht tatsächlich aus einem Klumpen Dreck geschaffen worden war, von Hezilows Händen und Gnaden.

Drei der verstrüppten Gesellen blieben in den Booten, rings um die Insel verteilt, die beiden anderen ließen den Kiel in den Uferschilf schrammen und taumelten an Land. Da begann Flor zu schreien, so grell, so durchdringend, dass es überall in der Burg erschallte: »Ké-kéta, hilf! – Hi-hilf, Ké-kéta, hilf!«

Und so immer weiter, unterbrochen nur vom Fauchen der Schwäne, vom Schnattern der Enten und von heiseren Flüchen der beiden Gesellen, die unschlüssige Blicke wechselten und dennoch näher und näher kamen.

Flor war aufgesprungen, dabei unablässig weiterschreiend. Der eine Lumpenkerl schnappte nach seinem Arm, der andere ließ sich blitzartig fallen, im Herniederstürzen nach seinen Fußknöcheln haschend. Keuchend kollerten sie über den Boden, auf dem Federn, Schwanenkot und dürre Zweige verstreut lagen – dazwischen ein Dolch mit krummer, stark angerosteter Klinge, den Flor gedankenschnell packte, während er immer weiter schrie: »Ké-kéta, hilf! – Hi-hilf, Ké-kéta, hilf!«

Anscheinend hatte der eine Lumpenkerl im Niederstürzen das Messer verloren; Flor jedenfalls nutzte den Moment der Verwirrung, als die Gesellen die Klinge in seiner Hand sahen, riss sich los und sprang neuerlich auf. Drohend schwang er die Waffe empor, dann senkte er sie, einer jähen Eingebung folgend, und drückte die Spitze auf seine linke Brust.

»Ma-markéta, hilf! – Zu-zurück, Kohlenkerl, sonst …! – Ké-kéta, hilf, Markéta!«

Unterdessen hatten seine Schreie tatsächlich eine Reihe gafflustiger oder mitleidiger Burgbewohner aufgeschreckt, darunter auch d'Alembert und die Badersmaid, nach der sich Flor immer noch die Seele aus dem Leib schrie: »Ma-markéta, hilf! – Weg, Kerl, sosonst …! – Ké-kéta, hilf, Markéta!«

29

Nachdem er ihr alles berichtet hatte, was ihm an diesem Morgen widerfahren war, auf Burg Krumau und im namenlosen Gutshaus seiner Erinnerung, wirkte Flor tief erschöpft und doch nahezu glücklich, zum ersten Mal, seit er gestern zu ihr ins Badehaus gebracht worden war. Stammelnd und mit der freien Hand fuchtelnd hatte er auf Markéta eingeredet, Schulter an Schulter neben ihr auf dem kleinen Hügel kauernd, argwöhnisch beäugt von den beiden Lumpengesellen und den ebenso finster gefiederten Schwänen, die allesamt an den Rand der Insel zurückgewichen waren, wo die Kähne im Uferschilf lagen.

Einige Schritte abseits stand Jan Mular, klein und dicklich zwischen seinem Boot und einem verlassenen Schwanennest, die Muskete im Anschlag. Abwechselnd richtete er seine Waffe auf die beiden Wirrbärte im Uferschilf und ihre drei Spießgesellen, die in den Nachen vor dem Eiland trieben. Mulars Miene verriet, dass er die Badershur und den »Apparat aus Metall und Rädern« liebend gern Hezilows Leuten ausgeliefert hätte, doch drüben am Rand des Teichs stand d'Alembert und beobachtete, die Augen gegen die Sonne beschirmend, was auf der Schwaneninsel geschah.

Ihm gegenüber, am östlichen Ufer des Schlossteichs, bemerkte Markéta auf einmal den Puppenmacher, umgeben von drei weiteren seiner bärtigen Gesellen. Für einen Moment der Verwirrung schien es ihr, als ob d'Alembert und Hezilow eine gottlose Schachpartie austrügen: mit dem See und der Allee als ihrem Spielfeld, den vier Gardisten und den fünf Lumpenkerlen als hellen und dunklen Spielfiguren – und wer wären, fragte sie sich, dann sie selbst und der arme Flor?

Der Nabellose war an ihrer Seite immer weiter hinabgerutscht, bis er endlich in ihrem Schoß zu liegen kam, den Dolch in der Linken, ein Lächeln um die Augen, deren Lider sich flatternd senkten. Überwältigt von Zärtlichkeit und Rührung sah Markéta auf ihn hinunter; solange ich bei dir bin, dachte sie wieder, soll dir nichts Arges geschehen, kleiner Flor.

In Gedanken ging sie noch einmal durch, was da förmlich aus ihm herausgebrochen war. Vieles, was sich ihrem Verstand nicht leicht erschließen wollte, hatten ihr Herz und ihre Seele ergänzt. Hezilow und seine Gesellen haben ihn entführt und in jener »finsteren Halle« gefangen gehalten, dachte sie, während d'Alembert den Gardisten mit seinem Stöckchen diskrete Zeichen machte; und in diesem Gewölbe haben sie einen boshaften Hokuspokus veranstaltet, mit dem Drachen unterm Dach und was wusste sie denn noch allem, um den armen Flor glauben zu machen, dass er im alchimistischen Labor erschaffen worden sei. Deshalb auch der Trunk, überlegte sie weiter, den Hezilow ihm eingeflößt hat, um Flors Gedächtnis auszulöschen, ehe der Puppenmacher dafür sorgte, dass Flor vor den Toren von Krumau aufgefunden wurde – just zwei Tage nachdem Don Julius in die Burg eingezogen war!

Markétas Gedanken wirbelten im Kreis. Zumindest erahnte sie nun die Umrisse eines so verwegenen wie teuflischen Plans, von Hezilow ausgeheckt, damit der Kaisersohn ihn für imstande hielt, lebendige Kreaturen zu erschaffen. Aber wenn sich alles so zugetragen hatte, dachte sie dann, wie war's zu erklären, dass Flors magerer Bauch, der sich unter ihrem Blick in tiefem Schlaf hob und senkte, von so unnatürlich muldenloser Glätte war? Als Baderstochter hatte sie schon mancherlei Verwachsungen gesehen, dreibrüstige Frauen, Menschen mit Affenfell und einmal sogar ein zweieiniges Zwillingspaar, junge Frauen, die an den Schläfen miteinander verbunden waren. Aber einen Nabel musste doch jedes Geschöpf haben, das von einer Mutter geboren worden war.

Ihr Blick schweifte zu den Ufern des Schwanenteichs, wo sich der Maître und der Magister noch immer wie zwei Kriegsherren gegenüberstanden, in elegantem Weiß der eine, der andere lumpenhaft schwarz. Und mit jener sprunghaften Logik, zu der der menschliche Geist zuweilen auch diesseits der Träume neigt, dachte Markéta auf einmal: Auch Mutter Blanca war ja eine leidenschaftliche Schachspielerin, im Gegensatz zu Vater Sigmund, der mit den »tumben

Holzpuppen« nichts anzufangen wusste – aber was soll mir dieser Erinnerungsfetzen gerade jetzt?

»Hoch mit dir, Badershur!« Jan Mular trat neben sie, die Muskete im Anschlag. Mit der Stiefelspitze stieß er Flor das Messer aus der Hand. »Und der kalte Kerl hier auch!«

30

Die Mittagssonne stand schon hoch über Krumau, als d'Alembert durch den Nordflügel der oberen Burg eilte. Auch wenn die kaiserliche Majestät ihnen viel mehr Geld zugestanden hatte, als er selbst oder Katharina da Strada jemals zu hoffen wagten, war es doch von Anfang an zu wenig gewesen, in lächerlichem, ja beschämendem Grad zu wenig; aussichtslos, mit ein paar Dutzend Truhen voller Gold und Silber eine ausgeplünderte Herrschaft wie Burg Krumau wieder herzurichten. Entsprechend schäbig sah es beispielsweise hier oben im Dachgeschoss aus, die Tapeten hingen in Fetzen von den Wänden, und aus den Türstöcken rieselte Holzmehl.

Dabei hatten sie bei der Einrichtung von Burg Krumau wahrhaftig keine Mühen gescheut. Für d'Alembert war es ein weiterer Waffengang in seinem inständigen Kampf gegen die Hässlichkeit gewesen, seine persönliche Feindin seit jeher. Für die herrschaftlichen Räume hatte er Teppiche aus Venedig besorgt und Tischsilber aus Genua, wenn auch nicht aus der Silberschmiede von Sepossi, dem berühmtesten genovesischen Juwelier, dessen Preise das gesamte kaiserliche Handgeld auf einen Schlag verschlungen hätten. Die Gobelins für die unteren Etagen hatte Oberstkämmerer von Hasslach aus Amsterdam kommen lassen, ebenso die Goldledertapeten. Die Hässlichkeit beleidigt unsere Sinne, entwürdigt die Seele und demütigt unseren Geist, sagte sich d'Alembert, als Sterbliche sind wir alle der Hässlichkeit verfallen, in Kot und Fäulnis werden unsere Leiber sich zersetzen, aber bis dahin sollen Schönheit und Eleganz, Kunst und erlesener Glanz unser Leben regieren.

Die mürben Dielen knarrten unter seinen Füßen, weiter vorn in einer Dachkammer fiepten Ratten. O ihr Götter, dachte der Maître, wenn ich nur diesen Hezilow hinausdrängen könnte, aus der Burg, aus Julius' Gesichts- und Gedankenkreis! Doch momentan blieb ihm nichts anderes übrig, als den schwarzen Widersacher zu dulden; aber keine Bange, sagte sich der Maître, er würde den Alchimisten einfach durch einen unerwarteten Zug in Schach halten.

Mit raschen Schritten näherte er sich der Rosenberg'schen Familiengalerie, die in die Dachkammern des Nordflügels eingepfercht war, doch seine Gedanken waren noch immer bei Hezilow. Heute früh, als der Russe ihm gegenübergestanden hatte, über den Teich hinweg zu ihm herüberfeixend, da hatte er für einen Augenblick gefürchtet, die Gegenwart des Grässlichen nicht länger zu ertragen. Am liebsten hätte er seinen Gardisten befohlen, Hezilow zu verhaften und in den Turmkerker zu werfen, aber eine solche Handlungsweise kam nicht ernstlich in Betracht. Ich werde ihn bändigen und unschädlich machen, auf meine Weise, wie schon so manche Bestie vor ihm, sagte sich d'Alembert; nach dem Vorbild von Petrusco Bandinello, dem legendären Milaneser Löwenbändiger, mit dem er vor fast zwei Jahrzehnten zusammengetroffen war.

»Um ein guter Dompteur zu werden, müsst Ihr als Erstes die Bestien bändigen, die zuhauf in Eurer eigenen Seele hausen: die Hyänen der Selbstzweifel, die Alligatoren der Angst vor Schmerz und Scheitern, die Drachen der geheimen Todeswollust.« Einen ganzen Abend lang hatte Bandinello ihn damals mit seinen goldenen Weisheiten traktiert, und die Begegnung mit dem Bändiger hatte sein Leben von Grund auf verändert. Nicht lange darauf hatte d'Alemberts steiler Aufstieg begonnen, der bis heute Bewunderer wie Neider in Erstaunen versetzte: von Rudolf II. an den Kaiserhof zu Prag gerufen, wo er, selbst beinahe noch ein Jüngling, mit der Erziehung des damals dreijährigen Julius beauftragt worden war. Eine Aufgabe, die wahrhaftig einen Bestienbändiger erforderte, das hatte er bald schon erkannt, und auch die kaiserliche Majestät schien gespürt zu haben, dass ihr unglückseliger Sohn Julius frühzeitig einer unerbittlichen Persönlichkeit unterstellt werden musste und dass der junge Charles d'Alembert, seiner zierlichen Erscheinung zum Trotz, dieses herausragende Maß an Willenskraft besaß.

Aus Gründen, die dem Maître selbst nicht ganz klar – und noch weniger geheuer – waren, hatte er über die Begegnung mit Bandinello zeitlebens Stillschweigen bewahrt. Am Tag nach ihrem Zusammentreffen hatte der Bändiger ihm ein hirschledernes Etui mit zwölf spiegelblanken Wurfmessern überbringen lassen, an denen d'Alembert seither regelmäßig seine Geschicklichkeit schärfte. Und bis heute rief er sich, wann immer er auch nur das leiseste Rascheln jener Bestien in seinem Innern vernahm, augenblicklich die Maximen des Berühmten ins Gedächtnis: »Ein guter Dompteur unterwirft jede Bestie seinem Willen, und es gibt nur gute Bändiger, jedenfalls unter den Lebenden.«

Auch dieses Mal bewährte sich die Reflexion, Charles spürte, wie Unruhe und Unbehagen in seinem Innern die Köpfe einzogen. Er lenkte seine Aufmerksamkeit den Gemälden zu; schließlich war er eines bestimmten Bildes wegen hier hochgestiegen, in die staubgeschwängerte Dachetage, wo Hunderte Rosenberg'scher Familiengemälde in engen Gängen und stickigen Zimmern hingen.

Einige Minuten darauf stand er vor dem Ölgemälde, dessen Abbild er offenbar in einem Hinterzimmer seiner Erinnerung bewahrt hatte. Einen großartigeren Ort hatte es auch sicher nicht verdient, dachte der Maître, indem er näher herantrat, um das Bildnis schärfer in den Blick zu fassen.

Angemessenerweise hatte es auch Wilhelm in einen unscheinbaren Winkel dieser Sammlung hängen lassen, die ohnehin nur minderrangige Bildwerke umfasste: Ahnenporträts, bei denen allein guter Wille die Farben angerührt und den Pinsel geführt hatte, dazu allerlei ölige Frömmeleien, mit schielenden Heiligen und pausbäckigen Engelsputten, die durch einen fettig goldenen Himmel segelten. Das Bild aber, das Charles nun angelegentlich betrachtete, zeigte keine Heilige und keinen Engel, auch keine Angehörige des Hauses Rosenberg, zumindest nicht nach weltlichem Gesetz. Die junge Frau auf dem Gemälde sah mit angespannter Miene auf ein Schachfeld hinab, auf dem sich der schwarze und der weiße König in geringer Distanz gegenüberstanden, beide nahezu entblößt von ihren Armeen. Sie hatte ein hübsches Gesicht mit braunen, lebhaften Augen, das von rossbraunen Locken umkräuselt wurde, und auch ihre schlanke Gestalt, soweit der Maler sie wiedergegeben hatte, ließ erahnen, dass die Weibsperson selbst wohlgeborene Herren zu betören vermochte.

Nun, jedenfalls weiß ich jetzt, an wen *Madame* mich erinnert, sagte sich Charles, der vor vielen Monaten ein einziges Mal hier oben gewesen war; auf sein Gedächtnis konnte er sich ebenso verlassen wie auf die Stoß- und Sprungkraft seines Leibes, den er seit dreißig Jahren regelmäßig auf dem Fechtboden stählte. D'Alembert führte seine Augen bis auf einige Zoll an das Bild heran und entzifferte die Jahreszahl im unteren rechten Eck des Gemäldes: 1587; dann wandte er sich gleichmütig ab.

31

Wieder schloss Flor die Augen und versuchte zu vergessen, um sich zu erinnern – zu vergessen, dass er auf dem lachsfarbenen Sofa im Frauenzimmer von Burg Krumau lag, stattdessen sich endlich zu erinnern, woher er kam und wer er war. Was nur war ihm widerfahren? Und wo lag jenes Haus, freundlich und hell, mit dem lieblichen Park, in dem er vor Hezilows Häschern geflohen war?

Er spürte Markétas Blicke auf sich, zärtlich und erwartungsvoll. Sie saß neben ihm im Sessel, schweigend, da sie glauben musste, dass er wieder schlief. Dabei war er vielleicht niemals wacher gewesen; verzweifelt versuchte er sich in jenen Park zu versetzen, und auf einmal war er wahrhaftig wieder dort.

Dämmerung – ein Morgen vor vielen Jahren wohl, denn auch sich selbst sah er wieder vor sich, wie er über jene Wiese lief: ein Kind noch, verängstigt und allenfalls zehn Jahre alt. Der Anblick des Kleinen rührte Flor fast zu Tränen, und das zärtliche Gefühl bewies doch, dass er endlich auf der rechten Spur war – oder etwa nicht? *Dieser Knabe dort bin ich*, dachte er, vor acht oder zehn Jahren, ich, ich, niemand sonst.

Der Junge trug nur ein paar Stofffetzen am mageren Körper. Hinter Bäumen, im Unterholz Deckung suchend, schlich er durch den morgengrauen Park. Im Laufen sah er über die Schulter zurück, sodass Flor mit *seinen* Augen nach hinten spähen konnte, und da erkannte er auch wieder die Lumpengesellen, die ihn, verteilt über die breite Wiese, mit taumelnden Schritten verfolgten. Aber zu welchem Zweck? Versuchten sie tatsächlich, ihn einzufangen, aus dem Park zu verschleppen, hinter dessen Ästen schon die hellen Gutsmauern sichtbar wurden?

Es musste das Anwesen seiner Eltern sein, das Haus, in dem er aufgewachsen war, zumindest hatte Flor das bisher geglaubt. Doch auf einmal verspürte er Zweifel. Sie jagten ihn ja nicht, dachte er, sie trotteten nur hinter ihm her, als wollten sie ihn nicht fangen, sondern im Gegenteil auf das Haus zutreiben!

Aber weshalb um Himmels willen sollten sie das tun?

In den letzten Stunden waren verschiedene Erinnerungen in ihm wach geworden – er kommt in einem hellen Zimmer zu sich, im Bett liegend, neben einem alten Weib, das im Schlaf seine Hand hält; er eilt in einer herrschaftlichen Halle auf einen grauhaarigen Herrn zu und ruft *Vater! Vater!*, während der edel Gewandete ihm mit mattem Lächeln entgegensieht; er kniet an einem Grab, das mit Efeu überwachsen ist, und darin liegt die Mutter, vor langen Jahren verstorben …

Bestürzende, kummervolle Erinnerungen! Wie sehr hatte Flor sich gleichwohl gefreut – und mit ihm Markéta –, da seine Erinnerung sich zu öffnen, die Leere in seinem Innern sich mit Vergangenheit zu füllen schien. Nun aber war ihm, als ob diesen Erinnerungen, die ihm auf einmal so bereitwillig zuströmten, keineswegs zu trauen sei. Als ob sie nicht ganz wirklich wären, dachte Flor, gekünstelt oder gefälscht.

Und wenn alles genau anders herum war?, schoss es ihm durch den Sinn: lügenhaft erdacht nicht seine Erschaffung im Labor, sondern sein Leben *draußen*, seine Kinderjahre im Park, das Muttergrab, der Vater im Gutshaus?

Eine Weile grübelte er noch darüber nach, aber der Gedanke verstörte ihn so sehr, dass es ihn schließlich drängte, in die Gegenwart zurückzukehren. Er schlug die Augen auf, und neben ihm saß Markéta und lächelte ihn an.

»Ta-tausend Bilder in mir, Markéta«, sagte Flor. »Von Mutter und Vater, La-lachen und Singen, vom Spazieren unter herbstbunten Bäumen, tausend Bilder und dahinter – nichts. Wenn ich aber die *Hahalle* in Gedanken nur ganz leicht anrühr …«, fröstelnd zog Flor das Leinenhemd um sich, das Lisetta für ihn besorgt hatte, ein muffig riechendes Gewand, das auf der Brust mit einem gewaltigen Wappen verziert war, »… den alten Drach', die schwarze Nacht, Ma-markéta – dann spür ich ein Entsetzen, einen Schmerz, so arg, als wenn man sich an einer frischen Wunde stößt …«

Unverwandt lächelte sie ihn an. »Nur ruhig, lieber Flor. Deine Erinnerung wird zurückkehren, warte nur. So wie deine Sprache, schau doch – du stotterst ja kaum mehr, Flor!«

Eingehüllt in ihr Lächeln wie in eine warme, weiche Decke, schloss er abermals die Augen und kehrte in die Nebelwelt seiner Erinnerung zurück.

32

»Vierspännige Kutschen, Herr Obersthofmeister«, verkündete Vladislav Kollek, die Hacken zusammenschlagend, »alle fünf bis unters Dach beladen.«

D'Alembert zückte sein weißes Seidentuch und tupfte sich über die Stirn. Kaum war er in sein Appartement zurückgekehrt, um sich ein wenig von den Strapazen dieses Vormittags zu erholen, da hatte sein Sekretär Pavel auch schon den Gardisten gemeldet. »Und ihr habt sie eingelassen?«, fragte er, auf seine blendend weiße Hirschledercouch sinkend.

»Die Kutscher hatten Passierscheine, ausgestellt von Graf Julius.«

»Wer hält mit dir Wache am Tor?«

»Mikesch Slatava, Herr Obersthofmeister.«

Das hat mir gerade noch gefehlt, dachte d'Alembert und setzte ein heiteres Lächeln auf. »Ausgezeichnet, Gardist Kollek«, sagte er, »du hast genauso gehandelt, wie ich es angeordnet hatte. Und jetzt kehre an deinen Platz zurück – nur eines noch.«

Der Soldat, sonnenblond und kaum weniger schmächtig als seine Schwester, die Zofe Lisetta, wendete auf den Fersen, eine Hand schon an der Tür.

»Erwähne vor niemandem, dass du mir Bericht erstattet hast – auch nicht gegenüber deinem Kameraden Slatava.«

Für einen Moment blitzte Argwohn in den Augen des Gardisten auf, dann wurde seine Miene starr und er salutierte. »Wie Herr Obersthofmeister befehlen!«

Die Tür hatte sich kaum hinter dem Wächter geschlossen, da sprang d'Alembert wieder auf und verließ seinen Salon durch eine Tapetentür, die direkt ins Dienertreppenhaus führte. Ungesehen eilte er nach unten und erreichte eben den dritten Burghof, als die erste der schwarzen Lastkutschen unter gewaltigem Rumpeln im Tor zum Alchimistengewölbe verschwand.

Die Sonne war bereits untergegangen, Fackeln an den kunstvoll bemalten Wänden erhellten die Szenerie. Die Erde unter d'Alemberts Füßen erzitterte, während die Kutsche tiefer und tiefer in das riesige Gewölbe rollte. Mitten auf dem Hof, hoch und klobig wie ein Frachtschiff, wartete schon der nächste Wagen, die Fenster verhängt. Dahinter stauten sich weitere der gewaltigen Gefährte, deren stumpfes Schwarz das Licht der Fackeln aufzusaugen schien.

Die Pferde der zweiten Kutsche scheuten vor dem schwarzen Schlund, bis der Kutscher die Peitsche tanzen ließ. D'Alembert wartete noch einige Augenblicke, dann trat er aus seiner Mauernische und eilte hinter dem donnernden Wagen in die Unterwelt hinab. Er selbst hätte nicht sagen können, was er hier unten überhaupt suchte; an einer erneuten Konfrontation mit dem Puppenmacher, und dann noch allein und auf dessen Terrain, war ihm gewiss nicht gelegen. Doch irgendetwas zog ihn ins Gewölbe hinab, und er hatte sich vor langen Jahren angewöhnt, auf leitende Zeichen aus seinem Innern zu achten, zumindest in gefahrvollen Situationen, zu denen ihre derzeitige Lage zweifellos zählte.

»*Vollkommene Ruhe in Krumau, oder der kaiserliche Zorn wird uns alle verderben.*« Während d'Alembert in Gedanken die Warnung der

Stradová repetierte, eilte er die abschüssige Fahrstraße entlang, die nach der ersten Biegung von Fackeln hell erleuchtet wurde. Hinter sich hörte er schon die nächste Kutsche herandröhnen, als er endlich den großen Saal erreichte.

Wie unverkennbar das Herz des Drachen schon wieder zu schlagen beginnt, dachte er, indem er sich hinter einer Säule verbarg. Fackeln brannten auch hier an den Wänden, Lampen und Kerzen leuchteten von Tischen und Schemeln, und doch lag über allem eine lastende Schwärze. Unter dem Bild des grünen Leu, der die Sonne verschlingt, glühte ein riesiger Ofen, der alchimistische Athanor. Metallene Tiegel und Glasbehälter in den wunderlichsten Formen waren rings um den Herd auf Tischen und Regalen aufgestellt. Allerlei Gesellen machten sich im Saal zu schaffen: Die einen entluden die Kutsche, die in dem titanischen Saal fast zwergenhaft wirkte, andere standen über Tische gebeugt, zermörserten Substanzen oder rührten Tinkturen an, wieder andere traten einen gewaltigen Blasebalg, obwohl der Ofen ohnehin schon glühte.

Einige der Lumpengestalten erkannte Charles wieder, heute früh hatten sie droben den Nabellosen gejagt. Er erschrak, als er sah, wie viele der schwarzen Gesellen Hezilow schon um sich geschart hatte. Wenigstens ein Dutzend zählte er, und womöglich ließ der Russe mit den Kutschen nicht nur Fässer und Kisten, sondern auch weitere Gehilfen herbeischaffen.

Eine schwarze Kiste wurde nun entladen, von der ungefähren Form eines Kindersargs. Erdbrocken kollerten hinab, als zwei Männer den Kasten auf einem Tisch absetzten. Einer nahm ein Brecheisen zur Hand und keilte es unter den Deckel. Charles hörte die Geräusche splitternden Holzes und stöhnender Nägel und kniff die Augen zusammen, um aus einer Entfernung von wenigstens zehn Metern zu erkennen, was der fatale Kasten enthielt.

Im Spalt zwischen Kiste und Deckel kam endlich das spitznasige Gesicht einer Ratte zum Vorschein. Fiepend zwängte das Tier seinen plumpen Leib durch die Ritze, sprang vom Tisch und rannte im Zickzack durch den Saal. Charles war der Ratte unwillkürlich mit den Augen gefolgt, und dann zuckte er fürchterlich zusammen: Eine kleine braune Hand legte sich auf seinen Arm.

»*Maître – s'il vous plaît.*« Die Hand gehörte Lenka, und ihre Augen waren so voller Pein und Panik, dass er sie einen Moment lang nur anstarren konnte. Scharfer Modergestank waberte durch die Luft, anscheinend der aufgehebelten Kiste entquollen. Der Maître musste gegen Brechreiz ankämpfen, während er auf Lenka hinabsah. Die kleine Syrakuserin trug nur ein paar bunte Fetzen am Leib, obwohl es hier im Gewölbe empfindlich kühl war.

»Helena – was machst du hier unten?« Glücklicherweise hatte er sich so weit in der Gewalt, dass er seine Stimme zu einem Flüstern dämpfte, und noch während er sprach, zog er sie in den Schatten hinter der Säule.

Stumm beobachteten sie beide, wie die nächste Kutsche in den Saal einrollte, während die erste, mittlerweile gänzlich entladen, im Hintergrund des gewaltigen Raums gewendet wurde und im Schritttempo wieder nach draußen fuhr. Das Stampfen der Hufe und das Dröhnen der Räder hallten von den Gewölbewänden wider. Auf Boden und Tischen, für einen Moment frei sichtbar, stand ein halbes Dutzend schwarzer, sargartiger Kästen, wie Apfelsteigen übereinander gestapelt, dann schob sich die Kutsche davor, und der ärgste Lärm verebbte.

Charles beugte sich zu Lenka hinab. Das Mädchen umklammerte seinen Arm nun mit beiden Händen, und durch sein Gewand hindurch spürte er, wie sehr sie zitterte. *Wo ist dein Bruder?,* wollte er sie fragen, da schaute sie auf zu ihm, und er sah die schwärzlich roten Tupfer in ihren Mundwinkeln, getrocknetes Blut. »Was ist passiert?«, fragte er und fuhr abermals zusammen, als anstelle Lenkas eine pfeifende Stimme erwiderte: »Heb er sich schläjnigst hinweg aus Hezilows Helle, Maître Weißkäs, sonst lass ich ihn geheerig braten auf Athanor!«

Charles richtete sich auf, seine Linke auf Lenkas Schulter. »Wenn Ihr dem Mädchen etwas angetan habt, Hezilow, sorge ich dafür, dass Ihr noch heute im Turm landet.« Seine Stimme klang ruhig, obwohl ihm das Herz bis in die Schläfen hinauf dröhnte.

»Tumber Hanswurst säjd Ihr, d'Alembert!« Der Puppenmacher trat so dicht vor ihn, dass Lenka zwischen ihnen beiden fast zerdrückt wurde; die Säule in seinem Rücken hinderte den Maître, auch nur einen Zoll zurückzuweichen. »Hezilow in Kerker werfen – wegen finf Träpflein Blut?« Pfeifend lachte er auf und trat einen Schritt zurück, spie auf seine Hand und wischte Lenka breit übers Gesicht, dass sie mit dem Kopf gegen Charles' Brust prallte.

»An Euren Händen«, sagte d'Alembert, »kleben sehr viel mehr als nur ein paar Tropfen Blut. Habt Ihr nicht auch diese Toten auf dem Gewissen – da drüben in den Kindersärgen?« Mit seinem Stöckchen deutete er auf die kreuz und quer gestapelten Kästen, die hinter der soeben abfahrenden Kutsche zum Vorschein kamen.

»*Kindersärge?*« Hezilows weibische Lippen schnappten im Bartgestrüpp auf und zu. »Seid Ihr noch dutzendmal dimmer, als Hezilow dachte, d'Alembert! Wollt Ihr wissen, was sich wirklich in diesen Kisten ist?« Mit zwei taumelnden Sprüngen war er bei dem schwarzen Kasten, den seine Gesellen vorhin geöffnet hatten, stieß den Deckel vollends beiseite und winkte d'Alembert zu sich. »Nun kommt schon, ieberzeugt Euch selbst, Maître Weichkäs!«

Zögernd trat d'Alembert aus dem Schatten der Säule, Lenka mit sich ziehend. Am liebsten wäre er aus dem von Hitze, Gestank und dröhnendem Lärm erfüllten Gewölbe geflohen, aber dies war gewiss nicht der rechte Moment, um törichter Sehnsucht die Zügel schießen zu lassen. So trat er neben den Puppenmacher, der mit seinem Stöckchen über dem Kasten herumfuchtelte.

»Zitterlinge, Pilzkulturen!«, kreischte der Russe. »Seht sie Euch nur an, sind sich das nicht Pflänzlein nach Eurem Geschmack?«

Widerstrebend beugte sich d'Alembert über den Kasten, der bis zum Rand mit Erde gefüllt war. Aus dem fettig schwarzen Mutterboden sprossen die sonderbarsten Pilze, die er jemals gesehen hatte. Tatsächlich ähnelten sie menschlichen Gliedmaßen, nur dass die mageren Fingerchen und Zehlein durchscheinend waren wie Gallert.

Hezilow bückte sich hinab und stieß keuchend die Atemluft aus. Da überlief die Zitterlinge ein Beben, und sie wogten in ihrem Beet auf und nieder, als ob dort unter der Erde wahrhaftig jemand eingegraben wäre und sich verzweifelt freizuscharren versuchte.

»Nehmt das Hierchen nur mit, Maître«, sagte der Russe, und die schwarzen Augen über Warzen und Bartgestrüpp funkelten vor Häme, »und sein Briederchen auch, wenn's noch hier drunten rumscharwenzelt. Bald erschafft sich Hezilow eigene Pippchen – sechs, sechzig, sechshundertsechzig, ganz wie Graf Julius befiehlt!«

33

Das Gartenhaus, mit Eiskristallen gesprenkelt, auf einmal sah er's wieder vor sich: die hohen Fenster mit den ziegelroten Rahmen, dahinter Zitronenbäume in tönernen Kübeln, Palmen und Zypressen in einem Wirrwarr von Harken und Schaufeln, von schadhaften Töpfen, eingesponnenen Mumienpflanzen, die sich wie verfrorene Kutschreisende an die Scheiben drängen.

Es konnte grauenvoll kalt sein dort draußen, dachte Flor, auf dem lachsfarbenen Sofa im Frauengemach liegend; aber auch innerhalb der hellen Mauern, die von außen so anheimelnd aussahen, hatte er immer wieder furchtbar gefroren.

Neben dem Gewächshaus, rechterhand angesetzt, der gemauerte Seitentrakt, in dem er mit den beiden Alten haust, Steiner und Steinerin. Steiner, der unter seinem schlammbraunen Umhang die seltsamsten Dinge hervorzaubern kann (Zwirnstücke, Nägel, Messer, was du gerade brauchst), ein apfelwangiger, ganz und gar glatzköpfiger Alter mit trüben Augen, die nur noch wenig sehen, und doch grinst er Flor gleich entgegen, zahnlos, ein heiterer Totenschädel, wenn der ihn im Gewächshaus besucht oder, ganz selten mal, draußen im Park.

Wie sonderbar, dass ihm das alles auf einmal wieder einfiel, als ob eine lange verrammelte Falltür in seinem Innern aufgesprungen wär. Auch mit geschlossenen Augen sah Flor, wie Markéta wieder neben ihm saß und seinen Dämmerschlaf bewachte.

Nach draußen geht er so selten wie möglich, viel lieber bleibt er drinnen bei der Steinerin, in der kleinen Gärtnerwohnung, die zu jeder Tageszeit von Dämmerlicht erfüllt ist, von Kräutergerüchen, fettigem Suppendampf. So hochgewachsen der alte Steiner, ein knochendürrer Riese, so klein ist sein Weiblein. Kugelrund und winzig, der fast kahle Kopf immer unterm schwarzen Tuch verborgen, sodass nur das Hutzelfrätzlein mit den wasserhellen Augen hervorlugt, über einem formlosen Kittel von nebelhafter Farbe, den sie niemals ablegt, auch im heißesten Sommer nicht: Da watet sie mitsamt Kopftuch und Kittel in den Parkteich, nur den Saum ein wenig raffend und schneckenbleiche Schenkel entblößend.

Auch wenn ihm die Gerüche in der Gärtnerküche zuwider sind, das ewige Kräutergehäcksel und Suppengebrodel, hält er sich doch fast immer bei der Steinerin auf, in Griffnähe ihres Schürzenbändels. Als kleiner Junge hockt er bei ihr auf dem Dielenboden und baut aus Sand und Steinen wunderliche Welten, mit vier, sieben und noch mit elf Jahren. Und sitzt mit dreizehn, sechzehn, siebzehn immer noch bei der Alten, auf einem Küchenschemel oder auf der Ofenbank, ordnet Steinbröckchen und Sandhäuflein, ganz nah bei der Steinerin, ohne die er nicht lange ruhig bleiben kann. Wenn sie ihn allein lässt, wenn die Steinerin einmal nicht bei ihm und auch Steiner nicht in seiner Nähe ist, dann wird es schwarz um ihn, so schnell, als wenn die Sonne erloschen wär. Und dann wird ihm kalt, so totenkalt, dass seine Zähne klappern, dass Lippen und Fingerspitzen taub werden. Dann macht er die Augen ganz fest zu und traut sich nicht mehr, um sich zu sehen. Denn er weiß ja, dass alles sich wieder verwandelt, grauenvoll umgestülpt hat, dass er nicht mehr in der Gärtnerküche, nicht bei der Steinerin ist, sondern in jene dunkle Halle zurückgeworfen, umschlossen von Stille, von steinerner Schwärze, und irgendwo hoch über ihm schwebt wieder der riesige Vogel der Nacht. Und dann schreit er (»*Steinerin! Stei-steine-riiiin!*«), schreit und schreit, dass es ihm fast die Brust zerreißt, dass die Scheiben nebenan im Glashaus klirren und drüben im Herrenhaus alles an die Fenster stürzt, die Mägde und Diener und selbst der Gutsherr – *Veit von der Mühlen, dein Vater, Rolfie,* wie die Steinerin ihm immer wieder versichert hat, mit glänzenden Augen und zischender Aussprache, ihres einzigen Zahnes wegen, der wie ein Elfendolch aus ihrem Oberkiefer ragt.

In Flors Bewusstsein drang dumpf das Rumpeln schwer beladener Kutschen, die drunten durchs dunkle Durchhaus zum zweiten Burghof fuhren, das Dröhnen der eisenbeschlagenen Räder vermengt mit groben Flüchen und hellem Pferdewiehern. Doch all das nahm er bloß am Rande wahr, während vor seinem inneren Auge unablässig Bilder vorüberzogen.

Manchmal nimmt die Steinerin ihn mit nach oben, an ihrer Hand läuft er über die gesandeten Wege, zwischen Eichen und Rotbuchen den kleinen Hügel hinauf bis zum Herrenhaus. Dort begrüßen ihn alle sehr freundlich, die Diener nennen ihn »junger Herr«, wenn auch mit einem Lächeln, und wenn der Gutsherr nicht auf Reisen ist, kommt auch er meist herbei, um die Steinerin und ihren Schützling willkommen zu heißen. Herr Veit ist ein grauhaariger, schon älterer Mann von unscheinbarem Äußeren, mit schlaffen Wangen und kalten Augen. Wenn er aus der Bibliothek oder von der Terrasse zu ihnen herauskommt, bemüht er sich immer, den »lieben Rolfie« mit besonderer Wärme anzulächeln, aber das Lächeln zieht nur seine Mundwinkel ein wenig empor, während die blauen Augen unbeteiligt bleiben.

Flor sah das väterliche Lächeln vor sich, die Augen so kalt wie zwei Winterpfützen, und noch in der Erinnerung begann er wieder zu frösteln.

Während Herr Veit ihn umarmt oder bei den Schultern fasst und mit väterlicher Derbheit rüttelt, lässt er selbst die Hand der Steinerin nicht los. Auch mit fünfzehn Jahren oder mehr geht er nur an ihrer Hand aus dem Gärtnerhaus, ganz selten, dass er sich mal allein aus der Tür traut, in die Orangerie hinüber oder gar in die wilden Weiten des Parks.

Etwas an ihm, in ihm ist auf schreckliche Weise anders als bei den Menschen, zwischen denen er aufgewachsen ist. Das hat er immer schon gefühlt, aber eines Tages, mit zwölf oder dreizehn Jahren, ist es ihm plötzlich klar geworden, binnen eines einzigen Augenblicks – *ich bin anders, anders, nie, nie werd ich sein wie sie.* Er hätte nicht sagen können, wodurch und in welcher Weise anders, damals so wenig wie heute, aber seither weiß er, mit untrüglicher Gewissheit, dass er nicht wie der Steiner oder die Steinerin ist, nicht wie Herr Veit oder die Mägde und Diener, die ihn mit feinem Lächeln als »jungen Herrn« begrüßen.

Sie war eine »ganz unglückliche Person«, versichert ihm die Steinerin stets bereitwillig, wenn er drum bittet, von seiner Mutter zu hören. »Hilda war schön wie wilde Rosen und gefährlich wie Vogelbeeren.« Wo sich die Liaison zwischen ihr und Herrn Veit abgespielt hat, ob sie zusammen hier auf dem Gut oder an einem anderen Ort gelebt haben, ob Hilda seine Mätresse gewesen ist oder vielleicht nur eine Buhlin für ein paar Sommertage, all das bleibt in den gefühlvollen Schilderungen der Steinerin ganz und gar unbestimmt. »Oj, wie innig sie sich liebten«, nuschelt sie über ihren Kräutern, »kann so was gut ausgehen, Bübli? Nein, es war eine heilige Liebe, zu gut für diese Welt.«

Jedenfalls sei Hilda eines Tages bei einem Kutschunfall ums Leben gekommen, erklärt ihm die Steinerin unter Tränen, und da habe der mildherzige Gutsherr ihn, seinen Sohn, zu sich genommen und in ihre gärtnerische Obhut gegeben. »Da warst du ein Kräutli von vier Jahren«, versichert sie ihm, während er auf dem Schemel am Küchentisch hockt und Sand und Steine zu Kreisen oder Rechtecken ordnet, seine liebste Beschäftigung, so weit er zurückdenken kann, »und du selbst hast ja nur durch ein Wunder überlebt – ist schon besser so, dass du dich an den furchtbaren Unfall nicht erinnerst.«

Nein, daran erinnert er sich tatsächlich nicht: weder an die Kutsche, in der er und Mutter Hilda übers Land reisten, noch an den Felshang, den sie hinunterstürzten, als der Kutscher bei Nacht und Sturm vom Weg abkam. Auch an das Spital, in dem die Ärzte um sein Leben rangen, fehlt ihm jede Erinnerung, an die wundersamen Essenzen, mit denen sie ihm Kopf und Bauch bestrichen, um seine Wunden zu heilen. Er war aus der Kutsche geschleudert und auf einer Felsnadel aufgespießt worden, jedenfalls laut der Steinerin; »der Fels hat deinen Nabel durchbohrt, Jungchen«, so die Alte, in ihre Schürze schnüffelnd, »die Ärzte haben das Loch mit ihrer Wunderpaste wieder geschlossen, und deshalb lebst du noch, hast aber keinen Nabel mehr. Besser, du lässt es keinen sehen – sonst sagen die Leute noch, dass der Teufel dein Vater wär!«

Von alledem weiß er einzig durch die tränenreichen Schilderungen der Steinerin, er selbst erinnert sich nur an die schwarze Halle, den Drachenvogel, der über ihm in der Finsternis schwebt. Aber auch das ist ja kein Erinnern, es ist *die Essenz des Entsetzens*, aus Dunkelheit, Stille, ein paar winzigen Lauten destilliert – Fiepen wie von jungen Tieren, Rauschen wie von großen Flügeln.

Alles andere kommt ihm dagegen unwirklich vor, gekünstelt, erlogen, auch wenn die Steinerin es ihm noch so lebhaft ausmalt und sogar wenn er selbst sich dran erinnert, wie an die vierzehn oder mehr Jahre, die er bei den alten Gärtnern verbracht hat, der weitaus größte Teil seines bisherigen Lebens.

Die meiste Zeit habe er mit den Steinen verbracht, sagte Flor nun zu Markéta, indem er sich auf dem lachsfarbenen Sofa aufrichtete; mit Sand und Steinen, die er zu geometrischen Gestalten geordnet habe, gleichförmigen Wellen oder Wällen; die Menschen habe er gefürchtet, doch bei den Steinen habe er Frieden und Trost gefunden.

»Wa-weil ich selbst aus Dreck erschaffen bin!« Er sah sie an und schaute zur gleichen Zeit in die schwarze Halle hinein, die sein ganzes Inneres auszufüllen schien. Ich bin verloren, dachte Flor, niemand kann mich retten, auch Markéta nicht.

34

Lautlos stieg der moldaublaue Samtvorhang empor und gab den Blick auf die Bühne frei, die noch ganz im Finstern lag. D'Alembert hatte den Rosenberg'schen Wappensaal kurzerhand zum Theater umgewidmet, und bei dieser ersten Aufführung unter Don Julius' Ägide waren alle Plätze in den Logen und unten im Parkett bis auf den letzten Fleck gefüllt.

Eben noch hatte alles munter durcheinander geschwatzt, doch nun kehrte mit einem Schlag erwartungsvolle Stille ein. Im Saal wurde es dunkel, auf der Bühne dagegen flammten Lichter auf, mit ihrem scharfen Schein jeden Schatten verjagend.

Markéta hielt den Atem an und überließ Flor, der zu ihrer Rechten in der Loge saß, bereitwillig ihre Hand. Der Bühnenraum schien aus rohen Steinen gemauert; inmitten des Gewölbes, an einem Gestell aus hölzernen Stangen, schaukelte ein großer Topf. Dampf stieg in Schwaden aus dem Bottich empor, darunter züngelten Flammen, täuschend echt in Gelb und Rot auf Pappmaché gemalt.

Von links trat, mit eigentümlich taumelnden Schritten, eine schmale Gestalt ins Bild, ganz in Schwarz gewandet. Einen Moment lang kehrte sie ihr Gesicht dem Publikum zu, das die Scharade mit heiterem Gelächter quittierte. Wohl jeder im Saal erkannte, wer sich hinter dem aufgeklebten Bart verbarg und welche geheimnisvolle Person er darstellen sollte. Und Markéta fühlte sich einmal mehr als tumbe Dorfgans: Offenbar war sie gestern in eine Theaterprobe geplatzt und hatte sich zur Närrin gemacht, als sie Nicodemus, den Krumauer Knaben, zur Rede gestellt und Fabrio sogar scheltend an den Haaren gezogen hatte.

Der Magier auf der Bühne trat vor den Bottich, wobei er dem Publikum seinen Rücken zuwandte, und hob mit feierlicher Gebärde beide Arme. Langsam drehte er sich um, und der ganze Saal erbebte vor Gelächter und dröhnendem Trampeln. Ein schwarzes Stäblein ragte aus dem aufklaffenden Umhang hervor, just in der Leibesmitte des feixenden Zauberers. Feine Fäden, im Bühnenlicht schimmernd, verbanden den Stab mit den Handgelenken des Magiers: Wedelte er mit den Händen, so schnellte das Stöcklein vor seinen Lenden empor, senkte er die Arme, so fiel auch das Hölzchen matt hinab.

»Mit diesem zauberhaften Stabe«, sprach der Magister in dumpfem Ton, »erschaffe ich die nabellose Kreatur – für Seine Exzellenz, meinen allerherrlichsten Herrn!« Er wandte sich zurück zum Bottich und vollführte einige wedelnde Gebärden, worauf von unterhalb des Bühnenraums ein gewaltiger Paukenschlag ertönte.

Markéta zuckte zusammen und drückte Flors Hand. Auf dem Kirchmarkt drunten in Krumau hatte sie alljährlich Hanswurstiaden gesehen oder auch Seiltänzer, die zwischen Kirch- und Rathausturm durch die Luft spazierten, aber nie zuvor ein Bühnenstück wie dieses hier.

Unter drängenden Pauken- und Trommelschlägen begann der Bottich über dem gemalten Feuer zu schaukeln. Eine Hand stieg aus dem Gefäß empor und umklammerte den Topfrand, gefolgt von einer zweiten, die fast noch bleicher als die erste schien. Während der Bottich immer wilder hin und her schwang, rappelte sich im Topf eine schmale Gestalt auf und stand endlich zitternd inmitten der

Schwaden, die Augen weit aufgerissen, die goldenen Locken himmelwärts gesträubt. Ein Raunen ging durchs Publikum, und ehe man sich halbwegs von der Überraschung erholt hatte, machte der Magier eine anlockende Gebärde und zog den frevlerisch Erschaffenen mit schierer Zauberkraft aus dem Bottich heraus. Zitternd lag die Kreatur vor ihm am Boden, nabellos nackt und dampfend nass, und der Zauberer griff unter seinen Umhang, brachte eine Schlinge zum Vorschein und warf sie dem Geschaffenen um den Hals.

Das jämmerliche Winseln der Kreatur auf der Bühne und die Klagelaute Flors gingen gleichermaßen im donnernden Applaus unter, als der Vorhang zum ersten Mal fiel.

Lakaien schwärmten nun überall im Publikum aus und zündeten Kerzen an. Benommen beugte sich Markéta über die Brüstung ihrer Loge und sah einem Diener hinterher, der über seinem Kopf ein Silbertablett voll brennender Kerzen balancierte.

Sie wandte sich nach links, da traf sie ein Blick, der ihren Atem stocken, ihr Herz mit einem Mal wie rasend pochen ließ. »Julius!« Sie hauchte seinen Namen und fuhr zurück in ihre Loge wie in ein Schneckenhaus. Wie hatte sie auch nur einen Augenblick vergessen können, dass er nebenan in der Fürstenloge saß, bloß durch eine dünne, mit Seide bespannte Wand von ihr getrennt? Behutsam beugte sie sich noch einmal vor, bereit, ihren Kopf mit den hoch aufgetürmten Haaren – einem Kunstwerk, an dem Bronja und Lisetta zwei Stunden lang gewerkelt hatten – sofort wieder einzuziehen. Der Platz zur Rechten des jungen Grafen war leer; an seiner linken Seite saß der Maître im weißen Wams, wie immer ganz vorn auf der Sesselkante kauernd, als könnte jederzeit ein Feuer ausbrechen, dem er persönlich sich entgegenwerfen müsste.

Eine Glocke ertönte. Markéta bewegte ihre schweißnasse Hand zwischen Flors kühlen Fingern und lehnte sich zurück, während der Vorhang abermals emporstieg und das Licht im Publikum erlosch.

Das zweite Bild zeigte einen Thronsaal. Zwischen Wänden aus gemaltem Gold und Spiegelglas saß ein junger Herrscher auf dem Prunksessel, im scharlachroten Habit, die silberne Krone schief auf seinem Haupt. Die Zuschauer hießen ihn mit leisem Gelächter willkommen; erst als Don Julius in seiner Loge lauthals auflachte, begannen auch unten im Saal Hunderte Hände ungehemmt zu applaudieren.

Von links sprang wieder der Magier mit dem schwarzen Umhang in die Szene; an der Schlinge geführt, stolperte die unselige Kreatur hinter ihm her. Leise erklang eine Flötenweise, zu diesen kummervollen Tönen begann sich der Nabellose hin und her zu wiegen und taumelnd im Kreis zu drehen. Währenddessen zog der Schwarzkünstler ihn weiter am Seil herum, und bei jeder Bewegung seiner Hände schwang der schwarze Stab in seinem Umhang empor.

Gelächter und Zurufe des Publikums klangen nun ein wenig beklommen. Auch Flor an Markétas Seite seufzte wieder und wieder beim Anblick seines Doppelgängers, der sich mit todtrauriger Miene auf der Bühne drehte. Dann aber brandete abermals Applaus auf, begleitet von heiterem Lachen und spöttischen Rufen: Von der rechten Seite tänzelte eine weitere Gestalt auf die Bühne, ein schmales Männlein, so makellos weiß gewandet wie sein bärtiger Widersacher in einförmiges Schwarz.

Auch Markéta musste lachen, als sie das Mädchen mit der mehlfarbenen Perücke erblickte, das über weißen Strumpfhosen ein Wams aus weißem Leder trug. In der rechten Hand wirbelte sie ein weißes Stäbchen, in der linken hielt auch sie ein Seil, dessen anderes Ende den Blicken noch verborgen war. Aber warum nur sah Lenka in der Rolle des eleganten Maître mindestens so traurig drein wie der Bühnen-Flor, der, von Fabrio hin und her gezogen, allen Grund hatte, mit seinem Schicksal zu hadern?

Geschmeidig bewegte sich der weiße Tänzer um den Thron herum, vor dem plumpen Schwarzbart zurückweichend, wenn der drohend auf ihn zuhinkte, dann wieder an Boden gewinnend, wenn der Nabellose in selbstvergessenem Taumel seinen Meister seitwärts mit sich riss. Der junge Herrscher auf der Bühne schaute gebannt von einer Seite zur anderen, vom Schwarzbart, der den Nabellosen führte, zum weißen Elegant, der nun gleichfalls das Seil in seiner linken Hand straffte. Und von dieser Schnur herbeigezwungen, stolperte eine junge Frau auf die Bühne, bei deren Anblick der ganze Saal in wieherndes, brüllendes, prustendes Gelächter ausbrach.

Die rossbraunen Haare fielen ihr wirr ins Gesicht und bis auf die

Schultern hinab, ihre Füße schauten nackt und schlammbefleckt unter dem groben Leinenkleid hervor. Der elegante weiße Tänzer ruckte abermals am Seil, das um eine Hand und einen Fuß der torkelnden Maid geschlungen war. Da verlor sie die Balance und fiel vor dem Thron auf den Rücken, alle viere von sich streckend.

Markétas Gesicht wurde flammend heiß. So tief wie möglich drückte sie sich in ihren Sessel und hoffte, dass die Dunkelheit der Loge sie verschlingen möge. Zugleich aber starrte sie gebannt auf die Bühne, auf der sich ihre eigne Doppelgängerin zur kreischenden Erheiterung des Publikums vor dem Herrscher am Boden wälzte.

»Mit diesem kunstgeneigten Stabe«, sprach der weiße Elegant mit unsäglich trauriger Miene, »dressierte ich die liebliche Kreatur – für Euch, Exzellenz, mein allerherrlichster Herr!« Und dazu wirbelte er das weiße Stöcklein in der Luft und zerrte zugleich rhythmisch an der Schlinge, und im gleichen Takt spreizte die Maid, rücklings vor dem Thron liegend, Arme und Beine, ruckhaft wie ein Jahrmarktsapparat.

Unterdessen hatte der Nabellose sich weiter und weiter zum trübseligen Flötenklang im Kreis gedreht. Nun setzte eine zweite Melodie ein, beherrscht von harten, gläsernen Klavichordtönen, zu denen die Maid am Boden zuckte, sich wie beim Veitstanz wälzte und die Glieder spreizte.

Markéta wäre am liebsten im Boden versunken, nie zuvor hatte sie sich so gedemütigt gefühlt. Die Höflinge verspotteten sie als Hure, die sich vor dem Grafen auf den Boden warf und lockend die Schenkel öffnete! Fast ebenso sehr schämte sie sich für den armen Flor, dessen Doppelgänger nackt auf der Bühne umhertaumeln musste, die Schlinge um den Hals wie ein gefangenes Kalb. *Aufhören!*, schrie es in ihr, aber sie brachte nicht die Kraft auf, auch nur eine Hand zu heben. Was vermochte sie auch auszurichten gegen die hoffärtige Schar? Und könnte das dreiste Bühnenstück denn ohne Julius' Billigung überhaupt aufgeführt werden?

Dieser Gedanke, dass auch *er* in ihr nur eine tumbe Badershur erblickte, lähmte Markéta noch mehr. Wie versteinert saß sie in ihrer Loge neben Flor, der ebenso starr zur Bühne hinuntersah wie sie, und drückte seine kalte Hand.

Unter johlendem Zuspruch des Publikums war die Pantomime weitergeschritten: Die Maid am Strick des Tänzers hatte sich aufgerappelt, und sie und der Nabellose taumelten und tanzten nach zweierlei Klängen um den Thron herum. Die Flöten weinten, wie gemeißelt klangen die Töne des Klavichords. Währenddessen versuchten die beiden Gefangenen voller Verzweiflung, einander die Hände zu reichen, doch immer wenn sie nahe genug beisammen schienen, rissen ihre Herren sie wieder auseinander.

Dann plötzlich hob der Herrscher seine Schultern zu einer ratlosen Gebärde. Im gleichen Moment verstummten die Instrumente, und die Gestalten in den Schlingen blieben wie versteinert zu beiden Seiten des Thrones stehen. Der schwarze Magier und der weiße Tänzer aber wandten sich jeder zu seiner Seite und begannen, ihre Stäbe mit magischen Bewegungen durch die Luft zu schwingen.

Der Schwarzbart murmelte eine Formel. Da ergoss sich von seiner Seite her eine wahre Flut an papiernen Goldmünzen und gipsernen Gliedmaßen in den Thronsaal, vom schrillen Pfeifen der Flöten untermalt. Der Herrscher rückte seine Krone zurecht und neigte das Haupt zum Zeichen, wie sehr ihm diese Zaubertat behagte, dann jedoch wandte er sich mit fragender Miene dem weißen Tänzer zu. Dieser öffnete den Mund, sang eine betörende Tonfolge und schwang dazu das weiße Stöckchen wie einen Dirigentenstab. In seinen Gesang stimmte abermals das Klavichord ein, zuerst leise und langsam, dann mehr und mehr anschwellend zum Stakkato. Und unter diesen dramatischen Klängen rollte von rechts her eine Staffelei auf die Bühne, mit einem Gemälde darauf, das unter weißem Tuch verborgen war.

»Was ist das für ein Bild?«, rief der Herrscher, und alle Figuren auf der Bühne fuhren zusammen. Denn es war die Stimme ihres wirklichen Herrn, der sich in seiner Loge vorbeugte und hinzusetzte: »Enthüllt es auf der Stelle – ich befehl's!«

Augenblicklich wurde das Tuch entfernt, von so vielen Händen, dass nachher niemand hätte angeben können, wer die Dame als Erster entblößt hatte. Zum Vorschein kam ein Gemälde von bescheidenen Ausmaßen und noch mäßigerer Qualität, dessen Inhalt und Bedeutung sich in diesem Moment wohl kaum einem der Anwesenden offenbarte.

»Was stellt das Bild dar?«, fragte auch der wirkliche Don Julius, und während sein Doppelgänger auf der Bühne ratlose Blicke mit den Dubletten von d'Alembert und Hezilow, Flor und Markéta wechselte, gab ihm der tatsächliche Maître – so als ob nun die Loge zur Bühne geworden wäre – mit lauter Stimme Antwort: »Das Bild stammt aus dem Jahr 1587, Euer Liebden, und es zeigt Blanca von Ludanice, eine entfernte Verwandte Wilhelms von Rosenberg. Wie Ihr bei näherer Betrachtung unfehlbar feststellen werdet, sieht Madame Markéta der Dame so ähnlich, wie eine Tochter ihrer Mutter überhaupt ähneln kann.«

Nach diesen Worten wurde es im Rosenberg'schen Wappensaal so still, dass man einen Homunkel von zwei Zoll Körperlange hätte mit dem Füßchen aufstampfen hören können.

Markéta war in ihrem Leben noch niemals in Ohnmacht gefallen, und sie blieb auch an diesem Dienstagabend im Mai des Jahres 1607 bei Bewusstsein, während sie mit zusammengekniffenen Augen zur Bühne hinunterspähte und tatsächlich ihre Mutter erblickte, die sich in edler Haltung, wenn auch zwergenhaft verkleinert, über ein Schachbrett beugte.

Vier – Calcinatio

»Die Pulverisierung durch Feuer
lockert den Sulfur und setzt den Mercurius frei.«

35

In der Kutsche des Grafen von Krumau jagten sie dahin, einem offenen Zweisitzer mit vergoldeten Beschlägen, in dem schon Wilhelm von Rosenberg zu sommerlichen Landpartien ausgefahren war. Hoch über ihren Köpfen webte die Junisonne Glitzerfäden in die Eichenwipfel, zu ihrer Rechten schlängelte sich die Moldau durch ihr steiniges Bett, zehn Schritte unterhalb der Uferstraße. Kähne trieben auf der blauen Flut, Angler warfen ihre Ruten aus oder blinzelten träg in die Sonne, Kinder hockten im Uferkraut und winkten ihnen jauchzend zu. Und Markéta winkte zurück, mit ausgelassenem Lachen, während der Sommerwind ihre Haare zerzauste und die Kutschpferde schnaubend die Steigung erklommen, links der Schimmel, rechts der Rappe nach dem Willen d'Alemberts.

Meinetwegen auch Fuchs und Schecke, dachte Markéta, Hauptsache, neben mir sitzt *er*! Graf Julius, mein Geliebter. Manchmal klang es noch immer wie ein süßer Fieberwahn, aber es war kein Gaukeltraum, es war die blanke Wirklichkeit! Als kleines Mädchen war sie einmal mit den Eltern hier draußen durch den Wald gewandert, als die Kutsche mit dem gräflichen Wappen an ihnen vorübergejagt war, von zwei riesigen Rappen gezogen und von einem ganzen Tross weiterer Droschken gefolgt. Und heute saß sie selbst in den moldaublauen Samtpolstern, die Geliebte des Grafen von Krumau!

Gut zwei Wochen waren vergangen, seit der listenreiche Maître jenes Bildnis hatte auf der Bühne enthüllen lassen, Wochen, in denen ihr Leben ganz und gar umgewälzt worden war. *Markéta von Ludanice.* D'Alembert hatte ihr Dokumente vorgelegt, die über jeden Zweifel hinaus bewiesen, dass ihre Mutter vor zwanzig Jahren, ehe sie Sigmund Pichler ehelichte, den Namen Blanca da Ludanice trug.

Sie rasten die Anhöhe hinauf, durch Schlaglöcher holpernd, über Baumwurzeln rumpelnd, und auf der anderen Seite ebenso ungestüm wieder hinab. Der Gardist auf dem Kutschbock ließ die Peitsche tanzen, eine gedrungene Gestalt in moldaublauer Uniform, doch glücklicherweise war es nicht Jan Mular. Noch immer verfolgte der Soldat sie mit versteckten Drohungen und offener Häme. Markéta war sich sicher, dass Julius ihn aus der Salvaguardia entfernen würde, wenn sie ihn darum bäte. Aber bisher hatte sie sich nicht dazu durchringen können, auch wenn sie ahnte, dass es womöglich ein Fehler war.

Vor ihnen rollte die Kutsche mit dem gräflichen Herold, der in ungewissen Abständen die Fanfare erschallen ließ; hinter ihnen wälzte sich ein ganzer Tross aus Kutschen und Reitern zu Tale. Wie gern wäre sie jetzt mit Julius nach Prag gefahren, der junge Herr Graf und seine Geliebte, Edelfrau Markéta von Ludanice, auf dem Hradschin zu Prag empfangen von Ihrer Majestät! Sie schloss die Augen und erblickte sich selbst und Julius, wie sie Arm in Arm, in einem Wirbel gleißender Lichter, durch einen unendlichen Audienzsaal schritten, in einer Gasse buckelnder Höflinge auf den kaiserlichen Thron zu. Ihr wurde schwindlig, rasch hob sie wieder die Lider und lächelte Julius an.

In tannengrünem Wams saß Julius zu ihrer Linken, und als er ihren Blick bemerkte, schnitt er ihr eine so bübisch übermütige Grimasse, dass sie ihn am liebsten gleich wieder geküsst hätte. Wie heute Morgen, als sie in seinem Bett zusammen gefrühstückt hatten, ein Ritual, an das sie niemals denken konnte, ohne ein höchst angenehmes Prickeln in der Bauchgegend zu spüren.

Bald schon würden sie nach Prag reisen, Don Julius Caesar, Graf von Krumau, und seine künftige Gemahlin, dachte Markéta; nichts schien ihr mehr unmöglich, seit ein gnädiges Schicksal sie so jählings emporgerissen hatte, in den glanzvollen Stand einer Edelfrau und gräflichen Geliebten. Gemeinsam würden sie die schändlichen Verschwörer entlarven, die Julius in jene Mordintrige verwickelt hatten, und dann würden sie Seite an Seite vor dem Kaiser niederknien und seinen väterlichen Segen erbitten. Vorerst allerdings galt es, eine Jagdpartie zu überstehen. Ihr graute vor dem Pulverdampf und dem heiseren Hecheln der Jagdhunde, vor dem Blutgeruch und den aufgehäuften Kadavern, mit denen die Hatz unweigerlich enden würde.

Vor drei Tagen hatte Julius befohlen, eine große Jagd zu organisieren: »Ich liebe die Hatz, und auch Ihr, Madame, werdet diese hohe

Kunst zu schätzen lernen.« Noch immer wunderte es Markéta, wie leichthin er sich auf einmal von Hezilow loszureißen schien, nachdem er zwei Wochen lang bald jeden Tag und nicht selten die halbe Nacht im Keller des Alchimisten verbracht hatte. Aber offenbar ging es dort unten mit den geheimen Experimenten nicht ganz so glatt voran, wie Hezilow vorausgesagt hatte. Jedenfalls war Julius immer düsterer geworden, und an manchen Tagen hatte seine Unterlippe schon am Morgen schmerzlich gezuckt. Doch seit er die große Hatz befohlen hatte, war seine heitere Laune zurückgekehrt.

Maître d'Alembert hatte alles Erforderliche bewerkstelligt, ohne sonderliche Begeisterung, doch mit der ihm eigenen Eleganz und Effizienz. Die alte Burg Rosenberg war über Nacht notdürftig hergerichtet worden, eine trutzige Feste zwanzig Meilen stromabwärts, umgeben von unwegsamen Wäldern, in denen es von Hirschen und Wildsauen wimmelte. »Das Kastell der Rosenberger steht seit vielen Jahren leer«, hatte der Maître zu bedenken gegeben, »als Jagdschloss für eine anspruchsvolle Herrschaft ist das Gemäuer kaum mehr zu gebrauchen, Exzellenz, auch wenn fünf Dutzend Diener seit vorgestern gefeudelt und gelüftet, Spinnennetze entfernt und fuderweise Ratten erschlagen haben ...«

Aber Julius hatte alle Einwände vom Tisch gewischt. »Morgen früh brechen wir auf, ich befehl's.«

Auf der anderen Stromseite war bereits die Silhouette der alten Feste zu erkennen, eine halbe Meile voraus. Hoch über dem Moldaubogen hockte die Burg auf einem gewaltigen Felsblock, mit geschwärztem Wehrturm und dem lang gestreckten Haupthaus, dessen Dachstuhl so schadhaft schien wie die hohläugig glotzenden Fensterhöhlen. Eher eine Ruine als ein Palast, dachte Markéta, doch selbst dieser Anblick vermochte ihre Stimmung nicht einzutrüben.

Hinter der Kutsche des Herolds, der wieder die Fanfare erschallen ließ, rollten sie über die Steinbrücke in den Flecken Rosenberg hinüber, wo die Hühner gackernd das Weite suchten, während Bauern und Knechte herbeigestürzt kamen, die Mützen noch im Rennen von ihren Köpfen reißend. Mit Getöse fuhr der Tross die Burgstraße hinauf, die sich in löchrigen Serpentinen zur Trutze hinaufdrehte.

Die Stammburg der Rosenberger, dachte Markéta, und ein Schauer überlief sie: Durch Mutter Blanca waren es ein wenig auch ihre, Markétas Stammväter geworden, die von dieser Burg ausgezogen waren, um bis in die glanzvollsten Höhen Böhmens emporzusteigen. Nun ja, so ganz stimmte das möglicherweise nicht, doch nach d'Alemberts Dokumenten war Mutter Blanca zumindest eine entfernte Nichte der Katharina von Ludanice gewesen, der letzten Gemahlin des letzten Nachkommens der Rosenberger, Peter Vok, der im vergangenen Winter auf seinem mährischen Landschloss verschieden war.

Letzten Endes, dachte Markéta, konnte sie sich durchaus als Nachfahrin des alten Grafengeschlechts ansehen, so wie Don Julius die neue Herrschaft von Krumau verkörperte. Der Gedanke berauschte sie, wieder sah sie sich am Arm des jungen Grafen durch eine Gasse prachtvoll gekleideter Personen schreiten, dieses Mal zum Traualtar der St.-Veit-Kirche auf Burg Krumau, während die Glocken droben im Hungerturm ohrenbetäubend läuteten.

Durch ein solches Spalier war sie vor vierzehn Tagen wahrhaftig geschritten – oder eher gewankt, an Julius' Arm, während seine Burgobern, Künstler und Schranzen links und rechts die Köpfe neigten. Sie hatte den Theatersaal als Baderstochter betreten und war auf der Bühne als Hurenpuppe verspottet worden – doch wer den Saal an jenem Abend verließ, hoch erhobenen Hauptes, wenn auch mit weichen Knien, war die adlige Geliebte des Kaisersohns, Markéta da Ludanice. Noch auf der Treppe, unter einem halben Hundert Augenpaaren, hatte Julius sich seitlich zu ihr gebeugt und ihr ins Ohr gewispert: »Euch hat mir das Schicksal geschickt, Madame – habt Ihr eine Ahnung, wie es ist, immer *allein* zu stehen gegen eine ganze hinterfotzige Armee?«

Verwirrt hatte sie den Kopf geschüttelt, und Julius hatte sie angelacht und dann eilends zu seinem Appartement geführt, wo die gräfliche Gefolgschaft auf der Türschwelle zurückblieb und ihnen derbe Ermunterungen in einem halben Dutzend Sprachen hinterrief; Sprachen, die Markéta nicht beherrschen musste, um den saftigen Sinn der Rufe zu verstehen.

Was dann geschehen war, würde sie in ihrem ganzen Leben nicht mehr vergessen. Die Tür fiel hinter ihnen zu, und Julius sah sie so voller Leidenschaft an, dass es in ihrem Bauch wie von tausend Waldameisen kribbelte. Ein Glück nur, dass er gleich einen Arm um sie legte und sie an sich zog, so zärtlich und stark, dass sie sich willig an seine Brust sinken ließ. Er beugte sich hinab, blies eine Haarsträhne von ihrem Ohr und flüsterte ihr mit heißem Atem etwas zu, von brodelnden Mondsäften und alchymischer Wollust. Dann hob er sie ohne weiteres empor und trug sie durch den gräflichen Salon, hinüber ins Schlafgemach, wo das riesige Himmelbett stand.

»Vergönnt mir die Gunst, Eure alchymische Unterwelt zu erkunden, Madame«, sprach Julius mit heiserer Stimme, und seine Augen funkelten im Kerzenlicht. »Lasst mich Euch mit tönender Glut erfüllen und Euren Lippen selige Klagen sonder Zahl entlocken.« Damit legte er sie sanft auf die Bettstatt, sein Gesicht so nah über dem ihren, dass ihr Atem sich vermischte, als Markéta ihre Arme um seinen Nacken schlang und den Geliebten mit einem Seufzer in sich aufnahm …

Sie fuhr aus ihren Erinnerungen auf, als die Kutsche auf dem Burghof zum Stehen kam, neben einem Schutthaufen, aus dem Brennnesseln und Brombeerranken sprossen. Der Hügel mochte vor Jahrzehnten oder Jahrhunderten hier aufgeschüttet worden sein, zur Linken des Hauptportals und mit einer Sorgfalt, die edlerer Ziele würdig gewesen wäre.

Weitere Kutschen rollten auf den Hof, Koffer und Truhen wurden abgeladen, die Pferde abgeschirrt. Julius sprang aus der Karosse, ehe sein Kammerdiener Robert herbeigeeilt war. Markéta sah ihm hinterher, doch in diesem Moment hatte Julius keinen Blick für sie. Schon war er von Herren in grüner Jagdkluft umringt, die Gewehre und Armbrüste geschultert trugen. Einer von ihnen, ein kräftiger Mann mit puterrotem Kopf, hielt mit beiden Händen ein ganzes Bündel lederner Schnüre umklammert, an denen zwei Dutzend Hunde hechelnd und belfernd zogen.

Jetzt erst bemerkte Markéta, dass d'Alembert auf ihrer Seite der Kutsche wartete. Als sie ihn ansah, neigte er den Kopf und reichte ihr seine Hand. »Madame«, sagte er nur, mit einem Lächeln, in dem sich Zuneigung und Hinterlist die Waage hielten.

»Maître«, gab sie zurück und ließ sich so geziert aus der Kalesche helfen, als ob sie nicht vor kurzem noch im Badehaus auf ihren Knien gelegen und die Bodenkacheln abgerieben hätte.

Bei diesem Gedanken spürte Markéta einen heftigen Stich: Seit Wochen schob sie den überfälligen Besuch bei Vater Sigmund vor sich her, aus Groll auf den Bader, der ihr die Wahrheit – *ihre* Wahrheit – ein Leben lang vorenthalten hatte, aber mehr noch aus Angst vor dieser Wahrheit selbst.

36

Ruhelos lief er durch die Rosenberg'sche Ruine, vom Burghof über die enge Treppe hinauf in den Wehrturm, dessen Mauerwerk rußgeschwärzt war, und von dort fluchtartig weiter, durch die Überreste des Wehrgangs hinüber in den Rittersaal. Alles in diesem zerfallenen Kastell vermittelte d'Alembert den Eindruck, gescheitert zu sein.

Der Rauchabzug in der Küche verweigerte seine Dienste, Qualmschwaden zogen durchs Kuchelgewölbe, das von Breuner mit seinem dröhnenden Husten zusätzlich verpestete. In den herrschaftlichen Schlafgemächern – wo Julius und Markéta in zwei benachbarten Zimmern nächtigen sollten, durch eine Tapetentür getrennt oder verbunden, je nachdem – hatte Robert ein Rascheln in den Wänden gemeldet, von Ratten oder Ärgerem. Die Jagdhunde, in einer Scheune im Wirtschaftshof notdürftig einquartiert, heulten und winselten ohne Unterlass, sodass in der Dienerschaft schon getuschelt wurde: Bestimmt gehe hier ein Rittergespenst um! Um die Unruhe unter Lakaien und Edelleuten noch zu steigern, war vom Dach der Remise, in der sie die offenen Kutschen unterstellen wollten, eine Lawine aus Ziegeln und morschen Balken niedergegangen und hatte zwei Diener und einen Edelknaben unter Trümmern begraben. Zum Glück war niemand ernstlich verletzt worden, doch die Blessierten wankten seither im Kastell herum und wiesen mit Märtyrermienen ihre Beulen und Schürfwunden vor. Nur Fabrio scharwenzelte aufreizend heiter durch das rußige Tohuwabohu, im Unterschied zu Lenka, die sich gleich beim Aussteigen einen Fuß verknickst hatte und seither ein noch grämlicheres Frätzchen zog.

Ein Glück nur, dachte der Maître, dass Julius zumindest bisher von den Plänen seiner Verlobten nichts zu ahnen schien. Dabei jagten seit acht Tagen Eilkuriere zwischen dem Hradschin und Burg Krumau hin und her: Johanna von Waldstein sei außer sich, so die mütterliche Mätresse, über die »schamlose Kabale der pseudo-adligen Badershur«. Das fromme Freifräulein verlange, die Rivalin augenblicklich zu entfernen – »aus seinem Bett, aus der Burg, aus unserem geliebten Böhmen, so weit wie möglich fort von Don Julius!« Aber das, werte Johanna, kommt zumindest derzeit nicht in Betracht, dachte d'Alembert. Wenn Don Julius und Madame Markéta ahnten, dass die Waldstein sogar angedroht hatte, in eigener Person nach Krumau zu reisen, »um sich im Gemäuer seines gräflichen Herzens aufs Neue zu installieren«, dann würde das verliebte Pärchen womöglich beschließen, überhaupt nicht mehr nach Krumau zurückzukehren. Und dabei war diese Ahnengruft der reinste Schweinestall, sagte sich Charles; warum nur hatte Julius darauf bestanden, Hals über Kopf zu dieser Jagdpartie aufzubrechen, und seinen bislang so heiß geliebten Magister in den Krumauer Gewölben sich selbst überlassen? Dies alles war so rätselhaft und beunruhigend, dass d'Alembert beinahe dankbar war für die vielfältigen Herausforderungen, vor die ihn der miserable Zustand der Rosenberger Trutze stellte. Derlei Probleme ließen sich immerhin beheben, wenn auch eher notdürftig als solide oder gar elegant, und vor allem halfen sie mit, die Bestien der Vorahnung in seinem Innern einzuschläfern.

Am frühen Nachmittag waren sie eingetroffen, bis Sonnenuntergang lief d'Alembert umher, schimpfte und lobte, ordnete an und munterte auf. Er befahl, Ratten zu erschlagen und Fensterlöcher zu verrammeln, ließ die Hunde in die Remise und die Kutschen in die Scheune schaffen. Ein magerer Kuchelknabe musste aufs Dach hinauf und sich durch den Kamin hinunterwinden, bis er auf den Pfropfen stieß, der den Abzug verstopfte: ein ganzes Rudel Fledermäuse, zum ledrigen Klumpen mumifiziert. Auch dieser Fund war wenig geeignet, die Stimmung in der Dienerschaft zu heben, und sogar er selbst, Maître d'Alembert, konnte sich eines beklommenen Gefühls nicht erwehren, als er den Kuchelknaben aus dem Ofen kriechen sah, schwarz wie ein Satansbraten und den schaurigen Pfropf in den Armen.

Fügte sich das lederhäutige Mumienbündel nicht auf unheimliche Weise zum Gestammel des Nabellosen, der nicht müde wurde, einen auf Lederschwingen herbeischwebenden »Drachen der Nacht« zu beschwören? Glücklicherweise war auch Flor auf Burg Krumau zurückgeblieben, behütet von der Zofe Lisetta, die sich in den Goldgelockten wie in ein atmendes Spielwerk vergafft zu haben schien. Und glücklicherweise schien auch niemandem die Analogie in den Sinn zu kommen, ausgenommen d'Alembert, der sich hütete, den heiklen Punkt zu berühren. Es gab schon genug, übergenug, worum man sich sorgen musste.

Von der Dorfkirche läuteten bereits zehn dünne Glockenschläge herauf, als von Breuner endlich im Rittersaal zu Tisch bitten ließ. Der dürre Haushofmeister hustete zum Erbarmen, mit Leidensmiene schlug er den Gong, den sie, in Leinen gewickelt, ebenso auf die Reise mitgenommen hatten wie fünfzig Gedecke, Porzellan und Bestecke, jeder Teller, jede Tasse einzeln in Seidenpapier gehüllt. An den Höfen Prags oder Wiens mochte es üppiger zugehen, der Graf von Krumau jedoch konnte sich kein Reiseservice für Herrschaft und Gefolge leisten, und hier droben im Kastell hatten sie keinen einzigen rostigen Topf vorgefunden, geschweige denn Kristallgläser, Porzellanschalen oder Goldbestecke.

Zur Linken des Grafen sank der Maître auf seinen Platz, und die Tafel mit allen Höflingen und Huren, Künstlern und Schellennarren drehte sich ihm vor Augen. Als Sitzgelegenheiten dienten schlichte Holzbänke, einige sogar ohne Rückenlehne, die Tafel selbst bestand aus zusammengewürfelten Tischen, Brettern, rasch gezimmerten Holzböcken unterschiedlicher Höhe – eine Möblierung wie in der Räuberhöhle, dachte Charles. Da durfte man fast froh sein, dass die Kerzen in den rostigen Wandhaltern nur dürftiges Licht spendeten und die Fenster zur Stromseite hin teils mit Brettern verrammelt, teils mit rissigem Ölpapier verschlossen waren. An der langen Wand gegenüber standen Ritterrüstungen in gedrängter Reihe, starr glotzten die eisernen Heroen über die Schultern der Sitzenden hinweg, als ob sie denen das karge Mahl neideten.

Charles beugte sich ein wenig vor und spähte an Don Julius vorbei, um sich zu vergewissern, dass auch Markéta in den Speisesaal gefunden hatte; Markéta von Ludanice, dachte der Maître, Edelfrau von meinen Gnaden. Mit strahlender Miene saß sie zur Rechten des Grafen, in ein türkisfarbenes Kleid von erstaunlicher Eleganz gewandet, und als sie seinen Blick bemerkte, nickte sie ihm lächelnd zu. Nun, zumindest die Mätresse des Herrn Grafen schien entschlossen, sich die Laune nicht trüben zu lassen, wie übrigens auch Don Julius selbst, den Charles kaum jemals so heiter erlebt hatte wie in den drei Wochen, seit sie nach Krumau umgesiedelt waren.

Nur hübsch die Ruhe bewahren, mahnte sich der Maître, während von Breuner ihm kalten Fasan, Trüffelpastete und weißes Brot vorlegte, wobei er mit geblähten Wangen und zusammengepresstem Kiefer seinen Husten verbiss. Im Grunde war ja alles auf allerbestem Wege, wenn sie nur diese etwas geschmacklose Episode hinter sich brachten, ohne dass ein Mitglied der Jagdgesellschaft versehentlich erschossen oder von herabfallenden Kastelltrümmern erschlagen würde. Und wenn Katharina nur zur gleichen Zeit die Waldstein von ihrem Plan abbrachte, nach Krumau zu reisen und die unwürdige Rivalin aus Julius' Bett und Herzen zu verjagen – zwei Orte allerdings, die Johanna niemals erobert hatte. Julius verabscheute die frömmlerische Freifrau, mit der er kurz nach seinem achten Geburtstag verlobt worden war.

Alles würde sich schon in die rechten Bahnen lenken lassen, beschloss d'Alembert. Spätestens in drei Tagen würden sie nach Krumau zurückkehren, und mit jedem Tag, jeder Woche, die sie ohne gröbere Zwischenfälle überstünden, würde Rudolfs Groll auf seinen ungestümen Sohn ein wenig mehr schwinden, und damit auch die Gefahr, dass der kaiserliche Zorn sie alle, wie sie hier saßen und schmausten, ins Verderben stürzte.

Charles lehnte sich zurück und begann sich zu entspannen. Der Tokaier mundete vorzüglich, ebenso der kalte Fasan. Noch war die Stimmung der Jagdgesellschaft etwas bedrückt, aber schließlich brauchten die Spaßmacher und die Schamlosen nicht jeden Tag auf den Tischen zu tanzen. Weiter hinten an der Tafel entdeckte er Fabrio, der seiner Schwester soeben einen Happen in den Mund schob.

Sein Blick schweifte weiter, zum goldgelockten Nicodemus, den alle nur den »falschen Homunkel« nannten, und dann erst sah er die drei wirrbärtigen Gesellen, die am hintersten Ende der Tafel hockten und, halb verborgen von einer Säule, Pasteten und Braten mit plumper Gier in ihre Schlünde schoben.

Wer bei allen Göttern hat Hezilows Kerlen erlaubt, mit uns zu fahren?, dachte d'Alembert, ließ sich jedoch nichts anmerken; die Antwort lag ja auf der Hand. Und wenn schon, sagte er sich, vom kühlen Tokaier nippend, schließlich brauchte es mehr, sehr viel mehr als ein paar Lumpenkerle, um Charles d'Alembert ins Verderben zu ziehen.

37

Er zog am Riegel, und die ganze Tür fiel ihm entgegen – na sei's drum, sagte sich Julius, zwischen ihr und mir soll schließlich gar nichts stehen, außer meinem Zepter. Er lehnte die Türtrümmer an die Wand und trat ohne weiteres in Markétas Gemach.

»Schlaft Ihr schon, Madame?«

Stockfinster war es in ihrer Kammer, das Fensterloch auch hier mit Brettern verrammelt. Buchstäblich im Dunkeln tappte er auf den fahlen Fleck zu, den er für ihr Bett hielt, da stieß er sich die Zehen an einem klobigen Ding, das mitten im Zimmer lag. »Zur Hölle damit! Habt Ihr keine Kerze, Markéta? Nun sagt endlich was. Ich weiß doch, dass Ihr unter der Decke über mich lacht! Aber wartet nur – ojwei!«

Diesmal hatte er sich den rechten Fuß gestoßen, wieder an so einem Klotz mitten im Zimmer – sicher ihre Chopinen, wie ihm nun einfiel, die türkisfarbenen Stelzschuhe, die sie nach anfänglichem Sträuben so bereitwillig wie ihren Adelsrang trug.

Vom Bett her waren nun immerhin ein paar Laute zu vernehmen, ein Schnurren und Gähnen, als ob sie wahrhaftig jetzt erst zu sich käme.

»Ich bin der Geist dieser Burgruine«, sprach Julius, die Silben schaurig dehnend. »Zündet ein Licht an, sonst komm ich über Euch, holde Maid!«

Während er behutsam weiter aufs Bett zutappte, erklang von dort leises Lachen, gefolgt von emsigem Rascheln, dann flammte endlich ein Lichtlein auf.

»Mir ist kalt, so elend kalt, edle Frau«, sagte er, »wenn Ihr die Gnade hättet, mich ein wenig aufzuwärmen?« Doch da war er bereits bei ihrem Bett, und ehe Markéta irgendetwas erwidern konnte, hatte er ihre Decke gelupft und war neben sie geglitten, dicht an ihren warmen Leib, der allerdings gleich zur Wand hin zurückwich. »Ich hoffte so sehr, dass Ihr Euch meiner erbarmen würdet.« Er drehte sich zu ihr, sodass nun wahrhaftig nur das gräfliche Zepter noch zwischen ihnen stand.

Im dünnen Schein des Kerzleins waren ihre Augen wie zwei dunkle Höhlen, eingebettet in die mondbleichen Hügel ihres Pfuhls. »Und ich, mein Herr …« Sie richtete sich auf und beugte sich über ihn, nach wilden Rosen duftend. »Ich hoff ebenso sehr, dass Ihr *sie* nicht nach Krumau kommen lasst!«

»Nach Krumau – na, wen denn?«, fragte er überrumpelt, dabei schwante ihm im selben Moment, von wem sie sprach.

»Johanna! Überall in der Burg wird ja gemunkelt, dass sie aus Prag herbeieilen will, um Euch wieder an sich zu ketten.«

»Keine Bange, sie hat Prag noch nie verlassen – was sag ich: den Hradschin!« Julius lachte leise und spürte im gleichen Moment, wie seine Stimmung sich trübte. »Kein Wort mehr von ihr, ich befehl's.«

Er legte einen Arm um ihren Leib und versuchte, sie näher zu sich heranzuziehen, doch Markéta sträubte sich, und ihr Körper wurde unter seiner Berührung starr.

»Eure väterliche Majestät hält's ja genauso«, flüsterte sie, und ihre Haare kitzelten ihn am Ohr. »Isabella ist am spanischen Hof, und Eure Mutter lebt bei ihm in Prag.«

Und wenn's nach Euch geht, sollen wir es künftig auch so treiben, dachte er: Johanna nach Prag verbannt, während ich mit Euch hier in Krumau hause? Nichts lieber als das, Madame. Wenn Ihr wüsstest, wie oft ich's mir selbst schon ausgemalt habe: Markéta da Ludanice, gräfliche Mätresse, die liebste, hübscheste, listigste Weibsperson, die mir je begegnet ist! Aber offenbar ahnte sie nicht im Entferntesten, wie heikel diese Fragen waren, wie viele Aspekte es zu erwägen galt, welche Fallstricke drohten.

»Nun sagt schon, Julius, warum nicht auch wir – getreulich nach dem Bild Eurer Eltern?«

»Da ist … vieles zu bedenken«, presste er hervor und versuchte abermals, sie zu sich heranzuziehen, aber sie stemmte ihm eine Hand gegen die Brust.

Ah, zum Satan, warum musste sie ausgerechnet jetzt drauf beharren, gerade jetzt, da er ihr fast alles verspräche, wenn sie sich nur nicht länger wie ein totes Stück Holz betrug!

»Meine Mutter stammt immerhin aus einem angesehenen Adelsgeschlecht, während Ihr, Markéta …«

Er unterbrach sich, erschrocken, da sie mit einem Mal ganz schlaff geworden war, so als ob alles Leben aus ihr gewichen wäre. Im Halbdunkel sah er, wie sie die Augen aufriss, zwei riesige schwarze Seen.

»Aber das Bildnis«, stammelte sie. »Und das Dokument, das d'Alembert aufgetrieben hat – es beweist doch, dass meine Mutter aus dem Geschlecht der Ludanices stammt!«

»Markéta.« Er sprach so zärtlich, wie er niemals vorher zu irgendwem geredet hatte. »Maître d'Alembert ist ein Fuchs«, fuhr er fort und versuchte abermals, sie an sich zu ziehen, doch da hatte sie sich schon wieder steif gemacht und lag wie eine Eissäule in seinen Armen. »Und wie es aussieht, verstand sich auch Eure Frau Mutter darauf, mit lebenden Figuren Schach zu spielen. Aber bisher beweisen das Bild aus der Rosenberger Galerie und d'Alemberts Dokumente nur eines.«

Wieder unterbrach er sich, er wollte ihr ja nicht wehtun, im Gegenteil. Doch noch sehr viel weniger wollte er durch einen falschen Schachzug seine Hoffnungen auf die väterliche Thronfolge untergraben, gerade jetzt nicht, da er dank Hezilows magischen Künsten seinem Ziel so nahe war wie nie.

»Was spannt Ihr mich auf die Folter, Julius!« Ihre Stimme klang gequält, in ihren Augen glitzerten Tränen. »Was beweist es denn – so redet doch weiter!«

»Schscht«, machte Julius, »ruhig, *ma chère.* Niemand hofft ja inständiger als ich, dass alles sich so verhält, wie der Maître es darstellt.

Aber deine Mutter scheint damals, vor zwanzig Jahren, ziemlich überraschend bei den Rosenbergern aufgetaucht zu sein. Und falls sich herausstellen sollte, dass sie sich zu Unrecht als angeheiratete Verwandte ausgegeben hat …«

Wieder sprach er seinen Satz nicht zu Ende, und diesmal drängte Markéta ihn nicht zum Weiterreden. Wortlos sahen sie einander an, im selben Bett liegend und doch mit einem Mal weit voneinander entfernt.

D'Alembert käm's nur zu gelegen, wenn ich niemals mehr hoffen dürfte, die Krone Böhmens oder gar den Kaiserthron zu erstreiten, dachte Julius. Verbandelt mit einer Bürgerlichen, der Tochter einer Hochstaplerin gar, könnt ich nie und nimmer sukzedieren. Stumm sah er Markéta an, spürte ihren Körper in seinem Arm und dachte an den Mann, den er ausgesandt hatte, das Geheimnis um ihre Herkunft rasch und lautlos aufzuklären.

Gott gebe, dass ich niemals wählen muss, Markéta, an deinen Augen seh ich ja, dass auch du es weißt: Und wenn es mir das Herz zerrisse, Geliebte, ich würd dich opfern für meines Vaters kleinstes Königreich.

38

Der Maître hatte einen Auszug aus dem Tauf- und Sterbebuch von Prescov aufgetrieben, einem ungarisch-siebenbürgischen Sprengel, der im Jahr '66 ebenso viele Seelen umfasste – »nicht eingerechnet die Pferde-, Hunde- und Schweineseelen, Madame, wenn Ihr mir die antikische Abschweifung nachseht«. Vor zehn Tagen schon hatte d'Alembert ihr die schwer leserliche Kopie vorgelegt, aber Markéta hätte den Wortlaut noch immer auswendig hersagen können: »Blanca von Ludanice, geboren am 6. Junius 1566 A.D. als Tochter des Edelmanns Anselm von Ludanice und seiner Gemahlin Margareta, geborene da Voscaja, getauft in der St.-Josefs-Kirche zu Prescov am Tag des Herrn, dem 12. Junius selbigen Jahres.«

Margareta – Markéta, dachte sie, aufs Neue erfüllt von zärtlichen Gefühlen für die ferne Vorfahrin. Mutter Blanca hatte an ihre Tochter den Namen ihrer eigenen Mutter weitergegeben. Dieser Großmutter Margareta war während Markétas Kinderjahren wohl gelegentlich gedacht worden, doch stets nur mit wenigen, im Grunde nichtssagenden Worten.

Ein Trompetenstoß riss Markéta aus ihren Gedanken. Sie sprang aus ihrem Bett und wollte hastig in das bereitgelegte Jagdkleid fahren, ohne auf Bronja zu warten, dann allerdings verfing sie sich in Schnüren und Ösen und musste mit kläglicher Stimme nach der Zofe rufen. Vor dem Fenster, durch Ritzen im Holz beinahe nur zu erahnen, ging eben die Sonne auf.

Bronja stürzte ins Zimmer, ihrerseits noch im Nachtgewand, in der Hand eine flackernde Kerze. Unten im Burghof versammelten sich schon die Jäger und ihre Gehilfen, Treiber zu Fuß und zu Pferde, dazu die Meute der Schweißhunde, deren Gebell von den Mauern widerhallte, dass es wie ein Heulen aus dem Schlund der Hölle klang.

»Die Luft anhalten, Madame.« Bronja war dicht hinter sie getreten und schnürte mit eisernen Händen das Korsett. In den letzten Wochen hatte Markéta jeden Widerstand gegen den atemberaubenden Aberwitz der höfischen Mode aufgegeben, doch im Stillen haderte sie noch immer mit einer Kleiderordnung, die Adelsdamen die Kontur eines doppelten Kegels aufzwang.

»Jetzt könnt Ihr wieder atmen, Madame.«

Oder auch nicht, dachte Markéta und schnaufte behutsam aus und ein. Es fühlte sich an, als wäre ihr Oberkörper in eine Weinpresse geraten. Dafür hätte fast der gesamte siebenbürgische Sprengel von Großmutter Margareta unter ihren gewaltigen waldgrünen Reifrock gepasst.

Sie unterdrückte ein Kichern. Bronja machte sich bereits an den Haaren ihrer Herrin zu schaffen, einem Berg aus Locken, Netzen, Haft- und Färbemitteln, neben dem sich selbst der Hungerturm von Burg Krumau kümmerlich ausnahm.

Vom Kastellhof drang ein Gebrodel aus Menschen- und Hundestimmen empor, es klang so erregt, dass auch Markéta mit einem Mal ein Kribbeln im Magen spürte. Noch gestern Abend hatte sie gedacht, dass sie niemals Gefallen an der Jagd finden könnte, dem methodischen Abschlachten wehrloser Kreaturen.

Neuerlich erschallte ein lang gezogener Trompetenton, untermalt von Rufen, Belfern, klappernden Pferdehufen.

»Hoffen wir, dass heut alles gut ausgeht.« Sie lächelte Bronja zum Abschied zu, stutzte einen Augenblick, als die Zofe sich mit düsterer Miene bekreuzigte, und eilte aus dem Zimmer, barfuß, ihre Chopinen in den Händen.

Als sie unten in den Hof trat, waren Jäger und Meute schon aus dem Tor. Neben dem Schutthaufen wartete eine offene Kalesche, auf dem Kutschbock Mikesch Slatava, Bronjas Bruder. Als er Markéta im Türbogen sah, sprang der Schlacks gleich hinab und bot ihr den Arm.

»Lass den Unfug, Mikesch«, sagte sie lachend, bestieg die Kutsche und ließ sich in die Polster fallen, ohne seinen Arm anzurühren. »Hast du vergessen, dass ihr mich früher Eichkätzchen genannt habt – weil ich auf Mauern und Bäume schneller hinauf bin als die geschwindesten Buben?«

»Vor Euch steht ein Soldat der gräflichen Salvaguardia, Madame.« Mikesch kniff die Lippen zusammen. »Mir wurde befohlen, der Jagdgesellschaft in gewissem Abstand zu folgen – zu Eurer Sicherheit.« Er schwang sich auf den Kutschbock und ergriff die Zügel des Rappen, der mit einem Schnauben den Kopf emporwarf. »Die Person, die Ihr eben erwähnt habt, existiert nicht mehr.«

Diesen letzten Satz hatte Mikesch gesagt, ohne sich noch einmal zu ihr umzuwenden. Während sie darüber nachdachte, ob er sie oder sich selbst gemeint hatte, rollte ihre Kalesche bereits aus dem Burgtor, der Jagdgesellschaft folgend, die in gestrecktem Galopp auf den Waldrand zuhielt.

Anfangs sah sich Markéta noch aufmerksam um, während sie im Trab dem schmalen Weg hoch über der Moldau folgten, durch Gärten und Felder dem Wald entgegen, der wie eine schwarzgrüne Riesenwand vor ihnen aufragte. Aber bald wurde sie wieder schläfrig – kein Wunder, dachte sie, nach den Aufregungen der letzten Nacht. Sie warf sich die Decke über, die neben ihr auf der Bank bereitlag, aß langsam einen der rotbackigen Äpfel, die sich zusammen mit Würsten und Weißbrot, Fasan und Tokaier in der Proviantasche fanden, und sah an Slatava vorbei in die nebelverhangene Ebene, bis sich vor ihren Augen wirkliche Sinnesbilder mit Gedanken und Träumen vermischten.

Die sechziger Jahre des vergangenen Jahrhunderts waren ein wüstes Zeitalter, jedenfalls nach den Worten d'Alemberts, der ihr die Verhältnisse anschaulich geschildert hatte. Und ganz besonders galt dies wohl für das Fürstentum Ungarn-Siebenbürgen, in dem Markétas Mutter Blanca aufwuchs, im Gutsflecken Prescov nahe Hermannstadt, als einzige Tochter der Eheleute da Ludanice. Seit dem Fall der ungarischen Hauptstadt Ofen stand auch Siebenbürgen unter osmanischer Oberhoheit, immer wieder kam es zu Aufständen, die der Sultan von Konstantinopel blutig niederschlagen ließ. Katholiken bekämpften überdies Reformierte, Protestanten stritten mit Orthodoxen, und alle zusammen hassten die Mohammedaner. 1562, vier Jahre bevor Blanca zur Welt kam, erhoben sich die Sklezer gegen die osmanischen Usurpatoren und wurden von den Krummsäbeln in langwierigem Kampf niedergemacht. Die Pest brach aus, erneute, noch verzweifeltere Aufstände folgten; Dörfer, Städte, ganze Landstriche wurden verwüstet, so auch der Sprengel Prescov, der im Jahr 1570 lichterloh brannte.

Während dieser Wirren kamen anscheinend Anselm wie auch Margareta da Ludanice ums Leben. Jedenfalls fand man in den Trümmern des Gutshauses zwei verkohlte Leichen, die für ihre sterblichen Überreste angesehen und am 11. Oktober 1570 auf dem verheerten Kirchhof zu Prescov notdürftig bestattet wurden. Die kleine Blanca aber wuchs fortan in der Obhut ihrer Großtante Ludovica auf, in einem Häuschen am Rand des Sprengels Prescov.

»Nicht, dass es heute in Siebenbürgen sehr viel friedlicher zuginge«, hatte d'Alembert nach kurzem Sinnen noch hinzugefügt. »Von dem Tohuwabohu, das Stephan Bocskay dort angerichtet hat, wird sich das Land nicht so rasch erholen, auch wenn der streit- und ruhmsüchtige Fürst so einsichtig war, nach nur dreijähriger Tyrannei das Zeitliche zu segnen.«

Seit dem Tod ihrer Eltern und der Verwüstung des Familienguts war Blanca da Ludanice eine bettelarme Waise, angewiesen auf die Gnade der alten Tante, die ihrerseits in dürftigen Verhältnissen lebte.

Die einzige Trumpfkarte, die dem Mädchen verblieben war, ihr siebenbürgischer Adelsrang, war lange Zeit nicht das Pergament wert, das die Echtheit ihrer Ansprüche verbürgen sollte, bis Peter Vok von Rosenberg, der jüngere Bruder Wilhelms, im Sommer 1580 Katharina da Ludanice ehelichte, eine Kusine Blancas aus der mährischen Hauptlinie der Ludanices.

Damals zählte Blanca vierzehn Jahre, ein Jahr mehr als die so glanzvoll aufgestiegene Kusine. Nicht einmal d'Alembert hatte herausbringen können, wie lange es von Katharinas Hochzeit an gedauert hatte, bis die frohe Botschaft nach Prescov gedrungen war, zur Großtante Ludovica, die unterdessen nahezu taub war, und zu ihrem Mündel Blanca, das nach den Aufzeichnungen des Dorfpfarrers, Hochwürden Dragovic, »anstellig, gewissenhaft und von Ehrsucht geplagt« war.

Im Jahr 1586 jedenfalls verstarb Ludovica im biblischen Alter von dreiundneunzig Jahren, und im Sommer darauf tauchte auf Burg Krumau eine hübsche und aufgeweckte, wenn auch ärmlich gekleidete junge Frau auf, die sich anhand verschiedener Dokumente als Blanca von Ludanice auswies. Und Wilhelm von Rosenberg, der großmächtige Burgherr, seit jeher weiblichem Liebreiz zugeneigt und großzügig bis zur blinden Verschwendung – Wilhelm nahm die siebenbürgische Kusine seiner Schwägerin Katharina mit offenen Armen auf. Etwas mehr als ein halbes Jahr verbrachte sie auf Burg Krumau, ohne sich in irgendeiner Weise hervorzutun, ausgenommen ihr brillantes Schachspiel. »Dann vermählte sich Eure Frau Mutter Hals über Kopf mit dem Bader Sigmund Pichler und wurde nie mehr hier oben in den Burghöfen gesehen. Wie eine Spielfigur, die über den Rand des Schachtischs kippt und zu Boden fällt, wenn Ihr mir den nicht ganz ernst gemeinten Vergleich nachseht, Madame.«

»Hört Ihr mich, Madame?«

Die Frage verwirrte Markéta, erst nach einigen Momenten der Besinnung wurde ihr klar, dass nicht d'Alembert sie angesprochen hatte.

»Natürlich hör ich dich, Mik… – Gardist Slatava.«

Ihre Kutsche stand am Rand einer weiten Lichtung, die von Eichenwald umschlossen war. In der Ferne erklangen Jagdhörner, das Hecheln der Bluthunde und die abgehackten Rufe der Knechte, die den Jägern das Wild zutrieben.

»Zur Mittagsstunde«, sagte Mikesch Slatava, indem er vom Kutschbock sprang und den dampfenden Rappen abschirrte, »wird sich die Jagdgesellschaft hier auf der Lichtung einfinden, auch die Beute soll hier aufgestapelt werden, Madame.«

Seine Worte beschworen aufgehäufte Tierkadaver, blutüberströmt und gehäutet, vor Markétas geistigem Auge herauf. Sie war Julius dankbar, dass er zumindest nicht angeordnet hatte, sie mitten ins Getümmel zu führen. Zugleich spürte sie zum ersten Mal seit Wochen wieder, dass er manchmal noch immer ein Fremder für sie war, jedenfalls jener Teil von ihm, der sich an Blut und Tod ergötzte.

Er ist ein Mann, dachte sie dann, lebt nicht in allen Männern dieser dunkle Drang zu überwältigen, abzuschlachten und zu töten? Nein, nicht in allen, antwortete sie sich selbst, denn gleich schon kamen ihr drei wandelnde Gegenbilder in den Sinn: Charles d'Alembert, Flor und – Vater Sigmund. Keiner dieser drei könnte sich an der Jagd berauschen, dessen war sie sicher, auch wenn der Maître notgedrungen an der heutigen Jagdpartie teilnahm. Aber keiner von ihnen ist auch wie *er*, dachte sie dann wieder, so leidenschaftlich, kühn und stark.

Markétas Knie fühlten sich ein wenig weich an, als sie sich endlich von der Kutschbank erhob, und diesmal zögerte sie nur einen Augenblick, dann nahm sie Mikeschs dargebotenen Arm und ließ sich aus der Karosse helfen.

39

Trompetentöne kündigten die Rückkehr der Jagdgesellschaft an, die überschwänglichen Klänge schienen die Üppigkeit der Beute zu preisen.

Markéta hatte sich im Gras niedergelassen, unter den Ästen eines riesigen Eichbaums, ob vor zwei Stunden, drei oder mehr, sie hätte es kaum sagen können. Fürsorglich hatte der Gardist ihre Decke und die Provianttasche aus der Kalesche herbeigeholt, sie hatte das Webtuch ausgebreitet, sich seitlich darauf gelegt, den Kopf in einen Arm gestützt. Und war gleich wieder in Grübeleien versunken, Gedanken an Mutter Blanca und den Bader, von dem sie so viele Jahre lang geglaubt hatte, dass er ihr Vater sei. Dabei war Sigmund Pichler höchstwahrscheinlich nur der Bürgersmann gewesen, der Blanca Schutz und Dach und vielleicht auch ein wenig Trost geboten hatte, nachdem das Schifflein ihrer ehrsüchtigen Träume gekentert war.

Markéta's heitere Stimmung war verflogen. Ein ums andere Mal musste sie sich Tränen aus den Augen wischen, verstohlen, damit der Gardist nichts bemerkte. Slatava hockte auf der anderen Seite der Lichtung, nahe dem Kutschpferd, das mit methodischer Gier den Waldsaum abgraste. Auch die ersten Jäger und Treiber, die nun von Westen her auf die Lichtung kamen, sah sie ein wenig verschwommen, obwohl sie gleich wieder Tränen aus den Augen blinzelte. Die Pferde waren mit Hirschhälften und blutigen Rehkadavern beladen, gehäutete Hasenkörper quollen aus den Satteltaschen der Reiter und aus den Netzen der Treiber, die sich hinter den Pferden auf die Lichtung schleppten, unter ihre Lasten gebeugt.

Als der Wind einen Schwall süßlichen Blutgeruchs zu ihr herübertrieb, richtete sich Markéta zum Sitzen auf und drehte sich seitlich weg. Aus den Augenwinkeln sah sie eben noch, wie die ersten Jäger ihre Beutestücke vom Pferd gleiten ließen und auf einem Felsstück am Rand der Lichtung aufzustapeln begannen, dann senkte sie die Lider und kehrte in Gedanken zu Mutter Blanca zurück.

Alles sprach dafür, dass Blanca damals, im Sommer 1587 oder wenig später, die Geliebte eines wohlgeborenen Herrn aus Wilhelms Gefolge geworden war. Höchstwahrscheinlich hatte sogar ein Freier von höherem Adel um ihre Gunst gerungen, denn anders ließ sich kaum erklären, was Blanca wenig später widerfuhr: Anfang 1588 vermählt mit dem Kleinhäusler Sigmund Pichler, wobei das Kirchbuch von Krumau als Mädchennamen der Braut nicht etwa »von Ludanice« anführte, sondern den Herkunftsnamen ihrer Mutter Margareta, überdies gekürzt um das Adelsprädikat: »Blanca Voscaja, geboren am 6. Junius 1566 A.D. in Prescov, Fürstentum Ungarn-Siebenbürgen«.

Aber Geburtstag und -ort stimmten überein, die Identität der beiden Blancas stand also außer Zweifel – umso mehr, als das Gemälde aus der Rosenberger Privatgalerie niemand anderen als Blanca Pichlerová zeigte, vielmehr Blanca da Ludanice, die sich im Januar 1588 so überraschend in die Gemahlin des Baders Pichler verwandelt hatte.

Derlei »Transformationen«, wie d'Alembert es ausdrückte, erfolgten »nicht ganz selten, stets diskret und fast immer aufgrund der nämlichen Konstellation: wenn die Buhlin gesegneten Leibes ist und der Standesunterschied eine Vermählung mit dem Kindserzeuger verbietet, dieser jedoch Ehrenmann genug ist, die Dame angemessen abzufinden – mit Ehegemahl und Mitgift, in bürgerlichem oder kleinadligem Rahmen, je nachdem«.

Markéta hatte eine Weile gebraucht, um die gedrechselten Worte des Maître zu enträtseln, aber mittlerweile war sie sicher, dass sie, auf ihren Fall bezogen, nur einen Schluss erlaubten: Mutter Blanca, damals immerhin eine Edelfrau klangvollen Namens, musste eine Liebschaft mit einem Krumauer Herrn von hohem oder sogar höchstem Adel eingegangen sein. Zum hundertsten Mal wendete Markéta den Gedanken hin und her und kam doch zum selben Ende wie immer: Wäre nämlich Blancas Buhle von ähnlichem Blutsrang wie sie gewesen, ein Freiherr oder selbst ein Baron, so hätte er schwerlich eine andere Wahl und noch weniger einen guten Grund gehabt, die Vermählung mit der Dame zu verweigern, immerhin einer angeheirateten Verwandten des Grafen von Rosenberg. Hatte Mutter Blanca sich dagegen mit einem Herrn von weit höherem Stand eingelassen, so durfte sie keinesfalls hoffen, dass der wohlgeborene Galan sich um der minderblütigen Buhlin willen ins Verderben stürzte, »und speziell in diesen Fällen«, so wiederum der Maître, »kommt das Instrument der Transformation sehr zupass.«

Alles in allem, dachte Markéta, hieß das doch wohl, dass ihr wahrer Vater eine fürstliche Persönlichkeit sein musste, die im Winter 1587 auf Burg Krumau lebte, möglicherweise sogar Graf Wilhelm höchstselbst. Sie hatte es kaum gedacht, als ein heftiger Schwindel sie befiel; rasch öffnete sie die Augen und sah zu den Jägern hinüber.

Immer noch kamen weitere Männer in tannengrüner Kluft aus dem Wald hervor, zu Fuß oder zu Pferde, sie alle beladen mit blutigen Beutestücken, die sie auf den Kadaverhaufen warfen. Auch etliche Künstler in papageienbunten Gewändern waren zur Lichtung herausgekommen, Markéta erkannte die zitronengelben Schuhe Giacomo da Biondos, der eben seine Staffelei aufstellte. Der Kadaverstapel mochte mittlerweile anderthalb Meter in der Höhe messen, Dutzende starrer Augen glotzten aus dem Fleischberg zu ihr herüber, und Markéta sah den äugenden Beutehaufen einen Moment lang benommen an, ehe es ihr gelang, den Blick wieder abzuwenden.

Gestern Nacht, dachte sie, bei seinem überraschenden Besuch in ihrem Bett, hatte Julius angedeutet, dass es für Blancas Absturz von der Burg ins Baderhaus möglicherweise noch eine andere, weit weniger ehrenhafte Erklärung gab. Natürlich hatte auch sie selbst schon daran gedacht, aber die Möglichkeit, dass Blanca der Hochstapelei überführt und deshalb nach kurzer Zeit aus der Burg gewiesen worden war, schien ihr keine ernstere Überlegung wert. Die Dokumente, die ihre Herkunft bezeugten, waren untadelig gewesen, das hatte d'Alembert ihr mehrfach versichert, und daran würde sie sich halten.

Ich muss endlich mit ihm sprechen, dachte Markéta wieder, mit Vater Sigmund – auch wenn sie jetzt schon wusste, dass sie gerade die Fragen, die ihr am ärgsten auf der Seele brannten, unter seinem bekümmerten Blick kaum hervorwürgen könnte. Und dennoch, sie war es dem Bader und sich selber schuldig, sagte sie sich, während ihr neuerlich Tränen in die Augen traten; armer Vater Sigmund, von Blanca verlassen und nun auch von mir.

Aber hatte der Bader sie nicht regelrecht in die Burg hinauf abgeschoben, bei der erstbesten Gelegenheit?, dachte sie dann wieder, während Julius drüben auf die Lichtung sprengte, durch Fanfare und Hurra der Jäger und Treiber begrüßt. War es ihr nicht schon damals im Thronsaal sonderbar erschienen, überlegte sie weiter, wie geflissentlich der Bader ihre Mutter hervorgestrichen hatte, ohne auch nur anzudeuten, dass er selbst der Gemahl und Vater sei?

Nein, so eigentümlich hätte der Bader sich gewiss nicht gebärdet, wenn er Blancas Geheimnis nicht seit langen Jahren kennte, sagte sich Markéta, während Julius von seinem schwarz-weiß gescheckten Hengst sprang und mit strahlendem Lächeln auf sie zulief. Sein Gewand war mit Blut besprenkelt, auch seine Hände, selbst auf Stirn und Wangen klebte Blut. Ein Schauder überlief Markéta, sie sprang auf und hielt den Atem an, als er vor sie trat, so nahe, dass der Geruch seines Körpers sie umhüllte; ein überwältigendes Duftgemenge aus Jägerschweiß und Fichtenharz, Unterholz und Blut.

»Ihr werdet staunen, Madame!« Er rief es mit heller Stimme, bübische Freude in den Augen, dann beugte er sich vor, nahm ihre Hand in seine blutbeschmierte Rechte und hauchte einen Kuss darauf. »Begleitet mich und seht selbst, wie sehr unsere kühnsten Erwartungen übertroffen wurden!« Und er zog sie mit sich, über die weite, sonnenbeschienene Lichtung zu den Jägern hinüber, die im Schatten der Eichen lagerten, auf Baumstämmen, Felsbrocken, im Gras.

Der Maître beaufsichtigte nahebei eine Schar von Kuchelmaiden, die Leintücher im Gras ausbreiteten und Teller, Zinnbecher und Messer aufdeckten. Einige Dutzend Schritte abseits waren die Hunde angekettet worden, vor einer Mulde voll blutiger Eingeweide, um die sie kläffend und zähnefletschend kämpften.

Markéta klammerte sich fester an Julius' Arm. »Ihr seid ein Kind, Monsieur – im Körper eines Mannes«, setzte sie, sehr zu ihrer eigenen Verwirrung, hinzu.

Julius grinste sie von der Seite an. »Und wer gefällt Euch besser, Markéta – der Knabe oder der Mann?«

»Nun – alle beide, wenn auch selten zur gleichen Zeit«, gab sie zurück, entschlossen, die Hitze zu ignorieren, die ihr wieder in die Wangen stieg.

»Und Ihr seid Euch jederzeit sicher, welchen Knaben Ihr gerade meint?«

Keine fünf Schritte trennten sie mehr von dem Haufen aufgestapelter Tierkadaver, auf denen Hunderte von Schmeißfliegen umherkrauchten. Der Geruch nach Blut und rohem Fleisch, nach Eingeweide und Kot war betäubend, und obwohl Markéta schon mehr als einmal Karnickel gehäutet oder Schweinehälften zerschnitten hatte, spürte sie nun, wie Übelkeit in ihr aufstieg.

Unvermittelt blieb sie stehen, sodass auch Julius innehalten musste. »Ich verstehe nicht, Monsieur?«

»Nun, Eure Bemerkung eben, von dem Knaben – bezog sie sich nicht ein wenig auch auf Flor?«

»Aber er ist ein Kind!«, stieß sie hervor. Ihre Wangen brannten wie Feuer.

»Im Körper eines Burschen?« Er zog sie weiter, auf den Beutehaufen zu, aus dem Rehköpfe, Schweineschnauzen, großäugig starrende Hasen hingen, die Löffelohren erdwärts baumelnd und mit Schlamm oder Blut verschmiert.

»Habt Erbarmen, Monsieur!« Sie zog ein Seidentüchlein hervor und presste es sich vor Mund und Nase.

Unterdessen hatte Mikesch Slatava einen Bauernwagen, der mit zwei schweren Pferden bespannt war, neben den Kadaverstapel manövriert. Kaum war der Karren zum Stehen gekommen, da packten die Jagdgehilfen, allein oder zu zweien, die ersten aufgehäuften Kadaver und warfen sie unter lautem Hauruck auf den Wagen.

»Ihr meint – wegen diesen da?« Julius deutete auf einen weißen Hirsch, der einige Schritte abseits im Gras lag, sein Fell so makellos, als ob er nur schliefe. Daneben lagen weitere Körper, anscheinend tot, wenn auch äußerlich unversehrt: eine gewaltige Hirschkuh und drei winzige Kitze, die wie schutzsuchend ineinander verknäult waren.

»Die Jagd begeistert mich, Madame, das wird Eurer Aufmerksamkeit nicht entgangen sein. Aber mehr noch als Hirsche zu töten ergötzt es mich, wenn diese Könige des Waldes wiederauferstehen.« Markéta sah von dem weißen Hirsch zu Don Julius, der mit Verschwörermiene fortfuhr: »Wartet nur ab – bald wird diese ganze Hirschfamilie wieder gesund und munter vor Euch stehen!«

»Ihr seid ja …!« Sie brach ab und biss sich erschrocken auf die Unterlippe.

»*Wahnsinnig*, meinst du?« Unvermittelt beugte er sich vor und küsste sie auf den Mund; seine Zunge bohrte sich zwischen ihre Lippen, sein Leib drängte sich gegen ihren Körper, mit so jäher, überrumpelnder Härte, dass sie ihn wie willenlos gewähren ließ. »Glaubst du, ich wüsst nicht, was sie über mich munkeln? In der Prager Hofburg oder droben in Krumau – über mich so gut wie über die väterliche Majestät?« Schwer atmend ließ er ab von ihr, seine Unterlippe zuckte. »Don Julius lacht oder weint? Er ist ja auch verrückt! Don Julius flüstert oder singt, liebt oder hasst, schweigt oder schreit? Kein Wunder, alles überhaupt kein Wunder, schließlich ist er mondsüchtig, dem Satan verfallen – das weiß doch in ganz Böhmen jedes Kind! Wahnsinnig, verrückt, dieser Kaiserbastard – auch wenn er nur tote Tiere mit Lumpen und Stroh ausstopft, bis sie wieder wie lebendig aussehen!«

Obwohl er mit gedämpfter Stimme und atemlosem Keuchen sprach, kam es Markéta mit einem Mal vor, als ob er schrie, eine uralte Bitterkeit aus sich herausschrie, und da flammte eine wilde Zärtlichkeit in ihr empor. »*Ich* bin dem Wahnsinn verfallen«, flüsterte sie, zog seinen Kopf zu sich herunter und wiederholte stammelnd, ihre Lippen dicht an seinem blutbespritzten Ohr: »Dem Wahnsinn … der Liebe, Julius, zu dir!«

Da gellte neben ihr ein Schrei auf, sie ließ seinen Nacken fahren und sah sich erschrocken um. Die Augen weit aufgerissen, stand Lenka vor dem Beutehaufen, den die Knechte zur Hälfte abgetragen hatten. Mit zitternder Hand deutete sie auf die schmale Gestalt, die inmitten der Tierkörper zum Vorschein gekommen war.

Seine Augen waren geschlossen, der Arm angewinkelt, die Schulter ein wenig emporgezogen, eine Wange ins Fleisch gebettet wie zu sanftem Schlaf. Aber es war kein Schlaf, sein Gesicht so blutig, als ob sie auch ihn gehäutet hätten, alles, alles, auch Stirn und Schläfe unter Locken so funkelnd wie Goldgefädel.

Lenka schrie noch immer, und da begann auch Markéta zu schreien, sie riss sich von Julius los und warf sich, in einer Lache aus Blut und Leichenwasser, vor den Kadavern auf die Knie: »Flor! Um Himmels Willen, Flor! Lieber Gott, bitte mach, dass er lebt!«

40

Er war wieder *dort*: in der schwarzen Halle, wie damals starr vor Angst. Lisetta, dachte er, sie hat am Boden gekauert wie – – aber da sah er die Zofe schon nicht mehr, hatte sie schon vergessen, verloren, ihren Zimtduft, das pfirsichfarbene Zimmer, alles verschwamm, verschwand binnen eines Lidschlags, bis ihn nur noch Nacht umgab.

Irgendwo tropft Wasser, leise nachhallend, pa-lapp. Dazu sein eigener Atem, keuchend, obwohl er reglos dasteht, in die Tintenschwärze lauschend: nichts; sich dreht und wendet, angestrengt horchend: nichts, wiederum nichts!

Von allen Seiten stürzt die Stille auf ihn ein. Er will sich räuspern und bringt keinen Laut heraus, will einen Schritt machen, ganz gleich wohin, doch die Beine verweigern ihm den Dienst. Da plötzlich hört er's, und wünscht sich gleich die Stille zurück, alles lieber als *das*: ein Winseln, kaum wahrzunehmen, ein fistelndes Fiepen wie von sehr jungen, grässlich verschreckten Tieren.

Welpen vielleicht, oder Kätzchen? Wie fern ihre Laute sind, auch das Tropfen des Wassers. Wie riesig dieser Raum sein muss: eine Halle, ein Gewölbe, gefüllt mit nichts als Finsternis. Und darin schwimmend, in einem Meer aus Schwärze, Stille und jenem herzzerreißend zarten Fiepen: ich, Flor.

Wie komm ich hierher? Er lauscht in sich hinein: nichts, nichts! Nur ein Grauen, das in allen Winkeln lauert: Fort, nur fort! Frag lieber nicht! So lauf schon, Flor!

Diesmal schafft er's, einen Fuß vom Boden zu heben, er tastet umher, zuckt zurück: wie kalt der Boden ist! Jetzt erst beginnt er zu frösteln. Fährt mit den Händen über seine Brust, den Leib hinab: Er ist nackt, am ganzen Körper nackt, ein klapperdürres Kind, und aus dem Steinboden kriecht der Frost empor.

Flor streckt die Arme nach vorn, um sich im Finstern nicht zu stoßen, und macht einen Schritt, dann noch einen. Wieder hört er das Fiepen, so leise wie im Traum, aber es ist kein Traum, im Gegenteil: Ihm scheint, als wär er gerade erst erwacht aus langem, tiefem Schlaf. Langsam geht er weiter, über den schroffen Boden, und betastet die Luft vor sich, aber da ist nichts, nur hallend kalte Nacht.

Welpen, denkt er wieder, mit wolligem Fell. Er friert jetzt so sehr, dass seine Zähne aufeinander klappern, seine Haut fühlt sich rau an wie der Stein unter seinen Sohlen, jede Berührung schmerzt. Er tappt weiter und weiter, hört das ferne Tropfen, pa-lapp, und das vielstimmige Fiepen, das eine Höhle, warm und dämmrig, vor ihm heraufbeschwört. Dort will er hineinkriechen, zu den Welpen, sich an ihnen wärmen.

Doch da hört er ein Rauschen, mächtig und gleichmäßig wie ferner Wind oder wie anbrandende Wellen. Es kommt näher heran, wird zu einem Brausen hoch über ihm. Flor hebt den Kopf, und da sieht er *ihn*, dunkler als alle Dunkelheit, ein plumper Leib zwischen spitz gezackten Schwingen, ein riesenhafter Schatten, der scheinbar auf ihn herabstürzt: der schwarze Drache der Nacht …

Und da wirft sich Flor zu Boden, presst sich mit Brust und Bauch auf die eiskalten Steine, zieht die Beine an den Leib, schlingt die Arme um seinen Kopf, wartet auf den Angriff, der kommen muss, im allernächsten Moment. Wieder hört er das Wimmern und merkt dann erst, dass er selbst wie ein Welpe fiept. Und hört auf einmal ein Lachen, spürt die Hand, die ihn am Arm packt und hochreißt, blinzelt in die Lampe, deren Schein ihm gleißend in die Augen beißt: »Na, Zitterpippchen, wollt er vor säjnem Mäjster fliehen?«

41

Er war noch am Leben, glücklicherweise, und es war nicht Flor, natürlich nicht – der Nabellose befand sich in Burg Krumau, in der Obhut der Zofe Lisetta.

Dennoch fühlte sich Markéta immer noch weich in den Knien, als sie neben dem Verletzten im Gras kauerte und die tiefe Pfeilwunde in seinem Oberschenkel mit einem Verband aus gebleichtem Leintuch versorgte. Offenbar hatte er eine Menge Blut verloren. Erst nachdem sie ihm Riechsalz unter die Nase gerieben und mehrfach die Wangen beklopft hatte, öffneten sich seine Lider, flatternd wie Mottenflügel, und er sah mit einem Ausdruck dumpfen Entsetzens zu ihr auf.

»Bleib liegen, Nicodemus, ganz ruhig«, sagte sie, in beschwichtigendem Tonfall, wie sie hoffte, dabei war sie selbst von quälender Unruhe erfüllt. »Du hattest einen Unfall bei der Jagd – einer der Armbrustschützen muss versehentlich auf dich geschossen haben.«

Der »falsche Homunkel« sah sie nur weiter verständnislos an, mit bebenden Lippen, und seine Augen glitzerten, als ob er gleich in Tränen ausbrechen würde.

»Keine Sorge«, fuhr sie rasch fort, »die Verletzung ist nicht arg, du wirst bald wieder laufen können.«

Der Mund des Flößersohns öffnete sich und ging wieder zu, er ballte eine Hand zur Faust und stammelte endlich: »Wie konnte das … tut so weh …?«

Sie überlegte, wie sich das Geschehene erklären ließe, doch dann hob sie nur die Schultern und lächelte ihm tröstend zu. Was hätte sie ihm auch sagen können? D'Alembert hatte Jäger und Treiber zusammengerufen und alle vierzig oder sechzig Männer streng befragt, doch das Ergebnis war dürftig: Dass ein Treiber angeschossen wurde, wenn er sich nicht rechtzeitig in Sicherheit brachte, komme immer wieder einmal vor, bedauerlicherweise; meist liege die Schuld beim Treiber selbst, der ungeschickt im Unterholz Deckung suche, anstatt aus der Schussbahn zu fliehen. Wie es allerdings geschehen konnte, dass Nicodemus, einmal angeschossen, auch noch im Schleppnetz voller Beutestücke landete, zwischen aufgebrochenen Sauen und gehäuteten Rehen, das erklärten alle kopfschüttelnd für »unbegreiflich«, »rätselhaft«, »schändlichen Unfug«.

»Auch wenn er reglos dalag, blutüberströmt und mit Erde verschmiert«, erklärte Skraliçek, die Hände vor seinem Trommelbauch gefaltet, »hätten die Beutesammler erkennen müssen, dass es sich um einen menschlichen Körper handelt.« Die Stimme Skraliçeks, Oberststallmeister und Hauptmann der Jagdgesellschaft, klang reichlich verwaschen, und das war wohl auch die wahre Erklärung für den Zwischenfall, der Nico leicht hätte das Leben kosten können: Seit sie im Morgengrauen aufgebrochen waren, hatten Jäger und Treiber tapfer dem Schnaps zugesprochen, Wacholder- und Holundergeist aus blechernen oder versilberten Taschenflaschen, die sie alle im Rucksack oder am Gürtel mit sich führten. Sowohl der Jäger, der auf Nicodemus angelegt hatte, als auch der Treiber, der ihn zu den Rehen und Sauen geworfen hatte, mussten so betrunken gewesen sein, dass ihnen Mensch und Vieh in eins verschwommen waren.

»Versuch noch ein bisschen zu schlafen«, sagte Markéta zu dem Verletzten, dessen ins Leintuch gewickelter Schenkel aussah wie eine

Wurst im Weißbrotmantel. »Gleich bringt dich einer der Gardisten mit der Kutsche nach Krumau, ins Hospital droben in der Burg.«

Sie erhob sich, lächelte dem Flößersohn noch einmal aufmunternd zu, wie Vater Sigmund es bei seinen Patienten zu tun pflegte, und sah sich dann suchend auf der Lichtung um. Eben kam eine kleine geschlossene Kutsche auf sie zugeschaukelt, von einer Schecke gezogen, auf dem Kutschbock der Gardist Slatava.

Weiter hinten, nahe dem Bauernkarren, der unter der Last der Tierkadaver fast zusammenbrach, erspähte sie die drei Kerle mit den verworrenen schwarzen Bärten, die sie natürlich als Erstes verdächtigt hatte; aber da hatte sie noch geglaubt, dass Flor verletzt oder sogar getötet worden sei. Und gerade Flor, dachte sie nun, würden Hezilows Spießgesellen doch wohl nicht umbringen wollen, im Gegenteil: Solange der Nabellose am Leben war, konnte der Puppenmacher sich brüsten, ihn erschaffen zu haben, ein toter Flor aber half ihm wenig.

Auf ihr Drängen hin hatte d'Alembert die drei Gesellen dennoch streng ins Gebet genommen. Sie waren herbeigetrottet und hatten sich in einer Reihe vor dem Maître aufgestellt, die speckigen Mützen in den Händen drehend. »Baschek« nannte sich einer, »Oblion« ein anderer, der dritte »Tákie«, für Markéta sahen sie alle mehr oder minder gleich aus. Ihr Alter schien unbestimmbar, eher dem vierzigsten als dem dreißigsten Lebensjahr nahe, aber die wirren Bärte, die fahle Gesichtsfarbe und die ausgemergelten Leiber unter der dunklen Lumpenkleidung ließen sie möglicherweise älter erscheinen, als sie tatsächlich waren. Bei der Jagd jedenfalls hatten Baschek, Oblion und Tákie als Treiber gedient. Eine Armbrust, mit der sie auf Nico oder irgendwen schießen könnten, besaßen sie alle drei nicht, und nach der Jagd hatten sie nicht beim Einsammeln der Beute geholfen, sondern zusammen mit dem Gardisten Jan Mular sieben Pferde befreit, die vor dem Jagdgeböller talwärts ins Moor geflohen waren. Mular hatte ihre Aussage bestätigt, mit einem hämischen Blick auf Markéta, die nun zur Seite trat, damit Slatava den Verwundeten vom Boden aufheben konnte.

Noch immer war sie erfüllt von Unruhe, die nur noch ärger wurde, je mehr sich die Lage äußerlich beruhigte. Unschlüssig machte sie einige Schritte weg von dem Verletzten, der, schlaff in Mikeschs Armen hängend, mit dem Kopf voran in die Kutsche geschoben wurde. Es war ein heißer Tag, die Luft flimmerte selbst unter den Eichbäumen, aber unter der Sonnenwärme begann Markéta zu frösteln. So als ob ihr Herz nicht glauben könnte, was sie doch mit eignen Augen gesehen hatte: Nicht Flor war von dem Pfeil getroffen worden, natürlich nicht.

Jäger und Treiber saßen rings um die Leintücher im Gras und ließen sich die Speisen schmecken, die der Haushofmeister ihnen aufgetischt hatte, mit schmerzverzerrter Miene und immer wieder schauerlich hustend. An einer erhöhten Stelle saßen Don Julius und der Maître, von Breuner und Skraliçek um ein reich gedecktes Tuch herum, dessen Silberstickereien in der Sonne glitzerten. Als er ihren Blick bemerkte, versuchte Julius sie mit einladenden Gebärden heranzulocken, aber Markéta schüttete den Kopf, für einen Moment gezwungen lächelnd, und wandte sich gleich wieder ab.

Keinen Bissen könnt ich jetzt runterwürgen, dachte sie und sah zu, wie der Einspänner mit dem Verletzten langsam davonrumpelte. Ein paar Stunden nur, dann liegt Nico im Spitalsbett und wird vom gräflichen Medikus versorgt – kein Grund zur Sorge also, beschwor sich Markéta; warum nur wurde sie gleichwohl immer unruhiger, ihr Herzschlag flatternd, als ob in ihrem Busen ein Vogel gefangen wäre?

Während sie noch hin und her sann, entdeckte sie die schlaksige Gestalt, die über die Lichtung trottete, auf den Platz zu, wo die Treiber und Gardisten lagerten.

»Mikesch?«

Er stockte kaum merklich, dann ging er weiter, mit gleichmäßigen Schritten auf seine Kameraden zu.

»Gardist Slatava!«

Nun blieb er stehen, mitten auf der Lichtung, und wandte sich um, zwanzig Schritte von ihr entfernt. Auch die Tafelnden an den Rändern des weiten Platzes waren aufmerksam geworden und sahen zu ihr herüber, linkerhand die Jäger, darüber Julius und die Oberen, ihnen vis-à-vis die Schar der grün gewandeten Treiber, dazwischen einige Soldaten in blauen Uniformen.

»Solltest du nicht den Verletzten zurückbringen?«, rief sie.

Mikesch beschirmte die Augen gegen die Sonne. »Ich hab Befehl, Euch zurückzufahren, sobald Ihr es wünscht, Madame. Den Verwundeten fährt der Gardist Mular.« Sie zuckte zusammen, vor aller Augen. »Es besteht kein Anlass zur Sorge, Madame«, fuhr Slatava fort, »ein Helfer ist mitgefahren, um den Verletzten während der Fahrt zu stützen und zu versorgen.«

»Wer ist es?«, fragte Markéta und erschrak noch hundertmal ärger, als er mit schallender Stimme Antwort gab.

»Es ist einer der Russen, Madame, er nennt sich Tákie.«

42

»Wie Ihr befehlt, *Excellence.* Morgen in aller Frühe reisen wir ab.« Er verneigte sich und wollte davoneilen, aber Julius hielt ihn am Ärmel zurück: »Warum so unwirsch, *mon cher maître*? Ihr habt doch sicher Eure sämtlichen Heidengötter um ein schnelles Ende der Jagdpartie angefleht.«

»Nun, ich will nicht leugnen, dass mir diese Ruine für den Grafen von Krumau allzu glanzlos scheint.« D'Alembert setzte sein heiterstes Lächeln auf. »Aber wo immer es Euch hinzieht, Euer Liebden, Ihr werdet mich an Eurer Seite finden.«

»Daran zweifle ich nicht.« Julius' Miene wurde düster. »Und da es mich nun auf schnellstem Weg nach Krumau zurückdrängt, werdet Ihr auch dafür Sorge tragen, dass dort ein Saal für mich vorbereitet wird, sagen wir – so groß wie dieser hier.« Er drehte sich im Kreis und sah sich prüfend um, als überlegte er bereits, ob nicht auch dieser Rittersaal für seine Zwecke in Frage käme. »Nur heller brauch ich's und mit viel frischer Luft«, fügte er hinzu, dann schwieg er wieder einen Moment und sah sinnend an d'Alembert vorbei. »Und bei meinen Gemächern muss es sein, also nehmt den großen Salon neben dem Audienzsaal. Lasst ihn leer räumen, *cher maître* – bis morgen früh, *vous comprenez*?«

Alles, nur das nicht, dachte Charles, der sich für einen Moment des Eindrucks erwehren musste, dass der Boden unter seinen Füßen schwankte. Beunruhigend genug, dass Julius so überstürzt zurückreisen wollte; aber warum, Euer Liebden, wählt Ihr gerade jenen Saal für Eure fauligen Künste aus? Jedes andere der vierhundertvierzig Zimmer, flehte er im Stillen, dabei seinen Schützling mit unverbrüchlicher Heiterkeit betrachtend; nur nicht gerade den Kunst- und Wundersaal, von dem Eure Frau Mutter und ich uns so günstige Wirkung auf Euer Gemüt versprachen. »Wie Ihr wünscht, Don Julius.« Er wirbelte sein Stöckchen in der Hand. »Noch heute Abend reitet ein Bote nach Krumau.«

Ehe Julius weitere Befehle anfügen konnte, verbeugte sich Charles aufs Neue und eilte in den Burghof hinab. »Brodner!« Er winkte den Gardisten zu sich heran. »Du springst auf dein Pferd und reitest geschwind nach Krumau hinüber. Dort meldest du dich beim Oberstkämmerer und erklärst ihm, dass sie noch heute Abend den großen Salon neben dem Spiegelsaal leer räumen müssen.« Für einen Moment fürchtete er wahrhaftig, vor diesem Wirtssohn mit dem behaglichen Knödelbäuchlein in Tränen auszubrechen. »Sag von Hasslach, dass sie mit äußerster Vorsicht vorgehen sollen. Es sind unersetzliche Exponate, sie sollen jeden einzelnen Gegenstand in Samt oder Seidenpapier einschlagen und so behutsam wie irgend möglich nach nebenan tragen, in den Maskensalon. Hast du mich verstanden, Brodner?«

Der Gardist salutierte. »Jawohl, Herr Obersthofmeister, alles, wie Ihr befehlt.«

Aber Charles war noch nicht zufrieden. Er ließ sich Wort für Wort wiederholen und wurde noch trübseliger, als er seine eigenen Anordnungen aus dem Mund des Burschen holpern hörte.

»Und wenn alles leer ist«, sagte er zum Abschluss, »sollen sie einen groben Tisch und eine Bank reinstellen, den ältesten Tisch, den sie auftreiben können; wenn er nur eine Last von ein bis zwei Zentnern aushält, ist er gut genug.«

Der Gardist Brodner staunte über diesen Befehl, aber wortlos, da er zweifellos spürte, dass es im Obersthofmeister bedrohlich brodelte. Einen uralten Tisch für den Prachtsalon neben dem Audienzsaal? Mit weit aufgerissenen Augen harrte er weiterer Befehle.

»Und dann sollen sie einen Bottich in den Salon tragen, oder besser zwei, große Kübel, wie sie im Schweinestall am unteren Burghof zu Dutzenden aufgestapelt stehen. Außerdem drei Säcke Stroh und drei Bündel Haderlumpen, Messer und Scheren in allen Größen und Formen, dazu Salz und Salpeter, dann Nähnadeln und Fäden, grobe und feine – verstanden, Gardist?«

Brodner wiederholte langsam, Wort für Wort, auch diese Befehle, und nur sein ungläubiger Tonfall ließ erahnen, wie eigentümlich ihm die Anordnungen erschienen.

Wenn der junge Herr Graf Hirsche und Rehe auszuweiden und die leeren Gehäuse mit Stroh und Lumpen auszustopfen wünscht, dann wird seinem Begehren entsprochen, das ist doch selbstverständlich, sagte sich Charles im Stillen vor, hielt es jedoch nicht für ratsam, diese Worte vor dem Gardisten laut zu wiederholen. Immerhin gab es heiklere Leidenschaften als das Präparieren von Hirschen und Kitzen, und seit Don Julius diese Schwärmerei vor einigen Jahren entdeckt hatte, versuchte er sich immer öfter an ausgeweideten Waldbewohnern, wenn auch mit mehr Begeisterung als Geduld und Geschick.

»Dann marsch und ab mit dir, Brodner, und reite wie der Wind, der Oberstkämmerer hat eine lange Nacht vor sich.«

Er blieb am Tor stehen, bis der Gardist, auf seinem Schimmel übereifrig weit nach vorn gebeugt, an ihm vorbeigeprescht war und die steile Burgstraße hinunterklapperte. Kurz darauf hörte der Maître schon das Hallen der Hufe unten auf der Moldaubrücke. In einer Stunde würde die Sonne untergehen, aber Franz Brodner war ja aus der Gegend, er kannte den Weg im Schlaf.

D'Alembert dagegen war heilfroh, dass er heute nicht mehr durch die Nacht reiten musste. Dabei galt er als brillanter Chevalier, mehr als einmal hatte er selbst erfahrene Kavalleristen bei kaiserlichen Turnieren mit seinem Schimmelhengst deklassiert. Was ihm an körperlicher Stärke fehlte, pflegte er durch Willenskraft und vorausahnende Geschmeidigkeit wettzumachen, so hatte er auch seinen Zögling höchstselbst in der Reit- und Degenkunst unterrichtet, von den Anfangsgründen bis zu Julius' sechzehntem Jahr. Ich werde alt, dachte der Maître nun, noch ein paar Jahre, dann muss ich abtreten, wie jeder kluge Bändiger, ehe die Bestie seine Schwäche wittert. Über den Burghof ging er zurück, mit langsamen Schritten, wie um die mühsamen Bewegungen des Alters vorab zu erproben, vorbei an dem Schutthaufen, aus dem Brennnessel und Brombeer sprossen, und im Schatten zwischen Schutt und Haus stand Markéta von Ludanice.

»Verzeiht die Störung, Ihr seid in Gedanken, Maître. Eine Frage nur, wenn Ihr erlaubt.«

Er sah zu ihr empor, in ihre grünen, hellwachen Augen, die Gefühl und Willensstärke verrieten, und eine Woge der Zuneigung stieg in ihm auf. Ihr könnte er vertrauen, dachte Charles, natürlich nur in Maßen, aber in ähnlichem Grad wie Julius' Mutter, der listenreichen Katharina da Strada. »Bitte fragt, Madame«, sagte er und behielt vorsichtshalber seine verschlossene Miene bei, so als ob er noch immer halb in Gedanken wäre, »womit kann ich Euch helfen?«

Sie trat näher zu ihm heran, einen halben Kopf größer als er, ihr Gesicht nun vom Abendrot beglänzt. »Mich beunruhigt der Zwischenfall von heut Mittag, in gewisser Weise fühl ich mich verantwortlich«, sagte sie. »Glaubt Ihr, dass Nicodemus auf der Burg in Sicherheit ist?«

»Nicodemus«, wiederholte Charles, »das ist der Kleine, den der Pfeil getroffen hat?« Anstatt auf ihre Antwort zu achten, sann er seinen eigenen Worten hinterher – vom Pfeil getroffen, das konnte auch entschieden anderes bedeuten als einen Jagdunfall. Von den höheren Mächten zur Liebe bestimmt, einer oftmals unglücklichen, nicht selten aufzehrenden Liebe. Aber gerade deshalb haderte er ja mit Don Julius' Beschluss, schon morgen nach Krumau zurückzukehren: weil er fürchtete, dass die Wunde in jenem Schenkel weit mehr als ein blindes Unglück war.

»Ja, eben der – Nicodemus Kudaçek«, erklärte Markéta in drängendem Tonfall, offenbar zum wiederholten Mal. »Ihr scheint auch Befürchtungen zu hegen, Maître? Etwa wegen seines Begleiters, dieses – Tákie?«

»Der Russe?« D'Alembert sah sie in ehrlichem Erstaunen an. »Ich habe so gut wie Ihr gesehen, Madame, dass Hezilow und seine Gehilfen Euren Nabellosen einzufangen versuchten. Aber was sollte ihnen der falsche Homunkel nützen?«

»Was genau sie in den Kellern unter der Burg treiben, weiß ich auch nicht«, sagte Markéta, deren Ton immer heftiger wurde, »und ich bet zu Gott dem Herrn, dass ich niemals gezwungen sein werde, es in Erfahrung zu bringen. Aber eins weiß ich genau, Monsieur d'Alembert: Hezilow hat eine Mörderbande um sich versammelt, der jede Schandtat zuzutrauen ist.«

Noch während sie sprach, begannen d'Alemberts Gedanken zu wirbeln: Wie üblich waren all seine Besorgnisse und Pläne nur um Don Julius gekreist; früher oder später, das fürchtete er seit langem, würde es den Kaiserbastard drängen, seine Wild- und Bildwerkkünste nicht mehr nur an Bock oder Färse zu erproben. Als heute Mittag der Angeschossene unter den Kadavern entdeckt wurde, hatte er gleich geargwöhnt, dass Julius den Bogen gespannt haben könnte. Was wäre aber, fragte er sich nun, wenn Markéta Recht hatte und hinter dem scheinbaren Jagdunglück nicht Don Julius steckte, sondern der lumpige Hezilow? Wenn also jener Nicodemus auf Krumau zwar vor Julius in Sicherheit, aber desto schutzloser dem Puppenmacher ausgeliefert wäre? Hatte er selbst nicht vor kurzem noch Hezilow vorgehalten, dass er wegen ähnlicher Frevel einst aus Basel verjagt worden war?

»Euer Mitgefühl ehrt Euch, Madame«, sagte er in gelassenem Tonfall, »aber glaubt mir, Ihr sorgt Euch grundlos: Kasimir von Rosert persönlich, der Medikus des Grafen, kümmert sich im Spital um Euren Schützling. Und im Übrigen hat Don Julius soeben angeordnet, schon morgen früh nach Krumau zurückzufahren.«

»Morgen schon?«, fragte Markéta mit einer Miene, in der Freude und Erstaunen um die Vorherrschaft rangen. »Wollte er nicht bis Mitte der Woche hier bleiben und jeden Tag jagen gehen?«

»Er hat seine Pläne geändert.« D'Alembert tippte mit seinem Stäbchen auf ihren Ellenbogen. »Das geschieht recht häufig«, vertraute er ihr an.

»Sicherlich hat er gute Gründe für seine Entscheidung.«

Charles hätte am liebsten aufgelacht, so sehr erheiterte ihn die Empörung, mit der sich Markéta für Don Julius in die Bresche warf. »Seine Gründe sind immer unwiderlegbar«, stimmte er ihr mit undurchdringlicher Miene zu. »Und diesmal ist sogar besondere Eile geboten.«

»Warum denn das?«

Es war sicherlich nicht gerecht, wie sich d'Alembert sagte, denn Markéta hatte ihm nichts zuleide getan, im Gegenteil, und in der Kunst der Selbstbeherrschung war sie gewiss keine gleichwertige Gegnerin. Aber Charles gönnte sich dennoch die kleine Schwäche: Das Stöckchen unter seinen Arm geklemmt, den Kopf in den Nacken gelegt, stand er vor ihr und weidete sich im Voraus an der Bestürzung, die gleich ihre Züge verzerren würde.

»Damit die Körper nicht verderben, die Don Julius auszuweiden und zu präparieren wünscht.«

Sie lächelte auf ihn herab, arglos – oder funkelte in ihren Augen gar leiser Spott? »Ah, der Hirsch«, sagte sie, »die majestätische Familie, wie Julius es nannte. Er fiebert ihrer Auferstehung schon entgegen.«

Charles verbeugte sich, murmelte einen Gruß und eilte in sein Schlafgemach hinauf. Hatte er den Fehler gemacht, Markéta da Ludanice zu unterschätzen? Wieder einmal kam ihm eine goldene Maxime Bandinellos in den Sinn: »Wenn du den Löwen fürchtest, beißt er dir den Hals durch; missachte ihn, und er verschlingt dich mit Haut und Haar.«

43

Diesmal wird's gelingen, dachte er, majestätisch würde der weiße Hirsch unter seinen Händen auferstehen. Haut und Gebeine von allen Fleischresten befreien, dann mit Salpeter und Spiritus abreiben, wieder und wieder, memorierte er im Geiste, während sein Blick auf Markéta haftete, die ihm gegenüber in der schaukelnden Kutsche saß, mit geschlossenen Augen neben dem ebenso schläfrigen d'Alembert.

Erbarmungslos hatte Julius angeordnet, um drei Uhr in der Nacht die Kutschen zu beladen, die Pferde anzuschirren, mochte Skraliçek auch zetern oder von Breuner husten und winseln, wie's beliebte.

Draußen begann der Himmel eben erst fahl zu werden: die Stunde vor Sonnenaufgang, für ihn seit jeher eine der liebsten Zeiten des Tages. Diesmal werden mir die Bilderwerke nicht wieder unter der Hand verfaulen, dachte er, Hezilow würde ihm eine wirkungsvolle Essenz destillieren: Mondtinktur, Goldwasser oder was immer er gegen die Fäulnis aufbieten könnte. *Malum ac putridum corpus esse – böse und faulig ist der Leib.* Und apropos Gold, dachte er dann: Der Puppenmacher hatte angekündigt, binnen sieben Tagen vor aller Augen die Goldprobe abzulegen.

Gold, mein allergnädigster Herr! Truhen, Kutschen, Kammern voller Gold, Ströme gesponnenen, gemünzten, getriebenen Goldes – für Euch, nur für Euch, väterliche Majestät! Julius seufzte vor Behagen. Und gleich danach würde sich der Russe ans größte aller alchimistischen Werke machen, das *sperma mundi*, die Zeugung des Homunkel.

Zu Julius' Seiten saßen die syrakusischen Zwillinge, eng an ihn gedrückt, die Köpfe mit den wirren schwarzen Locken an seine Schultern gelehnt. Auf einmal fiel ihm ein, wie er letzte Nacht zwei Kitze ausgeweidet hatte, im Traum, nur im Traum; Fell und Gerippe gereinigt, mit Stroh und Lumpen gestopft, mit feinen Fäden zugenäht. Plötzlich hatten sich die Kitze unter seinen Händen aufgerappelt, ein lebhafter Glanz war in ihre Murmelaugen getreten, und wie er sie genauer ansah, waren es Lenka und Fabrio!

Labyrinthisch sind die Wege des roten Leu, dachte er, der schöpferischen Bestie der Alchemie. In den letzten Wochen hatte er mit Hezilow manche Nacht drunten im Gewölbe zugebracht, und der Puppenmacher hatte ihn in immer tiefere Mirakel der Schwarzkunst eingeweiht, bis ihm von all den Formeln und Allegorien ganz wirr im Kopfe geworden war. Das *sperma mundi* jedenfalls, das es aus der Materie herauszukochen galt, auch genannt Aquaster oder *spiritus mercurii*, konnte sich in Hezilows wunderlich schnurrenden Reden vom fliehenden Sklaven unversehens zum flüchtigen Hirsch transformieren, kein Wunder, dass in seinem Traum die Hirschkitze zu Menschlein geworden waren.

Dennoch wurde ihm immer unbehaglicher, je länger er an den Traum zurückdachte, je genauer er sich entsann, wie er bis zum Ellenbogen in die Kadaver gefahren war, ihre Organe herausgeschnitten, endlose Darmschlingen hervorgezogen hatte, und am Schluss waren es die Leichen der Syrakuser gewesen! Oder hatten sich die Hirschkitze erst verwandelt, als die Präparation gelungen war? Zurückverwandelt, wie in den Zaubergeschichten, die d'Alembert ihm als kleinem Knaben erzählt hatte: von Bruder und Schwester, die im Wald vor der magischen Quelle standen, und als der Bruder davon trank, wurde er zum Reh? Aber kam am Ende nicht doch der Knabe wieder aus dem Zauberfell hervor?

Eine Weile lang grübelte Julius drüber nach, konnte sich aber nicht mehr entsinnen, wie die Mär ausgegangen war. Er wollte den Maître fragen, doch das Schaukeln der Kutsche, die Wärme der Zwillinge, die graue Dämmerung vor den Fenstern lullten auch ihn zurück in den Schlaf.

Wieder träumte ihm, dass er die Hirschkitze ausschabte, aber diesmal war Hezilow da und schrie ihm unablässig grässliche, nur halbwegs begreifliche Anweisungen zu. »Sein Haupt sollst du abtrennen«, schrie er und drückte ihm ein Beil in die Hand. »Verbirg es, damit niemand es findet und die Erde verwiestet, und seinen Leib zerstickle und verscharre, auf dass er faule, sich vermehre und bringe unzählige Fricht!«

Verzweifelt kämpfte Julius im Traum gegen das Beil, oder vielmehr gegen Hezilow, dessen Magie in die Schlachtwaffe gefahren schien: Die Axt hob sich in seiner Hand, wie er sie auch hinabzudrängen, seine Finger vom Stiel zu lösen versuchte, hoch schwang sie sich über seinen Kopf, und wie Julius auf das Kitz hinabsah, da lag *sie* vor ihm, Markéta, rücklings auf den Tisch gestreckt. Ihre Augen waren weit geöffnet, vertrauensvoll sah sie auf zu ihm, und dann sauste das Beil in seiner Hand hernieder und zerbiss mit widerlichem Schmatzlaut ihre Kehle, dass Julius mit einem Schrei aus seinem Traum hochfuhr.

Die Morgenluft war noch kühl, doch unter seinem Umhang war er nass geschwitzt. Er keuchte, das Herz schlug ihm bis zum Hals. Nur langsam löste sich der Krampf in seiner Hand, die das Traumbeil umklammert hatte.

Markéta und der Maître, Fabrio und Lenka, alle in der Kutsche starrten ihn an. Was für ein furchtbarer Alp, dachte er, werdet auch Ihr von solchen Maren heimgesucht, mein allerherrlichster Herr?

Schließlich munkeln die Leute ja, dass mir zumindest diesen Erbteil niemand streitig machen könne: den väterlichen Wahn? Er spürte ein Brennen in der Kehle, wie als ganz kleiner Knabe, wenn er ein Schluchzen zurückzudrängen versuchte, und sah starr nach draußen, auf das prachtvoll verzierte Budweiser Tor von Krumau, das eben von zwei Gardisten für sie geöffnet wurde.

»Schau, die Sonne«, wisperte Lenka und zeigte ihrem Bruder, wie die goldenen Strahlen über die Dächer krochen.

»Den Vorhang zu«, sagte Julius, »ich befehl's.«

44

Kaum war die Kutsche im oberen Burghof zum Stehen gekommen, da sprang Markéta nach draußen, die Stelzschuhe in der Hand. Trotz der frühen Morgenstunde liefen bereits Diener und Höflinge umher, durch die verfrühte Rückkehr der Jagdgesellschaft aufgescheucht. Sie trat durch die Tür und eilte die Treppe hinauf, drei Geschosse bis zu den Frauengemächern.

Warum sollte Flor nicht wohlbehalten sein, in Lisettas Obhut, wie sie ihn zurückgelassen hatte? Trotzdem klopfte ihr das Herz, als sie oben ins Empfangszimmer trat, vorbei an zwei Gardisten, die sich beflissen vor ihr verneigten. Drinnen fand sie Flor und dachte als Erstes: Gott sei gelobt; dann erst fiel ihr auf, wie sonderbar starr der Nabellose vor ihr saß.

Er hockte auf dem Boden, halb unter den Tisch geduckt, der zwischen den lachsfarbenen Sofas stand. Sein Blick war abwesend, fast gläsern. Auch als sie auf ihn zukam, blieb seine Miene starr, als ob er eine Fremde vor sich sähe.

»Flor! Was ist mit dir!« Sie kauerte sich neben ihn, mit Knien und Zehen im Teppich versinkend. »Lisetta! Wo bist du? Nun redet schon – was ist mit Flor?«

Die blonde Zofe stürzte herbei, bei ihrem Anblick schien Flors Gesicht aufzuleuchten. »Es … fing gestern Mittag an, Madame.« Stockend, mit brennend roten Wangen berichtete Lisetta: wie Flor auf dem Sofa gesessen hatte und plötzlich aufgesprungen war. Wie er im Stehen erstarrt war, das Gesicht schreckverzerrt, den Blick auf sie geheftet – »wie eine Steinfigur, so und nicht anders, Madame!«

Stunde um Stunde hatte er auf ein und demselben Fleck gestanden und den Teppich vor seinen Füßen angestarrt, als ob es eine Grube voller Schlangen wäre. Dazu hatte er gefiept und gewinselt, »wie ein verängstigtes Hündchen, so: fi-fiiep!, Madame.« Bis auf einmal, nach Stunden und Stunden, ein Schrei aus seinem Mund gebrochen war: »Der Drach', der alte Drach'!« Und da hatte sich Flor zu Boden geworfen, flach auf die Brust gepresst, die Beine an den Leib gezogen, die Arme um den Kopf geschlungen – »es war zum Fürchten, Madame, ich musste selbst immer wieder nach oben schauen, ob nicht wirklich von dorther ein Drache geflogen käm. ›Der schwarze Vogel‹, ›kalt, so kalt‹, ›der alte Drach'‹, Madame, so hat der arme Flor immerzu geweint und gewimmert, an den Boden gepresst hat er dagelegen, bis es draußen schon dunkel war. Dann bin ich rumgegangen, um die Lichter anzuzünden, und wie ich wieder hier vorne ankomm, sitzt Flor auf dem Teppich, fast genauso wie jetzt. Und hat sich seither kaum bewegt, ich wollt ihn zu Bett bringen, Madame, aber wenn ich ihn auch nur am Arm anrühr, fängt er gleich wieder an zu schreien: ›Der alte Drach'!‹«

»Und er war die ganze Zeit hier bei dir?«, fragte Markéta.

»Tag und Nacht, Madame.«

»War jemand hier oben bei euch – etwa Hezilow?«

Die Zofe schüttelte den Kopf so heftig, dass ihre dünnen Zöpfe flogen. »Die Soldaten stehn ja vor der Tür, Madame, wie Ihr befohlen habt.« Sie schniefte in ihre Schürze.

»Beruhig dich, Lisetta, ich glaub dir ja.« Trotzdem musste es dem Puppenmacher gelungen sein, auf irgendeine Weise mit Flor Verbindung aufzunehmen, überlegte sie, durch einen teuflischen Zauber vielleicht, auch wenn sie nach wie vor nicht glauben mochte, dass der zwergische Lumpenkerl tatsächlich derlei dunkle Kräfte besaß. Er macht die Leute glauben, dass er's vermag, dachte sie, er spielt mit unsren Hoffnungen und Ängsten, mit Grauen und Ehrsucht wie ein Schachspieler mit den hölzernen Puppen auf dem Brett. Aber noch immer sträubte sich in ihr alles gegen den Gedanken, dass Hezilow lebendige Puppen erschaffen könnte und dass Flor, ihr lieber Flor, eine solche Kreatur des Warzenfrätzleins wäre.

Während sie überlegte, sah Markéta unverwandt den vor ihr Kauernden an. Seine zwiefarbenen Augen schienen gedunkelt von rätselhaften Qualen, doch in seiner Miene meinte sie nun eine Ahnung zu entziffern, eine Verwunderung zumindest, so als ob er sich ihrer zu erinnern begänne.

Behutsam legte sie eine Hand auf seinen Arm. Flor duldete die Berührung, nur leise erzitternd, und er sträubte sich auch nicht, als sie ihn um die Schultern fasste und sanft emporzog.

»Komm«, flüsterte sie, »komm mit mir, armer Flor.«

Sie brachte ihn in die Badekammer mit dem großen Zuber. Auf dem Teppich, wo er die ganze Nacht über gelegen oder gekauert hatte, waren Flecken eindeutiger Herkunft zurückgeblieben, auch seine Kleidung roch nach Schweiß und herberen Sekreten. Doch was die Ausdünstungen des menschlichen Leibes anging, war die Baderstochter Ärgeres gewohnt, und im Unterschied zu Mutter Blanca hatte sie sich niemals vor Schmutz oder Gebresten geekelt.

Lisetta hatte unterdessen Wasser erhitzt und schleppte eben einen Eimer voll herein, gefolgt von zwei kräftigen Mägden, die dampfende Kübel trugen. Nicht lange, und der Zuber war mit warmem Wasser wohl gefüllt, über dem die Zofe zuletzt noch aromatische Blüten und Kräuter ausstreute.

»Nun zieh ihm seine Sachen aus und hilf ihm hinein«, sagte Markéta.

Die Zofe errötete flammender denn je und warf einen zaghaften Blick auf Flor, der neben dem Zuber kauerte, in der gleichen starren Haltung wie zuvor.

»So wie du ihn anschaust«, sagte die Baderstochter, »scheinst du dich arg in ihn vergafft zu haben. Aber was Flor im Moment braucht, ist eine unzimperliche Baderin, keine schmachtende Buhlin.«

Da auch ihre absichtlich groben Worte nichts verschlugen, ging Markéta abermals neben Flor in die Knie. Sie murmelte ihm beruhigende Laute zu, währenddessen streifte sie ihm das Hemd vom mageren Leib, hieß ihn sich aufrichten, zog auch seine Hosen herunter und half ihm, ins Bad zu steigen.

Als er im Zuber saß, bis über den nabellosen Bauch ins Wasser eingetaucht, beugte sie sich über ihn hinweg, nahm einen Schwamm vom Wandbrett und reichte ihn Lisetta.

»Das Bad wird ihn müde machen und die schwarzen Säfte in seinem Leib beruhigen. Bring ihn anschließend zu Bett.«

Sie war schon in der Tür, als Lisetta mit dünner Stimme fragte: »Bitte, in welches Bett, Madame?«

»Er darf die Frauengemächer auf keinen Fall verlassen«, sagte Markéta, »die Salvaguardia muss Tag und Nacht vor unserer Tür Wache stehen. Am besten schläft Flor in meiner Kammer.«

45

Das Spital war im unteren Burghof untergebracht, zwischen Butterhaus und Hungerturm, sinnigerweise, wie sich Markéta sagte. Sie trat unten in die Tür, und ein klammer Geruch schlug ihr entgegen, wie von Leibern, die seit langem keinem Badezuber nahe gekommen waren.

Schon während sie die ausgetretenen Steinstufen hinauflief, hörte sie Stimmen von droben, zwei Männer, die sich murmelnd unterhielten. In Gedanken war sie immer noch bei Flor. Was nur mochte ihm widerfahren sein, während er allein bei Lisetta war? Sie würde sich nur rasch überzeugen, dass Nicodemus, der »falsche Homunkel«, beim gräflichen Medikus in guter Obhut war, und dann gleich wieder zurücklaufen, ins Frauengemach. Wenn Flor sich erst ein wenig beruhigt hatte, würde er auch wieder zu sprechen beginnen, dachte sie, indem sie im oberen Geschoss auf die Plattform trat.

Vor ihr dehnte sich ein schmaler, dämmriger Flur, von dem auf beiden Seiten Türen abgingen. Die leisen Stimmen waren noch immer zu hören, die Sprecher mussten gleich hinter der ersten Tür sein, dachte Markéta und wollte eben anklopfen, als sie hinterm Türblatt ein scharfes Zischen hörte. Sofort drückte sie auf den Riegel und trat ein.

Ein weiter Saal voll weißer Betten, viel größer, als sie erwartet hatte. Der Anblick erschreckte sie, es wirkte beinahe so, als ob sich die Burg für eine Woge von Pestopfern rüstete. Im Gang zwischen den Betten standen die beiden Männer, die eben noch miteinander gemurmelt haben mussten und ihr nun mit verschlossenen Mienen entgegensahen.

»Wie kann ich Euch behilflich sein, Madame?« Die Stimme des bulligen Mannes dröhnte, der gewaltige Rundschädel, auf dem kein einziges Haar spross, besaß die Farbe von Klatschmohn. »Ihr seid hier im gräflichen Spital!«

Sein Ton und seine Miene verrieten, dass er sie am liebsten wieder vor die Tür gesetzt hätte, nur die Vorsicht mahnte ihn offenbar, sich zu bezähmen. Es war derselbe Mann, dachte Markéta, der damals droben im Audienzsaal ausgerufen hatte, Flor sei »ein Kunstmensch aus Rädern und Metall«.

»Und Ihr seid der gräfliche Medikus?«, fragte sie und beobachtete aus den Augenwinkeln, wie der Mann neben ihm eine schmierige schwarze Mütze in den Händen drehte. Tákie?, überlegte sie, Baschek? Oder wie hatte sich der Dritte der Lumpenkerle genannt: Oblion? Der Gestank jedenfalls schien hauptsächlich von diesem schwarzbärtigen Gesellen auszugehen, die Betten dagegen, zehn an jeder Seite des Ganges, waren allesamt leer.

»Allerdings, Madame. Kasimir von Rosert, gräflicher Medikus. Bitte untertänigst um Nachsicht, ich bin sehr beschäftigt, Madame.« So höflich seine Worte, so abweisend klang noch immer seine Stimme, deren Dröhnen von den Wänden widerhallte.

»Gestattet mir nur eine Frage, Monsieur. Euer Besucher wird Euch gewiss für einen Augenblick entschuldigen. So ist es doch, Herr – Tákie?« Mit einem Lächeln wandte sie sich dem zweiten Mann zu.

Der bleckte die Zähne im schwarzen Bart. »Unçerek«, er deutete sogar eine Verbeugung an, »Tákie ist unten im Labor, Madame. Wir bereiten die Goldprobe vor, müsst Ihr wissen«, fuhr er in vertraulichem Ton fort und rückte näher an Markéta heran. »Und da wurd ich ausgeschickt, den Herrn Medikus zu fragen, ob er Magister Hezilow mit ein wenig ungelöschtem Kalk aushelfen kann.« Wieder bleckte er sein Gebiss, dabei mit einem Zischen ein- und ausatmend, sodass sich Speichelbläschen zwischen schadhaften Zähnen blähten.

Markéta atmete seinen fauligen Geruch ein, doch sie zwang sich, keinen Zoll vor dem Lumpenkerl zurückzuweichen. Er lügt, dachte sie, jedes einzelne Wort aus seinem Mund ist eine stinkende Lüge. »Monsieur Unçerek also«, sagte sie stattdessen, sich aufs Neue dem gräflichen Heiler zuwendend. »Ich will Euch wie gesagt nicht lange behelligen. Verratet mir nur eines, werter Herr Medikus: Wie geht es dem jungen Nico? Wo liegt er? Kann ich ihn …«

»Das sind bereits drei Fragen, Madame«, fiel ihr von Rosert polternd ins Wort. »Aber um die Sache abzukürzen, denn ich bin wahrhaftig in großer Eile: Der Bursche wurde gestern von Herrn Tákie und dem Gardisten Mular hier bei mir abgeliefert. Ich war so umsichtig, die Wunde auszubrennen und den recht unzulänglichen Verband, den man ihm angelegt hatte, zu erneuern; gleich anschließend ist der Knabe davongehumpelt, ohne ein Dankes- oder auch nur Abschiedswort. So, Madame, nun wisst Ihr, wie es um Euren wackeren Schützling steht.« Grimmig sah er auf sie herab, die Augen zusammengekniffen, der Schädel so rot, als ob gleich das Blut unter der Haut hervorspritzen wollte. »Und wer zahlt mir nun die drei Groschen für Heilbehandlung, Verband und Spiritus, der Blutsenkung gar nicht zu gedenken?«

»Ihr habt ihn zur Ader gelassen?«, fragte Markéta erschrocken. »Aber er hatte sowieso schon viel Blut verloren! – Und dann ist er davongegangen, sagt Ihr?«

Der Medikus nickte und wandte sich zugleich mit einer brüsken Bewegung ab. Markéta blieb noch einen Moment lang stehen, wo sie stand, inmitten des leeren, erschreckend großen Krankensaals. Sie glaubte von Rosert kein Wort, so wenig wie dem Lumpenkerl neben ihm, der sich Unçerek nannte. Dabei hätte sie schwören mögen, dass es einer der drei Gesellen war, die gestern an der Jagd teilgenommen hatten, höchstwahrscheinlich doch dieser Tákie, dachte sie, der den Verletzten mit Mular hierher gebracht hatte.

Im Augenblick aber konnte sie hier nichts weiter tun. Ohne ein weiteres Wort wandte sie sich um und verließ den Krankensaal. Noch ehe sie die Tür hinter sich geschlossen hatte, begannen die beiden bereits wieder, sich murmelnd zu unterreden.

Der untere Burghof war von geschäftigem Leben erfüllt. Diener und Mägde liefen umher, aus den Viehställen gegenüber drangen Rufe und lautes Gelächter, vermischt mit Grunzen, Gackern und Quieken. Von der Backstube wehte der Duft frischen Brotes herüber, aber Markéta verspürte keinen Appetit, in ihrem Bauch rumorte noch immer quälende Unruhe.

Eine Weile stand sie neben der Spitalstür und sah zu, wie eine Gruppe junger Mägde Eimer voller Milch vom Kuhstall hinüber ins Butterhaus schleppte. Zwei Bäckerjungen traten aus der Backstube, Hucken voller Fladen auf dem Rücken, die sie in windesschnellem Wettlauf zur oberen Burg emportrugen. Im Winter vor fünf Jahren, dachte Markéta, hab auch ich als Kuchelmaid hier angefangen, und wenn damals nicht Graf Wilhelm das Zeitliche gesegnet hätte, wer weiß, vielleicht wär ich immer noch hier beim Gesinde.

Ihre Gedanken sprangen hin und her, und nur sie selbst stand weiter reglos neben der Tür. D'Alembert hatte ihr erzählt, dass unter den Burghöfen ein Labyrinth von Tunneln verliefe. Von morgens bis abends bewegten sich Ströme von Dienern durch diese Gänge, schleppten Speisen in den Herrschaftstrakt und die leeren Schüsseln zurück, trugen Kübel und Fässer, Wäsche und Gewänder, alles, was ein so riesiger Haushalt brauchte und verbrauchte, in unablässigem Gewoge hin und her.

Markéta stellte sich vor, wie Dutzende oder Hunderte von Dienern unter ihr durch die Tunnel flitzten, und mit einem Mal fühlte sie sich schrecklich allein und überfordert. Wenn Nicodemus nun doch nicht nach Hause gehumpelt war, wie der Medikus behauptet hatte, wenn er stattdessen von Hezilows Häschern in die alchimistischen Gewölbe verschleppt worden war, aus welchen grässlichen Gründen auch immer – was konnte sie schon gegen den Puppenmacher und seine Spießgesellen ausrichten? Und wenn Hezilow den armen Flor sogar oben im bewachten Frauengemach so sehr in Angst und Schrecken versetzen konnte, dass es dem Nabellosen aufs Neue Verstand und Sprache verschlug – was konnte sie schon tun, um Flor zu beschützen oder gar dem Russen das schwarze Handwerk zu legen?

Unter solchen Gedanken hatte sie sich gleichwohl wieder in Bewegung gesetzt, durchs tintenfinstere Durchhaus hinauf zur oberen

Burg. Ich könnte Julius bitten, den Russen zur Rede zu stellen, dachte sie, aber nein, er würde höchstens halbherzig gegen Hezilow vorgehen, gerade jetzt, da der Puppenmacher angekündigt hatte, in Bälde Blei – oder Dreck, oder Sonnenstrahlen, was verstand sie schon davon? – in Gold zu verwandeln. Außerdem hatte Julius dem Moment entgegengefiebert, da er endlich mit Messer und Salpeter, mit Stroh und Lumpen darangehen konnte, die erlegte »majestätische Familie« als murmeläugige Bildwerke wiederzubeleben.

Und der Maître? Einen Moment lang schien es ihr möglich, ja wahrscheinlich, dass d'Alembert ihr gegen Hezilow beistehen würde. Aber er ist zu schwach, dachte sie dann, die »Unterwelt« unterliegt nicht seiner Gewalt, es ist eben »Hezilows Hölle«, und einzig Julius könnte den Puppenmacher dort unten in die Schranken verweisen. Außerdem rannte d'Alembert sicher längst wieder treppauf und treppab, um Anordnungen zu erteilen und Unterredungen zu führen, Briefe zu diktieren und Boten zu empfangen; der kleine Nicodemus und auch Flor waren für ihn allenfalls Bauern in einem verwickelten Schachspiel, das ihm unablässige Konzentration und alleräußersten Scharfsinn abverlangte.

Sie erreichte den dritten Burghof und ging mit langsamen Schritten weiter bergan, auf das riesige schwarze Gewölbetor zu. Es war geschlossen und verrammelt, was sie nicht sonderlich überraschte. Drei schwarzbärtige Gesellen standen davor, gegürtet mit Schwertern in langen Scheiden nach Hezilows Manier.

»Ich will mit Tákie sprechen«, verlangte sie und sah den drei Kerlen abwechselnd in die Augen.

»Er steht vor Euch, Madame«, antwortete einer von ihnen bereitwillig und deutete auf seinen Nachbarn; der jedoch schüttelte den Kopf und schob den dritten Kumpanen nach vorn: »Der hier ist Tákie.«

Sie versuchte es noch einmal. »Dann seid Ihr also Oblion?«, wandte sie sich an den Ersten, der ihr so geflissentlich den falschen Tákie angepriesen hatte.

Er schüttelte den Kopf. »Fondor, Madame. Oblion ist mit Baschek noch im Jagdkastell.«

Fondor?, dachte sie. Und wieso waren zwei der Lumpenkerle im

Kastell geblieben? Oder tischte der Geselle ihr Lügen auf? Aber vielleicht war es auch gar nicht der, mit dem sie als Erstes gesprochen hatte.

Verwirrt sah sie von einem zum andern. Immer wieder wechselten sie die Plätze, hin und her huschend wie Schatten. Wer von ihnen also war Tákie?

Alle drei Gesellen bleckten nun die Zähne im schwarzen Bartgewirr, genau wie vorhin Unçerek. Markéta verspürte den Drang, aufzuschreien oder ihnen mit der flachen Hand in die abscheulich gleichförmigen Fratzen zu schlagen. Aber sie zwang sich ruhig ein- und auszuatmen und überlegte, wie d'Alembert auf derlei dreistes Gebaren antworten würde.

Schließlich wandte sie sich um und ging langsam zurück, über den abschüssigen Hof, zwischen den aufgemalten Säulen, Nymphen und Satyrn. In ihrem Rücken spürte sie die Blicke der drei Lumpenkerle; niemals mehr, schwor sich Markéta, würde sie Leuten wie ihnen gestatten, Zeuge ihrer Verwirrung, Angst oder Ohnmacht zu sein.

Mit gleichmäßigen Schritten ging sie weiter und durchquerte aufs Neue das grabesschwarze Durchhaus. Diesmal lag der untere Burghof still in der brennend heißen Mittagssonne. Markéta ging weiter und weiter, und mit jedem Schritt wuchsen in ihr Unruhe und Unbehagen. Und doch musste sie weitergehen.

»Öffnet mir«, befahl sie den Gardisten am unteren Burgtor.

Sie schüttelte die Stelzschuhe von ihren Füßen, ließ sie im Innern der Burgmauern stehen und ging die Gasse hinunter, der schimmernden Moldau entgegen.

Lange, allzu lange hatte sie es vor sich hergeschoben, nun endlich würde sie mit ihm reden. Aus irgendeinem Grund schien es ihr, als ob diese Begegnung, vor der sie sich seit Wochen fürchtete, auch für den armen Flor heilsam sein müsste, sehr viel mehr jedenfalls, als wenn sie sich rat- und hilflos zu ihm ins Frauengemach hockte. Aber das bildete sie sich vielleicht auch nur ein, dachte sie dann, um sich nicht schon wieder schuldig zu fühlen, erst vor Mutter Blanca, dann vor dem Bader, nun auch noch gegenüber Flor.

Sie bog um die Kurve, und die Knie wurden ihr weich. Sie hatte geglaubt, dass ihr das Baderhaus kleiner erscheinen würde, ins Zwergenhafte eingedampft, nun, da sie die großartigen Ausmaße der Burg gewöhnt war, doch das Gegenteil traf zu.

Gewaltig ragte die Fachwerkfassade mit den dunklen Holzläden vor ihr auf, und als Markéta ins elterliche Durchhaus trat, schien es ihr für einen Augenblick glückseliger Verwirrung, als ob sie niemals weggewesen wäre.

46

»Der Herr hat's gegeben, der Herr hat's genommen.« In dumpfer Ergebung starrte Sigmund Pichler vor sich auf den Tisch. »Dein feiner Herr Graf, Markéta, den mein ich – nicht etwa unsern gütigen Gott!«

Der Atem des Baders roch nach Wein, dabei war es noch helllichter Tag. Unten die Badestube allerdings lag so still und verwaist wie in allertiefster Nacht. Markéta wusste nicht, was sie ihm antworten sollte. Sie vermochte nicht einmal, seine Hand in die ihre zu nehmen, zum Trost oder um die alte Vertrautheit wiederzubeleben, die sie all die Jahre empfunden hatte, das Band zwischen Vater und Tochter.

Du bist mein Vater nicht.

»Kaum hatte er dich in seine Dienste genommen« – schamlose, frevlerische Dienste, schien er im Stillen hinzuzufügen, sie las es von seinem Gesicht ab – »da fing das Gemunkel an: Der neue Graf wird dem Pichler das Privilegium entziehen.«

Seine Rede verebbte zu einem Murmeln. Markéta beugte sich über den Tisch, um besser zu hören, das Herz schlug ihr bis in die Schläfen hinauf. Traf sie eine Schuld an dem Unglück, das den Bader befallen hatte? Oder hatte er selbst mit seinem Glück gebrochen, als er sie wie ein nicht länger erwünschtes Pfandstück an den neuen Grafen zurückerstattet hatte?

Ihr Blick irrte über den Tisch, der mit Essensresten übersät war, umgestürzten Bechern, halb geleerten Krügen. Noch immer wagte sie nicht, seine Hände zu berühren, die zwischen ihnen auf der Tischplatte lagen. Wie dämmrig es hier in der Stube war. Die Holzläden geschlossen, dabei hatte gerade der Bader das Sommerlicht immer geliebt.

In ihrem Rücken spürte sie die offene Tür zu ihrer alten Schlafkammer, aber sie brachte nicht einmal die Kraft auf, sich auf ihrem Stuhl umzudrehen. Seit sie ins Badehaus eingetreten war, das menschenleer und von Modergeruch erfüllt war, spätestens seit sie den Bader gesehen hatte, im verfleckten Nachtgewand hier am Tisch der verwahrlosten Stube hockend, kam es ihr vor, als ob all ihre Kraft aus ihr entwichen wäre.

Du bist mein Vater nicht – die Worte nisteten in ihrem Kopf wie schwarze Vögel.

Seit sie oben in der Burg hause, gingen ihm die Leute aus dem Weg, fuhr der Bader mit matter Stimme fort, ohne seinen Blick vom Tisch zu heben. Drunten in der Zuberstube sei es mit jedem Tag stiller geworden, erst seien die Zimmerleute ausgeblieben, dann die Bäckerzunft und so weiter. Er habe sich schon kaum mehr aus dem Haus getraut; die Leute tuschelten hinter seinem Rücken, wechselten die Straßenseite, wenn er näher kam, warfen im »Goldenen Fass« ihre Münze auf den Tisch und machten, dass sie wegkamen, sowie er in den Schankraum trat.

»In Ungnade gefallen«, sagte Pichler und sah endlich auf zu ihr, seine Augen verschwimmend in Tränen. »Ungnade …« Er wiederholte es flüsternd und lauschte dem Wort mit halb geöffnetem Mund hinterher. »Und warum, frag ich dich? Weil der Pichler seine Schuldigkeit getan hat! Also ab mit ihm! So denken deine edlen Herren, Markéta!« Selbst sein Schreien klang müde, greisenhaft.

Für einige Momente saßen sie einfach da, stumm und ohne einander anzusehen.

»Aber was«, begann sie endlich und brach gleich wieder ab. Ihre Kehle war trocken und fühlte sich wund an, als sie sich räusperte. »Was ist denn überhaupt geschehen, Va…?« Nein, sie brachte das Wort nicht heraus. Um ihre Verlegenheit zu überspielen, täuschte sie sogar einen plötzlichen Husten vor und hoffte, er möge auch ihre Gewissensnot überdröhnen, aber nur ein dünnes Krächzen drang aus ihrem Hals.

»Vorgestern«, sprach der Bader, »war es so weit, fast wie eine Erlösung nach all dem ungewissen Warten: Im Morgendämmer schlugen die Büttel drunten an mein Tor und verkündeten, was der neue Herr Graf in Sachen Sigmund Pichler beschlossen hat.« Tief atmete er ein, und sein mächtiger Brustkorb blähte sich, dass er das Leinenhemd zu sprengen drohte; dann begann der Bader im Tonfall eines amtlichen Ausschreiers hervorzuleiern: »Das von Seiner Herrlichkeit, Graf Wilhelm von Rosenberg, Burggraf von Prag, Kanzler und Vizekönig von Böhmen, im Jahre 1588 A.D. dem Bader Sigmund Pichler, wohnhaft zu Krumau, Witwer der Blanca Pichlerová, geborene Voscaja, gnädigst verliehene Privilegium, Kranke und Gebresthafte zu heilen, ihre Leiden zu lindern mit Gottes Hilfe, widerrufen Wir, Don Julius Caesar d'Austria, Graf von Krumau, mit unverzüglicher Wirkung und ordnen an, dass fortan all Unsere Untertanen, die an fiebriger Hitze oder quellenden Gallensäften, Geschwüren oder Gebresten jeglicher Beschaffenheit leiden, ins gräfliche Burgspital zu verbringen und dort der Obhut des gräflichen Medikus zu unterstellen sind …«

»Sie hieß nicht Voscaja«, sagte Markéta rasch, kaum dass der Bader geendet hatte. »Das hast du doch seit langem schon gewusst?«

Seine Hände begannen den Zinnbecher zu drehen, der vor ihm in einem Morast aus Brotkrumen und Apfelschalen stand. »Gewusst«, murmelte er. »Wieso denn gewusst?«

»Bitte hör mich an, Va… Vater Sigmund.« Sie holte Luft und sprach hastig weiter: »Was dir angetan wurde, ist Unrecht, und ich schwör dir, dass ich alles versuchen werde, um deine Lage zu lindern. Mit Don Julius sprechen, oder besser noch mit Obersthofmeister d'Alembert, und ich bin sicher …«

Wieder brach sie ab. Ihrer Sache sicher war sie nun wirklich nicht, im Gegenteil. Hezilow steckt dahinter, durchfuhr es sie; nein, dachte sie aber gleich darauf, das ergab ja keinen Sinn: Auch wenn sie dem Puppenmacher so ziemlich jede Schandtat zutraute, was hatte er davon, wenn dem Bader Pichler das Wasser abgegraben wurde?

Sie sah auf seine Hände, die immer schneller den Becher drehten. Einige Tropfen honiggelben Weins spritzten heraus, und da hörte er auf, den Becher zu drehen, hob ihn mit zitternder Hand an seine Lippen und goss den Wein in seine Kehle.

»Du hast eben gesagt: Der Pichler hat seine Schuldigkeit getan.« Markéta beugte sich vor und sah ihm scharf ins Gesicht. »Was hast du gemeint damit?«

»Na, ich …« Der Bader setzte den Becher ab, und gleich begannen seine Hände wieder das schmucklose Zinngefäß zu drehen. »Gar nichts hab ich …«

»Lass uns offen reden, bitte«, fiel sie ihm ins Wort. »Wir beide wissen, dass Mutter Blanca ein halbes Jahr droben auf der Burg gelebt hat, bevor sie auf einmal hier heruntergekommen ist und deine Gemahlin wurde.«

Der Bader glotzte sie an, seine Lippen bewegten sich, glänzend vom Wein.

»*Ich* weiß es seit wenigen Wochen«, fuhr Markéta entschlossen fort, obwohl ihr das Herz schon wieder wie rasend klopfte. »Aber du musst es doch *damals* schon gewusst haben, nicht wahr, Vater Sigmund?«

Wieder starrte der Bader stumm an ihr vorbei. Der Zinnbecher sprang zwischen seinen zuckenden Händen hervor, rollte über den Tisch und fiel scheppernd zu Boden.

»Sie war erst droben, das stimmt«, brummte er endlich. »Da hab ich sie ja auch zum ersten Mal gesehen, im Winter vor …« Er fuhr sich mit der flachen Hand über den Schädel. »Das war vor zwanzig Jahren, ich weiß es noch genau«, fuhr er lebhafter fort, »ich war droben, um mit dem Burgvogt zu sprechen, weil ich doch endlich das Badehaus aufmachen wollt. Ein sonniger Tag, aber so kalt, dass der Atem in der Nase gefror. Und ich bin kaum durchs Burgtor marschiert, da steht *sie* vor mir im Hof, schön wie eine Fee.«

Auch seine Miene war heller geworden, doch sein Blick ging immer noch an Markéta vorbei.

Ich bin deine Tochter nicht.

Er habe sich gleich in sie vergafft, fuhr der Bader fort. Mit dem Badehaus wurde es an jenem Tag wieder einmal nichts – zu wenig Geld und noch weniger Fürsprecher, wie der damalige Burgvogt ihm auseinander setzte. Aber er fühlte sich trotzdem nicht niedergedrückt, im Gegenteil. Noch am selben Tag brachte er ihren Namen in Erfahrung, zumindest ihren Rufnamen: Madame Blanca. Was Herkunft und

Stand betraf, gingen die Meinungen auseinander, aber das interessierte ihn wenig: Er war ein junger, mittelloser Bader, und ob Madame Blanca nun Voscaja oder Ludanice hieß, ob sie eine Wohlgeborene war oder nur eine vornehme Bürgerin, machte für ihn keinen Unterschied.

»Ich betete sie an wie ein Hund, der sich in eins der Gestirne droben am Himmel vergafft hat«, murmelte der Bader, »was kümmert's den Hund, ob er die Sonne, die Venus oder einen geringeren Stern anschmachtet? Für ihn sind sie alle unerreichbar fern.«

»Aber nicht lange darauf«, sagte Markéta, »ist der Stern vom Himmel gefallen, genau in deinen Schoß.«

Er tastete nach dem Krug, ohne hinzusehen, goss Wein in einen der Becher, die noch auf dem Tisch standen, und trank mit gierigen Zügen. Als er den Becher wieder absetzte, war sein rundes Gesicht gerötet, seine Augen glasig. »Jawohl«, murmelte er, »in den Schoß.«

Er versuchte sich an einem Grinsen, das kläglich missriet. Jetzt erst erkannte Markéta, wie betrunken der Bader war. Offenbar hatte es nur dieser wenigen Schlucke bedurft, um seinen Geist aufs Neue zu benebeln.

»Sie wurde mit dir vermählt, Hals über Kopf«, sagte sie, »dabei hatte sie noch kurz vorher von einem ganz anderen, tausendmal glanzvolleren Leben geträumt.«

»Und hat nie mehr aufgehört, davon zu träumen«, murmelte der Bader, »niemals, keinen Tag lang bis zu ihrem Tod.« Wieder schenkte er sich aus dem Krug ein, Wein schwappte auf den Tisch.

»Sie hat das Badehaus verabscheut«, sagte Markéta. »Immer hab ich mich gefragt, was ihr daran so sehr missfallen hat. Dabei ist die Antwort so einfach: Sie hat sich nie damit abgefunden, dass sie auf einmal nur noch eine Badersfrau war.«

»Aber sie war … in Ungnade …« Aus Pichlers Mund drang nur noch nasses Gebrabbel. »Und Blanca … ohne mich … ja verloren!«

»Sie haben einen Handel mit dir abgeschlossen, die Herren droben von der Burg.« Abrupt stand Markéta auf und verschränkte die Arme vor der Brust. »Das Bader-Privileg«, fuhr sie fort, »und eine Mitgift, üppig genug, dass du dieses Haus kaufen konntest – als Entgelt dafür, dass du dich mit ihr vermählen ließest.«

Am liebsten hätte sie ihn angeschrien, bei den Schultern gepackt und gerüttelt, aber sie zwang sich, weiter mit ruhiger Stimme zu sprechen. »Kein schlechter Handel – für dich; aber nun sag mir eins, Vater Sigmund: Hast du dich – oder sie, Mutter Blanca – damals auch gefragt, was *sie* von diesem Handel hielt?«

Pichler glotzte zu ihr empor, mit stumpfer Miene, als ob er sich kaum entsänne, wer da vor ihm stand. »Liebe Frau«, sagte er mit schwerer Zunge, »immer Treue und … Vertrauen.«

Du bist mein Vater nicht.

Aber sie würde die Frage nicht über die Lippen bringen, sie wusste es längst. Die Frage, wegen der sie heute endlich zu ihm gekommen war, oder vielmehr: um deretwegen sie diese Begegnung immer wieder hinausgezögert hatte.

Am 23. Januar 1588 A.D. wurde Blanca Voscaja mit dem Bader Sigmund Pichler vermählt in der St.-Jost-Kirche zu Krumau. Am 1. Februar desselben Jahres erhielt Sigmund Pichler das Bader-Privilegium. Am 16. August des nämlichen Jahres kam sie, Markéta, im Baderhaus vis-à-vis der St.-Jost-Kirche zur Welt – »ein kümmerliches Frühchen, aber Mutter Blanca hat dich hochgepäppelt«, wie der Bader immer zu sagen pflegte.

Aber ich bin deine Tochter nicht, du wusstest es, immer schon. Aber weißt du auch, aus wessen Armen sie zu dir hinabgestoßen wurde? Sie brachte die Worte nicht heraus. Am liebsten hätte sie geweint, doch selbst dafür fehlte ihr die Kraft.

Der Bader drehte den Becher zwischen den Händen und sah an ihr vorbei, mit glasigen Augen. Unter den Fenstern rauschte die Moldau, jemand fuhr im Boot vorüber, Mann und Frau, leise lachend. Eine andere Welt, dachte Markéta, so fern wie die Sonne für den Hund, mit dem der Bader sich vorhin verglichen hatte.

Und wenn ich noch Tage und Nächte lang hier stünde, ich bliebe doch so stumm und starr wie eine von da Biondos Skulpturen. Oder wie die murmeläugige Hirschkuh, deren Fell und Gerippe Julius vielleicht gerade mit Haderlumpen ausstopfte.

»Hat sie dir denn nie gesagt«, brach es endlich aus Markéta heraus, »warum sie damals in Ungnade gefallen ist? Oder zumindest, auf wessen Befehl sie die Burg verlassen musste?«

Dem Bader war der Kopf auf die Brust gesunken, aus seinem Mund sickerten unverständliche Laute.

Einen Moment lang sah Markéta noch auf ihn hinunter, dann ging sie um den Tisch herum und aus dem Zimmer, die knarrenden Stiegen hinab und durch die stille Badestube.

Du bist mein Vater nicht.

Ich bin deine Tochter nicht.

Du warst ihr Retter nicht.

Früchte für dich getragen hat das alles – die Lügen, der üble Handel – nicht.

Die unheilvollen Sätze, allesamt auf *nicht* endend, vermehrten sich in ihrem Kopf wie eine schwarze Brut. An Flors *Vogel der Nacht* musste sie mit einem Mal denken, während sie nach draußen lief, und dann plötzlich, auf der Schwelle zwischen dem dunklen Durchhaus und der Seilergasse, die in gleißendem Sonnenlicht vor ihr lag: Ergeht es mir denn nicht genauso wie dem armen Flor? Sind nicht unser beider Leben aus dem gleichen Lügengarn genäht?

Sie lief die Gasse wieder hinauf, zum Burgtor empor, ohne auf die Gaffer zu achten, die einander verstohlene Zeichen machten oder ihr hinterhersahen, in Fensterluken oder Hoftoren verborgen.

Unsere Väter sind unsre Väter nicht. Und in unsern Herzen kreist die gleiche Lüge, Brüderlein.

47

»Gut, dass Ihr zeitig zurückgekehrt seid, Madame. Die Entwicklungen haben sich – nun: ein wenig beschleunigt.«

D'Alembert schwitzte; kein Wunder, dachte Markéta: Sie war kaum ins Frauengemach eingetreten, vorbei an den salutierenden Gardisten, als auch schon der Maître Einlass begehrte. Unablässig wirbelte er sein Stöckchen durch die Luft, Schweißtropfen perlten unter seiner Perücke hervor und fraßen kleine Löcher in die Schminke auf Stirn und Wangen. Die Zofe Bronja, die knicksend herbeigeeilt war, hatte er gleich davongescheucht: »Begib dich geradewegs ins Appartement der Herrin: Johanna von Waldstein und die heiligen Frauen sind angekommen.«

»Johanna? Heilige Frauen?«, wiederholte Markéta.

Aber d'Alembert schüttelte nur den Kopf und sprang zu einem Thema über, das ihn weit stärker zu beschäftigen schien: »Verzeiht mein Eindringen, Madame. Heikle Kunde ist eingetroffen – aus Prag; Ihre Kaiserliche Majestät erwägen, Burg Krumau einen Besuch abzustatten, nächste Woche schon.«

»Heikle Kunde?«, fragte sie. Ihr selbst wurden allerdings die Knie weich bei dem Gedanken, Rudolf II. gegenüberzutreten, aber war es nicht dennoch eine große Ehre für ganz Krumau? »Freut Don Julius sich denn nicht, dass sein kaiserlicher Vater ...?«

D'Alembert hob die Hand mit dem weißen Stöckchen. »Die Beziehungen sind ein wenig angespannt«, erklärte er. »Die familiären ohnehin, aber wie Ihr sicherlich wisst, geben auch die politischen Verhältnisse Anlass zu großer Besorgnis. Die Feinde des Reichs bedrängen das Land, Katholiken und – hm – Ketzer belauern einander, den Dolch in der Hand, doch der Kaiser hat Mühe, genügend Soldaten auszuheben, um die Widersacher von diesseits und jenseits der Grenzen niederzuhalten, denn die kaiserlichen Schatzkammern sind leer, und der Reichstag ...«

Markéta wurde ein wenig schwindlig, sie sank auf ein lachsfarbenes Sofa und lud den Maître ein, es ihr gleichzutun. Auch unten in Krumau, auf dem Markt oder in der Badestube, wurde die politische Misere des Reichs seit Jahren hitzig debattiert, aber Markéta fühlte sich nicht in der Verfassung, heute noch längere Ausführungen zu diesem irrgärtnerischen Thema anzuhören. Nicht gerade jetzt. Ihr eigener Vater, dachte sie, keine Majestät, nur ein feiger Lügner und trauriger Trunkenbold, hatte sie heute schon genügend Kraft und Zuversicht gekostet. Und Johanna von Waldstein hatte ihre und Julius' Abwesenheit tatsächlich genutzt, um sich handstreichartig hier in Krumau einzuquartieren? Am liebsten wäre sie jetzt einfach ins Bett gekrochen, ungeachtet des Sonnenscheins vor den Fenstern, und im Stillen beschwor sie den Maître, von der politischen Misere abzulassen und geradewegs auf den Anlass seines Besuchs zu sprechen zu kommen.

»Unter diesen Umständen« – d'Alembert ließ sich mit gezierten Bewegungen auf einem Fauteuil ihr gegenüber nieder – »könnten einige Truhen reinen Goldes durchaus Wunder wirken, hinsichtlich der politischen Lage des Reichs und damit auch der Beziehungen zwischen Don Julius und der väterlichen Majestät.«

Nach diesen Worten blickte er sie mit dem gewohnten Lächeln an, doch Markéta kannte ihn mittlerweile gut genug, um auch die versteckteren Zweifel in seinem Mienenspiel zu entdecken.

»Ihr meint – Hezilow?« Sie deutete auf den Boden vor ihren Füßen und sah d'Alembert ungläubig an.

Der Maître bejahte so zurückhaltend, dass es gerade noch als Nicken zu erkennen war. »Wenn Rudolf in einigen Tagen hier erscheint, will Don Julius ihn mit einer großen Demonstration – sagen wir: besänftigen. Oder besser noch: beeindrucken, wenn Ihr mich recht versteht. Vor den Augen Ihrer Majestät soll der Magister eine stattliche Menge unedler Materien in schieres Gold transformieren. Und um sicherzustellen, dass Monsieur Hezilow bei der Anpreisung seiner wundersamen Fähigkeiten nicht ein wenig übertrieben hat, wird er auf Don Julius' Befehl gleich heute Nacht eine Goldprobe ablegen.«

Als d'Alembert *Nacht* sagte, war es Markéta, als sacke sie mit einem Ruck noch tiefer in ihre Müdigkeit. Sie machte große Augen, um gegen den Schlaf anzukämpfen, der unermüdlich dunkle Tücher über sie warf.

»Monsieur Hezilow«, hörte sie d'Alembert wie durch eine Nebelwand sagen, »hat sich dem gräflichen Befehl gefügt und erklärt, dass er heute beim Glockenschlag der elften Nachtstunde mit der Transformation beginnen werde.« Er beugte sich im lachsfarbenen Sessel nach vorn; seine Haut auf Stirn und Wangen war noch bleicher als die Puderschicht, in die der Schweiß erbarmungslos Rinnen und Krater fraß. »Und damit komme ich zum Anlass meines überstürzten Besuchs, Madame: Magister Hezilow hat sich ausbedungen, dass neben Don Julius auch Ihr sowie der Nabellose zugegen sein werdet.«

»Flor? Aber Ihr wisst so gut wie ich, Maître, wie sehr der arme Flor sich vor Hezilow fürchtet.«

»Es ist auch Don Julius' Wunsch«, sagte d'Alembert. »Und wenn Ihr einen Rat von mir hören mögt: Nach den Lehrbüchern der griechischen Weisen – namentlich Platos – müsste Hezilows Unterwelt auf das Erinnerungsvermögen Eures Schützlings ungemein belebend wirken.« Er erhob sich. »Heute Nacht also, die Gardisten werden Euch hinabbegleiten. *Bonsoir, madame.* – Ah, eines noch.« Er wandte sich noch einmal um zu ihr, eine Hand schon an der Tür. »Der Entzug des Privilegiums geht allein auf Don Julius zurück. Mit den alten Geschichten hat das – auch wenn der Anschein dafür sprechen mag – nichts zu tun.«

»Aber womit denn sonst?«, fragte Markéta. »Was hat Vater Sigmund ihm denn zuleide getan?«

»Gar nichts, soweit ich weiß.« Der Maître lächelte dünn. »Ich nehme an, dass Don Julius Euch ganz einfach den Rückweg abschneiden will, Madame.«

Damit war er aus der Tür, und fast im selben Moment begann Markéta, sich aus ihrem Kleid zu schälen.

»Lisetta!«

Die blonde Zofe eilte herbei und begann, die dutzenderlei Häkchen auf der Rückseite des Kleides zu öffnen.

»Ich werde mich für ein paar Stunden hinlegen«, erklärte ihr Markéta. »Damit ich heute Abend in guter Verfassung bin.«

»Für die Goldprobe«, wisperte Lisetta.

Darauf erwiderte Markéta nichts. Hier oben in der Burg wurde mindestens so emsig geklatscht und getratscht wie unten in der Stadt.

Im Unterkleid stand sie endlich vor der Tür ihres Schlafgemachs.

»Aber in Eurem Bett liegt Flor, Madame«, flüsterte Lisetta.

»Ich weiß«, sagte Markéta. »Er ist wie ein Bruder für mich, und das Bett bietet Platz für ein ganzes Dutzend wohlanständiger Schläfer.«

Sie trat in die Schlafkammer und zog hinter sich die Tür zu.

Eine enge Treppe führte steil in die Unterwelt hinunter, Wände und Stufen des Schachtes mit dunkelrotem Samt bespannt. Dort unten würde sie Mutter Blanca wiederfinden, sie spürte es ganz deutlich, und wenn sie sich in den Treppenschacht hinabbeugte, meinte sie die geliebte Mutter auch schon zu sehen, wenigstens einen Schatten von ihr hinter wallendem Nebel.

Das Herz schlug ihr bis zum Hals, mit leisem Donner schienen ihre Pulse von den Wänden widerzuhallen, ihr war heiß und kalt zugleich.

Wir müssen hinab, dachte sie, sofort.

Auf sonderbare Weise war sie nicht allein, da war noch jemand, doch dieser Jemand war ein Teil von ihr, wie bei den miteinander verwachsenen Zwillingen, die sie einmal in der väterlichen Badestube gesehen hatte. Zwei Körper, aber ein Herz und eine Seele, auf frevelhafte und doch auch berauschende Weise miteinander vereint.

Wieder beugte sie sich hinab in die Treppenhöhle, und diesmal sah sie Blanca ganz deutlich hinter der Wand aus rötlichem Nebel: Ihre Lippen bewegten sich, ihre Augen waren weit geöffnet, ihre Hände vollführten beschwörende Gebärden. Zu verstehen war gar nichts, aber ihr schmerzlicher Gesichtsausdruck ließ keinen Zweifel, dass sie Qualen litt.

Wir müssen hinab, dachte sie wieder, Mutter Blanca befreien.

Behutsam trat sie auf die oberste Stufe, und da zog sich der ganze rote Schacht wie erschauernd zusammen. Das Donnern wurde lauter, drängender. Erschrocken zog sie ihren Fuß zurück, sofort schwoll auch der Donnerklang wieder ab, und die Treppe war wie vorher starr und dunkelrot.

Sie trat einen Schritt zurück, versuchte es mit stärkerem Anlauf und drang diesmal bis zur vierten Stufe vor, ehe der ganze Schacht sich wieder erbebend zusammenzog. Schauer überliefen sie, in immer rascheren Wellen, aus dem schimmernden Samt, aus Stufen und Wänden knospten zitternde Fühlpunkte hervor. Eine Muschel, keine Treppe, dachte sie, mit unzähligen winzigen Fühlern, die sie umschmiegten, liebkosten, sie selbst und jenen Jemand, der, so geheimnisvoll mit ihr verbunden, nun neuerlich hinausglitt und mit stärkerem Schwung zurück in die Tiefe stieß.

»Alles hat männliche und weibliche Prinzipien, Geschlecht offenbart sich auf allen Ebenen!«, hörte sie mit heller Stimme deklamieren, untermalt von Donnerschlägen, und da erst dämmerte ihr, dass sie selbst die wunderlichen Worte schrie.

Alles ich, alles wir, dachte sie, in die Muschel tauchend, den Taucher umschlingend, zurückwerfend, wieder hinabsaugend, hinabgesogen, immer schneller, mit immer wilderem Schwung. Welle um Welle durchflutete sie, immer süßere, immer heißere Wogen, dann stieß der Taucher ungestüm wie nie in die Tiefe, und die ganze funkelnd rote Muschel zog sich zusammen, wieder und wieder erschauernd vor Glückseligkeit.

Für einen winzigen Moment war die Nebelwand tatsächlich zerrissen, dahinter kam Mutter Blanca zum Vorschein, den Mund schon geöffnet, um ihr endlich die Botschaft zuzurufen.

Doch da erschallte ein Schrei, und sie fuhr aus ihrem Traum, keuchend und schweißüberströmt.

Schwarze Nacht umgab sie, ein Arm lag auf ihrer Brust, schwer und warm. *Julius*, dachte sie, abermals erschauernd, doch dann ertastete sie eine schmale Schulter, verworrene Locken und schob ihn hastig von ihrem Leib.

Sie wagte kaum zu atmen, bis die Kerze endlich sein Antlitz beschien: elfisch bleich, die zwiefarbenen Augen verengt zu Schlitzen, der Mund noch geöffnet von seinem Schrei.

Sie beide starrten einander an wie Gespenster, nein, wie Traumbilder, hinübergesprungen in die wache Wirklichkeit.

Die gräfliche Geliebte, dachte Markéta, in den Armen ihres Schicksalsbruders. Beinahe hätte sie laut aufgelacht, ein Gelächter des Entsetzens, das unfehlbar in Schluchzen umgeschlagen wäre; doch in diesem Moment begannen die Glocken der St.-Veit-Kirche feierlich die Stunde zu läuten, und Markéta hielt aufs Neue den Atem an und zählte: drei – sieben – neun – zehn, gefolgt von zwei dünneren Schlägen.

Eben noch Zeit genug, den Schlaf aus den Augen zu krümeln und in die Kleider zu fahren, ehe drunten in »Hezilows Helle« das nächste unterweltliche Spektakel begann.

48

Er fühlte sich so ruhig wie selten in seinem Leben, gespannt wie ein Armbrustbogen und doch ganz gelassen, seiner Sache gewiss. Die Probe würde gelingen, kein Zweifel.

In seiner Phantasie hatte er die Szene schon tausendmal vor sich gesehen, allerdings mit sich selbst anstelle von Hezilow. In diesen Tagträumen waren er und seine Gehilfen, Fabrio und Lenka, Flor und Markéta, der alchimistischen Kunst stets in völliger Nacktheit nachgegangen. Den mystischen Pelikan, sagte sich Julius, trug er ohnehin stets bei sich, wohlgefällig spürte er die kristallene Härte unter seinem Habit.

»Alchymische Wollust«, wie Hezilow derlei nannte, hielt ihn in ihrem Bann, seit er die Goldprobe anberaumt hatte. Wäre Madame Markéta nicht heute Mittag stracks aus der Burg gelaufen, die störrische Schöne wäre ihm nicht davongekommen ohne ernstliche Erprobung des goldenen Tiegels, den sie zwischen ihren Schenkeln verbarg.

Und jetzt, da er all seine Aufmerksamkeit auf Hezilow richten musste, lehnte sie neben ihm an der Säule, so nah, dass ihre Schulter seinen Arm berührte und er mit jedem Atemzug den Geruch ihres Körpers einsog. Alchymische Wollust, dachte er wieder; ich riech's ja, auch sie giert mit jeder Pore ihres Leibes nach dem Mirakel der Verschmelzung.

Kein Wunder, dass just am heutigen Tag, gelenkt von eifersüchtiger Hellsicht, seine ewige Verlobte eingetroffen war, in Begleitung eines Dutzends dominikanischer Nonnen. Ihr könnt genauso gut gleich wieder abreisen, Johanna, dachte er: Nie werd ich Euch freien, fromme Freifrau, wie beflissen Ihr auch alle Demütigungen duldet – ja gerade darum nicht!

Zu seiner Linken stand, wie immer, soweit er zurückdenken konnte, Maître d'Alembert. Sie alle drei beobachteten den Puppenmacher, der sich am Athanor zu schaffen machte, vor dem zwei seiner Gehilfen knieten und wie besessen den Blasebalg traten. Dabei glühten die »Testikel des roten Leu«, wie der Russe das eherne Doppel-Ei genannt hatte, bereits hell wie zwei Sonnenbälle, und das zwischen ihnen aufragende Rohr knackte vor Hitze.

Markéta hielt den Nabellosen an der Hand, der sich immer wieder hinter der Säule zu verstecken suchte und von Zeit zu Zeit ein Winseln hören ließ. Ansonsten herrschte Stille im Gewölbe, abgesehen vom Fauchen des Blasebalgs, dem Keuchen der beiden Gehilfen, Fondor und Tákie, und dem steten Tropfen herabrinnenden Wassers weiter hinten im Labor.

Auf Tischen und Regalen vor dem Athanor schimmerten goldgelbe und milchig weiße Essenzen in den eigentümlich geformten Gefäßen, deren Anblick Julius' mystische Ekstase noch weiter steigerte. Reagenzgläser, aus denen gläserne Phalli jeglicher Größenordnung ragten, Glasglocken von der Form trächtiger Weiberbäuche, Kupellen so rund und schwellend wie Mädchenbrüste, und all diese schimmernden Apparate durch Schläuche und Mündungen zu einem endlosen Akt der Zeugung und Empfängnis verbunden.

»Wie Ihr wisst, Euer Herrlichkeit«, ließ sich Hezilow mit pfeifender Stimme vernehmen, »muss sich Athanor vier Hitzegrade erreichen: häjßer als Siedepunkt für Wasser, zwischen diesem und dem Schmelzpunkt für Schwefel, unter dem Schmelzpunkt von Zinn und genau am Schmelzpunkt für Bläj.« Er gab den beiden Gehilfen ein Zeichen, und sie ließen vom Blasebalg ab, die Gesichter unter den wirren Bärten glänzend vor Schweiß.

Der Puppenmacher deutete auf den Athanor. »Der alchimistische Ofen«, sagte er, »Euer Exzellenz längst bekannt wie eigener Hosensack; aber will Hezilow auch dem verehrten Maître und Madame Markéta ein paar nitzliche Fingerzäjge geben. – Dir nicht, Rolfenko«, fügte er mit veränderter Stimme und einer wegwerfenden Gebärde in Richtung des Nabellosen hinzu, »kennst das alles ja, seit du so klitzekläjnes Gliehwirmchen warst.« Und er zeigte die gemeinte Spanne mit Daumen und Zeigefinger; Flor wimmerte wieder und verbarg sich hinter der Säule. »Diese Kristallfenster«, fuhr der Russe fort, auf die Luken im oberen Drittel des Doppel-Eis deutend, »ermeeglichen Einblick ins Innere der gliehenden Hoden des Läj; bitte um Verzeihung, Madame.« Er feixte in Markétas Richtung, wieder winselte der Nabellose leise auf.

Auf den Herdstellen standen die drei Dreibeine. Gespannt lauschte Julius den Erläuterungen des Puppenmachers, die er selbst im Schlaf hätte wiederholen können: auf den Dreibeinen die muffelbewehrte Kupelle und das so genannte Ei der Philosophen, ein fußloser Glasballon, überragt vom Pelikan, dem langen, offenen Destillierkolben mit zwei gegenüberliegenden Hähnen, die seitlich ins Ei zurückführten.

»Alchimistische Essenz«, sagte der Russe, »aus der Hezilow bald den Stäjn der Wäjsen, das *sperma mundi* transformiert, wird sich in diesem Äj beräjtet. Jede Flissigkeit, die dort durch die Hähne hineinträjfelt, fließt sich durch den Pelikan ins Äj zurick.« Dabei deutete er erst auf den Ballon, dann auf den kristallenen Kolben, der in steilem Winkel über dem Ei des Philosophen aufragte. »Wird sich diese Apparatur aber für die Transformatio von Plumbum in Gold nicht beneetigt, erst für die Erschaffung der Homunkuli.«

Wieder das rasche Spreizen von Daumen und Zeigefinger, wieder wimmerte Flor. Flugs füllte Hezilow nun eine Kupferschale mit Wasser, setzte sie auf den Athanor und schüttete zwei Säckchen farblosen Pulvers hinein – aus dem Saft von Mondpflanzen gewonnen, wie Julius wusste. Er hatte dem Magister schwören müssen, dass er keines der alchimistischen Geheimnisse an unwürdige Personen weitergeben würde, mit einem grässlichen, blasphemischen Schwur, vor dem ihm noch in der Erinnerung schauderte.

Fondor und Tákie standen starr neben dem Athanor, wie der tönerne Kerl aus seinem Traum, nur durch Hezilows Magie belebt. Während die Mixtur in der Kupferschale heiß wurde, nahm der Puppenmacher zwei kleine Flaschen aus dem Regal. Aus der ersten Flasche schüttelte er drei Tropfen Quecksilber in den zweiten Flakon, der mit klarem Meisterwasser gefüllt war. Sofort trübte sich das Wasser und nahm eine milchig weiße Farbe an.

Auf dem Herd dampften unterdessen die Mondsäfte in ihrer Kupferschale. Hezilow gab die milchige Flüssigkeit aus der Flasche hinzu, wartete aufmerksam, bis die Mixtur zu kochen begann, und zog sie mit einer raschen Bewegung vom Feuer.

Dann machte er seinem Adepten ein Zeichen.

Sofort trat Julius zu ihm, sie hatten jede Bewegung mehrfach eingeübt. Er spürte Markétas Blicke auf sich und musste sich neuerlich mystischer Vorstellungen erwehren, den Tiegel zwischen ihren Schenkeln und die darin brodelnden Mondsäfte betreffend. Rasch nahm er das Kupferbecken mit kaltem Wasser, das auf dem Tisch bereitstand, und hielt es seinem Meister hin.

Hezilow goss die kochende Mixtur aus der Kupferschale hinein, und sogleich löste sie sich im Wasser auf. Schließlich blieb ein bräunlicher Rückstand übrig – »das Projektionspulver«, erklärte der Russe, »misste sich äjgentlich in der Sonne trocknen, aber weil Euer Herrlichkeit nicht länger warten kann, behilft sich Hezilow mit dem Athanor.«

Er nahm Julius das Kupferbecken aus den Händen und stellte es auf den Herd. Bescheiden trat Julius zur Säule zurück, zwischen den Maître, der undurchdringlich wie immer dreinblickte, und Markéta, deren Wangen brennend rote Flecken zierten.

Binnen weniger Minuten war der bräunliche Schlamm zu feinem Puder getrocknet. Hezilow stellte ihn zur Seite, nahm ein Stück Blei, legte es in einen Tiegel und brachte es langsam zum Schmelzen. Er öffnete eine weitere Flasche und gab einen Tropfen rötlichen Extrakts aus einer kleinen Phiole hinein – »ist sich Leeweneel« –, fügte eine Prise des braunen Puders hinzu und bedeckte den Tiegel mit einer Kupelle, die mit glühenden Kohlen gefüllt war. »Muss sich die Mixtur ein Stindchen lang gliehen.« Er feixte in Julius' Richtung, dann trat er zu seinen Gehilfen und verwickelte sie in ein leises Gespräch.

Während die Minuten dahinschlichen, wechselten Julius, der Maître und Markéta kaum ein Wort. So gelassen und siegessicher sich Julius eben noch gefühlt hatte, so bang wurde ihm nun zumute. Hatte er früher in Prag nicht unzählige Erzählungen von betrügerischen Alchimisten gehört? Waren nicht auch die angeblichen Magier, die vor Jahren hier auf Burg Krumau Goldtaler zu säen versprachen, nichts als gemeine Strauchdiebe gewesen? Was wäre, wenn auch der Puppenmacher sich als Scharlatan entpuppte?

Nein, unmöglich, beschwor er sich dann wieder, Hezilow hatte ihm durch unzählige Andeutungen bewiesen, dass er wahrhaftig ein eingeweihter Magister war. Und hatte nicht auch jener Astrolog ihm vorausgesagt, dass die Goldprobe gelingen würde? Kurz und erschreckend huschte ihm das Mariandl durch den Sinn; wieder spürte er das widerlich klebrige Rot an seinen Händen, wie damals, als er neben dem Leichnam zu sich gekommen war. Ah, auch diesen ruchlosen Verschwörern würde er auf die Spur kommen, mit der Hilfe Markétas, die ganz und gar davon überzeugt schien, dass er in eine mörderische Kabale verwickelt worden war; fast noch überzeugter, dachte Julius, als ich selbst. Pah, alles, alles würde glücken, bald schon würden sich aus den Gewölben von Burg Krumau gewaltige Ströme funkelnden Goldes ergießen, mächtig und unbezähmbar. Nie wieder würde die väterliche Majestät auf einem Reichstag um die dürftigsten Gelder betteln müssen, und niemals mehr würde irgendwer sich erdreisten, seine, Don Julius', Sukzessionsfähigkeit zu bestreiten. Wir, Julius Caesar von Habsurg, Kaiser des Heiligen Römischen Reiches …

In seine ekstatischen Träume hinein tönte, wie aus weiter Ferne, die Glocke von St. Veit: zwölf Schläge und zwei dünnere dazu.

Hezilow entfernte die Kupelle mit den glühenden Kohlen, nahm eine Weinrebe zur Hand und rührte das rötliche Gebräu damit um. Augenblicklich wurde es zu einer zähen Masse – »durch Projektionspulver und Leeweneel«, erklärte der Russe gelassen, »wird sich das Metall fixiert.«

Ruhig rührte er weiter um, hob endlich den glühenden Tiegel mit einer Zange vom Herd und setzte ihn auf einen Stein. Wieder winkte er Julius heran, in seinen Knopfaugen funkelte es triumphierend. Als Julius sich über den Tiegel beugte, brach ihm vom Boden des Gefäßes goldener Glanz entgegen.

Sein Herz schlug nun mit hämmernder Härte, der Härte des mystischen Pelikans. Stumm sah er zu, wie die Flüssigkeit auf dem Boden des Tiegels koagulierte und endlich eindickte. Da vermochte sich Julius nicht länger zu bezwingen, er nahm die Zange, die neben dem Tiegel auf dem Tisch lag, fischte einen noch glühenden Klumpen heraus und hielt ihn prüfend ins Licht.

Der Klumpen funkelte und glitzerte, und ehe irgendjemand etwas sagen konnte, begann der Nabellose zu stammeln: »Der ro-rote Leu – Go-gold!«

In der Hand die Zange mit dem funkelnden Klumpen, trat Julius zu Markéta. »Für Euch, Madame.« Und er zog sie an sich, Pelikan und Becken aneinander drängend zur mystischen Vermählung.

Fünf – Solutio

»Trockene Substanzen werden mittels Säure zu wässrigen gelöst.«

49

»Der Kaiser kommt!«

Tausendmal rascher, als die Moldau durch ihr Flussbett eilte, hatte sich die Nachricht verbreitet, überall in der Burg und drunten in der Stadt. Rudolf II. geruhte Krumau zu besuchen, in wenigen Tagen schon! Was für eine unerhörte Ehre! Und wem hatte man die Gnade zu verdanken: dem neuen Grafen Don Julius!

D'Alembert ging in seinem Salon auf und ab, ein ganzes Bündel hastig verfasster Schreiben in Händen. Man schrieb den 5. Juni 1607 A.D., einen Dienstag, und wie an so vielen Vormittagen war er damit beschäftigt, die Rapporte seiner Späher zu lesen und die nötigen Folgerungen zu ziehen.

Alle geheimen Zuträger berichteten mehr oder minder das Gleiche: Seit sich die Kunde vom Besuch des Kaisers verbreitet hatte, waren die Feinde des neuen Grafen, die Verkünder des Unheils und Orakel des Untergangs mit einem Schlag verstummt. Keine Rede mehr davon, dass Don Julius ein unwürdiger Nachfolger Wilhelms von Rosenberg sei, im Gegenteil: Auf einmal wollten alle immer schon gewusst und geweissagt haben, dass mit dem Bastardsohn des Kaisers eine neue Blütezeit für Krumau anbrechen werde.

In die Lobgesänge zu Ehren des jungen Grafen mochten nur zwei Krumauer Bürger nicht einstimmen: der Flößer Karel Kudaçek, dem der Kummer über das spurlose Verschwinden seines Sohnes Nicodemus den Verstand zu rauben drohte, und der Bader Sigmund Pichler, den der Entzug des gräflichen Privilegiums begreiflicherweise erbitterte.

Im Gehen durchstöberte d'Alembert das Papierbündel, bis er den gesuchten Rapport gefunden hatte. »Wie kann der Herr Graf schuld dran sein, dass der Flößersbengel abhanden gekommen ist?«, empörte sich der Späher mit einem Eifer, der ihm gar nicht zukam. »Drängt sich der Bube in die edle Jagdgesellschaft hinein, verschuldet selbst die erlittene Jagdverletzung, wird auf Kosten des Herrn Grafen im Burgspital zurechtgeflickt – und verschwindet dann, um seine Wichtigtuerei auf die Spitze zu treiben!«

So kann es sich in der Tat zugetragen haben, sagte sich der Maître, zumal sich schon vorher die Anzeichen gemehrt hatten, dass Nicodemus seine Rolle als »falscher Homunkel« zu Kopf gestiegen war. Und doch, und doch ... Aus unerfindlichem Grund schien es auch d'Alembert denkbar, ja wahrscheinlich, dass es mit dem Verschwinden des kleinen Nico eine weniger harmlose Bewandtnis hatte. Auch wenn Julius selbst gewiss nicht in die Affäre verwickelt war, wie der Maître in Gedanken rasch hinzufügte.

D'Alemberts Suite lag in der oberen Burg, auf halbem Weg zwischen den Grafen- und den Frauengemächern, sodass er jederzeit in beide Richtungen antichambrieren und intervenieren konnte. Die Fenster seines Salons gingen auf das rot-schwarze Dächergewirr des Städtchens hinaus, das, vom schimmernden Band der Moldau umschlungen, wie eine gemalte Miniatur in der Sommersonne glänzte. Einen Moment lang blieb er stehen und sah auf die Stadt hinab, dann wandte er sich um und durchmaß abermals den Raum, der ganz und gar in Weiß und Silbertönen eingerichtet war.

Vor der Wand zu seiner Rechten, auf dem glänzend weißen Hirschledersofa, das er eigens aus Prag hatte überführen lassen, saßen die Syrakuser, Fabrio schmollend, Lenka mit weinerlicher Miene. Bei ihrem Anblick begann seine Bauchdecke zu flattern, als ob ein ganzes Nest voll zischelnder Schlangen unterhalb seines Nabels hauste. Schlimm genug, dachte der Maître, dass Fabrios Gegenwart seine innere Ruhe so sehr zu untergraben vermochte. Doch auch Lenka machte ihm Sorgen, seit er sie vor vier Wochen in Hezilows Gewölbe aufgefunden hatte, einen Kummer allerdings, der ihn nicht annähernd so sehr berührte wie der Anblick von Fabrios Brombeermund.

»Nun, Helena«, fragte er in absichtlich strengem Ton, »ist dir endlich eingefallen, was dort unten geschehen ist?«

Sie presste die Lippen zusammen und schüttelte den Kopf, dass ihre Locken flogen.

»Dann bleibt ihr beide weiter auf diesem Sofa sitzen«, kommandierte d'Alembert, »bis Lenka sich wieder erinnert, warum ihr Mund mit Blut verschmiert war, als ich sie im Labor des Magisters fand.«

Zwei kohlschwarze Augenpaare glühten den Maître an. D'Alembert sah bedauernd auf Fabrios üppige Lippen, die noch immer zum Schmollmund vorgeschoben waren, dann riss er sich von dem zutiefst verwirrenden Anblick los. Sein Stöckchen in der Rechten wirbelnd, marschierte er an den Zwillingen vorbei bis zur Tür, wo er mit einer eleganten Drehung wendete, um abermals dem Fenster entgegenzueilen. Zurück zu Rudolf!

Ursprünglich hatte der Kaiser bereits am Freitag in Krumau eintreffen wollen, offenbar brannten auch Ihre Majestät darauf, sich mit eigenen Augen von Hezilows Goldmacherkünsten zu überzeugen. Doch gestern zu später Abendstunde hatte ein kaiserlicher Kurier am unteren Burgtor Einlass begehrt, mit einer dringenden Depesche von Katharina da Strada: Ihre allerherrlichste Herrlichkeit, so vermeldete die kaiserliche Mätresse, könnten sich erst am Samstag auf die Reise nach Krumau begeben. Denn nach der Voraussage des Prager Hofastrologen Tycho Brahe würden Ihre Majestät, falls sie bereits am Freitag die Kutsche bestiegen, auf dieser Reise elendig zerschellen.

Mit den Jahren hatte der kaiserliche Aberglaube immer groteskere Ausmaße angenommen, sagte sich d'Alembert. Rudolf wagte keinen Schritt mehr zu gehen, keinen Bissen zu essen und bald wohl auch keinen Atemzug mehr zu tun, ohne dass seine Sterndeuter und Scharlatane das Wagnis geprüft und gebilligt hatten.

Seit Tycho Brahe auch noch prophezeit hatte, der Löwe, der in seinem Käfig im Prager Hofgarten rastlos auf und ab trottete, werde wenige Wochen vor Rudolfs Dahinscheiden verenden, war die wunderliche Majestät dem magischen Mummenschanz vollends erlegen. Jeden Morgen führte der allererste Weg des Kaisers zum Löwenkäfig, wo der mächtigste Mann der Welt sich ängstlich davon überzeugte, dass die Bestie bei guter Gesundheit, ihr Fell glänzend, ihr Appetit unersättlich war. Dabei seien Rudolfs Beine, so die Stradová weiter, seit einigen Monaten so sehr von der Gicht geschwollen, dass er an manchen Tagen nur unter fortwährendem Ächzen umherhumpeln könne.

Aber was heißt hier Scharlatan und Mummenschanz, berichtigte sich der Maître, indem er vor den Fenstern neuerlich wendete; wenn es Hezilow tatsächlich gelingt, unter den Augen des Kaisers einen ganzen Bottich voller Gold zu erzeugen, dann wird fortan nichts mehr sein, wie es einmal war. Weisheit, was unsereins für schamlose Schurkerei hielt, Wissenschaft, was uns wie auftrumpfender Aberglaube erschien, Wahrheit, was wir als Lug und Trug verdammten. Und die schönen Künste, die edelsten Leidenschaften des Menschengeschlechts? Ihrerseits bloß noch ärmliche Täuschung, kaum der albernsten Narren wert! Denn wer wollte sich fortan noch mit gemalten Schätzen und gemeißelten Figuren abgeben, wenn alchimistische Kunst wirkliches Gold und bald wohl auch lebendige Kreaturen zu erschaffen vermöchte?

Und wie sollte ich noch bezweifeln, dachte der Maître, dass der Magister auch den wundergläubigen Rudolf überzeugen wird, nachdem ich selbst mit eigenen Augen das Gold im Kupfertiegel glitzern sah?

Abermals marschierte er an den Zwillingen vorbei, die starr wie Puppen auf seinem Sofa saßen, die Arme vor der Brust verschränkt. Und doch sträubt sich mein Herz noch immer, sagte sich d'Alembert, meinen eigenen Augen zu trauen: Hat er wirklich Gold aus Plumbum transformiert, Glanz aus Dreck – er, Hezilow, der nichtswürdige Lumpenkerl, das Scheusal aus unseren Alpträumen? Oder hatte der Puppenmacher sie drunten in seinem Gewölbe allesamt verzaubert und ihnen ein Spukgold vorgegaukelt, während sein Tiegel tatsächlich nur Dreck enthielt? Nun, man wird sehen, man wird sehen, sagte sich der Maître, spätestens nächste Woche, wenn die kaiserlichen Alchimisten das angebliche Gold aus Hezilows Retorte prüfen werden.

Der Russe hatte sich zwar ausbedungen, dass kein weiterer Eingeweihter bei der Goldprobe zugegen sein dürfe – »die käjserliche Majestät und ihr herrlicher Sohn, et finito!« –, aber natürlich würden die Prager Alchimisten der rudolfinischen Akademie das vermeintliche Gold augenblicklich untersuchen, mit Säge und Waage, Feuer und Säuren, um den dreisten Nebenbuhler als Scharlatan zu demaskieren, wenn sich ihnen nur die kleinste Gelegenheit bot.

Und die Frage ist nun, dachte der Maître, sollte ich meinerseits auf Hezilow setzen – wie mein Geist mir einzuflüstern trachtet, seit ich das Gold im alchimistischen Tiegel erblickte – oder im Gegenteil trachten, den Puppenmacher des Betrugs zu überführen – wie mein Herz und meine Seele mir zuschreien, seit ich den Lumpenkerl zum ersten Mal sah?

Einzig diese Frage war von Belang, wie der Maître immer klarer erkannte, während er wiederum vor dem mittleren Fenster innehielt, die Hände auf dem Rücken verschränkt. Eine Frage, die kein Späher, auch keine Katharina da Strada für ihn beantworten konnte, eine Frage, die ihn innerlich zu zerreißen drohte und die doch kaum mehr Aufschub duldete. Falls Hezilow in fünf Tagen vor den Augen des Kaisers triumphierte – würde dann nicht er, Maître d'Alembert, unweigerlich auch seinen allerletzten Einfluss auf den Kaiserbastard verlieren? Und falls der Russe sich bei der so auftrumpfend angekündigten Goldprobe als Betrüger erwiese – hieße das nicht für Rudolf, dass er, Maître d'Alembert, unfähig war, seinen Sohn Julius vor verderblichem Einfluss zu bewahren?

Natürlich konnte er nicht dafür sorgen, dass sich in Hezilows Tiegel am kommenden Samstag tatsächlich Blei in Gold verwandelte – oder Dreck eben Dreck blieb, je nachdem. Aber mit Hilfe von Katharina da Strada konnte er durchaus Meinung und Geneigtheit der kaiserlichen Alchimisten beeinflussen, die anschließend prüfen würden, ob es sich bei der Substanz aus Hezilows Retorte um wahres Gold handelte oder bloß um funkelnden Tand.

Worauf also sollte er setzen – auf Hezilow den Erleuchteten oder auf den zerlumpten Scharlatan? Auf glanzvollen Sieg des Puppenmachers oder auf seinen schmählichen Untergang? Aber hatte er sich denn nicht schon Hunderte Male an der Vorstellung gekräftigt, dass Hezilow und er eine verwickelte Schachpartie spielten – der Russe mit den schwarzen, er selbst mit den weißen Spielfiguren? Wie also konnte er dann darauf hoffen, dass er selbst und sein Schützling Julius aus dem Sieg ihres schwarzen Gegenspielers irgendwelche Vorteile zögen?

Außerstande, eine Entscheidung zu treffen, die zumindest ihn selbst länger als für ein paar Augenblicke überzeugen könnte, wandte sich d'Alembert abermals um, in der Absicht, seinen Marsch durch den Salon wieder aufzunehmen.

Die beiden Syrakuser saßen noch immer regungslos auf dem Sofa, die Arme verschränkt, mit glühenden Augen jede seiner Bewegungen verfolgend.

Einer plötzlichen Eingebung gehorchend, trat d'Alembert zu ihnen, fasste Lenka beim Arm und zog sie hoch. »Geh«, sagte er, »und komm mir erst wieder unter die Augen, wenn du meine Frage beantworten willst.«

Er legte ihr seinen Arm um die Schultern, als wollte er sie an sich drücken, schob sie aber im Gegenteil von sich fort, auf die Tür zu. Auch Fabrio wollte aufspringen, doch d'Alembert bedeutete ihm mit einer Kopfbewegung, sitzen zu bleiben, wo er saß.

Schweigend sahen sie beide zu, wie Lenka mit gesenktem Köpfchen davontrottete, die Tür öffnete und hinter sich zuzog, ohne sich noch einmal nach d'Alembert oder ihrem Bruder umzusehen.

»Du warst mit ihr dort unten, Fabrio«, behauptete d'Alembert, indem er sich neben dem Syrakuser aufs Sofa sinken ließ. »Und du hast auch gesehen, was ihr dort geschehen ist.«

Fabrio sah ihn unverwandt an, wortlos, die Lippen vorgeschoben. D'Alembert musste sich konzentrieren, damit er sich nicht versehentlich zu ihm hinüberbeugte, wie es in seinen Träumen so häufig geschah.

»Wenn deiner Schwester Gewalt angetan wurde, von Hezilow oder seinen Lumpenkerlen«, fuhr er fort, »solltest du mir das jetzt sagen. Und zwar zu deinem eigenen Besten.«

Der Junge zog die tintenschwarzen Brauen ein wenig zusammen, gab aber noch immer keine Antwort, ja nicht einmal ein Zeichen, dass er dem Maître zugehört hatte.

»Wenn sie einen dicken Bauch bekommt«, fuhr der mit absichtlicher Grobheit fort, »werden alle glauben, dass du deiner Schwester aufgehockt hast. Und dann werden Johanna von Waldstein und ihre heiligen Frauen veranlassen, dass Lenka und du in Waisenhäusern verschwindet. Sie wird euch trennen, Fabrio« – »*uns* trennen«, hätte er beinahe gesagt – »und ich kann dann nichts mehr für euch tun.«

Fabrio sog scharf den Atem ein, sein Gesicht verzerrte sich vor

Angst. Im nächsten Moment flog er Charles an den Hals. »Nicht trennen«, flüsterte er, »bitte, bitte nicht!«

Wie versteinert saß der Maître da. Den Gegenstand seiner zehrendsten Träume in den Armen, wagte er nicht, auch nur einen Finger zu bewegen, aus Angst, dass Fabrio sich als bloßer Spuk erweisen würde oder, im Gegenteil, als allzu leibeswarme Wirklichkeit. »Nicht, wenn ich es verhindern kann«, gelang es ihm zu erwidern, »aber dafür müsst ihr mir endlich die Wahrheit sagen.«

»Die Lenka hat'n Balg im Bauch, sie sagt, sie spürt's genau.« Mit kindlicher Zutraulichkeit drängte sich der Knabe noch enger an ihn, beide Arme um Charles' Hals schlingend. »Nachts wacht sie immer plärrend auf – dann hat ihr geträumt, dass'n Teufelchen aus ihrer Fotz gekrochen käm.«

Er machte Anstalten, d'Alemberts Schoß zu erklimmen, schon begann sich ein bronzefarbener Schenkel auf die weiß bestrumpften Beine des Maître zu schieben; aber d'Alembert riss sich mit letzter Kraft aus seiner Versteinerung heraus und schob den Knaben von sich.

»Das ist abergläubischer Unfug«, sagte er mit rauer Stimme und hoffte, dass seine Worte einigermaßen überzeugend klangen. »Aber diese Träume kommen offenbar daher, dass Lenka Gewalt angetan wurde, wie ich es befürchtet hatte – von Hezilow selbst oder seinen Kerlen?«

Fabrio war wieder in seine frühere Schweigsamkeit zurückgefallen. Die Arme vor der Brust verschränkt, die Lippen zum Schmollmund vorgeschoben, saß er neben d'Alembert und sah aus kohleschwarzen Augen an ihm vorbei.

Sollte er Fabrio nochmals mit der Drohung bedrängen, dass er von Lenka getrennt werden könnte? Sicherlich wäre es das Klügste, dachte Charles, doch er bezweifelte, dass seine berühmte Selbstbeherrschung abermals standhielte, wenn der Knabe sich ihm wieder an den Hals werfen würde. Dabei könnte es die Lösung ihrer drängendsten Probleme bedeuten: Wenn Fabrio ihm bestätigte, dass der Puppenmacher der kleinen Lenka Gewalt angetan hatte, dann hätte er endlich etwas in der Hand gegen den Russen. Denn Julius liebte die Zwillinge aufrichtig, und mit etwas Glück und Geschick ließe sich sein berüchtigter Jähzorn so steuern, dass er den Magister für immer von sich stieße.

Noch während d'Alembert hin und her überlegte, klopfte es an der Tür.

»Wer da?«

»Verzeiht die Störung, Maître d'Alembert«; die Stimme Pavels, seines ältlichen Sekretärs. »Madame Markéta wünscht Euch zu sprechen – dringend, wie sie sagt.«

»Führe Madame in den kleinen Salon, ich komme sofort.« Erleichtert, dass äußere Umstände ihn vom Zwang augenblicklicher Entscheidung befreiten, erhob sich der Maître, nickte Fabrio zu und eilte zur Tür, sein Stöckchen in der rechten Hand wirbelnd.

50

»Die heiße Quelle in dem kleinen Waldstück vorm Budweiser Tor. Begreift Ihr denn nicht, was das heißt, Maître d'Alembert?«

»Ein Unglücksfall, sollte man annehmen, Madame.« D'Alembert verbot sich, am Türstock Halt zu suchen, und setzte ein gelassenes Lächeln auf. »Natürlich wird die Affäre gewissenhaft untersucht werden.«

»Ein Unglück? So soll es aussehen, allerdings, Monsieur!«, ereiferte sich die Baderstochter. »Sie haben die Leich dort hingeschleppt und in den heißen Quell geworfen, damit jeder denken soll, dass Nico im siedenden Wasser umgekommen wär.«

»Wen bei allen Göttern meint Ihr mit ›sie‹, *chère madame*?«

Markéta sah ihn aus funkelnd grünen Augen an. »Na, die Lumpenkerle – Jurij Hezilow!«

Er erwiderte ihren Blick mit einer Miene nachsichtigen Spotts, dabei war er so bestürzt, dass sich sein Magen verkrampfte. »Dass Ihr den Magister verabscheut, ist hinlänglich bekannt, Madame, aber welches Interesse sollte er an Eurem falschen Homunkel hegen?«

»Das weiß ich auch nicht.« Sichtlich widerstrebend hob sie die Schultern und ließ sie wieder fallen. »Noch nicht! Aber ich schwör Euch …«

Charles hob seinen Stock, eine eher flehende als gebieterische Gebärde. »Bitte keine Schwüre vor Sonnenuntergang!« Er bot ihr seinen Arm, und zusammen schritten sie zu den weißen Samtfauteuils, die seinen kleinen Salon dominierten. »Nehmen wir erst einmal Platz«, schlug er vor, »wenn auch nur für einen Moment. Gleich muss ich nach unten: Der Bär kommt.«

Flüchtig lächelten sie einander zu. In den vier Wochen seit Eurem Erscheinen auf Burg Krumau habe ich Euch durchaus schätzen gelernt, Madame, dachte der Maître, aber bei dieser Affäre kann ich Euch nicht zur Seite stehen.

Zögernd setzte sie sich ihm gegenüber in den Sessel. »Warum sollte Nico mit seinem verletzten Bein die Stadt verlassen und dort draußen in die siedende Quelle fallen?«, fragte sie. »Jedes Kind in Krumau weiß, wie gefährlich diese Wasserstellen sind.«

»Gestattet mir eine Gegenfrage, Madame: Was hat Euch denn überhaupt zur Morgenstunde dort hinausgezogen, in den Wald vor den Toren der Stadt?«

Sie beugte sich ein wenig vor und sah ihn eindringlich an. »Der Nabellose. Er wollte hinab zur Moldau, an den Ort, wo die Büttel ihn vor Wochen aufgegriffen haben, und vom Fluss aus zog es ihn immer weiter in den Wald.«

»Und an der heißen Quelle fandet Ihr und Flor dann den Flößersohn?«

Markéta nickte, die Augen zu Schlitzen verengt. Es war ein schrecklicher Anblick, berichtete sie, und ihre Stimme klang auf einmal brüchig. Zuerst hatte sie Nico überhaupt nicht erkannt; durch den Wasserdampf, der von der Quelle aufstieg, hatte sie nur einen Schemen wahrgenommen, die Umrisse eines Menschen, der sich verzweifelt bemühte, aus dem Felsloch voll kochenden Wassers zu klettern. Flor hatte sich an sie geklammert und zu schreien begonnen, erst nach einigen Augenblicken, als sie den Nabellosen ein wenig beruhigt hatte, konnte sie ihn über die kleine Lichtung bis zur Quelle ziehen. Am Rand des Felslochs ging sie in die Knie und wollte schon die rettende Hand ausstrecken, als sie mit einem Mal zweierlei bemerkte: Der Mensch in der heißen Quelle war Nico, und er war über und über blutig rot, sein Gesicht, Schultern und Arme, sein ganzer

Körper, soweit er im Wasserdampf zu erkennen war. Seine Ellbogen waren auf den Felsrand der Quelle gestemmt, als ob er bis zuletzt versucht hätte, sich aus dem tödlichen Schlund zu ziehen, sein Kopf war zur Seite gesunken und auf einen Arm gebettet, als ob er schliefe. Aber er war tot, berichtete Markéta mit gepresster Stimme, der Leichnam verbrüht und aufgedunsen, die Haut am ganzen Leib wellig und wundrot.

»Er trug keinen Fetzen am Leib«, sagte sie endlich, »und auf der Lichtung war von seinen Kleidern keine Spur zu sehen. Und das Entsetzen in seinem Gesicht, Monsieur …« Sie verstummte und sah an d'Alembert vorbei, dann schloss sie mit festerer Stimme: »Was immer Eure Untersuchung ergeben wird, Maître: Ich bin überzeugt davon, dass Nicodemus Kudaçek nicht da unten im Wald umgekommen ist, durch einen versehentlichen Sturz in die Quelle, sondern hier oben, in Hezilows Labor.«

Ich bewundere Eure Klugheit und Euren Mut, Madame, dachte d'Alembert, schlug ein Bein übers andere und wippte zierlich mit seinem Schnabelschuh. »Die Wahrheit ist wie ein starkes Gewürz«, deklamierte er. »Es liegt an uns selbst, ob wir die Speisen unseres Lebens verfeinern oder verwürzen.«

Ihr Gesicht wurde finster. »Ihr zieht also die schmackhafte Lüge vor, wenn ich recht versteh?«

»Eine anfechtbare Auslegung, *chère madame*. Ein unbeteiligter Zuhörer könnte die Sentenz auch auf Euch beziehen.«

»Auf mich?«, echote Markéta und sah ihn mit so aufrichtiger Ratlosigkeit an, dass der Maître beinahe aufgelacht hätte, ein bitteres Lachen, günstigstenfalls.

»*On verra, madame*«, sagte er. »Ihr wart doch wohl so umsichtig, Euren Verdacht für Euch zu behalten?«

Wieder funkelte sie ihn an. »Ich hab die Büttel gerufen, damit sie den Leichnam aus dem Wasser ziehn«, sagte sie. »Aber ich wollt mich als Erstes mit Euch besprechen, Monsieur, weil ich annahm, dass auch Ihr …« Unvermittelt brach sie ab, ihr Blick wurde unstet.

Weil Ihr annahmt, dass auch ich Hezilow zu vernichten versuche, dachte der Maître, wolltet Ihr das andeuten, Madame? Im Grunde hatte sie auch damit vollkommen Recht, nur in diesem speziellen Fall lagen die Dinge eben ein wenig anders. »Das war sehr weise von Euch«, sagte er. »Fünf Tage vor dem Besuch des Kaisers kann und darf es hier in Krumau keine Mordaffäre geben, allenfalls einen bedauerlichen Unglücksfall. Danach aber …« Er ließ sein Stöckchen durch die Luft wirbeln. »Dann werden wir den Dingen energisch auf den Grund gehen, Madame, das verspreche ich Euch.«

Markétas Blick ging noch immer an ihm vorbei, doch ihr Gesichtsausdruck hatte sich gänzlich verändert. »Am Samstag«, sagte sie in hoffnungsvollem Ton, »wenn die väterliche Majestät uns besucht, könnt Julius ihm ja seine künftige Gemahlin vorstellen.«

Das hat mir gerade noch gefehlt, dachte d'Alembert. »Ein recht hübscher Plan«, lobte er, »den Ihr nur vorderhand nicht weiterverfolgen solltet.« Er lächelte sie voll ehrlicher Zuneigung an. »Ich bitte Euch, Madame, Ihr glaubt doch nicht ernsthaft, dass Johanna von Waldstein sich so einfach aus dem Feld schlagen ließe?«

»Johanna?« Markéta schob das Kinn vor. »Bisher hab ich keine Haarspitze von der Holden zu sehen bekommen. Bronja und Lisetta sagen, dass sie von morgens bis abends mit ihren heiligen Weibern in der Damenkapelle hockt – bei Gesang und Gebeten. Aber was schert das Julius und mich? Wir lieben uns, Monsieur, und wenn der Kaiser das erkennt, wird er unsrer Vermählung …«

Da hob d'Alembert abermals sein Stöckchen empor und schnitt Markéta mit einer sägenden Bewegung das Wort ab. »Hört mich an, Madame, und dann entscheidet.« Über die finanziellen Verpflichtungen, die Rudolf II. gegenüber dem Hause von Waldstein eingegangen war, würde er gewiss kein Wort verlieren, beschloss der Maître; schon bei dem bloßen Gedanken an die kaiserlichen Pfandbriefe, die sich angeblich in Baron von Waldsteins mährischem Schloss stapelten, befiel ihn leiser Schwindel. Aber auch abseits dieses heiklen Punktes ließen sich hundert unwiderlegbare Gründe anführen, die gegen einen überstürzten Damentausch in dieser Schachpartie des Herzens sprachen.

»Ihr haltet den Kaiser für den gewaltigsten Herrn der Welt«, sagte er, »fast jeder macht diesen Fehler, zuweilen sogar ich. In gewisser Weise ist der Kaiser tatsächlich ein mächtiger Mann, zugleich aber von so vielen Kräften abhängig, so vielen Einflüssen unterworfen, dass Ihr weinen würdet vor Mitleid, wenn ich Euch all diese hemmenden Kräfte nennen, ihre kleinlichen, boshaften, eigensüchtigen Beweggründe aufschlüsseln würde. Aber dafür fehlt mir – glücklicherweise – die Zeit.« D'Alembert sprach nun rasch und konzentriert, in seinem Sessel vorgebeugt, an unvorhersehbaren Stellen seiner Rede mit dem Stöckchen auf Markéta deutend. »Also nur so viel, Madame: Wie Ihr vielleicht wisst, vielleicht aber auch nicht – erstaunlich viele Persönlichkeiten, auch aus den hohen und höchsten Ständen, haben den Überblick in politischen Dingen längst verloren; jedenfalls und kurz gesagt: Unter den sieben Kurfürsten des Heiligen Römischen Reichs deutscher Nation ist Rudolf als König von Böhmen zwar sicher der enormste Potentat, aber doch auch nur einer dieser sieben hochgemuten Herren. Hält der Kaiser die alleinige Regierungsgewalt in Händen, oder üben die Kurfürsten von Rechts wegen eine Nebenregierung aus? Um diese Frage wird gerungen, nicht erst seit Rudolf die Ottonenkrone auf dem Haupt trägt, sondern schon unter seinem Vater Maximilian und bereits vor dieser Zeit, als der ehrwürdige Kaiser Karl V. auf dem Reichsthron saß. Und dann erst der Reichstag, Madame! Habt Ihr jemals gewagt, dieser buntscheckigen, traditionell zerstrittenen, nach geheimnisvollen Grundsätzen hierarchisch gegliederten Vertretung der sieben Dutzend Stände Eure Aufmerksamkeit zu schenken? Ihr schüttelt den Kopf? Nun, das war klug von Euch, Markéta, denn manch einem hat dieser hochwohllöbliche Reichstag schon den Schlaf geraubt und, mehr noch, den Verstand dazu, und zwar vorzüglich jenen Kurfürsten, die sich die Kaiserkrone aufsetzen ließen.«

Markéta blickte nun recht betreten drein, doch der Maître war mit seinem Sermon noch lange nicht am Ende. »Aber Ihr wendet ein, dass dem Kaiser mit dem Reichskammergericht und dem Reichshofrat doch mächtige Instrumente zur Verfügung stünden, um seinen Willen durchzusetzen? Nun, Madame, dann könnt Ihr mir vielleicht erklären, nach welchen mysteriösen Grundsätzen und Regeln die Ratsmitglieder des Kammergerichts gewählt werden? Ich jedenfalls vermag diese Regeln nicht zu durchschauen!« Er deutete auf sein Gegenüber. »Die Mitglieder des Hofrats, da gebe ich Euch Recht, kann Seine Kaiserliche Majestät schlichtweg selbst ernennen, was die

Dinge allerdings nur dem äußersten Anschein nach vereinfacht. Denn hier wirkt sich wiederum aus, dass Seine allerherrlichste Herrlichkeit eben nicht nur zum Kaiser des Reichs, sondern zugleich zum König des mächtigen Böhmen gekrönt worden ist, zu schweigen übrigens von Ungarn und Kroatien, über die Rudolf gleichfalls herrscht. Wundert es Euch da, wenn die Reichshofräte argwöhnen, dass er zwar stets als Kaiser befiehlt, aber keineswegs immer die Interessen des ganzen Reichs im Auge hat, sondern vor allem die seiner eigenen Königreiche?«

Wieder deutete er auf sie, und zu seiner Überraschung ergriff Markéta das Wort.

»Ich weiß zwar nicht recht, *cher maître«,* sagte sie, »warum Ihr mir diese Lektion in Reichsalchemie erteilt, und wie fast immer, wenn Ihr mit mir redet, hab ich den Eindruck, dass Ihr Euch zumindest ein bisschen über mich lustig macht. Aber das verschlägt wenig, das nehm ich in Kauf, Monsieur. Zumal es mir vorkommt, als ob ich mit Euren heutigen Belehrungen tatsächlich was anfangen könnte, als ob der Kaiser – und auch sein Sohn, Don Julius – mir jetzt klarer vor Augen stünden. Weil ich nämlich durch Euch den Boden besser seh, auf dem sie sich bewegen müssen, vorsichtig, tastend, um nicht einzubrechen.«

»Ihr beschämt mich, Madame.« Nun war es an d'Alembert, für einen Moment den Blick zu senken, doch gleich ging er wieder in die Offensive: »Ihr seid doch eine brave Katholikin? Ah, Ihr zieht es vor, zu dieser Frage zu schweigen? Meine Bewunderung steigt ins Grenzenlose. Ich komme jetzt nämlich zu jenen Kräften, die den mächtigsten Mann der Welt am ärgsten behindern und einschränken, oder um mit Eurer Metapher zu sprechen: zu den Stellen im Boden, wo er am übelsten einzubrechen droht.

Die Kaiserliche Majestät nämlich«, fuhr er nach einer Kunstpause fort, »ist durchaus Katholik, wie Ihr natürlich wisst, Katholik von Amts und Dynastie wegen, wenn auch keineswegs kraft eigener Entscheidung. Als katholische Majestät steht Rudolf aber in unserem heutigen Reich, und gar hier im hussitischen Böhmen, einer kleinen Minderheit vor, während die anderen, die Reformierten sämtlicher Schattierungen, die Hussiten, Calvinisten, Adamiten, Lutheraner und wie sie sich alle nennen mögen, hierzulande längst die Stärkeren sind, keineswegs nur der Kopfzahl nach. Und nun stellt Euch aber vor, wie viele Vertreter nichtkatholischer Stände dem Kaiser auf dem Reichstag entgegentreten! Die Städte und Grafschaften des Nordens und der Mitte des Reichs, die bürgerlichen Republiken, Festungen und Handelszentren bis hinab zu den Reichsstädtlein und Reichsrittern: Sie alle verfechten ihre Eigeninteressen, und sie alle haben tausend gute Gründe, der obersten Majestät umso argwöhnischer entgegenzutreten, je genauer sie es mit ihren Kaiserpflichten nimmt.«

D'Alembert fühlte sich auf einmal müde, so als ob er die ganzen drückenden Kaiserpflichten persönlich schultern müsste. Ein geringes Maß dieser Lasten, dachte er, schleppe allerdings seit Jahr und Tag auch ich für die väterliche Majestät. »Ohne Zustimmung der Stände«, sagte er, »kann der Kaiser keinen einzigen Gulden ausgeben, keinen Soldaten in die Schlacht schicken, keine Feldschlangen und keine Musketen kaufen. Und all das wird er überreichlich brauchen, er oder sein Nachfolger, in wenigen Jahren schon, vielleicht denkt Ihr eines Tages an meine Worte: Der Streit um die Religion wird das Reich über kurz oder lang in Stücke reißen, was die Leute auch munkeln mögen. Da sollte man meinen, dass es völlig gleich wäre, ob sie zu einem bärtigen oder glatthäutigen Gott beten, mit oder ohne Mater Maria, ob sie anerkennen, dass der Thron ihres Schöpfers von Heiligen umlagert wird oder bloß von Engeln umflattert – gleichgültig, sage ich, weil das alles doch nur tröstliche Lügenmärchen sind. Und davon, urteilt selbst, aufrichtig geschätzte Madame Markéta, kann die Menschheit auf ihrer einsamen Reise durch einen toten, durch und durch gleichgültigen Kosmos doch gar nicht genug im Gepäck haben: von tröstlichen Lügenmärchen! – Aber nun genug, Madame, ich sehe, dass das Gespräch Euch zu verwirren beginnt, und außerdem muss ich, wie gesagt, zum Burgtor hinunter: Der Bär kommt.«

Er machte Anstalten sich zu erheben. »Verzeiht mir, wenn ich Euch ermüdet haben sollte mit meiner Reichsalchemie, wie Ihr es so vortrefflich nanntet. Stellt Euch einfach vor, diese Burg wäre das Reich – mit der brodelnden Unterwelt im Keller, den ständig unzufriedenen Bauern, Handwerkern und Lakaien im Erdgeschoss und dem naschsüchtigen, schwatzhaften, intriganten Künstler- und

Höflingsvölkchen in den Etagen darüber. Gesetzt, Ihr wäret die Herrscherin über ein solches Reich, Markéta: Würdet Ihr unbekümmert Entscheidungen treffen, die den Zorn der Bewohner aller Etagen auf Euch lenken müssten, oder würdet Ihr solche Veränderungen vermeiden, wie der Teufel vor dem Weihwasserwedel davonwetzt?«

Markéta schloss für einen Moment die Augen. »Aber wenn der Kaiser«, sagte sie endlich, hob die Lider und sah ihn durchdringend an, »wenn Rudolf seinen eigenen Sohn mit einer Adligen aus ehrenwertem ungarisch-siebenbürgischen Haus vermählt: Wen bei allen Heiligen sollte das empören?«

»Beispielsweise die Adelshäuser des halben Abendlandes?«, schlug d'Alembert vor. »Oder sollte Eurer Aufmerksamkeit entgangen sein, Madame, dass der Kaiser nahe daran war, seinen natürlichen Sohn auf einen mährischen Bauernhof zu verbannen, nachdem in Don Julius' Schlafgemach eine erschlagene Hurenmaid gefunden wurde – und er selbst von Kopf bis Fuß mit ihrem Blut besudelt war? Dass seinem Bastardsohn die ehrenwerte Krumauer Grafschaft zugeschlagen wurde, haben die Edlen Europas und die Bürger Böhmens übel genug vermerkt. Und da meint Ihr, wir sollten gerade jetzt neues Öl in die Wogen gießen – durch Bruch seiner Verlobung mit der hochwohlgeborenen Johanna und Vermählung mit einer jungen Dame von nicht annähernd ebenbürtiger Herkunft?«

Sie zuckte zusammen und warf ihm einen verworrenen Blick zu, gemischt aus Zweifel und Zorn. »Habt nicht Ihr selbst mir versichert«, fragte sie zurück, »dass meine Abkunft aus dem Haus der Ludanice unzweifelhaft sei? Und war eine da Ludanice nicht edelblütig genug, um dem Bruder des hochwohlgeborenen Wilhelm von Rosenberg vermählt zu werden?«

D'Alembert begnügte sich damit, seine strichdünnen Augenbrauen zu heben, die er sich an jedem zweiten Samstag im Dampfbad sorgsam beschneiden ließ.

»Außerdem wisst Ihr so gut wie ich, dass Don Julius dieses Mariandl nicht umgebracht hat – er hat das Herz eines Kindes, Monsieur!«

Und die Kraft eines Stiers in seinen Armen, dachte d'Alembert, und jenen Dämon in seiner Seele, der in mondhellen Nächten zuweilen wispert: Schlachte sie! Aber von alledem sagte er nichts, sondern betrachtete nur angelegentlich sein Stöckchen, dessen Lacküberzug an einigen Stellen stumpf zu werden begann.

»Es mag ja sein, Monsieur«, fuhr Markéta fort, »dass Ihr Euch die Baderstochter Markéta Pichlerová zurückwünscht, weil Ihr die leichter dirigieren konntet – wenn auch nicht auf jene Weise, wie Ihr's Eure Bühnenkünstler damals dreist behaupten ließet. Aber vor Euch steht nun Markéta da Ludanice, und falls Ihr insgeheim hoffen solltet, dass Ihr mich bei Bedarf aus der Burg hinauswerfen könntet, wie es meiner armen Mutter geschehn ist, so lasst Euch versichern: Das wird Euch nicht glücken, Monsieur.«

D'Alembert strahlte sie an, sein Stöckchen in der Luft wirbelnd. »Nichts läge mir ferner, als solches auch nur zu erwägen, Madame. Eure Liebe wirkt auf Julius wie ein Balsam. Euch zu verlieren wäre das Schrecklichste, was ihm widerfahren könnte.«

Abgesehen von seinen törichten Hoffnungen aufs väterliche Zepter, dachte der Maître und bot der Mätresse des Kaiserbastards lächelnd seinen Arm.

51

Seite an Seite schritten d'Alembert und Markéta den dämmrigen Gang voll Rosenberger Ahnenbilder entlang und die breite Treppe hinab auf den Hof.

Wahrscheinlich wäret auch Ihr behutsamer, Madame, dachte d'Alembert, wenn Ihr wüsstet, dass Euer Geliebter schon einmal eine ganze Hirschkuh, mitsamt Fell und Eingeweiden, in einem Bottich gekocht hat, weil er nämlich annahm, dass sich so die Haut säuberlich vom Leib lösen ließe. Verrückt, meint Ihr? In der Tat, Madame, ich verehre Euren Scharfsinn, dachte der Maître, während sie über den sonnigen Burghof schritten, wo da Biondo, Gabriele und einige andere Maler wilde Kohlestriche auf ihre Skizzenblätter warfen. Ein halbes Dutzend junger Leute lief auf den Händen im Hof herum, schlug Räder oder Purzelbäume, am ganzen Körper mit gelben und schwarzen Strichen und Tupfern wie Tigerkatzen bemalt.

Das findet Ihr wohl auch närrisch, Madame? Tollhäuslerisch und verderbt? Der Maître warf Markéta einen raschen Seitenblick zu. Aber bedenkt Ihr bei Eurem Urteil auch, dass diese Künstler den einzigen wirklich verehrungswürdigen Gottheiten dienen: der galanten Schönheit und der geistreichen Illusion? Wenn es schon keinen Himmel gibt, Madame, keine Seligkeit und keinen Gottvater droben im Wolkenschloss, kommt es dann nicht letzten Endes nur darauf noch an: dass wir unseren Stil verfeinern und einander nicht in grobem Ernst, wie die Bestien in den Wäldern, an die Hälse gehen?

So monologisierte der Maître im Stillen, dabei Arm in Arm mit Markéta durch die Burghöfe wandelnd, bis sie endlich das tintenschwarze Durchhaus hinter sich ließen und ihnen ein bestialischer Gestank entgegenbrach.

»Der Bär«, sagte d'Alembert und rümpfte die Nase. Unwillkürlich verlangsamte er seinen Schritt, aber Markéta zog ihn weiter, den Hof hinab.

Tatsächlich war das untere Burgtor schon weit geöffnet, eine Menschenmenge hatte sich dort versammelt, und von den Ställen her, aus dem Backhaus, der Butterei und dem Schlachthaus liefen weitere Knechte und Mägde auf den Hungerturm zu, der schlank und bunt in den blauen Mittagshimmel ragte.

Trommelschläge ertönten, so dumpf und gemächlich, dass man bei ihrem Klang schon das behäbige Trotten eines Bären vor sich sah. Nun bildeten die Leute unten am Tor eine Gasse, und Augenblicke später trat ein Hüne mit feuerroter Mähne und ebensolchem Bart hindurch, einen gewaltigen Braunbären am Seil hinter sich herziehend. Zum Abschluss der kleinen Prozession folgte ein halbwüchsiger Knabe, gleichfalls mit feuerrotem Haar, der rhythmisch auf seine umgehängte Trommel schlug.

»Sie sollten ihn gleich nach unten in den Graben bringen«, murrte der Maître, »die Bestie verpestet uns noch die ganze Burg.«

»Ah, Don Julius! – Ihr gestattet doch, Monsieur?« Und die Baderstochter entzog ihm ihren Arm, schlängelte sich geschickt durch die Menschenmenge und stand im nächsten Moment neben dem Grafen.

D'Alembert zögerte, es ihr gleichzutun, das Gedränge und Gejohle, der Gestank und die pulsierenden Trommelklänge stießen ihn ab. Nahe der Grabenmauer entdeckte er einen schwarzen Kasten und stellte sich darauf, um besser zu sehen, was vorn am Tor geschah.

Soeben nahm Julius dem feuerköpfigen Riesen das Bärenseil aus der Hand. »Hoppla, du Fleischberg«, rief er, »tanz schon – ich befehl's!«

Sein Gesicht strahlte, doch es war eine trügerische Heiterkeit – selbst aus einer Entfernung von zwanzig Schritten meinte d'Alembert wieder jenes unheilvolle, allzu vertraute Funkeln in Julius' Augen zu sehen.

Der junge Graf überragte die Menge der Diener und Handwerker, der Edlen und Gardisten fast um Haupteslänge, nur der feuerköpfige Bärenfänger war noch höher gewachsen und breitschultriger als er. »Willst du wohl springen!«, rief Julius und zerrte am Seil, dass der Eisenring in der Nase des Bären emporflog und die urtümliche Kreatur mit in die Höhe riss. »Hossa, so ist's recht!« Julius jauchzte, und die Menge johlte mit ihm. »Spring schon, du Fleischsack!« Er riss am Seil, dass sich der Bär taumelnd auf seine Hinterbeine aufrichtete und mit den Vorderpratzen um sich hieb.

Auch die Künstler und Schranzen waren unterdessen in hellen Scharen von der oberen Burg herangesegelt. D'Alembert unterschied den Maler mit den zitronengelben Schnabelschuhen und das Rudel splitternackter Poseure in ihrer Tigermaskerade, die weiterhin Purzelbäume in der Menge schlugen oder auf den Händen im Kreis liefen.

Die Nase des Bären war grotesk geschwollen, und an den Stellen, wo sich der Ring am Fleisch rieb, bemerkte der Maître nun eitrige Geschwüre. Auf den Hinterbeinen torkelnd, versuchte die Bestie immer wieder, sich mit plumpen Pratzen den Ring von der Nase zu schlagen oder ihrem Peiniger das Seil zu entreißen, aber all ihre Hiebe gingen unter dem Johlen der Menge ins Leere.

»Hossa, Monstrum, hüpf!«, schrie Don Julius, und die Trommel dröhnte um die Wette mit dem Brummen des Bären und dem Kreischen des Publikums.

Die getigerten Nackten stelzten und kreiselten durch die Menge, und nun liefen auch Lakaien umher, Tabletts und Körbe in den Händen, um die Edlen unter den Gaffern mit Wein und Naschwerk zu versorgen.

D'Alembert reckte den Hals und sah, dass sich Markéta bei ihrem Julius eingehängt hatte; ihre Miene wirkte angespannt, ganz im Gegensatz zu dem strahlend jungen Hünen an ihrer Seite. Sie beide hielten Weinbecher in den Händen, Julius zusätzlich zu dem Seil, an dem er immer wieder heftig zog, um den Bären zu torkelndem Tanz zu zwingen.

Auf einmal sprang der Schellennarr in seinen tomatenroten Hosen, auf dem Kopf die Narrenkappe, die wie eine ganze Aussegnungskapelle klingelte, in den freien Raum vor dem zottigen Vieh. Geschickt ahmte er das Taumeln der Bestie nach und brachte sich unter dem Raunen des Publikums eben noch in Sicherheit, ehe die Riesenpranke ihn zerschmettern konnte. Laute Zurufe, Händeklatschen und Gelächter belohnten ihn für die waghalsige Tat.

Jemand rief: »Wo sind die Tiger?«

Die Frage wurde mit heller Begeisterung aufgenommen. »Her mit den Kätzchen!«, hörte der Maître. »Sie sollen gegen den Bären kämpfen!«

Und mit einem Mal, buchstäblich von einem Moment zum anderen, verwandelte sich die Menge in eine einzige ungeheure Bestie, die aus hundert Mäulern nur noch einen Schlachtruf schrie: »Die Kätzchen – kämpfen! Die Kätzchen – kämpfen!«

D'Alembert hatte eine solche Verwandlung schon einmal miterlebt, bei einer Bauernrevolte vor zwanzig Jahren, als ein halbes Hundert plumper Männer, nur mit Forken und Flegeln gewappnet, sich unter trunkenen Gesängen einer Übermacht schwer bewaffneter Wehrknechte entgegenwarf. War es erst einmal so weit gekommen, dass die Bestien in den Menschen die Oberhand gewonnen hatten, dann konnte selbst der beste Bändiger sie nicht mehr seinem Willen unterwerfen – zumindest nicht in diesem Moment archaischer Ekstase, in dem alle Körper, Seelen und Herzen zu einem einzigen, ungeschlachten Leib verschmolzen schienen.

Auf dem schwarzen Kasten balancierend, den irgendwer hier an der Mauer abgestellt hatte, begnügte sich der Maître damit, still zu beobachten, wie die Dinge sich entwickelten, doch er fürchtete das Ärgste, denn die Szenerie enthielt alle benötigten Zutaten für einen bestialischen Tumult.

Die »Kätzchen« unternahmen einen schwachen Versuch, ihr aufgemaltes Fell und alles Darunterliegende zu retten, aber die Menge packte sie mit drei Dutzend mitleidlosen Händen und stieß sie nach vorn. »Kämpfen, kämpfen!«, kreischte es weiter aus hundert Mäulern, während zwei der Getigerten, Junge und Mädchen, von der Menge ausgespien wurden und auf den freien Platz vor dem Bären taumelten.

Für einen Moment lähmenden Entsetzens glaubte d'Alembert, dass es Fabrio und Lenka wären, dann erst erkannte er die Gesichter hinter den Tigermasken. Der Maler Gabriele hatte die beiden unlängst mitgebracht – Piero und Clarissa, wenn er sich recht erinnerte –, Zwillinge angeblich auch sie, wie es die allerneueste Mode befahl.

Die Menge stöhnte auf, und der Schlachtruf verdorrte auf hundert Lippenpaaren, als das Mädchen direkt vor dem Bären zu Boden fiel. Mit seinen winzigen Augen stierte das Tier ins Weite, als ob es sich fragte, wie nun weiter zu verfahren sei. Dann senkte es unvermittelt den Kopf und starrte auf Clarissa hinab, die mit einer Miene leeren Entsetzens zu ihm emporsah.

Der Sohn des Bärenfängers hatte die Hand mit dem Schlegel sinken lassen. Einen endlosen Augenblick lang war nichts als das Wimmern des nackten Mädchens zu hören, das in seiner lachhaften Tigermaskerade vor dem Bären lag und seine Todesangst aus sich herausfiepte. Dann sackte die Bestie nach vorn.

D'Alembert, der zu diesem Zeitpunkt seine Augen längst geschlossen hatte, vernahm einen zähen Schmatzlaut, während seine Einbildungskraft ihm mit unerbittlicher Genauigkeit vormalte, wie die Überreste des Mädchenkörpers unter den Vorderpratzen hervorquollen, ein Frikassee aus Knochensplittern, Fleisch und Blut.

»Bekennet Eure Sünden – büßet und schwöret dem Frevel ab – preiset den Namen des He-he-herrn!«

Für einen kurzen Moment fürchtete der Maître, dass er tatsächlich das Bewusstsein verloren haben könnte. Aber er stand noch immer auf dem Holzkasten neben der Grabenmauer, und das Dutzend jubilierender Nonnen, das vom Spital her über den Burghof wandelte – die knöchellangen schwarzen Kutten, die ihren Bewegungen etwas Schwebendes verliehen; die strengen Gesichter, umschlossen von strahlend weißen Hauben; die gleichförmig sich öffnenden und schließenden Münder, aus denen heller Gesang brach; die Weihrauchwedel, die sie rhythmisch über der Menge schwenkten; die Glöckchen, die sie bei jedem »He-he-herrn!« wie rasend erklingen ließen –, all das wirkte zwar närrisch wie die Szenen mancher Träume, gehörte aber zweifellos der Wirklichkeit dieses Junitages an. Zumal d'Alembert einige Schritte hinter den singenden Nonnen nun auch noch eine durch und durch weltliche Gestalt erblickte, mit glänzender Glatze und puterrotem Antlitz, das wie ein Lampion über dem eng anliegenden schwarzen Gewand nach spanischer Mode schaukelte. Was aber hatte Kasimir von Rosert mit Johannas frommen Weibern zu schaffen?

»Bekennet Eure Sünden, büßet und schwöret dem Frevel ab, preiset den Namen des He-he-herrn!«

Während der Maître den zwölf heiligen Frauen und dem Medikus entgegensah, ängstlich bemüht, die zermalmte Clarissa aus seinem Blickfeld und seinen Gedanken zu verbannen, krachte eine Salve von Gewehrschüssen in sein Gehör. Er fuhr herum, verlor nun ernstlich die Balance, stolperte von seinem hölzernen Podest und ging im selben Moment zu Boden wie der Braunbär unten am Tor.

Im Fallen sah d'Alembert eben noch, wie Julius einem Gardisten seine rauchende Flinte zurückgab, dann musste er tatsächlich für einen winzigen Moment in die süße Schwärze einer Ohnmacht abgeglitten sein.

Als er die Augen wieder öffnete, leuchtete über ihm von Roserts Schädel wie ein Erntemond. »Madame Markéta hat drum gebeten, dass ich den Leichnam noch einmal beschaue, ehe er beigesetzt wird.«

D'Alembert sah ihn nur ratlos an, zu viele Fragen schwirrten durch seinen viel zu benommenen Kopf. Außerdem standen die heiligen Frauen im Kreis um ihn und den Medikus, unverdrossen bimmelnd, Weihrauch verspritzend und aus zwölf selbstgerechten Mündern singend: »Bekennet Eure Sünden, büßet und schwöret dem Frevel ab, preiset den Namen des He-he-herrn!«

Er reichte dem Medikus eine Hand, tastete mit der anderen nach seinem Stöckchen und ließ sich auf die Füße ziehen. Erst als von Rosert sich nach dem länglichen Holzkasten bückte und ihn ächzend auf seine Schulter hob, dämmerte dem Maître, dass er die letzte Behausung des unglücklichen Flößerbuben als Aussichtspunkt missbraucht hatte.

»Und Madame Markéta hat Euch gebeten?«, fragte er nach.

»Nun, nicht direkt mich. Sie wünscht, dass ein Kundiger den Leichnam beschaut, und da ihrem Herrn Vater das Privilegium entzogen wurde …«

»… kommt nur noch Ihr dafür in Frage?«, vollendete d'Alembert, dem mehrere Schleier gleichzeitig von den Augen fielen.

»So ist es, Maître d'Alembert«, bestätigte der Medikus. Er machte den heiligen Frauen ein Zeichen, worauf diese sich je zu sechst an seinen Seiten formierten.

Die überlebenden Tigerkätzchen drängten sich fröstelnd in die Arme ihrer schnabelbeschuhten Beschützer, und Don Julius ließ sich mit finsterer Miene von Markéta da Ludanice zurück in die obere Burg führen. Am Burgtor versuchten die Lakaien unter Rufen und Flüchen, die Überreste der kleinen Clarissa unter dem Kadaver hervorzuziehen. Mit Tränen in den Augen standen der Bärenfänger und sein Sohn dabei, ohne einen Finger zu rühren. Währenddessen lehnte d'Alembert noch immer an der Grabenmauer und schaute, seine vom Sturz beschmutzten Kleider beklopfend, dem Medikus und den heiligen Frauen hinterher, bis sie allesamt im gräflichen Spital verschwunden waren und nur ihr Chorgesang noch über dem Burghof zu schweben schien: »… den Namen des He-he-herrn!«

52

Der Junge in der Quelle, umwabert von Nebelschwaden: Das Bild verfolgte Flor bis in den Schlaf. Seine blonden Locken, vor Nässe gedunkelt, die milchigen Augen, das Gesicht in Dampf und Angst zerfließend – das war schon mal, schon einmal, dachte er, bei verhängtem Fenster in Markétas Schlafgemach liegend, aber wo nur, wo?

Und dazu Markétas Ausruf, als sie den Knaben hinterm Nebelschleier erspäht hatte: »Flor, um Himmels willen, Flor!«

Dabei hatte er ja neben ihr gestanden, unter den Eichbäumen, auf der kleinen Lichtung, an deren Rand die Quelle dampfte. Und hatte Markétas Hand umklammert wie früher, wie vor kurzem noch die kleine, schwielenreiche Hand der Steinerin.

»Ra-raus, Ro-rolf!« Er begann zu schreien, erschrocken mehr über Markétas Ausruf als über das Nebelbild, das sich ihren Augen bot: der Junge, aus dem Felsloch kriechend, von Dampf umwabert, wie ein riesenhafter Säugling, so nackt und rot. Als ob die Erde selbst ihn gebären würde! »Krie-kriech, Rolf! Rasch, Ro-rolf! Ra-raus!«

Das war schon mal, schon einmal, dachte er wieder, aber wo nur, wo?

»Die Welt hinterm Nebel«, hörte er Markéta flüstern, dicht an seinem Ohr. Sie hielt ihn umschlungen, zog ihn langsam auf die Quelle zu und flüsterte unablässig auf ihn ein, Worte, deren summender Klang ihn tröstete, auch wenn er ihre Bedeutung nicht verstand: »Ganz wie in meinem Traum, Mutter Blanca. Und jetzt er: Nico, natürlich Nicodemus, nicht Flor. Und doch genauso, wie mir Flor mal erschienen ist, ganz zu Anfang: als Bote aus der Welt hinterm Nebel. Aber ich versteh's nicht, immer noch nicht, ich begreif bald gar nichts mehr!«

Sie ging am Rand der Quelle in die Knie, wollte ihn mit sich hinabziehen, aber Flor machte sich los.

»Ni-nicht zurück!« Wieder begann er zu schreien, während er unverwandt auf den dampfumwallten Körper in der Quelle starrte, die aufgestemmten Ellbogen, der kochendrote Kopf auf einen Arm gebettet wie zum Schlaf. »Ra-raus, Ro-rolf! Ni-nicht zurück!«

»Er ist tot«, hatte er Markéta flüstern gehört. »Flor, begreifst du nicht: Er ist tot!«

Da hatte er sich neben Markéta niedergehockt, sterbensmatt war ihm mit einem Mal zumute gewesen. Als schaute er in einen Spiegel, so hatte er den Toten hinter den Nebelschleiern angesehen; in einen Spiegel, ja, aber der zeigt nicht mich selbst, sondern *einen wie mich*, aus Dampf und Dreck geboren.

Er lag in Markétas Bett und sah doch ihn die ganze Zeit vor sich: Nico, wie sie ihn genannt hatte. Er spürte die feuchte Hitze, die von der Quelle, von dem kochenden Körper aufstieg, und fror doch immer noch am ganzen Leib. Immer frier ich, frier ich, dachte Flor, seit damals, als ich in der schwarzen Halle aufwach und das Fiepen im Finstern hör und den Drachen der Nacht.

Vor der Schlafkammertür machte sich jemand rumpelnd zu schaffen, Flor hielt den Atem an und lauschte angespannt nach draußen. »Schscht, ich bin's nur – Lisetta«, hörte er und verkroch sich noch tiefer unter Markétas Pfuhl. Markéta und Lisetta, dachte er, bei den beiden Frauen war er in Sicherheit. Wie früher bei der Steinerin, nein, anders, wärmer. Er probierte die Wörter aus – es gibt so viele Wörter und nie will eins wirklich passen: Meist sitzen sie schief auf den Dingen, wie die schmierige schwarze Mütze auf Hezilows Kopf.

Hezilow! Wenn er den Namen nur dachte, fuhr er zusammen. Du hast mich gefangen gehalten, dachte er; damals, du Lumpenteufel, Jurij Hezilow. In deiner Halle war ich gefangen, nackt in schwarzer Nacht. Aber warum nur, warum? Und weshalb kamen der Puppenmacher und seine schwarzen Gesellen, die Halle und der grauenvolle Drache – warum kam all das in allen Geschichten der Steinerin niemals vor?

Weil sie gelogen hat, mich immer nur angelogen hat, dachte Flor, indem er sich frierend in Markétas Himmelbett hin und her warf. Weil Herr Veit nicht mein Vater und Frau Hilda nicht meine Mutter ist. Weil ich keine, gar keine Eltern hab! Weil ich von keiner Mutter geboren bin, sondern aus Dampf und Dreck und Nacht gekrochen wie er aus jener Nebelpfütze!

Und hat es kaum gedacht, da ist er wieder dort, in der schwarzen Halle, ein Knäblein von drei Jahren vielleicht, mit einem Lumpenhemdchen angetan. So tappt er barfüßig auf dem kalten Steinboden umher, und wie er friert, wie fürchterlich ihn friert! Das Lederband um seinen Hals, daran die Kette, die kalt vor seinem Rücken herabhängt, klirrend hinter ihm am Boden schleift. So weiß Hezilow immer, wo er sich gerade herumtreibt, denn wie sachte er sich auch bewegt, wie er die Kette mit seinen Händen zu dämpfen versucht, ganz kann er das Klirren nie ersticken.

Über ihm im Finstern gleitet der Drache umher. Wenn du ihn siehst, seine glühenden Augen, wenn du ihn hörst, das Rauschen seiner Flügel, ist es schon zu spät.

Unablässig lauscht er nach droben, immer auf den furchtbaren Angriff gefasst. Hundertmal am Tag wirft er sich zu Boden – aber es gibt keine Tage, nur Nächte, nur eine einzige, nie endende Nacht. Hundertmal kriecht er unter einen Tisch, zwängt sich hinter einen Schrank, weil er in seinem Innern ein Ziehen und Reißen gespürt hat, die schreckliche Gewissheit: Da kommt *er*, aus schwärzester Höhe, und stößt mit feurigem Rachen auf ihn herab.

Und dann lacht der Lumpenteufel, lacht heulend und pfeifend: »Hat der kläjne Rolfie wieder's Rauschen geheert?«

Fackellicht, das immer nur einen winzigen Umkreis erhellt, ringsum und darüber die trügerischen Tücher der Nacht. Die Angst macht ihn rastlos, zwingt ihn, in der riesigen Halle umherzutappen, von einem Ende zum andern, durch die Nebengewölbe, immer die Wände entlang, immer krampfhaft nach droben lauschend.

Der Lumpenteufel und seine Gesellen, die sich an großen Tischen, glühenden Öfen zu schaffen machen. Den Blasebalg treten, Pulver in Tiegel geben, leuchtende Tinkturen dazuschütten, und dann steigen bunte Schwaden auf: Fratzen aus Qualm, Pratzen aus Nebel, die nach dem Knäblein im Lumpenhemdchen greifen.

Wieder rennt er weg, klirrend und stolpernd. Und dabei immer frierend, selbst wenn er neben einem der glühenden Öfen steht. Die Hitze versengt ihm Haut und Haare, aber unter der Glut bleibt es felsenkalt. Er geht um eine Säule in der schwarzen Halle herum, und auf einmal ist er in einem Nebengewölbe, in dem er niemals vorher war.

Riesenhafte Glasballons, von heißer Nässe beschlagen, sodass er nicht sehen kann, was drin sein mag. Ein Gewirr von Röhren, das die Ballons verbindet, und in der Luft ein Schmorgeruch, der in der Kehle würgt, ein Gurgeln und Blubbern wie von zäh kochendem Brei. Und weiter hinten, ganz leise und doch deutlich wie niemals: jenes Fiepen, wie von ängstlichen Welpen, dem er schon so lange hinterherspürt.

Der Geruch nimmt ihm fast den Atem. Dennoch tappt er weiter hinein ins Gewölbe, seine Kette mit beiden Händen dämpfend.

Es sind drei Ballons aus Kristallglas, jeder so groß wie der Schädel eines Riesen, an armdicken Ketten von der Decke hängend und durch gläserne Röhren verbunden. Auf dem Boden unter den Kugeln stehen gewaltige Kupferbecken, gefüllt mit glühender Kohle, deren Hitze den Inhalt der Kristallballons brodeln macht.

Als er näher herantappt, wird das Fiepen lauter, doch es dringt nicht aus den beschlagenen Ballons, wie er im ersten Entsetzen geglaubt hat. Die Welpen müssen *hinter* den kochenden Glasbehältern sein, aber wie dorthin gelangen: Der ganze Boden ist ja mit glühender Kohle bedeckt. Hastig schaut er hin und her, auf der Suche nach einem Pfad hinter die Kristallkugeln, dabei horcht er unverwandt nach droben, zur Gewölbedecke, wo jederzeit der Vogel der Nacht erscheinen kann.

Doch wie er auch umherspäht, er findet keinen Pfad durchs Meer der glühenden Kohlen. Enttäuscht versucht er, die Schwaden, die von den Glasballons aufsteigen, zumindest mit seinen Blicken zu durchdringen. Ein goldenes Funkeln glaubt er zu erkennen, die bleichen Scheiben kleiner Gesichter, den Glanz hin und her huschender Augenpaare. *Solche wie ich!*, durchfährt's ihn, da spürt er das Reißen und Zucken in seinem Innern: der Drach', der Drach', und wirft sich schreiend zu Boden, Bauch und Brust auf die kalten Kacheln pressend, die Beine an den Leib gezogen, seinen Kopf unter den Armen bergend.

»Na, Rolfie, wollt'st deine Briederchen besuchen gehn?«

53

»Madame?« Bronja trat von einem Fuß auf den anderen, und ihre rechte Hand krampfte sich in den Saum ihrer Schürze.

»Was gibt's denn?«, fragte Markéta, die gerade erst in einen der lachsfarbenen Fauteuils gesunken war. Ihr Kopf schmerzte, noch immer fühlte sie sich elend und aufgewühlt. Erst die Entdeckung des toten Nico in der Quelle, und dann auch noch der schreckliche Zwischenfall mit der kleinen Clarissa und dem Bären – es war einfach zu viel für sie, zumal Julius' Gemütsverfassung ihr zusätzlich Sorgen machte. Seit der Goldprobe ging eine seltsame, schleichende Veränderung mit ihm vor. Seine Augen glänzten beinah ständig auf eine Weise, die sie ebenso beunruhigte wie seine Laune, die binnen eines Herzschlags von greller Heiterkeit in Höllenschwarz umschlagen konnte – und im nächsten Moment wieder zurück!

Die Zofe gab sich sichtlich einen Ruck. »Madame Johanna … sie wünscht Euch zu sprechen – Madame«, fügte sie stammelnd hinzu.

Die Waldstein! Wie viel Verhängnis denn noch am gleichen Tag, dachte Markéta und setzte ein eisernes Lächeln auf, wie sie es bei d'Alembert hundertmal gesehen hatte. »Johanna?« Suchend sah sie sich um, und für einen Moment glaubte sie tatsächlich, dass die fromme Freifrau gleich hinter einer Tapetentür hervorkäme. »Ich lasse bitten.«

»Na ja, Madame …« Bronja zerknüllte nun beidhändig ihren Schürzensaum. »Johanna von Waldstein wünscht, dass Ihr zu ihr kommt – Madame«, fügte sie wieder hinzu und verdrehte die Augen, als ob sie Prügel fürchtete.

»Oh, natürlich.« Wie hatte sie nur annehmen können, dass die Edle sich höchstderoselbst zu ihr bemühen würde? »Wo ist sie denn?«, fragte Markéta und rappelte sich schon wieder aus ihrem Sessel auf.

»In der Kapelle der Herrin. Wenn Ihr mir folgen wollt – Madame?«

Unangenehme Aufgaben erledigt man am besten sofort, sagte sich Markéta, eine Spruchweisheit von Pater Hasek. Während sie hinter

Bronja dreintrottete, durch die labyrinthische Flucht pfirsich- und aprikosenfarbener Säle, fühlte sie auf einmal einen Lachreiz in der Kehle, ein Anflug finsterer Heiterkeit, wie sie Don Julius immer häufiger befiel.

Alles in ihr sträubte sich gegen dieses Zusammentreffen, für das sie sich innerlich zu wappnen versuchte, seit sie vom Jagdkastell zurückgekehrt waren. Würde die edle Johanna sie als Badershur verhöhnen? Oder als Hochstaplerin verspotten, die ihre nichtswürdige Herkunft hinter fragwürdigen Adelsbriefen verbarg? Wieder fühlte sich Markéta schrecklich dumm und hilflos, wie vor Wochen, als sie zum ersten Mal diese Frauengemächer betreten hatte. Aber etwas hat sich verändert, dachte sie dann: Julius liebt mich, und ich lieb ihn wie mein eignes Leben.

Ihre Knie fühlten sich weich an, und ihr Herz flatterte wie eine aufgestörte Nachtigall. Dennoch fühlte sie sich ein wenig gekräftigt, als sie Bronja weiter durch Zimmer und Kammern folgte, tiefer hinein in das Labyrinth der Frauengemächer, als sie bisher jemals vorgedrungen war. Raum fügte sich an Raum, alle so ineinander verschachtelt, dass man sich wie in einem endlosen Tunnel fühlte – einem mit Damast und Seide verkleideten, mit Kissen und Teppichen ausgepolsterten Stollen zwar, aber doch wie in einer abgeschlossenen Röhre, die von schweren Aromen erfüllt war. Immer drückender wurde der Geruch, süßlich wie Weihrauch, dachte Markéta, vermischt mit exotischeren Düften, die sie nicht einmal dem Namen nach kannte.

Bronja steuerte nun auf eine scheinbar massive Wand zu, die mit einer silbrig gestreiften Seidentapete bedeckt war. Mit der flachen Hand drückte die Zofe gegen eine kaum sichtbare Wölbung, und vor ihr glitt eine Tapetentür auf. Sie traten hindurch und durchquerten einen fast kahlen Vorraum, dessen Fenster mit schwarzen Tüchern verhängt waren.

Endlich blieb Bronja vor einer schwarz lackierten Tür stehen. Sie klopfte an und lauschte, bis von drinnen ein ungnädiges »Nun denn!« ertönte. Zaghaft zog sie die Tür auf und zirpte, dabei zu einem Knicks zusammensinkend: »Gnädige Frau, wie befohlen – Madame Markéta.«

Der Saal, in den Markéta eintrat, schien eine unbestimmte Mitte zwischen Kapelle und Audienzraum einzunehmen. Auch hier waren die Fenster mit dunklen Tüchern zugehängt, sodass die Sonne nur verdüstert durchdringen konnte. An der Stirnwand hing ein riesiges Kreuz aus schwarzem Holz, davor stand ein Bronzebecken, aus dem silbrige Schwaden aufstiegen – die Quelle jenes süßlichen Geruchs. Den Boden bedeckten steinerne Quadrate in Schwarz und Weiß, angeordnet wie auf einem riesenhaften Schachbrett. In der Mitte dieses Feldes stand ein Dutzend schlichter Stühle von schmuckloser Strenge rings um einen schwarzen Marmorsockel, ansonsten war der gewaltige Raum gänzlich kahl. Auf den Stühlen saßen die »heiligen Weiber«, die Markéta vorhin schon gesehen hatte, als sie singend und Weihrauch verspritzend durch den unteren Burghof gewandelt waren. Alle zwölf Nonnen saßen ihr zugewandt, eingemummt in ihre schwarzen Kutten, und sie alle blickten sie so kalt und strafend an, als ob sie die verworfenste Sünderin auf Erden wäre.

»Kommt nur näher – *Señorita.*«

Erst jetzt richtete Markéta ihr Augenmerk auf die schmale Dame, die inmitten des heiligen Kreises auf dem Sockel thronte. Das ist Johanna?, dachte sie.

Die Waldstein – denn wer sonst sollte die Thronende sein – hob eine vor Juwelen glitzernde Hand und winkte sie mit Zeige- und Mittelfinger herbei. »Lasst Euch betrachten – solange Ihr noch halbwegs ansehnlich seid.«

»Johanna?« Sie trat langsam näher, über schwarze und weiße Riesenfelder stelzend und Julius' Verlobte ungläubig musternd. Der süßliche Geruch aus dem Bronzetopf benahm ihr fast den Atem. »*Ihr* seid Johanna von Waldstein?«

»Was erstaunt Euch daran so sehr?« Die Frau auf dem schwarzen Sockel hob strichdünne Augenbrauen.

»Ihr seid so … jung«, sagte Markéta, dabei traf das Gegenteil sehr viel eher zu. Höchstens achtzehn Jahre mochte Johanna von Waldstein zählen, und doch begann sie in der Blüte ihrer Mädchenjahre bereits zu welken. Die scharfen Falten um ihren Mund verieten den galligen Charakter. Und dann die leise Schlaffheit gewisser Hautpartien, dachte Markéta, vorerst nur fürs Auge einer Baderin sichtbar, aber in kaum zehn Jahren würde Johanna von Waldstein einer Vogelscheuche ähneln: die Gestalt allzu dürr, scheinbar fleischlos, die

Haut an Hals und Wangen lose herabhängend, zu schweigen von heikleren Partien. Kein Wunder, dass Julius vor derart herben Reizen zurückschreckte, sagte sich Markéta und verspürte ein Kribbeln in der Bauchgegend, als Julius' Gesicht vor ihrem inneren Auge erschien, sein funkelnder Blick, die vom Tokaier geröteten Lippen.

»Aus welchem Grund sollte Graf Julius' Verlobte ein altes Weib sein?« Johanna warf den Kopf zurück. »Ahmt er nicht in allen Belangen seinen kaiserlichen Vater nach? Aber woher soll ein Dämchen wie Ihr wissen, wem Rudolf versprochen ist!« Und sie stieß ein krähenhaftes Lachen aus, das die Falten um ihren Mund noch schärfer hervorkerbte.

»Der Kaiser ist mit der Infantin Isabella von Spanien verlobt«, gab Markéta zurück, »das weiß in ganz Böhmen jedes Kind, Madame.« Sie mahnte sich zur Mäßigung, um den Hass der Dame nicht noch zusätzlich zu schüren. Am besten würde sie selbst so wenig wie möglich reden.

Mit vogelhafter Starre sah Johanna von der Höhe ihres Thronsessels auf sie herab. Tatsächlich war sie in strenges Schwarz gewandet, nach der allerneuesten, allerkatholischsten Mode. Eine weiße Spitzenhaube verbarg nahezu gänzlich ihr schwarzes Haar. Aus dem ebenso blendend weißen Stehkragen spähte ein blasses Gesicht mit spitzem Kinn und dunklen Augen hervor. »Don Julius ist ein Mann«, sagte Johanna endlich, in einem Tonfall, der unerfreulichen Feststellungen vorbehalten schien, »da sind gewisse Dinge wohl unvermeidlich, zumindest in jüngeren Jahren.«

Ihre Blicke strichen Markétas Gestalt hinab, über Brüste, Bauch und Beine, und Markéta empfand, wie derb ihre Leiblichkeit wirken musste, mit den Augen der kargen Dame besehen.

»Wenn Julius in allem seinen Vater nachahmt, wie Ihr sagt, Johanna«, erwiderte sie und ahnte schon im Voraus, dass sie ihre Worte bereuen würde, »welche Rolle kommt dann Euch in seinem Leben zu – und welche mir?«

Die Waldstein beugte sich noch weiter auf ihrem Prunksessel vor und kniff die Augen zusammen. Mehrere der heiligen Weiber waren von ihren Stühlen aufgesprungen und machten Miene, sich auf Markéta zu stürzen, aber sie nahm die Nonnen nur am Rande wahr. Ihr

Blick haftete auf dem totenblassen Krähengesicht, das mit zitternder Starre über ihr schwebte.

»Ich jedenfalls«, fuhr sie fort, ebenso betont und leise wie zuvor, »ich lieb Don Julius von Herzen, Madame – jede Faser seines Wesens lieb ich, sein Lachen und seine Launen, seine Leidenschaft und seine Zärtlichkeit.« Das hagere Gesicht über ihr verzog sich wie in jähem Schmerz. »Ergeht's Euch ebenso, Madame?«, fügte sie hinzu. »Dann mag Don Julius zwischen uns entscheiden.« Sie trat noch einen Schritt näher, so dass sie sich zwischen zwei Nonnen hindurchdrängen und den Kopf in den Nacken legen musste, um der Waldstein weiter in die Augen zu sehen. »Wenn nicht, Johanna, wär's besser – für Euch und für ihn –, wenn Ihr möglichst bald nach Prag zurückreist.«

Für einen scheinbar endlosen Moment herrschte völlige Stille, dann stieß die Waldstein ein heiseres Lachen aus. Markéta fuhr zusammen. Mit hastigen Schritten wich sie von Johanna und den heiligen Weibern zurück.

»Was für eine Närrin Ihr seid.« Alles an Johanna schien dünn und spitz, selbst ihre Stimme, die wie mit Nadeln in Markétas Gehörgänge fuhr. »Meint Ihr wirklich, nur weil der brave Maître diesen siebenbürgischen Papierfetzen herbeigezaubert hat, könnt Ihr einer von Waldstein gefährlich werden?« Sie machte eine wegwerfende Handbewegung, und wieder verzerrte sich ihr Gesicht wie vor Ekel oder Schmerz. »Genug jetzt, die Angelegenheit wird enden wie die Affärchen vor ihr. Daran zu zweifeln wäre töricht, *Señorita* – und nun lauft davon, solange Ihr noch laufen könnt!«

Hatte Johanna ihr eben tatsächlich *gedroht*, und womit denn um Himmels willen? Oder verlier jetzt ich den Verstand?, dachte Markéta und sah ungläubig zu ihrer Widersacherin hinauf. Doch ehe sie noch etwas erwidern konnte, begannen mit einem Mal alle zwölf heiligen Weiber mit schallenden Stimmen zu singen. Auch die Waldstein stimmte sogleich in die Litanei zum Lob ihres gütigen Gottes ein, während sie weiter aus schrägen Vogelaugen zu ihr herabspähte.

Markéta verharrte noch einige Augenblicke, dann wandte sie sich um und stelzte mit weichen Knien aus der Kapelle. Wieso hab ich nur mein Maulwerk nicht bezähmt?, dachte sie. Aber wer weiß, ob der Waldstein sonst die sonderbare Drohung entschlüpft wär?

Warum sollt ich bald nicht mehr laufen können?, fragte sich Markéta noch immer, als sie hinter Bronjas schaukelnden Hüften abermals die Flucht der Frauengemächer durchmaß. Etwa weil's mir demnächst wie jenem Mariandl ergehen soll? Aber was weiß die Waldstein von dieser Kabale – und wie kommt *sie* dazu, mir mit dem Schlachtbeil zu drohen?

54

»Einen neuen Bären will ich haben, Maître, pah – eine Bärenfamilie, bis Samstag, ich befehl's!«

Er hielt inne und weidete sich an d'Alemberts Qualen. Der kleine Mann saß so starr auf seiner Stuhlkante, als fürchtete er, sich mindestens mit der Beulenpest anzustecken, wenn er auch nur die Stuhllehne berührte, ganz zu schweigen von den Fellfetzen und Brocken rohen Fleischs, die auf Tisch und Boden verstreut lagen.

Der Geruch erinnerte allerdings auch Julius an gewisse Ausdünstungen, die ihm vor Jahren mal in die Nase gefahren waren. Damals hatte der Maître ihn gezwungen – »aus erzieherischen Beweggründen« –, in Prag ein Armenhospiz aufzusuchen, wo die Siechen in langen Reihen im Krankensaal lagen, mit offenen Wunden und Blumenkohlgeschwüren, an denen sich die Fliegen gütlich taten.

»Ich will sehen, was sich tun lässt, Euer Liebden«, sagte d'Alembert.

Er sieht erschöpft aus, dachte Julius, wenn auch bei weitem nicht so abgezehrt wie von Breuner oder gar wie der Astrolog von Sargenfalt, der sich »zerreißender Brustschmerzen halber« von dieser Besprechung hatte dispensieren lassen. Aber morgen allerspätestens muss auch er mir Rede und Antwort stehen, sagte sich Julius, mir und Markéta.

Er sah in die Gesichter seiner Burgobern und genoss den Abscheu in ihren Mienen, Ekel und Angst, die sie geflissentlich vor ihm zu verbergen suchten. Mit Vorbedacht hatte er sie genötigt, sich hier im

Präparationsraum einzufinden und nicht etwa nebenan im Audienzsaal; dabei hatte der Maître regelrecht gebettelt, ihm den Gestank von Aas und Salpeter zu ersparen.

An den Wänden hingen noch eine Hand voll altersdunkler Brustbilder, die weitere der offenbar zahllosen Rosenberger Ahnen zeigten, aber alle Sessel und Teppiche, Vitrinen und Schränke voll kauziger Kunst und plundriger Wunder hatte Oberstkämmerer von Hasslach tatsächlich binnen einer Nacht in den Maskensaal geschafft. Also hatten er und Obersthofmeister d'Alembert, Haushofmeister von Breuner und Medikus von Rosert sowie Oberststallmeister Skraliçek auf Schemeln Platz nehmen müssen, rings um den riesigen Tisch verteilt, auf dem der weiße Hirsch in einem Lager aus Stroh und Lumpen lag, als ob er friedlich schliefe.

Einzig er selbst, Don Julius, Graf von Krumau, thronte in einem scharlachroten Sessel, auf der hinteren Seite des Tisches; zu seiner Rechten Markéta da Ludanice, die heute gleichfalls ein wenig angegriffen wirkte.

Wie sonderbar, dachte Julius, je wohlgemuter ich mich fühle, umso mehr scheint alles um mich herum zu ermatten. Er nahm eine Hand voll Stroh und stopfte sie behutsam in den klaffenden Unterbauch des Hirsches. »Der Bärenfänger und sein Sohn«, sagte er, den Maître scharf in den Blick fassend, »haben mir versichert, dass sie über Nacht weitere Bestien herbeischaffen könnten. Robse und Hielo heißen die roten Kerle – her mit ihnen, eh' sie sich wieder in die Büsche schlagen.« Und er beugte sich vor, nahm die Messingglocke und schüttelte sie so wild wie heute früh das Seil am Nasenring des Bären.

Beim grellen Klang der Glocke fuhr von Breuner auf seinem Schemel zusammen. Seine lange Elendsgestalt straffte sich, er blähte die Backen und presste die Lippen zu einem bläulichen Strich; doch wie jedes Mal sprengte der Hustenreiz seinen Mund und dröhnte urgewaltig hervor.

»Reiß er sich zusammen, Breuner, sonst schick ich ihn zu Kasimir«, sagte Julius mit einem Augenzwinkern zu von Rosert hinüber, dessen Schädel wie ein Lampion leuchtete. »Der Medikus hat doch sicher noch ein Bettchen bei der Leich' des falschen Homunkel frei?«

Er spürte, wie Markéta zu seiner Rechten zusammenzuckte, und legte ihr eine Hand auf den Schenkel; eine Geste, die beruhigend wirken sollte, jedoch im Gegenteil eine bebende Unruhe im Umkreis seiner Hand entfachte.

»Keine Ursach', nur eine Verkühlung, Exzellenz«, presste von Breuner hervor. »Am Samstag, wenn Ihre Kaiserliche Majestät auf Burg Krumau weilen, wird alles zu Eurer …« – seine Rede explodierte in einem weiteren Hustenkrampf, dröhnend wie die Schusssalve, die heute Mittag den Bären niedergestreckt hatte.

Die Erinnerung trieb ihm die Hitze unter den Nabel. Seine Rechte fuhr Markétas Bein hinauf, wurde jedoch von ihrer kühleren Hand sanft, aber entschieden in die Schranken verwiesen.

»Wer von Euch am Sonnabend irgendwas verpatzt«, sagte Julius, »wird den Bären zum Fraß vorgeworfen.« Wieder sah er von einem zum andern und weidete sich an ihrer Furcht. Der bohnenstangenlange von Hasslach versuchte vergeblich, sich auf seinem Schemel zusammenzufalten, und Skraliçeks Trommelbauch erbebte, als hätte man tatsächlich mit dem Schlegel draufgeschlagen.

Apropos Trommel – abermals beugte sich Julius vor und ließ die Messingglocke bimmeln. »Bertl!«, brüllte er. »Bring den roten Robse, aber hoppsa!« Nochmals schüttelte er die Glocke, dann knallte er sie auf den Tisch zurück, dass der Hirsch auf seinem Lumpenlager zusammenfuhr.

In die sich anschließende Stille hinein fragte d'Alembert: »Gilt das auch für Jurij Hezilow, *Excellence*?«

Julius zog es vor, lediglich die Stirn ein wenig zu runzeln. Für die anderen unsichtbar bewegte er seine Hand unter Markétas Fingern und knetete das feste Fleisch ihres Schenkels in der Hülle aus lachsfarbenem Samt.

»Wenn Hezilow am Samstag scheitert«, beharrte der Maître, »wenn ihm die Goldprobe missglückt – was soll dann mit dem Puppenmacher geschehen?«

Julius sah ihn an, die weiße Spottmaske, die seit jeher über ihm geschwebt war, und mit einem Mal wurde ihm trüb zumute. Rasch wie Blitze zuckten ihm Bilder durch den Kopf, die er nur allzu gern aus seiner Erinnerung verbannt hätte, aber sie ließen sich nicht ausmerzen, so wenig, wie von Breuner seinen Husten verbeißen konnte. Also blickte er in d'Alemberts weiß geschminkte Fratz wie in ein Labyrinth aus Spiegeln, die immer nur ihn selbst zeigten: als Knaben von drei, sieben, dreizehn Jahren, immer mit düsterem Gesicht, die Stirn gerunzelt, den Kopf trotzig gesenkt, immer allein. In riesigen Sälen, endlosen Fluren, auf dem Fechtboden oder zu Pferde, jedenfalls stets unter der Fuchtel des unerbittlichen Maître, der ihn mit Säbel und Degen so gewandt und elegant wie mit seinem Stöckchen zu dirigieren und zu demütigen, anzutreiben und zu strafen verstand.

»Zu den Brummbären«, sagte Julius endlich, »das gilt für jeden, auch für den magischen Magister. Aber er wird nicht scheitern, ich weiß es.«

Endlich trat sein Kammerdiener Robert in den Saal, gefolgt vom feuerhaarigen Hünen Robse und dessen schmächtigem Sohn Hielo, der immer noch die Trommel vorm Bauch trug. Der Bärenfänger wusste nicht, wohin mit seinen riesenhaften Händen, mal verschränkte er die Arme vor der Brust, dann wieder ließ er sie erdwärts hängen; endlich schob er die Hände in den Hosenbund.

»Drei Tage, Robse«, sagte Julius, »dann bringst du mir neue Bären, eine ganze Familie, hörst du?«

Der Fänger nickte, dass sein rotes Bartgezottel vorm Brustkasten zitterte.

»Brummbärvater, Brummbärmutter und so viele Kinder, wie sie halt in die Welt gesetzt haben.« Er knetete Markétas Bein, fast ohne es zu bemerken. »Bis Donnerstagabend, kein Augenzucken später, sonst sperr ich dich und deine Leute in den Graben.« Einen Moment lang malte er sich's aus, der Gedanke gefiel ihm. »Dann halten wir *euch* als Bären, Rotbären statt Braunbären, Ringe durch die Nasen, verstehst du mich?«

Der Riese dienerte und buckelte, dabei stieß er seinen Sohn Gehorsam heischend an, dass die Trommel bummerte. »Vier, Euer Herrlichkeit, wenigstens vier, bis übermorgen, glänzende Gnaden, spätestens bis übermorgen!«

»Dann scher dich davon, hoppsa, Robse!«

Der Befehl war noch nicht verhallt, da rannten die Bärenfänger schon aus der Tür.

»Alles muss vollkommen sein«, sagte Julius, »wenn die väterliche

Majestät mich besucht. Die besten Speisen werdet Ihr auftischen, Breuner, das Fürstenappartement lasst herrichten, Hasslach, mit der Ehrenkompanie, Skraliçek, werden wir die kaiserliche Majestät an der Grenze der Grafschaft empfangen.« Mit finsterer Miene sah er von einem zum andern, im Voraus zornig wegen der Fehler, Nachlässigkeiten, Sabotage, die er allerorten schon witterte. »Auch auf Euch verlass ich mich, Medikus, Ihr versteht mich.«

»Macht Euch keine Sorgen, Euer Liebden«, warf der Maître ein, den er absichtlich übergangen hatte, »alles wird so verlaufen, wie Ihr es Euch wünscht.«

»Warum sollte ich mich sorgen?«, gab Julius zurück. »Sicher hocken auch in diesem Raum einige Personen, die sich Sorgen machen sollten, aber ich zähl wohl kaum zu diesem Kreis.« Vergeblich forschte er in den Zügen d'Alemberts nach Zeichen der Kränkung oder, besser noch, der Furcht. Er versteht es immer noch meisterlich, sich zu beherrschen, dachte er, aber zweifellos weiß d'Alembert, dass er diese Partie verlieren wird, sein letztes Spiel. Du hast mich lang genug niedergehalten, Meisterlein; jetzt endlich zahl ich's dir und allen andern heim.

»Hattet Ihr denn schon Gelegenheit, die Leich' zu beschauen?« Alle Köpfe fuhren herum zu Markéta da Ludanice, die scheinbar gelassen den Medikus ansah; nur Julius bemerkte, dass ihre Finger auf seiner Hand erstarrten. »Den toten Nico mein ich, Herr?«

»Verbrüht wie eine Wurst in siedendem Wasser«, knurrte von Rosert, dessen Gesicht mit einem Mal grau geworden war. »Er ist in den heißen Quell gefallen und hat vergebens versucht, sich wieder rauszuwinden, alles andere wär Spintisterei.«

Markéta da Ludanices Antwort bestand in einem schrecklichen Stöhnen, das die Burgoberen in Verwirrung stürzte. Während sie noch ratlose Blicke tauschten, zerbarst von Breuners Atemapparat abermals in einem Hustenkrampf, und Julius tätschelte begütigend Markétas Schenkel, in den er soeben mit aller Kraft hineingekniffen hatte.

Haltet Euch fern von dort, Markéta, dachte Julius beschwörend, das Herz würd mir brechen, wenn die Hitz' auch Euer geliebtes Antlitz verbrüht.

Tintenschwarze Nacht.

»Heda?«

Keiner da.

»Robert?« Wo steckt der verdammte Kerl! Lässt alle Lampen ausgehn und verkriecht sich in seiner Kammer. »D'Alembert? Medikus?« Wo sind die alle hin, hockten eben noch wie mürrische Vögel um meinen Tisch. Muss eingeschlafen sein, mit dem Lumpenhirsch als Kissen.

Er tastete umher, zündete endlich ein Licht an, nahm die Kerze in die Hand und leuchtete zu den Schemeln hinüber. Alle auf und davon. Und so still, so still, nur das Murmeln der Moldau drang von unten herauf, leise wie im Traum.

Julius stand auf. Wie sonderbar, dass ich hier im Nachthemd steh. »Markéta?« Er begann, auf dem Tisch umherzuleuchten. Der weiße Hirsch, o mein Herr, zerschnitten, zerhackt, in Stücke zerfetzt das majestätische Vieh!

»Von wessen frevlerischer Hand …« Seine Stimme, eben noch brüllend, erstarb. Das Messer, da liegt's ja, und nun entsann er sich auch wieder: wie er erwacht ist in seinem Schlafgemach, vor dem Fenster fett und buttergelb der Mond.

Juliusmond! Er wirft die Decke zurück, leise, damit Markéta nicht aus dem Schlaf fährt, schleicht sich auf Zehenspitzen aus der Kammer; der Boden knarrt, die Angeln seufzen, als er die Tür zum Maskensaal aufzieht.

Er zündet eine Kerze an, und da starrt und glotzt es ihm aus tausend Augen entgegen: die Totenmasken der Rosenberger an den Wänden und, viel ärger noch, die grausigen Zaubersachen, die der Maître all die Jahre für ihn gesammelt hat.

»Eine wahre Mirakelkammer, Don Julius – *pour vous, Excellence,* wie die Wundersammlung der väterlichen Majestät!« Er hört d'Alembert hinter den Vitrinen wispern, fast so, als ob der Maître selbst zu den gesammelten Mirakeln zählte.

Habt Ihr nie geahnt, Monsieur, wie sehr mich Eure Wunder seit jeher geängstigt haben, abgeschreckt, verstört? Als kleiner Knabe, doch auch später noch? Was würdet Ihr sagen, wenn Ihr mich jetzt sehen könntet, Maître: bei Nacht inmitten Eurer Wunder stehend, im Nachthemd, die Kerze in der Hand?

Für einen Moment sträuben sich ihm wahrhaftig die Haare, und das Flämmchen über seiner Rechten flackert.

Der Fellmann da hinten, *cher maître*, habt Ihr nie gespürt, welcher Schrecken von dem gepinselten Monstrum ausgeht? Die goldgefassten Haifischzähne, doppelköpfigen Missgeburten, ausgestopften Krokodile, die schon in meinen Kinderträumen grinsten; der Eisenstuhl, der jeden zerquetscht, der drauf Platz zu nehmen wagt; die Kelche aus Rhinozeroshorn, in denen unter gläsernem Deckel tödliche Gifte brodeln, solange ich denken kann; fünf Hände voll Alraunwurzeln, von der Form winziger nackter Menschlein, aus Silber geformte Riesenspinnen, Puppen aus farbigem Wachs, so lebensecht, dass ich sie mehr als einmal geküsst und geschlagen hab, wenn ich Euch, *mon cher maître*, und mich selbst, den dressierten Bastard, nicht mehr ertrug. Und dann die Krönung Eurer Kollektion, Monsieur: da, der nackte Frauentorso, fleischfarben, mit Kürbisbrüsten und zahnlosem Totenschädel.

Hatte er dem tönernen Rumpf tatsächlich einen Tritt versetzt, dass das Weibsstück von seinem Podest getorkelt und auf dem Boden in große Placken zerbrochen war: mürbe, rissig, hohl?

Ah, dieser heiße Zorn, eine Flutwelle, in ihm emporschießend, bis er nur noch blutroten Nebel vor Augen sah!

Weitergerissen, so viel weiß ich noch, dachte er, durch den Maskensaal voll Wunderplunder, Albtraumrequisiten bis hierher. Und dann? Auf den Sessel gehockt, hinter den Hirsch mit seinem klaffenden Unterbauch, aus dem Stroh und Lumpen quollen. Das Messer, auf einmal in meiner Hand, und die Hand hebt sich und saust hinab und fährt wieder hoch und saust runter und schneidet und sägt und ritsch und ratsch wie neulich erst, in der Kutsche, o Gott, in meinem Traum, nur im Traum …

Tatsächlich hatte er das Messer schon wieder in die Hand genommen, ohne es zu bemerken. Nun ließ er's fallen, nahm die Kerze dafür und rannte, stolperte, taumelte zur Tür, wieder durch den Wundersaal, vorbei an den glotzenden Monstren, grinsenden Bestien, winselnden Püppchen und polternd ins Schlafgemach.

Trat neben sein Himmelbett, hielt die Kerze hoch, und da lag sie: die rossbraune Mähne um ihren Kopf gebreitet wie dunkle Strahlen, ihre Miene störrisch selbst im Schlaf.

Jetzt begannen ihre Lider zu flattern, sie öffnete die Augen und machte sie gleich wieder zu, von der Kerze geblendet. »Was tust du, Julius?«

So arglos, dachte er, so vertrauensvoll, und die Kehle zog sich ihm zusammen.

Er stellte die Kerze auf den Nachtkasten neben dem gräflichen Himmelbett und pustete sie aus, so behutsam, als ob's ein Lebensflämmlein wär. »Psst, gar nichts, war nur ein Traum.«

Dann lag er wach und zählte die Glockenschläge, während Markéta längst wieder neben ihm schlief.

55

»Was hast du, Julius? Was schaust du mich so an?«

So hatte sie ihn noch nie erlebt, in all den Wochen ihrer Liebe nicht. Den wilden, übermütigen, leidenschaftlichen Geliebten hatte sie kennen gelernt, auch den wütenden, trotzigen, vor Zorn sich verdüsternden Julius, selbst von seiner ganz und gar schwarzen Nachtseite hatte sie hie und da ein erschreckendes Schwanzstück gesehen: Julius, den jählings die Jagdgier, die Lust am Töten, an Angst und Pein eines Opfers überkam.

Aber diese samtene Seite hatte er ihr bisher noch nie gezeigt: Julius, der sie voller Zärtlichkeit ansah, neben ihr liegend, den Ellbogen ins Kissen gestützt. Julius, der ihr sacht übers Haar fuhr, ihre Wange streichelte, ganz träumerisch zart, fast so, als ob sie beide Engelwesen wären, keine Menschen aus Fleisch und Blut.

Vor dem Fenster seines Schlafgemachs ging eben die Sonne auf – Mittwoch, durchfuhr's sie, heut wird der kleine Nico drunten auf dem Gottesacker begraben. Sie verspürte einen Stich. Später, dachte sie, nachher würde sie zur Beerdigung gehen und mit dem Flößer reden, dem Vater des kleinen Nico, und auch mit ihrem eigenen – mit Vater Sigmund.

Unverwandt sah Julius sie an, aus rehbraunen Augen, die wie von

Tränen schimmerten. Was nur war mit ihm? War es ihr Anblick, ihre Gegenwart, die ihn so sehr rührten? Liebte er sie so innig, dass er nichts anderes mehr sich wünschte, als ganz nah bei ihr zu sein? Seine Hand streichelte ihre Wange, sacht zog er sie zu sich heran, mit behutsamer Zärtlichkeit, ganz ohne die ungestüme, gebieterische Begierde, mit der er schon mehr als einmal über sie gekommen war.

Er beugte sich auf sie herab, und seine langen braunen Haare fielen wie ein Vorhang über sie. Warm und weich glitten seine Lippen über ihre Schläfe, die Wange hinab und drückten sich sacht auf ihren Mund, den sie bereitwillig für ihn öffnete. Sie spürte das Zucken seiner Unterlippe, und da durchströmte sie eine Woge so heißer Zärtlichkeit, dass auch ihr die Tränen in die Augen stiegen. Sie umschlang ihn mit beiden Armen, zog seinen warmen, schlanken Leib auf sich und nahm ihn mit einem erwartungsvollen Seufzer in sich auf.

Wie wundervoll, ihn in ihrem Innersten zu fühlen. So sachte, in so vollkommenem Gleichklang bewegten sich ihre Körper und Seelen, als ob sie wahrhaftig zu einem Wesen verschmolzen wären, wie unlängst in ihrem Traum. Sie senkte die Lider und erblickte die samtrote Treppe vor sich, deren Stufen bei der kleinsten Berührung erbebten. Sie öffnete ihre Augen wieder und sah in Julius' Gesicht, das sie noch immer anlächelte, voll überströmender Zärtlichkeit.

Wenn es ein Paradies gibt, eine Seligkeit, ein Elysium, dachte Markéta, dann muss es so wie unsere Liebe, so wie diese süße Umschlingung des Liebsten sein. Nicht leidenschaftlicher, nicht raffinierter, nicht gieriger, nur niemals endend in alle Ewigkeit.

Plötzlich hoben unten in der Stadt die Glocken zu läuten an, und der schüttere Klang zerriss binnen weniger Herzschläge das Gewebe ihrer Zweieinigkeit. Julius' Augen verdunkelten sich, seine Miene wurde abwesend, als ob er auf ein Geschehnis in der Ferne horchte. Zugleich begann er sich heftiger auf ihr zu bewegen, ihren leisen, gemeinsamen Rhythmus zu zerstören, der schmiegsame Zauberstab seiner Zärtlichkeit wurde wieder zum Zepter des Herrschers, der Lust empfing, sich der Begierde ergab, ohne auch seinerseits zu geben.

Immer heftiger stieß er in ihren Schoß hinein, nun tatsächlich im Takt der Glocken, die zur Bestattung des falschen Homunkel riefen.

Als er sich mit einem heiseren Ausruf in sie verströmte und ihre Kehle, ihre Brüste mit Küssen bedeckte, erschauerte auch Markéta unter Wellen der Ekstase, wenngleich der vollkommene Gleichklang, in dem sie sich für selige Momente bewegt hatten, durch die Glocken zerstört worden war.

Pater Hasek, die Kirche, dahinter der Gottesacker: Sie musste sich sputen.

Julius blieb im Himmelbett liegen, rücklings hingestreckt, ein Raubtier von glatter, wölfischer Schönheit. Mit spöttischem Lächeln sah er zu, wie sie sich in das schwarze Kleid hineinkämpfte, das Bronja gestern Abend noch für sie herausgesucht und hierhergebracht hatte, ins gräfliche Schlafgemach.

Die Glockenklänge begannen schon zu verhallen, als Markéta ihm eine Kusshand zuwarf und mit zerzausten Haaren, schwarze Chopinen in den Händen schwenkend, barfuß aus dem Zimmer lief.

56

Wir hausen auf einer toten Kugel, die durch ein gleichgültiges Universum rollt, hatte der Maître gesagt, an ihre Kruste geklammert, bis ein Windstoß uns hinausbläst in die tödliche Kälte des Alls.

»Du wirst auferstehen, Nicodemus Kudaçek, in der Jugend deines Fleisches und in der Herrlichkeit Gottes am Jüngsten Tag«, hatte dagegen Pater Hasek soeben gepredigt. Nun standen die zwei Dutzend Trauernden mit starren Gesichtern um Nicos Grab herum und sahen zu, wie die Kirchdiener den Sarg in der Erde versenkten.

Die Glocke der Aussegnungskapelle bimmelte unablässig, ein dünner, dürftiger Klang, der Markéta frösteln machte. Dabei schien die Sonne auf den Gottesacker herab und ließ die Moldau sieben Schritte neben ihnen golden glitzern.

Zuletzt hab ich vor fünf Jahren hier am offenen Grab gestanden, dachte sie, als Mutter Blanca beerdigt wurde. Aber mehr noch als das klaffende Erdloch erinnerte sie seltsamerweise der Ausspruch des

Maître an ihre Mutter, oder vielleicht nicht allein an Blanca, sondern an Mütter überhaupt.

Tatsächlich sah sie jedes Mal, wenn ihr diese Sentenz in den Sinn kam, eine riesige, steinerne Mutterbrust vor sich, an die sich zehntausend Menschlein ängstlich klammerten. Bis jener Windhauch sie in alle Himmels- und Höllenrichtungen zerblies.

D'Alemberts eleganter Trübsinn war wie ein langsam wirkendes Gift, das ihr Gemüt umso gründlicher verdüsterte, je tiefer er sie ins Vertrauen zog.

Wie gerne wär ich jetzt wieder bei Julius, dachte Markéta, in seinen Armen, unter dem moldaublauen Samthimmel seines Pfuhls. Doch stattdessen trat sie, als die Reihe an sie gekommen war, vor das offene Grab, warf eine Hand voll Erde auf den Sargdeckel, was ein hohles Poltern hervorrief, und schritt dann auf Karel Kudaçek und seine Frau Olga zu, um den Flößern ihr Mitgefühl zuzumurmeln.

Die trauernden Eltern waren von Angehörigen und Freunden umringt. Wieder und wieder wurde die zierliche Mutter umarmt und die Hand des vierschrötigen Vaters geschüttelt. Pater Hasek, rund wie ein Fass in der glänzend schwarzen Soutane, stand einen Schritt neben den beiden, die vor Schmerz regelrecht versteinert schienen.

Als Markéta sich dem Elternpaar näherte, wichen die Umstehenden zurück, sodass ein leerer Kreis um sie herum entstand. »Olga, Karel«, sagte sie, »es tut mir so …«, dann verschlug es ihr die Sprache. Der Flößer wandte sich um, zog seine Frau mit sich und begann ein leises Gespräch mit dem Pater, der seinerseits nicht erkennen ließ, dass er ihre, Markétas, Gegenwart überhaupt bemerkt hatte. Einige Augenblicke wartete sie noch, zwischen Beschämung und Empörung schwankend, aber die Kudaçeks blieben mit dem Rücken zu ihr stehen, obwohl Karels Wortwechsel mit Pater Hasek schon wieder beendet schien.

Zögernd drehte Markéta sich wieder um und sah zu, wie die Kirchdiener das Grab zuschaufelten und Blumen und Tannengrün auf den kleinen Hügel häuften.

Von Vater Sigmund war weit und breit nichts zu sehen, dabei waren er und der Flößer seit vielen Jahren befreundet. Auf einmal sah Markéta ihn vor sich, wie sie ihn in der verdunkelten Stube zurückgelassen hatte, in einem Wirrwarr aus Essensresten und umgeworfenen Weinkrügen. Womöglich war er mittlerweile so betrunken, dass er Nicos Beerdigung vergessen oder es vorgezogen hatte, sich seinen Freunden und Nachbarn nicht zu zeigen.

Erst als sie den salzigen Geschmack auf ihren Lippen spürte, merkte sie, dass sie weinte.

Mutter Blanca, dachte sie, hatte niemals, kein einziges Mal versäumt, die Messe aufzusuchen, die Beichte abzulegen, Rosenkränze zu beten oder was immer Pater Hasek ihr an Bußen auferlegte. Aber in meinem Traum, Mutter, leidest du Höllenqualen, bald jede Nacht und Mal für Mal.

Wieder musste sie an Julius denken, das zerbrechliche Paradies ihrer Liebe. Mit dem Handrücken fuhr sie sich über die Augen, doch es kamen immer weitere Tränen nach.

»Verzeiht, Madame, bitte verzeiht!«

Sie wandte sich um und sah durch den Schleier aus Tränen eine kleinwüchsige Gestalt im schwarzen Gewand, die mit beiden Händen ihre Rechte zu erhaschen suchte.

»Bitte tragt meinem Karel nichts nach, Madame, es ist nur der Schmerz!« Olga Kudaçek bekam Markétas Hand zu fassen und bedeckte sie mit Küssen und Tränen.

»Um Gottes Willen, Olga.« Sie versuchte die trauernde Mutter an sich zu ziehen, aber die wich zu ihrem Mann hin zurück. Ihr Gesicht drückte so viel Angst aus wie die Miene des Flößers kalten Zorn.

Alle Trauernden starrten Markéta nun an. Auch der Pater hatte seinen Blick auf sie gerichtet, doch noch immer wirkte er seltsam abwesend, als ob er eine Fremde vor sich sähe.

»Es war ein Unglück, bitte glaub mir, Olga«, fuhr Markéta beinah gegen ihren Willen fort. »Niemand trägt die Schuld an Nicos Tod – es war Gottes Wille, ihn zu sich zu holen«, setzte sie hinzu. Ebenso gut hätte sie das Gegenteil behaupten können, und sogar mit mehr Überzeugung, wenn auch gleichfalls ohne irgendeinen Beweis.

Aus weiter Ferne ertönte nun leises Donnergrollen, dabei war der Himmel über Krumau noch immer wolkenlos und leuchtend blau. Dennoch nutzte Pater Hasek den Beistand der Gewalten und reckte drohend seinen Arm zum Firmament empor. »So wie auch niemand die Schuld an Unzucht und Wollust, Todsünde und teuflischer Verderbtheit trägt, die mit dem neuen Grafen droben in der Burg eingezogen sind – wolltet Ihr das sagen, Madame?«

Das Blut stieg ihr in die Wangen. »Nein, Pater, das wollt ich nicht.«

»Oder war es vielleicht auch Gottes Wille, dass Euer Vater Sigmund Pichler seines Privilegiums beraubt worden ist, obwohl er immer ein kundiger und gewissenhafter Heiler war, der sich nie die geringste Verfehlung zuschulden kommen ließ?«

Brennend spürte sie seinen Blick auf ihrem Gesicht. Pater Hasek hatte sie getauft, ihr Lesen und Schreiben beigebracht, sie in der Bibel unterrichtet, ihr die erste Beichte abgenommen. Sie vertraute ihm und schätzte ihn, auch wenn ihr in den letzten Jahren ein Großteil ihres Kinderglaubens abhanden gekommen war, nicht erst durch d'Alemberts Sentenzen und das fiebrig bunte Gomorra droben auf der Burg. »Mit Gottes Willen kenn ich mich nicht aus, Pater«, sagte sie endlich, indem sie die Stimme senkte und nah an ihn herantrat. »Aber dass Vater Sigmund an der Affäre ganz unschuldig ist, glaubt Ihr wohl so wenig wie er selbst.«

Anstelle einer Antwort bekreuzigte er sich vor ihr, wandte sich um und schritt zwischen den Gräbern davon, auf das Kirchgebäude zu, das sich blendend weiß vom Blau des Morgenhimmels abhob. Die Trauergäste folgten der würdevoll schaukelnden Gestalt, doch Markéta wartete neben dem Grab des falschen Homunkel, bis sich die Sandwege des Gottesackers geleert hatten. Dann erst eilte sie zum Ausgang, ihre Chopinen wieder in den Händen, spähte nach links und rechts und huschte über die Straße, vis-à-vis ins Baderhaus.

57

»Er hat mir versprochen, beim Grafen ein Wort für mich einzulegen!«

»Der Lumpenteufel? Der hilft dir höchstens, schneller zur Hölle zu fahren!«

»Leise, um Himmels willen – wenn er dich hört!«

»Was ich von ihm denke, weiß Hezilow längst. Schlimm genug, dass du das Scheusal ins Haus lässt – aber jetzt auch noch seine verluderten Gesellen und einen Haufen fetter Huren dazu!«

Wie aufs Stichwort drang von der Badestube besoffenes Kreischen aus einem halben Dutzend Weiberhälsen herauf, untermalt von der pfeifenden Stimme des Puppenmachers und heiserem Johlen. Als Markéta eben in die Badestube getreten war, hatte sie ihren Augen nicht trauen wollen: In allen Zubern, auf der Ofenbank, selbst auf dem blanken Boden lagen oder wälzten sich Hezilows wirrbärtige Gehilfen, in den Armen oder zwischen den Schenkeln der feistesten Weiber, die sie jemals zu Gesicht bekommen hatte. Und dazwischen hockte, von Wasserdampf umwabert, Hezilow bei einem knochendürren Kerl mit stechenden Augen, bucklig verwachsen und so splitternackt wie die ganze Versammlung, die bei ihrem Erscheinen in rüde Ermunterungen ausgebrochen war.

Mit düsterer Miene lauschte der Bader einige Augenblicke nach unten, dann fuhr er Markéta an, mühsam seine Stimme dämpfend: »Auf welche Fürsprecher soll man schließlich setzen – wenn schon die eigne Tochter einem in der blanksten Not nicht beisteht? Wirst du mir das wohl mal erklären, Markéta Pichlerová?«

»Ich hab ja mit dem Obersthofmeister gesprochen«, verteidigte sich Markéta, »mit Maître d'Alembert. Er sagt, dass Don Julius selbst befohlen hat, dir das Privilegium zu entziehen, das macht die Sache nicht grade leichter.« Sie wich seinem Blick aus und wusste dann nicht, wo sie stattdessen hinsehen sollte. *Du bist mein Vater nicht.* Schon unten im Durchhaus hatte sie geahnt, dass sie es wieder nicht über sich bringen würde, ihm die Kindschaft aufzukündigen. »Aber sobald sich eine günstige Gelegenheit ergibt …«

»Eine günstige Gelegenheit?«, wiederholte der Bader. »Die ergibt sich doch jede Nacht, meine Hübsche, genauso wie du selbst. Schmeichel's ihm ab, derweil du ihm den Schwanz walkst!«

Für einen Moment stockte ihr der Atem. Vater Sigmund hatte sich niemals einer zarten Sprache bedient, aber diese Worte waren absichtlich grob gewählt. Dabei war der Bader heute keineswegs berauscht; ärger als die trunkene Trübseligkeit, in der sie ihn vor Tagen zurückgelassen hatte, traf sie nun seine Nüchternheit. Im schwarzen

Kirchgewand saß er vor ihr am blitzblank geschrubbten Tisch, die Stube war gesäubert, die Fenster freilich noch immer verrammelt, sodass nur spärliche Sonnenstrahlen durch die Läden drangen.

»Du scheinst Don Julius und mich mit dem Lumpenvolk zu verwechseln, dem du neuerdings deine Badestube öffnest«, sagte sie. »Ist dir eigentlich klar, Vater Sigmund, was diese Kerle und die Huren da unten treiben? Wenn Pater Hasek davon erfährt – oder gar die Nonnen, die jetzt oben in der Burg wohnen –, bist du nicht nur das Privilegium für alle Zeiten los, sondern landest auch noch im Karzer!«

»Pater Hasek!« Der Bader winkte mit einer Hand ab, die andere zwirbelte seinen Schnauzbart. »Der kann froh sein, wenn sie ihn nicht ganz aus seinem Sprengel verjagen.«

Der Magen zog sich ihr zusammen, während sie im Stillen seine Worte wiederholte. Daher der abwesende Blick, dachte sie, mit dem der Pater sie eben angesehen hatte, seine abweisende Bitterkeit. »Hasek«, sagte sie, »aber wieso denn nur?«

»Wieso, wieso?«, äffte der Bader sie schreiend nach. »Weil es deinem Herrn Bastardgrafen eben so passt! Der alte Heiler – weg mit ihm! Der alte Pater – auf den Kehricht! Die alten Stadtbüttel – hui, ins Armenhaus! Und dann? Ja, was weiß denn ich, Markéta? Frag ihn doch selbst, deinen Kaiserfratz, warum er alle diese Posten mit seinen eigenen Leuten besetzt! Das wird schon seinen Grund haben, nicht wahr? Aber vielleicht sagt er's dir, wenn du ihm nur lang genug die fürstlichen Eier leckst?«

Markéta sprang auf, bis zu den Schläfen glühend. »Vater Sigmund!« Auch sie schrie jetzt, ohne Rücksicht auf die wirrbärtigen Böcke drunten, die alle im gleichen Takt auf die Ärsche der feisten Huren zu klatschen schienen – jedenfalls hörte es sich so an, als ob achthundert Pfund nacktes Fleisch unter rhythmischen Schlägen erbebten. »Kein Wort mehr gegen Don Julius, sonst sind wir geschiedene Leut'!«

Sie zitterte am ganzen Leib und musste sich mit beiden Händen auf der Tischplatte aufstützen, so weich fühlten sich ihre Beine an. »Ich versteh's nicht, wirklich nicht«, sagte sie viel leiser, »erklär du mir doch: warum?«

»Wenn ich's wüsst, würd ich's dir ja sagen«, gab der Bader zurück;

auch seine Wut schien verraucht. »Aber ich begreif so wenig wie du, was da droben vorgeht, Töchterlein, umso weniger, als Don Julius auch einen neuen Scharfrichter eingesetzt hat – der hockt ja auch drunten im Zuber, der Knochendürre mit dem bösen Blick!«

»Der Henker«, flüsterte Markéta. »Du hast den Henker ins Haus gelassen, Vater Sigmund? Du wusstest, wer er ist, und hast trotzdem zugestimmt?« Nun erst dämmerte ihr, was es mit den schamlosen Weibern drunten in der Badestube auf sich hatte. Seit jeher besaß der Scharfrichter von Krumau das Privilegium, in seinem Haus draußen bei der Richtstätte Huren zu beherbergen, an denen sich die Freier für ein paar Münzen gütlich taten. Aber niemals hatte sie gehört, dass ein ehrbarer Bürger den Henker und seine Teufelsweiber gastlich bei sich aufnahm.

Nun war es am Bader, beschämt den Blick zu senken. »Der Russe hat's verlangt«, ächzte er. »Dass der Scharfrichter seine Ernennung in der Badestub' feiern darf – Schatz heißt er, Jakob Schatz; als Gegenleistung beredet Hezilow den Grafen, mir das Privilegium wiederzugeben. Was hätt' ich denn machen sollen! Ojojoj!« Und er schlug die Hände vors Gesicht, um seine hervorquellenden Tränen zu verbergen.

Der Medikus, der Pater und der Scharfrichter, dachte Markéta, während sie auf wackligen Beinen um den Tisch herumging und Vater Sigmund tröstend umarmte. Undeutlich zeichneten sich vor ihr die Umrisse eines Plans ab, so teuflisch, so ungeheuerlich, dass sie vor ihren eigenen Gedanken erschrak.

»Der kleine Nico«, sagte sie mit gedämpfter Stimme, ihre Lippen nah am Ohr des Baders, der abwechselnd schnaufte und schniefte, »was meinst du, ist ihm geschehen?«

Der Bader fasste sie bei den Schultern und schob sie von sich fort. »Ich hab den Leichnam nicht gesehen. Du hast ihn gefunden, Markéta, aber du hast den gräflichen Medikus gerufen, nicht mich. Also kann ich – als Heiler – nichts Genaues dazu sagen.« Er hielt inne, sichtlich mit sich ringend. »Aber wenn du trotzdem meine Meinung wissen willst«, fuhr er endlich fort, »ich glaub so wenig wie Karel Kudaçek, dass der Junge in der heißen Quelle umgekommen ist.«

Die Gesellschaft unten in der Badestube brach in vielstimmiges

Jaulen und Stöhnen aus, das wahrhaftig wie das Kreischen der Gepeinigten im Fegefeuer klang.

»Warum glaubst du's nicht?«, fragte Markéta.

»Karel und Olga durften den Leichnam noch mal sehen, bevor der Sarg verschlossen worden ist.« Der Bader knetete die Hände ineinander und redete jetzt so leise, dass sie wieder näher an ihn heranrücken musste. »Sie sagen, dass die Haut gewellt und rissig war, als ob der Körper in kochendem Wasser gelegen hätt.«

Markéta schloss die Augen und machte sie rasch wieder auf. »So hat es auch für mich ausgesehen«, sagte sie, und ein Schauer lief ihr zwischen den Schultern hinab.

»Das Wasser in der Quelle ist aber nicht mal siedendheiß.« Der Bader horchte nach unten und drückte kurz die Fäuste auf seine Ohren. »Die tödlichen Verletzungen muss sich Nico woanders zugezogen haben. Sein Körper ist *gekocht* worden, Markéta.«

Sechs – Coagulatio

»Durch Entzug der Feuchte auf dem Feuer
wird Flüssiges wieder ins Feste überführt.«

58

Er zückte sein weißes Seidentüchlein und tupfte sich über Stirn und Schläfen, keineswegs zum ersten Mal an diesem Tag. Dabei war es noch früh am Morgen und die Luft, die durchs Fenster hereinstrich, empfindlich kühl. Und doch war er am ganzen Leib klamm vor Schweiß.

Charles setzte sich auf sein hirschledernes Sofa, um für einen Moment auszuruhen. Vermaledeite Schwäche, dachte er, der Körper hatte sich gefälligst dem Willen zu beugen und nicht mit derlei Eigenmächtigkeit hervorzutun. Schon gar nicht gerade jetzt, da noch so vieles zu bedenken, zu befehlen, zu bewerkstelligen war, zwei Tage vor Ankunft der kaiserlichen Majestät.

»Soll ich Euch ein Glas Wasser bringen lassen, Maître?«, fragte sein Sekretär Pavel vom Erker her, die ältliche Gestalt übers Stehpult gebeugt.

Aber d'Alembert winkte nur mit müder Gebärde ab. Kaum hatte er sich in die Polster sinken lassen, da fühlte er sich noch matter und zugleich auf fiebrige Weise aufgewühlt. Hier habe ich mit Fabrio gesessen, dachte er, hier ist er mir an den Hals geflogen, hier wäre er mir auf den Schoß gekrochen, wenn ich nicht …

Schluss jetzt! Abermals tupfte er sich mit seinem Tüchlein über Wangen und Stirn. Die Schminke war natürlich ruiniert, nun gut, darum würde er sich später kümmern. Jetzt aber erst einmal *tout de suite* die wichtigsten Schreiben überfliegen, Briefe für Prag et cetera diktieren, mahnte sich der Maître, blieb jedoch zu seiner eigenen unangenehmen Überraschung in den Polstern sitzen, während seine Gedanken mit tagträumerischer Willkür umherschweiften.

Gestern Nachmittag hatte es ein gewaltiges Gewitter gegeben, mit dröhnendem Donner und Sturzfluten von Regen, die Staub und Hitze aus der Luft gewaschen hatten. Vielleicht liegt es daran, sagte sich Charles, an diesem Wetterwechsel, dass ich mich so ausgezehrt fühle. Bei allen Göttern, er durfte nicht krank werden, keine Schwäche, keine Mattigkeit zeigen, sonst war das Spiel wahrhaftig aus.

Im Sofa eher schon liegend als aufrecht sitzend, sah der Maître den majestätischen Konvoi bereits vor sich, wie er am Samstagmorgen aus der Prager Hofburg hervortosen würde: In fünfundvierzig sechsspännigen Kutschen würden Rudolf und sein hochwohlgeborener Tross anreisen, gefolgt von zwei Dutzend Gepäckkarren und acht vierspännigen Kutschen für die kaiserliche Kuchelpartei. Man würde sich einschränken müssen, dachte d'Alembert, sie selbst ebenso wie ihre Prager Gästeschar, die sich über die hiesigen Verhältnisse natürlich die Schnäbel zerreißen würden. Denn die Rosenberger Burg war zwar geräumig genug, um Hunderte von Gästen zu beherbergen, aber drei Viertel der Kammern und Säle waren in so trostlosem Zustand, dass selbst Hezilows Lumpenkerle es vorgezogen hatten, drunten im Gewölbe zu logieren.

Jurij Hezilow, dachte er dann, dieser verdammte Teufelsmagister ist der Giftquell meiner Mattigkeit.

Unsinn!, mahnte er sich gleich wieder, es war nur der Wetterwechsel, die Anspannung wegen der vor ihm sich auftürmenden großen Aufgabe, sonst gar nichts.

Das Fürstenappartement zumindest, in dem die allerherrlichste Herrlichkeit nächtigen würde, hatte er vorausahnend schon vor Monaten herrichten lassen, glanzvoller selbst als die gräflichen Gemächer, und den mit böhmischem Glas verspiegelten Thronsaal. Einzig im Fürstenappartement, das eine ganze Etage über dem vierten Burghof einnahm, mit einem herrlichen Blick auf das Dächergewirr von Krumau und die sich durchs Tal ringelnde Moldau – einzig dort hatte d'Alembert jedes Zimmer mit echten Kostbarkeiten einrichten lassen, mit Gobelins aus den Niederlanden, Teppichen aus Venedig, Goldledertapeten aus London; allein die Vorhänge im Fürstenappartement, aus dem berühmten kurzhaarigen Lucca-Samt gefertigt, hatten die ruinöse Summe von dreitausend Silbertalern verschluckt.

Denn aus irgendeinem Grund hatte er nicht gewagt, auch diese Räumlichkeiten, in denen die väterliche Majestät logieren sollte, mit wohlfeilen Imitaten auszustatten – aus Aberglaube vielleicht, wie er nun dachte, oder aus handfesterer Angst vor dem Jähzorn des Bastardsohns.

Abermals zog er sein Tüchlein hervor, das bereits durchnässt war von seinem Schweiß. Behutsam atmete er ein und wieder aus, aber wie sorgfältig er auch in sich hineinhorchte, er vermochte keinen Schmerz in seinem Herzen, kein Kratzen in seiner Lunge festzustellen.

Dennoch wuchs in ihm die Furcht, dass in seinem Leib eine ernstliche Krankheit heranreifen könnte, übergesprungen vielleicht vom Obersthofmeister oder gar vom erbarmungswürdig ausgezehrten Astrologen, den er gestern noch in seiner Turmkammer aufgesucht hatte.

»Der Löwe hockt mir in der Brust«, hatte von Sargenfalt mit heiserer Stimme geklagt. Am helllichten Tag hatte er im Bett gelegen, bis zum Kinn unter schweißfeuchten Decken vergraben. »Ich spür seine Tatzen schon im Rücken und im Herzen, sein heißer Atem bringt mein Blut zum Kochen, Maître: Bald zerreißt's mich, denkt an mich, *mon vieil ami.*« Seine Rede war in einem Chaos aus dröhnendem Husten, tränenden Augen und sprühendem Speichel zerborsten, ärger noch als die Hustenattacken, denen von Breuner in immer kürzeren Abständen erlag.

Aber auch der Haushofmeister konnte in diesem Zustand keinesfalls das kaiserliche Mahl beaufsichtigen. Unvorstellbar, dass von Breuner verzerrten Gesichts vor die väterliche Majestät trat und ihr mit bebender Hand die Bissen vorschnitt, dabei die Lippen zusammenpressend und die Backen blähend.

So oder so, dachte d'Alembert dann, würde es Robert, Rudolfs Kammerdiener und engster Vertrauter, nicht dulden, dass irgendjemand außer ihm selbst dem Kaiser auch nur ein Bröckchen Brot vorlegte. »Niemand hier in Prag misstraut der kulinarischen Raffinesse Eures wackeren von Breuner, aber der Magen der Majestät ist empfindlich, wie Ihr ja wisst, *mon cher monsieur*«, hatte ihn die Stradová in ihrem jüngsten Schreiben beschwichtigt. Schon seit Jahren begab sich Rudolf kaum mehr auf Reisen, ohne zumindest seine zuverlässigsten Köche mitsamt der unentbehrlichsten Kuchelschar mitzuführen. Und wenn es sich irgend vermeiden ließ, schlug er ohnehin alle Einladungen aus und verkroch sich in den hintersten Kammern des Hradschin, unerreichbar selbst für seine Minister oder seinen Bruder

Matthias, der in Ungarn seit Jahr und Tag verzweifelte Schlachten gegen die Mohammedaner schlug.

Tatsächlich hatte Rudolfs Angst vor Giftanschlägen mit den Jahren immer noch zugenommen, dachte der Maître, und Katharina da Strada war bloß zu taktvoll, um anzudeuten, dass der Kaiser sich selbst hier in Krumau vor derlei Heimtücke nicht sicher fühlte.

Sogar hier – oder gerade in der Burg seines Bastardsohns, der ihm in gewissen unseligen Charakteraspekten nur allzu sehr ähnelte? Einen Moment lang verweilte er noch bei diesem in einzelnen Facetten so glanzvollen, in seiner Gesamtkomposition aber schrecklich spannungsvollen, fürchterlich widersprüchlichen Habsburger Charakter mit seinem Drang in teuflische Tiefen und seinem Hang zu schwärzester melancholischer Starre; dann stieß Charles d'Alembert einen Seufzer aus und rappelte sich auf.

Glücklicherweise würde die edle Heerschar nur einen halben Tag und eine Nacht in Krumau bleiben. Und wenn die neuerliche Goldprobe erst geglückt und Rudolf mit seinem Bastard versöhnt wäre, wenn die Sonne der kaiserlichen Gnade wieder über Krumau schiene und die prachtvolle Prager Plage endlich davongeschwirrt wäre – dann, ja dann würde er Fabrio umarmen, dachte d'Alembert und kicherte leise über seinen kleinen Scherz.

»Maître? Sind Sie wohlauf?«

»Tunk die Feder ein, Pavel«, kommandierte d'Alembert energisch, »und schreibe: ›*Chère Madame*, erlaubt mir, auf einen Punkt zurückzukommen, den aus dem Blick zu verlieren unklug wäre, so unerheblich er sein mag, gemessen an Glanz und Größe des heiß erwarteten Gastes: Sollte Madame Markéta sich dahingehend vergessen, Euch als seine Mutter oder, *horribile dictu*, gar die allerherrlichste Majestät höchstderoselbst wegen eines gewissen Begehrens anzusprechen, so empfehle ich dringend, ihr Folgendes zu antworten …‹«

Pavels Feder fuhr noch einige Augenblicke lang kratzend über das Blatt. »Ja, Maître?«

»Später.« D'Alembert war schon bei der Tür. »Den Brief diktiere ich nachher zu Ende, warte hier, bis ich von Don Julius zurück bin.«

59

»Die Spanier und die Pfaffen – was in gewissem Sinn das Gleiche ist – warten seit Jahr und Tag drauf, dass er endlich Isabella heiratet.« Lachend half er Markéta in eins der plumpen schwarzen Boote, die am Ufer des Schwanenteichs lagen. »Aber mein Vater weicht Traualtar und Ehepfuhl so hartnäckig aus, dass die Infantin vor lauter vergeblicher Hoffnung längst welk und grau geworden ist.«

Wie Johanna von Waldstein, fügte Julius in Gedanken hinzu, Johanna, die sich neuerdings mit ihren Dominikanerinnen wie mit einer spirituellen Salvaguardia umgab. Manchmal war sie ihm regelrecht unheimlich, der kalte Blick ihrer dunklen Augen, die frömmlerische Miene, hinter der sie ihren Hass und Ekel immer mühsamer verbarg.

Er sprang zu Markéta ins Boot, nahm die Riemen zur Hand und versuchte den Kahn vom Ufer abzustoßen. Aber er stemmte das hölzerne Blatt so tölpelhaft in die Böschung, dass sie beinahe gekentert wären.

»Setz du dich ins Heck, meiner Lieb'«, sagte die Baderstochter, »ich rudere.«

Mit verzwickter Miene sah sie zu ihm empor, entschlossen und furchtsam in einem, wie ihm schien. Gehorsam erhob er sich, einmal mehr erheitert durch ihre unzimperliche Art. Der Kahn schwankte, das Wasser unter ihnen gluckste, als sie sich aneinander vorbeischlängelten, um die Plätze zu tauschen.

Auf den Wegen rings um den Teich patrouillierten seine Gardisten in der Mittagssonne, daher versagte er's sich, sie noch enger an sich heranzuziehen und ihre samtigen Falten mit seinen Fingern zu erforschen. »Auf so schwankendem Grund«, sagte er stattdessen, indem er mit steifer Grafenmiene auf der hinteren Holzbank Platz nahm, »ruht seit jeher auch die Verbindung meiner Eltern: väterliche Majestät und mütterliche Mätresse.«

Markéta stemmte sich in die Riemen, schweigend, ihr Blick auf sein Gesicht gerichtet. Unter ihnen rauschte das Wasser, Enten stoben schnatternd auf, während sie in rascher Fahrt auf die Schwaneninsel zuhielten.

Julius seinerseits betrachtete ihre mädchenhaften Brüste, die sich im türkisfarbenen Dekolleté hoben und senkten. »Frag ruhig meine Mutter, übermorgen lernst du sie ja kennen«, sagte er. »Sie wird dir versichern, dass sie glücklich ist.«

Vor wenigen Stunden erst hatte d'Alembert ihm angekündigt, dass Markéta ihn mit dieser speziellen Angelegenheit bedrängen würde, und der Maître hatte Recht behalten. Ein meisterlicher Menschenkenner, ohne Zweifel, dachte Julius. Umso erstaunlicher, dass der Maître ihn gleich darauf beschworen hatte, sich von der Ludanice keinerlei Versprechungen abringen zu lassen, zumindest nicht im Moment.

Aber warum dieser plötzliche Meinungswandel? Hatte nicht d'Alembert selbst ihn mit Markéta regelrecht verkuppelt, damit er sein Genügen hier in Krumau fand, beim Possenspiel geschenkter Grafenmacht? Und beschwor ihn nun dennoch, sich von ihr nicht zur Ehe bereden zu lassen? Heißt das nicht, dachte Julius, dass d'Alembert meine Hoffnungen, die er mir seit Jahren und Jahren mit allen Mitteln auszutreiben trachtet, auf einmal teilt? Ha! Glaubt auch Ihr plötzlich, *mon cher monsieur*, dass ich die väterliche Krone zu erringen vermag? Und wollt mir daher raten, durch eine Vermählung mit der minderblütigen Schönen nicht das Zepter zu zerschmettern, das Hezilows Kunst mir auf einmal in die Hände spielt?

Sein Blick schweifte zum Ufer zurück, wo zwei struppige Gesellen unter den Bäumen hervortraten, sich umsahen, dann den Weg entlangtrotteten, zur Burg hinab. Oblion und Tákie, dachte er, oder Unçerek und Fondor? Zu jeder Tages- und vor allem Nachtzeit konnte man den Kerlen hier oben im Park begegnen, wo sie Moos von Mauersteinen kratzten oder gallertige Pilze ernteten, um Pelikan und Tiegel ihres Meisters mit magischen Ingredienzien zu füllen.

»Und wenn er deine Mutter zur Gemahlin nähme?«, fragte Markéta in sein Sinnen hinein und ließ schwer atmend die Ruder fahren. »Müsst er abdanken, als Kaiser und König – unvorstellbar!«

Knirschend fuhr ihr Kahn ins Uferschilf der Schwaneninsel. Julius sprang über Bord und reichte ihr die Hand, aber Markéta schüttelte den Kopf und kletterte allein an Land. Wieder hatte sie ihre störrische Miene aufgesetzt, die ihn ebenso sehr erheiterte wie erregte.

»Ich weiß, mein Herr«, sagte sie unerwartet sanftmütig und hängte sich bei ihm ein. »Ich hab's auch nur des Kontrastes halber gefragt: weil du ja sowieso nie Kaiser oder König wirst.«

Da wurde ihm sturzdüster ums Gemüt. »Sag so was nicht«, murmelte er mit fremder Stimme, »sag's nie mehr.«

Der gepresste Ton schien sie aufzustören. Sie entzog ihm ihren Arm wieder und wich zum Kahn hin zurück. »Was hast du, Julius?«, fragte sie wie gestern früh, jetzt aber voller Schrecken. »Was hab ich denn gesagt?«

»Gar nichts«, brummte er und sah sie stirnrunzelnd an. »Zum Glück hast du's nicht gesagt, und sag's auch niemals: nicht mit Bedacht und nicht aus Versehen.«

»Aber was denn, bei allen Heiligen?«, rief Markéta aus, die nun eher zornig als erschrocken wirkte. Sie stemmte die Fäuste auf die Hüften, ihr Pfirsichbusen wogte. »Was redest du denn in Rätseln, Julius? Sag halt geradeheraus, was dich eben so verletzt hat – oder meinethalben fast gekränkt hätte?«

»Bastard«, presste er zwischen den Zähnen hervor. »Hinter meinem Rücken nennen mich alle den Bastard des Kaisers, das weißt du ja. Aber ich könnt's nicht ertragen, Markéta, wenn du genauso über mich dächtest, wenn du wie alle Welt glauben würdest, dass ich nicht würdig wär, das väterliche Zepter zu tragen.«

Sie starrte ihn nur wortlos an. Ihr Mund öffnete sich und ging wieder zu. Dann hob sie die Arme, als ob sie ihn an sich ziehen wollte, und ließ sie in einer ratlosen Gebärde wieder sinken.

»Versprichst du's?«, fragte er. »Schwörst du's mir, Geliebte – bei deinem Leben?«

Ein schwarzer Schwan, der bisher wie tot im Schilf gehockt hatte, sprang auf einmal auf und lief drohend auf sie zu, die Flügel gespreizt und lauthals fauchend. Ohne seinen Blick von Markéta zu wenden, packte Julius das Vieh und drehte ihm den Hals um. »Schwörst du's?«, wiederholte er.

Sie nickte krampfhaft, die Augen weit aufgerissen, und da schoss es ihm auf einmal durch den Sinn: So, ganz genau so hat mich auch Johanna angesehen … Aber wie kann das sein? Was hatte sie bei den Infantengemächern verloren – tief in der Nacht?

»Woran denkst du, Julius?«

Er fuhr zusammen und ließ den schlaffen Schwan ins Uferschilf fallen. »Ah, seltsam«, antwortete er, »immer wieder quäl ich mich mit jener Nacht – du weißt schon, als das Mariandl auf einmal …« Er unterbrach sich und fuhr sich mit der flachen Hand übers Gesicht. »Bis heut kann ich mich einfach nicht erinnern, was damals passiert ist. Ein Gebräu haben sie mir eingeflößt, weil ich in tiefen Schlaf fallen sollt … Aber einmal muss ich doch aufgewacht sein … aufgestanden … auf den Gang hinaus, und da … So wie du mich eben angesehen hast, Markéta, die Augen weit aufgerissen: So stand in jener Nacht *sie* vor mir!«

»Sie?«, wiederholte Markéta, nach seiner Hand greifend. »Du meinst – Johanna?«

Julius nickte mehrfach, noch immer tief in Gedanken. »Sie schlafwandelt zuweilen, das weiß im Hradschin jeder – aber warum ist sie ausgerechnet in jener Nacht vor meiner Tür herumgeschlichen?« Heftig schüttelte Julius seinen Kopf, um die Benommenheit zu vertreiben. »Na, wer weiß, ob ich da nicht was durcheinander werf.«

Er nahm ihren Arm und wollte sie weiterziehen, aber Markéta sträubte sich und blieb wie angewurzelt im Uferschilf stehen. »Die fromme Señora«, murmelte sie, »Johanna schlafwandelt also? Und traust du ihr's zu, dass sie in die Kabale verwickelt ist?«

Julius schüttelte heftig den Kopf. Baron von Waldstein war ein Intimus der väterlichen Majestät – da war es gewiss nicht ratsam, seine Tochter der Verstrickung in eine Mordintrige zu bezichtigen, besonders dann nicht, wenn man keinerlei Beweise in Händen hielt.

»Nein? Und was würdest du sagen, Julius, wenn sich herausstellte, dass sie mir gedroht hat?«

»Ich wäre überrascht, wenn sie dir *nicht* gedroht hätte.« Er lachte leise. »Aber das sind leere Worte, glaub mir: Sie könnte niemals …« Er unterbrach sich und spürte im gleichen Moment, wie seine Stimmung sich erneut verfinsterte. »Kein Wort mehr von Johanna, ich bitt dich«, fuhr er fort. »Es spielt ja sowieso keine Rolle mehr: Wenn der Kaiser am Samstag das Gold in Hezilows Topf sieht, wird er meine Verbannung im Handumdrehen aufheben.« Er schob seinen Arm in ihre Beuge, und diesmal ließ sie sich willig weiterziehen. »Übrigens hab ich jemanden ausgeschickt, ins Siebenbürgische, um die Herkunft deiner Mutter zu überprüfen.« Von der Seite her sah sie ihn mit einer Miene an, in der sich Freude und Unglaube mischten. »Wenn du willst«, fuhr er fort, »gehen wir gleich nachher zu ihm und hören uns an, was er rausgefunden hat.«

»Gleich nachher?«, echote sie. »Aber ist er denn hier auf der Burg? Und wie konnte er so schnell nach Siebenbürgen und zurück gelangen?«

»Er ist geflogen«, sagte Julius, »auf seinem Sternenbett.« Und dann musste er so sehr lachen, dass alle überlebenden Schwäne mit rauschendem Flügelschlag von der Insel flohen, während er und Markéta auf denselben Hügel sanken, wo die Baderstochter vor bald fünf Wochen mit dem Nabellosen gesessen hatte, von Hezilows Gesellen belauert und von d'Alemberts Soldaten bewacht.

»Wenn es dahinkäm, Geliebte, dass ich zwischen dir und der väterlichen Krone wählen müsste, es würd mir das Herz in Fetzen reißen.« Er bettete seinen Kopf in ihren Schoß und sah, die Augen gegen die senkrechte Sonne zusammenkneifend, zu Markéta empor, die ihm mit sanfter Hand über Stirn und Wangen fuhr, wie um ihn im Voraus für seinen Verlust zu trösten.

Die Sonne versank hinter den Dächern von Krumau – schon wieder Abend, dachte Julius, wie bleiern die Stunden sich früher oftmals dahinschleppten, und wie geschwind sie vorwärtseilen, seit Markéta bei mir ist. Oder liegt's daran, dass mir vor Samstag immer banger wird, je näher die Schicksalsstunde rückt? Dass mich eine uralte Angst durchschauert, wenn ich *ihn* in Gedanken vor mir seh, die väterliche Majestät? O mein allerherrlichster Herr, schwefelgelbe Sonne meiner Hoffnung, wie werdet Ihr mich anschauen, wenn wir Schulter an Schulter in Hezilows »Helle« stehen: zweifelnd, spöttisch – oder vertrauensvoll, ja stolz?

Vor der Mittagssonne waren sie bald wieder von der Insel geflüchtet, in die schattigen Tiefen des Parks. Julius lehnte am Stamm einer vielhundertjährigen Eiche, Markétas Hände in den seinen, und schaute sie so forschend an, als ob die Antwort auf seine stummen Fragen am Grund ihrer blitzend grünen Augenseen läge.

Wahrhaftig, dachte er wieder, es tät mir das Herz in Fetzen reißen.

Er zog sie nah zu sich heran, schlang seine Arme um ihren schlanken Leib und küsste sie mit einer wilden Zärtlichkeit, die er niemals vorher empfunden hatte, bei keinem Mädchen, keinem Weib. Zwei Gehilfen des Puppenmachers trotteten unweit durchs Unterholz, Baschek und Unçerek oder Oblion und Tákie, doch Julius nahm sie kaum wahr. Er hielt Markéta umschlungen und küsste sie, wie ein ausgedörrter Wüstenwanderer unersättlich trinkt und trinkt, bei jedem Schluck die Vorsehung preisend, die ihn eben noch zeitig die rettende Oase, das köstlich erfrischende, jede Faser seines Wesens tränkende Wasser finden ließ.

Atemlos ließ er endlich von ihr ab, ihr Gesicht, ihre ganze Gestalt schien zu leuchten, wie sie vor ihm stand, unter den Eichenästen, durch die letzte Strahlen der Abendsonne rieselten. Vielleicht, durchfuhr's ihn, vielleicht hatte von Sargenfalt bei seiner Geisterreise ja herausgefunden, dass Markéta von weit edlerer Abkunft war, als sie bisher angenommen hatten – nicht nur vom Geschlecht der Ludanice stammend, sondern aus irgendeiner übersehenen Nebenlinie eines abendländischen Herrscherhauses?

Das war gewiss nicht sehr wahrscheinlich, aber was hatte das schon zu besagen, da er doch offenkundig vom Schicksal ausersehen war, die väterliche Majestät, das Heilige Reich, ja das gesamte Abendland aus dem Abgrund zu ziehen? Oder warum sonst wär der Puppenmacher ausgerechnet hierher gekommen, nach Krumau, um sein schicksalhaftes Werk zu vollbringen? Gold in funkelnden Strömen, Kreaturen in blanken Scharen, dachte Julius, indem er Markéta bei der Hand nahm und wieder mit sich zog, zur Burg hinab.

»Alles wird sich zum Allerbesten wenden«, sagte er zu ihr, »ich spür's ja, und mein Astrolog hat auch alles genau so vorausgesagt. Der gute Sargenfalt, lass uns gleich zu ihm gehen: Er soll uns berichten, was er im Siebenbürgischen rausgebracht hat.«

»Der hustende Sternengucker?« Ungläubig sah sie ihn von der Seite her an und wollte sogar stehen bleiben, aber er zog sie immer weiter, lachend, auf ihre nackten Füße hinuntersehend, die wie zwei winzige braune Rehkitze neben ihm durchs Gras sprangen. »*Der* ist nach Preskov geritten und handkehrum zurück?«

»Wart's ab, wart's nur ab«, sagte Julius, die Geliebte immer rascher mit sich ziehend, den abschüssigen Weg zur Burg hinunter, bis sie in den Schatten des obersten Burghofs tauchten, der sie nach der flirrenden Hitze des Parks mit kühlem Dämmerlicht umfing.

Das bunte Völkchen der Maler und Schranzen, Musikanten und Poseure, Narren und Schauspieler lagerte in den Höfen. Viele hatten Weinbecher in den Händen, andere hockten oder lagen, paarweise oder zu dreien, in Winkeln und Nischen, müßiger Wollust zugetan.

Aus einem Knäuel von Leibern und Gliedern reckten sich zwei schwarz gelockte Köpfe, aber Julius winkte ihnen ab: Die Syrakuser wollte er jetzt nicht bei sich haben.

Sein ganzes bisheriges Leben schien ihm auf einmal wie zielloses Verspritzen des kostbarsten Elixiers. Mit so vielen Fötzlein und Schwänzlein getändelt, dachte er, Jahre und Jahre mit Kutschreisen, Spiegelfechtereien, mit Jagdpartien, prahlerischen Gelagen durchgebracht.

Und dabei habt Ihr eine Aufgabe hier auf Erden zu leisten, mein herrlicher Herr, die größte, glanzvollste Pflicht auf dieser Welt: Retter des Kaiserreichs! Dumpf schwante es mir ja seit langem, als kleinem Knaben schon. Und dienten mein Groll und mein Abscheu, der ewige Selbsthass auf den Kaiserbastard nicht immer nur dazu: mich vor der heiligen Aufgabe zu verstecken, die mir im Geheimen allzu groß und gefahrvoll schien?

Aber damit ist's nun vorbei, für alle Zeiten vorbei, schwor sich Julius, indem er Markéta immer weiter mit sich zog, Hof um Hof abwärts, durch Scharen und Spaliere buckelnder Schranzen und Lakaien, bis sie endlich die lang gezogene, sanft abfallende Fläche des untersten Burghofs erreichten.

Ein wenig außer Atem traten sie an die Burgmauer, die sich rechterhand an den Hungerturm anschloss, und beugten sich darüber. Tief unter ihnen zog sich der Graben dahin, zehn Schritte breit, finster wie eine Waldschlucht und mit Gestrüpp und Bäumen bewachsen.

»Die Bären, siehst du?« Er deutete hinab, dabei waren die beiden

Bestien wahrhaftig nicht zu übersehen, wie sie im Schlamm umhertrotteten, in Mais und Kartoffeln wühlten, die zu großen Haufen vor ihnen aufgetürmt waren.

Als er die Stimme des jungen Grafen hörte, sah Robse, der Hüne mit der brandroten Mähne, zu ihnen auf. Er hockte einige Schritte abseits im Graben, auf einem Steinbrocken vor der äußeren Burgmauer, neben ihm sein halbwüchsiger Sohn. Nun sprangen beide auf und warfen sich gleich wieder auf die Knie, die Hände aneinander gelegt und bittend emporgereckt. »Erbarmen, Herr«, rief Robse, »ich fleh Euch an, lasst uns frei!«

»Nichts da, so war's abgemacht, Robse.« Lachend spie Julius auf ihn hinab. »Du hast mir keine Brummbärkinder gebracht, nur die beiden Alten. Drum bleibt ihr beiden hübsch im Graben, ich befehl's.«

60

»Ein heilsames Elixier hab ich Euch gemischt, nach der Formula des Magisters, seht nur.« Der Medikus stand über den Astrologen gebeugt, einen Zinnbecher in der Hand, den er lockend vor der Nase des Kranken schwenkte. »Trinkt nur, Sargenfalt, trinkt, und wenn Ihr morgen erwacht, fühlt Ihr Euch wie neugeboren.«

Sargenfalt lag flach auf dem Rücken, die Decke voll gestickter Silbersterne bis unters Kinn gezogen. Der Sterngucker hauste unter der Kuppel des Hungerturms, seine kreisrunde Stube war so eng, dass zwischen Bett und Stehpult nur wenig Raum blieb. Auf einem Schemel vor der Wand hockte sein schwarzes Fernrohr, klobig wie ein Kanonenrohr bedrohte es den Abendhimmel, dessen Gestirne durch ein Dutzend schmaler Fensterlöcher schienen.

In schwacher Abwehr schüttelte der Astrolog den Kopf, doch Kasimir von Rosert pries unbeeindruckt weiter seinen Heiltrank an: »Reines Goldwasser, Sargenfalt, das stillt den Durst des Löwen in Eurer Brust. Verschmäht es, und der Leu wird Euch das Herz zerreißen. Trinkt's, und Ihr seid morgen wieder munter wie ein Komet.«

Tomatenrot leuchtete sein Glatzkopf über dem fahlen Antlitz des Sternenguckers, der alle paar Atemzüge von Hustenstößen erschüttert wurde. Mehrfach grimassierte der Medikus Verständnis heischend zu Julius herüber, der neben Markéta unter der Tür stand. Für mehr als einen Besucher bot die Stube keinen Platz, zumal wenn dieser Gast die ausladende Statur von Roserts besaß.

»Nun sauf er's endlich aus«, sagte Julius, »sonst träufel ich's ihm ein, aber nicht durchs Maul, der Herr.«

Aus eingesunkenen Augen sah Sargenfalt voller Schrecken zur Stubentür. »Euer Gnaden, hat Euch gar nicht – *kech, kech!* – Verzeiht!« Während er stammelte und hustete, wühlte er einen dürren Arm unter der Sternendecke hervor. »Dann Prosit, Kasimir«, hörte Markéta ihn murmeln, »her mit dem Schlangentrunk, er befiehlt's.« Und der Astrolog nahm den Becher in die zitternde Rechte, setzte an und leerte ihn so hastig, dass sein Adamsapfel am dürren Hals auf und nieder sauste.

»Brav, Sargenfalt«, lobte Julius, »und nun heb er sich hinweg, Medikus, damit ich den Geisterreisenden befragen kann. Wegen Madame«, setzte er hinzu, mit einem Augenzwinkern für von Rosert, das Markéta wenig behagte.

Doch Julius' unerwartete Eröffnung hatte sie in solche Aufregung gestürzt, dass sie kaum erwarten konnte, endlich zu hören, was der Astrolog herausgebracht hatte. Auf seiner Geisterreise, dachte sie wieder und wieder, also gab's sie doch: kundige Boten, die in die Welt jenseits des Nebels reisten und wohlbehalten zurück in unsere Welt? Wenn studierte Herren wie Don Julius und Sargenfalt dran glaubten, wenn der eine von ihnen, ein grauhaariger Herr von ausgezehrtem Aussehen, sogar beteuerte, die Schattenwelt kürzlich erst bereist zu haben, wie könnte dann sie, die Krumauer Dorfgans Markéta, an der Weisheit so hoher Herren zweifeln?

»Ah, die Herkunftsfrage«, sagte von Rosert, indem er den geleerten Becher entgegennahm. »Wenn ich mir die Bemerkung erlauben darf, Euer Liebden – ich bin überzeugt, dass unsere Nachkommen all diese Herkunftsdebatten, Blutsverherrlichung, Abstammungsdispute, um die wir Heutigen so viel Gewese machen, höchstens noch belächeln werden, ja, man wird kaum mehr begreifen, was uns Alte damals so erhitzt hat, vor zwanzig oder fünfzig Jahren.« Die dröhnende Stimme des Medikus hallte von den Wänden wider, und sein Schatten schien die gesamte Stube auszufüllen, als er sich zu seiner vollen Größe aufrichtete, vom Bett her durch eine Lampe angestrahlt. »Vielleicht geruht Ihr Euch zu entsinnen, Exzellenz, was ich schon vor Jahren vorausgesagt habe: Nicht mehr lange, und die Menschen werden Ebenbilder ihrer selbst mit eigner Hand erschaffen, den alten Göttern gleich.«

»Schon recht, schon recht, Kasimir«, fiel ihm Julius in die Rede, »allerdings habt Ihr stets prophezeit, dass es sich bei diesen Ebenbildern um angemalte Apparate handeln werde.« Er machte einen Schritt in die Stube, den Medikus beim Ärmel packend. »Der Magister wird uns aber blutwarme Männchen aus lebendigem Fleisch backen, das ist ein Unterschied, nicht? Und nun heb er sich endlich hinweg!«

Kasimir von Rosert stolperte hinaus, und an ihm vorbei presste sich Markéta in die Astrologenstube. Obwohl mehrere der Lukenfenster geöffnet waren, herrschte hier drinnen ein beißender Geruch nach Kerzenrauch und fiebrigem Schweiß.

»Gott zum Gruß.« Sie nickte dem Kranken zu. »Was hat der Medikus Euch eingeflößt, mein Herr?«

»Goldwasser, zumindest sagt er's, Ihr habt's ja gehört.« Sargenfalt richtete sich auf seinem Lager auf, stopfte sich ein Kissen in den Rücken und sah seine Besucher mit munterer Miene an. »Aber was der Magister da auch zusammengemischt haben mag, es tut seine Wirkung, schneller als ein Engel fliegen kann!« Hohlwangig lächelnd sah er von Julius zu Markéta. »Ich war schon drauf gefasst, dass der Löwe mir die Brust zerreißt! Jetzt aber sind der Husten, die Schmerzen, Schwindel und Fieber – alles wie weggeblasen.«

»Na, das wurd auch Zeit, Sargenfalt.« Julius ließ sich auf der Bettkante nieder, reichte Markéta eine Hand und zog sie zu sich herab. »Hoffen wir, dass Hezilows jüngstes Wunder ein Weilchen vorhält – zumindest, bis Ihr uns berichtet habt.« Er tätschelte die schlaffe Wange des Astrologen. »Also lasst hören, sofort.«

Mit offenbarer Bestürzung sah Sargenfalt zu seinem Gebieter auf. »Die Krankheit, bitte um Vergebung«, murmelte er, »ich war dort, viele Male dort, Euer Liebden, aber der arge Husten hat mich jedes Mal wieder rausgerissen, noch ehe ich die gesuchten Geister traf.«

»Dann fahrt jetzt wieder hin, die Augen zu und hopp!« Julius tätschelte stärker, dass es beinahe wie Backpfeifen klatschte. »Kein Husten quält Euch mehr, was zögert Ihr?«

Der Astrolog riss die Augen auf. »Das magische Kraut, Euer Liebden, ich muss die Zauberpfeife rauchen, sonst misslingt der Geisterflug.«

»Dann stopf und rauch er, guter Mann!« Julius zog ihm die Sternendecke weg, dass der Astrolog in jämmerlicher Blöße lag, ein Gerippe in fleckigem Nachtgewand. »Puh, wenn der Duft nur Eure Geister nicht vertreibt! Wo ist das Kraut? Hol er's! Paff er, orakle er, hopp!«

Mit furchtsamer Miene rappelte der Kranke sich auf und tappte durch seine Stube zum Pult, wo er Tabaksbeutel und Pfeife aus der Lade nahm. »Freilich weiß ich nicht«, gab er zu bedenken, »wie das Zauberkraut sich mit dem Heiltrunk vermählt. Möglich, dass dieser mich hinabdrückt, während jenes mich heraufzuziehen trachtet …«

»Schwadronier er nicht, sondern kokel endlich an!« Julius zwinkerte Markéta zu, aber sie setzte ihre störrische Miene auf und weigerte sich, zu ihm hinzusehen.

Wahre Gewitterstürme tobten in ihrem Busen, während sie der Debatte lauschte und zusah, wie der Alte sich eilte, die Befehle seines Herrn auszuführen. Fahr dazwischen, forderte sie sich selbst auf, der Kranke soll sich schonen, er muss erst wieder zu Kräften kommen – wer weiß, was für ein Teufelszeug aus Hezilows Hölle der Medikus ihm da eingeflößt hat! Wenn er die Geisterreise in drei Tagen unternimmt, ist's immer noch gute Zeit, mahnte sie sich, blieb aber wie gelähmt auf der Bettkante sitzen und sah zu, wie der Alte sich mit zitternder Hand die Pfeife stopfte. Endlich brannte das Kraut, röchelnd sog er den Rauch ein, gegen sein klobiges Fernrohr gelehnt.

»Sargenfalt ist mein allerbester Geisterseher«, hörte sie Julius an ihrer Seite rühmen.

Einen Moment lang rang sie noch mit sich, dabei stand ihre Entscheidung längst fest. Mit einem Lächeln wandte sie sich an den Astrologen. »Wie Ihr vielleicht wisst, bin ich im Haus eines Heilers aufgewachsen. Als Badergehilfin sollt ich Euch ermahnen, diese Pfeife beiseite zu legen und erst Eure gänzliche Genesung abzuwarten, ehe Ihr Euch auf eine so gefahrvolle und anstrengende Reise begebt.« Sie erhob sich und trat neben den Sterngucker, der mit rasselnder Lunge an der Pfeife sog. »Aber als Tochter der Blanca da Ludanice muss ich anders handeln«, fuhr sie fort, »und bitt Euch hiermit, werter Herr, ja ich fleh Euch an: Wenn Ihr jetzt zu den Geistern reist, sucht meine Mutter Blanca auf und befragt sie, welche Qualen sie leidet, welche Botschaft sie mir zuzuschreien versucht in meinen Geisterträumen Nacht für Nacht!«

Sargenfalt sah sie aus trüben Augen an, sein Antlitz im Sternenlicht glitzernd vor Schweiß. »Eure Frau Mutter?«, echote er. »Wie könnt ich die so schnell finden im Geistermeer? Was glaubt Ihr, wie viel Mühe und Geduld es mich gekostet hat, wie viele hundert Geistergespräche, bis ich zumindest eine Spur jener Ludovica da Ludanice fand, der Großtante Euer Mutter Blanca?«

Zaghaft sog er aufs Neue an seiner Pfeife, von der ein schwerer, süßlicher Duft nach überreifen Pilzen aufstieg. »Die Geister haben nur wenig eigenen Willen und noch weniger Bewusstsein«, fuhr er fort, »sie sind wie glimmende Lichtfäden im Nebelmeer. Auf der Suche nach Madame Blanca schwimm ich in diesem Ozean von einem Fädchen zum andern, frag und frage und bekomme nur selten Antworten, die klarer wären als ein Seufzer, ein Murmeln, gewisperte Erinnerung an schattenhafte Fetzen eines halb vergessenen Traums.«

Er nahm die Pfeife aus seinem Mund und hielt sie Markéta hin. »Warum reist Ihr nicht selbst dort umher, *chère madame*? Wenn Eure Frau Mutter Euch im Traum schon erschienen ist, wenn sie bereits versucht hat, Euch etwas mitzuteilen, dann werdet Ihr sie auch finden im Schattendampf. Denn dann will sie von Euch gefunden werden, und sie wird spüren, dass Ihr es seid, die dort in der Geisterwelt nach ihr sucht.«

Zögernd nahm Markéta die qualmende Pfeife entgegen. Die Versuchung war übermächtig, und was sollte ihr schon geschehen? Schließlich war auch Sargenfalt schon hundertmal, wie er selbst gesagt hatte, in die Nebelwelt gereist und wohlbehalten zurückgekehrt.

Sie sah zu Julius, der noch immer auf der Bettkante hockte und ihren Blick abwesend erwiderte. Fragend blickte sie ihn an, endlich nickte er ihr zu, und da setzte Markéta die Pfeife an ihre Lippen und nahm einen kräftigen Zug.

Sie hatte auch früher schon ab und zu an Vater Sigmunds Pfeife gesogen, daher spürte sie jetzt nur ein leichtes, durchaus angenehmes Kribbeln in der Kehle, aber nicht den schwächsten Hustenreiz. Der Rauch schmeckte nach modrigen Waldfrüchten, und als sie ihn nochmals einsog, begann sich ihr Geist mit einem brodelnden Nebel zu füllen.

»Geleitet mich zu meinem Lager«, murmelte Sargenfalt. Er wirkte benommen, schwer stützte er sich mit einer Hand am Fernohr ab, und seine Linke tastete im Leeren umher. »Der Schwindel kehrt zurück.«

Markéta legte die Pfeife aufs Pult, fasste den Kranken beim Arm und führte ihn zu seinem Bett. Julius hatte sich erhoben und war zur Tür hin zurückgewichen, mit einem Kopfschütteln bedeutete sie ihm, dass von Sargenfalt heute sicher nichts mehr berichten würde. Ihre Arme und Beine fühlten sich seltsam leicht an, ihr ganzer Leib schien sich mit dem Nebel zu füllen, der von ihrem Kopf abwärts strömte.

Kaum lag der Astrolog unter seiner Sternendecke, als sich seine Lider auch schon flatternd senkten. »Bald … bald«, hörte sie ihn murmeln und beugte sich noch tiefer über ihn. »Ich komme …«, wisperte er, dann fiel sein Kopf zur Seite und er schlief so tief und fest, dass keine Befehle oder Backpfeifen ihn mehr erreichten.

Seine Seele, dachte Markéta, fliegt durchs Geistermeer.

Auch sie selbst fühlte sich so schwebend leicht wie eine körperlose Wesenheit, als sie an Julius' Arm die Wendeltreppe hinabflog und über die nachtdunklen Burghöfe segelte, ihrem Schlafgemach entgegen und dem Nebelmeer, in dessen Tiefe Mutter Blanca auf sie wartete. Wenn sie die Augen schloss, sah Markéta die glimmenden Fäden bereits vor sich, die im Innersten des Nebels umeinander glitten, mit matten Stimmen murmelnd und wispernd.

Dass Julius sie vor der Tür zum Frauenzimmer verließ, Bronja sie auskleidete und zu ihrem Himmelbett geleitete, Flor sich schlaftrunken zur Seite rollte – all das kam Markéta schon nur noch wie ein

Traum vor, unwirklich neben der seidigen Nebelwand, durch die ihre Seele bereits hindurchschwebte, noch ehe ihr Körper die ebenso seidenweiche Matratze berührte.

Sie flog durchs graue Nebelmeer, in dem Milliarden Glimmerfäden zitterten. Die Fäden waren wie Glühwürmchen, nur dass sie blasser, kälter glommen, nicht golden oder rötlich, sondern engelhaft weiß. Näherte sie sich einem Faden, so kringelte der sich zusammen und glitt davon, im nächsten Moment schon ihren Blicken entschwunden. Versuchte sie eins der Fädchen anzurufen, so erklang ein Seufzer, ein sterbensmattes Schluchzen, dann ringelte auch dieses Fetzchen sich durch den Nebel hinweg.

So war's ihr schon als kleines Mädchen ergangen, dachte sie auf einmal, wenn sie sich im Keller unter der Badestube versteckt hatte und die Luft dort von feuchtem Dampf erfüllt gewesen war. Ein Nebelmeer, in das sich Lichterfäden woben, durch tausend hölzerne Ritzen zu ihr herab. Und Mutter Blanca rief nach ihr, mit leiser Stimme, die wie zerbrochen klang vor Angst: »Markéta! Kindlein, o mein Gott!«

Die Fäden ringelten sich vor ihr im Nebel, Markéta pustete sie an, damit sie ins Tanzen und Schwingen gerieten. Von droben plötzlich Stille, kein Prusten und Plätschern aus den Zubern, keine schweren Schritte mehr von Vater Sigmund. Bis unvermittelt wieder die Stimme von Mutter Blanca erklang, schrill jetzt vor Panik: »Markéta! O Gott, sie hört mich nicht! Markéta!«

Da sieht sie auf, und vor ihr schwebt ein Faden aus zitterndem Licht, das traumleise, doch mit der Stimme von Blanca zu ihr spricht: »O mein Gott, Mädchen, endlich bist du da.«

Markéta starrt sie an, vielmehr den fürchterlich dürftigen Glimmerfaden, der vor ihr im Nebel zittert. Wenn sie sich anstrengt, kann sie die Umrisse von Mutter Blanca erkennen, die durchscheinend, wie aus Glas geblasen, den Lichtfaden umschweben: ihre schlanke Gestalt im weißen Kleid, ihre Hände, die sie flehend nach ihr ausstreckt, ihr geliebtes Gesicht mit dem scheuen Lächeln, ihr Mund, der sich schließt und öffnet, und diesmal kann Markéta auch verstehen, was Mutter Blanca sagt, jedes einzelne Wort.

Gott sei Dank, endlich werd ich ihre Botschaft erfahren, denkt sie, dann erst sinkt der Sinn der mütterlichen Worte in sie ein: »*Ich bin im Himmel, Markéta: am entsetzlichsten Ort!* Sieh mich an, sieh uns alle an hier draußen: kümmerliche Funzelgeister ohne Leib! Ach, es gibt nichts Grässlicheres, Markéta, als ohne Körper zu sein! Den eigenen Herzschlag nicht mehr zu spüren, das Pulsen des warmen Blutes, die federnde Schwere des eigenen Fleischs. Keine Hände, um damit zu greifen, zu umarmen, keine Lippen, um zu küssen, keine Zunge, um zu schmecken, keine Haut, um zärtlich sich anzuschmiegen! *Der Himmel ist die Hölle, Markéta*, so lange schon schrei ich dir die Botschaft zu, euch allen zur Warnung, die ihr noch auf Erden wandelt. Ach, gäb's nur genügend lebendige Leiber dort drüben, wie schlangenschnell würden wir alle, die wir hier frierend durch den Nebel gleiten, zurück in warme Körper fahren!«

Sie hielt inne, ihr Blick voll schmerzlicher Erwartung auf die Tochter gerichtet. Verzweifelt überlegte Markéta, welchen Trost sie ihr aussprechen könnte, sie selbst war ja wie zermalmt durch den mütterlichen Kummer und durch die unsäglich grässliche Botschaft: Der Himmel ist die Hölle!

Während Mutter Blanca schwieg, wurde auch das glimmende Licht in ihrem Innern immer schwächer. Schon fürchtete Markéta, ihre geliebte Gestalt im Nebel entschwinden zu sehen, wie es ihr bei so vielen Geisterfäden vorher geschehen war.

»Wie kann ich dir nur helfen, Mutter Blanca?«, gelang es ihr endlich zu fragen.

»Ein Messias wird kommen, bald schon.« Auch Blancas Stimme wurde nun mit jeder Silbe matter, als rinne mit dem Licht die allerletzte Kraft aus ihr heraus. »Er wird menschliche Körper schaffen, in die Geister wie ich aus der Nebelwelt hinüberfahren können durch seine alchymische Magie. Der Messias wird von den Menschen verfolgt werden, auch von unserm guten Pater Hasek, aber Hasek irrt, Markéta, sie alle irren: *Es ist der Erlöser*, drum zweifle nicht und folg ihm nach, dann werde auch ich bald wieder bei dir sein.«

Noch während Blanca sprach, wurde Markéta von ihr weggetrieben. Sie spürte, wie etwas Weiches ihr schwer über die Wangen und die Seiten ihres Körpers strich, so wie wenn man sich zwischen den

Hälften eines dicken, fest geschlossenen Bühnenvorhangs hindurchschiebt, dann wurde es wieder luftig leicht um sie.

Ich bin zurück, dachte Markéta und setzte sich auf, umgeben von schwarzer Nacht. Der Kopf dröhnte ihr vor Schmerzen. Neben sich im Dunkeln hörte sie jemanden leise atmen und begriff erst nach Momenten völliger Verwirrung, wo und bei wem sie war.

Zurück aus der Welt jenseits des Nebels.

Sie tastete neben sich und erfühlte Flors Schulter, weich und warm vom Schlaf. In ihrem Innern hörte sie wieder die gewisperte Botschaft von Mutter Blanca: »*Er wird menschliche Körper schaffen, in die Geister wie ich aus der Nebelwelt hinüberfahren können durch seine alchymische Magie …*«

Von einem jähen Schauder erfasst, nahm sie ihre Hand von der Haut des Nabellosen. Ihr Kopf dröhnte, als ob unter ihrer Schädeldecke ein Dutzend Schmiede unablässig auf ihre Ambosse schlügen. Und abermals hörte sie die klagende Stimme von Blanca, die wie aus Glas geblasen vor ihr in der Dunkelheit schwebte: »*Der Himmel ist die Hölle, Markéta!*«

Und der Messias heißt Hezilow.

61

Schon vor Tagen hatte ihm die Stradová den kaiserlichen Speisezettel durch Boten übermittelt: Böhmische Hirschkopfsülze und mährische Rehkitzpastete, das ließ sich aus eigenen Vorräten bestreiten; aber wie bei allen Göttern sollten sie die anderen Gaumenfreuden beschaffen, an denen Seine Allerherrlichsten Gnaden sich Samstagabend zu laben wünschten – getrüffelte Pute aus Périgord und Gänseleberpastete aus Toulouse, Lerchen aus Pézenas und Schnepfen aus Dombes, Bayonner Schinken und gekochte Zunge aus Vierzon, nicht zu vergessen den feurigen Tokaier und den prickelnden Veltliner sowie Florentiner Märzkäse nebst Ananas aus Pariser Treibhäusern zum Dessert.

Ja, warum denn nicht gleich Mannasuppe und Phönixbraten, Euer Majestät? D'Alembert ging im riesigen Kuchelgewölbe auf und ab, wo sich zwei Dutzend Köche nebst einem halben Hundert Mägden an Tischen und Herden zu schaffen machten. Fett zischte in den Pfannen, Saucen kochten in Töpfen, in der Luft schwebte eine überwältigende Mischung aus Braten- und Pasteten-, Pfeffer-, Ambra- und hundert weiteren Düften.

Eben hatte vom Kirchturm her zwölfmal die Glocke geschlagen – noch zwei, höchstens drei Stunden, dann würde der kaiserliche Konvoi mit Donnergetöse in die obere Burg einfahren.

Ruhig, nur ruhig, mahnte sich der Maître, alles würde aufs Geschmeidigste über die Bühne gehen, auch wenn von Breuner dort hinten beim großen Ofen mittlerweile hustete wie ein zerborstener Blasebalg. Auch er selbst fühlte sich noch immer sonderbar matt, als ob mit jedem Tropfen Schweiß etwas mehr von seiner Lebenskraft verrönne. Aber ich bin nicht krank, sagte er sich zum tausendsten Mal, nicht wie Sargenfalt oder wie von Breuner, die beide an qualvollem Husten und zerreißenden Brustschmerzen litten, zu schweigen von den widerlichen Wahngespinsten, die den Sterngucker seit zwei Tagen plagten.

Mit Hilfe der Stradová und des Prager Kuchelmeisters hatten sie zumindest die ärgsten Lücken in ihren eigenen Vorräten mittlerweile geschlossen, dennoch würde es eine heikle Odyssee durch ein Labyrinth aus Pasteten und Sülzen, Saucen und Braten werden. Schon mehr als einmal hatte Rudolf einen Konvent vorzeitig verlassen, weil die Zähigkeit eines Bratenstücks, korkiger Wein oder fades Marzipan seinen Zorn erregt hatten.

Und dabei wurde die kaiserliche Gicht, Podagra so gut wie Chiagra, immer ärger, sagte sich Charles, die Stradová selbst hatte es ihm gerade wieder *en détail* berichtet: An manchen Tagen vermochten Ihre strahlendsten Gnaden sich weder von seinem Lager zu erheben noch auf dem allerweichsten Daunenbett zu liegen, und zwar gleichgültig ob auf dem Rücken, der Seite oder auf dem von Wassersucht aufgetriebenen Bauch. »Robert! Hack er mir das Haupt ab! Ich leide wie ein Viech!« Solches und Ärgeres konnte man die kaiserliche Majestät immer öfter durch den Hradschin kreischen hören, und dann hielten seine Minister, Beamten und Schranzen allesamt den Atem an und wussten nicht, was sie sich wünschen sollten: dass der wunderliche Monarch endlich das Zeitliche segnete oder dass er ihnen erhalten bliebe, weil alles, was nach ihm käme, nur tausendmal grausiger wäre.

Vorneweg Rudolfs jüngerer Bruder, dachte der Maître, Erzherzog Matthias, der darauf lauerte, endlich die Krone an sich zu raffen. Ein skrupelloser Intrigant, verschlagen gegenüber seinem eigenen Blut, aber arglos vor den Feinden Habsburgs, geistig viel zu eingeschränkt, um die Schliche des Sultans, die fromme Tücke des spanischen Monarchen oder selbst die behäbige Hinterlist des Kurfürsten von Bayern zu parieren.

Er trat an den langen Herd, wo zwanzig Kuchelmaiden in riesigen Töpfen rührten, tunkte die Spitze seines kleinen Fingers in eine Sauce aus Ambra und Rosenwasser und sog mit der Zungenspitze das glitzernde Tröpfchen auf. Ah! Der Kaiser hatte natürlich Recht, für eine Sauce wie diese lohnte es sich zu sterben.

Und wie käme gerade ich dazu, dachte d'Alembert, diesem seltsamsten Kaiser, der jemals das Heilige Römische Reich Deutscher Nation regiert hat, die Überfeinerung seiner Sinne oder die maßlosen Summen vorzuhalten, die er für Kunst- und Wunderwerke aller Art verausgabt? Rudolf hatte den Heiligen Gral an sich gebracht, eine riesige, funkelnde Achatschale, in der angeblich das Blut des gekreuzigten Erlösers aufgefangen worden war, weshalb die Geistlichkeit diese Anschaffung gutheißen musste; ebenso das *Ainkurn*, einen fast zwei Meter langen, gedrehten Stoßzahn, den mancher Gelehrte für die wehrhafte Zierde eines Einhorns hielt, das erfreulicherweise wiederum Jesus Christus symbolisierte. Rudolf beschäftigte einen eigenen Kammer-Edelsteinmeister, und er hatte die berühmtesten Uhrmacher des neuen Jahrhunderts an sich gezogen, David Altenstetter und Jost Bürgi, die für ihn kristallene Chronometer herstellten und eine Planetenuhr, welche die Umlaufzeiten der Gestirne zeigte.

Alle diese Wunderwerke kosteten unzählige Truhen voller Goldstücke, die Rudolf mit immer größerer Mühe seinen Ländereien und dem Reichstag ablistete und -presste. Erst kürzlich hatte der Kaiser die berühmteste Gemme in seinen Besitz gebracht, die *Gemma Augustea* aus dem ersten Jahrhundert vor Christus – eine Apotheose des Augustus aus Onyx, achtzehn Figuren, ein Streitwagen und ein Pferd in perspektivischer Verkürzung, den bekrönten Augustus feiernd, wie er beim Empfang des siegreichen Tiberius neben der Göttin Roma thronte. So und nicht anders, dachte der Maître, stellte sich zweifellos auch Rudolf den eigenen Triumph vor, den er unverdrossen erwartete, auch wenn seine Schatzkammern leer, sein Reich ausgeplündert, ganze Landstriche durch Aufstände, Pestilenz und immer wieder aufflammende Grenzscharmützel verödet waren.

D'Alembert zückte ein frisches Tüchlein und fuhr sich über Stirn und Wangen. Da ihm alle paar Augenblicke der Schweiß ausbrach, hatte er zum ersten Mal seit Jahrzehnten darauf verzichtet, auch nur ein wenig Schminke aufzulegen, und seither erschreckte ihn die fahle, faltige, hagere Nacktheit seines Gesichtes, wann immer er in einen Spiegel sah.

Zumindest eines aber, dachte er, verstand der melancholische Monarch meisterlicher als alle, die nach seiner Krone, seinem Zepter gierten, und allein deshalb hielten Fürsten und Stände, Militärs und Minister noch immer treu, wenn auch zähneknirschend zu dem einsamen Weisen von Prag: Als Infant hatte Rudolf erlebt, wie katholische Eiferer versuchten, den Sarg seines häretischen Vaters Maximilian zu schänden, und seither hütete er den so zerbrechlichen Religionsfrieden, der tatsächlich seit vielen Jahrzehnten standhielt, allen hitzigen Disputen und gelegentlichen Übergriffen zum Trotz, und zwar einzig deshalb, weil er, Rudolf, den weiten Mantel der Toleranz über alle Ketzerei und Häresie gebreitet hielt. Einen Mantel der Feigheit, frevlerischen Schwäche und heidnischen Indifferenz, wie giftige Zungen seit ebenso vielen Jahrzehnten lästerten, aber sie alle würden noch ihr feuriges Wunder erleben: Wenn Rudolf abtrat, durch Abdankung oder Sturz, gewaltsames oder gottgewolltes Verscheiden, so wäre im nächsten Moment der Religionsfriede zerbrochen, und das ganze Reich, ja das gesamte Abendland würde lodern mit tausend Flammen des Glaubenshasses, Brudermordes und Völkerkrieges.

Er winkte von Breuner zu sich. »In diese Sauce noch einen Hauch mehr vom Bisam, wenn Ihr mich fragt. Und die Hirschkopfsülze ist geglückt?«

Der Haushofmeister nickte, die Lippen zusammenpressend, und machte mit seinen Armen eine flatternde Gebärde.

»Ihr meint – die getrüffelte Pute?«

Von Breuners Miene zeigte Verzweiflung an, im nächsten Moment explodierte sein Gesicht in einem neuen Atemkrampf. »Ex... *kech-kech!* ...qui... *kech-kech!* ...sit!«, brachte er zwischen mehreren Hustenstößen hervor.

»*Très bien, mon ami*«, sagte d'Alembert und musste sich für einen Moment an der Tischkante festhalten. »Dann laufe ich jetzt hinauf ins Fürstenappartement und schaue, dass sie die kaiserliche Tafel auch richtig eindecken.«

Wieder zückte er sein Tüchlein, der Haushofmeister machte es ihm nach, wenngleich mit gröberem Sackleinen, und dann standen sie beide inmitten eines Chaos aus Saucen-, Pasteten- und Bratendüften und wischten sich den Schweiß von Nacken und Stirn.

62

Zwischen Markétas Schläfen hämmerten immer noch Schmerzen, beinahe so arg wie vorgestern Nacht, als sie von der Geisterreise zurückgekommen war. Seither fühlte sie sich schuldiger und bedrückter als jemals vorher, zweifach schuldig, da sie nun endlich wusste, welcher Art die mütterlichen Qualen waren, und ebenso, dass sie Blancas Wunsch nie und nimmer erfüllen könnte.

Niemals würde sie es über sich bringen, Hezilow zu vertrauen, den Lumpenteufel gar als »Erlöser« zu preisen – und dabei hatte die Mutter sie angefleht, ihm zu glauben und zu folgen, damit sie von ihren Qualen erlöst würde und zurückkehren könnte in die irdische Welt.

»*Der Himmel ist die Hölle.*«

Mit düsterer Miene duldete Markéta, dass Bronja ihr das bleischwere Brokatkleid schnürte, in dem sie aussah wie eine riesige Herbstzeitlose. Seit zwei Stunden machten sich beide Zofen an ihr zu schaffen. Flor kauerte bei ihnen am Boden, pilzhaft starr und stets an den unerwartetsten Orten, sodass Lisetta oder Bronja mehrfach über ihn stolperten.

Ihre Frisur glich dem babylonischen Sündenturm, mit Ausnahme der knochenbleichen Fransen, und ihr Korsett war so eng gezurrt, dass sie schon bei der Vorstellung, eine Treppe emporstelzen zu müssen, fast das Bewusstsein verlor.

Und wofür das ganze Martyrium, wenn sie doch keine Gelegenheit bekommen sollte, die Hand des Kaisers zu küssen, geschweige denn, an der Tafel der väterlichen Majestät zu speisen?

Nun, wir werden sehen, dachte Markéta, während Lisetta mit einer Puderquaste ihr Gesicht betupfte und Bronja wie ein fülliger Frosch um sie herumsprang, um den Saum ihres enormen Kleides geradezuzupfen.

Kein Dekolleté, hatte der Maître befohlen, die Majestät hält auf strengste Etikette nach spanischer Manier.

Offenbar sah diese Etikette auch vor, dass die Mätressen der hohen Herren ausgesperrt blieben, während ein frömmlerisches Scheusal namens Johanna von Waldstein an Don Julius' Seite im Fürstenappartement tafeln würde.

»Genug jetzt, Mädchen«, sagte sie, »und wenn ich wie die Jungfrau Maria leuchten würde, der Kaiser würd mich doch keines Blickes würdigen.«

Die Zofen wechselten betretene Blicke. Auch Johanna war ihre Herrin, und sogar von überlegener Macht, wie sie glauben mochten. Und hatten sie etwa nicht Recht?, dachte Markéta, für einen Moment überwältigt von Katerschmerz und Bitterkeit. Wenn Don Julius mich morgen satt bekommt, sitz ich übermorgen wieder im Badehaus und kann Jakob Schatzens fetten Huren die Schwarten kratzen.

»Nur die Haube noch, Bronja, dann lasst uns runtergehen.«

Auf Don Julius' Befehl trug Flor ein blütenweißes Gewand, unförmig und knöchellang wie ein Engel- oder Totenhemd. Sehr viel lieber hätte sie den Nabellosen hier oben im Frauengemach zurückgelassen, bewacht von einem Gardisten, der ihr verlässlich schien, am besten von Franz Brodner. Aber Julius hatte drauf bestanden, der väterlichen Majestät den Goldschopfigen vorzuführen, und nach kurzem Zögern hatte sie zugestimmt.

Eines zumindest haben deine Klagen bewirkt, Mutter Blanca: Mein Zorn auf den Puppenmacher hat an Kraft verloren, dabei trau ich ihm so wenig wie eh und je. Niemals werd ich ihm glauben können, und nie mehr werd ich meines Argwohns sicher sein.

Sie nahm Flor bei der Hand und ging zur Tür. Draußen warteten Jan Mular und Bronjas Bruder Mikesch, und Markéta erschrak, als sie die beiden sah, die ihr damals, kurz nach Julius' Ankunft, unten auf der Brücke entgegengetreten waren. Ein unheilvolles Zeichen, dachte sie, aber dann verwies sie sich den Aberglauben und nickte den Gardisten gleichmütig zu.

Von den Burghöfen drang dumpfes Dröhnen und Tosen herauf, als ob die Moldauschleuse geborsten wäre. Fanfaren ertönten, Pferde wieherten, erregte Stimmen schrien durcheinander, während unablässig Kutsche um Kutsche durchs obere Tor in die Burg einfuhr.

»Komm, rasch«, sagte Markéta zum Nabellosen, der gestern endlich wieder sein Schweigen gebrochen und ihr in langer, stammelnder Rede von Steinerin und Steiner, Herrn Veit und, vor allem, vom Drachen der Nacht in jener schauerlichen Halle berichtet hatte. Wie konnte Hezilow ein »Erlöser« sein? Aber wie könnte sie fortan noch gegen ihn eintreten, gegen den teuflischen Puppenmacher, dem Mutter Blancas letzte, verzweifelte Hoffnung galt?

»Er wird menschliche Körper schaffen, in die Geister wie ich aus der Nebelwelt hinüberfahren können ...«

Sie nahm Flors Hand fester in die ihre und zog ihn mit sich, Treppe um Treppe nach unten, während die beiden Gardisten mit donnernden Stiefeltritten hinter ihnen hereilten.

Draußen der Hof war gesteckt voll mit Gaffern, die allesamt aufwärts drängten, zum obersten Burghof, einander mit Händen und Knien vorwärts schiebend. Verbissen kämpfte sich Markéta durch die Menge, wobei sie Flor am Handgelenk mit sich zog. Endlich hatten sie den höchsten Hof erreicht, wo eben eine riesige schwarze Kutsche durchs Tor fuhr, von sechs Schimmeln gezogen. Eine gebieterische Stimme rief: »Seine Majestät, Rudolf II., allerdurchlauchtigster, großmächtigster Kaiser!« Fanfarenstöße ertönten, gefolgt von Trommeln, schmetternden Trompetenklängen und schließlich sogar einer Salve von Kanonenschüssen, die das ganze Gemäuer erzittern ließen.

Flor erstarrte vor Schreck, als die Schüsse explodierten, aber Markéta redete beruhigend auf ihn ein. Endlich ließ er sich weiterziehen, näher an die Karosse heran. Gerade sprang die Kutschtür auf, steifbeinig stieg eine hochgewachsene Gestalt aus, in scharlachrotem Umhang, auf dem Kopf einen schwarzen Hut mit langer, wippender Feder, der ein Gesicht mit Julius' feinen Zügen, Julius' Nase, Julius' spitzem Kinn verschattete. Dann schloss sich ein Wall baumlanger Gardisten um den Kaiser, der eilends auf die Tür zum Fürstentrakt zustakste und einen Lidschlag drauf verschwunden war.

Drei weitere holpernde Herzschläge später stand d'Alembert vor ihr, sein Gesicht erschreckend nackt und glitzernd vor Schweiß.

»Was ... was ist mit Euch, Maître?«

»*Pardonnez-moi, madame*, es pressiert.« Er streckte eine Hand nach Flors Engelsärmel aus, worauf der Nabellose wimmernd hinter Markéta Deckung suchte. »Der Kaiser wünscht die Kreatur zu inspizieren, noch vor der Schildkrötensuppe.«

»Nun denn, bringt ihn zu Ihrer Majestät, Monsieur.«

D'Alembert fixierte sie mit gerunzelter Stirn, auf der dicke Schweißtropfen standen. Abermals zog er halbherzig an Flors Ärmel, aber der Nabellose wimmerte nur umso lauter und krallte sich mit beiden Händen in ihr Herbstzeitlosenkleid.

»Ich fürchte, für Euer Problem gibt es nur eine elegante Lösung, Monsieur«, sagte Markéta. »Wenn Ihr nicht wollt, dass der Kaiser Euch zürnt, lasst *mich* Flor zu ihm bringen.«

Er nickte mit der Miene eines Geschlagenen. Der Maître ist krank, dachte sie, auch er ist geschwächt in seinem Kampf gegen Hezilow. Sie legte Flor einen Arm um die Schultern und folgte d'Alembert in den Fürstentrakt, durch das reich mit italienischen Fresken verzierte Treppenhaus bis ins zweite Geschoss empor.

Ihr Kopf dröhnte noch immer vor Schmerzen, und das Herz klopfte ihr bis in den Hals hinauf, nicht allein von der Mühsal des Treppensteigens im Korsett. Hand in Hand gingen sie durch eine Flucht prachtvoller Säle und Gemächer, in denen sie nie zuvor gewesen war. Drei Schritte vor ihnen ließ der Maître sein Stöckchen durch die Luft wirbeln, als ob er auf unsichtbare Trommeln schlüge.

Vor einer weißen Doppeltür mit dem Wappen der Rosenberger standen zwei kaiserliche Gardisten. Sie wechselten rasche Blicke, als das sonderbare Pärchen hinter dem Obersthofmeister nahte, goldschopfiger Engel und Herbstzeitlose.

»Die Kreatur«, sagte d'Alembert, mit seinem Stöckchen auf Flor deutend, »nebst Betreuerin«, das Stöckchen ruckte weiter und deutete nun auf sie.

Die Tür glitt auf, und hinter d'Alemberts schmalem weißen Rücken traten Flor und Markéta in einen Saal, in dem es so dämmrig war wie zur späten Abendstunde; dabei hatte es gerade erst drei geschlagen. Die väterliche Majestät, dachte Markéta, scheut das Sonnenlicht nicht minder als ihr Sohn. Nur allmählich gewöhnten sich ihre Augen an das rauchige Licht, das dicke weiße Kerzen in Silberlüstern spendeten. Die Fenster hinaus zur Moldau waren allesamt hinter dunklen Vorhängen verborgen.

Als d'Alembert innehielt, blieben auch sie und Flor stehen, mitten im Saal. Sie erkannte eine Tafel, prächtig gedeckt mit weißem Linnen, Gold und Silber, doch viel kleiner, als sie erwartet hatte. Allenfalls ein Dutzend Personen auf hochlehnigen Stühlen, die meisten ihr unbekannt, alle schwarz gekleidet, mit spanischer Strenge, an der Spitze der Tafel die väterliche Majestät. Don Julius, dem Kaiser gegenüber, wandte ihr den Rücken zu, und er drehte sich auch nicht um zu ihnen, als d'Alembert mit heiserer Stimme vermeldete: »Durchlauchtigste Majestät, wenn Ihr geruhen wollt, Euren Blick auf diesen Knaben zu lenken: Es ist der Nabellose, die bewusste Kreatur.«

Der Kaiser ließ die Serviette sinken, mit der er sich eben den Mund abgetupft hatte, und seine gichtknotige Hand bedeutete ihnen, Flor näher heranzuführen. D'Alembert wollte den Nabellosen packen, doch der verkroch sich wieder mit leisem Wimmern hinter Markétas ausladendem Kleid.

»Ruhig, Flor, dir wird nichts Arges geschehen.« Sie nahm ihn bei der Hand, wie ihn die alte Steinerin bei der Hand geführt hatte, mit vier, elf und noch mit siebzehn Jahren. So ging sie langsam an der Tafel entlang, Johanna von Waldsteins Blick ignorierend und den Blick ihres Geliebten entbehrend, der unverwandt nur die väterliche Majestät ansah.

Zwei Schritte vor Rudolf sank sie auf die Knie und zog Flor mit sich herunter. Der Kaiser sah sie aufmerksam an, sein fein geschnittenes Gesicht war ein grämlich erschlafftes Urbild der Züge seines Sohnes. Wie gut sie auf einmal Julius' Zorn gegen jene verstand, die ihm die Sukzession verwehren wollten, er war ja ganz und gar die väterliche Majestät, nur jünger, entschlossener, stärker.

Noch immer schweigend richtete Rudolf seinen Blick auf Flor. Offenbar wagte niemand im Saal auch nur eine Silbe zu wispern, solange der Kaiser nicht die Stimme erhob, dabei konnte Johanna am andern Ende der Tafel anscheinend kaum mehr an sich halten vor Empörung. Sie war in eine Art Nonnentracht gewandet, ein schwarzes Gewand mit ebenso schlichtem schwarzem Umhang, ihre Augen zu Schlitzen zusammengekniffen, das schmale Gesicht unter der strengen weißen Haube eine Maske kalten Zorns.

»Der bewusste Knabe.« Rudolfs Stimme klang matt und dünn, so als hätte er stundenlang geschwiegen. »Nun, Wir werden sehen. – Verwahrt ihn an einem sicheren Ort, Don Julius«, wandte er sich an seinen Sohn, der ihn mit automatenhafter Starre ansah, sein Gesicht so bleich wie mit Mondstaub gepudert. »Nachher wird uns der Magister die Prozedur erklären.« Wieder griff er nach seiner Serviette. »Nun wünschen wir zu speisen.«

Julius erhob sich. Mit der Miene eines Kindes, das jedes elterliche Gebot peinlich zu erfüllen trachtet, trat er zu Flor und packte ihn so gewaltsam beim Arm, dass sich der Nabellose unter leisem Wimmern empor- und davonziehen ließ.

»Und sie dort«, ließ sich die väterliche Majestät vernehmen, »sagt an, Maître, wer ist das frische Kind?«

Er deutete mit seinem silbernen Tafelmesser auf Markéta, die sich halb abgewandt hatte, um mit den Blicken Julius zu folgen, der soeben Flor seinen Gardisten übergab. Als sie sich wieder umdrehte, setzte der Maître gerade zu einer Antwort an, doch zu verstehen war nichts, denn im gleichen Moment begann Johanna von Waldstein lauthals zu singen:

»Jetzt scheint die Welt dem neuen Sinn
Erst wie ein Vaterland,
Ein neues Leben nimmt man hin,
Entzückt aus seiner Hand!«

Und während der sich sträubende Flor von Mular und Mikesch aus dem Saal gezerrt wurde und Don Julius an seinen Platz zurückkehrte, mit mehlbleichem Antlitz, automatenhaften Bewegungen und noch immer ohne einen Blick für Markéta, traten hinter einem Vorhang im Rücken der Waldstein alle zwölf Nonnen ihrer geistlichen Salvaguardia hervor und stimmten mit schallendem Sopran in die Lobpreisung himmlischer Güte und Seligkeit ein:

»Hinunter in das tiefe Meer
Versank des Todes Graun,
Und jeder kann nun leicht und hehr
In seine Zukunft schaun!

Der dunkle Weg, den er betrat,
Geht in den Himmel aus,
Und wer nur hört auf seinen Rat,
Kommt auch in Vaters Haus!«

D'Alembert berührte Markéta am Arm und beugte sich ihrem Ohr entgegen: »Das gilt Euch, Madame, eilt hinaus, *vite, vite* – bevor der kaiserliche Zorn entbrennt!«

Benommen stand sie auf und ließ sich von ihm zur Tür ziehen. Als sie noch einmal über die Schulter zurücksah, löffelten alle am Tisch Versammelten ihre dampfende Schildkrötensuppe, während die Nonnen, hinter der Tafel aufgereiht, weiter ihren Lobpreis schmetterten und dabei rhythmisch die schwarzen Kruzifixe gen Himmel schwenkten:

»Nun weint auch keiner mehr allhie,
Wenn eins die Augen schließt,
Vom Wiedersehn, spät oder früh,
Wird dieser Schmerz versüßt!«

63

»Diesen Homunkel hat sich Hezilow in Basel geschaffen, Euer Käjserliche Majestät, im Jahre finfzehnnäjn'nachtzig.« Geflissentlich zum Kaiser hinbuckelnd, der inmitten des Labors auf einem weinroten Samtfauteuil thronte, wies der Puppenmacher mit seinem Stock auf Flors entblößten Leib. »Halten zu Gnaden – ist sich die Kreatur ohne Nabel, von käjnem Mitterchen geboren.« Und er stieß Flor mit dem Ellbogen an, worauf der Nabellose in schaukelnde Bewegung geriet.

Die bedauernswerte Kreatur war mit den Handgelenken an eine Kette gefesselt, die inmitten des Alchimistengewölbes von der Decke herabhing, zwei Schritte vor dem Sessel des Kaisers. Mit aufmerksamer Miene sah die Majestät von Hezilow zum Nabellosen, dessen Augen geschlossen waren, der Kopf zwischen den emporgereckten Armen vornüber gesunken.

»Wenn Euer Herrlichkäjt sich ieberzäjgen mecht – alles echt, alles echt.« Mit seinem Stock pikte Hezilow wahllos in die Haut des Geschaffenen, an Bauch, Armen, Schenkel, worauf sich die malträtierten Stellen in natürlicher Weise röteten.

»Nach glicklicher Erschaffung hauste sich Kreatura drei Jährchen lang in Hezilows Baseler Labor.« Der Puppenmacher fletschte die Zähne. »Sodann schien's vonneeten, den Homunkel bei Schweizer Edelmann einzulogieren, namens Veit von der Miehlen, auf dass unser Rolfie wie ein Christenmensch aufgezogen ward.«

Noch immer schaukelte der Gehängte an der leise quietschenden Kette hin und her, einen Fußbreit über dem Boden schwebend. Drei Schritte hinter ihm fauchte das glühende Doppel-Ei des alchimistischen Ofens, vor dem sich zwei von Hezilows Gesellen mit dem Blasebalg mühten. Auf Tischen und Schemeln vor dem Athanor standen wiederum Tiegel, Pelikan und Kupferbecken bereit für die Goldprobe, der sich der Puppenmacher sogleich unterziehen würde. Doch vorher gedachte er offenbar noch ein Schauspiel aufzuführen, um den wundergläubigen Kaiser günstig zu stimmen.

Ich habe ihn unterschätzt, dachte d'Alembert, der zur Linken neben dem Kaiser stand, in wirrem Wechsel von Frostschauern und Schweißkaskaden geplagt. Auch Hezilow unterschätzt, dachte er, wie vorher schon Madame Markéta – gerade jetzt, da die Bestien zum Sprung ansetzen, zerrinnen meine Kräfte.

»Wenn er und seine Briederchen nichts von unserm Herrn Heiland wissten, o allerstrahlendste Gnaden, wie kennten sie schließlich Christenheit retten in firchterlicher Schlacht gegen Krummsäbel Mohammeds?«

In den Augenwinkeln sah d'Alembert, dass der Kaiser mehrmals nickte, so heftig, dass sein dunkel bebartetes Kinn einwärts schnellte. Natürlich, dachte Charles, hatte Hezilow ihnen damals dreist ins Gesicht gelogen, als er sich brüstete, als »käjserlicher Puppenmacher zu Prag« gewirkt zu haben. Dennoch schien er mit gewissen Vorlieben Rudolfs vertraut zu sein und entschlossen, sich diese kaiserliche Schwäche zunutze zu machen. In einem Seitenflügel des Hradschin, zu dem nur Rudolf selbst, einige Künstler und sein Kammerdiener Robert Zutritt besaßen, waren über die Jahre hinweg verschiedene unglückselige Personen eingekerkert gewesen, kakaohäutige Wilde aus Neuspanien, an Köpfen und Hüften zusammengewachsene Zwillinge oder auch der zu schauriger Berühmtheit gelangte Fellmann mit seiner gleichfalls am ganzen Leib bepelzten Gemahlin. Offiziell hielten sich all diese Personen aus freien Stücken im Hradschin auf, als kaiserliche Gäste, um sich von Rudolfs Malern und Skulpteuren in Öl oder Marmor verewigen zu lassen. Aber mehr als einmal hatte d'Alembert munkeln hören, dass Rudolf ein besonderes Vergnügen daran finde, die eingekerkerten »kuriosen Geschöpfe« durch Gucklöcher in den Wänden bei den heikelsten Verrichtungen zu observieren.

Der Maître beugte sich ein wenig vor, wobei er gegen jähes Schwindelgefühl ankämpfen musste. An Rudolf vorbei spähte er zu Don Julius, der zur Rechten des Thronsessels an einer Säule lehnte. Seit die väterliche Majestät in der Burg eingetroffen war, schien der Bastardsohn von einer Starre befallen, die Geist, Körper und Seele gleichermaßen lähmte. Sein Gesicht war noch immer bleich und wirkte eingefroren, seine Bewegungen abgehackt wie die Gebärden der »menschlichen Apparate«, von denen Medikus von Rosert so gerne schwadronierte.

Nun machte Hezilow mit seinem Stöckchen ein Zeichen zur Gewölbedecke hin, und augenblicklich begann sich dort oben unter lautem Quietschen und Stöhnen ein Mechanismus zu regen. Ruckweise wurde die Kette emporgezogen, und mit ihr schaukelte der bleiche Leib des Geschaffenen, dabei sacht um die eigene Achse kreiselnd, zur Decke hinauf.

Hezilows Gehilfen hatten buchstäblich Hunderte Fackeln und Kerzen angezündet, die auf Tischen, Hockern und in Wandnischen brannten, dennoch reichte ihr Licht kaum bis über die Köpfe der Stehenden hinauf. Gemächlich, unter fortwährendem Stöhnen des rostigen Apparates, verschwand der Geschaffene in der Dunkelheit über ihnen, erst die himmelwärts gereckten Arme, der vornüber gesunkene Kopf mit den verworrenen Goldlocken, dann die schmalen Schultern, die Brust, der nabellose Bauch. Endlich schaukelten nur seine rußgeschwärzten Füße noch an der äußersten Lichtgrenze hin und her, dann wurden auch sie von Finsternis verschlungen, und das Winseln der Winde erstarb.

»Wird sich Magister Hezilow kiebelweise Gold für die Majestät erschaffen«, sprach der Russe, neuerlich zum Kaisersessel hinbuckelnd, »Gold, Gold, so viel Euer Herrlichkeit nur winschen kännen. Und zur gläjchen Zäjt, Euer Gnaden, meege sich das tiefste alchymische Mysterium vor Euern herrlichen Augen entrollen.« Er hob seinen Stock und machte eine rasche, komplizierte Bewegung, als schreibe er eine verschnörkelte Chiffre in die Luft. »Das Mysterium der alchymischen Vermählung!«

Noch während er die Formel mit pfeifender Stimme ausrief, traten zwei seiner Gesellen, Fackeln in den Händen, aus der Dunkelheit hinter dem Athanor. Weitere Lumpenkerle folgten, zwei trugen eine schwarze, längliche Holzkiste, zwei weitere einen Kasten von ähnlicher Form, der jedoch gleißte und funkelte wie schieres Gold.

»Frau Mond – die Königin«, sagte Hezilow, auf den schwarzen Kasten deutend, und die Gesellen stellten ihn polternd vor dem Kaisersessel ab. »Herr Sonne – der König«, rief Hezilow, und die goldene Truhe landete mit einem metallischen Hallen neben dem schwarzen Sarg.

Denn wie Särge sahen sie aus, nicht anders, dachte d'Alembert, gegen seinen Willen beeindruckt durch den Anblick des schwarzen und des goldenen Kastens, die in makabrer Vertrautheit beisammen standen.

Einmal mehr tupfte er sich den Schweiß von Stirn und Wangen. Was mochte Hezilow hinter dem schwarzen Tuch verbergen, der rechts vom Athanor wie ein Bühnenvorhang die Sicht verbarg? Wenn ich mich nur endlich hinlegen könnte, dachte Charles, ein paar Stunden ausruhen, eine Nacht, einen Tag, dann bin ich wieder bei Kräften.

Die väterliche Majestät hatte sich in ihrem Prunksessel vorgebeugt und den Kopf zugleich angehoben, sodass das spitze Habsburger-Kinn wie ein Pfeil auf die beiden Särge zeigte. Die Adlerfeder auf dem kaiserlichen Hut zitterte. Auf ein Zeichen des Puppenmachers hin rissen die Gehilfen mit einem Ruck den Deckel der goldenen Truhe auf.

O ihr Götter, dachte d'Alembert, und für einen Moment stockte wahrhaftig sein Herz.

Die Gestalt im goldenen Sarg war Fabrio.

Starr und bleich lag der kleine Syrakuser in der Truhe, die Hände vor der Brust zusammengelegt. Seine Augen waren geschlossen, ein weißer Mantel umhüllte den Körper, über und über bestickt mit löwengesichtigen Sonnenscheiben.

Er ist tot, dachte d'Alembert. Mehrmals in rascher Folge öffnete und schloss er seine Augen, dabei wusste er ja, dass es nur Theater war. Aber der Schein war so bezwingend, verstärkt noch durch das Fieber, das in seinen Adern kreiste, dass er nicht anders konnte, als immerzu auf den Liegenden zu starren und wieder und wieder zu denken: *Er ist tot, tot, Fabrio ist tot!*

Von seinem Publikum unbemerkt war Hezilow unterdessen vor den Athanor getreten, wo er sich mit Tiegel und Pelikan zu schaffen machte. »Erhebe dich, gettlicher Läj«, rief er mit pfeifender Stimme aus, »und ergieße deine Strahlenkraft in unser großes Werk!«

Während er dies rief, öffnete Fabrio im goldenen Sarg seine Augen. Benommen sah er um sich, als ob er wahrhaftig aus tiefem Schlaf geweckt worden wäre. Seine Hände glitten empor, und indem er sich taumelnd erhob, klaffte sein Sonnenmantel auf, und d'Alembert dachte mit jäher Verärgerung: Allzu wohlfeil, Herr Puppenmacher, glaube er nur nicht, dass mein Argwohn sich durch ein wenig bronzene Nacktheit einlullen ließe. Und er riss seinen Blick von Fabrios schimmernder Brust los, die sich im Spalt des Löwenmantels hob und senkte.

Hezilow hatte unterdessen eine gewaltige Kupferschale voll Wasser auf den Athanor gestemmt. Nun hob er eine Hand und rief mit pfeifender Stimme: »Erhebe dich, gettliche Schlange, und nimm den gettlichen Läj in deinen mercurischen Leib auf!«

Zu diesen Worten schwenkte er ein schwarzes Säcklein, gewiss wieder voll Pulver aus dem Saft der Mondviole, wie d'Alembert sich sagte.

Der Puppenmacher schüttete das Pulver in die Kupferschale, genüsslich schnappten die prallen Lippen im Bartgestrüpp auf und zu. Währenddessen sprangen zwei seiner Gehilfen zum schwarzen Holzkasten und rissen den Deckel herunter, dass er polternd zur Seite flog.

Wieder stockte Charles der Atem, und ein Frösteln überlief ihn, mit allem hatte er gerechnet, nur nicht mit diesem widerlichen Bild. Der ganze Kasten war bis unter den Rand mit einem grünlichweißen Schleim gefüllt, ähnlich dem Gallert von verdorbenem Fleisch.

Während der göttliche Leu im Sonnenmantel aus der goldenen Truhe stieg und die väterliche Majestät sich noch weiter vorbeugte, um den Inhalt des schwarzen Sarges zu betrachten, nahm Hezilow vor dem Athanor die beiden Flaschen zur Hand, die d'Alembert von der ersten Goldprobe her gleichfalls schon kannte. Der Anblick des Gallerts, der modrige Geruch, der aus dem Sarg aufstieg, seine bange Ahnung, dass sich am Grund des Sarges noch irgendetwas Unerwartetes befinden musste, Frost und Fieber, die einander wie Schlange und Leu in seinem Körper jagten, schließlich auch Fabrio im klaffenden Sonnenmantel – die Fülle der Eindrücke drohte d'Alembert zu überwältigen, aber er war entschlossen, sich nicht übertölpeln zu lassen. Nicht von Euch, Lumpenteufel, dachte er, zumindest mit einem Auge ständig zum Athanor hin schielend, während Fabrio neben dem schwarzen Sarg theatralisch auf die Knie sank.

»Frau Königin – meine Gemahlin!«, rief der königliche Leu in klagendem Tonfall aus, fuhr mit zitternder Hand über dem Gallert hin und her und konnte sich scheinbar nicht beruhigen über den Tod seiner Gattin, der königlichen Frau Mond.

Unterdessen hatte Hezilow vor dem alchimistischen Herd einen Quecksilberstrahl aus der einen in eine zweite Flasche gegossen, die er nun zur väterlichen Majestät hin schwenkte: »Mäjsterwasser, Euer durchläjchtigste Gnaden!« Er verkorkte die Flasche und schüttelte sie kräftig, worauf der eben noch wasserklare Inhalt sich milchig trübte.

In hohem Bogen goss der Puppenmacher nun diese Flüssigkeit in die Kupferschale, in der das Gemisch aus Wasser und Mondpulver brodelte, aber d'Alembert nahm es kaum mehr wahr. Allzu ungeheuerlich schien ihm, was zur gleichen Zeit im schwarzen Sarg geschah; so sehr er sich auch dagegen wehrte, das Mysterienspiel zu seinen Füßen zog ihn gänzlich in seinen Bann.

Unter der Decke und weiter vorn im Gewölbe hatten schon vor Augenblicken wieder etliche Hebel zu knirschen und Winden zu quietschen begonnen. Zunächst hatte es der Maître kaum beachtet, endlich aber doch zur Decke emporgespäht, darauf gefasst, abermals den Nabellosen an seiner Kette baumeln zu sehen. Was er jedoch stattdessen erblickte, war eine gerundete Spiegelscherbe von gewaltiger Größe, die mit Hilfe quietschender Hebel hin und her bewegt wurde, bis der richtige Winkel gefunden schien: Ein dicker Strahl funkelnden Sonnenlichts, anscheinend durch ein ganzes System solcher Spiegel in die Unterwelt hinabgeleitet, wurde von der Scherbe über ihnen eingefangen und geradewegs auf den Sarg voll grünlichen Gallerts gelenkt.

Mit Hilfe eines Stocks schob Hezilow das Gefäß voll kochender Mond- und Meistersäfte vom Feuer; in diesem Moment hätte er gewiss Hände voller Gold in die Schale werfen können, ohne dass Rudolf, Julius oder selbst d'Alembert es bemerkt hätten. Unter den Augen der fassungslos staunenden Zuschauer löste sich der grünliche Gallert gedankenschnell in Luft auf, ein Gebrodel übel riechender Gase, unter dem Frau Mondkönigin sichtbar wurde. Sie lag am Boden des Sargs wie vorhin ihr güldener Sonnengemahl: die Augen geschlossen, die Hände vor der Brust gefaltet, angetan mit einem nachtschwarzen Mantel, der über und über mit schlangengesichtigen Mondsicheln bestickt war.

Sie ist tot, dachte d'Alembert wieder mit jähem Erschrecken, während Lenka die Augen aufschlug, die Hände ihres Bruders ergriff und sich von ihm aus dem Mondsarg ziehen ließ.

Vor den Augen des Kaisers, seines Bastards und des fiebrig bezauberten Maître begannen die Zwillinge zu tanzen, sich umeinander zu drehen, wie Sonne und Mond dies am Himmel wahrhaftig zu tun pflegen. Sie hielten einander bei den Händen, entfernten sich, tanzten aufeinander zu und entfernten sich wieder, bis sie sich nur noch an den weit ausgestreckten Händen hielten. Ihre Mäntel glitten zu Boden; über und über mit löwengesichtigen Sonnenscheiben und schlangengesichtigen Mondsicheln bemalt, tanzten sie den Gästen des Puppenmachers die Ekstasen von Sonnen- und Mondfinsternis vor – übereinander in den Mondsarg oder in die Sonnentruhe sinkend, miteinander verschmelzend, sich wieder erhebend, trennend, aufs Neue zueinander tanzend in traumhaftem Schweben.

Währenddessen hatte Hezilow den Schlamm in der Kupferschale auf dem Ofen getrocknet, einen gewaltigen bleifarbenen Metallklumpen in einen Tiegel gegeben und aufs Feuer gestellt. »Keeniglicher Läj«, rief er wieder, »ergieße deine Strahlenkraft in unser großes Werk!«

Auf den pfeifenden Ruf hin tanzten Sonne und Mond auf ihn zu, eng umschlungen nun, und stellten sich neben den Athanor. Die Mondkönigin sprang an ihrem Sonnengemahl empor, seine Mitte mit ihren Schenkeln umklammernd, während Hezilow aus einer Phiole einen Strahl Löwenöl in den Tiegel gab. »Gettliche Mondschlange«, rief er, »nimm den keeniglichen Läj in deinen mercurischen Leib auf!« Er gab einen großen Löffel voll des eben gewonnenen Pulvers hinzu und bedeckte den Tiegel mit einer Kupelle, die mit glühenden Kohlen gefüllt war.

Während die Essenzen im Tiegel sich miteinander vermählten, begannen die Leiber von Frau Mond und Herrn Sonne sich rhythmisch zu bewegen. Die Königin umklammerte die Schultern ihres Gemahls mit den Armen und seine Lenden mit ihren Schenkeln, abermals erklang ruckhaftes Stöhnen. Erst nach einigen Augenblicken begriff d'Alembert, dass die Laute tatsächlich von der Decke über ihnen kamen und nicht aus den Mündern des alchymischen Paars.

An der rostigen Kette schwebte abermals der Nabellose herab, nun jedoch zur Rechten des Athanors, wo das schwarze Tuch die Sicht versperrte, wenigstens mannshoch und zweimal so breit. Ruckweise verschwand die Kreatur hinter dem Vorhang, erst die Füße bis zu den Knien, dann der Unterleib bis über den nabellosen Bauch. In diesem Moment ertönte ein platschendes Geräusch, und der Geschaffene kam mit einem Schrei zu sich.

Von der Brust aufwärts ragte er noch immer über den Vorhang, so sah er wahrhaftig aus wie eine künstliche Figur im Puppentheater. Die zwiefarbenen Augen weit aufgerissen, die goldenen Locken mit Spinnweb vernestelt, starrte er entgeistert in die Tiefe, doch nicht etwa auf sein Publikum jenseits des Vorhangs, sondern an seinem dürftigen Leib hinab – dorthin, wo für d'Alembert, die Majestät und den Bastard wegen des schwarzen Tuchs nichts zu sehen war.

»Ni-nicht zurück!«, schrie der Geschaffene mit überkippendem Kreischen, dann klatschte und platschte es lauter als jemals. Im gleichen Moment wurde der Vorhang zur Seite gerissen, ein so unerhörtes Bild entblößend, dass selbst der statuarischen Majestät ein lautes »Ah!« entfuhr.

O ihr Götter, dachte d'Alembert wieder.

In einem gewaltigen Glasbassin schwammen unzählige daumenkleine Menschlein umher, nackt, goldgelockt, die winzigen Bäuche allesamt nabellos glatt.

D'Alembert hatte sich hinlänglich mit der Kunst der Glasschleiferei beschäftigt, die ganz neuartige Trompe-l'œil-Effekte schuf. Daher dämmerte ihm rasch, welcher Kunstgriffe Hezilow sich bedient haben musste: Die vordere Wand des Bassins schien eine riesige, konkav geschliffene Linse zu sein, mit zahllosen prismatischen Brechungen, sodass der eine lebensgroße Flor zu einer Unzahl winziger Homunkel zugleich verkleinert und vervielfacht wurde. Doch obwohl er dies ahnte, konnte auch Charles sich dem dunklen Zauber dieses blasphemischen Anblicks nicht entziehen. Die Zwillinge waren unbeachtet verschwunden, gebannt starrten sie alle drei auf das Becken, in dem sich Hunderte nackter Menschlein bewegten, von gleichförmigem Aussehen, im Uterus der gläsernen Mutter schwebend.

Hezilow zog die Kupelle mit den glühenden Kohlen vom Tiegel, nahm eine Weinrebe zur Hand und rührte damit um. Einige Augenblicke war nichts zu hören außer seinem pfeifenden Atem und stetigem Wasserplätschern vom Kristallbecken her.

Ruhig rührte der Puppenmacher noch einmal um, dann nahm er eine Zange, hob den Tiegel vom Herd und setzte ihn auf einen Stein. »Wenn Euer Herrlichkeit die Gnade besäßen?« Lockend hielt er dem Kaiser die Zange hin, und die wundroten Lippen im Bartgestrüpp schnappten auf und zu.

Tatsächlich erhob sich die väterliche Majestät von ihrem Sessel, suchte sich steifbeinig einen Weg zwischen den Särgen und nahm die Zange vom buckelnden Magister entgegen.

D'Alembert sah deutlich, dass die gichtknotige Rechte des Kaisers zitterte, als er die Zange in den Tiegel senkte. Er stocherte darin herum, zog endlich einen glühenden Klumpen hervor und hielt ihn ins Licht, das eine Fackel neben dem Athanor verströmte.

»Wenn Euer strahlende Gnaden so gietig wären, das Klimpchen dort hineinzuwerfen?« Der Russe deutete auf das Bassin, in dem hundert winzige Menschlein bei seinen Worten erstarrten.

»Dort hinein?«, wiederholte Rudolf.

Der Puppenmacher nickte und buckelte zur gleichen Zeit. »Ganz recht, ganz recht, durchläjchtigste Herrlichkeit, damit das Mysterium sich vollendet.«

Der Kaiser hob die Hand und warf den glühenden Klumpen mitsamt der Zange ins Bassin. Lautes Zischen ertönte, wieder kreischte Flor, und von der Wasserfläche stieg Dampf auf, sodass für einige Momente kaum etwas zu erkennen war.

Als sich das Wasser hinter der Kristallwand wieder geklärt hatte, sah d'Alembert, wie hundert kleine Menschlein mit krampfhaften Bewegungen zum Grund des Beckens tauchten, hundert Hände nach hundert gülden funkelnden Klümpchen griffen und mit ihrer Beute wieder nach oben schwebten.

»Go-gold!«, rief Flor atemlos, aus hundert winzigen Mündern. »Der kö-königliche Leu!«

Hundert Arme warfen hundert Goldklumpen aus dem Bassin heraus, doch nur ein einziger überwand die Zaubergrenze und flog zu ihnen herüber.

D'Alembert fing den Metallbrocken auf. Unerwartet schwer, funkelnd und nass lag er in seiner fieberheißen Hand.

»Übergebt ihn uns, Maître, wir gebieten's«, sprach die väterliche Majestät. »Bestätigen unsere Schwarzkünstler die Probe, so lassen wir den Magister zum böhmischen Ritter schlagen.«

64

Am folgenden Morgen rollten alle siebenundsiebzig Kutschen des kaiserlichen Konvois unter sonntäglichem Glockengeläute wieder gen Prag. Acht Tage später, am 17. Junius 1607 A.D., erhielt d'Alembert einen dringenden Brief von Katharina da Strada, des Inhalts, dass die Mitglieder der kaiserlich-alchimistischen Akademie befunden hätten, Magister Hezilow habe wirklich und wahrhaftig Plumbum zu Gold transformiert.

Maître d'Alembert vermochte die Worte nur mit Mühe zu entziffern. Die Zeilen flimmerten ihm vor den Augen, der Bogen entglitt seinen Fingern; Pavel nahm ihn wieder an sich, tupfte seinem Herrn über die fiebrig glühenden Wangen und schlich auf Zehenspitzen zur Tür.

D'Alembert hatte sich unmittelbar nach der Goldprobe zu Bett begeben, siebzig Stunden wie ein Toter geschlafen und auch in den Tagen danach sein Schlafgemach nicht ein einziges Mal verlassen. Fieberträume quälten ihn bei Tag und Nacht, er verspürte keinen Appetit, nicht einmal Durst, obwohl er nach wie vor maßlos schwitzte. In seinen Träumen tanzten und schwebten Tausende goldener Homunkel in weltengroßen Kristallbassins, Löwen, Bären und mondgestaltige Schlangen kämpften um Haufen gleichförmiger nackter Menschlein, die zu himmelhohen Türmen vor ihnen aufgestapelt lagen.

Der Maître knirschte mit den Zähnen, stöhnte furchtbar und warf den Kopf hin und her. Zum ersten Mal, seit ihm die väterliche Majestät vor bald zwanzig Jahren ihren Bastardsohn anvertraut hatte, war Charles d'Alembert unleugbar krank.

Sieben – Fixatio

»Flüchtiges wird dauerhaft und lernt,
selbst der Flamme zu widerstehen.«

65

Als sich d'Alembert von seinem Krankenlager aufraffte, war ein früher Herbst ins Moldautal eingezogen. An Pavels hageren Arm geklammert, schleppte er sich vom Schlafgemach in seinen weißen Salon, den er seit Monaten nicht betreten hatte. Das erste Bild, das er, am Fensterstock lehnend, in sich aufnahm, war ein bleifarbener Himmel, über den schwarzgraue Wolken jagten, bauchig und gefleckt wie trächtige Kühe. Der Ostwind blies einen Wirbel goldenen Eichlaubs über die vor Nässe stumpfen Dächer von Krumau, so klaftertief unter seinem Fenster, dass er sich gleich wieder abwandte, erschauernd und von Schwindel geplagt.

»Zum Sofa, Pavel«, ordnete er mit dünner Stimme an, »mir zittern die Knie.«

Leise ächzend schleppte der Sekretär ihn zum Hirschledermöbel, wo d'Alembert unter selbstvergessenem Seufzen in die Polster sank.

Noch immer flimmerte ihm der goldene Wirrwarr des Herbstlaubs vor Augen und vermischte sich mit den Bildern, die ihn in seinen Fieberträumen gepeinigt hatten.

Im Grunde fühlte er sich noch genauso ausgezehrt wie vor drei Wochen, als er zum ersten Mal versucht hatte, sein Krankenlager zu verlassen, um nach einem halben Dutzend Schritten umzukehren, zitternd vor Schwäche und Verzagtheit. Immerhin hatte sich das Fieber nun zurückgezogen, nach Art belagerter Invasoren, die sich im unzugänglichsten Wehrturm verschanzen.

Wenn ich ehrlich bin, dachte der Maître – und sich selbst gegenüber schwelgte er seit Wochen in Ekstasen der Ehrlichkeit –, erwarte ich nicht, dass sich dieser Eroberer noch einmal aus den Ruinen meiner Person verjagen lässt.

Man schrieb den 5. September 1607 A.D., einen Mittwoch – fast drei Monate waren seit dem Besuch der väterlichen Majestät verflogen und verweht. Und noch immer schien ganz Krumau, Stadt und

Burg, mit angehaltenem Atem darauf zu warten, dass der Kaiser sein Versprechen einlöste und Hezilow zum *rytir z Imany*, zum Ritter Böhmens, erheben ließ.

»Don Julius und der Herr Magister«, meldete Pavel von seinem Pult her, »rechnen nun für nächste Woche mit der fraglichen Nachricht aus Prag.«

In einem seiner hartnäckigen Fieberträume rollen Hezilows Kutschen über schwarzes, kahles Land, zwischen abgeernteten Äckern, blattlosen Bäumen dahin. Wann immer die Lumpenkerle auf einen einsamen Wanderer stoßen, beugt sich Unçerek – oder Oblion oder Tákie – aus der Tür, packt den Unseligen beim Kragen und reißt ihn bei kaum geminderter Geschwindigkeit in den schwarzen Kasten hinein. Der Kutscher lässt die Peitsche tanzen, in rasender Fahrt geht es weiter, zum Richtplatz vor dem Budweiser Tor, wo Jakob Schatz schon auf die Gesellen wartet, oder zum Rosenberger Kastell, dessen Gemäuer sich mehr und mehr mit Hezilows Jagdbeute füllen.

Tatsächlich aber verhielt sich der Puppenmacher seit drei Monaten so still wie die Katze vor dem Mauseloch. Das jedenfalls ging aus den Worten Markétas hervor, die den Maître in den Wochen seiner Krankheit regelmäßig aufgesucht, aufgemuntert und mit Heiltränken traktiert hatte. »Das Zögern der Majestät hemmt die alchimistische Magie, Euer Liebden«, mit solchen und ähnlichen Floskeln vertröste Hezilow ein ums andere Mal den jungen Grafen, der, außer sich vor Ungeduld und Kummer, vom Puppenmacher die versprochenen Teufelsstreiche einfordere: Gold in funkelnden Strömen und Kreaturen in blanker Schar.

Solange die Majestät und der Magister gleichermaßen zögerten, ihre Versprechungen einzulösen, konnte sich d'Alembert sogar halbwegs guten Gewissens gestatten, in Fieberträumen zu wimmern und in Ekstasen der Ehrlichkeit zu schwelgen. Aber in den letzten Wochen wäre er wohl auch dann auf seinem Krankenbett liegen geblieben, wenn Hezilows Tatendrang nicht durch ein taktisches Patt gehemmt worden wäre.

Dabei war ihm der Ausgang dieser blasphemischen Schachpartie keineswegs gleichgültig geworden, im Gegenteil. Allerdings hatte er seine Zuversicht, dass er selbst die weißen Figuren zum Sieg führen könnte, so weitgehend eingebüßt, dass er für jeden Tag dankbar war, um den sich der Fortgang des fatalen Spiels verzögerte.

Emsig schlitzte Pavel drüben am Stehpult Depeschen auf, die auch heute zu Dutzenden für den Obersthofmeister von Burg Krumau eingetroffen waren. Seine Miene verriet, wie sehr es den anhänglichen Alten erfreute, dass der Maître entschlossen schien, endlich wieder er selbst zu werden.

In einem seiner wiederkehrenden Fieberträume schwimmt d'Alembert in einem See umher, und auf einmal bemerkt er, dass das Wasser vor winzig kleinen Menschlein wimmelt. Er fährt zusammen, da erschauert die ganze weite Seefläche, und plötzlich schwimmen sie von allen Seiten auf ihn zu. Der gesamte See, so weit sein Auge reicht, schimmert und schäumt von den eifrigen Bewegungen der daumenkleinen Leiber, die ihm von überallher entgegenschnellen, selbst aus der trüben Tiefe des Wassers stieben sie zu ihm empor. Verzweifelt versucht er sich ans Ufer zu retten, doch im nächsten Moment ist er von Kopf bis Fuß mit funkelnden Homunkeln bedeckt, einer wimmelnden Kruste mit hunderttausend Händchen und Mündlein, die ihn zwicken und beißen und zwacken und kneifen, jeden einzelnen Zoll seiner Haut.

D'Alembert sah zu Pavel hinüber, und aufs Neue vermischte sich der Blätterwirbel vor dem Fenster mit dem Gewimmel im schaumigen See seines Fiebertraums.

Nach wie vor schien es ihm zweifelhaft, dass der Magister tatsächlich die Natur bezwingen, dass er Gold aus Blei oder gar lebendige Kreaturen aus Dampf und Dreck erschaffen konnte. Aber dem Puppenmacher war etwas ungleich Bedeutenderes gelungen – er hatte ihren Geist bezwungen, indem er das Bild der im gläsernen Becken wimmelnden Menschlein unauslöschlich in ihre Seelen geprägt hatte.

Und vielleicht, dachte d'Alembert, ist dies sogar die innerste Ursache des Fiebers, das mich verzehren will: das unerträgliche Wissen, von meinem Widersacher auf eigenem Terrain geschlagen zu sein.

»Lass die Briefe, Pavel«, sagte er, »erst will ich Breuner aufsuchen. Wie geht es ihm?«

Der Sekretär erstarrte, über sein Stehpult gebeugt. »Der Haushofmeister ist ins Paradies gefahren, vor vier Wochen schon, Maître d'Alembert.«

Charles d'Alembert hatte den Tod niemals gefürchtet, allerdings auch nie herbeigesehnt oder gar nach christlicher Manier verherrlicht. Das katholische Kriechen vor der Majestät des Todes verabscheute er, ohne deshalb auch die Menschen zu verachten, die der tröstlichen Magie so dürftiger Lügen erlagen.

Gleich den großen Griechen, deren Weisheit und Lebenskunst er verehrte, würde er den Schierlingsbecher leeren, wenn seine Stunde gekommen wäre, ein würdevoller Abschied, bestimmt von stillem Gedenken, den er sich in vielen Einzelheiten schon oftmals ausgemalt hatte.

Wie die heiligen Weiber, mit denen Johanna von Waldstein sich seit einiger Zeit umgab, oder wie der finstere Pater Miguel, der während seiner Krankheit hier in Krumau eingetroffen war, glaubte auch d'Alembert an ein Jenseits, in dem sich die Seelen der Verstorbenen aufhielten. Allerdings hatte er sich niemals zu dem Wahn bereden lassen, dass es sich nach dem Dahinscheiden des Leibes seliger leben ließe. Wie schon Plato oder Euripides wussten, war das Jenseits »eine kalte Geisterwelt, wo frierend Schatten sich an Schatten drängt und find't doch keinen Hauch von Zärtlichkeit, von Leidenschaft und Leibeswärme«.

Fröstelnd stand d'Alembert vor dem Grab seines alten Gefährten von Breuner, am Rand des Rosenberger Gottesackers, der sinnigerweise hinter dem gräflichen Irrgarten lag. Der wackere Haushofmeister hatte ein halbes Leben in Don Julius' Diensten verbracht, ebenso wie er selbst, und plötzlich spürte Charles mit überwältigender Gewissheit, dass er dem Freund bald schon nachfolgen würde.

In dünnen Strähnen rann der Regen herab. Törichter Aberglaube, dachte d'Alembert. Auf dem schwarzen Hügel verwelkte ein halbes Hundert Asphodelen, der Engel auf dem Grabstein deutete grimmig himmelwärts.

»Er ruhe in Frieden«, sagte Pater Miguel, »Gott im Himmel sei seiner armen Seele gnädig. Amen.«

»Amen«, wiederholte Markéta, die neben dem Maître am Grab stand, die Hände fromm gefaltet, doch d'Alembert sah schweigend zu Pater Miguel auf.

»Kommt recht bald einmal zur Beichte, mein Sohn«, sagte der

Geistliche, indem er, die schwarzen Augenbrauen zusammengezogen, mit brütendem Blick auf ihn heruntersah. »Kommt am besten schon heute, um Eurer Seligkeit willen.«

Einen Moment lang hielt d'Alembert dem Blick des so wenig barmherzig wirkenden Paters noch stand, dann sah er auf seine Füße hinab, die zum ersten Mal seit Monaten wieder in Schnabelschuhen steckten. Diese gnadenlos frommen Priester, dachte er, holen sie geradewegs aus Spanien, von Ihrer Allerkatholischsten Majestät. Obwohl er seinen mit Schneenerzen gefütterten Winterumhang übergeworfen hatte, fror er am ganzen Leib, ein klapperndes Bündel aus Nässe, Kälte, Schwäche, dessen innerster Kern still verglühte.

»Nennt mich nicht Sohn, denn mein Vater seid Ihr nicht«, sagte der Maître endlich, und dann fuhr er zusammen, da Markéta zu seiner Rechten einen seltsamen, gepressten Laut ausgestoßen hatte, halb Lachen und halb Schluchzer.

Der Geistliche machte einen Schritt auf ihn zu. Seine bullige Gestalt und das düstere Antlitz mit den bläulichen Bartschatten wirkten mit einem Mal so bedrohlich, dass d'Alembert ernstlich Angst bekam.

»Eure Seele ist verhärtet und verstockt, Señor d'Alembert«, sagte Pater Miguel. »Büßt und betet, ehe es zu spät ist und Gott Euch auf ewig verdammt.«

D'Alembert verbeugte sich flüchtig in Richtung des Grabes und trat den Rückweg an. Dass er den Tod nicht fürchtete, hieß noch lange nicht, dass er sein Leben bereitwillig von sich werfen würde.

Dankbar nahm er hin, dass Markéta ihren Arm unter seinen Ellbogen schob und ihn stützte, während sie auf durchweichten Wegen am Irrgarten vorbeigingen, um den Schwanensee herum und in sanftem Gefälle wieder zur Burg hinab. Unablässig fiel Regen in lotrechten Schnüren, selbst das Laub sank so schwer von den Bäumen, als wären es Blätter aus gehämmertem Blei.

Hinter ihnen lief der spanische Pater, mit dröhnenden Schritten und unverwandt Gebete murmelnd. Nach dem Bader Pichler und dem alten Scharfrichter hatte also auch Pater Hasek seinen Posten räumen müssen, dachte d'Alembert. Wie mochte Julius dieses Schelmenstück gelungen sein? Geistliche konnten allein von ihrem Bischof eingesetzt oder abberufen werden, und wenn sich der Erzbischof von

Prag auf diesen Handel eingelassen hatte, dann musste er eine beträchtliche Gegenleistung erhalten oder sich mächtigem Druck gebeugt haben.

Meistens war es d'Alembert gelungen, rechtzeitig aus jenem Fiebertraum zu erwachen, aber ein paar schreckliche Male hatte er in die winzigen Gesichter der tausend schwimmenden Menschlein sehen müssen, die allesamt Fabrios Züge trugen. Seine kohleschwarzen Augen, die scharf geschnittene Nase, der lächelnde Brombeermund – das geliebte, nie geküsste Antlitz, zu hunderttausend Fischgesichtern zugleich vervielfacht und eingeschrumpft.

Gewaltsam riss er sich aus dem Traumsee heraus. Von Breuner hatte sich in die Obhut des gräflichen Medikus begeben, während er selbst sich geweigert hatte, sein persönliches Schlafgemach gegen den Hospizsaal am untersten Burghof zu vertauschen. Auf seinen Befehl hin hatte Pavel die Medizin regelmäßig weggeschüttet, die Kasimir ihm schicken ließ, und ihm stattdessen das Spezifikum eingeträufelt, das Markéta ihm eines Tages mitgebracht hatte, mit den besten Genesungswünschen von Sigmund Pichler.

Bin ich nur deshalb immerhin noch am Leben, *mon vieil ami*, während du sechs Fuß tief vergraben liegst? Und konntet Ihr oder der Bader die Leiche beschauen, Madame? Hat der Körper des armen von Breuner wie damals der Leichnam des falschen Homunkel ausgesehen: kochendrot, gedunsen, aufgeplatzt? Er wagte es nicht zu fragen, kaum mehr des finsteren Paters wegen, der sie im obersten Burghof verlassen hatte, sondern aus Angst, dass Markéta seine Fragen bejahen würde.

»Ihr glaubt gar nicht, wie froh ich bin, Euch wieder auf den Beinen zu sehn, Maître«, sagte sie nun. »Wenn ich mich rasch mit Euch bereden könnt? Nur auf ein paar Worte, die Angelegenheit drängt.«

»Und mich drängt es zurück auf mein Lager, verzeiht, Madame«, sagte er mit Mühe. Das ungewohnte Treppensteigen nahm ihm den Atem. »In zwei Stunden werde ich Euch gerne in meinem Salon empfangen.«

»Dann um Glockenschlag drei, Maître, ich bin sehr in Sorge – nicht mehr um Euch, Gott sei Dank, aber …«

Sie schlug sich die flache Hand vor den Mund. Für einen Moment sah d'Alembert in ihre grünen Augen, die vor Tränen glitzerten, dann wandte sie sich ab und lief in Richtung der Frauengemächer davon.

66

»Hezilow glaubt, dass die kaiserliche Urkunde immer noch nicht eingetroffen wär«, sagte Markéta, »heut früh erst hab ich selbst gehört, wie Julius ihm gegenüber ganz empört getan hat. ›Gleich schick ich einen Boten‹, hat er ausgerufen, ›keine Bange, Magister, in drei Tagen allerärgstens seid Ihr Ritter von Böhmen.‹ Und dabei ist vorgestern schon ein Bote mit dem Dokument gekommen«, fuhr sie fort. »Die Gardisten haben ihn abgefangen und Julius die kaiserliche Schatulle übergeben, Maître, ich hab's mit eigenen Augen gesehn.«

»Und der Kurier?«, fragte d'Alembert, der sich mit offenbarer Mühe auf seinem Sofa aufrecht hielt.

Fast bereute sie's schon wieder, ihn mit so erschreckenden Neuigkeiten zu behelligen, aber es ging nicht anders. Zumindest würde sie ihm das Grässliche so schonend wie irgend möglich beibringen. »Der Bote ist im Turm«, sagte sie.

»Beim Sternengucker?«

»Gott bewahre, Monsieur! Von Sargenfalt – na ja …«

»Sein Geist ist immer noch verwirrt?«

Ein Schauder überlief sie. »Seine Seele«, sagte sie leise, »ich glaub, sie ist bis heute nicht von dort zurückgekehrt, aus der Nebelwelt.«

»Und der Bote also? Nun sprecht doch, Madame!« Er machte Anstalten, sich aus den tiefen Polstern seines Sofas hervorzuarbeiten.

»Bitte bleibt sitzen, Maître, Ihr müsst Euch schonen. Nicht, dass Ihr einen Rückfall erleidet, schon der Gang zum Gottesacker war anstrengender, als Euch in Euerm Zustand gut tun kann.«

»Hört mich an, Markéta.« D'Alembert ließ sich in seinen Sitz zurücksinken. Neben ihm lag das weiße Stöckchen, und Markéta ertappte sich bei dem Wunsch, dass er es in die Hand nehmen und wie in besseren Zeiten durch die Luft wirbeln möge. »Es ehrt Euch sehr, dass Ihr mich schonen wollt, aber wie Ihr selbst vorhin bemerktet: Für derlei bleibt uns keine Zeit. Also sprecht ohne Umschweife, wie sie vor einem Narren oder Knaben angezeigt wären.«

Sie errötete ein wenig und ging mit einer Handbewegung darüber hinweg. »Verzeiht, Maître. Der kaiserliche Bote sitzt im Hungerturm, im selben Käfig, in den Julius damals Flor einsperren ließ. Die Schatulle enthielt einen Brief mit gewaltigem Löwensiegel, ich selbst war dabei, als Julius es aufbrach, die Urkunde überflog und mit einem Fluch zu Boden warf.«

»Der Ritterschlag«, murmelte d'Alembert. »Und warum, glaubt Ihr, freut's ihn nicht, dass der Magister nun ungesäumt ans Werk muss?«

Markéta war ans Fenster getreten, für einen Moment sah sie still auf die Stadt hinab. Grau schäumte die Moldau durch ihr gewundenes Flussbett, winzig wie ein Rinnsal aus dieser Höhe. Eine Schar plumper schwarzer Vögel flog über die Dächer hinweg, und erschauernd dachte sie daran, was Flor ihr unlängst von jenem »alten Drachen« in Hezilows Halle berichtet hatte.

»Der Kaiser vermacht Hezilow ein Rittergut vor den Toren Prags«, sagte sie, ohne sich zu ihm umzuwenden. »Er lädt den Puppenmacher mit herzlichen Worten ein, sein Werk dort zu vollenden, besser noch in den Laboren der kaiserlich-alchimistischen Akademie zu Prag.«

Der abgemagerte Mann in ihrem Rücken atmete tief ein und wieder aus. Als Markéta sich zu ihm umdrehte, sah sie eben noch den Schrecken in seinem Gesicht, das gleich darauf wieder undurchdringlich wurde.

»Damit hat natürlich jeder gerechnet«, sagte er, »ausgenommen Julius, der die väterliche Majestät für einen edlen Ritter hält.«

»Aber es ist Betrug!«, ereiferte sie sich. »Ohne Julius hätt Hezilow überhaupt nichts erreichen können, und zum Dank zieht sein Vater den Magister nach Prag?«

»Erlaubt mir eine Gegenfrage«, sagte er, die Arme vor der Brust verschränkend. »Wie viele Personen sind im Burgspital gestorben, während ich in Fieberträumen lag? Breuner allein oder weitere mit ihm?«

»Fünf, soweit ich weiß. Der Haushofmeister und vier junge Leute aus der Stadt, Kinder fast noch.«

»Fünf Tote also? Und wodurch wurden diese jungen Leute dahingerafft – etwa auch durch das Fieber, das mich in seinen Krallen hält und dem armen Breuner die Brust zerrissen hat?«

Er hielt inne und sah forschend zu ihr auf. Der Wortwechsel schien ihn zu beleben, aber hinter seiner Munterkeit spürte sie bleierne Melancholie.

»Ihr zuckt mit den Schultern, Madame? Vermutlich hattet Ihr keine Gelegenheit, auch nur einen dieser Leichname anzusehen? Und argwöhnt gleichwohl – oder gerade deshalb –, dass es mit diesen unseligen Toten eine ähnliche Bewandtnis haben könnte wie mit dem armen Tropf, den Ihr drunten in der heißen Quelle fandet? Und nun verratet mir aber bitte eins noch, Madame Markéta: Müsstet Ihr unter diesen makabren Umständen nicht froh und dankbar sein, wenn der Lumpenteufel, wie Ihr ihn so trefflich nanntet, uns endlich verlässt und sich eine andere Wirkungsstätte sucht?«

Jetzt erst bemerkte sie, dass auch sie die Arme vor ihrer Brust verschränkt hatte, so als ob sie beide sich gegen eine unsichtbare Bedrohung wappnen wollten. »Das stimmt schon – einerseits, Monsieur«, gab sie zurück. »Wenn Julius erkennen würde, dass er Hezilow loswerden muss, wenn ich ihn überzeugen könnte und wir uns so den Kerl vom Hals schaffen würden – ich würd singen vor Freude, Maître d'Alembert.«

Mit raschen Schritten trat sie nun zu ihm, sodass er den Kopf zurücklegen musste, um ihr weiter ins Gesicht zu sehen. »Aber so, *cher maître*? Wenn der Puppenmacher auf diese Weise ginge – es wär ja viel ärger, als wenn er noch eine Weile bei uns bliebe: bis wir selbst die Kraft aufbringen, ihn aus dem Tor zu werfen, oder meinetwegen auch zu den Bären. Alles, alles, Maître, bloß nicht so: durch ein Verräterbündnis mit der väterlichen Majestät!«

D'Alembert schien diese Worte eine Weile lang zu bedenken, oder vielleicht kräftigte er sich auch durch einen kurzen Schlummer; jedenfalls sank sein Kopf auf die Brust, und für einige Minuten blieben sie beide still.

»Ich gebe Euch Recht, Madame«, sagte der Maître schließlich, indem er aufs Neue zu Markéta aufsah. »Für unseren Freund und Schützling wäre es eine schreckliche Niederlage, wenn Hezilow jetzt auf und davon ginge, weil der Kaiser ihm mehr verspricht – Ruhm, Reichtum, Macht –, als Julius ihm jemals bieten kann.« Er tastete nach dem Stöckchen und befingerte es ein wenig, konnte sich aber offenbar nicht entschließen, es in die Hand zu nehmen. »Woraus sich nun leider mit Leichtigkeit folgern lässt, dass Julius alles Erdenkliche unternehmen wird, um Hezilows Verrat zu unterbinden. Dass er ihm die Urkunde vorenthält, sollte uns also nicht überraschen, doch damit allein kann er natürlich nicht verhindern, dass ihm der Puppenmacher in Richtung Prag davonläuft. Also wird bald schon ein zweiter Streich folgen. Habt Ihr eine Ahnung, Madame, worin dieser Streich bestehen wird?«

Erschöpft ließ sich Markéta neben ihm aufs Sofa sinken. »Ich hatte gehofft, dass Ihr diese Frage beantworten könntet, Monsieur.«

Der Maître senkte wieder den Kopf. »Seid nachsichtig mit einem Kranken, Madame. Ich habe mich nur deshalb von meinem Lager erhoben, weil ich einsehen musste, dass sich das Fieber nicht bezwingen lässt, nicht einmal mit Hilfe der ausgezeichneten Arznei, für die ich Euch übrigens herzlich danke.« Ein Anflug des alten Spotts ließ seine Augen funkeln. »Und nun muss ich nachdenken, Madame, vielleicht, dass mir noch rechtzeitig einfällt, wie ich Julius' bevorstehenden Zug parieren kann.«

»Seinen Zug?«, wiederholte Markéta. »Also ahnt Ihr doch schon, was er unternehmen wird?«

»Nun, genauer besehen ist es natürlich der Schachzug des Puppenmachers. Aber in diesem Fall wird wohl Julius sich einbilden, dass er die Puppen dirigiert, anstatt ihnen bloß anzugehören – übrigens der Wunschtraum eines jeden Schachkönigs: einmal wirklicher Herrscher zu sein.« Er unterbrach sich und lächelte Markéta flüchtig zu. »Von Hezilows unsichtbarer Hand ermuntert, wird unser schwarzer Schachkönig also mit seinem nächsten Zug alle verbliebenen Schlupflöcher abriegeln, sodass die weiße Partei vollständig von schwarzen Wächtern umzingelt ist.«

In Markétas Kopf begann es sich zu drehen, sie riss die Augen auf und überlegte angestrengt, was die Rätselworte bedeuten mochten.

»Könnt Ihr Euch nicht einfacher erklären, Monsieur? Meine Mutter war eine leidenschaftliche Schachspielerin, aber ich hab an dem irrgärtnerischen Schnitzwerk nie Gefallen gefunden.«

»So wenig wie der Bader Pichler, ich weiß.« Maître d'Alembert zog nun tatsächlich sein Stöckchen zwischen den Polstern hervor und warf es zaghaft empor. »Spätestens morgen wird Julius die Stadttore von Krumau verriegeln lassen, so nämlich, dass niemand mehr die Stadt verlassen und niemand mehr von außen hereingelangen kann.«

»Aber mit welcher Begründung könnte er so etwas anordnen?«

»Ganz einfach, Madame.« D'Alembert beugte sich vor und klaubte mit Mühe seinen Stab vom Teppich. »Der gräfliche Medikus wird – zu Recht oder nicht – erklären, dass in Krumau die Pestilenz ausgebrochen sei.«

67

»Madame, bitte verzeiht, ich suche Flor. Habt Ihr eine Vorstellung, wohin er …«

»Flor?« Sie sah Lisetta unwillig an, mit einem Fuß schon auf der Treppe nach unten. »Ist er denn nicht im Frauengemach?« Dort hatte sie ihn zurückgelassen, auf dem lachsfarbenen Sofa, vor zwei Stunden erst.

»Nein, Madame, ich versteh's ja auch nicht. Madame Johanna hat mich zu den Wäscherinnen geschickt, und als ich zurückkomm, ist er fort! Ich hab alles abgesucht, jeden Winkel, ich weiß ja, wie gern er sich verkriecht.«

Ihre Rede verebbte, stattdessen begannen Tränen aus wasserblauen Augen zu fließen.

»Ruhig, Mädchen«, sagte Markéta, dabei fühlte sie selbst sich gejagter denn je. Sie musste mit dem Medikus reden, auf der Stelle, vielleicht, dass sich das Unheil doch noch abwenden ließ. Von Rosert drohen, dachte sie, ihn einschüchtern, irgendwie Vater Sigmund mit herbeiziehen. Wenn der Medikus sieht, dass er's mit Heilkundigen zu tun hat, wird er sich scheuen, den Leuten eine lügenhafte Pest an die Wand zu malen.

Aber nun das: Flor verschwunden, vor ihr Lisetta ans Treppengeländer geklammert, der ganze Kopf unter dem dünnen blonden Haar vor Erregung glühend.

»Hast du im Schlafgemach nachgeschaut? In der Badekammer, hinter den Sofas im Empfangsraum?«

Lisetta nickte bei jeder einzelnen Frage, anscheinend erleichtert, dass sich zumindest ihre Unschuld erwies.

»Nach draußen ist er sicher nicht gelaufen«, sagte Markéta, an der Unterlippe nagend. Seit Hezilow ihn eingefangen, im Gewölbe aufgehängt und in ein Kristallglas voll Wasser gestoßen hatte, wagte Flor sich kaum mehr aus der Schlafkammer hervor. Nur durch flehentliche Bitten hatte sie Julius überhaupt erweichen können, den Nabellosen noch einmal Hezilow zu entreißen. Gerät er abermals in die Fänge des Lumpenteufels, dachte sie, so ist's um ihn geschehen. Aber diesmal hatte der Puppenmacher nichts mit Flors Verschwinden zu tun, das spürte sie.

»Komm mit.« Und Markéta zog die kleine Zofe hinter sich her, ins Frauengemach zurück und windgeschwind durch die Flucht lachsfarbener und pfirsich- und aprikosenzart getönter Säle und Gemächer und Kammern, der Quelle des Weihrauchdufts entgegen, der mit jedem Schritt lastender wurde. Mit einer Hellsicht, die der fromme Dampf möglicherweise beförderte, sah sie bereits vor sich, wie Flor in dem kahlen Saal stand, den Kopf gesenkt vor der kalten Gestalt, die über ihm auf dem Prunksessel thronte.

Sie riss die Tapetentür auf, auf die Bronja damals zugesteuert war, sie selbst war seitdem nie mehr drüben gewesen. Der leere Vorraum, die Fenster auch hier noch immer verhängt. Dann die Doppeltür; dumpf drang Chorgesang durchs schwarze Holz.

»Madame«, zirpte Lisetta, »wollt Ihr nicht besser …«

Ohne die Zofe zu beachten oder anzuklopfen, trat Markéta ein.

»Was erlaubt sie sich!« Tatsächlich saß Johanna von Waldstein in der gleichen Haltung wie damals auf ihrem Sockel, sogar im gleichen schwarzen Kleid, die gleiche weiße Haube auf dem Turm ihrer Haare, so als ob sie in all den Monaten dort oben ausgeharrt hätte wie eine Kirchenskulptur. »Hinaus mit Euch – dies ist ein heiliger Ort. Eure Gegenwart entweiht ihn, *Señorita*!«

Die hassvollen Worte prasselten auf sie herab wie ein Schwall aus dem Schweinekübel. Markéta fuhr zusammen, aber sie zwang sich, weiter auf Johanna zuzugehen, über den kalten Steinboden mit dem schwarz-weißen Kastenmuster, unter den Blicken der vogelhaften Dame auf dem schwarzen Thron und der zwölf Nonnen in ackerschwarzen Kutten, die im Halbkreis den Sockel umstanden, die Münder noch halb geöffnet vom frommen Chorgesang.

Vor dem Thronsessel hockte Flor in einem schwarzen Steinkarree, der goldene Schopf tatsächlich gesenkt, wie sie's vorausgesehen hatte, die Beine angewinkelt, die dünnen Arme um seine Knie verschränkt.

Sie kauerte sich neben ihm auf den Boden, ohne den Blick von Johanna zu wenden. »Was wollt Ihr von ihm?«, fragte sie. »Warum habt Ihr den armen Flor entführen lassen?«

Den Kopf krähenhaft schief gelegt, äugte die Waldstein zu ihr herab. Die zwölf Nonnen hielten allesamt das Kruzifix umklammert, das ihnen vor den keuschen Brüsten baumelte, als wären sie drauf und dran, einen Dämon zu bannen.

»Oder habt Ihr ihn gar mit eigner Hand entführt, Madame – und könnt Euch nur nicht recht entsinnen?«

Dieser Hieb hatte besser getroffen. Johanna fuhr zusammen, dass das Häubchen auf dem Turm ihrer Haare bebte.

Markéta legte Flor eine Hand auf den Arm, doch sein Kopf blieb gesenkt. »Wie mir Don Julius erzählt hat«, fuhr sie fort, »ist er Euch in einer gewissen Nacht Anfang Mai begegnet – im dunklen Flur vor den Infantengemächern, Johanna, wo Ihr wieder einmal schlafwandeltet. War das heut auch so, edle Dame? Wandeltet Ihr durch die Frauengemächer und zwangt den armen Flor, Euch zu folgen – alles wie im Traum? Denn wie ich hörte, widerfährt Euch das nicht selten: dass Ihr aus dem Schlaf aufschreckt, ohne zu erwachen, und dann wie ein Geist umherschleicht, ohne Euch nachher zu entsinnen, wo Ihr gewesen seid und was Ihr dort getan habt.«

»Meine Seele flieht zuweilen den Körper. Sie sehnt sich nach *Ihm*«, sagte Johanna von Waldstein, die Augen himmelwärts verdrehend,

»nach unserem Herrn im Himmel, nach dem Ende von Schmutz, Schmach und Knechtschaft, nach der Seligkeit jenseits des Leibeskerkers. – Aber wie könnte ein Weibchen wie Ihr das verstehen?«, fuhr sie mit veränderter Stimme fort. »Im Übrigen redet Ihr Unsinn, was auch sonst, *Señorita*: Der Nabellose ist aus freien Stücken hier hereingetappt, angezogen vom Chorgesang meiner heiligen Frauen.«

Sie beugte sich auf ihrem schwarzen Prunksessel nach vorn und äugte zu Flor hinab, der indessen den Kopf noch immer gesenkt hielt. »Anfangs schien es beinahe, als ob seine Seele nach Erlösung lechzte, als ob er deshalb herbeigeschlichen wäre: weil der fromme Gesang sein besseres Ich aus höllentiefem Schlaf aufweckte. Aber die Hoffnung scheint vergebens, seht nur selbst, *Señorita*: Er ist ein Verdammter!«

Markéta umfasste Flors Schultern und rüttelte ihn sanft, bis er endlich zu ihr aufsah, die Augen gedunkelt von namenloser Furcht. »Komm mit mir, mein armer Flor.« Willig ließ er sich von ihr emporziehen. »Nehmt künftig besser einen kräftigen Schlaftrunk, Johanna«, sagte sie, über die Schulter sich zurückwendend, während sie Flor bereits zur Tür zog. »Im Baderhaus hab ich mal einen Einbrecher mit einem Holzbottich niedergeschlagen. Solltet Ihr noch einmal vorn in meinen Gemächern umherstreichen, könnte ein Unglück geschehen.«

68

Es bekümmerte ihn, dass er Markéta schon wieder Sorgen bereitet hatte, er spürte ja, wie bedrückt sie war. Stammelnd mühte er sich ab, ihr zu erklären, was geschehen war. Die schwarzen Frauen waren hier vorn im lachsfarbenen Zimmer erschienen, kaum dass Lisetta abgerufen worden war. Sie hatten ihn mitgenommen, und er – er hatte sich nicht gewehrt, nicht mal fortzulaufen versucht, gelähmt vor Entsetzen. Denn auch das war ihm ja schon mal widerfahren, mehr als einmal, durch Männer, nicht durch Frauen, aber schwarz gewandet waren ja auch sie.

Er schluchzte an ihrer Schulter, wie er sich früher so oft an der Schulter der Steinerin ausgeweint hatte, wenn ihm abermals das ganz und gar Schreckliche geschehen war. Und sah auch gleich alles wieder vor sich, die Orangerie, den gemauerten Anbau, in dem er mit der Steinerin und dem Steiner hauste, auf dem Hügel drüber das Herrenhaus, ringsum die wilden Weiten des Parks.

Manchmal rennt er davon, Hals über Kopf davon, vor einer Angst, der er doch nie entfliehen kann, weil sie tief in ihm haust. Er rennt durch den Park, die Lider gesenkt gegen den Schweiß, der ihm aus den Haaren läuft, Angstschweiß, Hitzeschweiß, denn er rennt so schnell, wie er überhaupt nur kann. Dabei hält er sich stets im Schatten, rennt zwischen Bäumen hindurch, am Rand der Büsche und Hecken, die der alte Steiner tagein tagaus mit Messern und Krummsicheln stutzt.

Er sieht sie niemals vorher, immer erst, wenn die Hand ihn beim Arm oder am Fußknöchel packt und zu Boden reißt. Da liegt er dann, keuchend, auf dem Rücken, in die wirrbärtige Fratze starrend, den fauligen Atem des Lumpenkerls in der Nase, der rittlings über ihm hockt, eine Hand auf seinen Mund gepresst hält und ihm mit der andern Schläge versetzt, auf die Arme, auf die Brust, in den Bauch, auf die Beine, ein Hagelsturm von Hieben. Und dann endlich von ihm ablässt, aber nur, um ihn sich wie einen Sack über die Schulter zu werfen, ihn im Laufschritt davonzuschleppen, in den Wald hinüber, wo die andern Lumpenkerle lauern. Und da wird's dann noch viel ärger, da reißen sie ihm die Kleider herunter und tunken seinen Kopf in Jauchewasser, da werfen sie ihn wie ein Lumpenbündel herum, immer im Kreis, da ritzen sie blutige Bilder in seine Beine, da schreit und schreit er (»*Stei-ne-rin! Stei-steine-riiin!*«), aber viel lauter johlen die Kerle, da zwängen sie ihm die Lippen auf und speien ihren Speichel in seinen Rachen, einer nach dem andern und immer wieder ihren Schneckenrotz in seinen Mund, da wollen sie ihm auf einmal wieder gut sein, und das ist das Ärgste, Allerekelhafteste überhaupt, da werfen sie ihm seine Kleider hin, und er schreit noch immer – »*Steine-rin! Stei-steine-riiin!*« –, während er sich die Fetzen übernestelt, da treiben sie ihn mit Tritten und Hieben vor sich her, aus dem Wald hinaus und wieder in den Park hinüber, zum alten Steiner, der sie schon erwartet, sie wahrhaftig schon erwartet: Die Kerle beklopfen seine Schultern, feixen ihm zum Abschied zu, worauf der alte Steiner ihn bei der Hand nimmt und nach Hause bringt.

69

Sie trat aus dem dunklen Durchhaus zum untersten Burghof und sah gleich, dass sie zu spät gekommen war: Vor der Tür zum gräflichen Hospiz, linkerhand neben dem Pulverhaus, standen zwei Gardisten, die Hände drohend auf den Säbelgriffen, ein halbes Dutzend Bürger in bunten Gewändern vor ihnen, während vom Burgtor her schon weitere Soldaten herbeiliefen.

Sie mischte sich unter die Leute, ein wenig außer Atem nach dem raschen Lauf. Den alten Brodner erkannte sie, Wirt der Schänke »Zum Goldenen Fass«, neben ihm seine zierliche Frau Maria, die lederne Wirtsschürze umgeschnürt. Auch die anderen Bürger kannte sie alle seit ihren Kinderjahren, den Küfner Braduçek nebst Gemahlin, den ungemein breitschultrigen Flößer Tomas und einen Rotschopf mittleren Alters, dessen Name ihr erst nach kurzem Nachsinnen einfiel: Balthasar Kurusch, Totengräber von Krumau, seit sein Bruder Melchior seinerseits ins Grab gefahren war.

»Was geht hier vor?«, fragte sie die Gardisten, erfüllt von einer Ahnung, die eher schon Gewissheit war. »Warum bewacht ihr diese Tür?«

Einer der Soldaten war Franz Brodner, den sie einst drunten am Moldauufer geküsst hatte – vor vielen Jahren, vor einem halben Leben. Wie eine Ritterrüstung stand der blonde Franz neben dem Türpfosten und schielte unbehaglich von ihr zu seinem Vater, dem stämmigen Wirt, der nun anstelle des Sohnes das Wort ergriff: »Das fragst *du* – Ihr, Madame?« Das pralle Gesicht mit dem traurig hängenden Schnauzbart rötete sich vor Zorn. »Unsre Kinder sind dort drinnen, und er verwehrt uns, sie zu sehen!« Anklagend deutete er auf seinen Sohn Franz, der mit starrem Blick durch sie hindurchzusehen schien.

»Den kleinen Silvan, seinen eignen Bruder! Weil angeblich die Pest in Krumau ausgebrochen ist! Was ratet Ihr uns, Madame, wem sollen wir glauben – dem gräflichen Medikus oder diesem Mann, der das Geschwätz von der Pestilenz für blanken Unfug hält?«

Hinter dem breiten Rücken des Flößers Tomas trat eine bauchige Gestalt hervor, bei deren Anblick sich Markétas Herz zusammenkrampfte.

»Vater Sigmund!« Sie wunderte sich über die Freude, die sie bei seinem Anblick empfand. Wir müssen reden, dachte sie, endlich miteinander reden. »Ich selbst bin keine Heilerin, obwohl ich im Baderhaus manches gelernt hab«, sagte sie mit erhobener Stimme, dabei unverwandt in das runde Gesicht mit dem gewaltigen Schnauzbart schauend. »Aber Medikus von Rosert wird gewiss nichts dagegen haben, wenn ein so erfahrener Heiler wie Sigmund Pichler einen Blick in sein Hospiz wirft? Wenn die Leute dort oben tatsächlich an der Pest erkrankt sind, wird der gräfliche Medikus sowieso kundigen Beistand brauchen.«

Sie hatte kaum zu Ende gesprochen, als über ihren Köpfen ein Fenster aufflog und der klatschmohnrote Kopf des Medikus zu ihnen herunterschrie: »Für solchen Beistand dank ich verbindlichst! Da wüsst ich ja kaum zu sagen, was ich ärger fürchten sollte – die Pestilenzia, die ich in Prag und Budweis dreifach besiegt hab, oder die Hilfe eines versoffenen Quacksalbers, dessen Privilegium einst als Wickelpapier fürs Kuckucksei diente!«

Das Blut schoss Markéta in die Wangen. Immer noch sah sie dem Bader ins Gesicht, das unter den Hohnworten Roserts fahl geworden war.

Unterdessen waren zehn Soldaten vom Tor herbeigelaufen und hatten die kleine Gruppe umringt. »Genug jetzt, Leute«, sagte Jan Mular in selbstzufriedenem Tonfall, »vor Euch steht der Gardekommandant von Krumau.« Heiter sah er von einem zum andern, die Daumen in seinen Gürtel unter dem schwammigen Bäuchlein eingehängt. »Die Stadttore sind verrammelt, bewahrt Anstand und Ruhe, befolgt die Anweisungen der Obrigkeit, dann ist der Spuk bald vorbei.«

Was ihn selbst betraf, dachte Markéta, mochte die Pest wohl getrost eine Weile wüten, solange ihre Wogen ihn nur weiter nach oben trugen. Die Striemen auf seiner Wange waren längst verheilt, aber Mular hasste sie noch immer und sann weiterhin auf Rache, das erkannte sie an jeder seiner Bewegungen, ja selbst an der verdrucksten Art, wie er ihrem Blick auswich.

»Geht jetzt nach Hause, Leute. Damit die Seuche sich nicht weiter ausbreitet, dürfen nur noch der Medikus und seine Gehilfen ins Hospiz.« Jan Mular zog seine Daumen aus dem Gürtel und machte wedelnde Bewegungen zum Burgtor hinab.

»Seine Gehilfen«, wiederholte Vater Sigmund, »wer ist damit gemeint?«

»Redest du mit mir, Bader?« Obwohl einen halben Kopf kleiner als Pichler, brachte er das Kunststück fertig, auf Vater Sigmund hinabzusehen. »Mich nennst du gefälligst *Herr Kommandant*, oder du wirst mich kennen lernen.«

»Oh, keine Sorge, Euch kenn ich schon – Euch und euresgleichen, Herr Kommandant.« Der Bader strich sich den Schnauzbart, seine Augen blitzten. »Aber seid doch so gutherzig, meine Frage zu beantworten, Herr Kommandant: Wer sind die Gehilfen des Herrn Medikus?«

Mular sah nicht den Bader, sondern Markéta an, während er in gewichtigem Tonfall antwortete: »Drei russische Heiler, Tákie, Fondor und Oblion mit Namen, außerdem ein ganzes Dutzend heiliger Frauen. Und nun scher er sich vom Burghof, Bader!«

70

Er lag noch mit sich selbst im Streit, ob er richtig gehandelt hatte, im Grunde war es ja seine erste selbstherrliche Entscheidung überhaupt gewesen. Und dabei war doch er der Herr! Ich, ich, dachte Julius, niemand anders. Schon gar nicht d'Alembert.

Im Hochgefühl seiner Herrschermacht hatte er sogar auf dem Thronsessel Platz genommen, im ganz und gar verspiegelten Audienzsaal, zum zweiten Mal erst, seit ihn die väterliche Majestät zum Herrn von Krumau erhoben hatte. Mein kaiserlicher Vater! Er knirschte mit den Zähnen, dutzendfach zuckte seine Unterlippe in den Spiegeln. Aber als Kaiser darf er ja gar nicht anders handeln, sagte sich Julius dann, er muss doch das Wohl des Reiches über alles stellen, auch über die Rücksicht auf mich, seinen Sohn.

Doch heute hat mir der Himmel ein Zeichen gesandt, mir, Don Julius Caesar. Er seufzte vor Behagen. O nein, er hatte ganz und gar richtig entschieden: die Stadttore schließen, die Grenzen der Grafschaft durch Soldaten sichern, zum Wohl seiner Untertanen, zum Frommen des väterlichen Reichs und zur Beförderung des großen Werks.

Habt Ihr nicht mal behauptet, Johanna, dass der Herrscher im Himmel mich längst und auf ewiglich verdammt hätte? Aus Throneshöhe schielte er ins welke Frätzlein der Waldstein hinab. Und habt Ihr, *cher monsieur*, nicht immer beteuert, dass dieser gütige Gott nur eine katholische Wahnfigur wäre? Vergeblich suchte sein Blick nach d'Alembert, der um Dispens gebeten hatte, »fortwirkender Schwäche halber«. Und nun aber, *cher maître*? Wie deutet Ihr die Pestilenz, die Medikus von Rosert diagnostiziert hat – wie sonst, wenn nicht als Himmelswink, dass der alchimistische Magister sein großes Werk hier in Krumau vollbringen soll, an keinem andern Ort?

Um den Thron herum waren seine Getreuen versammelt: Magister Hezilow, der auf den Ritterschlag noch ein wenig würde warten müssen, das schwarze Stöckchen in der Rechten, das absonderlich lange Schwert über der Lumpenkutte umgeschnallt. Johanna von Waldstein, so bleich, als ob sie letzte Nacht schon wieder umhergespukt wäre, im Kreis ihrer heiligen Weiber, von denen mindestens drei für Kuttensack und Chorgesang zu jung und saftig waren. Der rundliche Oberststallmeister Skraliçek, der ihm gestern erst von seltsamen Geschehnissen im Rosenberger Kastell berichtet hatte. Schließlich Oberstkämmerer von Hasslach, den er wohl auch noch zum Haushofmeister ernennen sollte, nach dem Abgang des braven Breuner.

»Wo zum Henker bleibt der Medikus? Bertl, schaff den Kerl herbei!« Eben wollte Julius nach der Messingglocke greifen, die neben seinem Sessel auf dem Thronsockel stand, als Kasimir von Rosert tomatenhäuptig in den Saal gestolpert kam.

»Bitte sehr um Nachsicht, Euer Exzellenz. Vor dem Hospiz gab's einen kleinen Aufruhr, die Leute verlangten ihre Angehörigen zu sehen.« Er hob die Schultern und ließ sie wieder fallen. »Verständliche Aufregung, zu Herzen gehender Kummer, Euer Liebden! Aber da hilft alles nichts: Um die Leute zu retten, müssen wir hart und gelassen bleiben. Räucherwerk und Isolation, diese Sprache fürchtet die Seuche, im schwülen Bad weichlicher Gefühle blüht sie auf.«

»Wohl gesprochen, Medikus«, pflichtete die Waldstein bei, die Julius nie aus eigenen Stücken zur Audienz geladen hätte, doch der Magister hatte sich für sie ins Zeug gelegt. »Aber seid Ihr sicher, dass Eure Maßnahmen ausreichen?«, fuhr Johanna fort. »Wollt Ihr die Kraft der Krankheit wirklich brechen, so dürft Ihr der Pestilenz nicht hinterhereilen, sondern müsst ihr mutig entgegentreten.«

Der Medikus verschränkte die Arme vor der Hünenbrust. »Und das will besagen, Edelste? Erlaubt mir übrigens die Frage: Aus welchen Quellen schöpft Ihr Eure heilkundliche Weisheit?«

»Aus der Zwiesprache mit Gott«, erwiderte sie, »der Herr im Himmel schenke auch Euch Weisheit, *Señor.*«

Belustigt beobachtete Julius, wie sich von Rosert in Johannas Richtung verneigte und etwas Unverständliches murmelte. Na meinetwegen, dachte er, mögen die Waldstein und ihre heiligen Weiber frömmeln und Choräle in Richtung der Wolken tirilieren, so viel es ihnen beliebt, solange sie nur den Fortgang des großen Werks nicht hemmen.

Er fasste eine besonders saftige Nonne in den Blick und stellte sich eben vor, wie sie sich aus ihrer kratzigen Kutte hervorgrub und himmelwärts schielende Brüstchen entblößte, als Johanna mit einer Stimme wie gesprungenes Kristallglas fortfuhr: »Um aber auf Eure erste Frage zurückzukommen, Medikus: Wollt Ihr die Seuche wirkungsvoll bekämpfen, so dürft Ihr nicht warten, bis die Leute einen neuen Krankheitsfall melden. Vielmehr müssen wir eine Vielzahl geschulter Gehilfen ausschwärmen lassen, die im ganzen Land nach Befallenen suchen.«

Johanna hielt inne, als Hezilow ihr heftig zunickte. Seine wundroten Lippen schnappten auf und zu, während seine Hände den schmierigen schwarzen Beutel kneteten, den er zusammen mit seinem Stöckchen ständig bei sich trug.

Wie sonderbar, dachte Julius, dass Johanna und der Puppenmacher einander so sehr fürchten und verabscheuen und sich doch so vortrefflich ergänzen beim Kampf gegen die Pest und bei der Vollendung des großen Werks.

»Ein gettlicher Gedanke, Madame«, stimmte der Russe zu. »Sind sich Gehilfen ohnehin schon halbe Tag in Kutsche unterwegs, um herbeizuholen, was Magister Hezilow alles beneetigt. Kännen sich Fondor und Oblion auch gleich die Menschlein einsammeln, die Eurer Hilf bedirfen.«

Sie warf ihm nur einen raschen Blick zu, die Lippen zusammengekniffen, sodass die Falten um ihren Mund noch schärfer hervortraten, dann wandte sie sich wieder dem Medikus zu. »Könnt Ihr die ersten Anzeichen beschreiben, *Señor*? So viele Variationen der Sünde und der Verdammnis, so viele Spielarten der Pestilenz soll es auch geben. Sie alle sind gewiss nur leibliches Abbild sündig befleckter, vom Teufel zerfressener Seelen. Aber nicht alle diese Krankheiten beginnen mit schwarzen Flecken auf der Haut und enden mit zerbeultem Fleisch, gebt Ihr mir Recht?«

Die Frage schien Kasimir von Rosert zu verwirren. Er verlor ein gut Teil seiner prächtigen Farbe, knetete die Hände, sagte »Nun, gewiss« und verstummte wieder. »Wir haben's hier«, sprach er endlich, »mit einer – hm – äußerst seltenen Spielart – ha, Spielart! – der Pestilenz zu tun.«

Er sprach so langsam und gezwungen, als ob er jede einzelne Silbe seinem Gewissen abringen müsste, was doch sicherlich, wie Julius dachte, nicht zutreffen konnte. Denn warum sollte den Medikus so hilfreiche Unterstützung beschweren?

»Und wie sind also die Zeichen, Medikus?«

Geradezu flehentlich schien Rosert die Waldstein nun anzusehen.

»Reiß er sich zusammen, Kasimir«, sagte Julius, »und nenn er endlich die Zeichen, sonst mach *ich* ihm Beulen.«

Kasimir von Rosert klappte den Mund auf, verschluckte sich und begann dröhnend zu husten.

»Stirzt sich diese Pestilenz«, sagte da rasch der Magister, »ierbewiegend auf junge Leut von heechstens finf'nzwanzig Jährchen. Braust sich die Hitz in ihren Leibern, saust der Schwindel hinter ihren Stirnen, finden sich reetliche Flecken, zerfranst wie Haderfetzen oder rund wie Guldensticke, irgendwo auf ihren Keerpern, schmerzt ihnen gar noch's Herz im jungen Bristchen, so ist's sich fast schon gewiss, Madame: Sind diese Menschlein befallen von spezieller Pestilenz.«

»Dann ist's beschlossen«, sprach Don Julius, während der Medikus hustete und Johanna dem Puppenmacher die heilige Schulter zeigte, »die Gehilfen des Magisters fahren übers Land, sammeln die Erkrankten ein und bringen sie zu Kasimir ins Hospiz.«

»Halten zu Gnaden, Exzellenz.« Der Puppenmacher buckelte zum Thron hin, eifrig seinen Beutel in den Händen drehend. »Dirfte sich der Krankensaal unten in der Burg bald schon zu eng sein. Empfiehlt Hezilow dieserhalb, nur die Kranken aus der Stadt ins Hospiz zu bringen.«

»Und die andern«, forschte Julius, »die aus meinen Dörfern oder Meiereien?«

»Ins Rosenberger Kastell, Euer Liebden, dort kännen sich Hezilows Läjte mit Läjchtigkeit zwäjtes Hospiz einrichten.«

»In der Jagdruine?«, fragte Julius voller Erstaunen. »Na, meinethalben und für alle Fälle. In Euerm Krankensaal, Kasimir, könnte es in der Tat ein wenig eng werden.«

Damit erklärte er die Audienz für beendet und scheuchte sie alle aus dem Saal. Johannas Gegenwart missfiel ihm mindestens so sehr wie der drucksende Medikus, der erst wie eine Puppe »Mordio, die Pest!« rief und dann, wenn's um die Zeichen derselben ging, herumzimperte wie die Jungfrau, die unter ihren Röcken eine Männerhand entdeckt.

Zur Hölle mit der Pest, dachte Julius, jetzt will ich Euch, Markéta, ich befehl's.

71

»Die schwarzen Säfte gestockt«, zählte Sigmund Pichler auf, »die gelben gerinnend, das rote Blut verklumpt: drei untrügliche Zeichen der Pest. Aber Silvan Brodner und die andern jungen Leut: Die hatten ja bloß Schnupfen, Markéta, und höchstens ein wenig Fieber, harmlose Folgen einer Bootspartie, die allerdings hätte ärger enden können.« Das runde Gesicht des Baders bewölkte sich noch mehr. »Die Bootsfahrt selbst, mein ich, denn was dann kam, konnte schwerlich übler werden.«

»Aber Medikus von Rosert beteuert, dass die Pest …«

»Die Pest, die Pest!«, äffte Vater Sigmund sie nach, schreiend vor Zorn, aber auch, um das Kreischen von unten zu übertönen. »Du kennst doch Silvan und seine Freunde: der Wirtsbub und sein Freund Mikal Odradek, dazu Dela und Dana, die Zwillingsmaiden des Seilers Habersack, ein blühendes Kleeblatt, keins von ihnen über siebzehn Jahre alt.«

Markéta hatte Mühe, sich auf die Worte des Baders zu konzentrieren. Unten in den Zubern brachen Hezilows Gesellen und die Henkershuren immer wieder in jaulenden Chorgesang aus, so schaurig schallend, als ob sie hier bei ihnen in der Pichler'schen Wohnstube säßen.

»Die vier sind mit ihrem Kahn umgekippt, in einer Stromschnelle drei Meilen flussaufwärts«, fuhr der Bader fort. »Na, und das Wasser ist ja schon ziemlich kühl, die Luft nicht minder: Bis Dela und Dana, Mikal und Silvan wieder in trockenen Gewändern waren, schnatterten sie vor Kälte – das Abenteuer unserer vier Hübschen hatte also ein kleines Nachspiel.«

Mit solchen und ähnlichen Worten hatte Vater Sigmund ihr und früher auch Mutter Blanca an manchen Abenden von den Wehwehchen und Blessuren erzählt, die er im Lauf eines Tages kurieren musste. Nur der Tonfall seiner Rede, zwischen Zorn und Trauer zitternd, wollte zu solchen Erinnerungen nicht passen, noch weniger freilich der Teufelstanz, den unten die Lumpenkerle mit Schatzens fetten Weibern aufführten, beinahe Tag für Tag, wie der Bader ihr eben gestanden hatte.

»Und doch war's nur ein Schnupfen.« Vater Sigmund war noch immer bei den vier Unglücklichen, die im gräflichen Dekret als »die ersten Opfer der jüngsten Krumauer Pestilenz« bezeichnet worden waren. »Ich selbst hab ja Silvan noch in den Hals geschaut und mein bewährtes Kräuter-Spezifikum verordnet. Und damit hätt's auch sein Bewenden haben können, wenn es unser Kleeblatt nicht nach weiteren Abenteuern gelüstet hätte.«

Als Markéta vorhin das Baderhaus betreten hatte, war sie auf der Schwelle förmlich zurückgeprallt. Auf der hölzernen Plattform über den Zubern kauerten fünf ungeheure Huren auf Händen und Knien, und an jeder von ihnen hafteten drei von Hezilows Gesellen, die Weiber so rosig und feist wie die Kerle fahl und knochendürr.

»Was glaubst du, was in der Stadt für Schnurren erzählt werden über die Wunder, die der gräfliche Medikus vollbringen könnt in seinem mirakulösen Hospiz! Im Unterschied zum Pichler, wohlgemerkt, diesem Scharlatan, der von der Heilkunst nichts versteht, dafür von erschlichener Fürstengunst umso mehr!« Der Bader ballte die Faust und ließ sie auf die Tischplatte niederkrachen. »Das Geschwätz hat allen den Kopf verdreht, Markéta, unser Kleeblatt waren nur die Ersten, die sich trauten, oben am Burgtor anzupochen und deinen Herrn Medikus um wundersame Kur zu bitten.«

Er sah sie an, mit so bitterem Blick, dass sie am liebsten die Hände vors Gesicht geschlagen hätte. Aber das half ja auch nichts mehr: die Augen zu verschließen.

»Und diese wundersame Kur«, sagte der Bader, »haben sie auch prompt bekommen, Dela und ihr Mikal so gut wie Dana und Silvan. Und drei Tage drauf waren sie alle vier tot und verscharrt.«

Sie versuchte nachzudenken, doch es war nahezu unmöglich unter dem Blick des Baders und dem Eindruck der Bilder, die das höllische Jaulen der Huren und Lumpenkerle in ihr heraufbeschwor: Hezilows Gesellen wie schwarz behaarte Spinnen, die über Gallertgebirge krochen, Giftstachel in Aasspalten bohrten, gurgelnd vor Begierde.

»Aber ich versteh's nicht, und umso weniger, je länger ich's begrübel«, sagte sie endlich. »Glaub mir, Vater Sigmund, auch droben in der Burg wird gemurrt und gemunkelt, weil manche meinen, dass es bei diesem Pestdekret nicht mit rechten Dingen zugegangen wär. Einer, ein Herr von großem Einfluss, hat sogar vorausgesagt, dass Don Julius genauso handeln würde: die Tore von Burg und Stadt schließen lassen, um einer angeblichen Seuche zu wehren – während er in Wahrheit bloß verhindern wollt, dass ihm der Magister in Richtung Prag davonläuft. Und doch kann ich nicht glauben, dass alles abgekartet ist: Don Julius, der Medikus, sogar die fromme Johanna von Waldstein und ihre heiligen Frauen – sie alle sind sich einig darin, die Krankheit mit allen Kräften zu bekämpfen! Versteh mich recht, Vater Sigmund: Das ist das erste Mal, dass ich die Waldstein und Don Julius in irgendeiner Sache einig seh.«

»Und es macht dir Kummer, Töchterlein.« Unerwartet sanft sah der Bader sie an, und nun nahm er sogar ihre Rechte in seine dicken, weichen Hände. »Glaub nicht, dass ich's nicht verstünde oder dass ich dir grollte: Du bist Blancas Tochter, jeden Tag noch ein wenig mehr.«

»Und die deine auch?« Jetzt war's heraus. Markéta hielt den Atem an und sah starr an ihm vorbei.

»Die Frage kenn ich.« Der Bader entzog ihr seine Hände wieder und verschränkte die Arme vor der Brust. »Nicht aus deinem Mund, Markéta, aber umso besser von mir selbst. Glaub mir, seit ich Blanca zum Traualtar geführt hab – seit zwanzig Jahren ist kein Tag vergangen, an dem ich's mich nicht selbst gefragt hab.«

Während er sprach, begannen sämtliche Gesellen unter ihnen in hohen, belfernden Tönen zu hecheln, in rasender Folge, untermalt von hallendem Klatschen, wieder und wieder, sechzig, achtzig, hundert qualvolle Herzschläge lang, dann endlich wurde es unten still.

»Und Blanca?« Sie presste es hervor. »Hast du sie nie gefragt?«

»Nein.« Der Bader senkte den Kopf und sah seinen Händen zu, die sich vor ihm zu Fäusten ballten, wieder öffneten, neuerlich schlossen. »Es war … eine stumme Übereinkunft: Ich frag sie nicht, nach nichts von dem, was vorher war, und dafür bleibt sie bei mir, beklagt sich niemals über ihr kümmerliches Leben als Badersfrau.«

Aber sie hat ja oft genug geklagt, dachte Markéta, wenn nicht mit

Worten, dann zumindest, indem sie still vor unsern Augen litt. Traurige Frau, zerfahrenes Paar. Aber wer hätte je behauptet, dass wir auf Erden sind, um glücklich zu werden? Pater Hasek gewiss nicht und Priester Miguel, sein grimmiger Nachfolger, noch viel weniger. Charles d'Alembert kam ihr in den Sinn – aber auch er ist nicht glücklich, dachte sie, wenn auch auf andere Art: Sinnenfreuden preisend und zugleich sich selber geißelnd wie ein Büßermönch. Und nun ist er krank und wird vielleicht auch bald sterben, auch wenn er sich mit zäher Willenskraft noch einmal aufgerappelt hat.

»Und doch bist du – für mich – mein Töchterlein«, sagte der Bader in ihre Gedanken hinein, »immer schon und für alle Zeiten.«

Es klang wenig überzeugend, dachte Markéta, so als ob er sich einen Ruck gegeben hätte, um endlich – viel zu spät – die Worte zu sagen, die ihm zuvor schon tausendmal auf der Zunge vertrocknet waren.

Stumm sahen sie aneinander vorbei. Markéta lauschte dem Malmen und Rauschen der Moldau unterm Fenster, gestern noch vertrautes Murmeln, heut schon nur noch ein fremd in den Ohren tosender Krach.

Hat Mutter Blanca niemals angedeutet, wer ihr Buhle war droben auf der Burg? Nein, sie brachte es nicht über sich, den Bader zu fragen. Zu sehr schmerzte ihn noch immer der Verdacht, ein betrogener Betrüger und käuflicher Kuckucksvater zu sein. Ein Argwohn, der an ihm nagte, seit die gestrauchelte Braut droben aus der Burg gefallen war und er sie in seinen Armen aufgefangen hatte, vor zwanzig Jahren.

Sie erhob sich, lächelte auf den Bader hinab und ging aus der Tür. Das Gespräch hatte sie keinen Zoll weitergebracht, dachte sie, weder was die angebliche Pest anging noch ihre ebenso nebelhafte Herkunft.

Unten in der Badestube lagen Hezilows Kerle rücklings auf den Weibern, wie Knochensäcke auf siedendroten Pfühlen, die Schädel zwischen ungeheuren Polstern eingesunken und mit offenen Mäulern schnarchend.

72

»Mit ihren enormen schwarzen Kutschen fahren sie durch die Grafschaft«, las d'Alembert, »von Dorf zu Gut, von Meierei zu Weiler und lesen auf, was ihnen in die Hände gerät.«

Benommen blätterte er in den Berichten seiner Späher. Dass er genau diese Szenen in tausend Träumen vorausgesehen hatte, ließ die Rapporte umso unheimlicher erscheinen, so als ob der Deich zwischen Tag und Traum nun vollends durchweicht wäre.

»Seit wenigen Wochen erst streifen sie umher, und doch kennt sie schon jedes Kind im ganzen Land, ja vor allem die jungen und die ganz kleinen Leute: Die nämlich fangen sie besonders emsig ein.«

Auch der Umstand, dass Fabrio und Lenka wieder bei ihm auf dem Hirschsofa saßen, mutete den Maître absonderlich an, wie die spukhafte Wiederholung eines Geschehens, das aus trüben Tiefen wieder aufgetaucht war, um nochmals Gegenwart vorzugaukeln.

»Gewiss, die Männer – allesamt Russen – erfüllen nur ihre Pflicht, die ihnen von der gräflichen Exzellenz selbst auferlegt worden ist, auf dringliches Anraten des Medikus und mit Billigung der Kirche, namentlich des heiligen Ordens der Dominikanerinnen. Eine Pflicht indessen, die ihnen fatalen Genuss zu bereiten scheint.«

Von spukhafter Wiederholung konnte allerdings keine Rede sein, sagte sich d'Alembert, indem er vor seinem Fenster wendete und abermals auf die Tür zuging, jedenfalls nicht, soweit es die Syrakuser betraf: Unter Lenkas Hemd begann sich unübersehbar ein Bäuchlein zu wölben, und Fabrio, der sonst kaum einen Blick für den Maître hatte – Fabrio sah ihn geradezu schmachtenden Blickes an.

Auf seinem Rücken rollte ein kalter Schweißtropfen abwärts. Den mit Schneenerzen gefütterten Umhang warf er dennoch nicht ab, im Gegenteil hatte er Pavel befohlen, den Kamin in seinem Salon einzuheizen, mit der Folge, dass er nun gleichzeitig zu erfrieren und zu verglühen meinte. Stöhnend fuhren die Herbstwinde um das Burggemäuer, rüttelten an Fensterläden, lockerten Dachschindeln und ließen die Flammen im Kamin wie bläuliche Dämonen tanzen.

»Die Kutsche jagt auf schlammiger Straße dahin«, las der Maître. »Am Wegesrand grasen Schafe, auf einem Steinbrocken hockt der junge Hirt. Der Wagen hält, zwei Männer springen heraus, in schwarzen Gewändern, mit schwarzen Hüten, an deren Krempen Klatschmohnblüten nicken. Klatschmohn! Zur Abwehr der Pestilenz! Wer hätte von diesem Wundermittel je gehört? Nun, es ist jedenfalls das Erkennungszeichen der russischen Heiler geworden.

Auch der junge Schäfer kennt wohl das Warnwort: ›Wenn der schwarze Kasten, von vier Rappen gezogen, herbeischwankt, nimm die Beine in die Hand.‹ Er springt auf, im nächsten Moment aber haben die Heiler seine Beine in Händen, seine Fußknöchel, um genau zu sein.

Er sträubt und windet sich, der Hund des Hirten bellt sich die Kehle wund, die beiden Kerle jauchzen und japsen. Ziehen die Hüte, verneigen sich vor dem Burschen, der vor ihnen im Gras liegt: ›Oblion, habe die Ehre.‹ – ›Gott zum Gruße, Tákie.‹ Und reißen ihm währenddessen schon das Gewand vom Leib, wie er sich auch sträuben und winden mag.

Der Unselige schreit und schreit, da schieben sie ihm einen Trichter ins Maul und gießen einen Schlangentrunk hindurch, der schmeckt so widerlich, dass sich der Schäfer gleich erbricht. Aber sie zwängen ihm das Maul aufs Neue auf und gießen noch viel mehr Krötensaft hinein.

Der Gepeinigte winselt, bleibt endlich still, die Augen geschlossen wie in tiefem Schlaf. Der eine schlägt ihm auf die Brust, in den Bauch, versetzt ihm Backpfeifen, dass es klatscht. Der andere holt Kohlebecken und Zange aus der Kutsche und beginnt, den unseligen Schäfer mit glühenden Stückchen zu traktieren. Endlich schleppen sie einen Bottich Wasser von der Tränke herbei und gießen ihn dem Hirten übers Haupt. ›Hat er Schmerzen‹, fragt der eine, ›wo und welcher Art?‹, forscht der andere fürsorglichen Blicks.

Und dann ächzt der Schäfer, benommen wie nach siebzehn Hollerschnäpsen: ›Ah, die Brust tut so weh, überall brennt's, als wenn ich Fieber hätt. Und da, die roten Wunden, was ist das nur?‹

›Die Pest, mein Bester‹, krähen da die beiden und verneigen sich wieder, dass der Klatschmohn wackelt, ›keine Sorge, wir kurieren ihn schon aus.‹ Und packen den Kerl wie einen Hadersack und werfen ihn in die Kutsche, und hurra rumpeln sie weiter, zum nächsten Weiler, wo es einer jungen Magd, einem Knecht oder drei Bauerskindlein auf gleiche Art ergeht.

Und so füllt sich das alte Kastell, Monsieur, nicht allein mit den zum Strang Verdammten, die Scharfrichter Schatz zur Trutze hin liefert, sondern viel rascher noch mit blühender Jugend aus dem ganzen Rosenberger Land.«

Mit dem Handrücken fuhr sich d'Alembert über Stirn und Wangen, raschelnd fiel der Packen Späherbriefe zu Boden. Als er sich bückte, um sie zusammenzuraffen, wurde ihm schwarz vor Augen. Sonderbarerweise war ihm im nächsten Moment, als ob er die Schreiben wieder in Händen hielte und darin läse: »Im Kastell haben sie den ganzen Rittersaal schwappend voll mit Wasser angefüllt. In diesem gewaltigen Becken schwimmen die Pestilenzischen und die von Schatzens Strang Geborgten, im Ganzen zwei bis drei Dutzend, wie Fische hin und her.«

Als er die Augen aufschlug, sahen zwei liebe Köpfchen unter schwarzen Locken auf ihn herunter, links Lenka, rechts Fabrio. Er selbst lag der Länge nach auf seinem Teppich, hingestreckt vor dem hirschledernen Sofa, seinen Kopf in die Briefe gebettet. Fabrio nestelte an seinem Kragen, um ihm Luft oder sonstige Linderung zu verschaffen, der Maître ließ es matten Herzens zu.

Fast war er froh um den wunderlichen Traum, der sich immerhin mit wünschenswerter Deutlichkeit von allem abhob, was irgend als Wirklichkeit durchgehen konnte. Der Rittersaal schwappend voll Wasser, darin die Pestilenzischen schwimmend: Das konnte gewiss nicht sein.

»Helft uns, Maître«, wisperte Fabrio honigsanft an seinem Ohr. »Helft der Lenka, Monsieur, das Teufelchen tobt in ihrem Bauch und will dringlich aus der Fotz heraus. Schaut doch.« Und er zog und zerrte seine Schwester, bis Lenka rittlings über dem Maître stand, die Röcke gelüpft bis zum Nabel.

»Seht Ihr das Teufelchen: wie's nach draußen spitzt?«

Er schloss die Augen. Die Grenze zwischen Tag und Traum schien doch weit weniger verlässlich, als eben der Fischspuk im Rittersaal ihm vorgegaukelt hatte.

Wie aus weiter Ferne hörte er die Stimmen der Zwillinge, die sich flüsternd berieten. Er hielt seine Lider gesenkt, draußen heulte der Sturm, das Kaminfeuer prasselte; irgendwann schlief er ein.

D'Alembert erwachte von Neuem, als es draußen schon dämmerte. Das Kaminfeuer war zu einem glühenden Häuflein zusammengesunken, die Rapporte lagen säuberlich gestapelt auf dem Hirschsofa über ihm. Er rappelte sich auf und sah nach links und rechts, gebannt von dem Eindruck, dass Fabrio und Lenka noch bei ihm waren und sich hinter den Vorhängen oder unter seinem Tisch verbargen. Aber er konnte sie nirgendwo entdecken, und dann wurde ihm noch unheimlicher zumute, da er sich mit fiebriger Folgerichtigkeit sagte: Also waren auch die beiden nur im Traum bei mir.

Er sank auf sein Sofa, wo vorhin noch die Zwillinge gesessen hatten, oder auch nicht. Er zündete eine Kerze an, nahm den nächsten Rapport zur Hand und hielt ihn so, dass die Flamme ihren zitternden Schein darüber verbreitete.

»Ein halbes Dutzend Küferlehrlinge wurde am 5. Oktober 1607 A.D. ins Hospiz neben dem Pulverhaus verbracht«, las er. »Alle Befallenen klagten über Brustschmerzen, Schwindel, fiebrige Hitz, alle wiesen rote Feuerwunden an ihren Körpern auf. Auf Anordnung von Medikus Kasimir von Rosert wurden sie der vorgeschriebenen Kur unterzogen.«

»Vier Kuchelmägde am 11. Oktober 1607 A.D. ins Hospiz eingeliefert. Die Maiden leiden unter Herzdrücken, Leibeshitze, fiebrigem Sausen, roten Feuerwunden an Beinen und Bauch. Auf Anordnung des Medikus der vorgeschriebenen Kur zugeführt.«

D'Alembert blätterte weiter, bis er auf einen Bericht stieß, der seiner Aufmerksamkeit anscheinend entgangen war: »Als die Herren Unçerek und Fondor von den Geschwistern Pjotr und Dusa erfahren, die, obwohl beide die Pestzeichen aufweisen, von ihrer Familie im Weiler Vargasz versteckt werden, machen sie sich augenblicks auf den Weg. Drei Fahrstunden von Krumau ist Vargasz gelegen, die nördlichste Siedlung der Grafschaft.

Klamme Witterung, grauer Gries mischt sich in den Regen, bis zu den Achsen pflügt die Kutsche durch Fahrrinnen und Pfützen, die mit glitzerndem Eis überzogen sind. Fondor wärmt seine Hände hinten am Kohlebecken, während Unçerek auf dem Kutschbock hockt und die Rappen erbarmungslos bergan treibt; dann wieder peitscht Fondor, während Unçerek hinten im Kasten sitzt und die Zange auf- und zuschnappen lässt.

Nach der ersten Stunde wird der Regen zum Schneetreiben, nach der zweiten ist der Weg im wirbelnden Weiß kaum mehr zu sehen.

Wolfslichter, die im Unterholz glimmen, und immerzu Schnee: Tücher, Vorhänge, Wände aus Schnee, die lotrecht vor ihnen herniederstürzen.

Wenn Fondor und Unçerek irgendwas zuwider ist, dann dieses endlose, wirbelnde, blendende Weiß, das die herrliche Nachtschwärze schändet, ›kübelweise Eitergries aus Sterngeschwüren‹. Jedenfalls äußern sie sich wenig später mit ungefähr diesen Worten vor den entgeisterten Einwohnern von Vargasz.

Die Klatschmohnblüten schaukeln an ihren Hüten. Niemand weiß, woher Hezilows Gesellen mitten im November diese Ströme immer frischer Klatschmohnblumen beziehen. Andererseits kann es für den Puppenmacher nur eine geringe Herausforderung bedeuten, in seinen Töpfen und Tiegeln etwas so Einfaches wie rote Blumen zu erzeugen.

Manche munkeln, er erschaffe die Mohnblüten aus dem Blut der pestilenzisch Verstorbenen. Andere beteuern, es verhalte sich umgekehrt und die roten Wunden entstünden, indem die Gesellen mit ihren Mohnblüten über die Haut der Unseligen führen oder indem sie bloß den Blütenstaub drüber ausschüttelten, da es alchimistisch verzauberte Blumen seien.

Als Unçerek und Fondor in Vargasz eintreffen, ist es bereits tiefe Nacht. Sie haben sich im weißen Wirbel dreimal verfahren, kochend vor Zorn rumpeln sie durch den Weiler, wo alle dreizehn Menschenseelen in gottgefälligem Schlaf liegen.

Verärgert über die Kälte, die ihre Gliedmaßen zittern und ihre Zahnreihen gegeneinander klappern macht, sowie über den vermaledeiten Schnee, der das Dorf in einen Irrgarten verwandelt, zündet Fondor kurzerhand ein Haus an, eine Scheune mitten im Ort.

Alle stürzen herbei, Herren und Knechte, Männer, Weiber, Kinder, selbst ein Greis humpelt heran, am Arm seiner vom Alter tief gebückten Frau.

›Gott zum Gruß‹, sagt Fondor, packt den Greis beim Hosenbund und wirft ihn in die Flammen.

›Habe die Ehre‹, sagt Unçerek, schnappt die Alte bei den Röcken und schickt sie dem Greis hinterher.

›Und jetzt?‹, fragt Fondor.

›Abendmahl‹, sagt Unçerek, springt zu einer jungen Mutter und reißt ihr den Säugling vom Busen.

Obwohl solches behauptet wurde, glauben wir, werter Maître, nicht, dass Unçerek seine Zähne in die Wange des neugeborenen Mägdleins geschlagen hat. Achtet einmal auf sein schadhaftes Gebiss, und der Rumor verliert auch für Euch jede Glaubwürdigkeit.

Tatsache ist jedoch, dass sich die Kleine nicht wieder gefunden hat, und das, obwohl die Leute von Vargasz sich sputeten, jedes Begehr der beiden Herren zu erfüllen.

Binnen weniger Minuten sind die einzigen Einwohner herbeigeschafft, die sich durch das Schauspiel des im Schneetreiben himmelhoch lodernden Feuers nicht anlocken ließen.

Beißender Rauch, nach Bratenfleisch und schmorendem Knorpel stinkend, treibt den Leuten Tränen in die Augen, Tränen, die sich mit ihrer Wut, ihrem Kummer über den Verlust der beiden Geschwister vermischen.

Im Schein des Feuers untersucht Fondor Pjotr und Unçerek Dusa. Die Geschwister sträuben sich, versuchen zu fliehen, obwohl sie kaum einen Fetzen mehr am Leibe tragen.

Schimpfend laufen Unçerek und Fondor hinter ihnen her, Letzterer mit vollen Backen kauend, und die Mohnblüten schaukeln an ihren Hüten, was in dieser Nacht voll Schnee und Flammen ganz absonderlich aussieht.

Für kurze Zeit verschwinden alle vier hinter der Kutsche, sodass den Leuten von Vargasz die Sicht versperrt ist. Man vernimmt klatschende Schläge, hört Schreie, mehrfach ein Zischen wie von Schröpfeisen. Währenddessen sucht die junge Mutter ihr Kind, und die Männer von Vargasz machen einen lachhaften Versuch, den

Brand zu löschen, indem sie eimerweise Schnee in die Flammen werfen.

Dann kommen die Geschwister und die beiden Heiler wieder zum Vorschein. Unçerek hält nun Pjotr im Nacken fest, während Fondor einen Arm um Dusas Hals gelegt hat. So führen sie die beiden, bei unvermindertem Schneetreiben, um die vier Rappen herum zur Kutschtür, heben die Pestilenzischen in die Kabine, schwingen sich ihrerseits auf den Wagen und fahren davon, nicht ohne sich nochmals in Richtung der Zurückbleibenden zu verneigen.

Im zerstampften Schnee finden sich nachher ein paar zarte Knochen, ein paar Mohnblütenblätter, ein paar erloschene Kohlestücke – Zeichen, die niemand in Vargasz zu deuten vermag. Alles in allem sind die Leute froh, so glimpflich davongekommen zu sein, und entschlossen, nie wieder Pestilenzische vor der Obrigkeit zu verbergen.«

Charles d'Alembert ließ den Rapport in seinen Schoß sinken, keineswegs sicher, ob er tatsächlich auf seinem Sofa saß oder nur träumte, hier zu sein. Zu seiner Linken Fabrio, vertrauensvoll an ihn geschmiegt. Dem Maître schien es ratsam, ihn nicht zu beachten, schon seines kränklichen Herzens halber, das unter der flachen Hand des Knaben wie rasend pochte.

»Da sich die Betten im gräflichen Hospiz am Pulverhaus schneller leeren als die Strohlager im Rosenberger Kastell, wurde obrigkeitlich angeordnet, wöchentlich zehn bis fünfzehn Pestilenzische vom Kastell in die Krumauer Burg zu verlagern, auf dass Medikus von Rosert ihnen die vorgeschriebene Kur angedeihen lasse.«

Auf dem Teppich zu seinen Füßen lag Lenka, auf Bauch und Brust ein Wirrwarr emporgeraffter Röcke, die Rehkitzbeinchen weit gespreizt.

»Um Übergriffen seitens aufrührerischer Bauern zu wehren, wurde des Weiteren dekretiert, dass der Kutschverkehr zwischen Kastell und Burg durch zweckmäßig bewaffnete Gardisten aus der Kompanie des Kommandanten Jan Mular zu flankieren sei.«

Immer wieder schielte er über die Blätter hinweg, konnte sich aber nicht überwinden, seinen Blick auf das Schattendreieck zwischen Lenkas Schenkeln zu fokussieren. Nicht, dass er allen Ernstes erwartet hätte, dort »ein Teufelchen hervorspitzen zu sehen«, wie Fabrio ihre abergläubische Angst in Worte gefasst hatte. Dennoch fürchtete er aus irgendwelchen Gründen, dass er die allerletzten Reste an Willensstärke und Geisteskraft einbüßen würde, wenn er sich Fabrios Lockrufen ergäbe.

Wenn er dagegen weiter und weiter in den Schreiben der Kundschafter las, würden die Syrakuser irgendwann wieder verschwinden, wie es schon mehrfach geschehen war in den ungezählten hinter ihm liegenden Tagen, ob es sich nun um mählich verblassende Erscheinungen handelte oder die beiden irgendwann ganz einfach die Geduld verloren. Schließlich war es für Lenka gewiss nicht weniger mühselig und entbehrungsreich, in jener Haltung vor ihm auf dem Teppich auszuharren, oder für Fabrio, an ihn geschmiegt zu sitzen und seinen Rumpf in Höhe des in grotesken Rhythmen holpernden Herzens zu tätscheln.

Vor den Fenstern rieselte wahrhaftig Schnee hernieder. Es erstaunte ihn, wie rasch die Zeit verging, während er doch nur hier auf dem Sofa gesessen und das immer gleiche Dutzend Rapporte durchflogen hatte.

Seltsamerweise entdeckte er immer wieder neue Berichte in dem Stapel, wenn er die Blätter nur sorgsam genug hin und her wendete. Und ebenso absonderlich war, dass Lenkas Bäuchlein, unverkennbar selbst unter dem Chaos der emporgerafften Röcke, zu einer kleinen Trommel angewachsen war. Während aber selbstverständlich und nach wie vor kein »Teufelchen aus ihrer Fotz gekrochen kam«, o ihr Götter, lasst es auch fürderhin nicht zu.

Wo immer Fabrio ihn anrührte, blieben ein paar winzige Bürschlein hocken, auch das war einigermaßen unbehaglich. Auf seiner Brust krochen schon einige Dutzend funkelnder Homunkel herum, lauter winzige, splitternackte Fabrios.

Das Feuer prasselte in seinem Kamin. Einige Momente lang kämpfte er gegen die Vorstellung an, dass er sich nur nach vorn von seinem Sofa rutschen lassen müsste, auf die Knie sinken und mit dem Gesicht vornüber sacken, sodass er mit Mund und Nase exakt in Lenkas Schattendreick fallen würde, dann wäre »der ganze Spuk vorbei«.

Er versuchte darüber Klarheit zu gewinnen, welcher Spuk und in welchem Sinn vorbei. Aber seine Gedanken verschwammen, und auf einmal war er wieder in jenem See – oder Kristallbecken – oder schwappend vollen Rittersaal –, und von allen Richtungen schnellten ihm winzige Fabrios entgegen, vom ungefähren Umfang seines Daumens und mit hunderttausend daumennagelkleinen Gesichtlein lächelnd.

Nur in ganz seltenen Augenblicken begriff Charles d'Alembert, dass er krank war, noch immer ernstlich krank. Dass er auf den Tod darniederliegen musste, auch wenn er der Vorstellung unterworfen war, auf seinem Sofa zu sitzen, vor dem prasselnden Kamin und Lenkas gespreizten Rehkitzbeinen. Dann wieder entglitt ihm dieses Bild seiner selbst, wie er sich auf seinem Lager hin und her warf, vor Fieber glühend, und stattdessen schien ihm nicht sein Leib oder seine Seele, sondern die ganze Welt um ihn herum sterbenskrank.

Wie sonst wäre es möglich, dass Hezilows Lumpenkerle übers Land fuhren, die gräflichen Untertanen nach Belieben einfingen und ihren teuflischen Spott mit ihnen trieben?

»Nachdem der Unmut unter den Bürgern von Krumau immer weiter angeschwollen ist, ungeachtet der Silberstücke, die Graf Julius unter die empörte Menge zu werfen befahl, oder der Peitschenhiebe, die Gardekommandant Mular den ärgsten Aufrührern zuteil werden ließ, wurde am heutigen Sonntag, dem 23. Dezember 1607 A.D., angeordnet, drei Gesandten des Krumauer Rats Zutritt zum Hospiz zu gewähren, auf dass sie sich deroselbst von der Zweckmäßigkeit der pestilenzischen Kur überzeugen. Die Namen der Gesandten lauten: Karel Kudaçek, Flößer; Sigmund Pichler, Bader; Stanislaus Brodner, Wirt zum ›Goldenen Fass‹.«

Die Löcher in seinem Gedächtnis, seinem Bewusstsein wurden immer größer, schwarz und unergründlich wie Moorseen. Er blieb auf seinem Sofa sitzen (sofern er nicht in seinem weißen Himmelbett lag), an seiner Seite Fabrio (oder auch nicht), vor ihm liegend Lenka (oder wohl eher nicht), jedenfalls wurde ihm schwindlig bei der bloßen Vorstellung, dass er sich erheben sollte, um beispielsweise bis dort drüben zu den Fenstern zu wandern: Wie viele Moorlöcher mochten auf diesem Weg lauern, versteckt zwischen seinen weißen Teppichen und Fauteuils?

Und morgen also war Weihnachten, sofern dem Rapport zu trauen war, den er völlig unerwartet im immer gleichen Papierstapel entdeckt hatte?

Eine kühle Hand legte sich auf seine Rechte. Er sah sie an, die schlanken, kräftigen Finger, und registrierte dankbar, dass dort, wo die Finger ihn anrührten, keine funkelnden Homunkel hocken blieben.

»Maître?«, sagte Markéta da Ludanice. Beim Klang ihrer Stimme erinnerte er sich augenblicklich an den Namen, zu dem er ihr verholfen hatte, nicht ohne Eigennutz. »Hört Ihr mich, Monsieur d'Alembert?«

Sie klang verzweifelt, dachte er, aber es dauerte, selbst nach seinen Begriffen, eine halbe Ewigkeit, bis er seinen Kopf so auf- und eingerichtet hatte, dass er ihr Gesicht in den Blick bekam. »Ja?«

»Der Bader«, sagte sie. »Bitte, Ihr müsst mir zuhören, Maître: Die Gesandten sind aus dem Hospiz zurückgekommen, aber Vater Sigmund – er ist nicht mehr da!«

73

Gewiss, gewiss, der Unmut wuchs, die Gerüchte blühten, aber die würden auch wieder welken. Viel wichtiger war ja, dass der Magister mit den Verhältnissen zufrieden schien und bei seinem großen Werk gut vorankam, zumindest beteuerte er's ein ums andere Mal.

»Hat nicht auch Jesus Christus aus dem himmlischen Aquaster seinen sterblichen Leib geformt, und missen wir alle, Euer Liebden, ihm nicht nachfolgen voll eifernder Liebe?« So erklärte sich der Puppenmacher auch heute, während er im Audienzsaal auf und ab humpelte, das absonderlich lange Schwert umgeschnallt. »Am tiefen Grund, den Hezilow aufspiert mit Hilfe der Spukgespenster, hockt nämlicher Aquaster, auch als Homunkel bekannt.«

Glücklicherweise war Johanna von Waldstein nicht zugegen, sagte sich Julius, auf seinen Thronsessel hingefläzt. Die Nähe des Puppenmachers reizte ihn geradezu, sich gehen zu lassen. Spürte er dagegen die strenge Präsenz der Waldstein oder gar des Maître, so fühlte er sich augenblicklich wie von einer Rüstung umschlossen – so steif, so äußerlich geeist, so voll rasender Begierde allerdings auch, die eisernen Grenzen zu sprengen.

Für einen Moment sah er den verwandelten Rittersaal im Rosenberger Kastell vor sich, von dem Skraliçek ihm erst kürzlich wieder berichtet hatte. Der Boden bedeckt mit kotigem Stroh, worauf die Elenden Seite an Seite lagen, die meisten blutjung noch, druntergemischt Schatzens ältliche Delinquenten. Und zwischen ihnen allen, fürsorglich sich hier niederbeugend, dort ein aufmunterndes Scherzwort rufend, die Gehilfen des Magisters mit wippenden Klatschmohnsträußlein an den Hüten.

Auf Hezilows Rat hin pflegte auch Julius selbst sich neuerdings Mohnstängel ans Wams zu heften, zur Abwehr der pestilenzischen Dämpfe. Und da seine Schranzen sich stets mühten, dem edlen Vorbild nachzueifern, waren Klatschmohnbüschel, ob am Hut oder am Busen getragen, über Nacht zum begehrten Mode-*Truc* avanciert.

»War sich gewisslich auch der Leib von Mater Maria aquastrisch«, fuhr unterdessen Hezilow fort. »Nicht mal der Täjfel perseenlich tät behaupten, unser Herrgott hätt sich einen Weibsbauch beneetigt, um Sohn Jesus Christus zu erschaffen. Hat Hezilow in labyrinthischen Studien das große Mysterium aufgespiert, den aquastrischen Spalt in der Stirn. Wenn Ihr Euch überzeugen meegt, strahlendste Gnaden?«

Hezilow blieb vor dem Thron stehen, warf seinen Kopf zurück und fuhr mit bleichem Finger den gemeinten Spalt entlang, vom Haaransatz über etliche Warzen hinweg und lotrecht zur Nase hin. »Durch diese Rinne, Euer Exzellenz, gebiert sich Adept den *spiritum vitae* aquastrisch in seinem Herzen.«

Julius beugte sich zu ihm hinab und nickte Hezilow verständnisinnig zu. Dabei hatte er, die Wahrheit zu ehren, ein wenig den aquastrischen Faden verloren. Die Ausführungen des Magisters schienen ihm zuweilen unauslotbar, immer öfter ertappte er sich dabei, dass seine Gedanken abschweiften, während sich der Puppenmacher in Hitze redete. Mag er dort unten in seinen Laboren mischen und kochen und transformieren und koagulieren, was immer Not tut, dachte er, aber rasch soll's gehen, denn lange halt ich die Überspannung nicht mehr aus.

»Wann also, werter Magister«, fiel er Hezilow ins Wort, der sich schon wieder über Aquaster und Spalt und dienstbare Spukgeister ausließ, »wann springt der erste Homunkel aus Euern Tiegeln?«

»Ah, noch ein klein wenig Geduld, Euer Gnaden.« Der Puppenmacher begann zu buckeln und den schmierigen schwarzen Beutel in seinen Händen zu drehen. »Nur ein paar dierftige Tage, ein paar Schnaufer und Spalten und Spritzerchen noch, Euer Liebden, dann hupfen Euch die Homunkel dutzendweis durchs Haus.«

Tage und Tage also noch? Nachdem schon Wochen und Monate verstrichen waren mit immer neuen Erläuterungen und Zusicherungen und Vertröstungen? Sturzdüster wurde ihm mit einem Mal zumute. »Der Medikus meldet, dass die Kraft der Pestilenz bald gebrochen wär?« Er fragte es in lauerndem Tonfall, dabei aus den Augenwinkeln zum Puppenmacher hinunterschielend.

»Gewiss, Euer Liebden.« Der Russe buckelte heftiger. »Ist sich auch die Säjche bald versickert, spieren Fondor und Oblion nur noch wenig Befallene auf, kaum finfe auf die Woche.«

Und wenn ich die Tore wieder öffnen lasse, läufst du mir stracks gen Prag davon? Er zog es vor, die Frage nicht zu stellen, keineswegs der einzige Punkt, an den er vorsichtshalber nicht rührte. Dass die beiden, Magister und Medikus, einen geheimen Handel abgeschlossen hatten, ahnte er wohl, hielt es jedoch für ratsam, auch diesen Argwohn zu verbergen. Unersättlich schienen die Labore des Magisters zu verschlingen, was aus dem Krankensaal des Medikus an Todgeweihten quoll, pestilenzische Personen sonder Zahl. Dahingerafft würden sie so oder so, sagte sich Julius, wie auch die Verdammten, die Scharfrichter Schatz ins Jagdkastell lieferte, ihr Leben nach Gesetz und Gerechtigkeit verwirkt hatten. Und weshalb sollte er sich ein Gewissen wegen einigen siebzig armen Teufeln machen, wo doch selbst Johanna und ihre Nonnen förmlich leuchteten vor heiliger Gewissheit, dass sie alle ihren Jammer selbst verschuldet hatten, sei es durch Wollust, Neid, Hoffart, Ehebruch, Völlerei oder Götzendienste – mit rasendem Eifer konnte die Waldstein die Sündenlitanei herunterrasseln. Und doch war ihm der Handel nicht geheuer, umso weniger, je länger sich die Prozedur zog.

»Und Gold brauch ich«, sagte er, wieder zum Puppenmacher hinunterlauernd, »viel Gold – sofort.«

Abermals blieb Hezilow vor dem Thronsockel stehen und sah mit feixender Fratze zu ihm auf. »Gold, Euer Exzellenz? Schittet Euch Magister Hezilow so viel Aurum vor die herrlichen Fieß, wie Ihr nur winschen kännt. Subito? Weil's sich weihnachtet? Wie Euer strahlende Gnaden befehlen! Gestattet, dass Hezilow gleich davoneilt, die Transformatio zu präparieren.« Damit bewegte er sich auf die Tür zu, rückwärts humpelnd und vorwärts buckelnd, dass die Schwertscheide an seiner Seite kreischend schleifte.

Julius sah ihm hinterher, und seine Gedanken waren noch immer beim Puppenmacher, als sich die Tür schon lange hinter der zwergischen Gestalt geschlossen hatte.

Nicht, dass er an den Fähigkeiten des Teufelsmagisters neuerdings zweifelte, eines Erleuchteten, den selbst die väterliche Majestät zum Ritter erheben wollte. Aber den Leuten fehlte es am rechten Verständnis für derlei Reichsbelange, weshalb sie alle immer lauter murrten: drunten die Bürger, draußen die Bauern, und seit jüngstem stimmten gar einige aus seinem eigenen Gefolge mit ein!

Wie also entscheid ich? Ah, wie er's liebte, Dekrete zu unterzeichnen, Befehle in beflissene Gesichter zu schmettern, sich auszumalen, wie seine Boten drunten durch die Stadt und draußen durch die Lande zogen, um zu verkünden, was er, Julius Caesar, beschlossen hatte.

Aber wie nun in diesem heiklen Fall? Wenn sie die Pestilenz in den nächsten Tagen erstickten, dachte er, wär es womöglich zu früh für Hezilow, der ihm eben erklärt hatte, dass er »den Aquaster tropfenweis aus den Spalten destillier«: Erhielte er ein Tröpflein zu wenig für seinen Pelikan, so wär das ganze magische Gewürge vergebens. Wütete die Seuche aber noch Woche um Woche weiter – und mit ihr Hezilows Gehilfen, deren Kutschenschlünde tagein, tagaus nach neuer Beute gierten –, so würden die Leut sich früher oder später gegen die Obrigkeit zusammenrotten, von Zorn und Verzweiflung aufgepeitscht.

Schon verlangte der Rat von Krumau, die Leichname beschauen zu dürfen, ehe man sie auf dem Pestfriedhof vor dem Budweiser Tor vergrub. Auf Anraten von Roserts hatte Julius sich diesem Begehr bisher verweigert: »Die sterblichen Hüllen sehen anders aus, als die Leut es bei Pestleichen gewohnt sind« – der aquastrischen Prozedur halber, wie Julius vermutete, oder weil es sich um eine seltene Spielart der Pestilenz handelte; auch in diesem Punkt fragte er lieber nicht nach.

Um dem Gerede endlich die Spitze zu nehmen, hatte er gestern immerhin eingewilligt, das Hospiz am Pulverhaus durch drei Gesandte der Bürgerschaft inspizieren zu lassen. Aber seither war alles nur noch ärger geworden: Angeblich war einer der Gesandten nun verschwunden, was sollte das heißen, bitte sehr? Ein dicker Mann von einigen vierzig Jahren, so was rollte doch nicht einfach vom Burghof wie der Schachbauer vom Brett?

Auf einmal beschlich ihn eine Ahnung, er bückte sich nach der Glocke und schüttelte sie wild. »Bertl! Her mit dir!«

Sein Kammerdiener stürzte in den Saal. »Exzellenz befehlen?«

»Wie heißt der Kerl – der Gesandte, den der Teufel geholt haben soll?«

Robert zupfte an seiner Weste herum, die sich straff überm Bäuchlein spannte. »Na, die Sache ist arg, Exzellenz. Madame Markéta läuft überall herum, wie ich hörte, auf der Suche nach ihrem … Na, der Bader Pichler ist's, Exzellenz.«

»Das hat uns grad noch gefehlt, Bertl. Aber sag er: Nimmt sie's schwer? Ich mein, es war ja bloß ihr Kuckucksvater, da könnt's ihr doch gleich sein. Du schüttelst den Kopf? Hast wohl Recht, Bertl: ›An dir leid ich: sollst mein Vater sein.‹ Von wem stammt das goldene Wort?«

»Von Monsieur d'Alembert?«

Da bekam er einen Lachanfall und mitten hinein eine glanzvolle Idee. »*Mais précisément, mon Camem-bert!*« Er strahlte Robert an. »*Plaisir, c'est mon désir*, versteht er mich recht? Auch wenn d'Alembert so ausdauernd den Kranken spielt, dass ich mir in sieben Monaten vielleicht doch mal Sorgen um ihn machen sollte: Heut ist Weihnacht, Bertl!« Er sprang von seinem Thronsessel auf und hüpfte auf einem Fuß die Stufen hinunter. »Und da soll gefeiert werden, im Großen Saal! Sieh zu, dass alle kommen – aber wirklich alle, alle, versteht er mich? Heut Abend, Schlag sieben, ich befehl's!«

Der Kammerdiener eilte davon, während Julius langsamer nach links abging, in Richtung seiner Privatgemächer.

Durch das »Höllenbalg«, dachte er, das Lenka gestern zur Welt gebracht hat, ist nur noch mehr Unruhe geschürt, böses Blut im wahrsten Sinn vergossen worden – seltsamerweise im Salon d'Alemberts, prangend rote Flecken auf seinem Teppich hinterlassend, während der Maître selbst sich nebenan auf seinem Krankenlager wälzte. Dabei war Lenka froh und erleichtert gewesen, als Markéta, glücklicherweise im rechten Moment zur Stelle und als Hebamme leidlich erfahren, sie von der Totgeburt entbunden hatte. Ein versteintes, kläglich verschrumpftes, ja mumifiziertes Knäblein, mit schwärzlicher Affenfratze und dunkler Lederhaut am ganzen Leib.

Wie bei einer Fledermaus, dachte er, oder bei einem Drachen. Hezilow hatte heiß drum gebeten, ihm den Fötus zu vermachen. Aber nichts da, beschloss Julius, der Fratz gehört mir.

74

Seit Wochen schon spürte sie, wie er ihr mehr und mehr entglitt. Sie liebte ihn, zärtlicher denn je, tiefer, leidenschaftlicher, als sie jemals einen Menschen geliebt hatte. Und als sie je wieder lieben würde, denn auch das fühlte Markéta: eine Ahnung, ganz fern noch, von schrecklichem Schmerz.

Vorhin, als sie sich unter seinem Samthimmel umarmt hatten, war es ihr vorgekommen, als ob er etwas Ähnliches empfände, eine furchtbare Vorahnung, die seine Begierde nur noch heißer emporkochen ließ. Er war über sie hergefallen wie ein Raubtier, wie der junge Wolf, an den er sie schon damals erinnert hatte, als sie zum ersten Mal in seinem Thronsaal vor ihm stand.

Jene Momente elysischen Einsseins, die sie einige Male in seinen Armen empfunden hatte, schienen Markéta längst wieder so fern, dass sie sich zuweilen kaum mehr erinnern konnte, wie köstlich, wie paradiesisch es gewesen war, miteinander zu verschmelzen. Und vielleicht war jenes Einssein, wie sie nun dachte, sogar niemals ferner als in den Stunden seiner wölfischen Brunst.

Sie saß zu seiner Rechten, an der Stirnseite der Tafel im Großen Saal. Johanna und ihre Nonnen waren nicht erschienen oder nicht eingeladen worden, wie auch immer: Hauptsache, die Waldstein blieb ihr heut Abend erspart, ihr welker Anblick und die allzu scharfen Vogelaugen.

Weihnachtsabend: Seltsamer Gedanke, dass heute das Christkind für sie alle geboren worden war und niemand in diesem Saal, nicht eine einzige von zweihundertfünfzig Seelen, sich drum zu bekümmern schien. Auch ich nicht, dachte Markéta, auch meine Seele nicht. Wie fern die frommen Legenden von Pater Hasek, so fern wie der verjagte Priester selbst.

Zu Julius' linker Seite saß tatsächlich Maître d'Alembert, hohläugig, mit mehlbleichem Antlitz und bis auf die Knochen ausgeglüht. Aus eigener Kraft hätte er sich schwerlich bis hierher schleppen können, sagte sich Markéta, aber Fabrio und Lenka hatten ihn fürsorglich gestützt. Mit rätselhafter Zärtlichkeit hingen die Zwillinge an dem Kranken, seit Lenka ihr versteinertes Knäblein in d'Alemberts Gemächern zur Welt gebracht hatte.

Alle Schranzen und Einbläser, Maler und Bildhauer, alle Schauspieler und Musiker, Schmarotzer und Schamlosen waren erschienen, sein gesamtes Gefolge, wie Julius es befohlen hatte. Jedenfalls diejenigen, die noch am Leben und bei leidlicher Gesundheit waren, denn über die Toten und die Siechen geboten weder Kaiser noch gar Graf.

Obwohl die Pestilenz hauptsächlich drunten in der Stadt und draußen in Weilern und Wäldern wütete, waren doch auch hier in der Burg viele Opfer zu beklagen. Nach Haushofmeister von Breuner waren vier Kuchelmägde, ein halbes Dutzend meist junger Lakaien und drei Hofbeamte dahingerafft worden. Außerdem der Maler da Biondo – sein Porträt des Grafen unvollendet – und fünf seiner Schüler, darunter Piero, der Bruder der kleinen Clarissa, die im Sommer vom Bären zerfleischt worden war.

Nicht zu vergessen den Hünen Robse und seinen Sohn Hielo, nicht zu vergessen den Sternengucker Sargenfalt, dessen Leib zwar immer noch unter ihnen weilte, doch seine Seele und sein Geist schienen auf immer in der Weite jener Nebelwelt verirrt.

Zu viele, dachte Markéta, viel zu viele Menschen, lieber Herr, die um Euretwillen hingehn mussten, auf diese oder jene Art.

Schon als sie Julius zum allerersten Mal gesehen hatte, bei seiner Ankunft hier in Krumau – als er vor ihr aus der Kutsche gesprungen war und sie in seine braunen Augen voller Schmerz und Selbsthass sah – als er sich über Melchior Kurusch gebeugt hatte, den Unseligen, der von der Kutsche seines Herolds überfahren worden war – schon damals hatte sie in jähem Schreck gespürt, dass etwas wie ein schwarzer Schleier ihn umgab. Tod, mein allerliebster Herr, so viele, die für Euch ihr Leben ließen.

Die Musiker begannen in die Tasten zu schlagen, auf die Trommeln zu hauen und in die Flöten zu blasen, und von Hasslach ließ an Delikatessen auffahren, was die pestilenzisch ausgezehrte Küche noch hergab.

Markéta löffelte, trank und säbelte, ohne recht drauf zu achten, was sie zu Munde führte. Sie nahm sich mit der Hand die vorgeschnittenen Bratenstücke, fühlte Julius' Hand auf ihrem Schenkel, in die samtigen Falten ihres Kleides, ihres Fleischs, ihrer Wehmut sich verkrallend, ließ bereitwillig ihre vor Saucenfett triefende Linke unters Tischtuch entführen und dachte: D'Alembert und ich sind die Einzigen im ganzen Saal, die nicht diese lächerlichen und durchaus unheimlichen Klatschmohnsträußlein tragen.

Die Kaminfeuer an beiden Seiten des Saals loderten und fauchten. Weiter hinten an der Tafel sprangen schon wieder einige junge Poseure auf und kletterten ohne weiteres auf den Tisch, um sich zwischen Schweinskopfsülze und gestopftem Perlhuhn in dreisten Figurationen zu zeigen, ihre winterbleichen Leiber mit Girlandenmustern aus Mohnblüten und fleischigen Stängeln bemalt.

Sie hatte einen Entschluss gefasst. Eine Entscheidung sich abgerungen, nachdem sie den halben Tag lang gesucht und nirgendwo eine Spur von Vater Sigmund gefunden hatte. Nicht im Baderhaus, wo Hezilows Gesellen feixend hinter ihr her gestolpert waren, während sie alle Kammern, Gemächer, selbst den Keller unter der Zuberstube durchsucht hatte. Nicht im Wirtshaus »Zum Goldenen Fass«, obwohl der Wirt selbst und der dritte Gesandte, Karel Kudaçek, längst wohlbehalten zurückgekehrt waren. Nicht im gräflichen

Hospiz neben dem Pulverfass, wo Jan Mulars Gardisten ihr den Zutritt verwehrt hatten, und noch weniger in Hezilows Unterwelt, in die vorzudringen sie nicht gewagt hätte, auch wenn weder Oblion noch Fondor – oder weder Unçerek noch Tákie – vor dem Gewölbetor Wache gestanden hätten.

Heute beim Mittagsläuten waren die drei Gesandten zusammen ins Hospizgebäude gegangen, durch die Tür am untersten Burghof und die Treppe hinauf in den Krankensaal. Dort hatten sie sich getrennt – so übereinstimmend Wirt und Flößer –, um mit möglichst vielen Kranken zu reden und möglichst genau zu untersuchen, was es mit der angeblichen Pestilenz auf sich hatte.

Der Krankensaal war weitläufig und von pestwehrenden Dämpfen erfüllt. Zwei Dutzend Befallene in den Betten, weitere Elende auf Strohlagern am Boden, außerdem wenigstens zehn heilige Weiber, die überall umherschwirrten und weniger Trost oder gar Heilung als Furcht und Verwirrung stifteten. Als der Flößer Karel Kudaçek, Vater des »falschen Homunkel« Nico, und der Wirt Stanislaus Brodner, Vater des Gardisten Franz und des kleinen Silvan, am Eingang des Krankensaals wieder zusammentrafen, war vom Bader weit und breit nichts zu sehen. »Der Kuckucksheiler?«, hatte der Medikus sie beschieden. »Grad die Treppe runtergepoltert, hat seinem närrischen Verdacht abgeschworen, was auch sonst? Und nun hinfort mit euch, Bürgerspack!«

Unten aber hatten sie von Sigmund Pichler keinen Schatten, keine Schnauzbartspitze gefunden, nicht das leiseste Echo seiner sonst weithin schallenden Stimme, und der Bader war auch in den Stunden seither weder beim Flößer noch beim Wirt wieder aufgetaucht.

Vage war Markéta bewusst, dass Julius ihren Plan als Verrat empfinden würde, wenn er davon erführe, aber sie hatte keine Wahl: Sie musste herausfinden, was mit Vater Sigmund geschehen war, noch in dieser Nacht.

Ungeduldig wartete sie, bis Julius sich erhob, wie sie's vorausgesehen hatte, und zu der ausgelassenen Gruppe am hinteren Ende der Tafel überwechselte, die ihn mit wüsten Trinksprüchen und Gesängen begrüßte.

Auf einem Wandregal über den Köpfen der Schmausenden, die allesamt schon wieder von Veltliner und Tokaier berauscht schienen, schwamm Lenkas Mumienkindlein in einem Kristallballon voll Spiritus. Schaudernd sah Markéta zum »Satansbalg« hinauf, dann bemerkte sie d'Alemberts Blick auf ihrer linken Seite.

Über Julius' leeren Sessel hinweg lächelte sie dem Maître zu. Offenkundig hielt er sich nur mit Mühe auf seinem Stuhl aufrecht. Seine Augen waren glasig, seine Stirn glitzerte vor Schweiß.

Julius, dachte sie, hatte das Satansbalg nur deshalb hier im Großen Saal aufstellen lassen, weil er erwartete, dass der Anblick d'Alembert peinigen würde. Sie selbst hatte schon mehr als einmal ein tot geborenes Kind gesehen, doch nie zuvor war es ihr so nachgegangen. Das Satansbalg erinnerte sie an den lederhäutigen Klumpen mumifizierter Fledermäuse, den ein Kuchelknabe im Sommer aus dem Kamin im Rosenberger Kastell geborgen hatte, und mehr noch an den »alten Drach'«, von dem Flor ihr immer wieder voller Schrecken erzählte. Und obwohl es, nüchtern besehen, mit dem einen wie mit dem andern nichts zu schaffen hatte, strahlte der Schrecken, der von diesen beiden Drachenfratzen ausging, mehr und mehr auf Lenkas unseligen Mumienknaben aus.

Einen Moment lang erwog sie, dem Maître von ihrem Plan zu berichten, aber in seinem Zustand könnte er ihr doch nicht helfen, nicht einmal durch einen Ratschlag. Ohnehin veranstalteten die Musiker und Zecher hinten im Saal ein solches Getöse, dass sie hätte schreien müssen, um sein Ohr zu erreichen.

Bitte haltet aus, Monsieur, wer anders als Ihr sollte dem Lumpenteufel wehren?

D'Alembert nickte ihr zu, wie um ihren längst erratenen Plan gutzuheißen, oder vielleicht war sein Kopf auch nur aus Schwäche abwärts gesackt. In den Augenwinkeln bemerkte sie, dass sich Julius an der anderen Tafelseite erhob und ihr mit einer energischen Armbewegung bedeutete, zu ihm und seinem übermütigen Gefolge zu stoßen.

Noch immer sah sie zu d'Alembert hinüber. Solange Julius nicht nach ihr rief, konnte sie so tun, als hätte sie seine Aufforderung nicht bemerkt. Wenn es aber mehr als eine Augenblickslaune war, würde er keine Ruhe geben, bis sie seinen Wunsch erfüllt hatte, worauf sie in den nächsten Stunden sicher keine Gelegenheit mehr finden würde, sich unbemerkt zurückzuziehen.

Schon öffnete Julius den Mund, um über die ganze schreiende, singende und musizierende Bande hinweg ihren Namen zu rufen, da sprang die Tür auf, und eine dunkle Gestalt humpelte in den Saal.

Nicht einmal in ihren verworrensten Träumen hätte Markéta erwartet, dass sie bei seinem Erscheinen jemals solche Freude empfinden würde.

»Gold, Euer strahlende Gnaden!«, kreischte Hezilow. »Gold, Gold, so viel Ihr begehrt!« Er trat zur Seite, und hinter ihm kamen zwei seiner Lumpenkerle zum Vorschein, einen gewaltigen Bottich schleppend, den sie mit Schwung in den Saal hinein entleerten.

Klirrend und funkelnd schwappte ein goldener Schwall vor die Füße des Grafen, der aufgesprungen war und mit strahlender Miene von den Brocken zum Brockenmacher sah. »Solch güldne Weihnachtsgabe rühm ich mir, Magister!«, rief er aus.

»Und bis Neujahr die Homunkel!«, gab Hezilow mit pfeifender Stimme zurück.

Wie verzaubert sprangen alle zweihundertfünfzig Höflinge auf und schoben sich, unter Jauchzern und fiebrigen Ausrufen, auf Don Julius und die funkelnde Pfütze zu seinen Füßen zu.

Markéta aber erhob sich und entwich durch eine Nebentür aus dem Saal.

75

Sie wollte nur rasch noch bei den Frauengemächern vorbeigehen, um ihren burgunderroten, mit Zobel gefütterten Umhang zu holen, ein wahrhaft fürstliches Geschenk von Julius. Vorn im Empfangsraum aber, auf dem lachsfarbenen Sofa, saß Flor.

Als sie hereinkam, sprang er auf und begann stammelnd auf sie einzureden. »Mi-mit dem Trichter, Ma-markéta!« Er fasste sie sogar bei den Schultern, damit sie stehen blieb und ihm zuhörte, das hatte er nie zuvor getan.

Aber sie hatte jetzt keine Zeit für ihn. »Später, Flor. Ich muss noch mal raus.« Sanft machte sie sich los von ihm und lief nach hinten, zu ihrem Ankleidezimmer, wohin die Mädchen den Umhang wahrscheinlich gebracht hatten. »Bronja? Lisetta? Wo seid ihr denn!«

Der Nabellose lief hinter ihr her, versuchte noch immer sie festzuhalten und überschüttete sie nun von hinten mit seinen Stammelkaskaden. »In der Ka-kanne, Markéta. Wollt wie-wieder fliehn, und diesmal: neh-nehmen mich mit!«

»Bitte, lieber Flor. Später! Ich kann jetzt wirklich nicht.«

»Da-dann: du-dunkel!«

Unten in der Stadt begannen die Glocken zu läuten, drei Herzschläge später fielen, mit dumpfem Dröhnen, die Glocken der Burgkirche ein.

»Weihnacht, Flor. Ich wünsch dir glückliche Weihnachten!« Plötzlich war ihr zum Heulen zumute. Sie riss sich von ihm los und zog den Schrank auf, dunkelrot leuchtete der Umhang zwischen ihren Kleidern hervor.

Vater Sigmund, dachte sie, wie konnte er nur so plötzlich verschwunden sein? In den Krankensaal hinein und nicht wieder heraus, wie war so was möglich? Zum hundertsten Mal führte sie sich den Hospizsaal vor Augen, während sie den weichen, duftenden Umhang aus dem Schrank nahm und über ihre Schultern warf. Die einzige Tür befand sich nahe der rechten Stirnwand, die Fenster vis-à-vis wiesen auf den schmalen Hinterhof und waren überdies vergittert. Und weitere Türen führten offenkundig nicht hinein und nicht hinaus! Sie war ja selbst dort oben gewesen und hatte den Krankensaal mit eignen Augen gesehen: zwei Dutzend Betten, sonst nichts! Wie konnte dort ein Mann wie der Bader verloren gehen, und dazu noch unter den Augen seiner Gefährten?

Auf einmal klopfte ihr das Herz bis zum Hals. Wie konnte sie nur glauben, dass sie den Bader aufzuspüren vermöchte, sie allein dort draußen in der Weihnachtsnacht? Wo wollte sie denn überhaupt nach ihm suchen? Etwa im Krankensaal? Aber dort hatten ja schon Karel Kudaçek und Stanis Brodner vergebens nach ihm geforscht! Oder sollte sie vielleicht versuchen, in Hezilows Gewölbe hinabzuschleichen? Die Beine wurden ihr weich, wenn sie's sich auch nur von ferne vorstellte: der riesengroße Felsensaal, die Säulen und Schatten, fauchende Öfen und zischende Apparate, und dann Hezilows Lumpenkerle, die sich japsend und jauchzend auf sie stürzen würden, sowie das Gewölbetor hinter ihr zugefallen war!

Und doch muss ich gehen, dachte sie, um des Baders willen und um meiner selbst.

Während sie noch mit sich rang, zog Flor einen schwarzen Umhang aus ihrem Schrank, warf ihn sich über und nahm sie bei der Hand. »Mi-mit dir.«

Ihr erster Gedanke war, dass es viel zu gefährlich war, ihn mitzunehmen, aber stärker war die Erleichterung, die sie gleich darauf durchströmte: So bin ich zumindest nicht allein.

Dankbar lächelte sie Flor an und lief mit ihm hinaus in den wirbelnd weißen Weihnachtsabend.

Die Nacht gleißend vor Schnee. Die Luft ein Gestöber, darüber der blanke Glitzerhimmel, als ob der Schnee direkt von den Sternen fiele.

Die silbrigen Fähnchen ihrer Atemluft. Längst waren die Glocken verstummt. Von irgendwoher wehte Chorgesang der heiligen Weiber herbei, in den mit einem Mal eine Bassstimme einfiel: Pater Miguel.

Noch auf der Treppe hatte sich Flor eng an sie herangedrängt. Sie hatte es geduldet, obwohl sie die Blicke der Gardisten, oben vor den Frauengemächern, noch auf ihrem Rücken spürte. Umschlungen wie ein Liebespaar liefen sie durch die Burghöfe abwärts, wortlos, nur zuweilen leise Schreckenslaute ausstoßend, wenn sie auf dem glitschig abschüssigen Grund ins Rutschen gerieten.

Markéta hätte noch lange so laufen mögen, immerzu weiter an Flors Arm abwärts durch die Nacht voll tanzendem Schnee. Zwischen den freimütigen Fresken und Malereien hindurch, mit denen Graf Wilhelm seine Mauern hatte schmücken lassen, bis seine allerletzten Taler verteilt waren. Dann vorbei am riesenhohen Gewölbetor linkerhand, das verschlossen und verrammelt war, kein Wächter, kein Lumpenkerl davor.

Am unteren Ende des zweiten Burghofs blieb Flor auf einmal stehen, neben dem tintenfinsteren Durchhaus zum untersten Hof. »Wowollt wieder we-weg, und diesmal: ne-nehmen mich mit.« Er flüsterte es, sein Mund dicht an ihrem linken Ohr.

»Später, mein lieber Flor.« Sie lehnte sich an ihn, froh, seine Wärme zu spüren. Schneeflocken tanzten auf sie herab, sanft schlossen seine Arme sich um sie. Jetzt spürte sie seine Lippen an ihrer Schläfe, warm, weich, ein wenig feucht.

Auch dich lieb ich, kleiner Flor, anders, ganz anders als ihn. Aber nicht weniger. So, wie man sich selbst vielleicht, das Rätsel tief im eignen Innern zärtlich liebt. Während er, Julius, für mich all das ist, was ich nicht bin, niemals sein werde.

Die Nonnen sangen noch immer, wie jubilierende Lerchen, und abermals fiel die dunkle Stimme des Priesters ein, brummend wie ein zorniger Bär.

Wieder hat er zu fliehen versucht, aus der Obhut der Steinerin, so stammelnd und wispernd Flor, wieder hat er sich aus dem Haus gestohlen und schleicht im Morgendämmer durch den Park. Das muss im letzten Frühsommer gewesen sein, er hat lang darüber nachgedacht, es ist die einzige Erklärung.

Wieder die Kerle, die im Verborgenen lauern, ihn zu Boden reißen, dass er rücklings im Gras vor ihnen liegt. Wieder Schläge, Tritte, ihre dreckigen Hände, die ihm Wams, Hemd, Hosen runterreißen. Und dann aber der Trichter, der Trichter, Markéta, das war vorher nie: dass er vor ihnen, unter ihnen liegt, einer rittlings auf ihm, ein zweiter zwängt ihm die Zähne auseinander und stößt ihm den Trichter ins Maul. Dann der grausige Trunk, Markéta, in seinen Schlund hinuntergurgelnd, dass er hustet und würgt und sich windet, aber es hilft nichts: Japsend und jauchzend flößen sie ihm den Schlangentrunk ein, bis er sich irgendwann nicht mehr wehren kann: »Da-dann … du-dunkel!«

Als er wieder zu sich kommt, hockt er am Ufer eines reißenden Flusses, in fremden bunten Lumpen. Gleich will er aufspringen, aufs Neue vor den Kerlen fliehen, die um ihn herum im Ufergras liegen. Und da packen sie ihn wieder, zwängen ihm abermals den widerlichen Trunk in den Hals. Während er würgt und spuckt, nimmt er sich die ganze Zeit vor: Sowie sie dich lassen, spring! Und der Trichter ist kaum heraus, Markéta, da schnellt, taumelt, rollt Flor in die Flut hinunter, die ihn gleich ergreift mit starken Armen und ihn mit sich reißt. Und dann wieder Dunkelheit, und als er neuerlich zu sich kommt, liegt er tropfnass im Uferkraut, vor dem Stadttor von Krumau, und die beiden Büttel schütteln und ohrfeigen ihn.

Heiß drückte seine Stirn sich an die ihre. »Mein armer lieber Flor.« Seine Tränen, über ihre Wangen rinnend, seine Lippen auf ihrem Mund, er küsste sie und sie ließ es bereitwillig zu.

Doch dann auf einmal ein Rasseln und Rumpeln und Poltern in ihrem Rücken, sodass sie herumfuhr: Dort oben, am andern Ende des Burghofs, flog krachend das Gewölbetor auf.

»Weg, Flor, schnell!«

Im Nu tauchten sie ins Durchhaus. Das Herz klopfte ihr bis in die Schläfen, mit dem Rücken presste sie sich gegen die Wand des steilen Tunnels, in dem es wahrhaftig so dunkel war wie im Grab. Langsam rutschte sie an der Wand entlang zu Boden, bekam Flor am Umhang zu fassen und zog ihn mit sich hinab. Auf einmal war ihr schlecht vor Angst. Sie presste die Hände vor ihr Gesicht und hielt den Atem an, bis die Übelkeit wich. Dreißig Schritte mochte das Durchhaus in der Länge messen, in der Breite gerade so viel, dass Hezilows enorme Vierspänner hindurchpoltern konnten.

Da hörte sie schon das Malmen und Dröhnen, mit dem eine Kutsche aus der Kellerwelt emporgerissen wurde, das Schnauben der Rappen, das Rattern der Eisenräder auf Stein, dann unvermittelt viel leiser auf Schnee.

»Still, ganz still, lieber Flor.«

Sie wisperte dorthin, wo sie den Nabellosen vermutete, denn zu sehen war gar nichts, nicht mal ihre Hand zwei Zoll vor den eigenen Augen. Mit der Linken tastete sie nach Flor und fühlte den weichen Stoff des Umhangs, den er vorhin übergeworfen hatte, schwarz, glücklicherweise, doch selbst das Burgunderrot ihres Mantels wurde von der Finsternis verschluckt.

Wieder hielt sie den Atem an, dazu senkte sie den Kopf, damit die helle Scheibe ihres Gesichtes und der Glanz ihrer Augen sie nicht verrieten. Sie konnte nur hoffen, dass Flor ähnliche Vorkehrungen traf, doch er hatte ja offenbar ein halbes Leben damit verbracht, zu fliehen und sich zu verstecken, wenn auch mit magerem Erfolg.

Die Kutsche donnerte in den Tunnel hinein und fuhr dröhnend und polternd, dabei unerwartet langsam vorbei. Endlos schienen die

Rappen vorüberzuklappern, endlos der Kutscher schreiend die Peitsche zu schwingen, endlos den schwarzen Kasten hinter sich herreißend, dass die Räder dröhnten, die Bretter ächzten, die Achsen stöhnten. Zu sehen war überhaupt nichts, nicht mal ein Viereck von dunklerer Schwärze vor dem schwarzen Hintergrund des Tunnels. Aber die tosenden Geräusche und die Gerüche nach nassem Tierfell, Holz und Leder malten die Kutsche, jeden Zoll von den Nüstern der Rappen bis zum schlingernden Heck des Kastens, mit schmerzhafter Schärfe vor ihr auf die schwarze Leinwand dieser Weihnachtsnacht.

Dann endlich war die Kutsche vorbei, der höllische Lärm wurde zu einem Malmen und Murmeln, das sich zum unteren Burgtor hin entfernte und erstarb.

Sie tastete nach Flor. Fand seinen Umhang, auf den nassen Boden geknäult wie ein Lumpenbündel.

»Flor!« Noch immer wagte sie nur zu flüstern, dabei dröhnte ihr das Tosen der Hufe und Räder noch in den Ohren, sodass sie ihre eigenen Worte kaum verstand.

Wie rasend fuhren ihre Hände im Stockfinstern umher.

Nasser Stein, ein paar Brocken schmelzenden Schnees von seinen Schuhen. Sein Gewand, mit dem Rosenberger Wappen darauf. Ihre Seele ahnte die furchtbare Wahrheit, noch während ihre Finger über die Konturen fuhren.

Aber es kann und kann ja nicht sein.

Seine Schuhe, die mit Fuchsfell gefütterten Stiefel, die Lisetta ihm besorgt hatte, wusste der Himmel, woher.

Minutenlang kauerte sie in der Dunkelheit, ohne sich zu bewegen, ohne irgendetwas zu denken.

Ein Grauen, so bedrängend, so umfangend wie Spinnweb, wie die Gänsehaut überall an ihrem Körper.

Denk nach, Markéta, um Himmels willen: Denk nach!

Es kann nicht sein, dass er sich hier ausgezogen hat, dann ohne ein Wort weggegangen ist, splitternackt in die Winternacht hinaus. Niemand würde so was tun, nicht einmal Flor.

Also ist er noch hier und wartet auf mich, irgendwo dort in der Tintenschwärze?

»Flor?« Nichts. »*Flor!*« Nichts, nichts, nur das traumleise Echo ihres Wisperns.

Wieder tastete sie herum, begann durch den Tunnel zu kriechen, nach links und rechts, dann quer über den Fahrweg.

Nichts! Nur reichlich Dreck und Stein und schmelzender Schnee.

Ihr neuer, wunderschöner Umhang musste aussehen wie Hezilows ärgste Lumpen, schlammverschmiert und triefend vor Bracke.

Als ob es darauf jetzt ankäme! Wie um sich für die schändliche Abschweifung zu bestrafen, kroch sie noch verbissener auf dem Boden umher, den wundervoll weichen Zobel absichtlich durch die Pfützen schleifend. Doch von Flor fand sie keine weitere Spur.

Denk nach, Markéta, um Himmels willen, denk nach!

Sie versuchte sich zu erinnern, das Chaos der Geräusche zu vergegenwärtigen, als die Kutsche an ihr vorübergebraust war. Konnte es sein, dass sich andere Klänge mit hineingemischt hatten, Laute eines verzweifelten Kampfes, keine dreißig Zoll neben ihr, Laute, die ihre Vorstellungskraft arglos verwendet hatte, um das Phantasiebild der vorüberdonnernden Kutsche auszumalen?

Und dabei hatte Flor ihr gerade eben erzählt, dass es ihm so, ganz genau so erst im Sommer ergangen war! Dass die Lumpenkerle ihn überfallen, ihm die Kleider vom Leib gerissen, ihn betäubt und mitgenommen hatten – so, ganz genau so!

Eine Wiederholung, dachte sie, was heißt das? Der gleiche Zug, ein zweites – oder siebtes, oder hundertstes – Mal ausgeführt, zu welchem Ende?

Sie sind beide verschwunden, Flor aus meinen Armen, der Bader vor aller Augen: Es kann nicht sein und ist doch wahr.

Nun, da ihr die Wiederholung aufgegangen war, schien ihr Flors Verschwinden in gewisser Weise noch weniger wirklich, aber zugleich, und mit jedem Moment stärker, wie der Widerschein einer tieferen Wirklichkeit.

Markéta raffte seine Sachen zusammen, den Umhang, das Gewand, seine Stiefel, und rappelte sich auf. Ihr Atem ging keuchend, ihre Sohlen knirschten im Schnee, ein Nachtvogel stieß einen keckernden Schrei aus. Und mit einem Mal schien es ihr, als wäre dies alles – die majestätische Burg, der grandios darüber gespannte Himmel, die Reinheit des Schnees, die salzige Wärme ihrer Tränen, das nasse Bündel in ihren Armen – nur Bühne und Kulisse, Schminke und Kostüme eines ungeheuren Betrugs.

Acht – Ceratio

»Erweicht die Substanz,
ohne sie zu schmelzen.«

76

»Um der Wahrheit die Ehre zu geben, Madame: In den zurückliegenden Monaten war ich nicht immer ganz sicher, ob ich noch Gelegenheit finden würde, diese Partie zu Ende zu führen. Aber ich bitte Euch, mir zu glauben, dass ich niemals aufgehört habe, unseren Sieg für möglich, ja für wahrscheinlich zu halten – *la victoire pour les blancs.*«

Ihr Lächeln wirkte matt, kein Wunder nach den erlittenen Verlusten. Das Dasein einer Schachkönigin hatte sie sich gewiss weniger zehrend vorgestellt.

Man schrieb den 27. Dezember 1607 A.D., den letzten Donnerstag des in den allerletzten Zügen liegenden Jahres. Die Welt vor d'Alemberts Fenstern war unter fingerdickem Eis versiegelt, das in der Wintersonne gleißte wie ein riesenhafter Spiegel. Und doch wissen wir beide, Markéta, dass diese Welt ganz etwas anderes ist.

Seit er den Weihnachtsabend im Großen Saal verbracht hatte, fühlte sich d'Alembert überraschend gekräftigt. Im Stillen führte er diese Wiedererweckung seiner Lebensgeister auf den Anblick des Mumienknäbleins zurück, das während des ganzen Weihnachtsfestes vor ihm durch seine Welt aus Spiritus geschwebt war, doch er scheute sich, davon zu sprechen, so wie er auch niemals irgendwem von seiner Begegnung mit dem Bändiger Bandinello berichtet hatte.

»Lasst uns methodisch vorgehen, Madame«, schlug er vor, »wie es einem guten Spieler geziemt.« Er richtete den Daumen seiner linken Hand auf und klopfte mit seinem Stöckchen dagegen. »Am Weihnachtsmittag ist der Bader Pichler verschwunden – im Hospizsaal, vor aller Augen, wie Ihr sagt.«

Aufmerksam sah sie ihn an, ein wenig vorgebeugt in dem Fauteuil sitzend, das Pavel extra für sie vor den Kamin gerückt hatte.

»Am Weihnachtsabend« – er hob den Zeigefinger – »ist der Nabellose abhanden gekommen, im Durchhaus, direkt von Eurer Seite, wie Ihr mir erklärt habt. Und die Rätselfrage lautet nun: Was hat diese vermeintlichen Wunder möglich gemacht? Da Ihr ja wohl so gut wie ich davon ausgeht, dass es sich nicht um wahrhaftige Wunder handelt, ungeachtet des Datums, das sich für übernatürliche Interventionen allerdings anbieten würde.«

Tatsächlich fühlte er sich mit jedem Satz, jeder eleganten Formulierung besser, den schönen Künsten zurückgegeben, wie er sich im Überschwang sagte. Für einen Moment erwog er sogar, sich von seinem Sofa zu erheben und zwischen Tür und Fenster auf und ab zu gehen, was auf seinen Geist immer sehr ermunternd gewirkt hatte. Doch er tat besser daran, seine Kräfte noch zu schonen. Überdies hockten Fabrio und Lenka auf dem Teppich zu seinen Füßen und wandten keinen Blick von seinem Antlitz.

»Aber ich fleh Euch an, Maître«, rief Markéta in seine Betrachtungen hinein, »sagt's mir schnell und einfach, wenn Ihr's wisst: Wo sind sie hin? Wo ist Vater Sigmund, wo Flor? Erzählt mir doch bitte nichts von echten oder falschen Wundern, ich verreck vor Angst und Schmerz!«

D'Alembert setzte eine reuige Miene auf, doch seine Gedanken waren von den Wunden ihrer Seele weit entfernt. »Ich habe ihn einmal unterschätzt, Madame, ein Fehler mit weitreichenden Folgen, wie ich heute weiß. Ich habe zugelassen, dass er in mein Terrain eingedrungen ist, dass er meinen Geist behext hat mit Bildern seiner Welt und Wirklichkeit. Das darf nie wieder geschehen, und mehr noch: Um die Scharte auszuwetzen, müssen nun auch wir zu ihm hinüber, in sein Terrain und ihn blenden, wie er uns verblendet hat.«

Ihre Augen öffneten sich weit und wurden im nächsten Moment zu blitzend grünen Schlitzen. Sie versteht kein Wort, dachte er.

»Ihr meint, wir sollen« – wie schon einmal deutete sie abwärts – »hinunter zu ihm?«

Still bat sie der Maître um Verzeihung. Auch Euch habe ich einmal unterschätzt, Madame, glücklicherweise mit weniger unheilvollen Folgen. Aber künftig will ich mich immer daran erinnern, dass Ihr eine Frau von fein verzweigter Herzensbildung seid.

Er nickte. »Mit dem übernächsten Zug, Markéta; bitte noch einen Augenblick Geduld. Einen weiteren Fehler können wir – Ihr und ich – uns nicht erlauben.«

Jetzt erst fiel ihm auf, dass er noch immer Daumen und Zeigefinger gespreizt hielt, das Stöckchen dazwischen wie der Pfeil auf straff gespanntem Bogen. Auch der Pfeil zielte abwärts, auf den verblassten Fleck in seinem Teppich, just zwischen den kalbsledern verhüllten Knien der Syrakuser.

»In den Wochen und Monaten, als ich hier lag, Madame, hatte ich hinreichend Zeit, über die Pläne des Magisters nachzudenken. Ich ahnte oder vielmehr träumte manchen Zug des Lumpenteufels – um Eurer trefflichen Bezeichnung zu gedenken – sogar im Voraus, und ich meine auch jetzt zu wissen, wie die Partie aus seiner Perspektive steht und welchen Ausfall er als Nächstes wagen will.«

Mit einiger Mühe erhob er sich nun doch von seinem geliebten Hirschsofa und stand einen Moment lang starr zwischen den Zwillingen, dann machte er eine rasche Folge unbeholfener Schritte auf den Winterhimmel zu.

Die Moldau tief unter seinen Fenstern war zugefroren, der Anblick bedrückte und tröstete ihn gleichermaßen, wie damals der niedergeschossene Bär. Langsam wandte er sich um, mit der Hüfte an die Fensterbank gelehnt, mit dem Stöckchen auf Markéta weisend. »Euer Vater Sigmund und der Nabellose sind unten in Hezilows Keller, Madame, daran gibt es für mich kaum einen Zweifel. Und dennoch müssen wir uns sorgsam vergewissern, ob diese Annahme zutrifft, ehe der entscheidende Vorstoß riskiert werden kann. Wenn meine Berechnungen auch nur einen winzigen Fehler enthalten, ist das Spiel verloren, deshalb sollten wir zunächst einen kleinen Zug zur Seite tun.«

Aufmerksam sahen Lenka und Fabrio von ihm zu Markéta. Das Feuer im Kamin fauchte, für einige Dutzend Herzschläge sagte niemand ein Wort.

»Einen kleinen Zug zur Seite«, wiederholte Markéta endlich, »was heißt das? Und wieso meint Ihr, dass Vater Sigmund und Flor grad dort unten schmachten?« Sie rieb sich mit den Fäusten über die Augen; eine anrührende Geste, dachte d'Alembert. »Wie sollen Hezilows Kerle den Bader denn dorthin geschafft haben«, fuhr sie fort, »am helllichten Tag vom unteren Burghof zum Gewölbetor hinauf? Und wie den armen Flor? Da war es zwar tiefe Nacht, aber nachdem die

Kutsche vorbei war, hätt ich's doch hören müssen, wenn da jemand durch den Schnee gegangen wär, und gar mit einer solchen Last?«

Er machte Fabrio ein Zeichen, und der Syrakuser sprang herbei. Schwer stützte sich d'Alembert auf seinen Arm und ließ sich zurück zu seinem Sofa führen. »Ihr vergesst die Gänge«, sagte er, »die geheimen Gänge und Treppen und Schächte überall in der Burg. Auch vom Hospizsaal müssen solche Röhren hinüber und hinab in Hezilows ›Helle‹ führen, desgleichen vom Durchhaus. Jedenfalls scheint mir dies die eleganteste Erklärung für das wundersame Verschwinden der beiden Personen, und nebenbei die einzige.«

Seine Knie zitterten, als er sich in die weichen Polster zurücksinken ließ. O ihr Götter, dachte er, lasst mich auf dieser Erde bleiben, bis der Fiebertraum verblasst ist und ich in Fabrios Antlitz wieder nur ihn selbst erblicke, den geliebten Einzigen und nicht das Urbild von Millionen Spiegelfabrios.

»Geheime Gänge?« Sie war bleich geworden, mit angespannter Miene erhob sie sich von ihrem Sessel und machte einen Schritt auf ihn zu.

»Wisst Ihr übrigens, *ma chère madame*, wem ich das einzigartig weiche Hirschleder dieses Sofas verdanke?« Mit der flachen Hand fuhr er über die samtige Lehne.

»Julius' Jagdfieber, nehm ich an.« Sie sagte es in sonderbar zerstreutem Ton, und ihr Blick ging an ihm vorbei, so als ob sie sich schon durch dunkle Röhren krauchen sähe. »Und der Zug zur Seite, den Ihr vorschlugt, Maître – zur Vergewisserung, bevor es in die Hölle runtergehen soll?«

»Nun, *ma chère*, dem Fegefeuer pflegt ein Schlummer in wurmigem Bett vorauszugehen. Versichert Euch der Hilfe einiger Männer aus der Stadt, kräftiger Burschen am besten, die den Mund halten können und deren Seele sich nicht allzu leicht verstören lässt. Sie sollen zwei bis drei Gräber auf dem Pestfriedhof vorm Budweiser Tor öffnen, aber Obacht: Kommandant Mular hat Befehl, den Rabenacker neben Schatzens Galgenstätte sorgsam zu bewachen.«

Er hielt inne, bis sie aufblickte wie jemand, der aus bösem Traum erwacht. Aber der Alb beginnt erst, dachte er und sagte: »Wenn die Körper der Begrabenen nicht wie gesotten aussehen, wenn ferner die

Schädel nicht über der Nasenwurzel lotrecht gespalten wurden, dann, Madame, ist Magister Hezilow ein ehrenwerter Mann, dessen Lob wir zusammen bis zum Ende unserer Tage singen sollten.«

77

Den 28. Dezember 1607 A.D.,
im Hradschin zu Prag

Mon cher maître, Vertrauter meiner geheimsten Hoffnungen und Sorgen, so lange schon bin ich ohne Nachricht aus Krumau. Die Furcht um Euch und meinen Sohn könnte kaum ärger an meinem Herzen nagen, wenn Ihr in die Neue Welt gesegelt wäret, um dort Pyramiden niederzurennen, den Urwald zu roden, ein eigenes Reich zu begründen, wie es Don Julius wahrhaftig einmal ausgesonnen hatte. Selbst die Größe der benötigten Flotte hatte er schon berechnet und den Blutzoll, den er im Kampf gegen die kakaobraunen Verteidiger entrichten müsste. Doch dann verfielt Ihr, werter Charles, auf die weit glücklichere Idee, die Bestien seines Ehrgeizes mit der Herrschaft von Krumau einzuschläfern.

Kein Abend, Monsieur, keine Nacht seit vielen Wochen, in denen der Schlaf nicht vor mir flöhe, weil meine Seele wie ein Heer von Burggespenstern um die Wahngemäuer meiner Ängste jagt. Ist Julius wohlauf? Kann Medikus von Rosert die Pestilenz niederwerfen? Wie ergeht es Euch selbst, *mon ami*? Wirkt sich der Einfluss, den die junge Markéta von Ludanice auf den Grafen nimmt, noch immer so besänftigend auf seinen Charakter aus?

Ah, mir tut's jede Woche weher, dass ich damals im Herbst nur ein paar abgerissene Worte mit ihr wechseln konnte, auf dem Burghof vor dem Tor zur »alchimistischen Unterwelt«, wie schon der selige Wilhelm die moderfeuchten Gewölbe nannte. Ruhelos lief sie im Hof auf und ab, hübsche, hochgewachsene, eigensinnig dreinblickende Person im Herbstzeitlosenkleid. Doch der »Nabellose« war gerade von ihrem Busen gerissen worden, auf Befehl des Grafen und zum

Frommen des alchymischen Prozesses, das zehrte offenbar an ihrer Contenance. Ich redete sie an, – »ah, seine Mutter«, bekam ich zurück, mit einem Lächeln, das mich in die Tiefe ihrer Seele blicken ließ. Sie ist stark und gut, *cher maître*, leidenschaftliche Geliebte und treue Gefährtin, von kraftvollem Blut und feinem Gefühl, regsamem Gewissen und hellem Geist. Nun, das alles wisst Ihr besser als ich selbst. Und ob ihre Mutter, jene Blanca da Ludanice, nun eine Hochstaplerin war, wie Ihr einmal anklingen ließet, oder eine siebenbürgische Adlige von sieben Generationen hinabreichendem Stammbaum, darf und muss uns herzlich gleich sein, hoch geschätzter Charles, wenn Madame Markéta nur die magmatischen Tiefen des gräflichen Charakters unter den Hainen der Sanftheit und den Rabatten der Wohlanständigkeit begraben hält.

Aber ich schweife ab, *mon cher*, mit niemandem ist tröstlicher zu plaudern als mit Euch.

Auch der Majestät wird das Warten immer saurer, es ist aber keine tiefere Sorge um Julius. »Wenn nur die Krumauer Pest bald abgetan wäre«, sagt er wieder und wieder, »auf dass ich den Magister endlich zu mir ziehen kann.« Im Übrigen lobt er Euch und Euren Medikus in warmen Worten: »Eine Pestwoge, die in acht Wochen keine siebzig Untertanen frisst, das mach dem Franzosen und seinem Feuerkopf mal einer nach.«

Warum nur kann ich nicht wie er empfinden? Warum will sich mein törichtes Mutterherz nicht beruhigen, warum pocht es wie ein kranker Vogel mir im Busen, wenn meine Gedanken nur ein wenig moldauabwärts schweifen?

Lasst von Euch hören, Maître, ich flehe Euch an. Julius' Gardisten, die in vorbildlicher Strenge die Grenzen der Grafschaft verriegelt halten, sollen Euren Brief an meinen Boten übergeben, der in der Poststation vor Vargasz Tag und Nacht Eurer heiß ersehnten Zeilen harrt. Schickt einer verzweifelten Mutter ein winziges Zeichen, um ihre Seele zu besänftigen, verehrter Freund, und wenn der Kampf gegen die Pest Eure Kräfte ganz und gar beansprucht, so werft einfach ein paar hastige Lettern aufs Papier: »Wohlauf!«

Mit ergebensten, sehnsüchtigsten etc. etc.,
Katharina da Strada

Den 28. Dezember 1607 A.D.,
in der Burg zu Krumau

Chère madame, gleich einem gleißenden Fixstern schwebt Ihr hoch über mir am Himmel, um mich zurück auf den Siegesweg zu zwingen, wann immer ich abzuirren drohe. Verzeiht, dass ich Euch so lange ohne Auskunft ließ, und bitte seht mir nach, dass ich auch diesen Brief an Euch nicht absenden werde: Ich muss schweigen, noch ein paar Augenblicke die Lage begrübeln, wie jeder meisterliche Schachspieler es tun soll vor dem großen Stoß.

Oder habt Ihr jemals einen Virtuosen des Königsspiels rühmen gehört, der seinen Plan in allen Halb- und Winkelzügen vor den Augen des erfreuten Widersachers offen legte? Ich muss also schweigen, bald aber sollt Ihr von Krumau hören, so schallend, dass es Euch und der Majestät noch lange in den Ohren widerhallen wird.

Sie haben mir alles genommen, Madame, Schlüssel- und Befehlsgewalt über Burg und Gesinde, Beamte und Garde, Boten und Späher.

Nur aus Höflichkeit, oder aus einer geringfügigen Scheu, die von früher her noch in ihm zittern mag, lässt Julius mich nicht in den Hungerturm werfen, zu jenem kaiserlichen Boten, der die Nachricht vom Ritterschlag brachte und zum Dank seinerseits einen Faustschlag erhielt.

Nun, geprügelt wurde ich bisher nicht, fürs Erste haben sie wohl auf die Elixiere vertraut, die Hezilow für mich mischte und der Medikus mir mit allerbesten Genesungswünschen überbringen ließ. Ich goss sie in den Nachttopf und ließ mir stattdessen den Trank des Baders Pichler einflößen, eine Kur, die gegen den Löwen in der Brust gleichfalls wenig verschlug, der Bestie aber zumindest nicht noch die Flanken stärkte.

»Ihr seid krank, Maître, Ihr müsst Euch schonen.« Mit diesen rücksichtsvollen Worten hindern sie mich weiterhin, zu meinen angestammten Pflichten zurückzukehren. Die Schlüssel zu Geldtruhen, Schatz- und Vorratskammern halten Hasslach und Skraliçek in Händen, Julius' kriecherisch Vertraute, und an die Spitze der Gardisten hat er eine tückisch hündische Kreatur gesetzt, namens Jan Mular, einen boshaften Burschen, der seine Zähne bereitwillig in jede Kehle schlägt, die sein Herr ihm bezeichnet.

Und Kasimir von Rosert, der mit der Pestilenz so heldenhaft ringt wie der Sensenmann beim Erntetanz mit der moderhüftigen Frau Welt? Ihr erinnert Euch vielleicht, Madame, an Kasimirs spezielle Narretei: Er ist ja besessen von dem Wahn, menschengestaltige Apparate zu erschaffen, nicht marmorne Bildwerke wohlgemerkt, sondern Machinationen aus Metall und Rädern, die seit Jahren vor seinem geistigen Auge auf und nieder stapfen, dabei mit schnarrender Stimme geistlose Sätze lallend. Da war es für den Puppenmacher leicht, ihn zum schwarzen Bündnis zu bewegen: Der Medikus schickt ihm die Befallenen ins Labor hinunter, auf dass der Magister den *spiritus vitae* aus den todgeweihten Leibern dampfe und in seinen alchimistischen Apparaten neues Leben daraus destilliere: aus ihrem Stirnodem, aus *spermium* und Weiberblut.

Das ist unzart, grell, o ich weiß, *chère madame*, doch so sind die schwarzen Pläne nun einmal beschaffen. Um sie zu durchkreuzen, muss ich sie kennen, durchdringen, mich in ihr Innerstes versenken, wie es mir auch in der Kehle würgen, Magen und Herz mir verkrampfen mag.

Alles, wahrlich alles will ich tun, um ihn zu retten, Katharina. *Denn Julius ist mein Sohn*, mein Leben, Ihr wisst es, ich bin sein Vater, in jedem anderen als jenem einen, tierischen Sinn. Ich bin müde, Madame. Immer noch lauert der glühende Leu tief in meiner Brust. Ich werde das Spiel zu Ende bringen, das schwöre ich Euch, zum bestmöglichen Ende, und dann mich niederlegen.

Der Gedanke, Fabrio *opfern* zu müssen, treibt mir Tränen in die Augen, Madame. Aber selbst das werde ich tun, wenn der Lumpenteufel mir keinen besseren Zug erlaubt: Fabrio opfern, den Geliebten, um Julius zu retten, meinen Sohn.

Die ganze Welt, träumte ich letzte Nacht, wird in einer riesigen Feuersbrunst zerfallen. Und die Welt, die aus der Asche neu emporblüht, wird von Homunkeln und öden Machinationen bevölkert sein, fern jeder geistigen Feinheit und ästhetischen Raffinesse.

Erlaubt mir, die Feder aufs Pult zu werfen, Katharina. Erlaubt mir, diese Blätter gleich wieder zu zerrei…

78

»Ich weiß ja, wovon Ihr träumt, Markéta: dass wir endlich nach Prag fahren, Ihr und ich in prachtvollem Zug moldauaufwärts, um den Segen der väterlichen Majestät zu erflehen.«

Sie erstarrte in seinen Armen. »Treibt nicht Euren Spott mit mir, ich bitt Euch, Julius. Ihr habt Recht, ich träum immer noch davon in manchen Stunden. Aber dann wieder wein ich vor Kummer, weil ich vorausseh, dass Ihr und ich ...«

»Was – wir beide? Was wolltet Ihr sagen, Markéta?« Er rollte sie auf den Rücken und schob sich über sie, die Fäuste zu ihren Seiten aufstützend.

Das Messingglöckchen am moldaublauen Samthimmel über ihnen begann schütter zu bimmeln. Das an den Glockenstrang gebundene Klatschmohnsträußlein schaukelte im Takt ihrer Gegenwehr.

»Lasst mich, Julius – nicht jetzt, nicht so!« Sie versuchte ihn von sich zu schieben, das gefiel ihm. Ihre kleinen braunen Fäuste drückten sich gegen seine nackte Brust.

»So nicht? Ja, wie denn sonst? Wollt Ihr mir wieder mit Eurem Nabellosen kommen? Der bleibt beim Magister, und basta. Hezilow braucht ihn fürs alchymische Gelingen, und jetzt kein Wort mehr von Flor, ich befehl's! Aua! Was für eine Bestie Ihr doch sein könnt! Und wenn ich Euch nun versprechen würde, dass wir gleich nach Neujahr hochfahren nach Prag?«

»Ihr verspottet mich schon wieder! Wie sollte das denn gehen – noch lodert ja die Pest! Keiner kann in die Stadt hinein, keiner hinaus.«

»Aber ich bin der Herr.« Er nutzte ihre Verwirrung. »*Voilà, madame*: Für mich ist immer eine Pforte offen.«

Die Mohnblüten schaukelten heftiger, das Glöckchen bimmelte stürmischer.

»In einer Woche allerärgstens ist der Pestspuk vorbei. Auch Hezilow will bis dahin am Ziel sein: Einen ganzen Kristallballon voll hat er mir versprochen, zwei Dutzend Homunkel von den ungefähren Maßen dieses – dieses – Zauberstabs.«

»Oh, mein lieber Herr, oh, oh!« Ihre Beine schlangen sich um seine Mitte. »Herbei mit dem Homunkel! Und dann, sagt Ihr, fahren wir nach Prag?«

»Ich gelob's.«

»Und Ihr bittet die väterliche Majestät, in unsre – in unsre Vermählung einzuwilligen?«

»Das Gold und die Homunkel, Markéta.« Er küsste sie auf die Spitzen ihrer tanzenden Brüste, links und rechts und links. »Goldströme, Homunkelfluten. Sie werden mich emporschwemmen, in die allerhöchsten Höhen!«

»Euch allein, Julius – oder uns zwei?«

Funkelnde Fluten schossen in ihm empor. »Ströme, Ströme, Ströme, Markéta!« Er keuchte. »Goldströme, Homunkelfluten, schimmernde Aquastergüsse, und dann mach ich dich zur Königin, ah!«

Markéta schloss die Augen und spürte, wie die Woge seiner Leidenschaft sie hoch und immer höher trug. Zugleich sah sie sich selbst und Julius wieder vor sich, wie sie durch einen Schlosssaal schritten, und diesmal nahmen *sie* auf den prachtvollen Thronen Platz. Am Ende bekommt er doch noch eine der väterlichen Kronen, dachte Markéta, dann werden wir wahrhaftig ein Königspaar – und dann dachte sie überhaupt nichts mehr, bis ins Innerste vor wollüstigem Glück erschauernd.

»Aber bis dahin heißt's wachsam sein!«, stieß er hervor und ließ sich atemlos auf den Rücken fallen.

»Wachsam, Julius? Was meint Ihr?«

Er schloss die Augen und lauschte dem Tosen seines Pulsschlags. »Noch haben wir nicht gewonnen.«

»Aber was hättet Ihr denn noch zu befürchten?«

Sie drehte sich neben ihm auf die Seite und sah ihn an, den Kopf in ihre rechte Hand gestützt. Seine Augen verengten sich, und er stieß einen wohligen Seufzer aus, als sie mit der linken Hand über seinen Bauch zu streichen begann, im Uhrzeigersinn seinen Nabel umkreisend.

»Letzte Nacht«, murmelte er, »hat sich jemand an den Pestgräbern zu schaffen gemacht. Die Wächter haben wohl das Ärgste verhindert, aber es zeigt, dass immer noch Gefahr droht.«

Zwei Gräber hatten sie geöffnet, die Särge herausgeholt, die Deckel aufgestemmt. Ehe sie allerdings mit den Leichnamen in der Nacht verschwinden konnten, waren die Gardisten herbeigestürmt und hatten die dreisten Räuber in die Flucht geschlagen.

Markéťas Hand glitt sanft abwärts und packte dann so fest zu, dass er den Atem anhielt. Gleich darauf saß sie auf ihm, vorgebeugt wie eine Reiterin, die Hände auf seinen Schultern. »An den Pestgräbern? Aber wer macht denn so was, mein Herr?« Sie begann auf seiner Mitte auf und ab zu hüpfen.

»Einen der Kerle haben meine Soldaten geschnappt.« Julius öffnete die Augen und weidete sich am Anblick ihrer Brüste, die über ihm auf und nieder sprangen. »Er heißt Balthasar Kuckuck, glaub ich, und wurde heut bei Sonnenaufgang von meinem braven Schatz aufgeknüpft.«

Sie erstarrte über ihm, ihr Schoß zog sich so hart zusammen, dass er beinahe aufgeschrien hätte.

»Kennst du ihn etwa?«

Markéta sah auf ihn herunter, doch in diesem Augenblick nahm sie ihn kaum wahr. Nicht um diesen Preis, dachte sie, nicht von Hezilows Gnaden, nicht auf Kosten des armen Balthasar!

Sie krallte die Nägel in Julius' Schultern und begann ihn erneut zu reiten, so wild jetzt, dass ihm das Blut in den Schläfen rauschte.

»Ob ich ihn kenne, mein Herr? Balthasar Kurusch – den Toten-, Totengräber von Krumau? Den Bruder von – von Melchior, den Eure Kutsche entzweigefahren hat, als Ihr im Frühjahr – zu uns kamt?« Unvermittelt sackte sie über ihm zusammen, und ihr Kopf sank auf seine Wange. Wenn ich denn für uns beide wählen muss, geliebter Herr, zwischen dem Teufelsglanz und -glück, mit dem Hezilow Euch lockt, und dem Zerschellen Eurer – unserer – Träume, so wähl ich das *Scheitern,* Julius, und wenn es mir das Herz zerdrückt.

Ihre Tränen rannen ihm auf Schulter und Hals. Er fühlte die warmen Tropfen und ein vages Erstaunen, dass jener Unselige vom letzten Mai und der gestrige Grabschänder Brüder waren. Und auf einmal fiel ihm wieder ein, was ihm damals durch den Kopf geschossen war, beim Anblick des Verunglückten unter seiner Kutsche: Schon wieder ein Toter; aber auch er soll nicht umsonst gestorben sein.

79

Zurück, zurück, wahrhaftig wieder dort, wo alles anfing. Nicht am selben Ort, vielleicht, aber alles ganz genau so eingerichtet, wie es damals war.

Sonderbare Starre, die ihn überkommen hatte, seit er wieder in der Hand des Höllenmeisters war. Nackt bis auf ein rußiges Lumpenhemd, um den Hals ein grobes Lederband, daran hängend die Kette, die bei jedem Schritt erklirrte, so tappte er in Hezilows Unterwelt umher. Flor selbst hätte nicht sagen können, was er so rastlos suchte. Seine Beine, seine Augen fanden keine Ruhe, unablässig lief er im Gewölbe umher. Dabei fühlte er weder Angst noch Schmerzen, weder Hoffnung noch Kummer, seine Seele wie unter Eis erstarrt.

Schau nur, schau, mein lieber Flor, alles wie damals.

Der Ofen an der Wand, die Tische davor, er erkannte alles wieder. Auf Tischen und Regalen die vertrauten Tiegel, Flaschen, Gläser. Zwei Gehilfen, die vorm Ofen knieten und aus voller Kraft den Blasebalg traten, obwohl der Athanor längst wie eine Doppelsonne glühte. Und dort hinten, im finstersten Winkel, erklang auch wieder jenes Winseln und Fiepen.

Welpen, warme, winzige Hundekinder, auch das Bild stellte sich gleich wieder ein. Dabei wusste er ja, dass keine Welpen, auch keine Kätzchen in den Gitterkästen hausten.

Keine Tiere, lieber Flor, du weißt ja.

Er war nicht allein, keinen Lidschlag lang, denn Markéta war bei ihm und redete in seinem Innern tröstlich auf ihn ein. Zur schwärzesten Weihnacht waren jene Hände aus dem Bodenloch gesprossen und hatten ihn in die Unterwelt hinabgerissen, derweil die Kutsche endlos durch den Tunnel getost war – und trotzdem war Markéta noch bei ihm.

Sorg dich nicht, mein armer, lieber Flor.

Und Flor tappte durch die Felsenräume, kaum beachtet von Hezilows Lumpenkerlen, die sich an Truhen und Särgen, Ballons und Becken, an Tiegeln und Pelikanen, Öfen und Zubern zu schaffen machten, die Metallblöcke zerfeilten und Holzklötze zerhackten, die Wurzelbrocken zersägten und Pflanzen häckselten, die in Töpfen rührten und Elixiere aus Flaschen schütteten, die Gläser schüttelten und fieberbunten Dampf entweichen ließen.

Auch sie alle erkenn ich wieder, Markéta: Oblion, Fondor, Tákie.

Manchmal sah einer von ihnen auf und versetzte ihm eine Backpfeife, wenn er vorüberklirrte, oder ein anderer riss an seiner Kette, dass es ihm die Kehle zusammenzog.

Ruhig, ganz ruhig, lieber Flor, solange ich bei dir bin, soll dir nichts geschehen.

Das stete, langsame Tropfen, dort ganz hinten, führte ihn zurück zum entlegensten Gemach. Alles wie damals, Markéta. Sieh nur, die riesigen Glaskugeln über den Becken voll glühender Kohlestücke. Und sieh nur, die Armen dort, über den Kristallballons aufgeknüpft, oder dort gar, wie furchtbar, das Kindlein im Glas.

Wie es mich anschaut, mich anschaut, Markéta.

Sieh nicht hin, mein lieber, kleiner Flor.

Aber es ist am Leben, schau doch, es hockt in der brodelnden Brühe, Markéta, und seine Augen starren uns an.

Sieh nicht hin, sieh nicht hin, mein armer Flor.

Fügsam schweiften seine Augen ab, suchten wieder nach einem Pfad durch die glühende Kohle, zu den vergitterten Kästen hinter den Kristallballons, dem Quell jenes Winselns, Wimmerns, Fiepens. Und fand wie damals keinen Pfad, keine Lücke im Glutmeer, durch die sich hinüberschlüpfen ließe.

Wie sonderbar, dabei haben sie uns da drüben auch bemerkt. Hörst du nicht, Markéta: Sie winseln und fiepen lauter, damit wir zu ihnen hinüberkommen, sie aus dem grässlichen Käfig befreien. Siehst du nicht: wie bleich ihre Haut, die im Dunkeln herüberblitzt, wie flehentlich der Glanz ihrer Augen?

Komm jetzt, es ist nicht gut hier, lieber Flor.

Nein, nicht gut, Markéta. Hörst du: das Rauschen und Schleifen in der Luft, siehst du: wie rot seine Augen dort droben im Finstern glühen? Das ist der Drach', der alte Drach'! Ma-markéta, hilf, Markéta!

Wie damals warf er sich flach zu Boden, die Beine angewinkelt, die Arme über den Kopf gelegt.

Sieh dich um zu ihm, mein lieber Flor. Keine Angst, er hat dich nicht bemerkt.

Ganz langsam hob er den Kopf, nur ein wenig, und sah über die Schulter zurück. Im schwarzen Lumpenumhang stand Hezilow mitten im Gewölbe, den Kopf in den Nacken gelegt, in den Händen ein dickes Seil, das offenbar von der Decke herabhing und sich wenig über ihm in der Dunkelheit verlor.

Da oben, Markéta, sieh doch, unter der Decke, wo die Finsternis so dick wie Tinte ist: Da lauert er, der alte Drach'!

Auch die Verse wurden ihm gleich wieder lebendig – »*Ich flieg hinweg, es sei denn, dass / man mich anbind gar wohl mit Maß*« –, so lebhaft, dass er sie laut aufgesagt hätte, wäre Markéta ihm nicht mahnend in die Rede gefahren.

Still, still, bei allen Heiligen, lieber Flor!

Aber er schwieg ja schon still – »*Ich hab viel Form, Farb und Gestalt / führ in mir Manns und Weibs Gewalt*« –, leise rappelte er sich auf, seine Kette geistesgegenwärtig straffend, um ihr Klirren zu einem rostigen Gewisper zu dämpfen. Er wagte kaum zu atmen, noch weniger seinen Blick zur Decke zu erheben, während er sich hinter einer Säule verbarg – »*Wer also bin ich, schweb unterm Dach; kein andrer als Ourob, der alte Drach'.*«

Nur ruhig, ganz ruhig, ich bin ja bei dir, lieber Flor.

Von Hezilows gewölbten Händen umschlossen, stieg das Seil langsam in die Höhe, unter misstönendem Kreischen einer Winde, die sich droben unter der Decke befinden musste, auch wenn dort nichts zu sehen war, nur Finsternis, worin die dunkelroten Augen glühten.

Ebenso langsam, unter puppenhaftem Rucken und metallenem Kreischen, schwebte am anderen Seilende der riesenhafte Drache hernieder.

Flor begann zu zittern, seine Kehle voll zerquetschter Schreie.

Sieh doch, Markéta, sieh doch: der schwarze Vogel der Nacht! Seine Federn sind Menschenhaar, Leib und Schwingen von Lederhaut umschlossen, Markéta, und sieh doch – seine Augen!

Funkelnde Karbunkeln, ich seh's ja, mein kleiner Flor.

Die Zähne aufeinander gebissen, um sich nicht durch knöchernes Klappern zu verraten, stand Flor im Schatten der Säule und sah unverwandt zu, wie der Magister, geschäftig auf und ab humpelnd, einige verschobene Knochen in der linken Schwinge richtete, dann einen prall gefüllten Sack und eine Schüssel voll Knochenleim herbeiholte. Mit hölzernem Löffel verstrich er Leim auf schütteren Stellen im Bestiengefieder, dann zog er Büschel schwarzen Menschenhaars aus dem Hadersack und füllte die Lücken damit auf.

Das ist sein Geheimnis, sein tiefstes Geheimnis, armer Flor.

80

Die Brust des Maître hob und senkte sich wie ein Blasebalg, und sein Atem ging stoßweise. Er fühlte sich prächtig wie seit vielen Jahren nicht mehr. Unter ihm wand und bäumte sich der Syrakuser, nahezu nackt wie er selbst. Schulmäßig hatte er Fabrio auf den Rücken geworfen, mit einem raschen Griff um seine Hüften, und ehe der Knabe sich von seiner Verblüffung erholt hatte, hockte d'Alembert auf ihm, die Schenkel gegen Fabrios Flanken pressend und seine Handgelenke mit eisernen Fäusten umfassend.

D'Alembert genoss die Bewunderung in Fabrios Blick, hingerissen sah er auf den Jungen hinab, dessen Brust glänzte wie ein Bronzeschild. »Fünf … sechs … sieben …«, stieß er keuchend hervor und musste sich Schweiß aus den Augen blinzeln.

Noch einmal versuchte sich Fabrio aus dem Griff seines Bezwingers zu befreien. Seine Brust- und Armmuskeln schwollen eindrucksvoll an, seine Hüften bäumten sich empor, und sein Teint nahm einen nahezu violetten Ton an. Aber der Maître ließ sich den Sieg nicht mehr entreißen.

»Acht … neun … und aus!« D'Alembert löste den Zangengriff seiner Fäuste und Schenkel und erhob sich, schweißüberströmt und schwindlig vor Anstrengung, aber mehr noch vor Stolz. Seine Lunge brannte bei jedem Atemzug, und er musste sich die Fäuste in die Seiten drücken, wie in jüngeren Jahren, wenn er auf seinem Schimmelhengst über den Turnierplatz galoppiert war.

»Ihr seid mir über, Maître«, japste Fabrio, der immer noch am Boden lag, wie d'Alembert ihn hingeworfen hatte, mit bewunderndem Lächeln und geröteten Wangen.

Am liebsten wäre d'Alembert neben ihm niedergekniet, um ihn auf die vorgestülpten Lippen zu küssen, aber das kam nach wie vor nicht in Betracht. Ohnehin waren sie nicht allein in diesem notdürftig entrümpelten Saal im entlegensten Burgflügel.

Die Morgensonne drang durch Ritzen und Löcher in den morschen Fensterläden und überzog Boden und Wände mit einem Netz bleicher Strahlen. Im Hintergrund des Saals lauerte eine ganze Horde teuflischer Bestien, übermannsgroß und mit dämonischer Detailtreue auf die Eichwand gemalt. Neben Fabrio aber, der sich nun aufrappelte und seinen verrutschten Schurz zurechtschob, standen ihre drei Mitstreiterinnen, immer noch starr und stumm vor Erstaunen.

Man schrieb den 29. Dezember 1607 A.D. Gestern früh waren zwei Pestgräber geöffnet worden, und die hastige Beschau hatte ergeben, dass Hezilow durchaus kein ehrenwerter Mann war.

Seit Tagen bereitete sich d'Alembert unermüdlich auf den »vorletzten Schachzug« vor, ihren Abstieg in Hezilows Hölle. So heimlich wie beharrlich hatte er mit Fabrios Hilfe seinen vom Fieber ausgeglühten Leib gestählt. Glücklicherweise hatte sich der Syrakuser als passabler Ringer erwiesen – als so listig und geschmeidig sogar, dass d'Alembert anfangs wieder und wieder zu Boden geworfen worden war, mit beschämender Raschheit und einmal mit solcher Gewalt, dass ihm der Schädel wie eine Kriegstrommel gedröhnt hatte.

Voller Zufriedenheit sah er nun in die Gesichter ihrer kleinen Streiterschar, von den beiden Syrakusern zu Lisetta und schließlich zu Markéta. Besonders die Baderstochter konnte sich offenbar nicht fassen vor Erstaunen über die Verwandlung des Maître, der barfüßig vor ihr stand, die sehnige Brust entblößt und noch immer tropfnass vor Schweiß.

Nun machte er Fabrio ein Zeichen, und der Syrakuser sprang zum Fenster, wo ihre Gewänder hingen, warf sein eigenes Hemd über und kehrte mit d'Alemberts Mantel nebst Futteral eilends zurück. »Höchste Zeit für den vorletzten Zug«, sagte der Maître und ließ sich von Fabrio in den Mantel helfen, mit dem Rücken zu den drei anderen, die schweigend warteten, bis er weitersprach.

Nur den wenigsten Menschen wird jemals bewusst, dachte d'Alembert, dass es hinter der spiegelnden Schauseite ihrer Welt noch mindestens eine weitere Wirklichkeit gibt. Tatsächlich lebten die meisten Personen im tölpelhaften Stil jener Theaterbesucher, die sich vom Schein der Bühnenwelt ganz und gar bannen ließen. Dabei werkten zur gleichen Zeit Dutzende unsichtbarer Illusionisten auf dem Schnürboden über der Bühne und im Machinationenkeller darunter. Der Kulissenmaler, Maskenbildner, Kostümschneider nicht zu gedenken oder gar des Mannes, der die Theaterwelt erdichtet hatte und allen Akteuren bis aufs i-Tüpfelchen vorschrieb, wann und wo sie welche Worte zu schreien, zu singen, zu deklamieren hatten. Und wann es ans Sterben ging.

»Das erste Dutzend Partien habe ich schmählich verloren«, sagte er, indem er sich wieder zu den Frauen umwandte, die Arme vor der Brust verschränkt. »Immerhin habe ich mit einem Gegner gerungen, der weniger als halb so viele Jahre zählt wie ich und in den zurückliegenden Wochen auch keinen wütenden Löwen in seiner eigenen Brust bekämpfen musste. Aber ich bin rasch wieder zu Kräften gekommen – nicht zuletzt durch Euer stärkendes Specificum, Madame«, fügte er mit einer Verbeugung in Markétas Richtung hinzu. »Und seit gestern früh hat dieser wilde Bursche hier« – er versetzte Fabrio einen Rippenstoß – »nicht einen Ringkampf mehr gegen den alten d'Alembert gewonnen. Habe ich Recht?«, fragte er den Syrakuser, der sogleich beteuerte: »Keinen einzigen, Maître! Und dabei dacht ich immer, mich könnt keiner aufs Kreuz legen – außer wenn ich's selber will.« Er bedachte d'Alembert mit einem glühenden Blick.

»Ah, Monsieur«, mischte sich Markéta ein, »jetzt begreif ich, worauf Ihr hinauswollt, aber ich beschwör Euch: Ihr wärt wahnsinnig, Euer Leben …«

D'Alemberts erhobene Hand brachte sie zum Verstummen, auch

ohne das gewohnte Stöckchen. »Hört mich an, Madame, ich bitte Euch.« Wieder sah er ihre kleine Schar einen nach dem anderen an, ehe er weitersprach: »An manchen Tagen, wenn ich fiebernd darniederlag, fürchtete ich, dass mein Ich aus den glühenden Wüstenwelten nicht mehr zurückfinden würde. An solchen Tagen zwang ich meinen Geist, mir Schritt für Schritt vor Augen zu führen, wo überall in diesen Gemäuern verborgene Gänge, Treppen, Schächte verlaufen müssen.«

Er fasste unter seinen Mantel, wo er Bandinellos hirschledernes Futteral auf der bloßen Haut trug, und zog mit beiläufiger Geste ein Wurfmesser hervor. »Ich bedachte die Grundrisse der Gebäude und ihre Anordnung zueinander, Schnitt und Größe der Säle, Zimmer und Gemächer, die Dicke der Mauern, den Verlauf von Fluren und Treppenhäusern. Nach und nach zeichnete sich vor meinem inneren Auge eine komplexe Gegenwelt ab. Immer wenn ich mir einen Ausschnitt der sichtbaren Seite ins Gedächtnis rief, sah ich gleichzeitig, wie einen Schatten, auch die normalerweise unsichtbare Rückseite vor mir.« Er spähte an Markétas linker Schulter vorbei. Die Eichwand mit den aufgemalten Höllenkerlen war etwa zwanzig Schritte entfernt. Er kniff die Augen zusammen und ließ das Messer mit einer eleganten Handbewegung davonwirbeln. Markéta zuckte zusammen und sah dem Wurfgeschoss mit entgeisterter Miene hinterher.

»Durch diesen Kunstgriff«, fuhr er fort, »hinderte ich meine fiebernde Seele, in menschenwidrige Gefilde zu entfliehen, und gewann zugleich ein immer klareres Bild vom steinernen Irrgarten im Innersten dieser Burg.« Ohne sich nochmals zu unterbrechen, zog er nun Messer um Messer aus dem Etui und warf eins nach dem anderen in Richtung der Teufelswand. »Was mich jetzt in die Lage versetzt, Euch, Madame, einen unbewachten Weg in Hezilows Hölle zu weisen – Euch und uns allen, denn ich werde mit Euch gehen, und wie Ihr seht, bin ich gut gerüstet.« Er zückte das siebte Wurfmesser und schleuderte es den Teufeln entgegen, fast ohne hinzusehen. »Bisher, Madame, kanntet Ihr nur den Obersthofmeister d'Alembert. Heute sollt Ihr den Bestienbändiger kennen lernen – Ihr und vor allem die Bestie selbst.«

Lächelnd bot er ihr seinen Arm, und Markéta hängte sich nach kurzem Zögern bei ihm ein und ließ sich quer durch den leeren Saal zur Eichwand führen. Das kolossale Ölgemälde war vom Alter gedunkelt, der hölzerne Untergrund mit Rissen überzogen. Dennoch waren die sieben Teufelsfiguren, die der mäßig begabte Künstler wie im Puppentheater nebeneinander aufgereiht hatte, deutlich zu erkennen: ihre feixenden Fratzen, die obszönen Hörner, die Bocksfüße, Satansschwänze. Und die sieben blitzenden Messer, die in sieben Teufelsstirnen steckten und die d'Alembert nun mit gelassenem Lächeln eines nach dem anderen aus dem Holz zog und wieder in seinem Etui verstaute.

Endlich zog er seinen Ringermantel abermals über der Brust zusammen und blickte Markéta fragend an. »Nun, Madame – besteht Ihr noch immer darauf, ohne mich in Hezilows Hölle hinabzusteigen?«

Die Baderstochter trug wieder jenes einfache, hellbraune Kleid, das sie während ihrer ersten Tage auf der Burg bevorzugt hatte. Einen Moment lang erwiderte sie starr seinen Blick, dann schüttelte sie sichtlich widerstrebend den Kopf. Charles überlief ein Frösteln. O ja, er fühlte sich nahezu gesund und stark wie seit langem nicht mehr, allerdings bei weitem nicht so gefestigt und seiner selbst gewiss, wie jemand sich fühlen sollte, der in die Hölle hinabzusteigen gedachte. Und lebend wieder emporzuklettern.

»In einer Stunde«, sagte er, »in meinem Salon.«

81

»Eine der geheimen Röhren verläuft parallel zu dem Kaminschacht hinter dieser Wand«, sagte d'Alembert. »Ich habe gestern einen Blick hineingeworfen. Schmale, schlüpfrige Stufen, aber man gelangt wohl hinab.« Er deutete auf die Wand neben seinem Kamin, in dem zuckende Flammen wie blau gewandete Mönche um einen glühenden Scheiterhaufen tanzten.

Ein letztes Mal schweifte sein Blick über ihre klägliche Schar. Er hatte angeordnet, die Haare der Zofe und der Zwillinge in Flors goldblondem Ton zu färben, Lisettas Schopf zusätzlich in Locken zu legen und jeden sichtbaren Zoll syrakusischer Haut so mondbleich zu färben, wie die Leiber Flors und Lisettas von Natur aus waren. Im Halbdunkel des Kellergewölbes mochten die drei notfalls als Doppelgänger des Nabellosen durchgehen, zumal sie kurze, zerlumpte Hemden trugen und zumal Hezilow wenig Gelegenheit zu bedächtigen Nachprüfungen bliebe. »Sei jetzt so liebenswürdig, Fabrio«, bat er schließlich, »und nimm die Verblendung weg.«

Der Syrakuser tat wie geheißen. Mit seinen goldenen Locken und der mehlbleichen Haut unter dem Lumpenhemd bot er einen absonderlichen Anblick. Seine Finger glitten unter das mit weißer Seide tapezierte Eichenbrett, das sie gestern nur noch lose an seinem alten Ort befestigt hatten. Dahinter kam eine schmale Tür zum Vorschein, der schwarze Lack stellenweise abgeblättert, doch auch das Holz darunter war, vor Ruß oder Alter, nahezu schwarz.

Ein Schauder lief d'Alembert über den Rücken, als er zu Fabrio trat und die leise knarrende Tür aufzog. Neben dem Kamin lag der Sack voller Fackeln und anderer Hilfsmittel, die die Zwillinge gestern auf sein Geheiß zusammengetragen hatten. Er bedeutete Fabrio, die Last zu schultern, und warf einen letzten Blick zu Markéta. Die Baderstochter war dicht hinter ihn getreten und spähte aus grünen Augenschlitzen in den finsteren Schacht.

»Kein Licht«, flüsterte er, »höchstens in der ärgsten Not.«

Auf Filzsohlen machten sie sich an den Abstieg, d'Alembert vorneweg, die Zwillinge zum Schluss, die den leise klappernden Hadersack schleppten, zwischen ihnen Markéta, die an einer Hand Lisetta mit sich zog.

Der Schacht war so eng, dass selbst d'Alemberts schmale Schultern immer wieder an die Mauern streiften, die Wände unerwartet glatt und klamm, wie schweißfeuchte Haut. Dunkelheit umschloss sie, so vollkommene Nacht, dass er nicht einmal einen Schatten von Markéta sah, als er sich zu ihr zurückwandte; dabei lag ihre Hand auf seiner linken Schulter. Hinter den Mauern hörte er hin und wieder leises Murmeln, so als ob sie in einem riesenhaften Schädel abwärts stiegen, durch rieselnde Gedanken hindurch.

Wie ärgerlich, dass uns das Offenkundige meist zuletzt auffällt: Das hatte er in den letzten Tagen oft gedacht, nicht nur der verborgenen Röhren und Gänge halber, mehr noch im Hinblick auf den »alten Drach'«, von dem der Nabellose so hartnäckig gestammelt hatte.

Warum nur hatte er dennoch lange Zeit geglaubt, dass Flors verstörte Seele sich den »schwarzen Vogel« nur eingebildet habe? Immer wieder hatte er hin und her gesonnen und war doch jedes Mal zum selben Schluss gekommen: Selbst wenn man unterstellte, dass der Magister möglicherweise Blei in Gold verwandeln konnte, die Annahme, dass er einen lebendigen Drachen zu erschaffen vermochte, war eine Beleidigung des menschlichen Geistes.

Und dabei hatte d'Alembert die Winden und Seile, mit denen Hezilow seine Apparatur aus Spiegeln bewegte, ja mit eigenen Augen gesehen! Dennoch war ihm erst am Weihnachtsabend gedämmert, beim Anblick des lederhäutigen Mumienknäbleins, dass seine Gedanken fehlgegangen waren.

Wie ein Engel schwebte Lenkas Satansfrucht in ihrer Welt aus Spiritus, obwohl sie weder Flügel besaß noch überhaupt lebendig war. Und ebenso brauchte der riesenhafte Vogel, um in Hezilows Unterwelt umherfliegen zu können, durchaus kein leibhaftiger Drache zu sein, natürlich nicht.

Hinter der Baderstochter schlich Lisetta leise wimmernd dahin, gefolgt von den miteinander flüsternden Syrakusern.

»Schscht«, machte d'Alembert, »der Schacht verstärkt jeden Laut!«

Sie verstummten. Nur leiser Atem aus fünf Kehlen war noch zu hören, dazu tappende Schritte und gelegentliches Murmeln im Mauerwerk.

Bei dem vermeintlichen Drachen, dachte d'Alembert, musste es sich also um eine Machination handeln, einen Apparat, den Hezilow aus vielerlei Gründen in seinem Labor installiert haben konnte: um die Gefangenen, die in seinen Kellern schmachteten, einzuschüchtern und jeden Fluchtversuch zu vereiteln; um in Knäblein wie dem kleinen Flor, die er einer unseligen Mutter vor langen Jahren abgelistet hatte, den Glauben einzupflanzen, dass er sie wahrhaftig in seinen Tiegeln erschaffen habe; weil er einem satanischen Wahnsinn verfallen war – oder aus allen diesen Gründen zusammen und einigen weiteren dazu.

Schritt um Schritt stiegen sie auf schlüpfrigen Stufen, in tintendicker Schwärze weiter hinab. Wenn Julius von unserem Verrat erfährt, dachte d'Alembert, lässt er uns alle fünf hinter Jakob Schatzens Hurenhaus aufknüpfen.

Nach seinen Berechnungen führte der Schacht bis auf das Fundament der oberen Burg hinunter, so nämlich, dass die Treppe genau über Hezilows großem Gewölbesaal endete. Dort würden sie eine Falltür oder eine andere Art von Durchschlupf vorfinden, davon war er überzeugt. Denn einen geheimen Treppenschacht über drei Geschosse hinabzuführen, der dann blind auf den Fundamenten endete, das wäre ja so, als würde man einen Schachbauern kurz vor der Ziellinie aufgeben, anstatt ihn mit dem nächsten Schritt in eine Königin umzuwandeln.

Verehrte Königin, dachte d'Alembert, *ma chère Madame Katharina*, mit dem nächsten Zug schicke ich den Bauern aus; o ihr Götter, lasst es nicht Fabrio sein.

Im nächsten Moment fand er immerhin in einem Punkt seine philosophische Zuversicht belohnt: Der Treppenschacht endete über einer kreisrunden Falltür. D'Alembert bückte sich und zog den Deckel empor. Sein Blick fiel in schwindelnde Tiefe, in den riesigen Felsensaal wohl zwanzig Schritte unter ihnen, wo sich zwergische Gestalten an Tischen und Öfen zu schaffen machten. Ein Wirrwarr leiser Geräusche drang zu ihnen empor, doch einzelne Laute waren aus dieser Höhe nicht zu unterscheiden. In Wandnischen, auf Tischen und Borden brannten wiederum Hunderte Fackeln und Kerzen, und dennoch hatte d'Alembert Mühe, die Szenerie dort unten in den Blick zu fassen.

Etwas Gewaltiges versperrte ihm die Sicht. Zwanzig Zoll unter seinen Füßen schwebte der riesenhafte »Vogel der Nacht«, groß wie drei Löwen, aus roten Karbunkelaugen glotzend und gefiedert mit schwarzem Menschenhaar.

D'Alembert atmete tief ein, dann machte er einen Schritt ins Leere und hockte im nächsten Moment rittlings auf dem Drachen, der unter dem Anprall heftig ins Schwanken geriet.

82

Im Gleitflug schwebte der schwarze Riesenvogel durch die Halle, auf die glühende Doppelsonne des Athanor zu, wo der Puppenmacher eben einen milchig weißen Saft ins Kupferbecken gab. Die Winden über ihnen kreischten zum Erbarmen, die Seile ächzten und bebten, der Drache selbst schien sich zu schütteln, wieder und wieder, wie eine lebendige Bestie, die nach langem Schlaf erwacht.

D'Alembert fühlte sich prachtvoll, wie beseligt von feinstem Champagner. Deshalb musste ich den Bändiger Bandinello treffen, vor zwanzig Jahren, dachte er, deshalb Don Julius treulich begleiten, bis zum heutigen Tag, bis an diese Stätte, wo die Bestie meiner harrte, das Untier, das ich bezwingen muss, ich, Charles d'Alembert, niemand anders.

In seinem Rücken spürte er Markéta, an seine Schultern geklammert, hinter ihr Lisetta und die Syrakuser rittlings aufgereiht. Anfangs hatte der Maître Mühe gehabt, den schwarzen Vogel zu steuern, dabei war das Prinzip denkbar einfach. An Ringen und Drähten aufgehängt, glitt der Apparat unter armdicken Seilen dahin, die sich wie ein Spinnennetz über die Hallendecke spannten. Je zwei Seile hingen links und rechts von den Lefzen der künstlichen Bestie hinab, so nämlich, dass sich durch Anziehen und Lockern die Fahrt beschleunigen oder verzögern, der gewaltige Leib seitwärts, geradeaus oder auch abwärts lenken ließ.

Unterdessen hatten die Lumpenkerle unten am Ofen bemerkt, dass der Apparat auf sie zugesegelt kam, mit glotzenden Karbunkelaugen und wehender, pechschwarzer Mähne. Noch mochten sie glauben, dass allenfalls ein Seil gerissen war und nicht etwa eine ganze Schar weißer Himmelsreiter auf sie herniederkäme. D'Alembert sah sie gestikulieren, Blicke wechseln, mit rußigen Händen zum Drachen emporfuchteln, der in diesem Moment über sie hinwegschwebte, auf jenen finsteren Gewölbewinkel zu, wo die drei Glasballons über dem Kohlemeer hingen.

Alles war aufs Genaueste geplant, und dennoch verspürte d'Alembert mit einem Mal leises Unbehagen. Auf sein Zeichen hin zog Fabrio das Seil aus dem Hadersack, zurrte das eine Ende um den Schwanz des Drachen und warf das andere hinab. Unter ihnen glühte das Kohlemeer, hingen die Aufgeknüpften über den Kristallballons, in denen die blasphemische Brühe brodelte. D'Alembert hob eine Hand, und der Syrakuser sauste in die Tiefe, die Beine ums Seil geschlungen, zwischen seinen Zähnen das Messer, das er auf d'Alemberts Geheiß im gräflichen Schlachthaus entwendet hatte.

Einen hastigen Herzschlag später landete Fabrio auf dem Käfig hinter den Glasballons. Dutzende Augenpaare spähten zum Drachenapparat empor, der unter grässlichem Ächzen und Beben über ihnen innehielt. Der goldgelockte Syrakuser sprang hinab, sprengte mit seinem Messer Riegel und Türen auf. Schon krauchten die Elenden aus dem Kasten hervor, einem Käfig für menschliches Schlachtvieh.

Markéta und der Maître beugten sich vom Drachenrumpf hinab, Äxte in den Händen, die Lenka in der gräflichen Schmiede stibitzt und Lisetta ihnen zugereicht hatte. Die Kristallballons schwebten über der Kohleglut, mit dicken Seilen an eisernen Galgen befestigt. Mit ihren Äxten hieben d'Alembert und Markéta auf die Seile ein, die den rechten und den linken Glasballon fixierten, der eine mit dunkelrotem Saft gefüllt, der andere mit einer sämig weißen Flüssigkeit, durch die sich rote Schlieren zogen.

Vergebens beschwor sich d'Alembert, nicht auf das schaurige Trio entblößter Frauenleiber zu achten, die neben ihm kopfüber in der Luft schaukelten, über dem rechten Glasballon: die Augen aufgerissen, während das rote Blut aus ihren Kehlen rann, über Kinn und Wangen, aus den Haaren in die Kugel unter ihren Häuptern tropfte. Ungeheurer noch schien ihm der Anblick der Gepeinigten über dem Kristallballon, auf deren Seil Markéta einhieb, drei junge Burschen, deren Lebenssäfte aus der klaffenden Leibesmitte troffen. Verzweifelt hackten sie beide auf die Seile ein, endlich krachten die Kugeln hinab, in Myriaden Splitter zerberstend. Die im Glas gestauten Fluten ergossen sich auf den Boden und löschten die Kohleglut. Im nächsten Moment rannten die Befreiten aus ihrem Käfig hervor, funkelnde, wirr gezackte Scherben in den Händen.

An Fabrios Seil glitten nun auch Lisetta und Lenka nach unten, dann beschrieb der Apparat, von d'Alembert gesteuert, eine Kurve und schwebte unter schaurigem Stöhnen zur Mitte des Felsensaals zurück. Drunten liefen Hezilows Lumpenkerle wild durcheinander, schreiend und gestikulierend. »Der Nabellose – da, fang ihn ein!«, hörte d'Alembert, und gleich darauf: »Holzkopf, da drüben läuft er doch!«

Meine List bewährt sich, dachte der Maître. Überall im Gewölbe sprangen Dubletten des Nabellosen umher, Fabrio, Lisetta, Lenka, heillose Verwirrung stiftend. Von Anfang an war ihm klar gewesen, dass sie des Nabellosen ebenso wie Hezilows bei lebendigem Leibe habhaft werden mussten. Nur wenn er beweisen, unzweifelhaft beweisen konnte, dass Flor nicht aus der gläsernen Mutter entsprungen, der Magister kein Erleuchteter, sondern ein teuflischer Blender und Schinder war, nur dann wäre der Bann wirklich gebrochen und der Satansspuk vorbei.

Und nicht zuletzt, dachte d'Alembert, war das Maskenspiel, die foppende Vervielfachung des Nabellosen, seine persönliche Revanche für den dreistesten Kunstgriff des Lumpenteufels, der ihn selbst durch alle Fieberträume verfolgt und verzaubert hatte, die Millionen winziger Homunkel hinter dem Prismenglas. Aber alle Schläue, alle Schliche wären vergebens, wenn sie die Puppen überwältigten, doch der Puppenmacher unbehelligt bliebe.

D'Alemberts Unbehagen wuchs. Sein ganzer Plan basierte auf der sicheren Erwartung, dass Hezilow hier unten im Gewölbe zusammen mit seinen Lumpenkerlen ertappt und überwältigt würde. Aber wie er sich auch umschaute, vom Puppenmacher war kein Barthaar und keine Schwertspitze mehr zu sehen.

Auch das Bild der kopfüber Gehenkten ging ihm nach, und es verfolgte ihn noch immer, als er sein weiß gelacktes Wams aufknöpfte. Die Aufgeknüpften, dachte er, wie sie über den Glasballons schaukelten und das Leben aus ihren Leibern rann, leuchtend rot und sämig weiß. Weiberblut und *spermium*. Unter seinem Wams, direkt auf der Haut, trug er das hirschlederne Futteral mit den zwölf Wurfmessern, das Petrusco Bandinello ihm vor zwanzig Jahren zugeeignet hatte: »Die Bestien zu bändigen ist Artistik«, so der Legendäre, »Artistik aber ist Aufschub, *mon jeune ami*, und irgendwann muss jeder Bändiger sich dem so kunstvoll hinausgeschobenen Kampf stellen.« Bandinello hatte davon geträumt, die Ungeheuer, die er ein Leben lang dressiert und zu Ritualen der Unterwürfigkeit gezwungen hatte, bei seinem allerletzten Auftritt vor den Augen seines Publikums zu *töten*, dachte d'Alembert, indem er das erste Wurfmesser aus dem Futteral zog. Er sah über die Schulter zurück, doch Markéta saß nicht mehr hinter ihm. Vergeblich versuchte er sich zu entsinnen, ob sie vorhin schon, zusammen mit Lisetta und Lenka, am Seil hinabgeklettert war oder zu irgendeinem späteren Zeitpunkt. Sie sucht den Nabellosen, dachte er, und ihren Bader, wog das Messer in seiner Hand und warf es mit einer eleganten, tausendmal erprobten Gebärde hinab. Mit zusammengekniffenen Augen verfolgte er den Flug der wirbelnden Waffe und zog schon das nächste Messer hervor, als zwanzig Schritte unter ihm Oblion zu Boden ging, die Klinge bis zum Heft in seinem Lumpenherz.

Ein Wurfmesser nach dem anderen zog d'Alembert aus dem Hirschfutteral, mit gleichmäßigen Bewegungen. Er zielte und warf, traf und tötete, erleichtert, dass das Verderben, das er Hezilows Häschern sandte, seinen Geist von den Bildern ablenkte, die dort hinten im Gewölbewinkel seines Bewusstseins lauerten.

Am ärgsten war der Anblick der Kreatur im mittleren Glasballon gewesen: ungewiss, ob Maid, ob Knabe, die Gestalt formlos, kochend rot, die Augen aufgerissen, der Mund geöffnet wie zu einem stummen Schrei. Durch gläserne Röhren waren die Säfte aus den beiden anderen Ballons in die Kugel der Kreatur geflossen, Weiberblut und *spermium*, wie es die finstere Lehre befahl. In der Stirn jenes Wesens aber klaffte ein fingerbreiter Spalt, der sich von der Nase lotrecht aufwärts zog. Und just als das Seil unter d'Alemberts letztem Axthieb entzweigegangen war, der Ballon mit grellem Scheppern zu Boden stürzte, in Fontänen von Splittern zerplatzte, die Kohleglut zischend erlosch, Qualm sich mit Wasserdampf zu wundersamen Wahngebilden mischte – just da irrte sein Blick zur Kreatur im mittleren Glasballon ab, und ihm war, als ob vor ihrer Stirn ein winzig kleines Menschlein schwebte, durchscheinend, ein bläulicher Engel, nur einen Lidschlag später schon verblasst.

Erschreckend, dachte d'Alembert nun, wie viele Gehilfen Hezilow in so kurzer Zeit um sich geschart hatte, weit mehr, als sein Futteral an Wurfmessern hergab. Noch einmal zielte er sorgsam, hob die Waffe und sandte den funkelnden Tod zu Unçerek hinab. Die Befreiten würden dafür sorgen, dass keiner ihrer Peiniger entkäme. Gezackte Glasscherben schwingend, tauchten sie aus dem Schatten der Säulen hervor, warfen sich auf die fliehenden Gesellen, schlitzten ihnen die Kehlen auf, noch während sie ihre Beute zu Boden rissen.

Nur vom Herrn dieser Hölle war kein Wärzlein, keine Stockspitze und kein Lumpensaum mehr zu sehen. Der Puppenmacher ist am Ende, dachte d'Alembert dennoch, auch wenn er selbst nicht dort unten bei seinen Puppen liegt. Auch nach Markéta, Lisetta und den Zwillingen hielt er vergebens Ausschau, und als Charles auch noch der »flammenblaue Engel« wieder in den Sinn kam, wuchs seine Sorge, dass der Magister sich doch noch herauswinden könnte, zu qualvollem Unbehagen.

Er beschloss zu landen. Erst wenn Hezilow vor der Majestät und ihrem Bastard kniet, dachte er wieder, erst wenn er eingesteht, dass alles schlau ersonnenes Blendwerk war – das Gold, der Nabellose, die Töpfe voll Homunkel –, erst dann ist der Lumpenteufel wahrhaftig besiegt.

83

Das Alchimistenlabor bot einen teils grauen-, teils mitleiderregenden Anblick. Überall reglose Körper am Boden, Lumpenkerle mit Wurfmessern in der Brust oder mit gezackten Schnitten durch die Kehle – tatsächlich war von Hezilows Gesellen nicht ein Einziger mehr am Leben. Zwischen den Leichen saßen die Befreiten auf Schemeln oder lagen der Länge nach im Staub, einander küssend und umarmend, dabei von unerhörten Qualen stammelnd, die der Lumpenteufel ihnen selbst oder ihren Leidensgefährten zugefügt hatte.

Nur Hezilow hielt sich noch immer verborgen. Lisetta und die

Zwillinge waren ein halbes Dutzend unterirdischer Gänge abgelaufen, die vom Felsensaal strahlenförmig in alle Richtungen abzweigten, sich verästelten, in Treppen, Rampen, Schächte mündeten, doch von Hezilow und Flor fand sich nirgends eine Spur. Unabweisbar sah d'Alembert nun seinen Argwohn bestätigt: Sein Widersacher hielt ihn abermals zum Narren.

Er saß auf einem Schemel inmitten des Labors, die Ellbogen auf seine Knie, den Kopf in die Hände gestützt. Seit er von Hezilows Flugapparat abgestiegen war, empfand er wieder, wie sehr sein Leib vom Fieber verwüstet war. Er spürte ein Summen und Beben in jeder einzelnen Faser, so als ob er noch immer auf dem rüttelnden Untier säße.

Zweifellos hatte er diese Partie gegen Hezilow gewonnen, warum fühlte er dennoch nicht den schwächsten Triumph? Wieso hatte der Magister die Partie hier unten so bereitwillig verloren gegeben? Weshalb alle eigenen Figuren hingeopfert, Oblion, Tákie und zwei Dutzend ihrer gleichförmigen Kumpane? Warum die Befreiung der gegnerisch Gefangenen hingenommen – alles ohne Gegenwehr?

Weil der listige Magister wusste, dass das Spiel für ihn verloren war und er nur noch versuchen konnte, durch Flucht sein blankes Leben zu retten? Oder weil er sein Heil nun auf einem anderen Schauplatz suchen würde, beispielsweise am kaiserlichen Hof zu Prag?

Nur die Ruhe bewahren, mahnte sich d'Alembert, selbst wenn Hezilow durch einen der geheimen Schächte in die Oberwelt entfliehen konnte, war das Spiel gleichwohl für ihn verloren. Wie wollte er schließlich noch verhindern, dass seine abscheulichen Taten ruchbar wurden? Auch die gräflichen Gardisten würden ihm sicherlich nicht beistehen, wenn sie sehen müssten, dass ihre eigenen Freunde, Eltern oder Kinder unter dem Vorwand der Pestilenz verschleppt und hier unten auf teuflische Weise gepeinigt worden waren. Nicht einmal Don Julius, der allzu duldsame, allzu lenkbare Kaiserbastard würde dem Magister noch beispringen, dachte d'Alembert, wenn er die Aufgeknüpften hinten im Gewölbewinkel mit eigenen Augen sähe – selbst Julius müsste den Lumpenteufel dann fallen lassen, wenn nicht aus Moral oder Menschenliebe, so zumindest aus Furcht vor der väterlichen Majestät.

Lenka und Fabrio schlichen um den Drachen herum, der mit seiner schwarzen, unverkennbar aus Menschenhaar gewobenen Mähne einen schauerlichen Anblick bot. Unter der Behaarung war ledrige Haut zu sehen, die ein Gerippe feiner Knochen umspannte. Und d'Alembert dachte, dass Hezilow sicherlich den ganzen Apparat aus menschlichen Überresten gefertigt hatte, nicht nur die schwarze Mähne, zumindest entspräche das seinem lumpigen Stil. Denn am Ende, sagte sich der Maître, war Jurij Hezilow eben doch nur ein Puppenmacher, der aus Fäden und Fetzen plumpe Puppen schuf. Nein, der Magister war besiegt und geschlagen, und auch wenn er nun noch versuchte, durch wirre Flucht das Ende hinauszuzögern, so war seine Macht über Geist und Herz von Julius und der väterlichen Majestät doch ein für alle Mal verspielt.

Weiter hinten im Gewölbe bemerkte d'Alembert nun Markéta, die am Boden saß, den Rücken an eine Säule gelehnt. Neben ihr lag ein Alter rücklings hingestreckt, der gewaltige Bauch im Profil emporgewölbt, der kahle Kopf in ihren Schoß gebettet. Selbst aus zehn Schritten Entfernung erkannte d'Alembert, dass es der Bader sein musste.

Er erhob sich, ging auf wackligen Beinen zu ihnen hinüber und beugte sich über Sigmund Pichler, um ihn zu seiner Rettung zu beglückwünschen. Doch dann prallte d'Alembert wie von einer Faust getroffen zurück. In Pichlers Stirn klaffte ein fingerbreiter Spalt.

Er murmelte eine Floskel, die sein Mitgefühl und mehr noch seine Verstörung ausdrückte, wandte sich um und winkte Fabrio herbei. »Bring mich nach draußen«, sagte er, »ich brauche frische Luft, sonst falle ich auch noch um.«

Seine eigenen Worte schienen ihm geschmacklos, kaum dass er sie ausgesprochen hatte. Er legte Fabrio einen Arm um die Schultern und schleppte sich durch ein Wirrwarr aus Toten und Verwundeten, Blutpfützen und Scherben, umgestürzten Becken und Tiegeln, aus denen Tinkturen in fieberbunten Farben flossen, auf der ansteigenden Straße dem Gewölbetor entgegen.

Lisetta stolperte ihnen in den Weg, im rußigen Lumpenhemdchen, die dünnen Haare zu dürftigen Goldlocken gelegt. »Maître d'Alembert, ich fleh Euch an – habt Ihr nicht Flor gesehen?«

Er schüttelte den Kopf, und die kleine Zofe blieb zurück. »Als

Nächstes muss ein Bote nach Vargasz reiten«, sagte er zu Fabrio, »zur Poststation, wo der Kurier wartet.«

Der Syrakuser nickte, auch über diesen Punkt hatten sie hundertmal gesprochen. »Aber was ist mit Hezilow, Maître? Wenn er zurückkommt oder sich doch noch hier versteckt hält, irgendwo in der Burg?«

Abermals schüttelte d'Alembert den Kopf, schweigend ging er weiter, auf die schmalen Schultern des Knaben gestützt. Er würde mit Julius sprechen, auf der Stelle zu ihm gehen und auf einer Unterredung bestehen. Selbst wenn Julius sich durch nichts anderes mehr lenken ließe, seine Drohung mit dem verzehrenden väterlichen Zorn hatte noch nie versagt, nicht ein einziges Mal in zwanzig Jahren. Es wird Zeit, sagte sich der Maître, allerhöchste Zeit, dass ich Stock und Peitsche wieder in die Hände nehme, die Bändigung des Bastardsohns.

Ganz kurz und sehr beunruhigend sah er den bläulichen Engel vor sich, wie er vor der klaffenden Stirn jener Kreatur schwebte. Was wäre aber, dachte er, wenn Hezilow kein bloßer Betrüger wäre, wenn er tatsächlich die Geheimnisse kennte, wie sich Gold aus Dreck erzeugen ließe und lebendige Menschen aus Tiegel und Pelikan? Wenn er den Nabellosen wahrhaftig erschaffen hätte, nicht nur mit Lug und Blendwerk zum Pseudo-Homunkel dressiert? Ach was, unsinnige Sorgen, sagte sich d'Alembert gleich darauf wieder, Hezilow ist ein schlauer Betrüger, nichts anderes. Gewiss wäre alles sehr viel einfacher, wenn wir den Lumpenteufel und seinen Nabellosen in Gewahrsam hätten, aber ich werde ihm die Augen schon öffnen, seine Furcht vor der väterlichen Wut schüren, dann muss Julius dem Magister abschwören.

Unter derlei schwankenden Erwägungen erreichte d'Alembert endlich das Gewölbetor, stieß mit Fabrios Hilfe Riegel und Balken beiseite und zog beide Flügel auf. Sie traten hinaus auf den Hof, ihre Augen gegen die Nachmittagssonne beschirmend, die vom wolkenlosen Himmel schien. Und da erst, in diesem Augenblick, als er, von Licht übergossen, mit Fabrio über die Schwelle schritt, wurde d'Alembert bewusst, was für ein ungeheures Wagnis sie eingegangen waren.

Durch die Hölle gegangen und ins Licht zurückgekehrt. Mit einem Mal hielt er Fabrio in seinen Armen, ohne die mindeste Ahnung, wie es dazu gekommen war. Drei Zoll vor ihm schwebte das lächelnde Antlitz des Syrakusers, und d'Alembert wollte sich ihm eben entgegenneigen, als hinter ihnen, vom Gewölbe her, ein grässliches Stöhnen und Dröhnen ertönte. Das Malmen und Kreischen eines ungeheuren Untiers, das sich wie rasend aus den Tiefen der Unterwelt hervorgrub, in diesem Moment aus dem Gewölbetor schoss und in steiler, windgeschwinder Fahrt in den Winterhimmel stieg.

»Gehabt Euch wohl, Maître Weichkäs!«, kreischte der Puppenmacher hoch über ihren Köpfen, rittlings auf seinem Drachen hockend. »Wird sich Magister Hezilow anderwärts Aquaster destillieren!« Vor ihm lag der Nabellose, seitlich über den Rumpf der Apparatur geworfen, ein schlaffes Bündel, tot oder in tiefem Schlaf.

D'Alembert und Fabrio sahen ihnen nach, wie sie über die Dächer der Burg hinwegschossen, der Maître förmlich niedergedrückt von der Gewissheit, übertölpelt und besiegt zu sein. In diesem Moment seiner tiefsten Demütigung hielt es selbst d'Alembert für möglich, dass Hezilow lebendige Kreaturen zu erschaffen vermochte, Knaben oder Drachen, aus Blut oder Mondsaft, Lehm oder Lumpen, ganz wie es dem teuflischen Puppenmacher beliebte.

Neun – Lapidificatio

»Vollendet den Stein.«

84

Beim sonntäglichen Messegeläut trafen hundertfünfzig Soldaten der kaiserlichen Garde in Krumau ein, angeführt von Oberst Alban Hoyos. Ihnen folgte eine zweispännige Kutsche, in der eine edle Dame ganz in Weiß und ein hübscher junger Bursche mit kohleschwarzen Augen saßen. Man schrieb den 31. Dezember 1607 A.D.

Die vornehme Dame nahm fürs Erste Logis im Gasthaus zum »Goldenen Fass«, dessen Wirtsleute noch immer Trauerflore am Ärmel trugen. Ihr kleiner Silvan war der Pestilenz zum Opfer gefallen, wie Stanislaus Brodner der Edlen erklärte, ihr älterer Sohn Franz aber diene bei der gräflichen Garde, ein ehrenvoller Posten, was den elterlichen Kummer ein wenig kühle.

Währenddessen ließ Oberst Hoyos die Burg umstellen, Don Julius' Garde entwaffnen und die gräflichen Offiziere in den Hungerturm werfen, allen voran Kommandeur Jan Mular.

Nachdem auch Medikus von Rosert verhaftet worden war, fuhr die Kutsche abermals vor dem Gasthaus vor, der bronzefarbene Bursche mit den kohleschwarzen Augen sprang heraus und half der Dame galant beim Einstieg. Der Zweispänner ratterte die zweihundert Schritte zur Burg hinauf, und die kaiserlichen Gardisten, die an diesem Vormittag Dutzende Personen und Gefährte abgewiesen hatten, ließen die Kutsche anstandslos ein.

Von alledem erfuhr Markéta aus vielerlei Mündern. Burg und Stadt brodelten vor Gerüchten und wundersamen Geschichten, seit der Puppenmacher davongeflogen war, und mehr noch, seit die kaiserliche Garde die Krumauer Burg besetzt hatte. Und doch glaubte Markéta erst in dem Moment, als die Dame in Julius' Salon trat, dass Katharina da Strada tatsächlich gekommen war, um ihrem Bastardsohn beizustehen.

Maître d'Alembert hatte es vorausgesagt, doch Markéta war sich nahezu sicher gewesen, dass auch die Stradová sich von ihm abkehren würde, wenn sie hörte, was unter seiner Herrschaft hier in Krumau geschehen war.

»Madame, welch eine Freude, Euch wiederzusehen.« Markéta wollte das Knie vor ihr neigen, aber die mütterliche Mätresse machte einen raschen Schritt und schloss sie in eine zarte Umarmung.

»Um wie viel lieber hätte ich Euch in Prag begrüßt – Euch und meinen Sohn.« Ein Duft von betäubender Süße ging von ihr aus; unwillkürlich hielt Markéta den Atem an. Die Stradová trug ein Kleid aus schimmernd weißer Seide, die Säume besetzt mit weißen Pelzen, die ihrerseits glitzernd weiße Perlen säumten. Sie musste weit in den Dreißigern sein und hatte dem Kaiser eine häupterreiche Kinderschar geboren, und doch strahlte sie noch immer eine mädchenhafte Schönheit aus, die heute allerdings von mütterlicher Sorge überflort war.

»Eure Nähe wird Julius aufrichten und seine Seele von ihrer Verdüsterung befreien.« Markéta beschwor sich, nicht in Tränen auszubrechen, nicht vor Katharina da Strada, deren meisterliche Selbstbeherrschung d'Alembert so oft vor ihr gerühmt und Julius noch häufiger verflucht hatte.

Seite an Seite gingen sie durch den gräflichen Salon zur Fensterwand, wo Julius im burgunderfarbenen Prunksessel saß. Er trug wieder sein scharlachrotes Habit und sogar die nachgebildete Ottonenkrone, die d'Alembert zu seinem Einzug in Krumau hatte schmieden lassen. Seit drei Tagen, seit Hezilow davongeflogen war, thronte Julius von früh bis spät auf diesem Sessel und weigerte sich, auch nur für einen Augenblick die gräflichen Insignien abzulegen. Vor ihm auf der Staffelei stand das farbenfrohe Porträt, das da Biondo nicht mehr hatte vollenden können. Es zeigte den jungen Grafen in stolzer Haltung auf seinem Thron, den Umhang umgeworfen, die Krone blitzend auf seinem Haupt. Anscheinend bemühte sich Julius, Stunde um Stunde in der genauen Haltung seines gemalten Abbildes auszuharren, auch wenn ihm die Krone schwer werden und die Muskeln schmerzen mussten, und auch wenn das Gemälde bloß ein leeres Antlitz zeigte, ohne Augen, Mund oder Nase, allerdings nach unten hin sich verjüngend zum berühmten Habsburger-Kinn.

»Madame«, sagte er, ohne den Blick von der Staffelei zu wenden,

»Ihr steht vor dem König: Auf welche Weise wünscht Ihr uns zu dienen?«

Die Stradová nahm seine Hände in die ihren. »Julius, mein lieber Sohn«, sagte sie leise, »ich bin es, Eure Mutter, bitte schaut mich an.«

»Wohin wir auch schauen, wir erblicken die Majestät: Uns selbst«, gab Julius in würdevollem Ton zurück. Weiterhin haftete sein Blick auf dem unfertigen Gemälde, und für einen Moment schien es Markéta, als ob er gleich wieder in Tränen ausbrechen würde.

Das war in den letzten Tagen mehrmals geschehen, wie ein Wildbach, wie der Schmerz eines kleinen Kindes, wie die Angst eines verstörten Tieres brachen die Tränen dann aus ihm hervor. Seine Trauer bereitete ihr selbst fast unerträgliche Qualen, dagegen erschien ihr die Verdunklung seines Geistes fast wie eine Gnade. Auch wenn er in seinem Königswahn nur noch mit sich selber umzugehen schien, litt er so zumindest weder Angst noch Schmerzen.

»Er erkennt Euch nicht, Madame«, sagte sie, »er erkennt niemanden. Aber wartet nur«, fuhr sie hastig fort, »lasst Eure Nähe nur ein wenig auf ihn wirken, dann wird sein Geist sich wieder lichten.«

Julius entzog der Stradová seine Hände und rieb sie mehrfach gegeneinander, als ob er sie reinigen wollte. Dann nahm er seine frühere Haltung wieder ein, gerade aufgerichtet, auch das Haupt mit der Krone so stolz emporgereckt wie bei seinem leeren Ebenbild.

»Aber man muss das Werk wegnehmen!«, rief Katharina aus. Für einen Moment schien sie die Fassung zu verlieren. »Man muss das Werk wegnehmen, sonst büßt er tatsächlich noch den Verstand ein!«

Sie machte einen Schritt zur Staffelei hin, ihr Kleid rauschte und glitzerte wie eine Winterwolke, die am Himmel blendend hell vorüberzieht. Als sie ihre Hand hob, um das Bild von der Staffelei zu nehmen, begann Julius zu schreien.

»Die Finger von unserm Spiegel, Krötenweib! Scher sie sich weg, sonst lassen wir sie filetieren! Die Brüstchen gebraten, das Ärschlein gebacken, die Fotz mit Kastanienpaste gestopft!«

Katharina machte förmlich einen Satz zur Seite; im selben Moment verstummte Julius und kehrte zu seiner früheren Haltung zurück. Nun glitzerten tatsächlich Tränen in den Augen der mütterlichen Mätresse. Markéta warf ihr einen fragenden Blick zu und deutete zu den Fauteuils auf der anderen Seite des Salons.

»Wir sind der König«, sagte Julius auf seinem Thronsessel. »Auf welche Weise wünscht Ihr uns zu dienen?«

»Auf jede erdenkliche Weise, Majestät, die Euch und Eurem Reich von Nutzen ist.« Markéta lächelte ihn an, und obwohl er unverwandt auf das Gemälde starrte, schien es ihr, als ob über sein Gesicht ein schwaches Leuchten zöge.

Sie setzten sich auf die Sessel vor Julius' Kamin, über dem riesenhaft das Rosenberger Wappen prangte. »So ist er seit drei Tagen«, sagte Markéta, die nun auch nicht mehr an sich halten konnte. Sie tupfte sich mit einem Tuch über die Augen, dann schniefte sie, jede Noblesse vergessend, kräftig hinein. »Seit Monsieur d'Alembert ihm berichtet hat, dass Magister Hezilow davongeflogen ist.«

»Geflohen, wolltet Ihr sagen.« Wie aufs Stichwort trat der baumlange Oberst Hoyos durch die Tür, gefolgt von Julius' Kammerdiener Robert, der hinter seinem Rücken halbherzig buckelte. »Ihr schenkt doch den törichten Mären nicht etwa Glauben, Madame?«

»Maître d'Alembert hat mit eigenen Augen gesehen, wie er davongeflogen ist, und vor ihm auf dem Drachenvieh … der arme Flor!« Wieder zog sie das Tuch aus ihrem Ärmel und schniefte hinein.

Katharina schenkte ihr ein flüchtiges Lächeln, dann wandte sie sich dem Oberst zu. »Nehmt Platz, Hoyos, ich bitt Euch. Was hat die Untersuchung erbracht?«

Der kaiserliche Offizier, hager wie ein Winterbaum, verbeugte sich und setzte sich auf den Rand eines Sessels. Ein dünner grauer Bart rahmte sein längliches Gesicht, das wie geschnitzt aussah. »Der so genannte Drache«, meldete er mit unverkennbarem Widerwillen, »wurde von einem Katapult abgeschossen. Ein Dutzend starker Metallfedern, keinerlei Magie. Das reichte mit genauer Not, um die Last über die Burgmauern zu schießen, dahinter ist das plumpe *Truc* dann abgestürzt.«

»Und Flor?« Markéta schrie seinen Namen hinaus, ihre Angst, ihre Trauer, ihren Schmerz. »Bitte sprecht doch: Habt Ihr Nachricht von ihm?« Alles und jedes, was ihr lieb und teuer war, hatte der teuflische Magister zerstört, getötet, mit ins Verderben gerissen, das Leben des

Baders und die Seele ihres Geliebten. Nach allem auch Flor noch zu verlieren, dachte sie, wäre mehr, als ich ertragen könnte.

Oberst Hoyos zog knorrige Augenbrauen zusammen. »Ihr meint den so genannten Nabellosen, nehme ich an.« Einen Moment lang sah er sie aus schwarzen Augen an, die ihr so rund und leer wie Astlöcher schienen. »Nein, Madame, von diesem Subjekt liegen mir keine Nachrichten vor.« Er drehte sich wieder zur Stradová, wobei er im Sitzen leicht die Hacken zusammenschlug. »Madame da Strada, die Untersuchung also hat Folgendes erbracht. Der Magister hat sich über die Burgmauer katapultiert und ist aufs Steilufer über der Moldau geprallt. Dort jedenfalls fanden sich Spuren, die kaum einen anderen Schluss erlauben: schwarze Haarbüschel sowie Fetzen gegerbter Menschenhaut. Beides soll der Magister zum Bau seines Apparates verwendet haben.«

Der Oberst unterbrach sich und warf einen Blick zu Graf Julius hinüber. Seine Miene drückte Unschlüssigkeit und Unbehagen aus.

»Wäre der Apparat dort zerschellt«, sagte Markéta rasch, »am Fels über der Moldau, Herr Oberst, hätten Eure Leute dann nicht mehr finden müssen als die paar Fetzen Haut und Haar?«

Wieder bedachte Hoyos sie mit einem Blick aus leeren Astlochaugen. »Die Trümmer müssen den lotrechten Felsen hinabgerutscht und in den Fluss gefallen sein, ebenso der Körper des Magisters, lebend oder tot.«

»Aber die Moldau ist zugefroren!«

»Der Fluss wird noch abgesucht. Seid versichert, Madame, dass wir genügend Trümmer finden werden, um die einfältige Legende zu widerlegen.«

Markéta ahnte nur zu genau, welche »einfältige Legende« der Oberst meinte. Seit Tagen übertrumpften sich die Leute unten in der Stadt mit immer phantastischeren Mären vom Drachenflug des Teufelsmagisters und seiner nabellosen Kreatur. Die meisten Fürsprecher aber fand eine Geschichte, die auch in Markétas Ohren recht schlüssig klang.

»Die Leute erzählen«, sagte sie zur Stradová, »dass der Magister auf seinem Drachen über die Moldau und die ganze Stadt hinweggeflogen wär. Drüben beim Budweiser Tor soll er im Wald gelandet sein –

oder abgestürzt, wie manche sagen. Und dass niemand dort eine Spur von Hezilow oder von Flor gefunden hat, wär dann auch wirklich kein Wunder, Madame: Vorm Stadttor haust ja der Scharfrichter Schatz zwischen Galgenplatz und Rabenacker, und Schatz kann ihm Kutsche oder Reitpferd besorgt und alle verräterischen Spuren beseitigt haben. Die Leute sagen jedenfalls, dass Hezilow und Flor wohl schon außer Landes waren, bevor der Syrakuser auch nur auf dem Weg nach Vargasz war.«

»Und die Spuren oben am Felsenufer?«, fragte Hoyos.

»Es kann ja sein«, legte sich Markéta ins Zeug, »dass der Drache dort aufgeschlagen ist, nachdem sie über die Mauer hinweg waren, aber dann sind sie weitergeflogen, bis rüber in den Wald.«

»Und besagter Schatz«, wollte die Stradová wissen, »warum sollte der Scharfrichter so verbrecherische Händel mit dem Magister eingehen?«

»Das wiederum ließe sich ohne Magie und Aberglauben begreifen«, räumte der Oberst knarzend ein. »Auch den Scharfrichter hab ich inhaftieren lassen: Er soll dem Magister die zum Strang Verurteilten verschachert haben, und Hezilow hat sie dann in seinem Keller umständlich zu Tode gebracht.«

»Und von alledem hat hier in der Burg niemand gewusst?« Katharina da Strada sah Markéta argwöhnisch an. »Julius nicht, Ihr nicht, Madame, und nicht einmal der Maître? Ich versteh's nicht, und umso weniger, je länger ich das Gespinst zu durchdringen versuche. Zumindest d'Alembert müsste doch …«

»D'Alembert?«, echote es da vom Fenster her. »Herbei mit ihm, Wir sind der König: Auf welche Weise wünscht Ihr uns zu dienen, d'Alembert?«

Die Stradová und der Oberst wechselten betretene Blicke, Markéta aber erhob sich und nickte ihnen zu.

»Später will ich versuchen, alles zu erklären. Jetzt entschuldigt mich – ich muss zu Julius gehen.«

85

»Eure Verachtung schmerzt mich, Katharina, doch weit ärger trifft mich Euer Verdacht, dass ich Julius verraten hätte.«

»Wieso glaubt Ihr, dass ich Euch verdächtigte, Monsieur?«

Wenn Ihr keinen Argwohn gegen mich hegt, warum beteuert Ihr es nicht geradeheraus? D'Alembert war zu höflich, zu resigniert, vor allem aber viel zu erschöpft, um die mütterliche Mätresse mit dieser Gegenfrage herauszufordern. Er saß in Julius' Salon, in demselben Fauteuil, in dem vor kurzem noch Markéta den Vorhaltungen der Stradová gelauscht hatte. Als sie ihn zu sich rufen ließ, hatte er für einen Augenblick erwogen, sich zu verweigern, aber das kam nicht ernstlich in Betracht. Katharina hatte ein Recht darauf, dass er vor ihr Rechenschaft ablegte, ein letztes Mal.

»Ich habe versagt, Euer Vertrauen enttäuscht, Madame.« Er beugte sich vor und ließ sich gleich wieder in den Sessel zurücksinken. »Aber verraten habe ich ihn nicht.«

Oder jedenfalls anders, als Ihr glaubt.

Er sah ihr ins Gesicht und hatte Mühe, sich in Erinnerung zu rufen, was ihn an dieser Frau so sehr verzaubert hatte. Eure listenreiche Liebenswürdigkeit und meisterliche Selbstbeherrschung, Katharina, und wofür all das? Ein Leben lang verlarvt – zu welchem Ende?

»Ihr hattet die Gewalt über die Burg, über Julius, über alle Geldtruhen und Schlüssel«, sagte sie heftig, »Ihr wart der eigentliche Graf von Krumau, Maître d'Alembert!« Ihr Seidenkleid gleißte wie ein ganzer Winterwald. »Wie konnte es geschehen, dass Euch die Macht so sehr entglitten ist?«

»Ich war krank, Madame, ich bin es noch.« Er zwang sich, ihr ins Gesicht zu sehen, in ihre braunen Augen, die so viel Wärme, so viel Sympathie vorspiegeln konnten. »Der Löwe, der mir in der Brust saß, hat mein Innerstes zernagt«, fuhr er fort, »lang werde ich nicht mehr leben. Aber versteht mich recht, Katharina: Das Fieber entschuldigt nicht mein Versagen, es war nur der Vorschein meiner Unzulänglichkeit.«

In den letzten Nächten hatte er nur noch von Feuersbrünsten, berstenden Flussbetten, überkochenden Ozeanen geträumt. Der ganze Hradschin war in sich zusammengestürzt, all seine hundert Türme, Zinnen, Giebel knirschend und knackend zusammengesackt, während von der Stadt her eine dunkle Flut emporgequollen war, mit blutroten Schlieren marmoriert.

Doch von alledem berichtete er Katharina da Strada nichts.

Durch die Tapetentür neben dem Kamin trat Johanna von Waldstein ein, in funkelnd schwarzem Kleid, gefolgt von ihren Dominikanerinnen. D'Alembert ertappte sich bei der knäbischen Hoffnung, der Stradová entschlüpfen zu können, wenn ihre Aufmerksamkeit durch die heiligen Weiber hinlänglich abgelenkt würde. Doch er blieb sitzen, wo er saß, so stumm wie Katharina sah er zur Waldstein und zu den Nonnen hinüber, die in feierlicher Prozession auf Don Julius zuwandelten und hinter seinem Sessel Aufstellung nahmen.

»Pater Miguel rät zu Dauergebeten«, verkündete Johanna, »um die gräfliche Seele dem Teufel zu entreißen.« Sie äugte zur Stradová herüber, den Kopf vogelhaft schief gelegt, umfasste das Kruzifix, das sie an einer Perlenkette vor dem mageren Busen trug, und reckte es jählings empor. Die zwölf heiligen Weiber taten es ihr nach, alle dreizehn Münder klappten gleichzeitig auf und begannen in kreischendem Diskant zu singen:

»Der dunkle Weg, den er betrat,
Geht in den Himmel aus,
Und wer nur hört auf seinen Rat,
Kommt auch in Vaters Haus!«

D'Alembert suchte Katharina da Stradas Blick zu erhaschen, aber die mütterliche Mätresse sah mit steinerner Miene zu ihrem Sohn hinüber, der von den frommen Fortissimi wenig zu bemerken schien. Wie eine lebensgroße Puppe saß Julius auf seinem Thron und starrte unverwandt auf das Porträt, das zwei Schritte vor ihm auf der Staffelei stand. Wenn er sich überhaupt einmal regte, dann einzig, um seinen

Hals gerader zu recken oder seine Schultern wieder zu straffen, die unter der Last der Fürstenkrone zu erschlaffen drohten.

Puppenmacher, dachte d'Alembert mit einem Mal, so nennt sich der Magister ja mit fürchterlichem Recht: nicht weil er tote Puppen lehrt, sich zauberisch zu regen, sondern umgekehrt – weil er aus beseelten Menschen stumpfe Puppen macht, aus Flor, aus Julius, und gewiss aus tausend anderen.

Der Gedanke erschreckte ihn, und er grübelte noch darüber, als die Stradová ihn schon mit weiteren Vorwürfen beschoss, mit erhobener Stimme, um den heiligen Gesang zu übertönen: »Ihr hättet mir ein Zeichen senden müssen, Maître, einen Hilferuf! Ich hab mich auf Euch verlassen, zwanzig Jahre lang! Immer habt Ihr Euch mit mir beraten, wenn die Dämonen ihn wieder einmal plackten – warum diesmal nicht? Wieso habt Ihr zugelassen, dass der schreckliche Magister sich mit seinen schwärzesten Geistern verbündete, sie bestärkte und zum Ausbruch trieb? Warum nur habt Ihr mich diesmal nicht gerufen, weshalb habt Ihr mir keinen Boten geschickt – oder erst, als die Teufel schon Wochen und Wochen wüteten?«

D'Alembert senkte den Kopf. »Aus Angst und aus Stolz, Madame. Ihr seht, ich offenbare Euch mein Herz wie stets: Ich schwieg aus Angst, dass der väterliche Zorn ihn vollends vernichten müsste, wenn nach dem letzten Prager Zwischenfall noch weit ärgere Kabalen ruchbar würden. Und ich schwieg aus Hoffart, Katharina: Tatsächlich hoffte ich bis zuletzt, dass ich, ich allein die tausend Teufel bezwingen könnte, die Dämonen in Julius' Seele und den Satan Hezilow dazu. Doch so viel Selbstgefälligkeit fordert den Spott der Götter heraus. Sie straften mich und rissen Euren Sohn mit ins Verderben.«

Er blickte auf und sah die Ungeduld in ihrem Blick. Sie glaubt mir kein Wort, dachte d'Alembert, und mit einem Mal war es ihm gleich. Haltet mich für einen Verräter, für einen eitlen Schwätzer, was immer Euch beliebt. Ich bin müde, Katharina. Das ganze bunte Maskenspiel, das Ihr noch immer Eure Welt nennt: vorbei.

Katharina da Strada beugte sich aufs Neue vor, um ihn mit einem weiteren Schwall wohlerwogener Vorwürfe zu übergießen. »Die Schatztruhen geplündert«, glaubte d'Alembert zu verstehen, »das gesamte gräfliche Vermögen an den russischen Betrüger vertan!« Doch

Johanna und ihre Nonnen sangen nun so schallend, dabei die Kruzifixe rhythmisch gen Himmel reckend, dass er fast nur noch die Mundbewegungen der Stradová wahrnahm, und während er auf ihre auf- und zuschnappenden Lippen sah, schien es ihm mit einem Mal, dass Katharina in den frommen Gesang eingestimmt hatte:

»Hinunter in das tiefe Meer
Versank des Todes Graun,
Und jeder kann nun leicht und hehr
In seine Zukunft schaun!«

D'Alembert erhob sich aus seinem Sessel, verneigte sich vor der mütterlichen Mätresse und schritt aus dem Salon.

Ich wollte Puppenspieler sein, nicht nur Spielfigur, dachte er, und deshalb trifft mich Euer Verdacht so sehr, Madame, obwohl Ihr ihn ganz anders meintet. In gewisser Weise habe ich mich tatsächlich wie der Puppenmacher gebärdet, Julius und Markéta, Fabrio und Lenka und alle anderen wie Schachfiguren umhergeschoben, geopfert, geschlagen, verwandelt. Und aus welchem Grund, Madame? Weil es meiner Eitelkeit schmeichelte, Spieler statt Spielfigur zu sein, den Göttern zugehörig und nicht bloß ihren Kreaturen.

Langsam ging er den Flur voll altersdunkler Ahnenbilder entlang, fröstelnd vor Müdigkeit.

Aber das alles werde ich Euch nicht gestehen, Katharina, es wäre eine sinnlose Beichte, die Ihr nur missdeuten könntet. Mein Verrat an Julius war nicht ärger, nicht einmal anders als der Eure, den auch Ihr immer schon begingt an ihm, an Eurem Bastardsohn, der für Euch stets nur eine Puppe war. Euer teuerstes Besitztum, Katharina, eine goldene Marionette, durch deren Adern der kostbarste Saft dieser Welt fließt: Habsburgerblut.

D'Alembert trat in seinen Salon, ging zu seinem Hirschsofa und sank hinein. Alles, was er in den letzten Monaten, ja in den Jahrzehnten seines Aufstiegs und viel beneideten Lebens als Schutzherr des Kaiserbastards gedacht und geglaubt, erkämpft und verteidigt hatte, schien ihm mit einem Mal fremd, unsinnig, Narretei. Ein Labyrinth wirrer Irrtümer, in dem umhereilend er sein Leben versäumt hatte.

»Ich bin müde«, sagte er zu Fabrio. »Setz dich zu mir.«

Der Syrakuser schmiegte sich an seine Seite. »Die Lenka ist ganz außer sich«, plapperte er gleich los, »weil ihr Satansfratz nicht mehr im großen Saal steht.«

D'Alembert tat es mit einem Schulterzucken ab. Seine Gedanken waren weit von Lenka oder ihrem steinernen Knäblein in seiner Welt aus Spiritus entfernt. Auch dir, Geliebter, dachte er, werde ich nicht erzählen, was ich im Geheimen dachte, als ich dich nach Vargasz sandte: dass du der Bauer seist, den ich zur äußersten Linie des Gegners vorschieben müsste, damit er sich dort für die weiße Königin opfert.

Er legte seinen Arm um Fabrios Schultern, sah ihn von der Seite her an, und ein scharfer Schmerz fuhr durch seine Brust. Ich war bereit, dich zu opfern, Fabrio, unter entsetzlichen Schmerzen, und gerade diese Qualen hätten mir bewiesen, wie grandios ich bin, wie selbstlos, wie sehr über diese Puppenwelt erhaben.

Tatsächlich wäre ihm das Opfer fast gelungen – in d'Alemberts weißem Pelz, auf seinem Schimmelhengst hatte sich Fabrio auf den gefahrvollen Weg gemacht, kaum dass der Lumpenteufel ausgeflogen war. Schon die Stadt zu verlassen, hatte Kühnheit erfordert, denn auf Mulars Befehl waren Tore und Mauern bei Tag und Nacht bewacht worden. Doch Fabrio hatte traumwandlerisch zu einem der Gardisten gefunden, die seit langem nach dem schönen Syrakuser schmachteten, sich einen Kuss und wenig mehr ablisten lassen und war durchs Tor hindurch.

Bei scharfem Frost trug ihn der Hengst des Maître binnen zweier Stunden bis hinauf nach Vargasz, an die nördliche Grenze der Grafschaft, wo wiederum Gardisten standen. Argwohn schlug ihm im Dorf entgegen, allzu frisch die Wunden, die Unçerek und Fondor geschlagen hatten, niemand war bereit, ihm einen Pfad vorbei an den Grenzern zu weisen.

Im Abenddämmer versuchte er es auf eigne Faust. Ein schmaler Pfad zog sich vom Weiler zum Wachposten hinauf, spiegelnd vor Eis, durch winterkahlen Wald. Keine Deckung für Pferd und Reiter, keine Bahn, auf der sich notfalls fliehen ließe. Er stellte das Pferd bei einem Bauern unter, bleichte sein Gesicht mit Talg, den er vorsorglich mitgenommen hatte, band ein weißes Tuch um seinen Schopf und kroch bei sinkender Sonne den Wald hinauf. Schneewehen, umgestürzte Bäume gaben dürftige Deckung, Raben krahrahten in den kahlen Wipfeln Alarm, einmal krachte ein Schuss, keine dreißig Schritte voraus: Einer der Grenzsoldaten hatte blindlings die Pistole abgefeuert, verängstigt oder gelangweilt, Fabrio jedenfalls blieb so lange hinter seinem Baumstamm liegen, bis er auf dem Eis fast angefroren war.

In dunkler Nacht war er endlich bis auf drei Schritte heran. Ein Feuer mitten auf dem Pfad, daneben eine Hütte, eine Gestalt, die schwarz und katzenhaft reglos bei den Flammen hockte. Dahinter wieder Wald, und der dunkle Würfel zwanzig Schritte weiter, das musste schon die Poststation sein, wo der Bote der Stradová saß.

Sich den Weg wiederum freizukaufen, durch erduldete Küsse und Ärgeres, schien selbst dem Syrakuser zu gefährlich. Nicht jeder Gardist war bereit, für ein paar Augenblicke saftigen Gerangels sein Leben hinzugeben. Also zog Fabrio das Messer hervor, das er auf d'Alemberts Geheiß aus dem gräflichen Schlachthaus entwendet hatte, schlich noch näher an den Wachposten heran, stürzte sich auf ihn und hatte seine Kehle schon durchgeschnitten, ehe der Kater auch nur Auweh miauen konnte.

Fabrio ließ ihn zu Boden gleiten, schob das Messer mit zitternder Hand zurück in d'Alemberts Umhang und rannte, so schnell er konnte, auf spiegelglattem Pfad weiter, bis zur Poststation, wo er gegen das verrammelte Tor schlug und nach langem Fluchen und Flehen herausfand, dass der kaiserliche Bote einen sieben Krüge tiefen Schnapsrausch ausschlief.

Nachdem der Syrakuser in die Schlafkammer des Ungetreuen vorgedrungen war, den brummigen Boten wachgerüttelt, das blutige Messer vorgezeigt, d'Alemberts Brief ausgehändigt, den Kerl in seine Stiefel geflucht und ihm alle Seuchen dieser Welt an den Hals gezetert hatte, für den Fall nämlich, dass er nicht stracks nach Prag reiten und der Stradová den Brief des Maître aushändigen würde, warf Fabrio den Winterumhang d'Alemberts ab und sich selbst ins Bett des Boten, wo er so lange verkrochen blieb, bis Oberst Hoyos ihn wecken ließ und die Dame in Weiß ihm befahl, in ihre Kutsche einzusteigen.

Und rätselhaft, dachte nun d'Alembert, indem er sich von Fabrio auf die Beine helfen ließ – unbegreiflich bei alledem ist ja nur, warum ich vor drei Tagen noch glaubte, ihn durchaus dorthin schicken zu müssen, in tödliche Gefahr. Wieder und wieder hatte er geträumt, wie Hezilow und er selbst einander in zwei Eichkronen gegenübersaßen, droben im Schlosspark, und unter ihnen standen oder hockten ihre Figuren, schwarze und weiße, hier die Lumpenkerle, dort die Maler, Musiker, Syrakuser, hintersinnig verteilt im Gras. Und d'Alembert hatte den Bauern Fabrio zur äußersten gegnerischen Linie gesandt, und die weiße Dame Katharina war tatsächlich erschienen; und gleichwohl war es ein ganz und gar sinnloser Zug, dachte der Maître, aus mindestens zwei Gründen.

Weil weder Weiß noch Schwarz jemals dieses Spiel gewinnen konnten, in dem es nur einen König gab. Und weil wir das Spiel unsres Lebens schon verloren haben, wenn wir bereit sind, unsere Geliebten zu opfern für einen wie auch immer ausgeklügelten Plan.

Einige Augenblicke grübelte d'Alembert diesen Gedanken noch hinterher, aber sie zerfaserten schon wie Nebelschwaden in der Morgensonne.

Der Syrakuser half ihm, sich auf sein Lager zu betten, und nachdem er die Phiole geöffnet und die dunklen Tropfen in Champagner gelöst hatte, schlüpfte Fabrio unter die Hermelindecke d'Alemberts.

»Vergiss nie, was du mir versprochen hast.«

»Keine Tränen, keine Trauer«, krächzte Fabrio, »ich gelob's.«

D'Alembert leerte den Schierlingskelch, wie er es sich seit langem ausgemalt hatte: in gelassener Stimmung, nach stiller Rückschau, den Geliebten in seinen Armen.

86

Die Stallburschen lauerten linkerhand hinter den Fenstern, die Kuchelmägde zur Rechten, doch es war ihr gleich. Vom Butterhaus her erklang gedämpftes Prusten, aus der Schmiede ein gepresster Ausruf: »Meiner Lieb, der närrische Graf!«

Julius hört es ja nicht, sagte sich Markéta, er lebt in seiner eignen Welt, in der niemand seine Majestät bezweifelt oder gar verlacht.

Tatsächlich schritt der junge Graf in so stolzer Haltung neben ihr durch den Burghof, als ob zu seiner Rechten sämtliche Reichsfürsten knieten und zu seiner Linken alle Potentaten des Morgenlandes. Wie immer in den letzten Wochen trug er seinen scharlachroten Krönungsmantel und die achteckige Silberkrone, allerdings war es nicht ganz leicht gewesen, ihn auch zu Hemd, Wams und Hosen zu bereden. In seinen Gemächern duldete Julius keine Kleidung mehr an seinem Körper, ausgenommen den gräflichen Habit.

Huldvoll neigte er nun sein Haupt in Richtung der Schweineställe, die Kuchelmaiden kicherten in ihrem Rücken, und doch fühlte Markéta zum ersten Mal nach Wochen voller Kummer wieder etwas Zuversicht. Die Sonne schien vom wolkenlosen Himmel, und obwohl die Moldau immer noch zugefroren war, lag bereits ein Hauch von Frühling in der Luft. Man schrieb den 11. Februar 1608, und was sie insgeheim befürchtet hatte, war tatsächlich eingetreten: Die mütterliche Mätresse übte einen üblen Einfluss auf Julius' Befinden aus.

Aber die Stradová würde es sowieso nicht mehr lange hier in Krumau aushalten, sagte sich Markéta, immer schmerzlicher schien sie den Glanz der Prager Burg zu vermissen, die Nähe der kaiserlichen Majestät.

Tatsächlich war es seit Neujahr immer schwieriger mit Julius geworden, sogar sie selbst hatte sich zuweilen bei dem Gedanken ertappt, dass sein Geist womöglich für immer verdunkelt bleiben würde. Den ganzen Januar über hatte sie die verschiedensten Finten erprobt, um Julius zumindest stundenweise aus seinem Gemach zu locken, hinüber in den großen Saal oder hinaus in die klare Winterluft. Sie hatte ihm vorgeschlagen, Sargenfalt in seiner Turmstube zu besuchen oder nach den Bären im Graben zu schauen, in d'Alemberts Wundersammlung zu stöbern oder das Schauspiel anzusehen, das die wenigen Künstler, die noch auf der Burg geblieben waren, zur Monatsmitte aufführen wollten. Doch jeder dieser Versuche, ihn aus dem Bannkreis des unseligen Porträts zu locken, hatte Julius nur in fürchterlichen Zorn, ja in schiere Raserei versetzt.

Heute Morgen aber war Markéta auf eine Lösung verfallen, so nahe liegend, dass sie kaum mehr begriff, warum sie nicht längst schon daran gedacht hatte. Wenn Julius drauf bestand, das Bildnis ständig vor Augen zu haben, dann würden sie es eben vor ihm hertragen, durch Säle und Gänge, über Treppen und Höfe, wohin auch immer er lustwandeln würde.

Und so geschah es nun, zur Belustigung der Dienerschaft, die hinter Tür- und Fensterspalten kaum an sich halten konnte vor boshafter Freude über den Narren im Grafenhabit. Wie an Schnüren gezogen trabte der junge Herr hinter dem Bildnis her, das auf dem Rücken des Gardisten Brodner schaukelte. Anstelle seines Gesichtes wies es nur ein leeres Oval auf, gleichwohl behielt Don Julius das Gemälde scharf im Blick, so als ob er jeden Moment damit rechnete, dass der ölige Spiegel endlich seine eignen Züge zeigen würde. Und um die närrische Szene komplett zu machen, hing an seinem Arm die einstige Baderstochter, die sich nun Markéta da Ludanice nannte und von ihrem Kaiserbastard offenbar nicht lassen wollte, auch wenn dessen Seele vom Teufelsmagister entführt worden und das Lichtlein seines Geistes darob erloschen war.

Ah, sie kannte all die Spottreden, die man sich hinter ihrem Rücken zuraunte! Aber heute war es ihr wahrhaftig und von Herzen gleich: Eine Ahnung von Frühlingsmilde streichelte ihre Wangen, und so wie es in der Natur mit jedem Tag ein wenig heller und wärmer wurde, so würde es auch mit Julius' Gesundheit nun Schritt für Schritt aufwärts gehen.

Von weitem winkte sie Lisetta zu, die kleine Zofe trat eben aus der

Tür zum einstigen gräflichen Hospiz. Ihre Bewegungen wirkten emsig und abwesend zugleich, sie war ein wenig wunderlich geworden, seit sie in Hezilows Hölle hinabgesprungen und, vor allem, seit ihr geliebter Flor entschwunden war. In jeder freien Stunde tappte Lisetta treppauf, treppab, durch leere Gemächer, modrige Säle, verwaiste Gänge, auf rastloser Suche nach dem Nabellosen – »er hält sich versteckt, zu Tode verschreckt, Madame, hier irgendwo in der Burg«, wie sie immer wieder beteuerte.

Behutsam lenkte Markéta Julius' Schritte dem Hungerturm entgegen, dessen Fassadenpracht von den Schrecknissen in seinem Innern so wenig erahnen ließ. Aber es war kaum nötig, Julius zu steuern, da er wie ein Schlafwandler hinter dem Bildnis herlief.

In stiller Prozession stiegen sie die Wendeltreppe hinauf, vorbei an dem dunklen Flur zur Kerkerzelle, in der einst der kaiserliche Bote mit dem Ritterbrief gesessen hatte, nach ihm der Medikus nebst Mular und vor ihnen allen Flor.

Wann immer ihre Gedanken zu Flor abirrten, machte ihr Herz einen holpernden Satz. Im Grunde erging es ihr wie Lisetta, noch immer, nach so vielen Wochen, mochte auch sie selbst kaum glauben, dass Flor nicht mehr bei ihr war. Aber er ist noch am Leben, dachte sie, ich spür's ja genau. Im Übrigen hatten Oberst Hoyos' Suchtrupps nirgendwo Trümmer eines abgestürzten Drachenapparats gefunden, weder auf der zugefrorenen Moldau noch draußen am Rabenacker, keine Trümmerstücke und auch keine Leichname, weder von Flor noch von Hezilow.

Der Puppenmacher und der Nabellose blieben spurlos verschwunden und gerade dadurch in die Erinnerung der Leute von Krumau eingebrannt. Nach wie vor wurden in Burg und Stadt haarsträubende Geschichten über jenen Tag erzählt, an dem der Teufelsmagister und seine Kreatur auf dem Drachen davongeflogen waren.

Oben vor der Turmstube verbreiterte sich die Treppe zu einer kleinen Plattform. Franz Brodner blieb stehen und wandte sich zu Markéta um.

»Dreh er seinen Arsch wieder her, Soldat«, hob Julius zu schreien an, »sonst lass ich ihm den Schwanz als Jausenwurst servieren!«

Markéta erhaschte einen entgeisterten Blick des flachsblonden

Wirtssohns, dann fuhr Brodner wieder herum, seine Kehrseite nebst Porträt präsentierend.

»Klopf halt an, Franz«, sagte Markéta. Es erstaunte sie jedes Mal aufs Neue, wenn die Leute vor Julius' Flüchen und Drohungen erschraken. Es sind Zeichen seiner Krankheit, dachte sie, nicht er selbst stößt diese Verwünschungen aus, sondern der Lumpenteufel, der seine Seele gefangen hält.

Der Gardist pochte an die Tür und stieß sie im gleichen Moment auf. Offenbar hatte er es eilig, den Abstand zwischen Don Julius und sich selbst wieder zu vergrößern.

Die Sternguckerstube war hierfür indessen nicht der rechte Ort: Franz Brodner machte einen Schritt ins winzige Rundgemach, zwängte sich zwischen Bett und Pult hindurch und verharrte wie eine Steinsäule, seine Nase zwei Zoll vor der Wand. Julius folgte ihm eilends, wobei er noch immer teuflische Verwünschungen murmelte.

Notgedrungen blieb Markéta auf der Türschwelle stehen. »Gott und dem Kaiser zum Gruß, Herr Astrolog«, rief sie mit erhobener Stimme zum Bett hinüber, wo Sargenfalt auf seiner Sternendecke saß. Sie hatte seit langem vorgehabt, den unglücklichen Alten einmal zu besuchen, aber wie sie sich nun sagte, hätte sie wohl besser dran getan, allein zu kommen. »Wie geht es denn immer so, werter Herr?« Sie beugte sich zur Seite, um an Julius vorbei zum Astrologen zu spähen.

Von Sargenfalts furchiges Gesicht hatte einen fragenden Ausdruck angenommen. Sein klapperdürrer Greisenleib war in einen schwarzen Mantel gehüllt, die dünnen weißen Haare standen wie Strahlen von seinem Schädel ab. »Ludovica da Ludanice, gewiss«, nuschelte er und starrte auf die Decke, über die seine Hände unentwegt strichen, als schiebe er ein Gewimmel winziger Tiere zu sich her. »Tag und Nacht such ich Eure Anverwandte, so viele Seelen im Nebelmeer, Madame.«

»Wir sind der König«, sagte Julius, »auf welche Weise wünscht Ihr uns zu dienen?«

Der Astrolog fuhr zusammen, doch sein Blick blieb auf die gestickten Sterne gerichtet. »Der König«, wiederholte er in einem Tonfall, als ob das Wort eine fast vergessene Melodie in ihm erklingen ließe. Unablässig waren seine Hände in Bewegung, immer wieder bog er seinen Oberkörper mit verblüffender Geschmeidigkeit zur Seite, um unsichtbare Glühwürmchen von den entferntesten Gegenden seines Bettes herbeizuziehen.

»Wir wollten nur einmal rasch vorbeischauen, Herr Astrolog«, sagte Markéta in munterem Tonfall. »Jetzt müssen wir schon weiter, nicht wahr, Julius? – Du zuerst, Franz«, fügte sie leiser hinzu.

Julius warf einen raschen Blick über seine Schulter, dann wandte er sich hastig wieder nach vorn, um das Bildnis nicht aus den Augen zu verlieren. »Wir sind der König, Madame«, sagte er in einem Ton, der Unruhe verriet. »Auf welche Weise wünscht Ihr uns zu dienen?«

»Auf jede erdenkliche Weise, Majestät.«

Sie hatte die Floskel wohl schon tausendmal gebraucht, doch diesmal blieb die besänftigende Wirkung aus. Franz Brodner hatte sich umgewandt, um sich wieder aus der winzigen Stube hinauszuschieben, wie Markéta es angeordnet hatte, damit aber geriet das Bildnis aus Julius' Blick.

»Dreh er sich um, Arschgardist!«, kreischte der Graf. »Herum mit ihm, aber hoppsa, oder wir schneiden ihm die Schwarte runter und kochen seinen Schinken auf dem Athanor!«

»Mach schon, Franz«, sagte Markéta leise. »Und jetzt rückwärts – ganz langsam, ja?«

Der Gardist tat wie geheißen, das Bildnis, das er an einer Schnur um den Hals gebunden trug, bebte auf seinem Rücken wie eine Vogelscheuche im Herbstwind. Behutsam legte Markéta ihre Hände auf Julius' Schultern und zog ihn rückwärts aus der Turmstube. Franz Brodner folgte ihnen, gleichfalls rückwärts wandelnd, wobei er mit dem klobigen Bilderrahmen erst an das Bett zu seiner Rechten, dann ans Stehpult und schließlich ans Fernrohr stieß, das wie ein metallener Frosch auf seinem Schemel hockte.

»So viele Seelen, so viele Lichterfäden, Madame«, hörte Markéta den Astrologen murmeln. Währenddessen presste sich der Gardist vor der Sternguckerstube an Don Julius vorbei, mit der Nase buchstäblich über die Wand schleifend, und stolperte endlich die Stufen hinunter, gefolgt von Julius, der in seine würdevolle Haltung zurückgeglitten war.

In Flors Fuchsstiefeln stapfte Markéta hinter den beiden her, der Schrecken saß ihr noch in den Gliedern, und doch musste sie sich ein Lächeln verbeißen. Die unflätigen Flüche, die manchmal aus Julius hervorbrachen, das war bloß der Lumpenteufel, der seine Seele gefangen hielt. Aber daneben wohnte auch ein Kind in diesem Körper eines kraftvollen jungen Mannes, ein Knabe von träumerischer Sanftheit, der immer mehr ihrem lieben kleinen Flor zu ähneln schien.

87

»Der Kaiser hat entschieden: Julius bleibt bis auf weiteres hier in der Burg, protegiert von Oberst Hoyos und hundert Mann der kaiserlichen Garde.«

Bewacht, dachte Markéta, wär wohl das ehrlichere Wort. »Und ich, Madame – wie hat die väterliche Majestät über mich entschieden?«

»Über Euch?«, echote die Stradová mit einem milden Lächeln. »*Alors, ma chère* …« Von Kopf bis Fuß in blendendes Weiß gekleidet, glich sie mehr denn je einer Winterwolke, die mit eleganter Leichtigkeit über den Himmel gleitet. »Johanna von Waldstein jedenfalls hat beschlossen, den Schleier zu nehmen, nachdem Julius …«

»Sie geht ins Kloster?«, fiel ihr Markéta ins Wort. Aber das ist ja wunderbar!, wollte sie hinzufügen, verbiss sich den Jubelruf indes im letzten Moment.

Die Stradová nickte mit einem Lächeln, das Markéta fast verständnisinnig schien, dann schweifte ihr Blick zu Julius hinüber, und ihre Miene gefror.

»Und Ihr, Madame«, wagte sie endlich zu fragen, »Ihr verlasst Don Julius auch?«

Die mütterliche Mätresse ließ ihrem Mund einen melodischen Seufzer entgleiten. »Was gäb ich drum, wenn ich noch länger bleiben könnte«, sprach sie. »Aber der Kaiser bedarf meiner, und Ihr wisst ja, *ma chère* – oder nicht?« In gespielter Verwirrung sah sie zur Mätresse ihres Bastardsohns hinüber, die ihr vor dem gräflichen Kamin gegenübersaß, in demselben Herbstzeitlosenkleid, das sie bei ihrer ersten Begegnung getragen hatte, im Burghof vor Hezilows Unterwelt. »Nun, wahrscheinlich kennt Ihr die Redensart nicht«, sagte sie in abschließendem Ton. »Im Hradschin würdet Ihr sie von morgens bis abends hören: Wenn der Kaiser ruft, hat das Herz zu schweigen.«

Sie erhob sich, knisternd und gleißend, lieblich und kalt wie ein überfrorener Kirschblütenbaum. »Ah, nicht dass ich's vergesse und Ihr die Kinder noch vermisst, *ma chère*: Johanna und ich sind übereingekommen, alle Waisen, die der selige Maître um sich geschart hatte, kirchlicher Obhut anzuvertrauen.«

»Waisen, Madame?«

»Na, die halbwüchsigen Bengel und Mädelchen, die zu seinem Künstlervolk gehörten. Die Künstler selbst werden allesamt weiterziehen – einige kommen nach Prag, andere versuchen ihr Glück in Wien oder München. Die Kinder aber, die syrakusischen Zwillinge und was es da noch so alles geben mag, bringen Johannas Nonnen ins Waisenhaus.«

»Die syrakusischen Zwillinge?« Markéta selbst kam sich täppisch vor, wie sie vor der blendend eleganten Stradová saß, mit aufgerissenen Augen lauschte und nur ab und an ein paar ihrer Worte wiederholte, stumpf wie ein Waldecho. »Lenka und Fabrio lasst bei mir, ich bitt Euch«, fügte sie hinzu, »Julius hat sie immer so gern um sich gesehen. Außerdem bin ich's dem Maître schuldig.«

Die Stradová hob strichdünne Augenbrauen. »*Trop tard, ma chère*, zu spät, die Kutsche mit den Kindern ist heute früh nach Budweis abgefahren.«

»Aber Julius hat's nicht …«

Katharina trat auf sie zu, winkte Markéta empor und schloss sie in eine schneeflockenzarte Umarmung. »Den Bedauernswerten zu fragen hätte keinen Sinn mehr, *ma chère*«, raunte sie, »machen wir uns nichts vor. Ihr habt doch sicher von der so genannten Habsburger Umnachtung gehört?« Sie löste sich von ihr und schaute unternehmungslustig in Richtung Tür. »Nun, er ist nicht der Erste dieses großartigen Herrscherhauses«, sagte sie, »auf den sich das dunkle Tuch hinabsenkt. Den meisten seiner Ahnen waren allerdings – und sind, *d'ailleurs* – lange Jahrzehnte ungetrübter Geistesklarheit vergönnt, mehr oder weniger ungetrübter, um genau zu sein.«

Flüchtig sah sie noch einmal zu Don Julius hinüber, der auf seinem Prunksessel saß, im scharlachroten Umhang, die Krone auf dem Haupt, und mit gesammelter Miene das Porträt betrachtete. »Aber mir ist kein einziger Fall von Heilung bekannt«, fuhr die Stradová fort, »kein Onkel oder sonstiger Ahn des armen Julius, der, einmal vom Familienwahn betroffen, die Umnachtung wieder abgeworfen hätte – kein einziger«, wiederholte sie, und ein schmerzlicher Ausdruck trat in ihr Gesicht. »Seid vorsichtig, *ma chère*, Ihr liebt ihn, seid dennoch auf der Hut! Schon seit Jahren mehren sich die Zeichen, und erst im letzten Frühjahr, wenige Tage bevor d'Alembert ihn hierhergebracht hat ...«

»Das war nicht er!«, fiel Markéta ihr wieder ins Wort. Sie stemmte die Hände in die Hüften. »Glaubt Ihr wirklich, Madame, dass Euer Sohn ein Mörder wär?«

»Mörder?«, wiederholte Julius von der anderen Seite des Salons her. »Wir sind der König: Wie wünscht Ihr uns zu dienen, Mörder?«

»Ich jedenfalls glaub's nicht«, fuhr Markéta leiser fort, »Julius hat mir von der armen Maid erzählt, von diesem Mariandl, das tot in seinen Armen lag, wie er damals aufgewacht ist in Prag.«

Einen Moment lang sah die Stradová sie wortlos an, und nur ein schwaches Flattern ihrer Lider verriet, dass ihre Fassung erschüttert war. »Aber neben ihm lag ja das blutverschmierte Beil!«, rief sie aus. »Und es war ja auch nicht der erste ... Zwischenfall, hat Julius Euch auch das gebeichtet?«

»Madame? Wir sind der König: Wie wünscht Ihr uns zu dienen, Madame?«

»Auf jede erdenkliche Weise, Majestät!« Markéta rief es zu Julius hinüber und nickte der Stradová zur gleichen Zeit zu. »In jener Nacht im letzten Mai«, sagte sie, »als das Mariandl bei ihm im Hradschin war, da ist Johanna vor seiner Tür herumgeschlichen – wusstet Ihr das, Madame? Einmal hat er was poltern gehört, auf dem Flur vor seinem Gemach, da ist er rasch nach draußen, und vor ihm stand die Waldstein.«

Katharina da Strada hob die Arme, um ihr strahlend weißes Häubchen zu richten. »Sie wandelt im Schlaf, das ist bekannt«, sagte sie, »aber Johanna ist friedlich wie ein Lamm. Wollt Ihr wirklich behaupten, die Mondsüchtige wäre mit der Axt herbeigetaumelt und hätte das Hürchen erschlagen, während Julius neben ihr seinen Rausch ausschlief?«

Markéta wollte bejahen, doch der lauernde Ausdruck in Katharinas Augen ließ sie zögern. Die Waldstein hat mir ja gedroht, dachte sie, und klang ihr Verdacht nicht auch in den Worten der Stradová eigentümlich einleuchtend? »Ich war nicht dabei, Madame«, sagte sie schließlich nur. »Doch ich weiß, dass ich von Don Julius nichts zu fürchten hab. Er liebt mich, auch wenn …«

»… auch wenn er Euch nicht mehr erkennt?«, schlug die mütterliche Mätresse vor. »Gott behüte Euch, mein Kind, nun muss ich aber wirklich gehen: Der Kaiser ruft!«

88

Er zog sie an sich und küsste sie, zärtlich wie seit langer Zeit nicht mehr. In seinen Augen ein Glanz, als ob die Nacht in ihm sich endlich wieder lichten wollte.

»Julius?«

Forschend sah er sie an, oder durch sie hindurch, so als ob er aufmerksam in unbestimmte Ferne horchte.

Mehr als zwei Monate lang hatte er puppenstarr auf seinem Prunkstuhl gesessen und von morgens bis abends immer nur das leere Bildnis fixiert. Nun aber war er aus eigener Willenskraft aufgesprungen und hatte sie in seine Arme gezogen, zum ersten Mal, zum allerersten Mal!

»O Julius, mein geliebter Herr! Wie ich mich freu – für Euch und für mich selbst!«

Er nahm ihren Kopf in seine Hände, schaute sie innig an und küsste sie aufs Neue.

War es wahrhaftig so, dass seine Seele sich den Teufelskrallen zu entwinden suchte? Aber ja, aber ja, jubelte ihr Herz, ich hab's immer geahnt, niemals hab ich aufgehört, an seine Heilung zu glauben!

Nur verschwommen sah sie vor sich, wie sie jetzt weiter vorgehen sollte, um ihn gänzlich aus der Gewalt des Lumpenteufels zu befreien. Als Erstes ihn aus dem Bannkreis des Bildes entfernen, dachte Markéta, alles Weitere würde sich ergeben. Hauptsache, sie blieb behutsam, damit seine Seele nicht erschrak.

»Kommt mit mir, mein lieber Herr, ich bringe Euch zu Bett.«

Er nickte ihr zu und ließ seine Hände sinken, so langsam wie im Traum. Eine flirrende Freude breitete sich in ihr aus, ihr Innerstes aufwirbelnd nach den langen Wochen frostiger Starre. Ihr versteht meine Worte, lieber Herr, dachte sie, Ihr erkennt mich endlich wieder!

Sie nahm ihn bei der Hand und führte ihn langsam auf die Tür zu seinem Schlafgemach zu, dabei lächelte sie unentwegt zu ihm empor. Bei Tag und Nacht brannte das Feuer in seinem Kamin, denn noch immer duldete Julius keinen Kleiderfetzen auf seinem Leib, ausgenommen den Krönungsmantel. Fügsam ließ er sich von ihr führen, ein jugendlicher Hüne, nackt bis auf den zerschlissenen Habit um seine Schultern, die Silberkrone schief auf dem verworrenen Haar. Sein Anblick rührte Markéta fast zu Tränen und versetzte sie zugleich in fieberhafte Erregung – an mir, nur an mir liegt's jetzt, ob die Umnachtung sich lichtet und Julius wieder der wird, der er einmal war.

Vor seinem Schlafgemach sah er über die Schulter zurück zu da Biondos Bild und stockte. Behutsam zog ihn Markéta weiter, über die Schwelle hinweg, und drückte die Tür hinter ihnen zu.

Auch in seinem Schlafraum herrschte stickige Hitze, der Kamin glühte fast wie einst der Athanor in Hezilows Unterwelt. Sie führte ihn zu seinem Bett, unter dessen moldaublauem Himmel sie so viele zärtliche Stunden verbracht hatten.

Sie stellte sich vor, wie Julius' Seele, ein leuchtend bunter Schmetterling, halb noch verpuppt in der Hand des Puppenmachers zuckte. Wenn irgendeine Macht dem majestätisch rot und schwarz gefleckten Seelenfalter helfen kann, sich gänzlich aus dem Bann zu lösen, dann muss dies unsre Liebe sein. Unter dem samtenen Himmel wird mit Julius' Leidenschaft auch sein Gedächtnis wieder regsam werden, dachte Markéta, indem sie Mantel und Krone von ihm nahm und seinen nackten Leib unter damastene Decken bettete.

Das Kaminfeuer erfüllte den Raum mit zuckend goldenem Dämmerlicht. Markéta zündete Kerzen an und verteilte sie auf Tisch und Schemeln. Ich will ihn sehen, dachte sie, sein Gesicht, den Glanz in seinen Augen, wenn seine Seele wiederkehrt.

Julius lag unter den Decken, wie sie ihn gebettet hatte, und sah mit angespannter Miene zum Samthimmel auf, wo das Messingglöckchen schaukelte.

Rasch warf Markéta ihr Gewand ab, löste ihre Haare und glitt zu ihm unter den Pfuhl. Erschauernd spürte sie die heiße Härte seines Leibes, der sich an den ihren drängte.

»Mein lieber Herr«, flüsterte sie, »so leidenschaftlich wart Ihr lange nicht mit mir. Entsinnt Ihr Euch: wie ich einmal erwachte und Ihr mich ansaht voll inniger Zärtlichkeit? Wie Ihr mich küsstet und Eure Augen wie von Tränen glänzten? Wie wir uns liebten, so zart, so einig, als ob wir ein einziger Mensch wären, mit zwei Leibern, aber einer Seele nur?«

Julius war auf sie geglitten, rhythmisch bewegte sich die blasse Scheibe seines Gesichtes über ihr. Sein Mund war halb geöffnet, sein Atem ging keuchend, seine Augen funkelten im Kerzenlicht.

»O mein Herr, mein lieber Herr, Ihr weint ja!«, flüsterte Markéta. »Hat Euch die Erinnerung so sehr angerührt? Ach Julius, wie töricht, dass ich davon geredet hab!«

Immer wilder bewegte er sich auf ihr, immer heißer tropften seine Tränen auf sie herab. Markétas Beine umschlangen seine Mitte, ihre Hände krallten sich in seine Schultern. Auch ihre Augen brannten, es war die absonderlichste Vermischung von Leidenschaft und Schmerz. Sie jauchzten und weinten, der burgunderrote Glockenstrang tanzte im Rhythmus ihrer Leiber, und noch immer hatte Julius kein Wort gesagt.

Und Markéta schaute in sein Gesicht, das über ihr auf und nieder schwebte, und sah auf einmal, wie ein gewaltiger Sturm aufkam, durch Wälder und Täler wirbelte und den majestätischen Schmetterling mit sich riss. Im tosenden Wind flog der rot und schwarz gefleckte Seelenfalter hoch und immer höher in den Himmel empor, die Larve fiel ab von ihm und trudelte zur Erde zurück, wo der Puppenmacher stand und dem Schmetterling hinterhersah, den Kopf weit in den Nacken gelegt.

»O mein Herr, geliebter Herr«, stammelte Markéta, »seid Ihr zu mir zurückgekehrt?«

Julius sah forschend auf sie herab, die Augenbrauen zusammengezogen. Er öffnete den Mund, und Markéta wartete mit angehaltenem Atem, ob er ihren Namen flüstern, auf irgendeine Weise zeigen würde, dass er sich erinnerte, wer sie war und wo er sich befand. Aber dann schüttelte er nur den Kopf, mit trauriger Miene, und ließ sich neben sie auf den Rücken fallen.

»Schsch«, machte Markéta. Sie beugte sich über ihn und küsste ihm Träne um Träne aus den Augenwinkeln, bis sein Atem endlich wieder ruhig ging. »Alles wird gut, mein Geliebter.«

Die Kerzen waren heruntergebrannt, das Feuer zusammengesunken zu einem Häuflein funkelnder Glut. An seine Brust geschmiegt, schlief Markéta ein.

89

Als sie zu sich kam, lag er nicht mehr bei ihr, und vor dem Fenster starb die Nacht. Sie zündete eine Kerze an, ihr Blick glitt zum Schemel neben der Tür: Sein Mantel und die Krone lagen nicht mehr dort. Und doch dachte sie sich nichts Arges.

Gestern Abend hatte seine Seele begonnen, sich dem Griff der Satanskrallen zu entwinden. Selbst wenn sie ihn gleich wieder auf seinem Thronsessel vorfinden würde, sagte sich Markéta, im zerschlissenen Krönungsmantel, die Krone auf dem Haupt, die Augen starr auf das vermaledeite Porträt gerichtet, so blieb es doch wahr, dass die Macht des Lumpenteufels gestern erschüttert worden war.

Ich muss Geduld haben, beschwor sich Markéta, warf die Decken zur Seite und sprang aus dem Bett. Fröstelnd wollte sie nach ihrem Kleid greifen, da hörte sie einen scharfen, ratschenden Klang vom Salon her, warf mit fliegenden Fingern bloß ihr Nachtgewand über und zog die Tür auf.

Leer lag der Salon im grauen Morgenlicht. Unten in der Stadt wurde eben die Stunde geschlagen, mit angehaltenem Atem zählte sie mit, während sie barfüßig über die Schwelle tappte: vier dumpfe und zwei dünnere Schläge, halb fünf.

»Julius?«

Keine Antwort. Sie zog das Hemd über ihrer Brust zusammen, schlaftrunken ging sie auf den Prunksessel zu und versuchte zu begreifen, was passiert war. Offenbar hatte er seine Gemächer verlassen, allein, aus eigenem Antrieb, zum ersten Mal seit jenem Dezembertag, als der Puppenmacher mit Flor davongeflogen war.

Da sollte sie sich doch freuen, dass seine Gesundung so ungestüm voranzuschreiten schien? Markéta sah sich nach allen Seiten um. Irgendetwas war anders, als es sein sollte.

Ihr Blick glitt über den Thronsessel und das Porträt, dann hinüber zu den Fauteuils, wo sie mit der Stradová gesessen hatte, und zurück zur Staffelei.

Der Atem stockte ihr. Das Bildnis! Wie ist das nur möglich? Was hat es zu bedeuten? Das leere Gesichtsoval aus der Leinwand herausgeschnitten, weshalb um Himmels willen hat er das gemacht? Mit einem Mal begann ihr Herz zu rasen.

Und womit zerschnitten?, flüsterte eine Stimme in ihrem Innern. Mit einem Messer? Wo hat er's her? Da war sie schon aus der Tür, rannte durch den Flur voller Ahnenbilder und tappte die eiskalten Stufen hinab.

Unten im Hof blieb sie stehen, mit fliegendem Atem, und sah sich wieder nach allen Seiten um. Noch immer war es beinahe Nacht, der Himmel von der Farbe schmelzenden Bleis. Da hörte sie Schritte, fuhr herum, und dort unten lief er, Julius, auf den Durchgang zum zweiten Burghof zu.

Sie öffnete schon den Mund, um nach ihm zu rufen, doch dann ging's ihr durch den Sinn: Besser, er merkt nicht, dass ich ihm hinterherschleich. Im wehenden Scharlachmantel, in der Hand etwas Dunkles, Unförmiges tragend, seine Krone tatsächlich wieder auf dem schlafzerzausten Haarschopf, lief er mit raschen Schritten über den Hof.

Die Kälte kroch aus dem Boden in Markétas Beine, der frostige Märzwind fuhr unter ihr Gewand und ließ sie am ganzen Leib erschauern. Mit beiden Händen raffte sie das Hemd über dem Busen zusammen und hastete hinter Julius her.

Tu's nicht, schrie die Stimme in ihrem Innern, denk dran, was die mütterliche Mätresse gesagt hat: Er ist wahnsinnig, er hat Mariandl mit dem Beil erschlagen!

Ist er nicht, hat er nicht!, hielt sie dagegen, während sie sich in den gemauerten Durchgang zum zweiten Burghof drückte. Atemlos sah sie zu, wie Julius zu einer Wandnische trat und die brennende Fackel an sich nahm. Er selbst hat mir ja erzählt, was damals wirklich passiert ist: Die mondsüchtige Waldstein ist vor seiner Tür herumgeschlichen. Bestimmt hat sie das Mariandl umgebracht!

Aber was schleppt er bloß in seiner Linken mit sich? Markéta bemühte sich, ihren keuchenden Atem zu dämpfen, während sie Schritt um Schritt näher heranschlich, in den Mauerschatten gedrückt.

Unterdessen hatte Julius das gedrungene, schwärzliche Ding bis vor sein Gesicht emporgehoben, und Markéta sah sie beide im Profil: Julius' Haupt mit der achteckigen Krone und Lenkas verschrumpften Lederknaben, dessen Auge im Fackellicht zu ihr herüberglänzte.

Also hat Julius das Büblein im Glas entwendet? Im ersten Moment fühlte sie nur Verblüffung: Was will er bloß damit? Schon Anfang des Jahres war das Steinkind mitsamt Spiritusballon verschwunden. Sie hatte angenommen, dass die Waldstein oder ihre Nonnen den »Satansbalg« beseitigt hatten, und die Angelegenheit im Wirrwarr der traurigen Ereignisse bald wieder vergessen.

In diesem Augenblick erst, als ihre Gedanken bis hierher gekommen waren, durchfuhr Markéta eisiges Entsetzen. Unverwandt sah sie zu Julius und dem Satansfratz hinüber, dessen schwärzlicher Lederleib vor Feuchtigkeit glänzte. Als er den Fetus vor acht Wochen entwendet und versteckt hat, dachte sie, stand seine Seele noch ganz unterm Bann des Puppenmachers. Wenn er aber nun zu seinem Versteck geschlichen war und die Mumie aus ihrem Spiritusbad gezogen hatte, dann hieß das doch, dass seine Seele immer noch – oder aufs Neue – in der Gewalt des Lumpenteufels war.

Was bei allen Heiligen hatte Julius vor?

Wieder wollte sie seinen Namen rufen, wieder zögerte sie – nicht aus Angst um ihn, wie sie sich sagte, sondern aus Sorge, ihn endgültig an den Teufelsmagister zu verlieren. Wenn er entdeckt, dass ich ihm voller Argwohn folge, wird er mir nie wieder vertrauen, und seine Seele kann sich nie mehr aus der Verpuppung befreien.

Noch immer klopfte ihr das Herz bis in die Kehle. Julius ging nun quer über den Hof aufs Gewölbetor zu, in der einen Hand das Steinkind, in der andern die brennende Fackel. Markéta folgte ihm auf weichen Knien, zitternd vor Kälte, sich in den Mauerschatten drückend, der bei grauendem Morgen immer dürftiger wurde, fadenscheinig wie der zerschlissene Seidenmantel auf Julius' nacktem Leib.

Jetzt setzte er das Satansbalg auf seine Schulter, sodass es sich mit Knien und Händlein anzuklammern und zu Markéta hin ins Dämmerlicht zu spähen schien. Sein gekröntes Haupt reckte sich empor, als er den Riegel beiseite stieß, dann schwang mit einem dumpfen Stöhnen das Gewölbetor auf.

Julius legte seine rechte Hand auf den Rücken des hockenden Balgs und lief mit hastigen Schritten in Hezilows Unterwelt hinab.

90

Das Doppel-Ei des Athanor glühte, geschäftig ging Julius vor dem Ofen hin und her. Er füllte Wasser in einen Kristallballon und setzte ihn auf den Herd, gab Tropfen aus Flaschen und sämige Spritzer aus Phiolen hinzu.

Hinter einer Säule verborgen, sah Markéta ihm zu, überwältigt von Mitleid mit ihrem Geliebten. Etwas Schreckliches war mit Julius geschehen. Sein Gesicht war gänzlich verändert, und sie wusste nun, dass die Umnachtung nicht mehr von ihm weichen würde. Seine Augen von roten Schlieren durchzogen, mit milchigem Glanz überdeckt, seine Züge zerflossen, die Unterlippe unablässig zitternd, so als ob Schmerz oder Ekel, die seinen Mund früher zuweilen zucken ließen, nun unentwegt an ihm fräßen.

Auf der Tischplatte vor ihm hockte der versteinerte Knabe, zu seiner Rechten die Silberkrone, zur Linken das akkurat aus der Leinwand geschnittene Oval.

Seinen Krönungsmantel hatte Julius in den Athanor gestopft und dann, vor dem Ofenfenster kauernd, lange zugesehen, wie der Umhang von den Flammen verzehrt wurde. Splitternackt lief er hin und her, und als es in der Kristallkugel zu brodeln begann, nahm er seine Silberkrone und warf sie hinein.

Sein Gesicht, seine Bewegungen, alles an ihm glich nun dem Raubtier, an das er sie von Anfang an erinnert hatte. Ein junger Wolf von glatter Schönheit, doch obwohl sie auch die Gefahr, die von ihm ausging, niemals stärker empfunden hatte, verspürte sie keinerlei Angst. Er tat ihr nur Leid, so furchtbar Leid, dass es ihr fast das Herz zerdrückte.

Mit einem hölzernen Löffel rührte er die kochende Brühe um, in der die Silberkrone blitzte, dann wandte er sich um, sah forschend in Markétas Richtung und zog mit einer schnellen Bewegung das Steinkind zu sich heran.

Er drückte es mit dem Rücken auf die Tischplatte, nahm den fleischfarbenen Leinwandfetzen und presste ihn auf das schwärzlich verschrumpfte Gesicht. Auch der Grunzlaut, den er nun ausstieß und der unverkennbar Befriedigung ausdrückte, erinnerte Markéta an ein wildes Tier. Tatsächlich entsprachen Größe und Umriss des leeren Ovals so genau dem Lederfrätzlein, als ob der Satansbalg und nicht er selbst dem Maler Modell gesessen hätte.

Offenbar hatte er den Leinwandfetzen vorher mit Leim bestrichen; als er den Fetus hochhob, blieb die Gesichtsscheibe auf dem Frätzlein kleben. Wieder hielt Julius den Satansbalg vor seine Augen, wie vorhin im Burghof, diesmal aber redete er mit fiebriger Eile auf ihn ein: »*Nihil mehercle vita est aliud, nisi mummia quaedam balsamita, conservans mortale corpus a mortalibus vermibus et aestphara, cum impressa liquoris sallium commistura.*«

Er schwenkte das Knäblein hin und her und drückte ein Ohr an seine Brust. Dann schüttelte er den Kopf, seine Miene blieb unverändert, und doch spürte Markéta, dass ihn Unruhe befiel.

Hinter ihm kochte noch immer die Silberkrone im Glasballon, Julius aber hielt das Knäblein in die Höhe, als ob er es den himmlischen Mächten übereignen wollte, und begann in fiebrigem Singsang zu leiern: »Sei gegrüßt, Geist, der vom Himmel bis auf die Erde dringt und von der Erde bis zu den Grenzen des Abgrundes. Sei gegrüßt, väterlicher Geist, der in mich dringt und mich erfasst und von mir scheidet nach Gottes Willen in Güte. Sei gegrüßt, des Sonnenstrahles Dienst, Beglänzung der Welt. Sei gegrüßt, des nächtlich scheinenden Mondes ungleich leuchtender Kreis! O großes, größtes, kreisförmiges, unbegreifliches Gebilde der Welt! Himmlischer Vater, im Himmel befindliche, ätherische, im Äther befindliche, wassergestaltige, erdgestaltige, feuergestaltige, windgestaltige, lichtgestaltige, dunkelgestaltige, wie Sterne glänzende, feucht-feurig-kalte väterliche Majestät: Ich preise dich, du Gott der Götter, der die Welt gegliedert hat, der donnert, der blitzt, der regnet, der erschüttert, der lebendige Wesen erzeugt. Ich beschwöre dich, Gott der Äonen, Herrscher des Alls, nimm diesen Sohn und blas ihm deinen Lebensodem ein! *Et iste filius servabit te in domo tua ab initio in hoc mundo et in alio.*«

Schon bei der Beschwörung von »Gottes Willen in Güte« hatte Julius zu schreien begonnen, mit fremder, pfeifender Stimme, und nun schüttelte er das Kindlein, dass die leere Leinwandlarve bebte, und warf es mit wütendem Schwung auf den Tisch zurück.

»Etwas fehlt, etwas fehlt!«, kreischte es aus ihm heraus. »Der Aquaster, o herrlicher Vater, ein Spritzer vom Stirnodem fehlt!«

Er bückte sich unter den Tisch und schnellte gleich wieder empor, eine kurzstielige Axt in der Hand. »Kommt dort heraus, Katharina!«

Mit wölfischer Raschheit glitt er um den Tisch herum, war mit drei Schritten bei ihr und zog sie hinter der Säule hervor. »Euren Stirnodem, ich befehl's!« Er schwang die Axt empor.

»Julius, mein geliebter Herr!« Noch immer empfand sie mehr Erbarmen als Angst. Dabei ließen der milchige Glanz seiner Augen, die zuckende Lippe, das pfeifende Kreischen keinen Zweifel, dass er nun ganz und gar in der Gewalt des Lumpenteufels war. »Seht mich doch an, Julius: Vor Euch steht Markéta!«

Für einen winzigen Moment zögerte er, dann krachte die Axt herab und schleifte kreischend über den Stein der Säule, vor der sie einen Wimpernschlag zuvor gestanden hatte. Julius fuhr herum. »Hierher, ich befehl's!« Die Axt vor seine Brust gedrückt, sprang er mit tierhaft geschmeidigen Sprüngen durch den Felsensaal, hinter Säulen, in Winkel spähend.

Mit angehaltenem Atem sah Markéta zu, wie er sich ihrem Versteck näherte, einer gemauerten Nische, die sich im nächsten Moment als tödliche Falle erwies.

»Ah, Madame! Euren Aquaster, aber hoppsa!«

Sie trat aus der Nische und ging langsam auf ihn zu, mit ausgebreiteten Armen. Wie furchtbar traurig, dachte sie, von seiner Hand zu sterben, aber er ist's ja nicht, es ist nur sein Körper, vom Lumpenteufel gelenkt.

Abermals hob Julius die Axt, da erklangen klappernde Schritte vom Gewölbetor her. Sein Blick irrte den Weg hinauf, wo gleich darauf eine schmale Gestalt erschien, mit dünnen blonden Haaren, in blauer Zofentracht.

»Madame – o mein Gott!«

»Lisetta.« Sie versuchte vergebens, das Beben in ihrer Stimme zu dämpfen. »Was machst du hier? Bitte erklär Don Julius, wer vor ihm steht!«

»Flor such ich, das Tor war auf, und da dacht ich … Wer vo-vor ihm steht?« Mit einem Mal begann sie so sehr zu zittern, dass ihre Zähne klapperten und sie an der Mauer Halt suchen musste. »Na, Ihr seid Ma-madame Ma-markéta, denk ich?«

»*Ma-ma-ma-ma!*«, äffte Julius sie mit kreischender Stimme nach. »Den Odem von *Maman* für die gläserne Mutter, das dünkt mich nur gerecht, Madame!« Seine Blicke flogen von der Zofe zurück zu Markéta, dann sauste die Axt abermals herab.

Sie spürte einen zerreißenden Schmerz in ihrer Schulter. Mit aller Kraft trat sie ihr Knie nach vorn, Julius stieß einen Schrei aus und taumelte zurück.

»Lauf, Lisetta!« Sie rannte auf die Zofe zu, die wie versteinert auf der Schwelle zum Felsensaal stand. Hinter sich hörte sie Julius' keuchenden Atem, die Axt fuhr kreischend über Stein, schon trommelten wieder seine Schritte hinter ihr. »Hol den Oberst, Lisetta!«

Der Schmerz hackte und fraß in ihrer linken Schulter, Blut floss aus der Wunde und lief in warmen Schwällen an ihrem Arm herab.

Der Gewölbegang drehte sich vor ihren Augen, die Fackeln tanzten, die Mauern neigten sich ihr entgegen und mit ihnen Lisetta, die auf einmal vor ihren Füßen lag.

Mit ihrer allerletzten Kraft sprang Markéta über die kleine Zofe hinweg, machte zwei letzte strauchelnde Schritte und fiel der Länge nach zu Boden. Der Schmerz kochte in ihrer Schulter, schon wollten ihr die Sinne schwinden. Ergeben hob sie den Kopf, blickte über die Schulter zurück und sah eben noch, wie Julius' starker, nackter Leib unter dem verwunschenen Tiergesicht sich im Sprung über ihr streckte, die Axt hoch über seinen Kopf erhoben. Dann jagte die Klinge hernieder, ein grässliches Knacken ertönte, ein allerletzter, schon sterbensmatter Schrei.

Ihr Kopf war immer noch krampfhaft zurückgedreht, dennoch dauerte es ein halbes Hundert holpernder Herzschläge, bis ihr Geist verstand, was vor ihren Augen geschehen war.

Das Blut toste in ihren Ohren und floss aus ihrer Schulterwunde, doch Julius' Klinge hatte nicht nochmals in ihren Leib gebissen. Die Axt war in Lisettas Stirn gefahren, und Julius kauerte über ihr und ließ in die Höhlung seiner Hände tropfen, was aus ihrem Schädel rann.

»Aquaster, Ma-ma-ma-dame«, hörte sie ihn murmeln, »ein Spritzer vom Stirnodem für den herrlichen Vater, damit der Homunkel munter wird!«

Sie versuchte von ihm fortzukriechen, den steilen Gang hinauf, dem Halbkreis aus Morgenlicht entgegen, der in weiter Ferne über ihr glänzte. Ihre Hände scharrten über den Steinboden, doch es war nur ein krampfhaftes Zucken auf der Stelle.

Julius, mein geliebter Herr …

Ihr Kopf war zurück auf den Boden gesunken, hinter sich hörte sie schmatzende Laute, wie wenn dort jemand einen Teig oder Brei in den Händen wälzte. Den Kristallballon, in dem die Silberkrone kochte, sah sie auf einmal wieder vor sich, den scharlachroten Krönungsmantel, den die blauen Flammen des Athanor verzehrten, das Steinkind, wie's auf dem Alchimistentisch hockte, die leere Königslarve vor der schwarzen Satansfratz. Wie ein wundersamer Traum erschien ihr dies alles, und die Sinne wollten ihr schon vollends schwinden, als stampfende Schritte vom Burghof her ertönten und ein Dutzend kaiserlicher Gardistenstiefel in die Unterwelt hinabgetrampelt kam.

Mühevoll hob sie abermals den Kopf, sah an der baumlangen Gestalt empor und erblickte endlich das hölzerne Antlitz von Oberst Hoyos, schwindelnd hoch über ihr.

»Erhebt Euch, Don Julius, ich muss Euch fortbringen.« Seine Stimme knarzte ärger denn je.

»Herr Oberst«, murmelte Markéta, »bitt sehr, ich ...« Schatten tanzten, Sterne wirbelten vor ihren Augen. Mit äußerster Anstrengung drehte sie noch einmal den Kopf über ihre Schulter, aus der Blutfontänen sprangen, grellrot wie im Fiebertraum. »Bitt sehr, ich verreck!«

Für einen winzigen Moment traf sie der Blick unter borkegrauen Augenbrauen, die wie geschnitzt aussahen. »Holt den Brodner«, befahl Hoyos, »der schleicht sowieso immer hinter der Señorita her.«

»Um Gottes ... schnell ... ich verblut!«

Einer der Gardisten rannte los, zum Gewölbetor zurück, schon von weitem nach Franz Brodner schreiend. Währenddessen stiegen die anderen Soldaten über Markéta hinweg und umringten Julius, der sich fügsam erhoben hatte, Hände, Stirn und Brust mit Blut verschmiert.

Wieder sank Markétas Kopf auf den Boden zurück. Verschwommen sah sie Mutter Blanca vor sich, ein Lichtfaden im Nebelmeer, umhüllt von einem Leib so durchscheinend wie Glas.

»Markéta?«

»Wer ... wer?«

»Ich bin's, der Brodner Franz.« Die eifrige Stimme zitterte vor Besorgnis. »Ich versteh nichts davon, Markéta, dein Vater war Heiler: Was um Himmels willen soll ich tun?«

»Abbinden ... überm ... Loch«, flüsterte sie.

»Abführen – in den Turm!«, knarzte der Oberst.

»Bitte nicht, Maître!«, rief auf einmal Julius, mit überkippender Stimme wie ein verängstigtes Kind.

Ein Fetzen wurde um Markétas Schulter gewunden. Wieder stiegen Stiefelpaare über sie hinweg, dazwischen zwei nackte, verzweifelt sich sträubende Füße, scharlachrot betupft.

»Ab in den Kerker, Exzellenz – die väterliche Majestät befiehlt's.«

Epilog

Donnerstag, den 3. August 1609 A.D.,
im »Goldenen Fass« zu Krumau

Gestern begingen wir Melchiors ersten Geburtstag, wieder ohne ein Zeichen von Euch oder gar von der großväterlichen Majestät. Da hab ich beschlossen, Euch heut zu schreiben, nicht um für mich oder den Kleinen was zu fordern, keine Bange, Katharina. Ich wüsste bloß nicht, an wen sonst ich diese Zeilen richten könnte: Es sind ja alle tot, Madame.

Bald jede Nacht träumt mir von Soldaten, Feuersbrünsten, ich hab Angst, Katharina, dass der Krieg mir auch noch Melchior nehmen wird. Der Franzos, hörte ich unlängst wieder in der Schänke schwätzen, marschier auf Wien und Prag. Und des Kaisers eigner Bruder zieht brandschatzend durch die Lande, um Rudolfs Zepter endlich doch noch an sich zu reißen? Ah, da ekelt's mich, Madame, seht einer Badersmaid die Torheit nach.

Sowieso wollt ich von andern Dingen schreiben, vor allem von Euerm Enkelsohn. Vielleicht bezweifelt Ihr, dass Julius der Vater ist. Dann schaut bei Gelegenheit mal nach, wie das Kinn des Kleinen wächst: schier wie ein Schwert, das auf seine eigne Brust zielt, Madame. Das »Goldene Fass« dürfte Euch ja noch erinnerlich sein, seht einfach hinterm Schanktisch nach: Da kriecht der Enkelbastard des Kaisers von früh bis spät in den Bierpfützen umher.

Der Brodner Franz liebt mich innig, Katharina, das ist auch des Knäbleins Glück, sonst wären wir beide wohl nicht mehr am Leben. Die Leut in der Stadt sehn mich scheel an, sie vergessen nicht, was damals war. Die linke Schulter hat Julius' Hieb mir zerhauen, der Arm ist lahm geblieben: ein Teufelsmal. Sie trauen mir nicht mehr über den Weg, und ich kann's keinem verdenken: Ich trau mir ja selbst nicht mehr.

Wär's nach mir gegangen, Katharina, ich hätte Euer Enkelkind nicht auf den Namen Melchior getauft, aber der Franz wollte's so. »Melchior – das war ja einer der drei Weisen, die zum Jesuskind gepilgert sind«, sprach mein gottfrommer Gemahl. Melchior, denk dagegen ich – so hieß der arme Kerl, der als Erstes unter Julius' Räder kam, gleich als er einst im Mai in Krumau einzog, Melchior Kurusch, Bruder unsres alten Balthasar, den Julius dann als Letzten henken ließ, ehe der Lumpenteufel fortflog.

Aber ich will Euch nicht ennuyieren mit so unbedeutenden Leichen, Katharina. Lassen wir die Toten also ruhen, auch Lisetta Kollek, eine zarte, verliebte, furchtsame Maid von neunzehn Jahren, die Julius geschlachtet hat an Eurer statt.

Hätte ich nur ein wenig früher begriffen: wie er Euch hasste, Madame, brennender noch als seinen falschen Vater d'Alembert. Aber bis ich die Regeln halbwegs verstanden hatte, war das fiebrig bunte Spiel schon wieder vorbei. So wie auch jenes Mariandl sein armes Leben ausgeröchelt hatte, kaum dass sie in Julius' Bett gesunken war. Wer hat die Mörderaxt gegen sie gehoben, Katharina? Ihr und Monsieur d'Alembert wart wohl von Anfang an überzeugt, dass Julius selbst die Maid gemeuchelt hätt, im Unterschied zu mir: Ich hatte allzu lang die eifersüchtige Schlafwandlerin im Verdacht und war wohl meinerseits von Eifersucht verblendet. Was aber, wenn Ihr ebenso im Unrecht wart wie ich? Wenn kein andrer als der Lumpenteufel die ganze Kabale von vornherein eingefädelt hat – das Mariandl als Köder für Julius und das Horoskop des zwergischen Sternenguckers, der ihm das Erscheinen eines Alchimisten weitab von Prag prophezeite? Dann die Bluttat im Hradschin, von einem gedungenen Mörder zu doppeltem Nutzen vollstreckt: damit das Mariandl den teuflischen Plan nimmer verraten konnte und vor allem, damit Julius auch wirklich nach Krumau reisen musste, wo der Lumpenteufel und seine Kerle schon lauerten?

War's so, Madame, oder trau ich da dem Puppenmacher zu viel Fallenstellerkunst zu und Eurem Sohn zu wenig Verblendung? Nach außen hin muss die Rechnung offen bleiben, aber in meinem Innern weiß ich, dass Julius sich oft nur als Wüstling und Wüterich gebärdet hat. In seinem Herzen ist Euer Sohn immer ein Kind geblieben, so unschuldig und hilflos, so einsam und traurig – und nur manchmal auch so unwissend grausam, wie kleine Knaben zuweilen sind.

Auch mich hätt er ja beinahe geschlachtet, Katharina, und doch hab ich niemals aufgehört, Euren Sohn zu lieben. Der Franz wollte mir nie erlauben, dass ich ihn droben in seinem Käfigturm besuch, aber da half bei mir kein Drohen, kein Verbot: Das ganze Jahr lang bin ich drei-, viermal in der Woche zur Burg hinauf, mit Billigung Eures Hoyos, der seine Wächter angewiesen hatte, mich gleich in den Hungerturm zu führen.

Anfangs kam ich allein, später mit dem Knäblein in meinem Arm. »Schau«, so sprach ich immer zu Julius, »hier ist Melchior, dein Sohn.«

Er sah dann meistens auf und zu uns zweien hin, die vor seinen Gitterstäben standen, doch gleich sank ihm der Kopf wieder auf die Brust.

Ich machte mir nichts vor, Madame, wie Ihr's mir ja auch geraten hattet. Bis zum vorjährigen März hatte ich noch gehofft, nach jenen Szenen in Hezilows Keller nicht mehr. Nie mehr hat er mich beim Namen genannt, nie mehr mich erkannt, nie mehr mich mit Menschenaugen angesehen. Der Vater Eures Enkels, Katharina, war zuletzt ein Tier mit glatter Haut, zum Wolf verwunschen, seit der Lumpenteufel seinen Geist verdunkelt hatte.

War er schon ein solches Vieh, als er aus Eurem Schoß gekrochen kam? Sicher nicht, Madame, und doch habt Ihr ihn immer wie ein Tier traktiert. Ihn in die Obhut des Bändigers d'Alembert gegeben, dessen Eleganz und Esprit mir tumber Dorfgans so sehr imponierten, dass ich die Kälte übersah, seine vermaledeite Selbstbeherrschung. Er hat Julius geliebt wie einen Sohn, und doch hat er ihn zwanzig Jahre lang gequält, weil Ihr es so befahlt.

Wenn ich unten in den Hungerturm trat, hörte ich ihn oben meist schon schreien und scharren. Hoyos ließ jeden Morgen seine Zelle mit frischem Stroh aufschütten, auch einen Kamin gab es, allerdings vor seinem Gitter, damit er nicht sich selbst mitsamt dem Turm in Flammen setzte. Und da saß er also splitternackt im Stroh, Madame: Euer Kind, des Kaisers Bastardsohn, Haar und Bart so lang und wirr wie einst beim Bärenfänger Robse. Anfangs versuchten die Gardisten ihm das Gewand immer wieder anzuziehen, wenn er's sich vom Leib gerissen hatte, oder ein neues Hemd, wenn das alte in Fetzen am Boden lag. Doch bald sahen alle ein, dass solche Fürsorge wenig verschlug, im Gegenteil: Rastlos war Julius auch als Tier, das nackt durch Stroh und Unflat kroch, zuckende Unruh aber befiel Euren Sohn, wenn man ihn zwang, sich nach Menschenart zu gebärden. Dann kreischte wieder der Teufel mit pfeifender Stimme aus ihm heraus, dann drohte er den Gardisten unerhörte Leibesstrafen an, über die ich aus Schicklichkeit hinweggleiten will, dann stürzten Tränen aus seinen Augen, und er wurde erst wieder ein wenig sanfter, wenn der letzte Fetzen Tuch von seiner Haut gerissen war.

Ein wenig sanfter, sag ich, denn Frieden fand er niemals mehr. Nicht für die Dauer eines Wimpernschlags, nicht als Mensch und nicht als Tier, nicht wachend und nicht schlafend.

Glaubt's oder nicht, mir ist es gleich, Madame, ich selbst wollte's ja die längste Zeit nicht glauben. Und doch war's so, auch wenn niemand außer Julius ihn zu Gesicht bekam: In seiner Zelle hauste Flor.

Der Nabellose, Katharina, Ihr besinnt Euch? Keine jener belanglosen Leichen, deren Anblick edle Augen so belästigt, auch keiner von den unerheblich Lebenden, die immer nur lamentieren, weil ihr Fraß zu karg, die Kammer kalt, das Wams zu fadenscheinig wär. Nein, Madame, bei Eurem Sohn im Stroh saß die geheimnisvollste Kreatur, die je ein Mensch zu sehn bekam. Ihr kennt ihn nur vom Hörensagen, haltet ihn wohl für eine Traumgestalt, von Angst und Aberglauben ausgesponnen. Ich aber, Katharina, hab mit ihm ein Bett geteilt, wie ein Bruder war Flor für mich und mehr, viel mehr: wie eine zweite Hälfte meiner selbst.

»Ha, da kraucht der Nebelschelm!« So klagte Julius immer, wenn der Nabellose ihn wieder mal zum Besten hielt. »Was willst du, Goldkopf, lass mich, fort mit dir!« Und dann schlug er um sich, machte wilde Sprünge in die Luft, warf sich bäuchlings ins Stroh, die Arme nach vorn gereckt, als ob seine Hände sich um eine unsichtbare Kehle schlössen. Um aber gleich danach wieder aufzublicken, die Wand hinauf, wo in Schulterhöhe ein schmales Fenster in die Turmwand eingelassen ist, hinaus auf den Bärengraben. »Verfluchter Mondsack, dich krieg ich!« Wieder sprang er auf, seine Hände packten die Gitterstäbe im Fenster, und im Nu zog er sich zur Scharte empor. Aber der zierliche Flor schien schon auf und davon, zwischen den Stäben hindurch, die für Julius' Gestalt zu eng beisammen standen.

Wie Leid er mir da tat, Katharina, Euer Sohn, wenn er wieder ins Stroh hinabgesprungen kam, zornig und verzweifelt, da der Nabellose ihn wieder gepiesackt hatte und ihm abermals entkommen war.

»Behauptet, ich wär schuld, dass er hier rumgeistern muss, der arge Schattennarr«, klagte er dann zu mir herüber, ohne mich oder Melchior jemals wahrzunehmen. »Fordert, ich sollt mit ihm gehen, ihm auf die andre Seite helfen, damit endlich Frieden wär, für seine Seele und für meine auch.«

Dann konnte's geschehen, dass er wieder in Tränen ausbrach, Madame, mein starker Julius wie ein kleines Kind in sich zusammensackte und weinte, weinte, Katharina, wahrhaftig wie der Wolf, der manchmal droben im Schlosspark saß und die halbe Nacht den Mond anheulte!

Bis Hoyos' Gardisten es nicht mehr ertrugen und mit dem schwappenden Bottich herbeigestürmt kamen: »Maul halten, Exzellenz, oder einen Schwall kaltes Wasser übers Haupt – das kühlt Euch und Eure Spukgeister ab!«

Und dann wieder Euer Sohn, Katharina: »Die Schwarte schab ich euch scheibenweis vom Gebein!«

Spätestens da fing auch Euer Enkelchen an zu schreien, verängstigt durch die Flüche seines Vaters, und wie erst durch den Wasserschwall, der durchs Gitter in Julius' Zelle klatschte. Pudelnass hockte er dann in einem Winkel, leise wimmernd, die Knie an die Brust gezogen, die Stirn auf seinen Armen, und schaute niemals auf, kein einziges Mal, Katharina, wenn ich ans Gitter trat, um ihm für diesen Tag Adieu zu sagen.

»Auf bald, mein geliebter Herr.« Darauf antwortete er so wenig, als hätte ein Hund drunten in der Stadt gebellt.

Und doch hab ich nie aufgehört, ihn zu lieben, und doch hätte ich alles getan, um ihn weiter besuchen zu können, dreimal die Woche oder mehr. Alles, alles, Madame, mehr, sehr viel mehr als nur mit dem Brodner Franz schönzutun, damit er's mir nicht übel nahm, wenn ich wieder hinauf zum Hungerturm schleichen musste. Denn ich konnte ja nicht anders, Julius ist mein Mann, auch wenn ich mich dem Franz vermählen ließ. So wie auch Mutter Blanca einst dem Bader Treue schwor, obwohl ihre Seele droben in der Burg geblieben war.

Meine Seele war bei Julius im Hungerturm, Madame, und Julius' Seele war beim Lumpenteufel. Ist das nicht sonderbar? Sein Körper saß im Kerker, und mein Leib lag in Franzens Armen. Meine Lippen und Hände liebkosten meines Gemahls Gemächlichkeiten, und währenddessen haschte droben Julius mit zitternden Fingern nach Flor!

Ich hatte mich in diesem grauen Albtraum eingesponnen, Katharina, niemals vorher hatte ich mir vorgestellt, dass es auch mir ergehen könnte wie Mutter Blanca: von der Burg hinabgestürzt »wie eine Spielfigur, die über den Rand des Schachbretts fällt«, wie d'Alembert einmal sagte. Ah, Euer eleganter Trübsinn, Maître! Mir selbst ist nur der Trübsinn geblieben, und ein Kübel fiebrig bunter Erinnerungen.

Wart Ihr erstaunt, Katharina, als im Februar auf einmal alles endete? Verzeiht die närrische Frage: Für Euch endete ja nichts, was irgend in Eure weiße Welt hineingespielt hätte. Euren Sohn Julius hattet Ihr längst verloren gegeben, es war nur noch die Bestätigung, dass Ihr damals recht gehandelt hattet. Die Umnachtung umfing ihn bis zuletzt, wie von Euch vorausgesagt, er hätte Euch nimmermehr erkannt (zu Eurem Glück, nebenher gesagt), selbst wenn Ihr bei ihm im Stroh gehaust hättet; also habt Ihr Euch nichts vorzuwerfen. Schon wieder untadelig, Katharina! Wenn Ihr ahntet, wie sehr ich Euch bewundere.

Das Gitterfenster in seiner Zelle ließ sich bewegen wie ein gewöhnliches Fenster, zuweilen wurde es geöffnet, wenn der Sturm den Laden aus seiner Arretierung gerissen hatte. Danach mussten die Wächter es wieder mit Riegel und Schlüssel verschließen, doch diese Pflicht wurde an jenem Tag versäumt.

Am 18. Februar 1609 A.D., einem frostklirrenden Mittwoch, Katharina, dem Tag, an dem Euer Sohn Julius elender starb als der verdroschenste Straßenköter in der dreckigsten Gasse zu Krumau oder Prag.

Da war ich grad wieder auf Besuch bei ihm, Euer Enkelkind in meinem unversehrten Arm. Es muss um die Mittagszeit gewesen sein, als Julius, nach langem, schrecklichem Kämpfen mit dem Nabellosen, auf einmal zum Fenster emporsprang, mit einem Knie auf der Brüstung Halt fand, die Schultern seitlich durch die Bresche zwängte und im nächsten Augenblick schon draußen war, zwanzig Schritt überm Bärengraben.

Ich glaube fest, dass er schon nicht mehr mitbekam, wie die Bären ihn mit ihren Schnauzen und Pratzen umherwälzten, bis er wie ein großer Schneemann aussah, blendend weiß und von roten Schlieren bedeckt. Und niemals werd ich glauben, Katharina, dass der Kadaverklumpen mit den ausgefressenen Augenhöhlen, den der Flößer Kudaçek tags drauf aus der Moldau fischte, der Leichnam meines lieben kleinen Flor war – nie und nimmer, Madame!

Letzte Nacht träumte mir, dass Melchior in den Krieg ziehen müsste, ein Knabe von allenfalls dreizehn Jahren. Die Welt brannte, Katharina, von Horizont zu Horizont, überall stieg Rauch aus eingeäscherten Weilern und Höfen auf. Schnee bedeckte Wege und Felder, trotzdem liefen Tausende nackter Leute in meinem Traum herum, schreiend, die Ohren abgeschnitten, die Nasen abgehackt, die Augen ausgestochen.

Da kam eine prachtvolle Kutsche des Weges, Madame, von vier Schimmeln und vier Rappen gezogen. Darin saßen die väterliche Majestät und Ihr selbst, Madame, gehüllt in eine Wolke aus glitzernd weißer Seide.

Raben flogen krächzend auf, so zahlreich, dass sie den Himmel verdunkelten. In dieser plötzlich hereingebrochenen Nacht kam Eure Kutsche vom Weg ab, kippte um und kollerte eine Böschung hinab, so unwirklich langsam, wie es im Traum zu sein pflegt.

Die Nackten ohne Ohren und Nasen kamen gleich herbeigelaufen, sie drängten sich über der Unglücksstätte zusammen, und wer noch Augen hatte, berichtete den andern, was dort unten, am Fuß der Böschung, zu sehen war. Die Kutsche ein Wirrwarr aus zersplittertem Holz und verbogenen Goldbeschlägen, die Pferde wild durcheinander wiehernd, in acht verschiedene Richtungen zerrend.

»Der Kaiser«, sagte in meinem Traum eine klare, junge Stimme, ich wusste sofort, dass es die Stimme meines Melchior war, Eures Enkelsohns, wie sie sich in mehr als einem Jahrzehnt anhören wird. »Der Kaiser und Katharina«, sagte Melchior, eine brennende Fackel in

Händen, die er mit einer eleganten, fast tänzerischen Bewegung auf Eure Kutsche hinuntertrudeln ließ.

Ich erwachte von Euren Hilfeschreien, Katharina.

Bitte antwortet nicht.

Nachwort

So phantastisch manche Personen und Ereignisse in diesem Roman erscheinen mögen, sehr vieles davon ist historisch verbürgt. Das gilt für Kaiser Rudolf II. (1552–1612), den »Alchimisten auf dem Kaiserthron«, und seine Mätresse Katharina Stradová, aber auch für den unglücklichen Don Julius Caesar d'Austria (1587–1609) und Markéta Pichlerová. Als herausragender Sammler und Mäzen förderte Rudolf die schönen Künste, namentlich Malerei und Bildhauerei, und trug in seinen Kunst- und Wunderkammern einzigartige Schätze aus Artefakten und Kuriositäten zusammen, darunter die im Roman erwähnte Gralsschale und das so genannte Ainkurn. Zudem begründete er eine alchimistische Akademie, versammelte die bekanntesten Alchimisten und Astrologen, Mathematiker und Scharlatane seiner Zeit am Kaiserhof zu Prag und ließ sich auch seinerseits als Adept von den haarsträubenden Wundern der magischen Wissenschaft faszinieren; etwa vom Zitterling *tremella nestoc*, in dem nach alchimistischer Überzeugung nichts Geringeres als der Weltgeist enthalten ist und der sich tatsächlich bei den ersten Sonnenstrahlen in Luft auflöst.

Wahr ist auch, dass Rudolf seinem ältesten »natürlichen Sohn« die Krumauer Residenz übertrug. Dort näherte sich Don Julius der Tochter des örtlichen Baders Sigmund Pichler. Diese Liaison ging auch in der historischen Wirklichkeit weder für den Kaiserbastard noch für Markéta Pichlerová glücklich aus: Der ererbte Wahnsinn, die »Habsburger Umnachtung«, verleitete den Unseligen, seine Geliebte zu ermorden. Nach dieser Bluttat, die unter den Krumauer Bürgern, aber auch in der Aristokratie halb Europas helle Empörung hervorrief, ließ Rudolf II. seinen Bastardsohn im Turm zu Krumau einsperren und von seiner eigenen Garde bewachen, bis Don Julius im Sommer 1609 durch einen Sprung aus dem Verliesfenster seinem Leben ein Ende setzte.

Der wahre Wahn der Epoche war die Alchemie. Nicht allein Rudolf II. oder Wilhelm von Rosenberg, sondern nahezu jeder Gebildete – die Ungebildeten ohnehin – glaubte an die zauberischen Fähigkeiten der Schwarzkünstler, Blei in Gold zu verwandeln, den »Stein der Weisen« herzustellen und sogar menschliches Leben aus der Retorte zu erschaffen. Die im Roman geschilderte Goldprobe hat der berühmte Alchimist Edward Kelley tatsächlich vor Kaiser Rudolfs Augen abgelegt.

Kurz darauf versank die rudolfinische Welt im Chaos des Dreißigjährigen Krieges, die Kunst- und Wundersammlungen des Alchimistenkaisers wurden in alle Winde zerstreut. Manche Träume und Alpträume seiner Epoche aber elektrisieren die Menschheit noch immer: Während Sie diese Zeilen lesen, arbeiten Wissenschaftler in verborgenen Laboren daran, Kreaturen in der »gläsernen Mutter« zu erschaffen – heute wie vor vierhundert Jahren.

Coburg, im Frühjahr 2004
Andreas Gößling

Danksagung

Für kritisch-konstruktive Begleitung dieses Projektes danke ich meiner Frau Anne Löhr-Gößling, meinem Agenten Roman Hocke und meinem Lektor Lothar Strüh sowie allen mutigen Testleserinnen und -lesern, die sich ins alchimistische Romangewölbe wagten und mit hilfreichen Kommentaren zurückkehrten, insbesondere Sissy de Leu, Gerda Löhr und Dr. Jutta Szostak.

Fremdsprachige Begriffe und Sentenzen

Seite 87:
Studio philosophorum comparatur putrefactio chemica – ut per solutionem corpora solvuntur, ita per cognitionem resolvuntur philosophorum dubia: »Die chemische Faulung kann dem Studium der Philosophen verglichen werden – wie durch die Lösung die Minerale aufgelöst werden, so werden die Zweifel der Philosophen durch die Erkenntnis aufgelöst.«

Seite 177:
Fliehender Knabe / flüchtiger Hirsch: *servus* bzw. *cervus fugitivus*

Seite 278:
Podagra und Chiagra: Gicht der unteren und oberen Extremitäten

Seite 286 f.:
Das von Johanna und den Nonnen gesungene Lied stammt von Novalis, dem Erfinder des poetischen Mitelalters, in dem auch dieser Roman spielt.

Seite 339:
Mais précisément, mon Camem-bert! … Plaisir, c'est mon désir. »Aber ganz genau, mein Käse-Bertl! Vergnügen ist mein Begehr.«

Seite 414:
Nihil mehercle vita est aliud, nisi mummia quaedam balsamita, conservans mortale corpus a mortalibus vermibus et aestphara, cum impressa liquoris sallium commistura: »Das Leben, beim Herkules, ist nichts anderes als eine gewisse einbalsamierte Mumie, welche den sterb-

lichen Körper vor den sterblichen Würmern und der Fäulnis mittels einer gemischten Salzlösung bewahrt.«

Seite 415:
Et iste filius servabit te in domo tua ab initio in hoc mundo et in alio: »Und dieser Sohn wird dir dienen in deinem Hause von Anbeginn, in dieser Welt und in der anderen.«